赵立敏（1983.11—）

笔名边庭，湖南湘潭人。

副教授。中国人民大学传播学博上。曾为广告公司资深文案。目前已发表文章近二十余篇，出版专著两部，译著一部。

斗瓷

边庭 著

Bian ting

陕西新华出版
陕西旅游出版社

图书在版编目（CIP）数据

斗瓷 / 边庭著. — 西安 : 陕西旅游出版社, 2020.7（2024.1重印）
ISBN 978-7-5418-3907-8

Ⅰ. ①斗… Ⅱ. ①边… Ⅲ. ①长篇小说－中国－当代 Ⅳ. ①I247.5

中国版本图书馆 CIP 数据核字(2020)第 031957 号

斗瓷 **边庭 著**

责任编辑：邓云贤　韩 双
出版发行：陕西新华出版传媒集团　陕西旅游出版社
（西安市曲江新区登高路 1388 号　邮编：710061）
电　　话：029-85252285
经　　销：全国新华书店
印　　刷：盛大（天津）印刷有限公司
开　　本：880mm×1230mm　1/32
印　　张：18
字　　数：400 千字
版　　次：2020 年 7 月　第 1 版
印　　次：2024 年 1 月　第 2 次印刷
书　　号：ISBN 978-7-5418-3907-8
定　　价：89.80 元

自序

早在三年前，我就开始准备我的博士论文，所以到了2016年12月，论文正式开题时，我的博士论文就已经完成了初稿。我写的是关于佛教传播方面的东西，通过多年的文献阅读，自认为对这个领域已经有了一点心得。初稿的完成自然是令人鼓舞的，可我还是觉得意犹未尽，于是萌生了一个想法：何不写一部与此相关的小说，作为我博士论文的一种延伸。这样的事情，我想别人是没有做过的。想归想，一旦做起来，才感到事情不那么简单，写好一部小说的难度丝毫不亚于写好一部学术著作的难度。虽然我只花了三四个月就写好了小说的初稿，却花了两年多的时间进行修改，而且这种修改工作是如此烦琐、如此反复，几乎我的案头工作就是每天改，改，改。我不厌其烦，极力想象小说中人物在那个时代里面应该有的每一个动作、应该说的每一句话。就这样，直至整部小说几乎完全被重写了一遍，不，是两遍，还有很多地方甚至被重写了十来遍，小说才开始有了一点气象。

对于一个从事学术研究的人，趁着写博士论文的关键时候去写小说，这不得不说是一个冒险。不过，我抱定了一个信念：认为学术与文学之间绝无什么妨碍，反而我还认为两者之间可以并行不悖，锦上添花。如果说学术文章是抽象的文字，重在学理的表达，那么小说就是感性的文字，重在形象的描绘；一个跳出现象外从旁观，一个沉入现象中向里看；一个诉诸理性，一个拨动情感；一个抽丝剥茧，一个丰富生动。它们相得益彰，共同指向人的生命，可以说，两者殊途同归。

我也一直觉得小说是一种另类的田野考察，是一种绝佳的学术实践，尽管小说中不乏虚构的成分，然而这些都不影响它那真实的内核。回想起来，过去的小说家，总是以高度的人文关怀忠实地记录着生活，所以巴尔扎克说："小说是一个民族的秘史。"米尔斯曾指出，在对事实和道德的关注中，文学作品经常运用了一种叫作社会学的想象力，于是"人们由此发现了历史和现实之间的走向"。这也是为什么过去的很多严谨的学术著作绝不惮于从文学作品中去引用能够佐证它们观点的材料。诸如马克思、韦伯、本雅明等众多学者，都在前人的文学著作中为自己的学术论述寻找到了栩栩如生的证明。令人感慨的是，现在，如果哪部严谨的学术著作还从小说中去寻找明证，就会经受素材不可靠的质疑。如今小说的技巧和形式已经变得多样，还出现了各种各样的流派，然而它们与过去的小说所秉持的精神却愈行愈远了。总的来说，现代小说更具实验性和先锋性，小说中娱乐的成分在不断增多，形式与技巧越来越眼花缭乱，而人文关怀却在减少。

我也常常在那些经典小说中寻觅和思考人生，为那些卷入历史与现实中的小人物的命运而感怀不已，仿佛随他们的经历一起沉浮。帕斯卡说：“人是一根会思考的芦苇。”我在这本小说中，写到了这样的人，那些如芦苇一般渺小却会思考的人，在历史中艰难地前行，在生活中劳碌，在欲望中挣扎，每个人都有各自的“执念”，都有不可承受的轻与重，无法摆脱的痛和瘾，都在以各种方式诉说着生命里面那些最纯粹的东西。有些人从“执念”中走出来，解脱了，有些人则越陷越深，没有回头路。于是，一部这样的小说，就此打开了人生的多个面向，让人们可以看清生活本来的面目，让那原本枯燥乏味的生活逐渐充盈。随着对小说阅读的深入，我相信小说中的每一个人物的经历最终都能化成我们自己的每一次经历，每一个人物的生命都变成了我们自己的一种生命，哪怕这是来自遥远的历史故事，我们也能听到它的回声。于是，我们生命中那些无处安放的青春、激情、梦想……在历史滚动的车毂中飞溅出火花。

可以说，这是一部关乎命运的小说，一部在历史的洪流裹挟下既卑微又不屈的一群小人物的命运沉浮与挣扎的故事，只不过这个故事与中国的国粹“瓷器”和深邃的“佛理”紧密连接，所以这部小说也就关乎人生哲学。小说背景则放在了瓷器发展至巅峰的宋朝，讲述了三代做瓷人的经历以及他们各自对待人生的抉择与态度。那生活中的种种纠缠，让人不禁浮想联翩：原来每个人都有自己的“执念”，在拿起与放下的两端，人们逡巡着物或者情，是执念，还是通往自由的途径？如果一直读下去，你或许还会看到那字里行间弥漫的那种自由、热爱、执迷、忠诚、背叛、宽恕……是从人物的内心与骨子里散发出来的，是最真情的浅吟和低唱。从书中，你或许还能够感知那个瓷器的盛世在浮华与沧桑交替背后的嬗变。旋律时而温和，时而奔放，故事中的人既想要把握自己的命运，又常常显得身不由己。那些卑微的角色，他们在前行中，默默地书写着历史，而历史也在书写他们的宿命。

博尔赫斯说：“我总是靠近欢乐，也珍惜痛苦的爱抚。我已渡过了海洋。我已经认识了许多土地。”写作和阅读，其实都是行走在一条从迷宫通往自由的道路上，在这条路上我们可以领略路边风景，也可重新认识自己。

边庭

2019年10月

上篇

一

那时还是大宋崇宁三年，天下还算繁富，经常有士女客商去澪州南边的半山古寺烧香拜佛。那寺叫作拂叶寺，寺庙东边的钟楼已经塌了一角，下面的院子埋了几块碑碣和一堆瓦砾，也不知有多少个年头了。一到了落日时分，寺里的和尚就会像往常一样，敲三下钟，这时僧众就会齐集到后堂，听寺里的老师父诵经讲法。

一日下午，僧人们都在法堂做晚课。偌大的佛殿上，只有一位胡须发白、身材略微发福的人跪在佛像前，这个人也算是寺里的老香客了。一豆青灯下，这位香客想起了大约三十年前，仿佛冥冥中注定了一样，就是在这个地方，他为儿子的出生许愿，这一回却是为孙儿的出生到这里来祈福。

那一年儿子的出生，让这位香客洗心革面。接着他又从他老爹那里接管了瓷缘斋的生意，那时的瓷缘斋还只是一爿小店，门庭冷清。他却踌躇满志。还记得有一次，亲友聚会，他不修边幅地站在众人面前，唾沫横飞地谈论着瓷缘斋的未来，亲友被他的雄心震慑，可再看一看他那副穷酸模样，都一个个忍不住捧腹大笑说："瓷缘斋也就这么大盘子，这几年在你老爹手里半死不活，还欠下一屁股债。你能不能走出目前的困境，尚且未知，就别做你的春秋大梦了，还是看一看眼前，老老实实地卖你的瓷吧。"自然，谁都不把他的话当真，他却暗下决心："等着瞧，瓷缘斋迟早有一天会成为这个地方的第一号！"

自此，他更是一门心思扑在瓷店的经营上。以前那些道上的朋友找他去大通河岸上的小酒馆里寻欢，他不仅一口回绝，还劝他们不要去做没有意义的事情，惊得朋友们一个个目瞪口呆，如鸟兽散。等朋友走后，他乐呵呵地回到瓷器店，倒腾着那些瓶儿罐儿，直到深夜。也是他天赋过人，加之平日勤谨，不过几年工夫，瓷缘斋的名气就传到大通河对岸的汀州了。连汀州最有名的诗人马骥都坐着船儿，专程为"瓷缘斋"题诗。被称为"一代圣手"的书法名家章玉道人，也骑着驴儿赶来为"瓷缘斋"题匾。那时从他店里面出去的瓷器，不是达官贵胄府邸里最炙手可热的藏品，就是通往高丽商船上可居的奇货。

按理说，他把生意做得这么大，也算扬眉吐气。可是，一想到儿子竟不知从什么时候开始变得忤逆不孝，他整个人就变得闷闷不乐。大约在半年前的一天，他坐在院子里把玩着一件玲珑白瓷。一个穿天青色布衫的陌生人突然跑过来，说自己是河边开赌坊的九阿公，那人满口脏话，从怀里掏出一张借据，说他家公子欠了赌坊一屁股债哩，再不还就要去告官。他看见上面果然有儿子的签字和手印，又惊又怒，可转念一想，欠债还钱，天经地义。最后只得认了，忍气吞声替儿子还了赌债。又过了几日，一个戴着帽子的人怒气冲冲地跑进店里，他还以为是进来买瓷的客人，殷勤地迎上去，那人忽然一把抓住他的衣襟，嚷着说："你家里小王八羔子简直无法无天，带了一帮人在雷公山脚下的柴院子放火，差点儿把整座山都烧了。若不是柴院子的伙计跑得快，还要闹出几条人命，这事无论如何都得有一个交代!”他笑道:“哪里有这种事?”那人说:“没有?你看看这是什么!”他一看原来是儿子经常穿的一件宝蓝直裰,不由得失声叫道:“这还得了!看来这畜生是要杀人放火啊!”他万万没想到,早年被他扔掉的那些毛病,全被儿子拾了起来,而且还变本加厉了。

他正胡思乱想,忽然一只老鼠从佛龛下面的木匣子里蹿出来,把盛香油的筒子也打翻了。他惊了一跳,看着那尊庄严慈祥的佛像,忙闭上眼,口里喃喃地念道:“我佛大慈大悲,保佑我家墨青平平安安,也保佑依颂他早日迷途知返……”

墨青,就是他的孙儿。依颂,正是他那不成器的儿子,也就是墨青的生父。今天是孙儿郑墨青出生的大喜日子,他沐浴更衣,不顾风高路冷,迤逦走了十多里山路,专程跑到拂叶寺为孙儿烧香祈福。等祷祝完后,小沙弥过来请他去方丈房间拜茶,说:“等一下三渡法师还要在法堂开坛讲法,施主如此心诚,不妨也去听一听。”他欢喜地说:“最好。”

喝完香茶,他就坐在一众僧人后边,竖耳聆听起法师的真言。过后,他又小心翼翼地摸出一件玲珑剔透的白瓷葫芦儿,恭请三渡法师为它开光。夜色浓烈,山间的雾气慢慢凝结成了白霜,那条山径宛如从天边云层的深处延伸出来,整个拂叶寺被雾气笼罩得如同佛境一般。仆人打着灯笼,牵着 匹毛驴来接他,说是奉了老太太的意思,催老爷赶快回家去。见天色甚晚,他穿上净袜和毡靴,起身向三渡法师告辞,又不忘向法师喁喁请教了几句佛偈。仆人在一旁听得愣头愣脑。告辞了法师,他同仆人两个,沿着古寺的台阶,迎着凉风,在沉沉暮霭中慢慢往前面走去。暗夜无声,他们就像两条人鱼,那盏灯笼就像大鱼的眼睛,轻盈地游弋在如水一样的夜色里。

二

这位专门跑到拂叶寺祈祷的老香客叫郑大观。三渡法师说这名字取得颇有禅意，郑大观问有什么禅意。法师便说："大观，达观也，不悲不喜，看破世间万象，方可称为大观。"郑大观听了大笑，说这是他那过世的老子胡乱取的名字罢了，如今自己正为家中小儿烦心不已，连鸡毛蒜皮的事都看不穿，哪里来的达观？

郑大观看上去温婉儒雅。瓷行里的人说，一个人要是与瓷器打交道多了，日久年深，他（她）就能变成一件瓷，或温润如谦谦君子，或温婉如娉婷女子。郑大观爱瓷，这在溹州无人不知。他在城东经营着一家叫作瓷缘斋的瓷器店。起初，瓷缘斋还是溹州众多瓷店中一家毫不起眼的小店，这些年在他的用心打点下如日中天，还一跃坐上了溹州头号瓷器店的交椅。郑大观终日与瓷相伴，久而久之，瓷的灵气慢慢浸润了他的身体。但凡见过他的人都说，郑老爷这几年越发显得不俗了，他那样子看上去就像一尊超尘挺拔的青瓷！

直到伙计收了招旗，放下了暖帘，各自散工回家，去拂叶寺祈愿的郑大观还没有回来。老太太在门口等得心焦，忍不住唠叨："你看看这老头儿，叫他明天去寺里烧香，他偏要今天去，这上山的路七弯八绕，且又黑灯瞎火，伸手看不见五指，不听我好心相劝，老头儿真是自讨苦吃!”太太喃喃地走进房间,看见丫鬟正靠在一张紫檀毡案上打瞌睡,一只花猫蜷在桌腿下,她一脚踢开那猫。那瘟猫痛得怪叫起来,嗖的一声从窗台蹿到院子旁边的花丛里面,把刚才打瞌睡的丫鬟也惊醒了。老太太说:“丫头,快别睡了,我们去把家里所有的灯都点上,你再到后房杂物间搬个竹梯子过来,我们去把这些灯高高地挂起来,就挂在门前的竹篱和树杈上。”

丫鬟揉着眼问:“奶奶,您要点那么多灯干什么?”

太太道:“这天都黑了,你老爷还不见回来,点这些灯,是怕他看不见脚下的路,走滑了脚!”

不一会儿,那一排灯就像一簇簇萤火虫一样在风中摇曳。太太安心了一些。不知等了多久,隐隐传来一阵歌声,她听了觉得好笑,自言自语道:“别人在替他担惊受怕,这老东西却倒还有闲情唱歌!”

果不其然,是郑大观骑着驴儿踏着歌儿回来了,他回来时看见篱落上挂的那一排明角灯,很奇怪,寻思:“家里没事点这么多灯干什么?”

进了屋,太太迎上去,问他怎的这么晚才回来,他取下幞头,说是因为听拂叶寺的老和尚讲法耽搁了,又问他饿不饿,他说已经在寺里用了斋,然后便急不可耐地从袖口里摸出一件圆滚滚的东西出来,那东西被炉火照得通体一片红色。太太过来 看,原来是一件晶莹剔透的瓷葫芦儿。圆润的瓷儿像清晨的露珠一样掬在她的手心子里,煞是可爱。那瓷腹上镌了一个大大的“墨”字,背面刻了“瓷缘斋”三个篆书字体为记。

郑大观指着这瓷葫芦说:“这是我上个月坐船下长信,遇见烧瓷的丁先生,就请他顺带做了这个东西。”

“是哪个丁先生?”

“就是上东观村那位擅长烧瓷的丁得孙!”郑大观说,“今天我去庙里烧香,又把它拿出来,请三渡法师开了光!”

太太看了满心欢喜,着实称赞了一回:“这小东西做得好精巧,又是开过光的,必带了灵气哩。”又笑道,“别人家都穿金戴银,你倒好,给咱孙儿戴瓷,你可曾见过有谁戴个瓷做的东西当挂件的?”

郑大观板着脸说:“戴瓷怎么了?谁叫咱们是卖瓷的呢!我看这瓷戴在咱孙儿身上,比戴金银玉石强百倍还不止!”

郑大观说完就一定要拿给墨儿戴,看那急切的样子是一刻也耽搁不得,太太告诉他孙儿早就睡了,明早也可以戴,不用急于这一时,他这才肯罢休,坐下去,又不忘问起儿媳的情况。

等知道惜白为了生墨儿,整个人累得快要虚脱时,郑大观便同情道:“惜白为这个家不知付出了多少,却从没见她抱怨过一句,你说这样好的媳妇哪里找去?”

他又说:“都怪依颂这东西不晓事!惜白一个名门闺秀,虽说家道中落,肯嫁过来,那也是依颂莫大的福气!可我们这不成器的儿子,全然不懂珍惜,他在外面胡作非为,别说惜白,但凡明一点事理的人,哪一个看得惯他!”

太太道:“我看儿子只是一时误入歧途,心性毕竟是好的,你说惜白生了墨儿,咱们儿子会不会也跟着脱胎换骨?”

“哼!快别提了!惜白生墨儿时,他在哪里?你快去叫他过来!”

可是,老太太只一味地笑,心里却在想:“我当初生依颂时,你不也变了个样吗?”看见太太和丫鬟都站着不动,郑大观的脸色越来越难看了,他知道儿子准是在外面厮混,若是平时也就罢了,可今日是孙儿出生的大喜日子，就算天塌下来，他儿子好歹也应该在家里守着。郑大观不再多说什么，他转过身，从牙缝里迸出“孽子，孽子……”然后重重地在祖宗神位前一连磕了三个头。

三

郑大观在书房大发脾气时，福二正好在隔壁里间，一面算账，一面竖耳听郑大观在骂些什么。过了一会儿，他好像听到郑大观在叫自己，连忙放下手头上的活儿，应一声："来了！"便像一阵风一样跑了出来。

"福二，昨日青枫楼订了两件玉壶春瓶，一件青的，一件白的，说要摆在他家那绛香黄檀条案上，正好配成一对儿，你都给房三爷送过去了？"

"嗯，一早就送啦。"

"那房三爷没有说什么？"

"他一个劲夸咱瓷缘斋的瓷好哩，还说下次过节，要再挑几件青瓷和白瓷，去送给他七大房的兄弟。"

"这房三爷也是个爱瓷的人。"郑大观捋着胡须，又问福二，"今天依颂没跟你一起去送瓷吗？"

"没有。"

"你知不知道他在哪里？"

福二摇着头说："我这一整天都忙着送瓷，压根没见过少爷，哥儿刚出生，少爷没在房里陪着太太？"

"哼！他要肯在家待着，我就谢天谢地！我只怕这畜生，连自己当爹了,都不晓得!”过了一会,郑大观又说道,“福二,我知道你平时和依颂最好,想必清楚他都爱去哪些地方闲逛。这个时候,只好再辛苦你一趟,今夜无论如何都要把那厮找回来。等那厮回来,看我不好好教训他一顿!”

福二不敢违命,回房间换了件直襟长袍,换了双布鞋,便匆匆走出瓷缘斋,开始在城里到处寻找。福二是郑老爷有一年从集市上捡回来的小乞丐,这个一生下来就略微跛脚的小乞丐被郑大观带回来时满面尘垢,洗去尘垢后却很清秀,故而也深得郑大观喜爱。福二经常跟着郑依颂一起,在这小城游荡。小城很小,不用一天就能从城南游到城北。不过小城也大,一条大河绕它而过,汹涌的波涛把它与外面的陆地分开,从此世代生活在这里的人便以为小城的世界就是全部的世界了。

福二寻思,按往常,这会儿依颂少爷应该在大福酒楼里和三五好友一起喝酒才对,于是他迈开脚步,急急穿过枕着一泓碧水的枕碧桥,一径奔到酒楼。酒楼的沈老板眯着一双小眼睛说:“没错,依颂少爷是在这里摆了一桌筵席,不过筵席早就散了,账还记在他头上。”

福二只得说了一堆好话,又替依颂偿了酒钱,心想依颂少爷一定是去了盛昌和的赌坊,于是又火急火燎地来到冠市街。

赌坊的蔡老板阴阳怪气地说:“依颂啊?早走了。”

福二问:“那您知道他去哪儿了吗?”

“我怎么知道?不过你来得正好。”赌坊老板从屋里拿了一本厚厚的账簿,指着夹在里面的一叠油腻腻的票据说,“你看看,这是你家少爷上个月欠的赌债,加上利息,不多不少,足足四百两银子!字据为凭，上面有他的亲手画押！他欠了这么多银子，要是月底还不还清，我就亲自上门去找你家郑老爷讨了！”

福二没想到依颂已经欠了这么多赌债，他又说了不少好话，再三恳请蔡老板宽限几日。走出赌坊，福二心里想，少爷既不在酒楼和赌坊里，这会儿怕是在玉兰坊的瓦肆里听曲看戏。于是他又跑到瓦肆，那里看戏的人说：“你来晚了，你家依颂带着一帮人来看戏，不过戏才看到一半，他就甩着衣袖走了！”

福二就像一只没头苍蝇，在漷州城里瞎转，最后，听得路上的行人说好像在水巷看见过郑依颂，福二拍着头道：“是了，我怎么一急就忘了！公子一定又是去见那个小娘子！”于是又急忙跑到芙蓉馆，站在一排红灯笼照得通明的回廊下，看着进进出出的客人，逡巡半日，不敢进去。从芙蓉馆里面走出来的客人指着前面说：“呶，那个不是你要找的依颂少爷？”

抬眼望去，只见郑依颂正歪斜着身子，左手拎了一把铜酒壶，右手被一个涂脂抹粉的行院搀着。福二喜出望外，跑上前一把扯住郑依颂的衣襟，叫道：“公子！原来您在这里快活！一地里都寻不见！”

郑依颂转过头，朦胧中错把福二看成了布衣巷的龟公，便不耐烦地推开他说：“你这个一天都在水巷十八楼里上蹿下跳的陈九公，我刚从院里面出来，这会还要去燕子楼会一个人，没工夫与你闲扯！你这人拉我怎的？我又不欠你银子！”

那行院一听，气得白瞪着眼埋怨：“贼王八！我看你是吃着碗里还望着锅里！我有甚亏待你处？芙蓉馆都装不下你？还想要去燕子楼快活！你是不欠他银子，可欠我的多了！平时你在我面前夸口说是这里的贵公子，说你家经营着好大一个瓷店，日进斗金，我看你纯粹在哄老娘开心！我可曾见你洒下一星半点儿汤水？反颠倒过来由老娘供着你这尊活佛！”

福二嘟囔道：“小娘子，你这话就差了，我家少爷可没少在你身上花银子，我看就是打个银人儿都还多了。”

那行院骂道：“呸！你哪只狗眼见我花了他一丝一文？还不都是老娘倒贴！”

福二被这行院劈头盖脸一顿乱骂，骂得半晌无言。知道这婆娘厉害，福二索性不与她一般见识，他转过背说：“公子，您醉得不轻，竟连我都不认得了？我哪里是什么陈九公，您再仔细瞧瞧我是谁？我是您家看柜面的老伙计，福二！”

郑依颂道：“原来是福二，你找我，家里没什么事？”

“正有一件天大的喜事哩！”

“什么天大的喜事？”

“是奶奶生了，公子这回终于如愿以偿，当爹啦！”

郑依颂听了，惊得两眼大睁着，猛地记起自己的妻子怀孕很久了。可他很快又想起，就在前几日，郎中来他府上把脉，说惜白要到十月才临盆，为此他还特意写了个算命的帖儿，交给他老子郑大观，郑大观又去请十字街的老秀才俞长亮翻了几卷经书，给这个未出世的孙儿取名叫郑墨青。眼下才刚过白露，离十月尚早，于是郑依颂啐了一口在地上，气愤愤地说：“放你妈的狗屁！我娘子若生，她肚子须再大一圈！”

福二满腹委屈道：“公子，这种事，小的岂敢有半句谎言！小少爷一生下来就白白净净，见人便笑，把一家人喜欢得要不得。难得老爷一大把年纪，还不顾山高路远，一个人专程跑到拂叶寺去烧香，倒是少爷，还有心思在花街柳巷喝酒！”

“我娘子当真生了？你不是为了叫我回去才编出这种谎话？”

“这都什么时候了，我还骗您！公子快回去看看吧！”

郑依颂听了这话，酒就醒了，他一高兴，就手舞足蹈地叫道：“嗐！福二，你为何不早叫我？你快把我那手铜酒壶递过来。”

福二抱紧酒壶说：“还好说哩，整个溧州城，都被我翻了个遍，谁想您躲在这里自在！公子还要这酒壶干什么？这会儿您不会还惦记着喝酒吧？”

郑依颂笑道：“这样的喜事，岂能无酒？”

那行院听了愈发暴躁，指着郑依颂破口大骂起来：“老娘不知哪来的晦气，巴上你这个王八！一旦有了一点尿泡种子，就狗耳朵上戴了银响铃，得意忘形，把老娘甩一边，还差点闪了你老娘的老腰！”说完上前一把抢过酒壶，一片声嚷着，“我让你这王八喝！让你这王八喝！”当着郑依颂的面就把那半壶酒全泼在了地上。

郑依颂也顾不得那壶酒，他撇下福二和行院，一路跑起来。他一跑那身上的酒气就全部洒落在风中了，在他唱出的歌声中全化成了一个个音符，就连他系在腰上的锦带都在风中飞起来了。

此刻的瓷缘斋静悄悄地伫立在溧州的大地上，院子里的梧桐树在莹白的月色中投下一道斜长的倩影，在空中飞舞的梧桐叶，有一半凋零了一地，还有一半撒落在青墙黛瓦上。那棵梧桐树是郑依颂刚出生时郑大观亲手栽植的，如今郁郁苍苍的梧桐叶已经遮盖住半个庭院。

已至夜深，郑大观早已等得不耐烦，在老婆一再催促下，先回卧房睡觉去了。墨青和惜白也睡得正香。仆从们从早忙到了晚,已累得各自回了房休息,只有一个守夜人还靠在长凳上打盹。烛台上的蜡烛快烧尽了,烛汁沿着桌台流了一地。郑依颂轻轻地从守夜人身旁经过,蹑手蹑脚地回到厢房,轻轻推开一扇木门,趁着月光端详着墨青那天使一般的小脸蛋,墨青躺在一床镶花的被单里,他轻轻地碰了碰墨青粉嫩的脸颊和小手,像摸到一团柔软的水草,郑依颂笑了,心想:“这小畜生长得确实有几分像我。”

四

郑大观与三渡法师对弈时，就坐在拂叶寺后殿的石墩上，青色的石板上铺好了黑白两色棋子。不多时，一局终了，看见庭前的落叶纷纷扬扬地飘进了庭前的沟渠里，有一片叶子正好落在棋盘上，郑大观用手指弹开落叶，落下一粒棋子，像大彻大悟似的说："大师，您看，这萧萧落叶，或漂在水上，随波逐流；或碾入尘中，随土而腐。我想一个人的一生不就像这落叶一样吗？世事虽艰，可人生几何，须臾而已。你我偷得半日闲情，一起对弈于此，可下完了这盘棋后，你就要回去打你的坐，我也要回去卖我的瓷了，这样闲适的日子，不知道还能有几回呢？"

三渡法师也落下一粒棋子："施主，你只知落叶或浮于水上，或碾进尘中，感叹凋零至此，却不知万事万物自有个各有所归的道理。就譬如这落叶，它生于枝头，兴时吐翠，衰时枯萎，其兴也勃，其亡也忽，所谓有起便有落，有聚便有散，有生便有灭，有始便有终。世间的大道，莫不如此，从来就是不增之一分，也不减之一毫。所以任其自然，各行其是罢了。"

郑大观似有所悟。他想，刚才大师说万事万物都有个归所，泥土是落叶的归所，天空是飞鸟的归所，大海就是江河的归所，他便问自己："我命里的归所是什么呢？"他想了又想，以为也许依颂的出生，就是自己的归所吧。他想自己把一生的心血都倾注给了瓷缘斋，而瓷缘斋最终是要从自己手上交给儿子的，儿子又要传给孙子的，这样一代传一代，如此百年之后就如自己的生命又得以延续，譬如一次重生。于是，郑大观说："依颂就是我命里绕不开的归所。"

墨青的出生，似乎也要成为依颂的归所了，从此让这个浪子悬崖勒马。至少在墨青出生的头几天，依颂就像变了一个人一样，好像真应验了郑老夫人时常挂在嘴边的那一句话："依颂一出生，老头子就改头换面，今天墨儿出生，依颂怕是也要悬崖勒马了！"

德胜坊的章秦玉又来叫郑依颂去喝酒，他懒懒地不想去。澜庭阁的张子虔叫他去芙蓉馆翻牌子，他一本正色，以从来没有过的严肃口吻拒绝说："再不要在我面前说起那个地方，我已经对它没有一点兴致了！"

郑老夫人指着正在搬瓷的依颂对郑大观说："郑家前后出了两个浪子，这两个浪子又都先后改过自新，成了溗州最了不起的人物，一个是你，另一个是我家依颂。"

郑大观浅浅地笑了一笑，说："也没你说得那么厉害。"

郑老夫人又说："你看，你看，依颂真的变了，变得越来越像老爷了！"

郑大观不动声色："还不好讲，还不好讲，再等等，再看看。"

墨青满月的那一天，亲戚邻居都来庆贺。依颂忙里忙外，招呼客人，让每一位客人都有一种宾至如归的感觉，一向忙忙碌碌的郑大观反而落得一个清闲了。

席间，有一位客人说："依颂变好了，你们信吗？之前他还是个浪子，转眼就做了一个君了，我先打个赌，他的变好不是装的。"

旁边一位客人说："今天的日子不同，他好歹也要做做样子。蛹化成蝶尚需时日，我不信他那么快就能做君子。"

又一个客人说："东头大街王阿公家的三公子前几日进了学，我住在他家对面，知那三公子和我东家依颂少爷是一年的，我看着他们两个长大成人。说起来，依颂比王家老三聪明伶俐了不知多少，只是一时误入歧途罢了，毕竟禀性是好的。连王老三都进了学，我看依颂少爷迟早也是要大发的了。"

郑大观听到他们的对话，也不辩驳，只是淡然发笑。晚上，筵席散了，客人们也都三三两两地回家。依颂把所有的客人送走后，拖着疲倦的身子回到厢房里，独自守在烛光下，久久端详着墨青的小脸。也许那个时候，墨青真的是依颂命里的归宿。

月光如银，招惹了一夜清风来偷月光，却惊得篱落上疏影横斜的梅枝上的花骨朵儿全部被吹放了，开过了的花落了一地，空气里还流淌着花香。客人走完后，郑大观不肯回房休息，似乎他的兴致才刚刚起来，激动地说："我很久没有看到月儿这么圆，花儿开得这么艳了。"于是他特意叫下人在院子里摆了一个案儿，在几上摆了一件自己收藏多年的青瓷，他弯下腰，从地上捡起零落一地的花瓣，把它们装在那个青瓷瓶里，置于桌上。又把依颂叫过来，一个朝南而坐，一个朝东而坐，他们闻着残花的清香，好像要用瓷瓶把满园的春色永远藏在瓶中一样。随后，他和依颂两人对饮，举杯邀月，彼此敞开心扉，聊着聊着，郑大观就说："依颂，你信不信，明天我就拿这瓷瓶里的花来酿酒，酿出来的酒一定清香爽口，比得上天宫里的琼浆玉液。"

依颂说："我不信。"

郑大观又说："依颂，你信不信，我在你这个年纪的时候，可以沿着大通河一直泅水二十里，我那时可是这一带弄潮的好手。"

依颂说："我信。"

于是郑大观向依颂讲起年轻时候干过的那些勇敢的、荒唐的和有趣的事儿，他又回忆起自己后来是怎样改过自新的，他像倾诉衷肠一样娓娓道来。因一时尽兴，说着说着，就眼里含着热泪，忘情地唱起了一支小曲。

是的，自从墨青出生后，郑大观就明显感觉到依颂变了，变得顾家了，就像当年他从一个放荡不羁的浪子变成了一只温驯忠实的小鹿一样，似乎一切都是冥冥之中的安排。虽然他嘴里不说，但对依颂的每一点变化都看在眼里，记在心里。他之前也怀疑这种变化只是一个人的伪装，或者是一时的兴之所至，毕竟本性难移，只要假以时日，就会恢复原来的面貌，就像那潮水涨了后总要退下去露出光滑的石头一样。可是他观察了很久，就确信依颂的变化是出自骨子里面的深刻变化。自墨青出生以后，依颂每天待在瓷缘斋里，不是守着铺子，就是守着他的妻子和儿子。

大约过了十天，郑大观把依颂叫到自己的房间里，郑重地说："我知道你在外面欠了很多债，福二都如实跟我讲了。赌债也是债，酒债也是债，风月债也是债，人家都是做买卖的，就跟我们卖瓷的一样，欠了债，就算砸锅卖铁也要还，这是做生意的规矩，也是立身不破的道理。待会我就叫管家过来，让他把你所欠的银子都一笔笔记下来，你便随他去账房支了银子，再一家家去把你欠的债都还清了吧。"

依颂寻思他这几年欠的债不说有七八千两银子，也有四五千两银子了。

郑大观又说："可银子不是白白拿给你还债的，自己的债还得自己去还，自己闯的祸也要自己去扛，所以你从我这儿支的这些银两，我都会一笔一笔记在账上，我只是暂时借给你，最后你都是要还给我的。"

依颂问："我身无分文，要怎么还呢？"

郑大观说："这很好办，从此你到瓷缘斋来，从伙计开始干起，一天付你一贯钱工钱，把所欠的银子一点点赚回去，然后再还给我，你需要记得赚钱的辛苦，生活的不易！"

依颂想："似此还债不知要等到猴年马月才能够还得清！"自此以后，郑依颂就开始在瓷缘斋打杂，起早摸黑，从最累最苦的活儿开始干起，和店里做事的伙计一张桌上同吃，一张床上同睡。

有时依颂累得就靠着门口睡着了，有时累得就靠着伙计的肩膀睡着了。

郑老夫人心疼自己的儿子，叫依颂干活时悠着一点儿，别专去拣那些下人们才去干的脏活累活来干，去拣些轻活做一做就行了。郑大观听到后很生气，大声嚷道："让他干！让他干！都是你这个老乞婆惯坏他的！"

一天，郑大观走过来对依颂说："清风轩的常老爷定做了一个青花缠枝抱月瓶，这是他送来的图样，你依照常老爷的要求，去找做瓷人烧一只一模一样的瓶儿来，做好后再亲自把它送到常府上去吧。"

依颂接了图纸，见图上的瓷瓶做工精巧，式样奇特，跑到窑场做瓷人那儿去问。做瓷人一个个都摇着头说："难，难，你这只瓷瓶恐怕整个浮州没一个人敢接手,没一个人做得出来!"

依颂听了心里便凉了半截,可他并不气馁,又振作精神,跑遍了浮州和汀州的每一寸地方,问遍了所有做瓷的匠人,终于打听到一位曾经在窑场烧火的金老爹做得出来,不巧这位老爹去东洲他侄儿家走亲去了。郑依颂便亲自驾着船,到东洲把金老爹请到窑场,那老头儿依葫芦画瓢,竟做出一只一模一样的瓶儿。他又小心翼翼地抱着它送到了常府,如期交了瓷瓶,收了白花花的银子回来,再径直奔回瓷缘斋,把银子移交入了库房。管账房的老先生把钱放在戥子上称了称,一分一厘都不少。

又过了十天,郑大观说:"明天你和福二一道去兴周府跑一趟吧,运一车瓷石回来,瓷石要又白又纯。再去运一车白云土回来,白云土要又软又细。"

郑依颂不解地问:"我们只是卖瓷的,又不是做瓷的,要白云土干什么?"

郑大观说:"你不要多问,我自有一个道理。"

福二忙说:"公子怎么去得那个地方?我听说去兴周府的路上如今很不太平哩。"

郑大观说:"叫他去,叫他去,生死自有天命,他若在路上遇到强盗,也是他命中应该遇到的劫,躲不躲得过,看他的本事。"

兴周府离浮州有四五天路程,一路上常有剪径神出鬼没。依颂二话不说,随即与福二一道,带了三名工人,整顿好行装,准备好马车。为了躲避强盗,他们迟行早住,与客商结伴而行,等天一黑就在旅馆下榻。不几日,来到兴周府地界,也顾不上歇息,就下到各家卖瓷料的店里,对瓷石和白云土反复勘验比较,谈好了价格,选了最好的材料装上车，终不辱使命，如期把瓷石和白云土都运回来了。

郑大观见了，心中暗喜。又过了三个月，他把依颂叫到自己跟前，神神秘秘地从一个金丝楠木立柜中拿出一沓账本，对依颂说道："依颂，这是瓷缘斋的账本，一条条一款款都记着明细，分明就是我这瓷缘斋发家的历史。当初瓷缘斋在你爷爷手里的时候还是一爿不起眼的小店，只有一间房，地方太小，只好从中间隔出一道来，就在东边卖瓷，在西边做饭，晚上就打个地铺，枕着那些瓶儿壶儿罐儿睡觉。如今这爿小店已经变成了大店，俨然是浮州城第一字号瓷店。"他顿了顿，接着说，"我这一辈子，想一想，也算与瓷结下了不解之缘，我以瓷为生，因瓷而痴，恐怕也注定要为瓷而死哩。"

"阿爹您说的是什么话……"

郑大观打了一个手势，示意他不要多说。郑大观继续道："为瓷而死……好哩。我这一生，除了做瓷的生意之外，真是别无长物了，我的全部心血都倾注在这瓷缘斋上面，等有一天我老了，老得干不动了，瓷缘斋还不得靠你小子打点下去不是？依颂，你一定要秉承父志，一心把瓷缘斋发扬光大，以后再把这家瓷店传给墨儿，你也要像我教你一样教墨儿怎样经营好瓷缘斋，再由墨儿把它传给下一代，就让这瓷缘斋一代一代地传承下去。"

郑大观忽然想起三渡法师讲法时对他说过的话："你皆因此而起，也皆因此而灭。"法师讲法时，他正低着头凝神想着那一水的瓷器，于是把"此"误听成了"瓷"。想到这儿，郑大观就满意地笑了，心想："错就错呗，反正都一样。"他再也懒得去纠正这一处错误了。他半闭着双眼，悠闲自然地默念了一遍又一遍："你皆因瓷而起，也皆因瓷而灭。"

郑大观又拿出一枚玉石雕刻的印章，交给依颂说："这是瓷缘斋的印鉴，见印如见人，盖上印鉴，就是跑出去的马，泼出去的水，哑巴亏也要吃的，赔本的买卖也要做的，赴汤蹈火也要受的。"

依颂接过厚厚的账本，又把印章系在腰间，从此依颂成了瓷缘斋真正的当家了，郑大观则退居幕后。

倘若下面的人再问郑大观要进什么瓷，摆什么样，郑大观便显得很不耐烦，连声叫道："问我干什么？你们去问依颂，去问依颂。"

依颂自从当了瓷缘斋的主人后，就再也不受管束了，他就像一只在空中独自高飞的鸟，扬起翅膀越飞越远，瓷缘斋在他的经营之下风生水起，越来越成气候了。然而，他飞得越高，也就越容易失去方向，飞得越远，就越找不到回家的路了。

五

春去秋来，拂叶寺的银杏叶落了两遍，城南古墙上的蔷薇花趁人不注意时偷偷地开了两次。

德胜坊的章秦玉找到依颂，勾引他："红润楼新酿了女儿红，去不去喝一盅？"

依颂摇着头说："不去，不去。"

"赌坊里来了一个西域人，他的牌玩得像风一样，骰子在桌上转得像雨一样，要不要去看一看？"

"不去，不去。"

"玉兰坊的勾栏里有个粉儿吹箫吹得极好，听得让人如醉似痴，如痴似醉，要不要去听一听？"

依颂一本正经地说："章秦玉，你没看见我在忙吗？你没地方趁钱使，我现在要还债，身上哪还有余钱同你们去干那些事！"

依颂又拿着算盘在他面前晃了几晃，拨动着算珠像雨点一样哗啦哗啦地响起来。

章秦玉说："'人生得意须尽欢，莫使金樽空对月'，这可是唐代谪仙人的教诲呀。你每天拿着这个算盘，对着这些不会说话的瓶儿罐儿发什么呆，这样的生活过得还有意思吗？"

依颂不说话，算盘依然拨得像一阵风。

章秦玉自知很无趣，啐了一口，败兴而回，临走时嘴里叽里咕噜不知道在骂些什么。

章秦玉不再找依颂玩了，张子虔见到依颂干脆就躲起来，他们都说："依颂这小子也不知道撞了什么邪，完全像变了一个人一样，每天只会抱儿子，守铺子，像只木鸡一样无趣得很，他要是再这么下去，迟早会没有一个朋友，他这一辈子算是彻底完了。"

自从墨青出生，依颂就真的变了，他对以前的那个姘头再无任何兴趣，再回过头来看那些浓妆艳抹得好像要流出油来的粉头时，他就觉得这些不过都是一些庸脂俗粉罢了，从此他果断与那姘头断了往来。至于他常去的酒肆、赌坊和那芙蓉帐掩的秦楼楚馆，也不再走动。他远离了灯红酒绿，耐住清寒苦楚的寂寞，每天只守在瓷缘斋里，料理生意上的各种繁杂的事务，常常从早忙到晚，又从晚忙到早，一直忙到焦头烂额为止。

姘头见他不再来走动，气得在阁楼上埋怨了他一天一夜。老鸨看着她通红的眼睛，安慰她："旧的不去，新的不来，我们女儿心要千伶百俐，莫要在一棵树上吊死，冷落了其他金主。咱们行院人家迎来送往，自然之理。"

姘头哭着说："我不是想他，自上次他在芙蓉馆门前推了我一把后，就把那一点恩情都弄没了，像这种没心没肝的人，我不把他臭骂一顿就不能解恨！"

她用鄙夷的眼神看着一个喝得醉醺醺的嫖客抱着栏杆睡在走廊上，咬了咬嘴唇说："原来天下的男人没一个好东西，都是喜新厌旧的种，可我们女人也不是路边随便就能丢弃的野花。好，好，他不来倒好，最好永远都别来。从此他过他的，我过我的，我们相逢是路人!”

姘头毕竟曾是烟花柳巷的头牌,自然她那红艳艳的石榴裙在搔首弄姿的风情映衬下,轻而易举地俘获了一众慕名而来的少年公子。没过多久,她就把依颂的影子从自己的记忆中完全抹去了。

瓷缘斋的生活,却依旧单调得乏味,单调得让依颂感到身心俱疲,单调得让他开始怀疑生活是不是应该按着这种样子继续下去。他总觉得有理不清的头绪,打不完的交道,做不够的人情,处理不完的关系。上上下下,左左右右,都需要小心打点,仿佛一片平静的水面下总是暗波汹涌,稍有不慎,就会被突然兴起的波涛吞噬。

他实在弄不懂父亲为什么会对瓷行里的凶险视而不见,反而认为瓷的世界就像上好的瓷坯一样没有半点杂质,清平一片。那些凶险,他可是看得真真切切,明明白白。当他告诉父亲时,父亲不但不以为意,反而告诫他:“这些魑魅魍魉,何须担心?你对它们视而不见,不去招它,也不去惹它,它们就不能把你怎样!”他更不懂父亲为什么会对瓷那么沉迷和用情至深。在他看来,那些石头泥土做成的玩意儿,冷冰冰的,没有思想,既不会说话,也不会听人说话。

没有旁人在的时候,他就对福二坦白:“如果不是老爷子把瓷缘斋看得这么重,我早就一事不管了!”

他还说:“如果不是墨儿还小,又那么讨人欢喜,让人牵挂不舍,我早就像一个云游的诗人,骑着驴子,穿着木屐,吟着自己做的诗儿,哼着自己谱的曲儿,寄情于山水去了!”

他浮想联翩,一心向往书画里面那些骑驴唱对的隐士,感觉自己骨子里只适合做一名吟风弄月的诗人,他总觉得这些人不是风流倜傥,就是放任自然,是真正的名士。可是瓷缘斋是他想释怀却又无法释怀的重负，似乎他一生下来，就不能做一个诗人，也不能做一个隐士，而是注定要与这些瓷儿罐儿纠缠不清，去做一个卖瓷的生意人，一个俗人，在俗世中沉沉浮浮。那些瓷器被月光照得晶莹透亮，它们曾让无数人为之心动，甚至癫狂，他却对瓷一点都心动不起来。有一次，他指着架子上的瓷器，无奈地对福二坦诚心迹："我天生就不是一个卖瓷的，却不得不与这些土疙瘩纠缠不清。一个人喜欢的事做不了，不想做的事却不得不去做，这或许才是他一生中最大的不幸。"

郑大观坐在书房里，每天把玩着一些小件儿瓷器，那些瓷在他身上磨来磨去，在他手上捏来捏去，瓷儿被磨得温润如玉，捏得晶莹透亮。

郑大观对依颂唱道："诗是瓷，瓷是诗，我们大宋不仅有诗，还有瓷！"

每当唱到这儿，依颂就笑着问："看吧，您老人家又唱起来了，爹，您这唱的是词牌的词呢，还是瓷器的瓷呢？"

郑大观也笑道："都一样，都一样，词和瓷都是我大宋的精粹，物虽不同，理却相契，它们的境界都能超凡入圣，都一样令人神往。"

依颂心想："这个诗词的'词'和瓷器的'瓷'是两样完全不同的东西，怎么能够混为一谈？"

郑大观握着依颂的手激动地说："依颂，你可千万别小瞧了这玩意儿啊，瓷把诗、词、书、画的技艺全部融汇在它的身上，瓷的境界可高可远，格局可大可小，它聚百家之长，融万物之性，每一件瓷器里面都住着一个灵魂，每一件瓷器都是有魂有魄的精灵哩。"

依颂便问："那您说什么是瓷的魂？什么又是瓷的魄呢？"

郑大观想了想，慢条斯理地说："魂，道也。魄，意也。"

郑大观说得不明不白，依颂也听得半知半解。

郑大观又说："你可别以为做瓷很容易，岣嵝山有一个做瓷的老头，人称'瓷魔'，三年才做得一件瓷器，听说他做出的瓷白天对着太阳光会发出铿铿的鸣声，晚上对着月光会发出呜呜瑟瑟的泣声，瓷里面若不是住着一个精灵，你想那瓷器怎么会唱歌？他每做完一件瓷，就会焚一炷香，然后对着做好的瓷儿瓶儿大拜三拜。"

依颂听得咯咯地笑起来，心想哪有三年才做一件瓷的道理？他觉得那个瓷魔的行为实在荒唐怪异。在此之前，他一直认为父亲对瓷的痴迷应该无人能及，没想到这个瓷魔的痴境更胜一筹。

他说："我看这个瓷魔大概是个疯子吧。"

郑大观不以为然地回答："人不疯不成魔呀，要不人们怎么叫他瓷魔？"

郑大观说起那个瓷魔的时候一脸的向往和敬意。依颂心里却在嘀咕："老爹呀，那瓷魔是谁我不知道，他住在哪儿我也不关心。可我看您若再这样下去，您倒也快成魔了。"

自始至终，让依颂无法理解的是，瓷魔和他的父亲为什么会对瓷如此痴迷，那冷冰冰的瓷器真的有什么魔力可以让人如此倾心吗？真的如父亲所说那样瓷里住着会唱歌的精灵？为什么人们会在它面前如此疯狂呢？他的思绪像大通河那些飞散的柳絮一样飞扬出去了。他进而又想，是物羁绊了人，还是人的性情必须由物而起，并随物而生呢？是不是一个人的心情必须寄托在物体之上，有所依托了，才能更好地释放呢？可他又分明看到是物把人的性情束缚住了，让人去做物的奴隶，让人玩物丧志。所以到底是人役使物，还是物役使人？到底是物让人获得自由，还是物使人沦为囚徒？他实在分不清楚。瓷魔和父亲的偏执既令他感慨，让他觉得望尘莫及，可又令他觉得困惑，感到不安。他只能遥望他们的境界，但他又觉得那一层境界是那样的虚无缥缈，如同水里的倒影，山上的烟雾，被风儿一吹就散了。他好几次想驱散内心的恐惧，那些由瓷生成的恐惧，隐隐地在心里面作痛起来。他实在无法想象如果自己有一天也像父亲和瓷魔那样，自己将会变成怎样一个人。他想，这个人一定很快乐，因为痴狂，也一定很痛苦，因为羁绊，但无论如何这都不是他想要变成的样子。

六

不知有过多少这样的黄昏，依颂的心底时不时像大通河的河面一样泛起了一层波澜，一股向往自由的冲动像地底的泉水在暗暗地向上涌动，沉默而倔强地与家族使命对抗，与人生的固有程式较劲。他试图摆脱卖瓷人单调枯燥的生活，试图挣开那些俗世的羁绊，可是他的挣扎毕竟微弱而又徒劳，仿佛命运的大手从不容他走得太远。家人的殷殷期待以及周围人热切的注视，让他常感身不由己，让他失去足够的勇气，使心底的微漾泛滥成汹涌澎湃的洪流，他怕这洪流最终会把一切吞噬。

眼见天渐凉了，在一个暮霭沉沉的日子里，一个人的意气也会随之消沉。依颂和福二两人似乎都装了心事，一前一后，在大通河堤岸上踩踏着一地的飞絮。一弯残月倒映在大通河面微微扬起的波澜里，晚风吹荡着两岸的垂柳，卷起三三两两行人的衣袂，依颂尽情地呼吸着这新鲜的气息，任由那些纤柔的柳枝轻轻拂拭着他的肩膀，拂散周身的疲倦。只在此时，他才感觉自己像一只从笼子里面刚刚飞出来的山鸟，从惊惶中初定心神，扑打羽翅，嘘唏一声，重入林子。

他们忽然听到吹箫的声音，忽长忽短，忽远忽近，像是追着天边的那一簇晚霞而来，又像是从散落的柳絮中吹溢开。

依颂站定，侧耳聆听，满脸惊讶地问："福二，你听，哪里的箫声？想不到溇州这小地方还有吹箫吹得这么好的。"

福二说："莫不是从河面上的哪条画舫传过来的？"

此时两个人都听得有些沉醉了。两人便循着箫声追过去，来到正对着画舫的岸边。

依颂道："福二，你去找条船来，这吹箫的一定是位高人，咱们驶过去看看，有幸去拜会拜会他。"

福二说："少爷，这么晚了，到哪儿去雇一条船？"

咦！说也凑巧，忙了一天的打鱼人驾着一叶扁舟正准备收工回家，唱着渔歌划过悠悠的清波，刚好从旁而过。福二叫道："那不是一条船？"急招手叫住船家，依颂掏出一钱银子给了打鱼人，央求船家载他们到河心那条画舫上去。于是，打鱼人棹起船桨，缓缓驶过去，泊在河心，依颂登上画舫，向画舫里的人拱手作揖，道明了来意。

一个丫头从船坞中走出来，奉上两杯清茶，叫声："请用。"

又有一个童子，掇了两条方凳，叫声："请坐。"

独独不见那吹箫的主人，也不再听见那吹箫的主人吹箫。

依颂请求道："刚才箫声朗朗，似从此船而来，听那箫声，清耳悦心，不落尘俗，让人禁不住驻足倾听，小生斗胆，可否请吹箫人再吹一个曲儿？"

他顺手从袖口里摸出一把碎银子递给奉茶的丫头，说："些许酬劳，不成敬意。"

丫头掀开帘子，进去说了些什么，走出来问："我家主人问公子想听什么曲儿？"

依颂回道："说来惭愧，我对音律宫调一窍不通，就请你家主人随手吹一曲在行的曲子吧。"

丫头又进去回禀了，不一会儿走出来说道："请公子慢慢用茶，想必公子是位志在四方的好男儿，我家主人说那就吹一首形容边塞男儿的《关山月》好了。"

依颂说："有请。"

于是，一曲《关山月》响起了，悠悠扬扬的声音，缠缠绵绵的旋律，仿佛道不尽边关戍客心中的忧思，诉不完远方战士的辛酸。依颂听得入了迷，仿佛他就是那个黄沙弥漫中的边关战士。曲终人静时，声音还在回荡，凑耳聆听，原来是船桨拍打着波面的哗哗声。许久许久，依颂还沉醉在那个边关戍客的梦中。

晃动的珠帘内，只见吹箫的人儿影影绰绰，依颂却早已听得如痴如醉了。

福二忽然拍了依颂肩膀一下，惊散了他的梦。他醒过来，由衷地发出赞叹："真好，吹得真好，这怕不是人间的曲子，而是天上的曲子！"他那情不自禁地连声叫好的样子，惹得丫头也忍俊不禁，咯咯地笑道："这公子好不痴哩。"

依颂又对丫头说："小子再斗胆，能否再请你家主人吹一曲？"

依颂要福二再从包裹里拿出所有的银两都充作听资，福二扭扭捏捏地说："公子，这可是卖了瓷收来的钱，还要交到库房去核数的。"

"不妨，算我借的，到时从我工钱里扣便是。"

"你说得倒轻巧哩，你一个月的工钱有多少！还要攒着还你那些旧债，哪还够扣！"

依颂嫌福二废话太多，又嫌他动作慢了些，于是一把抢过包来，把银两全部倾在桌上。

不久，又一曲《凤凰游》响起，宛如一只飞鸟扑打着羽翅，疾冲入云霄，好像就要惊动月宫中的嫦娥仙子了。

一曲吹毕，依颂还在咀嚼余味，心里想，能吹出这种声音的人，怕不是凡人，一定是天上的仙子吧。他十分好奇，就忍不住进一步请求："小姑娘，能否请你家主人相见一面呢?"

丫头对这个请求感到有些为难，但禁不住依颂满怀诚意再三央求，只好又钻进帘子里，问了主人，出来后就说："我就说了吧，你又不肯听，主人是不会见你的。主人说她已经吹得累了，况且夜已深，主人还要回去歇息，不便再会客了。主人还说公子如果真的是为了听箫而来，只在意那箫声是好是坏，又何必在意那吹箫的人长得怎样。还请客人先行回去，明儿再来听曲子吧。"

画舫已经靠岸，可依颂仍痴痴地坐在那儿舍不得离开。

福二催促："少爷，走吧，人都散了，那吹箫的人又不想见你，怕是脸上长斑，生得丑陋，故不敢出来见人，我们快一点回去，不然老爷又要生气了!"

依颂被福二硬拉下了船，可他的魂儿还在船上流连顾盼呢。

"请慢!"丫头忽然从画舫里跑出来，狠狠地瞪了福二一眼，然后把头扭向一边去，故意高声说道，"不知道是哪个无知的人在这里满嘴胡说八道，我家主人不肯见人，那是因为这世上有一些人根本不值得我家主人见上一见。我家主人是美是丑，既不要别人来看，也轮不到别人去说，关别人什么事儿呢。倒是有些人自己长得又矮又丑，没有一点自知之明，还好意思来说别人，真不害臊!"丫头的一番话说得福二不好意思地低下头，吐着舌头。过了一会儿，丫头又转过头来，对着依颂莞尔一笑，行了个礼说：“公子勿怪，我刚才不是说你，我是对着那些不会说话的木头桩子说话。我家主人已经改变主意了，她说人生如梦，知音难觅。难得客人这么爱听曲儿，又听得这般如痴似醉。主人说了，请公子再上船来，主人要亲自斟酒一杯，以谢公子诚意。”

依颂喜出望外，唱声“诺”，急忙上了画舫，端坐于船上。

过了一会儿，珠帘终于慢慢地卷起了，从里面走出一个窈窕秀美的女子来，大约豆蔻之年，手上拿着一支洞箫。那女子头挽高髻，颊敷淡粉，身上穿一件绫锦花纹短襦，明眸皓齿，风姿绰约，如出水芙蓉一般，轻移着莲步款款而来，真如一位不凡的仙子。

依颂看得呆了，便不自觉地有些失态。

那女子在他对面坐下，启朱唇，露皓齿，明媚地笑道：“奴家生得丑，请公子千万不要见笑。”

依颂知道女子是故意说给他听的。她不仅生得不丑，还长得极美。依颂羞赧地低下头，在这么美丽的女子面前他显得有些局促不安。

依颂赔礼说：“刚才是我不对，言语冲撞了姑娘，请姑娘千万莫怪。”

那女子浅浅一笑，心知故意用言语冲撞她的人并不是眼前这位公子，而是他的仆人，可她并不道破，又端上一杯素酒说：“常言道，金钱易得，知音难觅。不想知音远在天边，近在眼前。蒙公子赏脸垂爱，小女子敬上一杯素酒表示感谢。”

依颂接过来，一杯入喉，幽幽暗香，沁人心脾，依颂觉得那是他一生中喝过的最纯最美的酒。

那女子问:“公子以前常听箫吗?”

依颂惭愧地说这是他生平第一次听箫,他从来没有听过这么摄人心魄的声音。

女子说:“公子不懂宫调,却胜过那些懂宫调的人。”

不过寥寥数语,依颂便不由自主地生出一种相见恨晚的感觉。虽只这浅浅的一面,却已经在他的心里荡漾出一圈圈难以平静的涟漪了。

瓷缘斋就像一个池子,那池子的水是每天一点一滴汇聚而成的生活的苦闷,越聚越多,无法排泄。他常常做梦,梦到自己有一天驾着一叶扁舟,随波漂荡,追风而逝,再无俗事的羁绊。在这条画舫上,当听到女子的箫声时,他便被这声音带到了很远的地方,一个没有那些俗事来烦扰人的地方。

女子说她姓柳,是一个沦落天涯的女子,跟随父亲四处飘零。父亲过世后,她就在画舫里卖艺,至今已经有四五个年头了。有一天,画舫的老妈妈看到客人如织,笑得合不拢嘴,就指着天上的月亮为她取名说:“你姓柳,恰好这船上柳絮儿满天飞,月牙儿就挂在柳梢上,把这船坞都照得像银子一般通明透亮,照得客人像金子一样笑开了花,以后你就叫柳月吧。”

“柳月,柳月。”依颂又低声吟道,忽然觉得这被老妈子随口叫出的应景的名儿别有一番诗情画意。

柳月伸出纤纤素手,又斟满一杯酒,端上一盏递给依颂喝。

那一晚,他们只喝了三杯淡酒,说了寥寥数语,然而就是这三杯淡酒下肚,却让依颂醉了,这寥寥数语,久久萦绕在他耳际,让他出神了一整天。

离别的时候，依颂还在想着柳月，耳边回旋的只是那清幽淡雅的箫声和她说过的每一句话。

福二走在前面，依颂走在后面，长长的河堤上只留下他们两个人长长的身影。这主仆两人，一个要急着回去睡觉，另一个却还在那儿顾盼怜怜，多情自扰。

福二说："少爷，少爷，你在听我说话吗？"

依颂回答："你在说什么？"

福二接着说："俗话讲，'船载的金银，填不满烟花债。'老爷也常说这些唱艺的风尘女子是千万惹不得的。她们表面上对你浓情蜜意，装作一副楚楚可怜的模样，可实际都是吸血的蚂蟥、蜇人的马蜂，是填不满的窟窿无底的洞。有多少人为了她们落得倾家荡产、家破人亡的下场。"

依颂听不进去，他自言自语："柳月，柳月，以前怎么没有听说过大通河边还有一个会吹箫的柳月呢？莫不是她新近才到此的？"

福二说："少爷，你一路上念叨着柳月的名字，念了不下二十次了，管她是什么柳月还是什么杨月，哪里的月亮不是一样？"

依颂问："福二，她刚才是不是说'公子若不嫌弃，明晚这个时候还请赏光，奴家的船只还停靠在这片河心专等'。我没有听错吧？"

"没错，没错。"

"她还说明天还要吹一首香山居士的《长恨歌》给我听，对吧？"

"她好像是这么说过。"

"福二，那我们明天还来。只是须比今夜来得更早一点，不可误了时辰，让人家姑娘久等。”

福二拉长了脸，一脸不快地说：“少爷，你才出狼穴，又入虎口。好不容易才摆脱了以前那个姘头，难道现在又看上了这个柳月？你又想回到过去的样子，再与这个叫柳月的女子纠缠在一起吗？”

依颂红着脸：“福二，你不要乱讲。”

福二不满地说道：“若不是，你为何刚才那一出手，比起以前还要阔绰呢！几十两白花花的银子被你散出去，你连眼睛都没有眨一下。单听最后一支曲子，你就花了三十两银子哩！”

福二觉得这箫声不值这么多银子，他说姑且不论这银子是收了瓷要上库的，就算是去玉兰坊听那些卖艺人吹曲子，三十两银子可以听整整一天曲子！他又说依颂之所以愿意在这个女子身上花这么多银子，绝对不是听几首曲子那么简单，而是被这个女子迷住了，他猜测道：“少爷莫不是又动了什么歪心思吧。”

“我没有动歪心思！”依颂涨红了脸，脱口而出。

可福二哪里肯信，他一直在抱怨。依颂便有点恼了，不再说话，疾步向前而去，也不再理福二。福二追上来：“少爷，你是不是对那个柳月姑娘动了真情？我说，你可不能再……”

依颂这回真的生气了，他一把推开福二，满脸通红地吼道：“你放一百个心，我绝不至于像你想的那般龌龊，听人家吹箫就对人家另有企图，我是绝不会对柳月姑娘动情的！”

……

大通河岸上的柳絮被风吹得像漫天的飞雪，一点点飘落在水中被冲走了，扬在岸上被碾碎了，落在行人的肩上就被过往行人的汗水融化了。那箫声勾起的，或是离别愁绪，或是浓情蜜意，全都一股脑儿化成了飞絮被风吹走了。这些被柳絮裹挟的思绪缱绻在箫声中，随着旋律飘到了远方的山峦上。

从此，依颂没事儿就去大通河的画舫，有什么烦心事儿也去画舫，去听柳月吹箫。

依颂听柳月吹箫的时候，有时正襟危坐，有时一边亲自摇橹一边听柳月吹箫，他每次都听不过三曲。那曲《苏武牧羊》是他的最爱，《关山月》最让他感慨。

依颂经常去大通河听吹箫，去多了就难免让家里的人疑窦丛生。

郑老夫人忧心忡忡地说："你看，依颂又变了，开始回到以前去了。"

郑大观还是那句老话："不好说，还不好说，再等等，再看看。"

依颂并不像其他的公子哥儿，听歌的时候还有狎昵非分之想，他有时就靠着画舫的栏杆睡了，有时就依着月色和衣睡在柳月身旁，却始终没有别的什么意图。

柳月看着靠着桅杆睡着的依颂，在撩人的月色下，她很想伸出手摸一摸他那张安详英俊的脸，那张涉世未深却流露出淡淡忧愁的脸，可是她始终没敢伸出手去拂拭他脸上的忧愁，她便在朦胧的月光中痴痴地看着他，看了他很久很久。柳月这时才明白，别人来这里都是为了买笑追欢，唯独依颂才是真正来听箫的，在茫茫的人海中，或许依颂才是自己真正的知己吧。

福二冷眼旁观着这一切，他不由自主地想到了依颂当初在芙蓉馆里养的那个如马蜂刺一样的姘头，便忍不住打了一个寒噤。有好几次，福二都善意地提醒依颂应该远离柳月这样的风尘女子，以防再误入歧途，可是依颂压根没有听进去。

在船上听箫的时候，柳月的箫声像那些柳絮一样轻盈地融在了依颂的心里，让依颂的心绪像远处的山峦一样起伏，让依颂对瓷缘斋的生活不再感到沉闷，让依颂露出了久违的笑容。一曲已毕，他们无所不谈，他们谈着远处的山，谈着身边的水，谈着箫声之外的声音，正当他们谈得尽兴的时候，福二忽然站起来说："少爷，咱们回去吧，太太还在家等着你去小罗十字巷买锦绣台屏哩，若是小少爷醒来时，见你不在，又该哭闹起来了。"福二故意把后面"太太"和"小少爷"几个字说得很重。

谈话声戛然而止，福二的一句话如同棒打鸳鸯，随之沉闷接踵而至。依颂看了一眼福二，仿佛带着一丝怨楚，然后他难过地低下头去。

柳月同样沉默无言，她面无表情，再次拿起手中的箫，自顾自地轻轻吹了一曲，之前她的箫声吹得那么高亢清扬，现在她的箫声却吹得这么低沉缠绵。

依颂似乎已经没有心思听箫了，他不待箫声吹完就站起来，鞠了一躬说："晚了，我还是回去吧。"

依颂落寞地离开了，柳月也没有挽留，似乎两人都有难言之隐。之后有三四天依颂都没有来大通河听柳月吹箫，也没有去理睬福二，他垂头丧气地坐在柜台前，有时一坐就是一整天。郑大观笑着对自己的老婆说："我就说再等等吧，你看你看，干瓷这行的个个都不简单，个个都是真金不怕火炼，我们的依颂还是把持得住！"

所有的人都在庆幸依颂没有再次误入歧途，庆幸他又重新回到以前兢兢业业的样子，可是惜白却更加难过了。她明白依颂的沉默，明白那如一湖幽蓝的湖水一般的眼神中流淌出来的忧伤是怎样一种忧伤。为了那忧伤，她还偷偷地流了一行清泪。

坐在柜台前的依颂看着天上时聚时散的流云，数着从流云边上掠过的寒鸦，像以前一样习惯性地默想。他忽然听到前面人声嘈杂，不断有人神色慌张地跑过来，还有人光着脚丫，袒胸露乳，哭天嚎地。

依颂问："前面发生什么了？"

买瓷的客人说："是大通河岸的画舫起火了！听说是客人打翻了灯盏，烧了船上的锦帐。"

依颂听了猛然起身，再也顾不了被压抑的情感，连忙朝大通河奔去，他看见大通河靠码头的方向火光冲天，大通河的水被照得像是火山喷发的岩浆。

等他来到大通河河堤上，停在河心的那一条画舫变成了一条卧在波面上的火龙，毕毕剥剥地燃烧起来，不一会儿就把旁边的画舫也点燃了。还有几个追欢买笑的客人在水里像鸭子一样胡乱扑腾，时沉时浮。远处一条渔船不顾火势，尽力靠过来，拿钩子把溺水的客人一个个打捞了起来。依颂看得心急如焚，恨不得跳到水里去救人，可是他不会游泳。他忧心柳月的安危，他盯着那些烧得只剩下骨架的大船，隐隐约约看到船上的凤雕，怀疑就是柳月的那条画舫。他一边大声喊着："快，快去救人，求求你们，快救救我的朋友吧！"一边又死死盯着那水面，仔细辨认着那些溺水的客人，却没有找到柳月，他突然有一种不祥的预感，也许柳月此刻已经被烧成灰烬了，也许已经沉入河底了，她死的时候连一具尸首都没有留下，想到这儿，一股巨大的悲哀朝他袭来，让他瘫坐在地上，泪流满面，他开始号啕大哭。

画舫烧光之后，大船骨架上只残留了一些零星的明火。那些幸存的人庆幸逃过一劫，而死去的人却尸骨无存，谁也不知道死的人是谁，不过人们看到岸上那个号啕大哭的男人，便已经猜测出了几分，问他："公子，你亲人死了？"

依颂没有回答，反而哭得更加厉害了。

他隐隐约约听到后面有人在议论："听说在巢州一带卖丝的钱小官人也在船上，他新聘的娘子还没过门，这人就被活活烧死了，可惜！"

人们都在议论那些遭难的客人，却没有一个人可怜船上那些卖艺的风尘女子，甚至还有人谴责这些女子，在那里说风凉话："都是因为这些风尘女子在这里勾搭人，这一下害死了多少条无辜的性命！实在可恨！"

过了一会儿，人群开始慢慢散去，依颂还站在岸边抽泣，被那一种刻骨铭心的痛笼罩着。

也不知哭了多久，他突然听到有人叫他的名字："郑依颂？"

他猛然转过身去，破涕为笑："柳月，柳月，你没有死，原来你没有死，我见你经常泊船的地方火光冲天，周围船架已经烧得荡然无存，我以为你已经遭了不幸……"他跑上去，由极度恐惧变为极度兴奋，紧紧抱住了柳月，仿佛怕永远失去她似的。那一刻他为她担忧的感情喷涌而出，再也顾不上那些男女之防的世俗之见了。

他看到柳月的脸上飞过一团红晕，煞是好看。他把柳月抱得更紧了，柳月软绵绵的身子贴着他的胸脯，他感到她的身子在风中轻轻地颤抖，她的胸脯一起一伏。他轻轻地拍着她的背，又轻声地说：

“别怕，别怕，有我在呢。”他闻到一阵清香，从她身上散发出来的，如春风一般醉人。过了一会儿，他又哭又笑，就像一个孩子。等到松开手后，他问柳月是怎么从画舫中逃生的。

柳月旁边的丫头秋儿捂着嘴笑，插话说：“公子多心了，那条被火烧掉的画舫不是我们家的，我们的画舫停在另一头哩。也是万幸，今日一早我陪着小姐一起去街上买胭脂，又在十字街口看了一会儿杂戏，因此耽搁，回来时恰好碰到这边火光漫天，就赶过来看发生了什么事。”

柳月叹口气说：“只可怜了那些船上的客人，无辜飞来这一场横祸。”

依颂说：“这里人多嘈杂，我们去姑娘船上说话。”

过了一会儿，秋儿开始责备依颂：“公子，你为什么这几天都不来听我家小姐吹箫了？”

依颂感到很不好意思，一声不吭。

柳月说：“秋儿，郑公子来不来是他自己的事，这个完全随他，我们莫要强求。”

依颂低着头，不敢直视柳月的眼睛。

秋儿挤眉弄眼笑着说：“小姐，你那首新学的曲子吹得怎样了？只怕郑公子还从来没有听过那样好听的曲子哩！”

依颂问：“是什么曲子？”

柳月对依颂松口说：“这是奴家按照唐人手抄古谱新学的曲调，名叫《南山木》，你下次来的时候，我为你吹一吹这首曲子。”

有了柳月这句话，依颂就再也没什么好犹豫的了。他一改之前的颓废，再也不顾福二善意的规劝，不顾郑大观严厉的责备，每天一等瓷缘斋打烊，他就雷打不动地来大通河上听柳月吹箫。

郑大观气得不说一句话。郑老夫人看在眼里急在心里，她说：“老头子，老头子，怎么得了？这一回依颂又变了。”

依颂不回家，惜白每晚给依颂荡的酒都冷了，做的饭菜也凉了，她等依颂回来吃饭，等得心灰意冷。这世间没有不透风的墙，惜白先是听到了一些闲言碎语，心知大通河上泊着的那些五颜六色的画舫是那些南来北往的客人最爱寻花问柳的地方，在船上住着的多半是卖笑的风尘女子。她本来还以为依颂自此已经改邪归正了，原来江山易改，本性难移。本想盼了一辈子，终于盼到依颂回头，她那绝望的心融化了积年的坚冰，重新开始体会到人生久违的欢乐，昏暗沉重的生活又见到了曙光。然而当这欢乐眼见得将被别人抢走的时候，她感到无比哀伤和愤怒。不知道为什么，她能够容忍依颂夜宿青楼，却不能容忍依颂去见柳月。她想，以前的依颂是逢场作戏，而现在的依颂怕是情有独钟。

惜白为此大闹了一场。她把荡的酒倾在地上，把杯子摔得粉碎，又把陪嫁时锦盒里所有的金银首饰全部扔在大通河里。

依颂回来时，明显感受到了一股比大通河的河水还冷的寒气。他心知对不住惜白，不敢抬头看惜白，一到家就低着头往里屋躲。

“站住！”惜白冷冷地叫住他。

“你干什么去了？”惜白追问他。

“我去状元桥找应二叔，催他昨日买瓷欠的尾款了。”依颂支支吾吾地说。

惜白终于没按捺住，气愤地对依颂说：“你骗鬼哩！你心里有鬼，这会儿又想躲到哪里去？你去催账了？我看你是去还你欠的风流账了还差不多!别以为我不知道你前一阵总拉着一副脸,对人爱理不理,是因为谁,这几天你每个深夜都迟迟不归,又是为了去见谁。”

依颂戚戚地回了一句:“我还能去见谁?不就是店里的几个伙计和平日里几位老主顾?这几日州府官员在为太师寿辰做准备,点名要瓷缘斋的瓷,店里真的忙得脱不开身。”

“你不要再演戏了,你去见谁了自己心里不清楚?”惜白看了依颂一眼,又说,“我本想全你一个脸面,不肯说出来,你就装吧,装吧!好呀!你不肯说,我说,你是去大通河见那个吹箫的女人了,对吧?这女人吹箫吹得真厉害呀,一不留神把你的魂都吹走了!”

惜白死死地盯着依颂,她继续说:“你要是再去见那个柳月,我就带着墨青一头扎进大通河冰冷的河水里,到时你就再也休想见我和墨儿一眼了,别以为我只是说说而已,不信你试试看。”

然后,她抱着墨青,泪眼婆娑地哭诉:“我这人苦了一辈子,对生活本来早就没什么指望了,可你为什么又要让我有了盼头?既有盼头了,你为什么又狠心把这盼头掐灭?我知道男子的心是拴不住的,反正自己的心也早就死了,自己命苦也就算了,可既然有了墨青,孩子怎么都是无辜的,我不想他长大后晓得有这样一个爹,他也不应该像我一样跟着为娘的这么命苦!”依颂看着惜白哀怨决然的眼神,又看了看无辜的墨儿那双水灵水灵的大眼睛,那双清澈的眼睛里面充满纯真和欢乐,于是心里顿时生出一千个不忍。他把墨青抱过来,拉着惜白的手说:“好,我听你的,再也不去见那个柳月。”

依颂嘴上这么说,可心里还是忍不住惦记着柳月在昨晚说的那番话:“明晚公子再来时,你就给我讲讲那些关于瓷器的故事吧,我也给你讲讲宫调乐律,再教你怎么吹箫,好不好?”

惜白在家哭了一晚上,她实在很好奇这个令依颂恋恋不舍的人到底是一个什么样的女子。她只听福二说起那是一个吹箫吹得很好听的女子,常在大通河上泊着的画舫里面吹箫,至于其他的事情她一概不知,尽管福二向她一再保证依颂只是去听箫,仅此而已,可是惜白并不相信,她知道福二是依颂忠实的跟班,她怀疑福二事先跟依颂串通一气了。第二天,她没有对任何人说,轻装素面,扮成一个男子的模样,只带了一个随身的丫鬟,一声不响地来到了大通河东边的堤岸上,望着江心凝视了一会儿,等那箫声响起来的时候,她雇了一条渔船,朝着那传来箫声的画舫驶过去。

之前那个接待的丫头,是一个名叫秋儿的机灵女孩,她见有客人到便热情地迎上来:“客人是来听箫的吗?”

惜白说:“我听说你家主人吹得一口好箫,慕名而来。”

惜白从袖子里摸出碎银子,丢在秋儿的手里。秋儿照样乖巧地奉茶,又入帘子里面,问了主人,出来后又问惜白想听什么曲子,惜白毕竟是大家闺秀出身,懂得一些宫调音律,以前更听过各式箫声,便说了一支很难吹的曲子想为难为难柳月。没想到,箫声响起时,悠悠扬扬地吹皱了一池江水,又像幽幽地诉着往事,一点一滴地浸润心田,那箫声百转千回,简直如天籁一般。

惜白心想:“啊,她吹箫吹得多好听啊。”

一曲已毕,惜白说:“姑娘吹得一口好箫,难怪依颂自从来你这里听箫之后,就再也没有心思卖瓷了,一到了晚上,有家也不肯回,就直接往大通河这边跑哩。”

柳月一怔，凭她的社会阅历，分明看出对面坐着的惜白是个扮男装的女子，她知道惜白来者不善。她也不便识破，只是问："客人认识依颂吗？"

惜白说道："依颂是我兄弟，福二是我家的仆人。"

柳月接着说："依颂从来没有说他还有一个兄弟。"

"我是他的堂兄弟。"惜白看着柳月犹疑的目光，又说，"这并不奇怪，我家住南街街头的七里巷，堂兄家住北街街尾的司前巷，我还有个堂妹嫁到汀州月华去了。况且你又不是我堂兄家什么人，他也不是什么事情都要对你说。"

依颂每一次来船上听箫的时候，柳月只管认真地吹箫，她从来不过问依颂的身份，依颂也不主动去过问她的来龙去脉。一个只顾吹箫，另一个只顾听箫，仿佛他们早就这样商定好了。上一次若不是福二故意在船上透露，她还不知道依颂已经有了妻室。所以倘若依颂真有兄弟，柳月不知道也没有什么奇怪的。

过了一会儿，惜白试探性地问："既然姑娘吹得好洞箫，为何不跑去汴京吹呢？听说那里客人如织，最爱风雅。溞州这个小地方的人又不喜风流宴乐，听箫的客人能有几个？姑娘只管在这里吹箫，挣得了几个钱？莫不是还牵挂着什么人？"

柳月一怔，说自己在这里只为混一口饭吃就不错了，哪图什么大富大贵，然后又笑着说她最牵挂的人是老父，可是老父已经死了，所以她也就没什么好牵挂的了。

惜白又问："难道那些听箫的客人里面就没有个把值得姑娘留恋的人？"

柳月看了看那些飞扬的柳絮，便说自己是一个四处漂泊的女子，就像岸上的那些柳絮一样，风把她吹到哪儿，她就在哪儿停下了。来这里听箫的都是些纨绔子弟，有什么值得她迷恋的！她笑着说她不曾迷恋着谁，倒是那些风迷恋上了她。

惜白想："鬼才相信她没有迷恋谁，亏她用风来当借口，天下的女子我见得多了，可还从来没见过这么会装的风尘女子。"

在惜白的一再追问下，柳月终于说出了自己的经历，所以惜白渐渐知道柳月之前为船上的老妈子卖艺，后来积攒了一些金银，便自己买了一条画舫，又买了一个丫鬟，独自在船上吹箫生活，于是心底便有些钦佩这个坚强的姑娘了。不过一想到依颂被眼前这女子迷惑，她又有些气愤不平。她冷冷地说："姑娘，你的身世听起来让人可怜，你的经历也很曲折，可是既然生活如此不易，你更应该懂得珍惜才对。你既然靠吹箫已经积攒了一些金银，有了一点本钱，正应该购置良田，或者去街上开家店面，做些小生意，或找一个如意夫君，过正儿八经的良人生活，何必重操旧业，甘愿在这里沦落做一个风尘女子呢？"

一听惜白说她自甘堕落去做一名风尘女子，柳月的脸就微微红了。倒是之前那位奉茶的秋儿为主母感到不平："嗨嗨，这位客人倒会说什么风凉话，风尘女子怎么了？风尘女子就活该被人不齿了？我家主人只在这船上卖艺，也像一般人家一样靠一双手讨生活，靠一门手艺吃饭，总比那些养在闺阁里的官家小姐要强得多！那些自诩清高的闺阁小姐们，平日里衣来伸手饭来张口，被人伺候着，却终日无病呻吟，哪里懂得我们这些风尘女子的苦！"

这回轮到被秋儿抢白的惜白红脸了，柳月则沉默无言，过了一会儿才开口："秋儿，不得在客人面前无理，起风了，你去把船帘拉下来，顺便把我箱子底下那件宝蓝色披风找出来。”又对惜白说，“外面冷，我们到里面坐，我让秋儿再去温一壶酒过来。”

柳月又端起面前的酒盏说：“客人既然是依颂的兄弟，就是我的兄弟一般，这杯淡酒我敬你。”

柳月饮尽了，惜白看了看斟满的酒，她不会喝酒，却不甘示弱，于是也一口喝尽了，喝了后就咳了几声，一团红晕在惜白的脸上泛了起来。

不知不觉两人的话题又落在了依颂身上。

秋儿说：“小姐，往常那位公子一定准时到，这两天不知何故迟迟不来。现在都已过了戌牌时分，还不见他的人影儿，估计今晚他也不会再来了。他是这里的贵公子，贵人多忘事，哪会把我们卖艺人的话放在心上呢，也罢，也罢，随他吧，他爱来不来！”

惜白问：“你是在等依颂吗？”

见柳月不说话，惜白又说：“听箫的客人那么多，你为何只等他呢？”

柳月就说：“别人来听箫，都是为了买笑追欢，唯独依颂这个人才是真正来听吹箫的。”

惜白说：“可我堂兄并不懂音律啊。”

柳月笑道：“公子要听懂音乐何必懂音律呢，只要用心去听就可以了。”

惜白听了，便皱了皱眉，心想：“用心去听？在一个不懂音律的人身上那是一颗什么样的心？”

可惜白又想：“或许正如依颂说的那样，他与这个女子并没有什么。依颂只是一个听箫的人，而这位姑娘只是一个吹箫的人。依颂来这里是因为觉得箫声好听，而这姑娘在意的也只是他是一个真正来听箫的人，他们之间并没有什么别的意思！”可是惜白又转眼一想，“好吧，就算如此，他们这样彼此相惜，难免不会日久生情。”于是她又冷眼盯着柳月，冷冷地说道：“我劝姑娘还是死了这条心吧，我看你等的依颂今晚不会来了，他以后都不会来这里听你吹箫了。”

柳月诧异地望着惜白，很想弄明白惜白为何这样说，很想从她那里获得一个依颂为何不来的解释。

惜白说：“你纵然吹箫吹得好听，可那又怎样呢？我堂兄还有更重要的事情和使命等着他完成，没有闲情听你吹箫，你应该知道古人所说的靡靡之乐和亡国之音是什么意思。一个人若沉浸在声调宴乐中，就会消磨他的意志，就会让他德行有亏，就会……”

柳月还是一声不语。

“自古以来，那些被声色犬马弄得家业败亡的人比比皆是，远的不说，近的有上任知州家的赵七公子，为声色迷得没了家，还连累他父亲丢了官帽……姑娘应该也听说了……”惜白继续说道。

这时，船上的灯笼把江水照得晶莹透亮，渔人划开了清波，唱起了渔歌。

惜白看着那影影绰绰的渔船，听着那悠悠扬扬的渔歌，心有所动，便又指着那些乌青的渔船说：“姑娘你听这渔舟晚唱，唱的是什么？”

她们静静地听着，只听见渔人唱的是一首改编自唐朝诗人施肩吾的望夫词，渔人唱道：“手爇寒灯向影频，回文机上暗生尘，暗生尘。自家夫婿无消息，却恨桥头卖卜人，却恨桥头卖卜人。”

惜白问:“唱得好吗?”

柳月说:“唱得真好。”

惜白的目光又从渔舟转向堤岸上的行人,若有所思地说道:“姑娘,你听,纵使你的箫声吹得多么悠扬,多么好听,也比不上这些渔人回家时尽情欢快的渔歌声,也比不上路上行人匆匆的脚步声。在我看来,这些为生计和归程而忙碌的声音,才是世上最动听的音乐。这些为讨生活奔波忙碌的众生,他们根本无心驻足听你吹箫,你知道他们为何这样忙忙碌碌、行色匆匆吗?只因他们有高堂父母需要赡养,有妻儿在家里需要照顾,一家人全都悬望他们回家,所以他们才日夜兼程。在我看来,他们为生活的呐喊如黄钟大吕,他们脚踏黄土的声音如击钟磬。如果做夫婿的贪图个人享乐,在外面放荡不归,让他的妻儿独守着空房,让他的父母饱受冻馁,你说是不是就像这渔歌唱的一样,手爇寒灯向影频,回文机上暗生尘?”

惜白说完,看了她一眼,高傲的眼神中带着哀怨。柳月像是领悟到了什么,沉默良久,才说道:“公子,我已经明白你的意思了!”

柳月不再说什么了,她又默默地拿起洞箫吹了一曲《相思月》,那箫声被吹得像大通河的河水一样冰冷刺骨,那箫声、渔歌声、车马辚辚声、水声、风声交织在一起,声声入耳,让吹箫人平静的心再也不平静了。

那一晚,是柳月吹箫吹得最乱的一次。那一晚,惜白从船上回来,神情落寞地到了家里,一回到家里就躺在床上,眼上的泪痕还未完全干掉。依颂并不知道她去见柳月了。依颂见了惜白的泪痕,以为她还在为自己的行为伤心,所以既为她感到可怜,又感到难过，他甚至无法直视惜白的眼睛。他只好独自望着窗前的柳树和月牙儿兴叹，强忍着不去画舫。不过，他还是忍不住委托福二去大通河上的画舫走一趟，又从腰间摸出一束飘穗，惴惴不安地对福二说："福二，你去一趟大通河岸，把这个送给柳月吧，就说我因为家里有事被牵绊住，走不开，无法准时赴约了。你让她把这个飘穗挂在玉箫上，当个小挂件儿，算是为我不能赴约所表示的一点点歉意。"

他又把嘴巴凑到福二的耳朵旁说："千万别让惜白知道！"

福二很不情愿地说道："少爷，你没看见奶奶正在发脾气吗？你还敢送东西给那个风尘女子？就算奶奶不知道，我也绝不能做对不起咱奶奶的事情，我不去，我不去。"

依颂严肃地说："柳月不是一般的风尘女子，在我的眼里，柳月从来就不是什么风尘女子。"

福二道："她在画舫上又卖艺又卖笑，不就是个风尘女子？但凡良人家的闺女，谁愿意干这种营生？"

依颂道："福二，你错了，你只看到别人表面光鲜或不光鲜的样子，却看不到别人内心的苦楚和快乐，她在画舫卖艺，何曾卖过笑？她卖艺那也是因为她有不得已的苦衷，她忠贞的志向不是你能够明白的，而且我从来就不觉得卖艺本身有什么可耻的。"

依颂十分气恼，狠狠地瞪了福二一眼，埋怨他把柳月看低了，把柳月想得那么不堪。不过因为他有事相求，还是忍住了没动怒，又装作笑脸再三央求福二，硬逼着福二偷偷地跑了一趟。等到福二回来后，依颂跑到他的房间，偷偷地问他："你告诉柳月我今晚无法赴约了吗？"

福二说:“嗯,她说她已经知道了。”

“那么……柳月收下我送的飘穗了?”

“收下啦!”

“她没说什么吗?”

“她什么也没有说,少爷,我早就说过,这些风尘女子只会逢场作戏,是不懂得感恩的。”

“只是一个飘穗而已……她需要感什么恩。”

依颂这么说,可心里多少感到一阵失落,沉默无言地走开了。又过了四五天,惜白不再闹了,家里又像往常一样恢复了平静。依颂早早地把瓷缘斋的事情料理妥当后,找了一个借口,一口气跑出来,又来到大通河的堤岸上,发现那条停泊在河心的画舫不知几时已经不见了。只有柳絮依旧漫天飞舞,打鱼人驾着小舟唱着渔歌轻轻划过,留下一江的碧波袅袅,在粼粼的烟霞中闪耀着白光。

依颂问渔人:“船家,以前停在这儿的画舫开到哪儿去了?”

渔人说:“几天前就开走了!你说怪不怪?一大清早的就看到一个女子像个幽灵一样站在船头,神情落寞地独自吹箫,又没有一个客人,真搞不懂她为什么一大清早就站在船头,一个人吹箫给谁听。噢,对了,我记得那船好像是往汀州方向开走了。”

柳月走了,因为她那从不曾乱的箫声已经乱了,因为她似乎已经猜出了昨晚前来听箫的那个姑娘是谁了,想着那姑娘说过的一番话,于是就明白了那话中的意思,因而陷入沉思之中,一宿都没有睡。她想了很久,像是突然悟到了什么,一下就释然了,于是她拿起心爱的洞箫在星空下吹了一曲,那曲调被她吹得既婉转又悲戚,既空灵又凄然。为了不打搅别人平静的生活,也为了她自己不被人所厌恨，她于第二天清早就离开溇州，去了远方，去了一个谁也不知道的地方。依颂听了渔人的话后，垂下头去，心里陡增了一分惆怅，又平添了一丝相思。依颂在堤岸上慢慢地走着，长袍飘扬，此刻他不再像是一个卖瓷的人，却像一个多愁善感的诗人，他任由岸上的柳条打在自己身上，柳絮落在自己的肩上。

七

春去秋来，寒暑更替。转眼间墨青就已经四岁了，从咿呀学语到开始蹦蹦跳跳。依颂的日子过得波澜不惊，也许过得太平淡无奇，总让他心生不满，生活中也会有一些鸡毛蒜皮的小事带来的悲喜忧愁，最后在时间的长河中都不足一提，连一只蜗牛从叶子上爬过，都会留下一线痕迹呢，更何况一个人的生活，总要有一点不一样的味道，才不算白过。

一日，拂叶寺那棵被砍掉的长了八百年的银杏树旁边生出了几株小银杏树，这让寺里的和尚喜出望外，前来拜佛的香客以为是菩萨显灵，便在这些长出的银杏树前插上高香，烧了一陌冥纸。不觉时光流逝，那小银杏树的叶已然落了四次，拂叶寺的钟声又敲了四年，不过之前敲钟的老和尚老得再也敲不动钟了，只好换成了小和尚来敲钟。

有一年，雪下得特别大，溹州用来烧瓷的白云土不好，外面的原料又进不来，郑大观让依颂把以前从兴周府运来的瓷土全部送给窑场，依颂这才明白父亲的一片良苦用心。瓷缘斋的生意在依颂的料理下越做越大，从溹州一路做到了一河之隔的汀州，又从汀州一路做到了更远的光州。瓷行里的人无不称赞，说虎父无犬子，依颂比他父亲还要能干。

可依颂对自己经营瓷器的天赋和取得的业绩没有半点喜形于色，反而他常常感到一股莫名的惆怅和失落，因为在那一扇幽闭的心扉内，始终还留着一块地方，时常想起那画舫中珠帘后的影影绰绰，也时常想起那像是从天边随着流云飘泊的箫声。这些回想一起搅动了他的内心，让他感到躁动不安，多愁善感。他忘不掉柳月，一看到柳树和月亮，他就想起了柳月。他坐在船上沿着大通河顺流而下，从大通河的上游航行到了下游，从溹州到汀州，又从汀州到光州。他又折转溯水而上，从大通河的下游一直驶到了上游，却始终没有再见到那个苦苦追寻的画舫，也没有见到那个让他思念不止的人影。

有时，他也听到阵阵明朗的箫声，或阵阵暗沉的箫声，便循着箫声追上去，那是牧童的箫声，书生的箫声，迁客的箫声，风尘女子的箫声，唯独不是柳月的箫声。

离京城的斗瓷大会还有三个月，瓷器行里早就已经开始了各种明争暗斗，表面平静如水的气氛下却暗藏刀光剑影。

那些不出名的瓷器店等着看一场好戏，看看斗瓷大会上将鹿死谁手。有些名气的瓷器店则摩拳擦掌，等着要在斗瓷大会上一试身手。

自端王新登大宝后，一度被冷落的安顺公主便迎来了人生的转机。因为有一位酷爱风雅、喜玩金石玉陶的哥哥做帝王，本就对瓷器颇有见地的安顺公主投其所好，集合了一批文人雅士举办斗瓷盛会，因而安顺公主在这位当天子的哥哥心中的位置就与众不同了。由于是公主亲自操刀，斗瓷盛会被办得名气之大，规格之高，超出一般人想象。能够参加这样盛会的瓷器自然是万里挑一，瓷中极品，但凡能参加斗瓷大会的瓷器店也都不同凡俗，都是在瓷行中声名远播的名店。

郑大观问："依颂，这次斗瓷，你可打算挑什么瓷器参赛？"

依颂便精心挑选了几件做工上乘的瓷器，交给郑大观一一赏鉴。郑大观看了后，直摇了摇头，似乎对每一件瓷器都感到不满意。

依颂又胸有成竹地拿出一口如意樽，说道："阿爹，这口如意樽做工细腻，纹理毕现，堪称一绝。拿来参加今年的斗瓷大会，最好不过了。"

郑大观捋着胡须，不以为然地说："不行，不行。"

依颂又从锦盒中抱出一尊玲珑瓶，那瓶子上一撇儿红，一撇儿绿，一撇儿青，一撇儿蓝，全部揉碎在了洁白似云的瓶身里。依颂指着它得意地说道："这尊百花玲珑瓶是龙泉窑烧制的极品，我一见就喜欢得不得了，你看它红中带绿，青中带蓝，似花非花，似云非云，让人无限遐想，用它参加今年的斗瓷大会，一定能赢！"

郑大观看了看，还是摇摇头，说道："只可惜颜色太艳，构图也稍显生硬，要夺冠怕也很难！"

依颂忽然想起前几日朋友从相州运来一批货，里面有一件兰花罐，烧得甚是不俗，于是他拍着手叫道："有啦，阿爹，您等一等，有一件瓷，我就去拿过来让你看看。"

于是，依颂又搬出一件兰花纹罐，说道："这个兰花罐，是从相州府一位颜令史那儿收来的，颇有些年代。您看它做得玲珑精致，温润如水，上面的兰花刻得若隐若现，却又栩栩如生。看来参加这次斗瓷大会，非它莫属了。"

郑大观拿起看了一会儿，又摸了一会儿，撇撇嘴说："好是好了，可惜太拙，少了几分风韵，还是难以冠绝群雄。”

依颂感到犯难了，瓷缘斋里面确实摆着一水的上好瓷器，但凡是他认为属于上乘的瓷，却没有一件能入得了郑大观的眼。

郑大观淡淡一笑，说道：“依颂，你随我来！”

他把依颂引进一间密室里，这间密室隔着一道画屏，要进入一个狭窄的门道，穿过一座不起眼的阁楼，再下一层旋转的木梯，才能进来。密室不大，几个架子一字排开，错落分明。架子上摆着各色瓷器，比起柜台上摆着的那些瓷器又不知要好了多少倍。郑大观从最后一排架子上小心翼翼地取出两件瓷器，一青一白，正好配成一对，一件是青花小梅探春瓶，一件是白玉无双抱月瓶。郑大观指着这两件瓷器说：“依颂你看！今年斗瓷大会能不能独占鳌头，还得看这一对探春抱月瓶哩。”

依颂靠近去观摩这对瓷瓶，实在朴拙得无奇，既无流光溢彩，也无曼妙婀娜的身姿。依颂感到疑惑不解，笑着说：“阿爹，原来你这位行家里手也有看走眼的时候呀。这对瓶儿实在是普普通通，还不如前面我说的那些瓷器好呢，靠它怎么能够在斗瓷大会上取胜？”

郑大观哈哈大笑道：“这对瓷的妙处，凭你现在的眼力还看不出来！假以时日，你必能明白其中的奥妙！”

郑大观又叫依颂小心翼翼地把这两件瓷器放回原处，用心供着，如敬神明。可依颂还是疑虑重重，总觉得凭这对瓶子无法在斗瓷大会上取胜。再看看郑大观，只见他不露声色，似乎早已经成竹在胸。他对依颂说：“你不信？那等着吧，能不能在斗瓷大会上惊艳群雄，夺得头筹回来，能不能让瓷缘斋在天子脚下打出名声，就靠这一对探春抱月瓶啦！”

八

一天晌午，冬青树的叶子被太阳照得油亮油亮的，从鱼市飘过来的一股鱼腥味在空气里缓缓地弥漫开，街上没有一丝风，不时传来几声卖花的童谣和金玉敲击的市井声，把沉闷打破了。不远处还有一群小孩，光着脚丫，正在追着一个卖栗子的驼背老爷满大街跑。几个壮年人，像是铺子里的长工，搬完了货物后，正光着膀子东歪西倒在两旁的桑树底下乘凉。一道白色的日光，从那些流散的薄薄的云层中倾下，射在一栋既古老又威严的屋宇上，把门前招牌上几个大字照得闪闪发亮。从这条街心经过的人，被那强光晃着眼睛，便不由自主地举起衣袖挡住光线，可是等再把衣袖放下来时，就赫然看到屋宇上的三个鎏金大字——瓷韵轩。是的，住在这条街上的人，几乎没有不知道瓷韵轩名号的，从他们的祖辈住在这里的时候，这家瓷店就一直相伴他们了。所以瓷韵轩就如同西边的枕碧桥和大通河这些极具象征意义的东西一样，成了溽州几代人的记忆，也成了这地方的老头儿向孙儿讲起的很多故事中的一个。不过老人们在回味瓷韵轩的时候，总会在话末加上一句感叹："嗐，说来说去，还是以前的瓷韵轩又风光又气派！"坊间还曾流行这么一句童谣："瓷韵轩，陶器多如山，撑起青白天。"青白天是指青瓷和白瓷之多，有如穹庐遮盖大地。老人们对瓷韵轩的赞美还停留在过去那些美好的记忆上。一旦他们说起现在的瓷韵轩，则有一种哀其不幸的感觉。如果孙儿问现在的瓷韵轩怎样了呢，他们准会这样说："那个现在的瓷韵轩呀，我晓得的，你往这条路一直走下去，然后在第三个路口右转，直走到前面有一棵百年的柏树旁，看到那些斑驳灰暗的高墙，那就是瓷韵轩了，只是繁华已逝，风光不再，你看那棵柏树还是一树苍翠，可如今的瓷韵轩却萧索清淡，不像当年那样热闹，也不像当年那般气派咯。"老爷爷的话被坊间流行的另一首歌谣所证实："瓷韵轩，陶器多如山，一朝山陷林木枯，几度斜阳笼水中。"从瓷韵轩那一道长满青苔的围墙上，仿佛就可以看出瓷韵轩的破败。那灰色的墙面，总不免给人一种年代久远萧索黯淡的感觉。

可是，瓷韵轩说到底无论如何也是滏州鼎鼎有名的瓷店，瘦死的骆驼比马大，除了瓷缘斋之外，它的实力至今都是滏州其他瓷店无法小觑的。再说，它在滏州瓷行的资历比瓷缘斋还要老。大约在二十年前，瓷韵轩在滏州坐的还是第一把交椅，可自从郑大观把瓷缘斋发展起来后，瓷韵轩就沦落为老二，风光再也不复当年了。

瓷行里千帆相竞，本来做老二也没什么，可因为瓷韵轩是从老大的位子上退居为老二的缘故，就难免产生了巨大的心理落差，尤其是对着昔日瓷行商家那些异样的目光，总感觉老二的名号像是被人扣了一顶硕大的绿帽子。那时的瓷韵轩，当家的还是郭十里的父亲郭槐安，对名号看得尤其重，因为不堪忍受沦为老二的耻辱，一气之下大病一场，临终前，一口气总咽不下去。郭十里尽力侍奉，站在床边，把耳朵贴过去说："爹，您老还有什么放不下心的，您告诉我，孩儿一定尽心尽力替您去办。"

郭槐安伸长脖子说："十里，瓷韵轩从你曾祖父一直传到你祖父手里，浮州第一的位子从来就没有落下过，你想象不到那时的瓷韵轩要多风光有多风光。"

郭槐安那灰暗的眼睛终于放起光来，他咂了咂发白的嘴，像在回味当年瓷韵轩的盛况，可过了一会儿，又黯然神伤地说："可是，自从瓷韵轩传到我手里以后，没消几年，就沦为老二了。我在瓷行里也摸爬滚打了一辈子，没有一天不在想光大瓷韵轩。为了收到好瓷，常常不惜跑几百里路，一年里总有五六个月在外面颠簸。我如此辛苦，折腾了大半生，原指望瓷韵轩能重返第一，结果又遇到光景不好，运瓷的船偏又遇上风暴，只得在钦州口避了两个月，瓷价跳了水，弄得瓷韵轩最终一日不如一日。如今我大限已到，再也无力折腾，自此这副担子要压在你的肩上了……"

郭槐安又说："不能亲眼看到瓷韵轩重新坐回头把交椅，是为父平生最大的憾事，我不希望你也像我这样一辈子遗憾下去。"

郭十里道："爹，孩儿明白。"

郭槐安说："那你跪下，对我郑重起誓，一定要把老大的位置从瓷缘斋手里抢回来！"

郭十里面色凝重地看了看父亲，眉宇间掠过一丝迟疑。

郭槐安道："你不发誓，老父死不瞑目！"

于是郭十里扑通跪在床前，郑重地向郭槐安发誓一定要在有生之年光大瓷韵轩，要重新夺回本属于瓷韵轩的浮州第一字号位置。

等郭十里发完誓，郭槐安又颤颤地从枕边拿出一个红色的本子说："这是我前年请你大伯修的郭氏族谱，开始一页便记载了我瓷韵轩从诞生到发家的历史,也记载了你曾祖父和祖父艰苦创业的事迹,但是我的名字却故意空在那一栏里,我是一个辱没家声的人,没资格进族谱。瓷韵轩一日不重新做回溸州的第一字号,族谱上就一日不能写我的名字。我死时,我的墓碑上也不要刻一个字。等哪一天瓷韵轩做了老大,你就去坟前告慰我,祭奠一杯水酒,那时再一并刻上我的碑文不迟。”

郭十里接了这份沉甸甸的家谱,又看着父亲蜡黄的脸上晦暗而又坚定的目光,郑重地点了点头。等郭十里起来整理床被时,这才发现郭槐安一动不动,已经咽气了。自从老父死后,又过了大约十年光景,瓷韵轩的经营依旧没有起色,郭槐安的墓碑依然是无字碑,族谱上的名录依然空着。倒不是因为郭十里这人不善经营,而是一山不容二虎。瓷缘斋风头正盛,以至于瓷韵轩不管经营得多么出色,在瓷缘斋面前总显得星光暗淡。

这一天早上,郭十里正在镜前整衣束带,准备应约去会一位从汴京来的老友,见到镜子前面散落到地上的几缕白发,便俯身拾在手上,出神地看了半天,一则想起时光易逝,不知不觉自己已到风烛残年,二则想起老父临死前的重托,那誓愿言犹在耳,因至今未能如愿,就突然感到千斤重担压身。百感交集之下,他忍不住流下一行老泪,像个落魄的诗人一样自言自语地叹气道:“人道时间无情,它却对谁都不分薄厚,不管你是帝王将相,还是平常百姓,最后等待你的不过都是一抔黄土;人又道时间有情,它却总是默默地从你身边流过,逝者如斯,不舍昼夜。任凭你白发生,志未遂,空遗恨,它却从不会专为你多等一分,也不会多待一秒。古人曾云,少日功名空自许,今老矣。想来我一大把年纪,也没几天好活了,不仅功名未见半分，而且瓷韵轩这顶老二的帽子，戴了这么多年，依旧牢牢实实扣在脑门上，像个紧箍咒一般，让我片刻也不得安宁。可叹，可叹自己枉活了这一世，只怕等到入土那日，不知我还有何颜面去见我那老父亲，有何颜面去见列祖列宗！”

他一伤心，就不像一个诗人了，他开始心痛得嗷嗷叫道：“郭十里！郭十里呀！这些年的苦你真是受够了，你受了这些苦也就算了，却断不能再把这种遗憾留给自己的子孙后代了，落得儿孙辈像你一样受人耻笑！”

郭十里摸了摸脑袋，感觉头皮一阵阵发麻，仿佛真的戴着紧箍咒一样。他老了，可心中的斗志被一个急迫的愿望燃着，一想起那个誓愿，心里便隐隐作痛。他那做老大的雄心，过了许多年依旧不死。可理智告诉他，纵使岁月不饶人，也不能太心急了，不能太冒失了。他明白瓷缘斋正如日中天，硬拼是拼不过的。于是，他为自己定了一个日期，在内心约定这几年韬光养晦，到时候一定要打一个漂亮的翻身仗，重新回到那个久已失去的神坛上，绝不把光大瓷韵轩的担子和烦恼留给自己的儿子。

说起他的儿子郭闻识，郭十里自然比谁都明白，他这儿子是不能担起重振瓷韵轩的大任的，也不能明白他这做老爹的一番苦心。郭闻识终日在外面消遣时光，悠游岁月，跟一帮纨绔子弟到处厮混，一听到老父在房间里长吁短叹，心中便很不以为然。他走进房间，对愁眉不展的郭十里说：“老爹，您看看您又来了，您就像一个被流放的屈子，一天到晚牢骚不断，愁眉苦脸，连周围的花草树木都被您的情绪传染了，显得无精打采。”

郭十里看了看郭闻识，不说话。

郭闻识又说："您老为什么不去外面走一走呢?听说平乐府的成家瓦子又搭了一个大棚子,里面唱诸宫调,说浑话,叫果子,一天到晚好不闹腾。南湖的园子里也仿着宫廷的式样扎了几百盏花灯,摆了上千盆奇花,外面的乐子可多着呢,您成天待在家里,人都快起霉了!"

郭十里说："君子宁静不宁动,再说我不像你喜欢吹拉弹唱,也没那闲情去外面寻欢作乐。"

郭闻识道："是,是,您每天就只喜欢抱着您那几件瓷器。可我就不明白,那几件瓷,在您身上磨来磨去,您天天看着它们,摸着它们,就算是个绝色美女也看得厌了,难道您对那些冰冷的泥疙瘩儿就一点儿不感到厌烦吗?"

郭十里道："只要发自心底喜欢,就不会厌。"

郭闻识说："对了,我正琢磨着一件事儿,保证能驱散您老心中的郁结,让您老开心。"

郭十里摇摇头："能让我高兴的只有一件事,那就是让瓷韵轩成为溽州第一!"

郭闻识闻听此话,拍掌笑道："我正有一个法子让瓷韵轩成为这里第一字号。"

"你能有什么办法?"

"在我们城北有一块空地,去那里堪舆的先生都说那块地风水最好,且那块地正当着街口,恰好迎着人潮,我想我们把那块空地买下来,开一家分店,生意一定兴旺。"

"你是说瓷缘斋对面那块空地?"

"原来爹早就知道呢。"

“闻识，我告诉你，就算那块地风水再好，就算地主把地白白送我们，我们也不能要。”

“为什么？把店开在瓷缘斋对面，把生意抢过来，不正是我们所愿？这样岂不大快人心？”

郭十里说：“那些风水先生都是地主人请来胡诌瞎掰的，这你也信？再说正因为那块地就在瓷缘斋对面，我们就更不能要了。在那里开店，单不说讨不到什么便宜，只怕到时见了郑大观后面皮上也不好看。”

其实，郭十里嘴里虽这么讲，对那一块地却不是不曾留意过，也不是不曾动心过。他还偷偷地去看过一次，觉得那块地确实是块好地，他请那块地的主人在一个茶馆里聊了很久，只是轮到要买下那块地时，他又有一些犹豫，犹豫倒不是因为地的主人漫天要价，也不是因为那块地本身有什么问题，而是因为要把瓷店开在瓷缘斋对门，他觉得这样做有利有弊，又好又不好，如果真要在那里开店呢，他以为必定会与郑大观撕破脸皮，针锋相对，可现在尚还不是撕破脸皮的时候，还需再耐心等一等，看一看。

郭闻识不明白他爹的想法，犹自气愤地说：“说来说去，您不敢要那块地原来是碍着郑大观的情面呀！老爹！我真不明白您到底怕他什么？您看瓷缘斋情面，可瓷缘斋几时给我们留过情面了？今天瓷韵轩不景气，还不是因为瓷缘斋抢了我们的生意，这一切都是拜他所赐。我看呐，一山不容二虎，迟早有一天瓷韵轩与瓷缘斋这两个对头要干一仗，要有一场你死我活的较量。”

一提起瓷缘斋，郭闻识就气不打一处来。他憋着一口怨气走进里屋，换了一双新皂靴，系了一条新巾帻。郭十里瞧见儿子像是又要出门的样子,急忙问:“闻识,你又去哪里?”

郭闻识说:“我不耐烦,要去玉兰坊听戏了!”

郭十里一脸不悦地说:“听戏,又是去听戏,你就不能干点别的?听说瓷缘斋那个到处打流的郑依颂都已经改邪归正了!”

郭闻识一听,便涨红着脸说:“不让我去听戏也可以,那我就去找瓷缘斋拼命!”

郭十里说:“闻识,你不要胡来!”

郭闻识道:“不让我去出门找乐子也是您,不让我去找瓷缘斋算账也是您,老爹,您到底要哪样?您看看这个家,就因为一个狗屁瓷缘斋,可曾真正快乐过?就连逢年过节,您都唉声叹气,弄得家人跟您一起活受罪,连过个节都过不好,今日不出了这口恶气,我怎肯罢得休!”

郭十里怕郭闻识一时冲动,真干出什么歹事来,便只好说:“罢,罢,我怕了你,你还是去听你的戏好了。”

郭闻识带着一脸失望的表情,抬起脚,跨过了门槛。多年来,瓷缘斋就像这个家里面挥之不去的梦魇,给这个家带来的只有无穷无尽的痛苦!他实在弄不明白,郭十里为什么这么怕瓷缘斋。他每一次问郭十里瓷缘斋有什么好害怕的,郭十里就会矢口否认:“不是怕,是忍,你小子懂什么!”

这时,郭闻识就不以为然地想:“借口!说白了还是怕,因为怕才忍,不然忍它干什么?”

郭闻识难掩一脸的失望,他再不想去听父亲像个流放的诗人一样闷声闷气地做着“离骚”了,更不想听他说那些关于瓷缘斋的故事和那个郑依颂如何变好的“新闻”,这种相形见绌的比较只会让他更加恼羞成怒。他走出去的时候，一边走一边想："看来我爹真是老了，老得不中用了，一个瓷缘斋他就怕成了这样，老子这样怕，可我这个儿子是一点都不怕的！"

想到这儿，他感觉好受了一点，又叉着腰，哼起了歌，临走时不忘站在门口撂下一句狠话："等着瞧吧，瓷韵轩与瓷缘斋之间迟早要干一仗！不是他死就是我亡！"

郭十里直直地站在那里，听到这话不觉一怔，不由自主地跟着念了一句："瓷韵轩与瓷缘斋之间迟早要干一仗呵！"他跟着念完这句话后，情不自禁地打了一个寒噤。

走出府邸，郭闻识感到神清气爽了。章秦玉和张子虔两个人早已叫了一辆马车在门口候着，三人便驱车一起去了玉兰坊的勾栏瓦肆里听戏。据说，从汴京来的戏子苏仙是个名角儿，又传说她还在汴京的行院里唱诸般宫调时，把京城的王爷都惊动了。今天她坐船来到溧州卖艺，自然让溧州的贵官公子、乡绅老爷们兴奋了一整天。云监押及夏提刑等官员特意在城南搭台，用青布当桥，用绸缎织云，又在台前摆了上百盆鲜花小景。只见苏仙高挽云髻，款移莲步，于云台上端坐，一面轻抚琵琶，一面展放樱桃小口，于是一曲婉转清脆的《春花秋月》似一缕柔和的清风从花丛中吹下来，把听客都听得沉醉了，把郭闻识听得怦然心跳了。

听完曲后，三个人意犹未尽，郭闻识挠着脑袋说："从汴京来的苏仙果真不同凡响，我看她只怕是真要成仙了，正如她的名字'苏仙'一样，她唱出来的简直是天籁之音。"

他继续兴奋地说："她还没开口，我就感到一股仙气儿，她一开口，我就觉得连自己也要被她点化成仙了！尤其是听到她唱最后一句时,一阶高过一阶,唱得我轻飘飘起来,唱得我腾云驾雾起来,我就像在云雾里翻了三个筋斗,又在云端喝了一杯琼浆玉液。”

章秦玉说:“我看公子如果喜欢,何不把她娶回家来,让她天天对着你唱不是更好?”

郭闻识听了得意地笑道:“她虽唱得一口好曲儿,可毕竟只是一个戏子,与我的身份地位都不相称,想来高攀我怕还高攀不上。”

他还沉浸在苏仙的歌声里,这歌声进而勾起了他的酒兴,他说:“看这天色尚早,反正回去也没什么事,与其回去被家里老子唠叨,不如咱哥几个就去大通河头老张头新开的酒馆里喝一两盅,我来做东。”

章秦玉和张子虔齐声赞同,于是三人又兴冲冲地驱车去了青帷低掩的三味居,要了一壶上等的清风夜露,喝至酩酊,直到红日西沉,才算尽兴。那三味居处在大通河东头,正好挨着芙蓉馆,三个人从酒家踉踉跄跄出来,没走几步,就遇见了一个人,顿时酒兴全消,生出一场祸事来了。

九

城南步云坊的崔府又从瓷缘斋里要了几件上好的青瓷。潇洲河鲜坊开张的头一天，特意派人向瓷缘斋买了几件上等的白瓷来撑台面。城南的芙蓉馆更是出手阔绰，据说有一位从京城来的贵公子看上了门户里的一名粉头，一口气向瓷缘斋订了十来件上等的青花来讨好鸨儿。依颂与福二先去崔府和潇洲河鲜坊交割了瓷器，等他们准备再去芙蓉馆送瓷时，已经是傍晚时分了，那时街道上已经十分安静，除了几个挑着担子的客商路过外，就只有几只野猫野狗在大街上流窜。不过等他们来到芙蓉馆时，就是另一派景象了。暮色中的芙蓉馆还是像过去那样热闹，栀子灯笼依然在风中摇曳，一股刺鼻的脂粉味和酒味混杂在一起，依然萦绕在门口。那些寻欢买笑的客人，总是用一种直勾勾的眼神打量着周围的一切。而那些妖娆的粉头总会对从门前经过的人挤出一脸如真似假的媚笑。也许此刻唯一不同的是依颂的心境。过去，他来这里寻欢作乐心安理得。如今，他对这个地方讳莫如深，如坐针毡。一看到芙蓉馆那几个明晃晃的大字，他就满脸羞愧，于是低着头说："福二，我就不进去了，你去把瓷器送了罢，我在门口等你。"

福二道："少爷，怕什么？咱们是来送瓷的，光明正大，这回我还同你一起去。"

刚一进门,门户里的粉头就嚷开了,只听见几位姑娘指指点点说:“这不是瓷缘斋的郑小官人吗?他可是很久没有来了。”以前跟着依颂的那个姘头在房里骂道:“贼负心汉子,你还敢踏进这扇门?也不知羞!”

姐妹们都劝道:“我们行户人家吃客穿客,前门送旧,后门迎新,自来如此。他来了,便是金主,他不来,也是他随便,况且都过了这么久,你又有了新的孤老,还恼他做甚?”

依颂红着脸,低着头,始终不敢多说什么。一名丫头引着依颂和福二与老鸨见了。

那老鸨满面春风,招呼道:“呦!大官人,好久不见。”

依颂红着脸说:“昨日妈妈派人订了十尊青花,我今日把瓷送过来了,请妈妈验验。”

老鸨道:“哟哟,还麻烦大官人亲自来送,你家的瓷哪还有差的?你就搁在那春台上,我随后叫丫鬟分到各房去。说起来,大官人家的瓷真没得说,摆上你家的瓶儿罐儿,就好像脸上贴了金,让我这俗地方顿时就变雅了,女儿们身份也高了,客人见了也喜欢。”

依颂道:“恐怕让妈妈见笑。”

老鸨道:“哪里的话!听这里的客人说,自大官人当了瓷缘斋的家后,就忙着赚大钱去了,把我们这穷门穷户忘在一边,好久也不来坐一坐,让女儿们望眼欲穿。”

说完后便走到后堂自个儿吃茶去了,坐凳也没有一把,对依颂也不理不睬了。依颂等了一会儿,那老鸨走出来,掏出一个织金袋子,摸出一把银子说:“这是余下的银两,加上之前的定金,一并付清了。”依颂接了,说声:“多谢!”等付了钱,那老鸨便拿着个手绢,走到一旁的花架子前，故意扬高声调说："幸亏我女儿自有福气，这些年爱慕她的人也不知多少，不差了哪一个。单说这从金陵来开绸缎铺的沈公子吧，他家的银子堆积如山，多得数都数不清。这几件瓷就是沈公子特意订了送给我的这些女儿们的，沈公子还说我女儿们每一个房间的梳妆台上都要摆上一尊哩！"

依颂低着头听着那半讥半讽的话，只是笑了笑，等交割了瓷器，又寒暄了三两句，坐也没得坐，站也站不住，茶也没喝一口，就拱手告辞了。

老鸨在后面说："大官人记得常来呀。"

依颂不吭声，红着脸，匆匆踏出门来。福二远远地站在门口，对着老鸨的后背啐了一口，小声骂道："呸！老王八！狗眼看人低，想当初我家少爷在你这儿丢的银子还少吗！"

福二被依颂一把拉出门，没走几步，就听到福二"咦"地叫了一声，说："少爷，前面那两个人看着好生眼熟。"

依颂只看到前面远远站着几个模糊的人影。

眼尖的福二又说："你看那两个人好像在冲我们笑哩。"

过了一会儿，福二如梦初醒一般大声说道："呵，少爷，原来是章秦玉和张子虔两个捣鬼，我道是谁！"

那时章秦玉和张子虔就站在芙蓉馆前面的夹竹桃旁边，他们站在那儿是为了等站在城墙后面的郭闻识。喝多了酒的郭闻识还沉浸在苏仙美妙的歌声里，憋了一泡尿的郭闻识站在墙边一边撒尿时，一边闻着从芙蓉馆传来的脂粉与美酒混合的气味，一边回味着苏仙的容貌和歌声，他想象着苏仙那一头乌油油的黑发，想象着苏仙凹凸有致的身体。等他撒完了尿，腆着肚子从墙后面走出来，他看见章秦玉和张子虔正站在那儿一脸坏笑。

郭闻识以为在笑他，便问："他妈的，你们笑什么？"

"呶，那个人又来嫖了，真是稀奇事儿。"

"谁呀？你们喝了点酒，就变得这么婆婆妈妈的，舌头打结了？就不能说明白点吗？"

张子虔道："我看这人平日里装腔作势，把旧日的伙伴一个个都冷落了，在外面一副好男儿模样，原来却是个长嫖！"

郭闻识放了一个响屁，又打了一个饱嗝，他显得越发焦躁，顺着两人手指的方向望去，分明看见瓷缘斋的郑依颂，正好站在芙蓉馆那几个明晃晃的大字底下。

郭闻识说："我道是谁，原来是他！这也值得你们那样大惊小怪的？"

依颂不想多事，他想避开他们，可是郭闻识等人已经走了过来。依颂见走不脱，只好向郭闻识作揖，又向章秦玉和张子虔拱手答礼。郭闻识露出一脸的不屑，章秦玉和张子虔两人在后面跟着笑，笑得依颂满脸通红，笑得他恨不得打个地洞钻进去。

这时，郭闻识瞧了瞧依颂，又抬头看了看芙蓉馆的牌匾，不怀好意地讥诮道："郑兄，你好清闲！这么晚了，精力还这么旺盛，也不歇歇？"

依颂红着脸说："郭兄别误会，我是来芙蓉馆送瓷的。"

郭闻识捂着肚子笑起来："送瓷竟送到芙蓉馆来了？你这瓷缘斋的生意做得可真大呀！"又半讥半讽道，"来这里的人，都是来嫖的，独独郑兄说自己是来送瓷的，郑兄的口味果然不一般，不知郑兄这瓷是送给哪个粉头呢？"

章秦玉说道："一定是送给他老相好的！"

郭闻识大笑起来，他仗着酒气，不再旁敲侧击，索性说开了去："郑依颂，这次你被我们逮个正着，看你还装什么！我早就听人说，自从你生了个小畜生之后，你就哪儿都不敢去，终日被你妻儿拴着，被你老子管着，关在笼子里，像只病猫，八成是你这小子本性难改，因久未尝腥，憋不住你那行货子，故跑到芙蓉馆里来偷腥。你白日里装个君子模样，暗地里只是个嫖客，你嫖就嫖了，有本事做，还怕人知道吗？我平生就最看不惯你这种满嘴仁义道德却钓誉欺人的行径，你也不过是个虚伪之徒罢了！"

张子虔笑道："郑依颂，你姘头现在炉火一团似的跟别的男人正打得火热，你进去了，没与她撞个满怀？"

"他姘头如今见他如见仇雠一般，这番去嫖，怎不一口把他下半截咬下来，他倒有那个胆子！"章秦玉得意地说。

郭闻识道："他兴头来了，干起来，就如久旱逢甘霖，是驴子是马都上了，哪管得那么多！"

三个人又哈哈大笑起来，依颂低着头，被羞得脸上红一阵白一阵。三个人你唱我和，你一言我一语，好像事先约定好了一样，对依颂说了不少风凉话。依颂一声不吭，低头站着，倒是一旁的福二沉不住气了，他为自己的主人感到不平，为这些人的无理取闹感到愤怒，他终于按捺不住，大声说："胡说，胡说，我家公子早就今非昔比啦！"

郭闻识笑道："王八改不了伸脖子，臭狗舍不得臭屎坑！他那副德性，哪个不知？你说他变了，鬼才相信！"

福二说："我看你们才是一群乱叫乱嚷的疯狗！"

郭闻识大怒，额上的青筋暴露，福二也不甘示弱，挺着胸脯，丝毫不落下风。双方唇枪舌剑，你一言我一句，口水都快骂干了。倒是依颂嘴唇紧闭着，面色难看，默默无言。郭闻识觉得讥讽依颂已经讥讽得够了，甚至已经到了有些词穷的地步，于是他又把枪口对准了瓷缘斋，开始搜索枯肠，一味挖苦、贬损瓷缘斋。他尖声说道："敢以送瓷的名义来嫖，你瓷缘斋也不见得有多干净，哼！你瓷缘斋有什么了不起的，我们溇州的瓷店少说也有二三十来家，哪一家卖的瓷器不比瓷缘斋好？哪一家瓷店的资历不比瓷缘斋更老？想当年，瓷韵轩在溇州坐庄的时候，瓷缘斋还不知道在哪里呢。你们没听这里的老人们唱过'瓷韵轩，陶器多如山，撑起青白天'嘛。说到底，瓷韵轩才是我们这个地方卖瓷的第一号！"

一听到郭闻识说瓷缘斋的坏话，福二就急了，他大声驳斥："胡说八道，瓷韵轩顶多排第二，我们瓷缘斋才是这里的第一。"

依颂小声对福二说："福二，与他争什么？是不是第一又何妨？老去争那虚名干什么。"

福二说："少爷，此言差矣，这关系甚大，不可不争。我们瓷缘斋绝不是徒有虚名，这第一字号的名头又不是我们自封的，是业内公认的，这是老爷多少年辛苦挣来的，名副其实。"

对福二而言，瓷缘斋从来就是他的骄傲，他对瓷缘斋素有一种深厚的感情。每当他向别人介绍自己是瓷缘斋的人时，人们便会露出吃惊的样子，这时他就会眉毛往上一扬，然后用拇指擦一下鼻子，得意地大笑起来。福二宁愿容忍别人加诸自己身上的痛苦，也不能容忍别人对瓷缘斋有半点侮辱。福二开始有些义愤填膺了，他的怒气随着郭闻识恶毒的语言变得越来越大。

既然已经说开，福二索性什么都不顾了，他厉声高叫道："郭公子，话不是这么说。老人们讲瓷韵轩是第一号，那是说过去是，可没说现在也是。在我们滗州，谁不晓得还有一首词是这样唱的，'瓷韵轩，陶器多如山，一朝山陷林木枯，几度斜阳笼水中'。你们瓷韵轩以前家大业大，没错，可那是以前，三十年河东，三十年河西，瓷韵轩一直吃老本，就如唱的那样，山陷林枯，已经空了。今时不同往日，自从我们瓷缘斋起来后，瓷韵轩就沦为了老二，至今已有二十多个年头，这里的人谁不晓得？你如不服气，那好，不妨就在今年安顺公主的斗瓷大会上与各家的瓷器一较长短，你若能赢，我才认你瓷韵轩是滗州的第一号。你敢比吗？"

郭闻识说："比就比，你以为我怕你？"

郭闻识说完后脸色突然就变了，他像忽然被刺痛了一下，下意识叫道："等等，你刚才说什么？你刚才说我是老二？"

张子虔说："他是说瓷韵轩是老二。"

章秦玉说："他已经说了三遍老二了。"

郭闻识勃然大怒："打脊奴才，怎敢如此大胆！"

福二说："我说你老二，又没说错。我说我们瓷缘斋是这里的第一号，那也是大实话。"

郭闻识气得七窍生烟："他妈的，你有种再说一遍试试！"

福二便笑道："老二，老二，我看你和这'雅号'倒挺配的呢。你今天做了老二，明天你老二的位置能不能坐得稳还不知道呢！"

福二口中的老二如芒刺一般射来，一声声在城墙上盘旋，在他们的头顶上回荡，又像是一只蝉虫在没完没了地聒噪："老二，老二，老二……"

福二理直气壮地挺起胸脯，说“老二”的时候连眼皮都不眨一下，他一连叫了郭闻识三声“老二”，又倒过来连叫了三声“二老”，把郭闻识气得毛发直竖。郭闻识平生最痛恨的就是别人拿老二来讥笑他。在他的眼里，福二只不过是瓷缘斋的一名仆人，如今连一个仆人都敢骑在他头上撒野了。他气极了，径直跑过去，叉开五个手指，朝福二扇过去。福二轻轻一躲，如飞燕一般从郭闻识的肋下钻了过去。郭闻识因为吃醉了酒，失去了重心，脚一滑，一头跌在了石板上，额面也被磕破了，鲜血渗出来，流成了两道痕。

郭闻识发出一阵凌厉的惨叫，他捂住额头，咆哮道：“等着，等着，老子迟早有一天要弄死你们，瓷韵轩和瓷缘斋两家势不两立，迟早要动真格干一仗！”

章秦玉和张子虔也跟着起哄：“别得意，瓷韵轩总有一天要把瓷缘斋踩下去！”

章秦玉和张子虔扶起郭闻识慌慌张张走了，仿佛刚才郭闻识那一阵凌厉的怪叫还在气浪中回荡，回荡得让依颂也忍不住哆嗦了一下，就像当初郭十里听到郭闻识说这句话时也忍不住哆嗦了一下一样。

……

在回瓷缘斋的路上，依颂还在回想刚才发生的那一幕，他感到有些不安，于是侧过头对福二说：“郭闻识对我们大怒若狂，还磕破了头，看样子他不会善罢甘休，福二，我寻思这一回我们做得是有些太过分了。”

福二道：“少爷，您怕他，还是同情他？又不是我们先招惹他的，是他先来招惹咱们的，他这人满口脏话，浑不讲理，他跌那一跤实在活该，这还是轻的哩，这种人既不用怕，也不值得同情！”

依颂说：“可他毕竟也是个卖瓷的呀，他和我们是同行，我爹说了，既是同行，就要同呼吸共命运，如同手足一样，相互扶持，共同进退。”

福二说道：“同行，同行，您不知道自古以来正是同行才最可怕哩。您对他推心置腹时，说不定他却趁您不注意，忽然一个落井下石，釜底抽薪，只怕到时连自己怎么死的都不知道！”

依颂又说：“事情何至于发展到这种地步。俗话说，不怕同行竞争，就怕同行打架。”

依颂搬出了一大堆道理，可是福二却对这些道理嗤之以鼻。于是，依颂不再争论了，他叹了一口气，看着天边一团不断变化的白云被一阵风吹散了，转移话题：“对了，这次青玉楼见我们送的瓷好，又加订了两口青瓷，我们赶快回去，明儿一早就把瓷器送过去吧。”

福二道：“好嘞！”

郑依颂想了想，又说道：“顺便再送一个小瓷猪给青玉楼老板的小儿子玩，我上次见那位小公子有一只白瓷猪，甚是喜欢，可惜尾巴被磕掉了，送他一个新的，正好与原来那个配成一对儿。”

福二道：“亏得少爷如此细心，原来少爷既会心疼人儿，还会做生意。”

他们又继续沿着低矮的土墙往前面走去，依颂心中总觉得有些不安。福二吹着口哨，一副若无其事的样子。两人一前一后，默默无言地走在宽敞的香樟树荫遮挡的大路上。

十

郭闻识悻悻地被搀回郭府以后，想起这场奇耻大辱，气得在房间里直跺脚，把摆在八仙桌上的一盘细瓷碗盏和银镶的杯子全部摔碎在了地上。

郭十里正在内堂把玩着一件青白相间的瓷瓶，听到瓷器摔碎的声音，吃了一惊，连忙跑出来看，心疼地问："闻识，你干什么？"

看到碎了一地的杯盏，郭十里又心疼又气愤，骂道："畜生！你不是去听戏了吗？怎么一回来就乱砸东西？你知道你摔的都是什么吗？"

郭闻识恨恨道："要这些瓷器有何用处，不过徒增耻辱罢了！"

"胡说什么！"郭十里喝道。

站在外面的章秦玉和张子虔连忙进来打圆场说："郭老爷，你别怪闻识少爷，我们今天约好去玉兰坊听戏，听完戏后又去三味居喝酒，戏听得正好，酒也喝得尽兴，可回来时偏偏碰见了在芙蓉馆嫖宿的郑依颂，对，就是那个瓷缘斋的少掌柜。闻识见是那等人，很是不屑，一没有招他，二没有惹他，结果那家伙自恃他瓷缘斋是滘州瓷行的老大，不问青红皂白地走过来，劈头盖脸就对闻识少爷一通奚落，所以闻识回来才会这么大火气。"

张子虔又说："还有更可气的哩，他家里那个叫福二的奴才，也狗仗人势，当着公子的面说了很多难听的话。”

郭十里问：“他们都说什么了？”

章秦玉和张子虔装作一副很难说出口的样子，你看我，我看你，最后两人摇头说：“还是别说吧，说了怕让你老人家气苦。”

郭十里道：“别卖关子，你们有屁快放。”

两个人又相互看了看，话到了嘴边又咽下去：“真不好说的。”

郭十里不耐烦了：“你们快点放！”

章秦玉便道：“他们叫闻识少爷是郭小二，还说瓷韵轩本没有什么本事，活该当老二，再过十年是老二，再过一百年也还是跟在别人屁股后面的老二。他们还说，既然是老二了，就要有个老二的样子，平日里见了瓷缘斋这位老大，就应行礼、让道、献茶、挑担，还要……”

郭十里脸色铁青，打断说：“他们真这样说了？”

“我们听得真真切切，何曾漏掉一个字了。郭老爷，郑依颂那厮太无礼，简直不把瓷韵轩放在眼里！”

章秦玉又说：“那厮敢如此大胆，还不是仗了他爹郑大观在漻州的势力。”

站在一旁的郭闻识脱口而出：“偏他有爹做主，我就没爹做主？”

郭十里听了郭闻识这话，很不是滋味，那铁青的脸色变得更青了，他站在原地怔了半天，最后骂道：“呸！就算有爹撑腰，瓷缘斋家的小子也不得这般放肆！瓷韵轩就算不是老大，可这名头在漻州也是响当当的！瓷行里的人听了我的名字，谁不礼让三分！”

章秦玉道：“我们也是这么说，可郑依颂那家伙根本就不听，他不听也就算了,可恨这厮还动手打人。"

郭十里便问章秦玉:"怎么?他打了你?"

"爹,不是打他,是把你儿子给打了!"郭闻识指着自己的额头,咬着牙说,"你看,你看,这地方,额头上这道红印子,就是那浑蛋打的!哎哟……轻点,现在还疼得紧呢……爹,这回你一定要替儿子做主,讨回公道。瓷缘斋简直欺人太甚!此仇不报,誓不为人!"

郭十里倒抽了一口冷气:"他们竟敢打你?我听说瓷缘斋家的郑依颂为人向来谦和有礼,何故今日动起手来?是不是你先招惹他们了?"

郭十里的老婆听到自家的一根独苗在外面被瓷缘斋的人打了,一股无名怒火早已倏地蹿上来。老婆狂怒,不仅因为儿子被瓷缘斋的人打了,还因为她觉得郭十里窝囊,这种时候不但不为儿子说话,还在为瓷缘斋开脱,她实在不知道郭十里是怎么想的。老婆跑上前去,一把揪住郭十里的耳朵,破口大骂:"天杀王八!贼囚根子!你还当什么家!卖什么瓷!瓷缘斋都骑在咱们头上撒野了,把你儿子打成这个样子,你却连屁都不敢放一个,还一心替仇人护短,反倒先怪起儿子来了!你这个糊涂虫,吃里爬外,简直魑魅浑浊,青红皂白不分!你难道不知道那个郑依颂是个什么东西?我早就听说他是澪州出了名的混子!是成天撒野捣鬼的痞子!不是他动手打闻识,难道还是闻识打了他?你没见那老大一道伤口是落在那郑依颂身上,还是落在了你宝贝儿子身上?痛的到底是哪个的心头肉?如今我们瓷韵轩直不起腰,受尽窝囊气,连儿子也屡遭人这等欺辱,都怪你这混沌蠢物,没一丁点儿骨气。我问你,你哪天能挺直腰板儿,活出个人样,也为我们娘儿俩争一口气!"

郭十里的老婆骂不绝口，骂得口干舌燥，骂得瓷韵轩地动山摇。她喝了一口水，还不肯罢休，又骂了足足半个时辰，郭十里如坐针毡地站在老婆面前，红着脸，骂不还口，打不还手。整个瓷韵轩上上下下被闹得乌烟瘴气。章秦玉和张子虔见不是头，自忖不好意思再待下去了，于是找了一个借口，溜之大吉。

闹腾了一晚上的瓷韵轩终于安静下来了。下人们都回房睡去了，郭十里却无半点睡意，他看着天边那一轮时隐时现的残月，心想："今天闹到这步田地，说一千道一万，都是因为瓷韵轩是老二的缘故。"他斜倚栏杆，喝着苦酒，脸上结着惨淡的愁云，唱着"瓷韵轩，陶器多如山，撑起青白天"。他唱了一会，唱得意兴阑珊，唱得味同嚼蜡。他长吁短叹："唉！等哪天我重新做了我们这地方卖瓷的第一号，再唱这首歌时就当别有一番滋味了！"

十一

三渡法师给郑大观讲法，讲到动情处时，索性半卧于青岩之上，敞开半边衣襟，一串佛珠在他手上拈来拈去，三渡法师不紧不慢地说："不争，不怒，自在我心。"

三渡法师讲法时，郑大观总是正襟危坐，竖耳聆听。孙儿郑墨青就在拂叶寺的宝殿内玩耍，他时而学小和尚撞钟，时而学老和尚敲木鱼，又时而把经幡披在身上，装成一个出家弟子的模样，一本正经地学习坐禅念经。

三渡法师说："你看，墨青与佛有缘。"

三渡法师又摩挲着墨青的头顶，叹道："这娃儿命不寻常。"

郑大观问："大师说说，这娃儿是劳累的命呢，还是富贵的命?"

三渡法师便作了个偈："一生操持终成空，半世功名在梦中，若问前程有几何，到底终归来时处。"

郑大观想："既然一生操持，看来是劳累的命了，又有功名，看来劳累是劳累了一些，但终究得了富贵，先苦后甜，也还不错。可到头来却又怎么成了空呢?这来时处又是何处?"想到这儿，郑大观便念道，"刚才法师说半世功名在梦中，怕是这富贵也是不能长久的?"

郑大观实在想不通，带着几分不安问三渡："大师，我家墨青到底是劳累的命呢，还是富贵的命？”

三渡法师微微笑道：“莫猜！莫猜！日后自明！”

郑大观从拂叶寺回来时，正赶上瓷行的朋友一起送来一块大匾，匾上刻着四个镶金的大字“天机汝成”。这是同行请擅长书法的三生道长镌在上面的，算是专门送给郑大观的寿礼。

郑大观六十大寿那天，潆州的贵胄名流都来向瓷缘斋庆贺了。郭十里也来了。郭十里本来是不想来的，可是想了一夜后，还是决定封一份厚礼，专程来向郑大观道喜。

在筵席上，觥筹交错，推杯换盏，大家你一言我一语地议论着潆州本地的新闻，自然三句话不离安顺公主的斗瓷大会。每个人都在猜测，今年斗瓷大会的桂冠到底会花落谁家。

在座的有人恭维说：“郑老爷家的瓷器品相最好，今年的斗瓷大会就等郑老爷一出手，拔个头筹回来，也好为我们潆州瓷行争争光。”

又有一个人说：“我看瓷韵轩的瓷也不赖。再怎么说瓷韵轩都是这潆州的百年老店，我不信他家里难道没有收藏一两样好瓷？”

又有一个客人说道：“好啦，好啦，你们几个都别争了，我看今年斗瓷大会的桂冠，不会落到我们当中任何一个人头上。你们别忘了，这可不是潆州的斗瓷大会，这是大宋的斗瓷大会！全国各地有名的瓷店都会挑选他们最好的瓷器参加，单是汴京、大名、景德镇、寿春等地的瓷器，就比我们潆州的不止高出一筹。”

一句话说得大家都沉默了，只好低下头自顾自地喝酒，不过还是有客人站出来暖场说：“不管怎么说，我看还是郑老爷会赢，我曾经出过城，也去过京都，见过其他地方的瓷器，那些瓷器好是好，却比不上郑老爷家柜上的一只青花盘。你们不信，我押五两银子当赌注，大家都来做个见证。”

尴尬的气氛顿时被打破了，于是大家又满面笑容地点点头，纷纷对那位客人的话表示赞同。其中一位客人笑着说：“高二叔这个赌注押得好，等到斗瓷大会结束时，这五两银子少不得要生出五百两的利钱来哩！”

“郭老板，你是见过大场面的，你说是不是？”坐在郭十里旁边的宾客问。

郭十里心里五味杂陈，当着大伙儿的面又不好说什么，只能垂着肩，迎着笑脸说：“这还用说，郑老爷当然是要在斗瓷大会上拔得头筹的。”说完，一口喝完了杯中的酒。

郑大观端起酒，一一敬了众人，笑着说：“承蒙各位看得起，在下感激万分。可在下并不是没有自知之明，俗话说山外有山楼外有楼，这斗瓷大会是皇家办的盛会，举国上下所有的瓷店都来参加，可以说是千帆相竞，各显神通，斗瓷大会的桂冠到底花落谁家，实在难料。我瓷缘斋势单力薄，不求头筹，不争名第，只要能让我郑大观有缘开开眼界，看看不同地方的瓷器，领略不同地方瓷器的风采，就足慰平生，再无遗憾。”

人们又交口称赞：“还是郑老爷见识高明哩！”

酒足饭饱之后，仆人又端来了热气腾腾的安溪前清茶，大家一边品茗，一边打探起各家参加斗瓷大会派出的究竟是什么瓷。

座中一位头扎青布的客人慢吞吞地说：“我见过一个洞石花鸟鱼纹壶，那技艺可不得了，若是用它参赛，一定捧个头名回来！”

另一个宾客听了，很不服气地打断了他：“你那瓶子再好，总归比不上我在汀州草桥门见到过的一尊清枫白鹭瓶，令人叹为观止，只可惜，这样的瓶子我这一生也只有缘见过它一次！”

话未落音，又一位急性子客人猛然站起来，拍着桌子大叫：“难道这天底下就你家的瓷厉害了，人家的瓷就都是次品和赝品不成？”

那个拍桌子的客人见惊动了四座，觉得怪不好意思的，便又忍气吞声坐下来，囫囵喝了一口热茶。

同桌的客人又小声地问郭十里：“郭老板，你今年参加斗瓷大会打算拿出什么宝贝呀？”

郭十里笑不露齿，拱着手谦让：“这个嘛……我……我还没有定好。”

“你是没有定好，还是因为家里的藏宝太多，一时定不下来？”

郭十里便说：“蔡老板，你莫开我玩笑了，我哪有什么宝贝？我也不图别的，正如郑老爷刚才说的那样，也就是想跟着大伙儿一块进京去见见世面。”

郭十里想起今年的夏天，他去大通河边散步时，遇到了一位路经澪州的西域商人，那位西域人因为货船触了暗石，货全部沉入了水底，消折了本钱，郭十里打听到这位西域商人正准备拿一只鹤鹿同寿瓶去典当铺典当，作为回去的路费，他看到那只瓶子后便惊呆了，提出用一百两银子买下那只瓶子。西域客商已身无分文，只好忍痛割爱卖给了他。那只鹤鹿同寿瓶肌如凝脂，巧夺天工，郭十里意识到这是一只十分罕见的瓷瓶，不落手地看了又看。于是，盘算着用它来参加今年的斗瓷大会，他是要借这尊瓷瓶一洗前耻，一举翻身。

大家各有心思，都在打探别人的底细。为了与汀州、肃州、通州、大名府和汴京几地的瓷行对抗，有见识高明的客人提议：“诸位，按理说我们滏州做出来的瓷器又匀又细，可为何总是卖不过大名府和寿春等地的瓷器？难道是因为我们的瓷器太差？我看只因大家自顾自，不齐心，弄得整个瓷行如同一盘散沙。今日趁着大家齐聚在此，何不推选一位德高位重的人来领导我们瓷行？请他制定章程，规范秩序，把大家拧成一股绳，也好带领着我们少走一些弯路。大伙儿抱团取暖，有福同享，有难同当，比单打独斗岂不更好？”此议一出，大家都拊掌赞同，可一说起到底应该由谁做瓷行的领袖，大家却议论纷纷，莫衷一是。

有人说：“陶然亭的张老板关系颇广，推举他最合适不过了。”

也有人说：“观澜堂的沈老板去过京城，见过大世面，这瓷行的领袖非他莫属。”

大家听了这些人选都只是摇头，似乎对这些推举出来的人都感到不满意。

座中一个带幞头、穿锦衣大褂、身材微胖的人曾受过瓷韵轩的恩惠，站起来说道：“诸位，肯听我老小一言吗？说起来，瓷韵轩在滏州的资历最老，论关系，谁能比得上郭老板？论世面，又有什么郭老板没有见识过的？这瓷行的百年大计，我看还得靠瓷韵轩的郭老板来擘画！”

四座中有一些人开始点头称是。

郭十里谦卑地推辞：“小的是个粗鄙之人，这带领瓷行的大任实不敢当！”

只见座上几个宾客的脸色已经是越来越难看了，清雅轩的周老板霍然站起来，带着不平大声说："瓷韵轩资历老那是没错，但论实力和名望都比不过瓷缘斋呀，说到底瓷缘斋才是这浮州的第一字号，瓷韵轩不过是老二罢了。你们把老大晾一边，却让老二来掌舵，恐怕于情于理都说不通吧，大家说是不是？"

那些见风使舵的又连忙改口："诚然如此，诚然如此。"

郭十里不说话了，脸色阴沉不定，端起茶瓯只顾低头喝茶。他默默地听着人们的议论，听着人们趋之若鹜地夸赞着瓷缘斋和郑大观，一句话也没说。毫无悬念，瓷缘斋的郑大观当之无愧地当选为浮州瓷行的领袖，众人商定凡是瓷行的重要举措和政策的出台都要请郑大观出面，由他来拍板。

郭十里再次当了一回老二，做了郑大观的陪衬。筵席散了，郭十里垂头丧气地回到了家里，狠狠地拍着桌子，踢着凳子，愤愤不平地说："什么'天机汝成'，简直放屁！"

让郭十里一直想不通的是：为什么天底下所有的好事都归了瓷缘斋，而瓷韵轩最终落得个一无所有呢？除了瓷韵轩是老二外，他找不出其他的原因，于是，他咬着牙，一字一句地说："老二的污名一日不去，我瓷韵轩永无出头之日！"

郭十里最大的一个本事就是一个"忍"字。他在人前人后已经忍了二十年了，他见人总是一团和气，看谁都是一脸赔笑。可在他阴冷的心灵深处，却很看不起那些混迹于瓷行的人，在他眼里那些人有很多其实是门外汉，并不是真正懂瓷的人，可是他又不能说破。他越是看到这些人，就越感到寂寞，就越觉得自己应该成为浮州瓷行的第一号，重新夺回瓷韵轩昔日老大的位置。二十年的时光已经很长很长了，长得足以让他养成很深很深的城府。他一直在等待机会，就像一只鹰一样，黑夜让他的眼睛变得更加敏锐，时间则磨砺了他的利爪，他潜伏在某个角落，随时对暴露在外的猎物伺机反扑。

他总是不厌其烦地在郭闻识面前讲他的“忍”字哲学：“你可别小瞧了这个‘忍’，心字头上一把刀，但凡谋大事者，一定要能忍得，不能忍一时之痛，就要悔一世之苦哩！”

郭闻识问：“就算有人在您头上拉屎撒尿您也忍吗？”

郭十里说：“你不仅要忍，必要时你还应该把别人的屎尿也吃进肚里去。”

郭闻识听了大惊，他口里衔着的那根虎尾草差点梗住了他的喉咙，他想，郭十里已经不只是那个爱做“离骚”的流放诗人郭十里了，没想到这些年来的苦和痛已经让他变得这么软弱，这么不堪！

郭十里开始骂郭闻识吊儿郎当，不务正业。郭闻识心里却在想：“你说我不务正业，我却好在这身骨头硬起来也是铮铮响的，不用低声下气地过活，倒是老爹你一头扎进瓷器里面，苦也吃够了，窝囊气也吃饱了。”一起吃酒时，他在张子虔和章秦玉面前抱怨：“没想到我老爹怕瓷缘斋怕成这样，全无半点儿英雄气概。怕也罢了，他却又死不承认，还拿什么忍字来当借口。我一听他那一套忍字哲学就觉得好笑，我看他也只好去糊弄鬼罢了！”郭十里又警告郭闻识：“记得没事千万别去招惹瓷缘斋！”可是，郭闻识很不以为然地把头扭向一边，对郭十里的话充耳不闻。郭十里能忍，郭闻识却独独不能忍，他一天到晚都想要报上次被辱之仇，想要证明给郭十里看。

因为郭闻识急着要洗刷那天在枕碧桥上所受的羞辱，所以早就放出风来，扬言要是再遇见郑依颂和福二，就不会给他们好颜色看。那一阵子，依颂送完瓷器总是绕路而行，为免生事端，再不从芙蓉馆过，若见到郭闻识也必定远远躲开。福二却若无其事一样，该干什么还干什么。郭闻识叫上章秦玉和张子虔守在枕碧桥桥头，守了两天两夜，终于逮到福二从桥头经过，便赶上去用粗大滚圆的木棒狠狠揍了福二一顿，打得福二鼻青脸肿，打得福二掉了两颗门牙，在床上将息了一个多月。

郭十里知道此事后，眉头一皱，咬着牙大骂："这畜生不听我劝，果然干出这事来了！"

他见到郭闻识一副若无其事的模样，忍不住狠狠地教训着自己的儿子："你这畜生，我早就叫你不要去招惹瓷缘斋的人，你偏不听，非要去惹他们，结果给我捅出这么大一个篓子，我看你要怎么去收场！"

郭闻识不服气："只不过打了一个小厮而已，值得了什么，老爹，您想想以前瓷缘斋的人又是怎么羞辱我的？"

郭十里道："君子报仇十年不晚！"

郭闻识道："要是再等十年，就像您这样等得头发都白了，恐怕也报不了仇！"

郭十里一愣，可他马上想到那个高悬在头上的"忍"字，想到他的"忍"字哲学，于是他的怒火又呼呼蹿上来了，他咬了咬牙，横下一条心，啪啪打了郭闻识两个耳刮子，说："你自己闯的祸，自己去收拾，明儿你就赶紧提上几样礼物，给我亲自去瓷缘斋登门道歉！"

郭闻识红了眼，哭着死活都不肯去，还说："让我去道歉，你不如干脆杀了我吧！"便摔着门跑出去了。郭十里没办法，只好亲自请了一名郎中，手上提了一盒金花火腿，一盒细丝银鱼，一盒锦缎和三副药膏去了瓷缘斋。进了客厅，郎中为福二验了伤，已无大碍。郭十里向郑大观连连赔礼道歉："小弟教子无方，教子无方，还请大观兄弟见谅。我听说后回去就狠狠教训了犬子一通，谅犬子以后再不敢如此无礼了。至于福二看病所需的一切费用，全由我瓷韵轩一律承担。"

因为郭十里亲自登门道歉的缘故，郭闻识感到脸上无光，气得都不愿跟父亲说一句话，独自一人躲在一个小酒楼里喝闷酒，连朋友也懒得见了。

而郑大观见郭十里亲自为自家一个仆人的事情来赔礼道歉，又见他极尽谦卑有礼的模样，早已被他的一腔诚意感动了，连忙叫人奉茶，上坐，拉起了家常。以前郑、郭两家因为相互竞争的原因自上一辈就很少往来，一年到头也难得上一次门，平时两边人见了面更不攀话，好像双方都暗自憋了一口气。这一次却不打不相识，没想到郭闻识这一闹腾，反而让两家握手言和，尽释前嫌。随着交谈越加深入，郑大观就越觉得郭十里这个人了不起，不免生出一种相见恨晚的感觉，很快两人便成了无话不谈的好友。

郭十里这个人，平时不怎么爱说话，但是一开口谈起瓷来就眉飞色舞，讲得滔滔不绝，头头是道。谁也不得不承认，他对于瓷的高见，就算放眼整个大宋，也是屈指可数的。单凭这一点，就让爱瓷的郑大观对他钦佩得五体投地。自然，不过一席话，郑大观便把郭十里当成了知己。自此，两人经常坐而论瓷，谈笑风生。在旁人看来，他们两个以前是斗得难解难分的竞争对手，现在却成了患难与共的好兄弟，肝胆相照的手足。

十二

日月如梭，离斗瓷大会开始的日子也越来越近了。一天，郑大观神神秘秘地把郭十里引到自己的密室里，向他展示平生收藏的瓷器。这些瓷器都是瓷缘斋几十年来从天南地北收集到的宝贝，是从不摆在柜台上向外人展示的。郑大观常常说：“这浮州真正懂瓷的人不多，但有两个人例外，本人虽不才，却也侥幸算得一个，还有一个十分厉害的，那就是瓷韵轩的郭十里。”他这样说倒并不是自吹自擂，狂妄自大，而是一句很实在的话。郭十里在瓷行里素来以火眼金睛著称，但凡能被他看中的瓷器，不是一等品，也属上品。那瓷只要被他一瞧，一摸，就真假立辨。有时，当众人还在为一件瓷斟酌不定时，他却能一眼看清瓷的骨骼，一语道破瓷的玄机，甚至能一眼看透瓷的灵魂。郑大观十分欣赏郭十里鉴瓷识器的本领，逢人便夸郭十里。两人同是爱瓷之人，相处日久，就自然生出了相敬相知的好感，自此郑大观就再也不把郭十里当外人看待了，也不把他当竞争对手看待了。两人不久便义结金兰，因为郭十里比他大两岁，他以大哥相称，而称自己是小弟。有一天，郑大观在密室擦拭着他的那些瓷器的时候，突然萌生了一个念头：“何不请大哥过来，一边请他喝茶，一边请他看看我这些年收藏的瓷器到底如何？”他确实想让郭十里用那一双火眼金睛鉴一鉴他多年来收藏的那些瓷器，一来看一看自己到底有没有看走眼，确认一下自己鉴别瓷器的本事；二来看看这一阁子里面的瓷器在郭十里的眼里到底价值几何。

那一晚，郑大观秉着火烛，领着郭十里走进密室。

郑大观道："大哥，请随我来，有几样东西想请大哥看看，看能否入得了大哥的法眼。"

郭十里欣然答应。他们穿过阁楼，下了旋转的梯子，进了一条幽深的暗道，左转过一条曲折的长廊，又右转过一条幽静的甬道，才到了密室。

"请稍等一下。"郑大观说完，拿了一个火折子，把密室墙壁四周的香灯点燃，又燃起一炉熏香，只见这密室门口蹲着两只瑞兽，其中侧的墙壁前端坐着一尊一人高的佛像，庄严静穆。密室的入口虽小，但里面的房间十分宽敞，四个沉香木架子规整地摆在密室中央，房间里透着一丝淡淡的檀香气味。

郑大观带着郭十里来到密室里的第一排架子前，上面摆的都是钧窑烧制出来的精品，俗话说"黄金有价钧无价"，又说"家有万贯，不如钧瓷一件"。算下来这个架子上摆了五十来件钧窑中一流的瓷器，湖光山色，云霞雾霭，花草鱼虫，各有千秋，每一件都灵动微妙。奇特的造型加上复杂的配釉，让郭十里眼前一亮，他忍不住啧啧称赞："好瓷！好瓷。"

又来到第二排架子前，上面陈列的是建窑的三大名品：曜变、油滴、兔毫。当时建窑一年才烧制不到一百件瓷器，这个架子上就陈列了四十来件珍品，一件件都发出七彩宝光，宛如深邃宇宙中的星星点点，变幻莫测。郭十里轻移脚步，边看边赞叹不止。在一件青黑兔毫盏面前，他忽然站着不动了，盯着它出神了半天，这只盏也就手掌大小，浑身绀黑如漆，温润如水，稍微靠近它就能感到一丝逼人的寒意，再看它就如坠进了一个无底的黑洞里。盏上面一条条纹路如同兔子身上的毫毛一样纤细柔长，丝丝入扣。苏东坡曾写道：“忽惊午盏兔毫斑，打作春瓮鹅儿酒。”郭十里也曾经见过十来件兔毫盏，皆为上品，但都不及这个兔毫盏做得这么精巧。郑大观见他出神，便笑道：“大哥，这一件能否入得了你的法眼？”

郭十里拿着兔毫盏，翻来覆去地看，两眼放着光说：“极妙！极妙！”

郑大观又笑了一笑：“好东西还在后头，请大哥随我来。”

他们又绕过一道琉璃翠珠屏，来到了第三排架子前。第三排摆的尽是些青瓷和白瓷，都是来自汝窑、哥窑、龙泉窑、定窑等名瓷窑烧制的极品中的极品。其中有一只绣花咕噜瓶，一只青釉寒梅一点瓶，一只龟背盏和一只脉枕，犹如横空出世，青的花，白的云，红的彩，绿的叶，紫的衣，都化作了梦，遗失在了时光里。那瓷口上吐出的是乾坤，瓷身上缠绕的是旧梦，瓷底压着的是大地，什么繁华与功名都不在话下了，什么离情与别绪都成一场空了。郭十里看到此处，犹如别了今生一般，一头跌到了另一个世界，不禁拍着手称赞：“不得了，不得了！老弟，你是从哪儿弄到这些极好的东西？”

郑大观依旧面带微笑，不动声色，却又把他引到最后一排架子前。这一排与前三排都不同，好像什么都没有。郑大观指着中间的格子说：“你再仔细看看。”

郭十里睁大眼睛，朝着郑大观手指的方向望去，那格子里面真的安安静静地躺着两件瓷器，显得孤孤单单，冷冷清清，郭十里不以为然。郑大观道：“你再走近去看一看。”

于是，郭十里近前，认出一只是青花小梅探春瓶，一只是白玉无双抱月瓶，这一对瓷器正是当日郑大观拿给依颂看的那一对瓶。初看这两只瓷瓶，平淡无奇，细看之下，又似有几分灵动。

郭十里还是不以为然，说道："虽是极品了，却比不得前面那只兔毫盏，也不及第三排架子上的那只寒梅瓶。"

郑大观又道："你再细细地看一看，轻轻地摸一摸。"

郭十里只好又拿着瓶子端详起来，只见这两只瓶散出灵气，如洛神出水，似嫦娥下凡，把这两只瓶再背对着背放在一起整体看，又像两个神仙合为一体，化成了一棵缠绕在一起的月桂树。郭十里出神了半天，犹如坠入了一个梦里。盘古提着一把短斧劈开了天与地，共工一头撞倒了不周山，佛祖在菩提树下打盹，玉帝在凌霄殿上醉酒。在梦里，他终于如愿以偿地摆脱了老二的位置，瓷韵轩不仅成了滘州风光的老大，还成了天下的第一。忽然，一个牛头马面的人冲出来把他提起，厉声喝道："这里是什么地方？也是你这号人来的？还不快快滚回你原来的地方去！"他便被那人推进了云雾，从上面跌下来。

郭十里从梦里醒来，惊出了一身冷汗。他把瓶子放回原处，可心里还在回味着刚才那个怪异的梦，这时，郑大观却已经从架子上拿出一个陶埙，轻抵唇口吹了起来，低沉而沧桑的声音飘荡过来，那两件瓷器随之有了感应，也微微颤动起来，发出了瑟瑟呜呜的声音，与那埙声相互呼应，像是一对知己在浅唱，又像是一对情人在偎依倾诉。郭十里惊得后退了两步，大叫一声："这是？这是？"

郑大观大笑，说道："大哥你看这对瓷器又如何？"

"神了，神了！"

郭十里道："兄弟，你难道要拿它们去参加今年的斗瓷大会？"

郑大观道："小弟正有此意哩！"

郭十里大惊："若是如此，没人能跟你比，这回兄弟一定拔个头筹回来！"

郭十里一辈子都没有见过这样的瓷。这对瓷默默地立于他的面前，像是从流淌的时光中穿走的精灵一样，最重要的是它能勾起人的欲念，迷惑人的心神。

郭十里又问："不知道这对瓷出自何人之手？能做出这种瓷的怕不是地上的凡人，而是天上的神仙！"

郑大观笑道："是瓷魔。大哥你听说过吗？"

郭十里听了，震惊得半天说不出一句话。他不由得后退一步，失声叫道："你说的是瓷魔？就是隐居在岣嵝山上那个神龙见首不见尾的瓷魔？"

郑大观道："大哥还以为这世间有几个瓷魔？不是隐居岣嵝山的那个瓷魔，还有谁配得上瓷魔这个名号？"

郭十里只觉得一阵眩晕，一股鲜血直冲向脑门，他扶着沉香木架子，几乎站立不稳了，差点儿一个踉跄扑倒在地上！

郭十里问："我听说瓷魔做出的瓷从来不送人，老弟是如何得到这对宝贝的？"

郑大观脑海中浮现出一幕。有一天，他去拂叶寺拜佛时，三渡法师亲自把这一对瓷交到他手上。瓷魔曾为瓷而走火入魔，便来找三渡法师求解脱之法。三渡法师为瓷魔讲经开悟，瓷魔却从佛法里面悟出了做瓷的道理，从此魔性祛除，为了感激法师的开导，他把做出的瓷器送给了法师。法师不肯要，却说："佛已度我，瓷又度谁？不如就让这瓷去度它的有缘人好了！"三渡法师见郑大观爱瓷成痴，一时起意，便把瓷交给了郑大观。他说：“我又何须去远求，眼下施主就是命里那个要用瓷去度的人了。”

郑大观没有告诉郭十里他是怎么得到这对瓷器的，因为不想因此惊扰了三渡法师的清修。回家的路上，郭十里走得踉踉跄跄，像失了魂儿一样，口里喃喃念叨着：“瓷魔，瓷魔，他竟然得到了瓷魔做的瓷……”

郭十里想起以前也曾带着家奴去滗州东头的峋嵝山上去寻找瓷魔，又去山下东边的官窑和西边散落的民窑打听，可最终无功而返，他本来就不大相信这世界真有什么瓷魔，寻找无果后更加相信瓷魔只是人们杜撰出来的传说，并不为真，故不再放在心上。不料郑大观竟然找到了瓷魔，而且还从瓷魔那里得到了瓷器。

他边走边想：“二十年时间不到，他阁子里竟然一声不响地积攒了那么多宝贝，甚至连瓷魔做的瓷儿都被他得到了，这个人真的不简单！”

“‘天机汝成’，这四个字配得上郑大观！”他叹道。

本来郭十里盘算着借这次斗瓷大会扬眉吐气，从此一举摆脱老二的尴尬地位，风风光光地做一回老大，可见到了郑大观的那些瓷器之后，再看看他自己收藏的那些瓷，那简直叫寒碜！尤其是瓷魔做的那一对探春抱月瓶，简直是出神入化，稀世罕见，再想想他自己准备参赛的瓷器，尽管也算得上是一个宝贝，但相比探春抱月瓶还是差了很远，一时心念成灰，觉得再怎么挣扎也已经无力改变在斗瓷大会上失败的定局了。看来这顶老二的帽子还要继续戴下去，一想到这儿，他突然身子一晃，闷哼一声，一口鲜血直喷出来，只觉眼前一黑，一头跌倒在地上。

十三

毫无悬疑，瓷缘斋和瓷韵轩将代表漻州参加公主的斗瓷大会，毕竟他们一个是漻州一带的老大，一个是这里的老二，没有理由不让他们作为代表参赛。可是，参加斗瓷大会一共有四个名额，为了争夺另外两个名额，瓷行里的瓷器店没少明争暗斗，大家斗得六亲不认，争得头破血流，最后郑大观看不下去了，作为瓷行的领袖，他十分生气，站出来说："太不像话了，太不像话了，为了两张船票争得跟仇人一般，一个个都如斗鸡似的，我们漻州的瓷器之所以发展不起来，都是因为大家不团结，喜欢窝里斗的缘故！"最后他大声宣布："你们谁也别争，为了公平起见，所有的瓷器店都来投票，得票最多的两家就能获得参赛资格，这样谁也没得话好说。"大家都表示没有意见，于是按照最终计票的多少，陶然居和凝脂堂脱颖而出，将与瓷缘斋和瓷韵轩一道去汴京参赛。

可是结果出来后，白碧堂的沈老板却对这种投票方式颇有微词，他认为谁家的票多并不等于谁家的瓷器就好，而只是代表他家的人缘好，明明自家的瓷器比陶然居和凝脂堂的要好，为什么不能参赛？他很不服气，抱怨："瓷缘斋和瓷韵轩代表我们漻州瓷行参赛，我没有话说，可是陶然居和凝脂堂也被选出来，凭什么？斗瓷大会看的是谁家的瓷器好不好，而不是看他家的关系硬不硬。我家的瓷更好，为什么不能参赛？”沈老板又无助地看着多年的老友郭十里，想请郭十里站出来为他说两句话。郭十里沉默了一会儿，然后慢条斯理地说：“既然大观兄弟说陶然居和凝脂堂应该获得参赛资格，那就是陶然居和凝脂堂无疑了，我想大观兄弟的判断总不会有错的。”

既然连郭十里都这么说，那些还有不同意见的人就再也不好多说什么了，不服气的沈老板也只好退到一旁忍气吞声。

安顺公主的手谕早在一个月前就已经由京城的快骑传送到了全国各地，溹州知府已经收到了公文，知道这场斗瓷事关皇家的荣耀，绝非等闲，因此不敢有丝毫怠慢。瓷行的商人也明白这场斗瓷大会对他们意味着什么，于是自发筹划了一个盛大的欢送仪式。斗瓷还未开始，这四家瓷器店就俨然做了溹州的英雄，承载着溹州瓷器界多年的期许，也承载着小城人民的渴望。溹州这座小城向来不沾王化，以致寂寥无声。平静而漫长的日子总显得波澜不惊。溹州小城好像是被时光尘封的一角，需要一场森蔚璀玮的洗礼洗去尘埃，才能不至于被人忘记。而斗瓷大会恰如一场酣畅淋漓的大雨，能把岁月的沉疴冲刷掉。也幸好有这样一场斗瓷大会，溹州这个地方才不会被宋朝人忘记，也不会被溹州人自己忘记。

只要这四家瓷店中的任何一家瓷店能够夺魁，不仅自己能够通达，溹州百姓也将感到荣耀，知州脸上也会有光。出发这一天，溹州人在枕碧桥上敲锣打鼓，舞龙舞狮，燃放鞭炮，小孩们则光着脚在街上观看送行的队伍徐徐前进。溹州人很久都没有看过这么热闹的场面了。长长的欢送队伍早已把官府惊动了，府尹亲自来送行，师爷亲自来荡酒，几百名公差被官府派来清道。

欢送大会上，郑大观走在前面，郭十里与郭闻识紧随其后，再后面跟着陶然居和凝脂堂的老板和家仆，工人们抬着一箱箱瓷器，箱子上面扎着红绸子，一路浩浩荡荡，在锣鼓喧天中向码头而去。

因为墨青生了疹子，依颂为此牵肠挂肚，所以这一天他没有出现在被欢送的队伍中。依颂在家里忙着为墨青买药、煎药，这些本是下人可以去做的事情，他却坚持要一一经过自己的手，一丝都马虎不得。等他煎好药时，惜白已经为他打包好了行李，又额外包了一些碎银子衬在衣服底下备用。

在大通河码头的郑大观见依颂还没有到来，焦急地对福二说："依颂怎么还不过来？福二，你赶快回去催一催他。"

于是福二又一路从长堤上火急火燎地跑回来，老远就叫道："少爷，老爷们都已经登上船了，去京城参赛的瓷器已都清点完毕，就差你一个人，大伙儿都在等你到后开船呢！"

惜白说："夫君行动快一些，让大伙儿专等你一人，多不好。"

依颂说："我就来。"

可他还是放心不下墨青，摸了摸墨青圆圆的脸蛋，又转过头一再叮嘱惜白："郎中说墨儿身上的疹子不能见风的，你记得给他头上罩一块盖头，别让丫鬟没事带他去风里耍。"

惜白道："我晓得了。"

惜白想，等依颂在斗瓷大会上拔个头筹回来，身上便会披一袭红绸，再骑着一匹白马，那时她就带着墨儿去河堤上的文翁亭为依颂接风。她要让依颂牵着缰绳，她们娘俩儿就骑在马背上，让全城的人看到，好不威风。她一想到这儿，便扑哧笑出声来。她想象着依颂披红带彩、身骑白马的样子，那是她还在闺阁里当姑娘时就梦见的英雄的样子。

“你笑什么?”依颂问。

惜白说:“我想你什么时候会回来。”

依颂想了想道:“娘子无须牵挂,我们这番去应当很快就回,多则两月,少则一月,等斗瓷大会一结束,我就赶回来看你和墨儿,绝不在汴京迁延时日。”

惜白笑着说:“官人这句话奴已记在心里了,汴京是个繁华之地,非滘州能比,你不要到了那儿后就流连忘返,连家也不顾了。你去那儿斗瓷,无论输赢都不要紧,你只要记得我和墨儿都在家专望你平安回来就好。”

惜白又道:“等你回来时,墨儿的病也好了,我就带他一起去文翁亭为你接风!”

还没有出发,惜白就掐着指头计算依颂的归期了。离别总是那么难舍难分,哪怕只是短暂的离别,也让多愁善感的依颂独自长吁短叹了一阵,更让惜白沉浸在纷乱如麻的思绪之中,以至于久久无法自拔。在福二的一再催促下,依颂终于离开家门,惜白和墨青目送他的背影而去,直至依颂与福二的身影越来越小,渐渐消失在大通河堤岸上那些飞飞扬扬的柳絮之中。

无论走水路还是走旱路,这条长长的堤岸,都是滘州通往外面世界的必经之路,也是回家的必经之路。这条路,和滘州的那座桥——枕碧桥一样,久远而沧桑,是最能代表滘州的标志,也是这座小城中各种故事孕育和发展的母体,是所有忧伤和快乐的渊薮。依颂已经在这条路上走了不下几百回。那些低垂的柳絮呢,在风中不知道呢喃了多少遍,也不知在他肩上轻拂过多少回了。

依颂与福二穿过长堤时，一位穿着一件窄袖罗衣和披肩双蝶裙的女子由一名丫鬟扶着正好从另一条船上下来。这个女子高挽着发髻，头上蒙着一块青色面纱，虽然难辨相貌，却步态轻盈，目不斜视，正好与赶着上船的依颂擦肩而过。那女子微微抬起头来，向依颂点了点头，算是致意。她的怀里掉下一支洞箫，轻轻地落在了码头上。码头上人声嘈杂，送行的人扎成了一堆，那女子一点儿都没有注意到她的洞箫掉了，也没有去注意那些送行的人群。依颂拨开人群，捡起那只箫，心里一惊，正要说"姑娘，洞箫掉在地上了"，可等回头准备把那支洞箫还给她时，那姑娘早已经疾步朝东南方向远去了。

依颂在人群中驻足逡巡，感到怅然若失。福二只管拉着依颂往前面走去："少爷，快，船要开了！"

依颂回望那姑娘的背影，影影绰绰，真像那条画舫帘子后的背影，似曾相识，又似不曾相识。他又轻轻摩挲着那支洞箫，问福二："你说刚才那位姑娘长得像不像在画舫吹箫的柳月？"

福二说："她戴着面纱，我怎么看得清呢？"

"可她不是柳月。"依颂很肯定地说，又轻轻地叹了一口气。

依颂又问："你说此刻柳月会不会就在汴京？听说开封府的汴河比我们澪州的大通河还要宽还要深，那里的画舫也更多，那里的人也比澪州百姓更爱听箫，此去要是能在汴京遇见她就好了。"

依颂还在遐想着柳月在船尾吹箫的样子，可福二不以为然地说："少爷，大伙儿都一心准备着斗瓷大会呢，你还在想着那个柳月！你别只想她了，也想想这次斗瓷大会的事儿吧，我看自从你去大通河听了柳月吹箫以后，就终日魂不守舍，我真担心你又要变回你过去的样子了。”

依颂说：“福二，你不要乱讲，我的样子怎样，我还不知道？我从来就是我自己，一直如此。只是因为别人不了解我，不过有时连我自己也看不懂自己，又何必去强求世人懂我呢？可是柳月却不一样啊，她是真的知我，懂我，她了解我内心中那些隐秘的痛与瘾，甚至她还让我看清了我原本的样子。我与她的遭际，正应了一句诗‘同是天涯沦落人，相逢何必曾相识’。更何况柳月从来就没有要求我为她做过什么，她只是端坐在船上，只是默默地吹着她的那支箫，可那箫声却像一束灯光一样照亮了我，洗净了我灵魂上的沉疴。她引导我回到我本来的样子，不管她是有意或无意，我都感激她。”

依颂用一种异样的眼神看着远方。一旁的福二心想少爷恐怕不只是感激柳月那么简单，也许福二并不明白依颂这些话里的意思。他以为那些话纯粹是自欺欺人罢了。作为一名旁观者，他倒是看清了依颂和柳月正处于一种十分微妙而危险的关系中。福二欠了欠身，带着抱怨的语气小声嘀咕：“可你如果再这样继续想着柳月，我怕太太又要偷偷抹眼泪了。”

依颂很诧异地问：“你见过惜白流泪吗？”

福二说：“我没见过，但我听太太身边的丫鬟说太太偷偷在房间抹过四五回眼泪。”

依颂难过地闭上眼睛，叹着气说：“我与惜白朝夕相处，竟然没有发现她流了这么多次泪。”他心知很对不住惜白，不过他很快又这样安慰自己，“我对柳月只是出于纯粹的友情，不管别人怎样看，我对惜白是问心无愧的！”他以为自己对柳月的思念不过是一种纯洁的友情，是彼此之间那种单纯的相知相惜的思念而已。这种思念之情，绝不至于超出友谊的界线，绝不夹杂其他念头。一想到这种纯粹的情谊，他的心里就好过了几分。

两人不敢拖延，匆匆赶至码头，运送瓷器的船队早已经一字儿停泊在岸边了，郑大观十分气恼，大声喊："依颂，你怎么磨磨蹭蹭的，让这么多人都在等你一个人，你好安心！"

郭闻识站在船舱不满地说："爹，你看看，大家都在等他，都一样是做瓷的，一样去参赛，难道瓷缘斋的人就可以肆无忌惮地迟到吗？"

郭十里说："闻识，你少说两句。"

"好了，依颂也是无意的，艄公，人都到齐了，快开船吧。"众人看看天色已晚，显得有些焦躁不安，不停地催促艄公开船。

于是，艄公拿着长长的蒿子，叫一声启动的号子，喊破了溇州平静的天空，船桨拨开水面，就像拨开了溇州天空上的云彩，船儿像一只离弦的箭一样往河对岸方向驶去了。

船儿绕过了重重山，重重水；穿过了重重雾，重重雨。

溇州和汴京隔了四千八百里路，大家一路舟车劳顿，饥餐渴饮，晓行夜宿，箱子里的瓷器却被做瓷人小心翼翼地看护着，安安静静、完好无损地躺在箱子里面，像是睡熟的婴儿一般。

来到了汴京，才知道大宋都城的繁华，也才知道小城溇州真的很小很小。繁华如许的汴京，比起溇州的波澜不惊，更多了一份艳丽与躁动。所谓三秋桂子，十里荷花，烟柳画桥，十万人家，一如当年柳永词中描绘的景象。那时的汴京还朝歌暮舞，还不知繁华之后的苍凉，边陲少数民族的侵扰似乎还只局限于远处的几个城市，对于太平已久的汴京不过是很遥远的事情。瓦肆中的人们忙着听书斗唱，院落里的贵人们都在推杯换盏。八仙楼的琼浆、曹婆婆的馓子饼、潘家的羹、田家的汤，十里飘香。市井上的花灯亮着，不舍昼夜，无论寒暑。卖花声、卖钗声、金玉声，声声不绝，交织出一个花团锦簇的世界，十分热闹。

依颂第一次见到这繁荣的气象，感到震惊不已，却又多了一份不安。郭闻识则迷失在这锦瑟繁华里再也出不来了，他一到汴京就去风乐楼里喝了一瓶琼花玉露，喝得醉醺醺地回了驿站，回到驿站后便倒头大睡。

十四

离安顺公主的斗瓷大会不到十天，可是街头巷尾的茶楼酒肆里早就已经开始各种奇谈怪论了。自来了汴京以后，郭闻识就一头扎在了花红酒绿里。有一天，大约是在斗瓷大会开始四五天前，他正在汴京的酒楼喝酒，忽然听到一群酒客正围坐一团议论纷纷，其中酒客甲道："艄公，你知不知道？听说为了今年斗瓷大会的顺利举办，安顺公主先是去广安寺拜佛，接着又去玉清观烧香，她还请了今年的状元郎题诗，邀来了宫廷乐师为斗瓷大会谱曲。她这番动作，想必是要把这斗瓷大会办成一个千古流芳的大会，一个惊天动地的大会。她是想让所有人都记住她，让所有人都服气她。我还听说连久居深宫的皇太后也答应出席了呢，只因当今皇上龙体欠安，不然也要亲临斗瓷大会。瞧这阵势，怕是绝对不输皇帝前年为老太后寿辰特意办的那场华严法会哩。"

酒客乙说："我看这位公主不像位公主，倒比朝廷上的那些大臣还像大臣。"

酒客丙笑道："你说她若不是个女的，而是个男儿身，说不定国家也能被她管得井井有条呢。"

艄公便问："既然这斗瓷大会像你等说得如此气派，那你们猜猜，今年哪家瓷店能够夺魁？"

酒客甲说:“如何猜得出?听说应天府的白壁堂、成都府的会雅阁、溽州府的瓷缘斋、寿春府的慧宝楼、景德府的逸隐轩都来了,四方的名店毕集于此,它们都是瓷行里的翘楚,彼此不相上下,今年到底谁能夺魁,难说,难说。”

酒客丙不以为然地说:“我看皇帝老儿不出面,这场大会也只是瞎折腾,风头很快就会过去,眼下辽国人又越过了益津关,准备南下,那斗瓷大会办得再好也不过是欲盖弥彰,又有何用?”

酒客甲说:“我们在谈论斗瓷,你这老头儿却说到打仗上去了。这年头仗天天打,人天天死,斗瓷却未必天天有。”

酒客乙说:“可惜我们这些小老百姓没有眼福,要是能去现场看斗瓷,我也不去打鱼了。”

一旁喝酒的郭闻识听到这些人提起瓷缘斋的名号,却独独没有人提瓷韵轩半个字,心下好生不然,想那瓷缘斋算老几,能和瓷韵轩相比吗?这些人竟然不知道瓷韵轩的来头,实在孤陋寡闻,可恶可恶。

他便仗着一身酒劲,跳起来,涨红了脸,瞪大了眼,拍着桌子大声嚷嚷:“喝酒的艄公,你不好好打鱼,却在此搬弄什么口舌,在这里说得个没巴鼻。我且问你,你听说过瓷韵轩吗?”

客人们见是一位年少的公子跳出来,无不一脸困惑地问道:“瓷韵轩?这位公子莫非也是来参加今年斗瓷大会的?”

郭闻识道:“你们这群人,枉生在了京城,虽说喝着这里汴河的水长大,就活在天子脚下,却那么孤陋寡闻,竟然连溽州鼎鼎大名的瓷韵轩都没有听过!”

酒客们搜肠刮肚,怎么也记不起有瓷韵轩这个名号。记不起来并不奇怪，滏州与汴京隔着千里之遥，天子脚下的瓷店又不胜枚举，且不说来自全国各地的瓷器店，单是本地瓷店就不少于两百余家，外省的瓷器店要能够在汴京立住脚跟，打出名气，实在不易。

郭闻识看到他们竟然连瓷韵轩都不知道，忍不住生气地说："各位俗眼愚心，竟然连瓷韵轩的名号都没有听过。我不妨这样打个比方，如果把瓷韵轩当成一片汪洋大海，那么瓷缘斋顶多不过是一眼小水井！而你们口中什么白璧堂、会雅阁、惠宝楼、逸隐轩之类货色，也就只能算一口小池哩。你们想想，池塘水井的水怎么能够与汪洋大海相提并论？"

看到众人一脸怀疑的表情，郭闻识又说："你们不信？等到斗瓷大会那天，我要让你们见识见识什么才是天下第一瓷！"

一个老酒客惊骇道："这位小哥，你口气也太大了！你竟敢称瓷韵轩的瓷是天下第一瓷？连汴京上首的瓷都不敢这么叫，这个名号也是随随便便能够叫的？"

大伙儿见他醉了，只当他胡言乱语，一个个都笑着散了，谁都不把他的话当真。他却不以为意，唱着跑调的歌儿，醉醺醺地跑回下榻的驿馆。

郭十里看见他，好奇地问："今个又是什么事让我儿这等开心？"

郭闻识说："爹，您不晓得，这回我可让瓷韵轩在京城扬名了！"

郭十里更加惊讶，说道："扬什么名？"郭闻识嘻嘻笑着，一边打着酒嗝，一边把在酒楼听到的议论告诉了郭十里，又绘声绘色地描述自己如何像诸葛亮舌战群儒那样，把那些酒客们一个个驳得哑口无言。

最后,郭闻识顿了顿说:"爹,您以前总怪孩儿没用,不是说孩儿长不大,就是说孩儿不成器,试看今日孩儿的手段如何?在维护瓷韵轩这事上,孩儿向来是眼睛眨都不眨一下的。"

"你看,原来要让瓷韵轩出名,我看也没您想的那么难嘛。"郭闻识扬扬得意,一点都没有注意到郭十里的脸色已经变得越来越难看了。

郭闻识还在津津有味地讲述自己的"功绩",郭十里终于忍不住了,破口大骂:"混账!这哪是长脸,是丢脸!你还嫌在浮州丢脸丢得不够,这回脸都丢到京城来了!"

郭闻识不以为然:"老爹,我可是在天子脚下为咱瓷韵轩扬名。我们的那只鹤鹿同寿瓶,你总说是个稀世罕见的宝贝,只可惜一直没遇着个慧眼识珠的伯乐,既然有了这次斗瓷大会,我又听说有这样一位能干的公主出面主持,正好振作一番,让瓷韵轩扬名天下,您还兀自担心什么。"

郭十里白瞪着眼道:"你是不知,俗话说天外有天山外有山。你只坐井观天,并不知外面的世界到底有多大,更不知强中更有强中手。好了,事已至此,多说无益!等到斗瓷那天自有分晓。小祖宗,我看你还是去喝你的酒,听你的戏吧,该干什么就干什么去,我已是愁不胜愁,只求你消停消停,别再给我添乱就好啦!"

郭闻识被郭十里一顿臭骂,只好没趣地走开了。郭十里喝了一口茶,差点没被呛到。此时他又想起那间密室里的探春抱月瓶,一想到那对瓶子,他就心乱如麻,万分沮丧。于是他再无心喝茶了,脸上的阴霾像汴京城墙上的沙砾堆得那样厚。他去柜子里拣了一条厚领子衣披上,叉着两只手走出高高的红墙,借着月色望着那满墙斑驳的青苔，又对着墙上的疏影，久注无言。他思绪纷乱，想起今天早上，在老朋友武都尉引荐下，专程去拜会省院的宋承清司谏，本想托宋司谏在斗瓷大会上张罗张罗，替自己说话站台。他一早就精心准备了一箱细丝足金，一盒天山的冬虫夏草，拣了一口上等的钧瓷和一串产自大理的七彩随珠送给司谏大人，可到了府上，刚表明来意，还没来得及寒暄两句，那宋司谏就沉下一张老脸，一口拒绝了他的请求。他还清楚地记得宋司谏那一句不冷不热的话："郭先生啊，不是我不肯帮忙，这斗瓷大会历来是安顺公主亲自操办的，下官实在不好插手。再说斗瓷比的是谁家的瓷好瓷坏，看的是品相，凭的是眼力，你这个卖瓷的行家，在这方面应该比我更懂，你须知道，安顺公主和当今圣上可都是鉴瓷赏玉的里手，那瓷器只要经他们的法眼一扫，便能立见分晓，即断真假。谁还能瞒得过他们？别的事上还好说，可在这件事上，下官实在无能为力。"

宋司谏的话不无道理，郭十里听得明白，当然无话可说。临别前，宋司谏指着那两盒礼物说："所谓无功不受禄，我没帮上忙，你送来的东西，还请你原封不动拿回去。"

可郭十里说什么都不肯拿回去了，他说这是专门孝敬大老爷的见面礼，希望抚台大人不要嫌它微薄就是，无论如何都要收下。几番推辞后，宋司谏说："既然郭先生这么殷勤恳切，又是武都尉的故交，我若不收下你的礼物，那就既不给你面子，也不给武都尉面子了。好吧，你这些东西，叫你搬回去也难，你就权且寄在我府中，等你要用时，我再差人亲自送过来。"

离开了司谏府，郭十里如释重负，可一想到斗瓷大会，他又垂头丧气。此时，他把那件领子衣裹得更紧了，他心中本就不畅快，儿子的无理取闹让他更添心烦意乱。他踽踽独行在路上，对路上的风景熟视无睹，对那些路过的行人视而不见。也不知什么时候，起风了，北方的风总是扬着沙尘匆匆而来，又急急退去。他不喜欢北方的风，感觉总不如南方的风那么柔和。可这一次，他任由风吹打着自己的脸，把他的领子都翻起来了。因为不想太早回驿馆，他一个人在汴京泗梁桥附近徘徊踯躅，又在汴京的廊街上漫无目的地转悠着，直至深夜，才回到下榻的驿馆，等回到驿馆时，已是星光暗淡。郭闻识正在榻上呼呼大睡。

此时，还有一个人，与郭十里一样毫无睡意，这个人就是依颂。三更夜里，就着烛台儿，依颂摩挲着那支捡来的洞箫，他的思绪早已飞越了万水千山，飞过了大通河的码头，夹着那些缠缠绵绵的柳絮，轻盈地落到了河心的那条画舫上。

福二已睡得很沉，和另一个伙计横七竖八地倒在床上，鼾声如雷。

另一间宽敞的屋内，郑大观也抱着他那一对探春抱月瓶在打盹。

依颂打开窗户，遥望满天寥落的星辰，看着那一轮轻寒凛凛的残月在时起时伏的云雾中穿梭，一许的思绪如薄云一样都化作了淡淡的忧愁，一点一点化开了去。

不知道什么时候，郑大观已经站在了他的身旁，轻拍他的肩膀，指着那一弯残月问："依颂，你看天上那一轮新月，像不像一口白溜溜的瓷盘？"

依颂左看右看，觉得都不像瓷盘，那分明就是挂在柳梢的月儿，那不分明就是自己朝思暮想的柳月吗？于是他说："阿爹，我看那不是一口瓷，那是一弯挂在柳梢上的月，应该叫作柳月还差不多。”

郑大观说：“我看它就是一口白瓷。”

郑大观顿了顿，接着说：“依颂呀，你说咱们迎着清霜，伴着明月，跨越千山万水，不远万里地来到这汴京城里，为的是什么？”

依颂说：“自然是为了博个头名回去，这也是爹一直以来的心愿。”

郑大观说：“不，为的是听从我们内心的召唤，对得起那一份对瓷的痴情和承诺！想想我们这一生，也算与瓷结下不解之缘了。你看看这瓷——”郑大观把一件瓷瓶摆在桌子上，指着它说，“此物虽小，饥不能食，渴不能饮，可它却能用来装各种东西，它的瓶口虽小，立在那儿，默默无言，可肚量却大，为人处世不应当像瓷一样谨言慎行、心胸宽阔吗？再说，要做成一件瓷器可不容易呀，制坯、阴乾、素烧、上彩，道道工序都需分毫不差。你再看，它刚开始还只是一块泥，后来泥就做成了坯，坯上面又涂了色，色上了之后又用火来烧，最终它变成了一口瓷。人的成长不也是一样？得像瓷器一般，历经千锤百炼，精雕细琢，该受的磨难一样都不能缺，如此一个人才能祛除瑕疵，还自身一片澄明冰清，唯其如此，人才能成为人上人！”

依颂好奇地问：“爹，您说的道理我也明白。可您有没有想过，要是我们不是卖瓷器的，我们的生活将会怎样？”

大观笑道：“我没想过，也不敢去想，若没了瓷……哦……那可能也就没了我们的命吧！”

依颂听了很不以为然，对他来说，瓷不过是生命中的过客，是无数个五彩斑斓的梦中的一个略带青灰色的梦而已。如果生命中没有瓷,说不定生活会别有一番滋味。于是,依颂也笑着说:“爹,您说得过于严重了!瓷便是瓷,命便是命,这是两样完全不同的东西,不能混为一谈,就算没了瓷,怎么会连我们的命都没有了呢?”

郑大观叹了一口气,语重心长地说道:“依颂,我知道你天生就是一块经营瓷器的好料,可惜你的心思全然没有用在这瓷上面,我敢说你只要拿出一半的心思在瓷缘斋上,瓷缘斋都不是今天这个规模,说不定瓷缘斋早就名扬四海了。”

郑大观顿了顿,又说:“依颂啊,你须明白,人活一世,需要有根,得有个背靠的寄托,否则就是一副空皮囊,在人世间白走了一遭。对于我们卖瓷的人来说,根是什么?瓷就是生命中注定要缠缠绕绕、割舍不断的根,有了瓷,我们才能安身立命!”

依颂沉默不语了,他又看了看那一支洞箫,摩挲把玩了一阵,不知为何,他心中陡然生出一丝莫名的悲凉来。

在依颂看来,那譬如朝露一般的、轻盈如水的生命中,竟然装载了那么多的东西,这些原本并不属于生命自身的东西,却让生命变得不堪重负,让生命累得气喘吁吁。什么才是生命的根?人生的路终归何处?他实在不清楚。他望着那一弯残月,清寒凛凛的月光下,他以为生命本该是轻的、纯的,如同那柔软的月光一样的轻和纯。后来,生活中的各种念头填充了生命中的轻盈,正如那皎洁的月色中有了黑影后,于是便有各种不堪承受的重了。

十五

安顺公主派人把前来参加斗瓷大会的选手都安排在汴京的驿站，等一切安排妥当之后，安顺公主便决定在斗瓷大会前一天的上午，在宫廷听雨堂宴请所有参会的选手。她之所以这么大费周章地举办斗瓷大会，除了自己真心爱瓷之外，还有一个大家都心照不宣的秘密，那就是为了讨当今圣上的欢心。公主比谁都明白投其所好的道理。她知道当今天子酷爱风雅，琴棋书画无不精通，尤其对瓷器、玉石更是情有独钟。

那一天，安顺公主见全国各地有名的瓷店和做瓷人都到齐了，一时蔚为大观，一高兴，平时不胜酒力的她也喝醉了七八分。公主的脸上浮着一丝红晕，更显得艳丽动人。她耐着性子对台下的参赛选手们说："诸位，听我说，你们算是赶上好时候了！当今天子酷爱风雅，对瓷器情有独钟。各位不辞劳顿，跋山涉水，远道而来，云集在天子脚下，准备一试身手。明天，我们就要在拾音堂举办斗瓷大会，希望各位到时能打起十二分精神，拿出你们最好的宝贝，一决高下。本公主先放出风来，谁在今年的斗瓷大会上摘得桂冠，不仅本公主重重有赏，圣上那边也会有意想不到的赏赐！"

安顺公主的斗瓷大会还没有开始，圣上就先赏赐了她一千亩良田，一百箱锦缎，又拨了十万贯钱，让她放开手脚把这斗瓷大会办得风风光光。天子还说了:“眼下时局紧张,人心惶惶,正需要一场这样的大会来展示太平气象,让大家定心,况且这是皇家的盛会,切不可失了皇家的威仪!”

就在斗瓷大会开始的前一天晚上,这个看似平静的夜晚却流淌着一丝颇不寻常的诡异气氛。对于做瓷人来说,这虽然不是什么事关生死的大事,却被看得比生死更重要。一想到这一场角逐,做瓷人就无法安眠,似乎他们的心早已经绷紧,早已跃上了“战马”,奔向了那个专门属于瓷人的战场。

在驿馆内,郑大观摩挲着那对探春抱月瓶,就像即将上战场的战士在擦拭他的利剑一样。而探春抱月瓶在透过窗棂的月色中闪着寒光,似乎在等待主人的一声号召。郑大观端详着这对瓷瓶,思绪也如同瓷上的釉彩一样冉冉绽开,回到了那个没有硝烟的“战场”上。尽管福二的鼾声很大,可是丝毫没有影响他的思绪。他默默地凝视瓷瓶,一动不动,就这样过了很久。他的目光从那一对瓷瓶的缝隙中穿过,正好落在对面床榻上睡熟的依颂身上,见到在月光下的那张脸睡得如此安详,便会心地笑了一笑。

在另一间房子里面,同样无法入眠的郭十里坐在一个斗柜前,背靠在床沿上,死死地盯着柜子上的鹤鹿同寿瓶,如电如炬的目光好像要看穿这只瓷瓶一样。他似乎看到了飞鹤亮翅,带着他穿越了云层,又似乎听到了林子里面传来一阵呦呦的鹿鸣,那鸣声低沉而悲伤,盘旋萦绕,让他感到了一股笼罩在大地上的肃杀和苍凉之气。他心里念道:“鹤儿呀,明天,你就带着我飞,能飞多高就飞多高。鹿儿呀,你就使劲跑,能跑多远就跑多远。”他又突然听到一个清脆的声音,原来是睡梦中的郭闻识翻身时不小心把一只酒杯碰倒在地上了，于是他从思绪中回过神来，骂了一句：“懒虫！”又弯腰捡起那只酒杯，倒了半盏酒，独自饮尽了，再抬头看看窗外时，不觉天边泛起了鱼肚白。

还有一个人，也毫无睡意，这个人就是安顺公主。她端坐在一张沉香木案几前，想着明天的斗瓷大会的盛况，意气风发。可是她又寻思这次斗瓷大会绝对不能有什么意外，不免有几分担心这次参加斗瓷大会的选手拿出来的瓷器太过一般，不仅不能令官家满意，还会让那些对她怀恨在心的人看笑话。她还担心这次斗瓷大会无法吸引人们的关注，或者不够热闹，或者中途冷场，毕竟希望这场斗瓷大会失败的人并不比希望它成功的人少，总之她想得很远很多。

三个人各怀心事，一直挨到了天明。第二天，似乎是经过前一天的漫长等待后，迎来的是一个既兴奋又不安的一天，三人不约而同驱车来到皇宫前。终于，斗瓷大会如期在当年宋太宗御笔题写的拾音堂举行了。拾音堂是皇家宴请四方宾客、彰显皇家威仪的大会堂，在这个大堂举办斗瓷大会，也可以看出这次大会的规格之高。到了辰牌时分，宾客已经满座，达官贵胄、皇亲国戚都如约而至，皇太后也亲自来捧场，安顺公主总算松了一口气。等巳时一到，公主朝梁柱下面的敲锣人做了一个手势，于是随着一声振聋发聩的锣鼓声，斗瓷大会正式开始了。

按照安顺公主定下的规则，这次斗瓷共分为“观瓷”“听瓷”“话瓷”“摸瓷”四关。

所谓“观瓷”，不仅看瓷的成色和品相，还观瓷胎的肌理纹络，还观画在瓷上的花草鱼虫、湖光山色、云销雨霁。佛说，见山是山，又说见山不是山，是观的两重境界。看瓷，首看的是形状，其次是光泽，最后看神采，所谓形神兼备。有些人看到的是泥塑的身，是冰冰冷冷的瓶儿、罐儿。有些人看到的是刻在瓷上的画和诗。有些人看到的却是山雨欲来风满楼；是金戈铁马，江山点点；是流年飞火，梦里乾坤。有些人从瓷里面看破了红尘，道破了人生的奥秘。有些人从瓷里看出了千年历史的兴亡起衰。还有些人从瓷里看到了三十功名都成了尘和土。所谓瓷能传神，所传的不仅是瓷之形，更有瓷之意。

再说这“听瓷”，也不只是去听那瓷的声，有些瓷轻敲一下，清脆悦耳，有些瓷则悠扬绵长，有些瓷发出的声音像揉碎了云彩散在了水里面，有些瓷像花落成尘和在了风声里。瓷的声音，或一点点，或一滴滴，或一缕缕，或一阙阙，或高高低低，或时断时续，或连绵不绝，像是梦里响起的铃声，像呓语声。这声音是春天的花开，是夏日的虫鸣，是秋风扫落叶的萧萧，是严寒锁大地的寂寂，是自然中最纯粹的声音，好像每一种声音都开出了一种颜色的花，或都在倾吐各自的一腔故事。

再说这“话瓷”，就是每个人都对着自己的瓷器说出一番见解来，唯有能读懂瓷，才能说出瓷的真谛。话瓷者，如赋词，如唱曲，慷慨之时悲歌击筑之声不绝，寂寞寥落之时却如春闺锁梦寒一般清冷，哀伤欲绝时如亡国之人落下的眼泪一样凄婉。话瓷者说到动情之处，已是声泪俱下，抑扬顿挫之声不绝于耳，或长吁短叹，或慷慨激昂。所以说的是瓷，动的是情，诉的是人世的沉浮，道的是人间的悲欢离合。

最后是这“摸瓷”，观之后是近看，近看之后才是把玩。通过触摸能感受瓷的质感,或细腻,或粗犷。还能感受瓷的温度,或冰肌入骨,或温润如水。肤如凝脂的瓷吹弹可破,瘦挺虬曲的瓷坚硬得如龙筋鹤骨,节节有力。摸瓷人用的是手力,靠的是手感。摸瓷人的手如风、如水、如金,风可化瓷,水可润瓷,金可饰瓷。瓷在手心里,如寒冰刺骨,如疾光电掣,如骄阳似火。手与瓷相合相融,最后竟不知是手温润了瓷,还是瓷温暖了手。

这四关,代表的是瓷的四重境界,斗瓷大会不仅考验各家瓷器,更考验各家瓷人,这是安顺公主的斗瓷大会的独到之处。凡是能在这四关中过关斩将,综合得分最高者就能摘得斗瓷大会的桂冠。

观瓷环节,郑大观的那对探春抱月瓶并没能占到多少便宜。瓷魔做瓷从不拘束于形,那对瓷看上去朴拙无奇。倒是郭十里的那个鹤鹿同寿瓶风采尽显,鹤在鹿旁舞翅,鹿在鹤旁摩肩,相依相偎,极其灵动,观者也为之动情。

听瓷环节,正当大家轻敲瓷器,又凑耳聆听之际,郑大观忽然拿起那一件陶埙轻轻地吹起来,低沉而悠远的声音在大堂萦萦绕绕,如同倾诉着人们心底的往事。台前的那一对探春抱月瓶也跟着发出呜呜瑟瑟的低鸣。人们先是看到一个人兀自站在那儿吹埙,都感到奇怪,慢慢地被那悠远的声音迷惑了,渐至沉醉,喃喃地说道:“好听,这声音似从天而降一般。”当他们看到前面的瓷瓶在抖动,忽然意识到瓷瓶也在隐隐发出和鸣的声音时,个个惊骇不已,失声叫道:“奇了,奇了,原来这声音不是从别的地方来的,而是从瓷瓶身上发出来的哩!”此言一出,立刻引来台下一阵骚动,个个心潮澎湃,以为这对瓷瓶定有什么魔力。在那个时代,自然这些人并不知道瓷瓶发声是因为频率重合引发共鸣的原理。听瓷环节，郑大观大胜。

话瓷环节，瓷缘斋、瓷韵轩和惠宝楼三家平分秋色，这些人都是长期浸润在瓷器中的行家里手，对瓷的看法自然不同凡响，抒发起宏论来都头头是道，听得台下的观众恍然大悟。说瓷如说书，说到了动情之处，峰回路转，台下的听者早已听得热泪盈眶。

几个小黄门在会场来来回回，把每一个评委的打分写在黄绢上，交给公主看了确认后，又由下人把得分一一刻在木牌上。斗瓷人和看客们一会儿看着登分的木牌，一会儿又盯着各家的瓷器，紧张得额头上冒出豆大的汗珠。因为瓷器各有千秋，斗瓷人你追我赶，不相上下，所以分数间咬得很紧。

在最后的摸瓷环节，评委轻轻地触摸着每一件瓷器，感受瓷的温度，拿捏瓷的血脉，都在那瓷的温情以及瓷器渗透出的点点寒楚之中，通过评委与瓷器的接触而被感知。每一个人所感受到的瓷都各有千秋，或热烈，或冷艳，或低沉，或雄浑。正因为感受如此丰富，大家一时竟然没有了主见，开始争论不休。

到底谁的瓷最好，斗瓷大会的桂冠最终花落谁家，评委们各有各的看法。有人认为白壁堂的瓷器更高一筹，有人看中了那一只鹤鹿同寿瓶，有人则对会雅阁的那只四羊尊爱不释手，大家没有了主意。

这时，就必须由安顺公主出面做最后的决定了。只见她站起身，走进会场中央，然后不动声色地在那几件备受争议的瓷器前面驻足而观，沉吟不语，时间在那一刻似乎也暂停了，所有的人都屏息以待，猜测哪一只瓷瓶最终能够获得公主的垂青，成为最终的胜出者。

在那只鹤鹿同寿瓶前，安顺公主驻足良久，前后在这尊瓷器面前点头三次。她在这件瓷器前站的时间比在白壁堂、会雅阁的瓷器面前站的时间更长。这个细节不可能被郭十里放过，他踮起脚尖，伸长脖颈，见安顺公主似乎有些心动了，于是内心有一道电流倏然闪过，激起千层浪花一般的狂喜，可马上又陷入惴惴不安的深沼。不知什么时候，他的额头上凝结出豆大的汗珠，可是他丝毫没有察觉，他所有的精神都集中在公主可能的反应上。他好像看到公主慢慢地张开了樱桃小嘴，那一刻好像公主就要宣布最后的结果了，可是只见公主眉头一紧，略露迟疑，忽而转过头往前走去，在鹤鹿同寿瓶旁边的那一对探春抱月瓶前停了下来。

当她看到这一对探春抱月瓶时，第一眼便觉得这对瓶儿有些平平无奇，甚至近乎朴拙，她不以为然，摇了摇头，说道："可惜，可惜，这瓷虽然能够发声，固然惊绝于世，可比起其他瓷器的妖娆多姿，它不合生得这般丑陋，只这一点，就让这只瓷瓶儿大打折扣。"于是她又往前走去，在每一尊瓷器面前停留片刻，如此来回再三。她轻移莲步，笑不露齿，目光却如电如炬一般落在每一件瓷瓶上，片刻之后，她似乎已然成竹在胸，准备向评委们说出自己的想法，然后就正式宣布这次斗瓷的结果了。

巳时已过，郭十里心中的石头也要慢慢放下，似乎公主对那只鹤鹿同寿瓶格外青睐，他发现有好几次公主的目光都舍不得从它身上移开。然而，当公主又一次来到探春抱月瓶面前，并再次因为失望而打算走开时，只见郑大观猛然站出来，涨红着脸高声叫道："请公主留步，烦请公主再走近一观！"

这声音在安静的会场如钟声一般，铿锵有力，蓦然撕开了肃穆凝重的气氛。公主停下脚步，又转过身来，好奇地打量着这位胆敢造次的人。

众人窃窃私语，有人大惊失色道："这家伙是谁？公主面前也是他这样的人大呼小叫的吗？就敢直接这样吆喝'请公主走近一观'，真是该死了，该死了。"又有人抱怨说："这厮扰乱会场秩序，不遵规程比赛，忒不识时务！看他那对瓷器模样丑陋，一个粗制滥造的土坯疙瘩，也不知当初是怎么选出来的，竟想到这里讨公主喜欢？简直是白日做梦！"

众人都提心吊胆，为郑大观捏了一把汗。倒是公主没有怎么介意，此刻她心里只想着那些瓷器，她本来就为探春抱月瓶多了一分疑惑，郑大观的那一声大叫让她感到十分好奇，于是她又打量了郑大观一番，看到他满脸真诚恳切的样子，便莞尔一笑，真的近前一步来，又认真看了一眼那对探春抱月瓶。这一看便觉得这对瓶子确实有几分不同了。

郑大观见此情形，再一次请求："公主不妨再往前一步，细细地摸一摸您面前的瓶子。"

众人又大惊失色道："这个人简直越来越猖狂无礼了，公主已经按照他说的走近去看，他又胆敢叫公主再走近去摸，这不是污了公主尊手？这等无礼，还有什么好说的，快赶出去，赶出去吧。"

公主倒是没有在意众人的议论，她又是莞尔一笑，真的再走近一步去看，细观之下，突然觉得这对瓶有一种浑然天成之妙。她又伸出手轻轻抚摸着瓷瓶，这一抚摸，便让公主怦然心动了。她就像情窦初开的少女见到了梦里日思夜想的情郎一样，眼神渐入迷离，心绪再也难以平静了。

安顺公主在这对瓷面前伫立了很久很久,她闭着眼,一遍又一遍地抚摸着瓷身,感受着瓷的温度,瓷的律动,似乎在与瓷进行无言的交流,她完全忘记了在座的宾客,甚至忘掉了自己。

台上有人小声议论:“公主怎么了?”

安顺公主像跌入了一个古怪的梦里,在那梦的一端似乎有一个忽远忽近的声音在叩问她,在她的耳旁说:“此时还不放开手去,更待何时?”她茫然四顾,找不到声音发出的源头,她忽然觉得人生一世,争宠一生,到头不过转眼成空而已,倒不如放开了手,悄然而去。当她产生这种想法时,便不由得感到害怕,腰身一抖,幸好这时忽然又听到另一个声音从相反的方向传过来,好像在对她说:“不要放手,也不要回头,这世间的事是很难说的,若不去争一争,怎么知道那就不是你的呢?”她不知道要放手什么东西,也不知道要去争些什么,只是隐隐感觉要争的东西很重要。前面似乎有一条弯弯曲曲的路,在路的尽头有一道光,那光甚是诱人,而自己就像一只飞蛾,要扑向那道光。她也不知那声音从何处而始,也不知在何处而终,背后却感到有一股莫名的力量推着她不由自主地往前走,就这样一直茫然地走下去。

“公主,”她身边的侍者叫道,“巳时已过。”

安顺公主终于从梦里苏醒过来了,醒来时她心里便已经有了谱,她笑了笑,说道:“各位,我已经知道谁是最后的胜出者了。”

众人问:“公主以为是谁?”

她指了指面前的瓷瓶说道:“这对探春抱月瓶,初看无奇,再看不凡,观其形则幻化多变,听其声则呜呜瑟瑟,与埙和鸣,相得益彰。再一触摸，瓷如凝脂，丝丝入扣，好像要融入人的肌肤，使人与瓷浑然一体。这是我平生见过的世间最好的瓷，绝无仅有的瓷！此次斗瓷大会的鳌头，舍它其谁呢？”

公主说话的语气低沉而又坚定。她看了看那些略带怀疑目光的评委，又说道：“你们若不相信，也过来一起围着这对瓶子看一看。”

于是大家都围上来，品咂着这对瓷瓶，在公主的点拨之下，一个个豁然开朗，看完之后，又一个个转而赞叹公主对瓷的高见，肚里所有的疑虑在此时似乎也都烟消云散了。

尘埃落定，瓷缘斋夺魁，过程既曲折又惊险，但最后让所有的评委都无话可说，没有异议。因为就算还有疑虑，在公主面前也都不敢再多说什么了。

此时，郭十里脸色惨白，犹在梦中一般。他实在难以相信，公主之前还对鹤鹿同寿瓶赞赏有加，在这只瓶子面前站了很久，眼见得就要点他的瓶儿做头名，可忽然改变了主意，让瓷缘斋拔走了头筹。这一切来得太突然了，让他猝不及防，他如同从万丈高崖跌下，半天作声不得。

郭十里痴痴地呆立在原地一动不动，他忽然看到郑大观朝他跑过来，他想回避，却无力迈开双腿。郑大观紧紧地握住他垂下去的双手，兴奋地对他说：“大哥，我们赢了，这回我们溧州真的赢了，我真不敢相信这是真的，一切来得这么突然，就像做梦一样！”

“是的，瓷缘斋赢了，这不是梦，大观，恭喜你。”郭十里低声说，然后低头陷入沉默。显然郑大观还没有注意到郭十里的脸色有多么难看。郭十里把郑大观放在他肩膀的手拿开，默默地朝一个角落走过去,他看到郑大观被人们簇拥着,他听到人们围着郑大观在欢呼,有几个官员迎上去同郑大观喁喁说着话,好像是在议论那一对探春抱月瓶,又好像是邀请郑大观去他们的府上做客。他没听得很清楚,反正他已经对这些人的议论不感兴趣了,他独自坐在那儿,陷入了沉思。直至斗瓷大会结束,人群陆陆续续地散去,郑大观也被公主邀为上宾请去府里参加庆功宴去了,纷纷扰扰的拾音堂一下子变得安静下来,郭十里对着空旷的擂台长舒了一口气,他看到一个守门的待诏拿着扫帚站在门口,那个待诏在催他赶快走。郭十里没说什么,怅然若失地回到了驿馆。

十六

回想那一天斗瓷大会的惊险场面，那些有幸在现场观看的人无不大呼过瘾，至于那些听客，就只能带着歆羡的目光遐想它的盛况了。尽管斗瓷大会已经落下了帷幕，但是围绕着这场大会引发的议论和猜测，还在人群中不断发酵。一连几天，人们都在谈论那一对瓷瓶和那对瓷瓶的主人。那个风姿绰约的人，有人说他倒像是一个山中的道人，也有人说他更像是一个竹林中的士子，翩然携着他的那一对瓷瓶，专为斗瓷大会而来。在群雄逐鹿中，他一袭长袍，疏眉一展，侃侃论瓷，没过多久，就把所有的人都折服了。这几天，因为斗瓷大会的缘故，汴京瓷器的行情也水涨船高，平时一件瓷器卖纹银五两，如今卖到了纹银十两。部分瓷窑烧出的瓷器刚送过来不久，就一售而空。瓷行里的卖瓷人、烧瓷人和玩瓷人都伸长了脖子打听斗瓷大会上那位独占鳌头的人是谁，他用来参赛的又是何等宝物。他们只听了一些无头无尾的传说，却很是满足于那些无端的揣测，尤其是关于瓷瓶的故事，不仅成了人们茶余饭后津津乐道的谈资，也成了瓦肆中说书人口里吐出的传奇。有人说："你们信不信？我敢打赌那对瓷瓶里面住着一个会唱歌的精灵，那个斗瓷人从怀里拿出一只埙，只轻轻一吹，于是那瓷里面的精灵便被唤醒了，开始随音律一起唱歌，那歌声唱得可以让人忘记所有的忧愁。"

然而，毕竟那些没有到过现场的人，谁也没有亲耳听过瓷器唱歌，也没有见过瓷里面住着什么精灵。于是，有人就怀疑："不对！瓷又不是人，怎么会平白无故地唱歌呢？"那怀疑的人又补充说："我看它会通灵倒是真的！你只要略略瞄上它一眼，它就能迷住你的三魂六魄！当初那个斗瓷人让安顺公主靠近它，就是想让她的心性被它迷住，那公主走上前，就点了它做头名状元！"

这些茶余饭后的谈资，虽使故事越传越离谱了，却也让郑大观和他的瓷器越传越神了。而这些让人兴奋的故事，尽管荒诞不经，却正中安顺公主的下怀，因为它让这场斗瓷大会成为了京城茶楼酒肆中人们热议的话题，成功转移了人们的注意力，更重要的是，它还让人们重新感受到了大宋的太平气象。人们每天都在谈论斗瓷，过去人们总爱谈论一些边关的战事、税收、劳役，或讽刺一下政府的颟顸，或无故猜测一下宫廷的秘闻，或揭一揭某个官员的老底，现在人们似乎对这些事情都不再感兴趣了，他们只对这瓷器感兴趣。这种话题的转移，倒也让那些官员省心，让朝廷放心。当天子明白了这个理后，龙颜大悦，觉得这公主越来越能干了。

斗瓷大会结束后，安顺公主就在瑞缤阁里专门设晚宴款待了郑大观父子。尽管安顺公主历经世事，可那一场斗瓷大会依然让她震动。斗瓷大会是公主最大的"战利品"，它让一向讨厌甚至反对她的人都三缄其口，甚至改变了反对公主的立场。安顺公主倍感增光，心情一好，见到什么都笑靥如花。招待郑大观的筵席也安排得丰赡无比，尽显皇家气派。桌上摆满了金银食器和酒器，侍者端上的各色佳馐都是用上等食材做成的八色美珍。

安顺公主尊称郑大观为先生。等散朝后，天子遣使送来两瓶御酒，以犒劳公主。公主便在一张描金八仙桌上摆三只墨绿似翠的夜光杯，满面春风地坐下。俄而，公主又拍掌叫出两名侍者抬出两口大箱，摆在郑大观面前。侍者打开那两口箱子，一口箱子里面装的尽是光艳艳的绫罗绸缎，另一口箱子里面装的是熠熠生辉的金银玉器。郑大观看到这么多财物，反而有些不安。公主却笑道："些许薄礼，不足挂齿，请先生笑纳。"

郑大观不敢接受如此厚重的礼物，一再推辞。公主又说："先生不要嫌少，等见了天子，后面还会重重有赏。"

随后又叫仆人把郑大观的酒盏斟上："这是御酒，先生请喝。"

郑大观接过杯子，轻抿了一口，果然入口回甘，比起他以前喝过的酒确实不同。

酒过三巡，公主说道："说起这次斗瓷大会，如不是先生挺身而出，叫我走近前去看一看那对瓶子，恐怕我自此就要与它擦肩而过了。这些年来，我府上也珍藏了不少好瓷，皇家庋藏中更有历朝历代传下的瓷器，自以为天下的宝物，南北的奇珍，什么我没有见过？可就是在这次斗瓷大会上，先生的那对瓶子一出，如拨云见日，霎时把我的眼睛照亮了。原来我以前所见的宝物，不过都是些粗物、俗物，与先生的那对瓷瓶相比起来，不可同日而语。"

郑大观道："斗瓷大会那天，都怪我太唐突，太过冒失了，在公主面前大呼小叫的，可公主您非但不见怪，还真的走近前去看。这要是换成别人，未必会理睬我这老汉的要求，甚至还会把我当场撵走。如果不是公主有如此宽广的胸襟，又这样一力抬爱我，我估计这对探春抱月瓶早就湮没无闻了。"

"先生见笑，只要能选出真正的头名，别说让我走近去看一看，就是让我站在原地，站两三个小时盯着它一动不动，我也毫无怨言。”

郑大观心知公主不仅爱瓷，而且懂瓷，斗瓷大会上那么多人都没有看出探春抱月瓶的妙处来，只有公主看出来了，一种感激和钦佩之情便油然而生。两人接着在席间聊了一些关于各地瓷器品第的话题，那瓶御酒也喝了有数盅，不知不觉话题又落到了斗瓷大会上。

郑大观说：“论起这次斗瓷大会，各家的瓷器都属上乘。单就说白壁堂摆出的螭龙双耳瓶吧，那两条螭龙盘在瓷瓶身上，就好像盘在一根柱子上，像要飞起来一样。尤其是瓷韵轩的那口鹤鹿同寿瓶，那只鹤漫步在鹿旁边，洒脱灵动，神态各异，若以其品相和工艺而论，鹤鹿同寿瓶无疑应在其他瓷器之上！”

公主笑道：“螭龙双耳瓶虽好，但还差些火候，难入我眼。那只鹤鹿同寿瓶嘛，倒是一件稀罕之物，我一见它就有几分动心，犹豫不决地想点它做个头名状元。可幸亏先生当时叫住我，才让我及时收住了手。唯有你那对瓶子，摆在案台上面初看平淡无奇，可再一细看，就有那么几分意思在里面了，若再多瞧上几眼，就让我直愣愣地连魂儿都差点被它勾去了。别人的瓷器顶多算是形胜，唯独先生的瓶子却是神胜。”

公主又说：“先生的瓷瓶还有一妙，我百思不得其解，为什么当先生一吹动那只埙时，可巧儿你的瓷瓶也跟着发出了呜呜瑟瑟的和鸣声呢？瓷会发声，天下奇闻，如不是我亲眼所见，我绝难相信。是先生的埙有什么特别，还是那对瓷有什么与众不同？敢问先生，你这对探春抱月瓶可有何来历吗？是先生家祖传的，还是从何方宝地买来的？”

郑大观笑道：“这埙是普通的埙，只是瓷与埙同气相应，故而发声。若说这对瓷的出处，既不是祖传的，也不是买来的，而是从一位高僧那儿得来的。”

“难道和尚也会做瓷吗？”

“他怎么会做瓷，他只会念经。”

“那瓷瓶怎么会落在高僧手上？难不成是他家传的？”

“不，是一个做瓷人送他的。”

“那这位做瓷人叫什么？今在何处？能做出这样的瓷来，定是位高人，先生快快请他来，我要重重赏他。”

郑大观摆摆手笑道：“这个却难了，这个却难了。”

公主诧异道：“难道这位高人不肯相见？或已不在人世？”

“在还是在的，也不是不愿见，而是不知去哪里寻哩。说起这位做瓷人，真是神龙见首不见尾，传说他就隐居在我们浮州的岣嵝山上，不知姓名，亦不知来历，只知人们都称他‘瓷魔’，此人素爱清净，倦于迎送。曾有人慕名去岣嵝山找他，寻了一个多月，踏破铁鞋，一无所获，最后只在一个山洞里面找到一些用来生火做饭的瓦陶石罐。”

“那高僧偏就能找到他？”

“高僧没事去寻他做什么，是那瓷魔亲自找上门来。因为瓷魔做瓷做得入了魔，一时心魔难解，就寻到寺庙，指名道姓要这位高僧为他开示。高僧出来，为他讲经说法，细谈因缘，一番话化解了他的心魔。瓷魔是何等聪慧之人，一点即破，据说他不仅领会了佛法，还从那佛法中悟出了做瓷的道理，他说高僧修的是佛，他做的是瓷，佛就是瓷，瓷亦是佛，原来并无分别。说罢那瓷魔扬长大笑而去，竟不知所踪！临走时留下一对瓷瓶赠给高僧。又过数载，我有一次去庙里面烧香，不期在高僧的禅房看到这对宝瓶，爱不释手。高僧见我是个实诚的人，又见我爱瓷如痴，便把瓷慷慨相赠，还对我说什么'佛已度我，瓷又度谁？你就是那个要由瓷去度的人'。我当时懵懂，不知高僧用意，问他，他笑而不答，只说日后定有分晓。"

公主默念："佛就是瓷，瓷亦是佛。"她把这话琢磨了半天，都没能理解其中的妙义。

几杯酒下肚后，公主又问："先生的那只陶埙可曾带来吗？"

郑大观回禀："小的随身带在身上。"

公主道："可否借我一观？"

于是郑大观从袖中摸出当日那只陶埙出来，递给公主。安顺公主看了看，她原以为能够吹出那么优雅的曲子，还能令陶瓷跟着发声的乐器，定是一件不俗之物。可她瞧来瞧去，无论是从工艺上还是从用料上这只埙都十分粗糙，果然如郑大观所说是一件最平常不过的埙。

公主撇了撇嘴说："这只陶埙也做得太粗糙了，配不上先生，我看也配不上先生的那对宝瓶。我虽不会吹埙，但府上有一组去年宫廷乐师送来的乐器，里面正有一只陶埙，还看得过眼，我这就叫下人拿过来送给先生如何？"

郑大观道："多承公主美意，我这只陶埙虽不中看，但只有它才能让探春抱月瓶发声。至于其他的陶埙，就算做得再精美，只要吹出的声音不对，我那双瓶也会像石头一样纹丝不动哩。"

"这是为何呢？"

郑大观回答："所谓声音，不过气之所动，气有缓急，声有大小，不偏不倚，陶埙与瓷瓶之间才会产生感应。这就好像一对情人，彼此有意了，便心有灵犀，若稍有偏离，就算吹一百遍，瓶儿也岿然不动哩。"

公主听了眉舒目展，十分欢喜，道："先生一言，让我豁然开朗。那么现在就请先生为我再吹一曲如何？"

于是，郑大观拿起陶埙轻轻地吹起来，埙声飘浮在空中，丝丝缕缕，古朴高绝，不落凡尘，让公主的心听得微微发颤了。

一曲已毕，公主大悦："真是人间能得几回闻，听了让人恍若隔世！我自幼也习得一手好瑶琴，现在就请先生吹埙，我当抚琴，再唤歌姬伴舞，合奏一曲却不更妙？"

于是，公主叫下人取来瑶琴，两人合奏，歌姬献舞，一时琴埙和鸣，余音绕梁，俨然一派升平气象。公主大悦，又劝酒三杯，直至席散时，公主仍然不忘叮嘱再三："初十我正好要进宫面圣，等列位臣工散朝，我就带你去见官家。你带上你的瓶子，再拿着你的陶埙，我叫你吹动它时，你便在官家面前只顾吹上一曲，尽显生平本事，把那探春抱月瓶的妙处演绎得淋漓尽致，若惹得龙颜大悦，就是你的造化。"

郑大观把公主的吩咐谨记在心，在公主的劝慰下又喝了几杯酒，不觉已有了八九分醉意。话不絮烦，这场筵席直摆到天光暗淡，寒星洗空。

这天，输了斗瓷大会的郭十里也在房间内喝着酒，不过，他是一人独自在喝闷酒。他还清楚地记得安顺公主看到鹤鹿同寿瓶眉开眼笑的情景，也清楚地记得郑大观夺冠后得意忘形的情景，郑大观那一张狂喜得几乎夸张的脸就像锥刺一样扎在他的心上，让他痛苦不堪。眼看自己离桂冠不过一步之遥，却功败垂成，除了感叹命运不济，他最恨的还是瓷缘斋在他前面挡道、搅局。

二十年了，瓷缘斋就像一头庞然大物，不时在他面前张牙舞爪，把瓷韵轩压制得伸不起腰。本来，郭十里好不容易获得了一件稀世罕见的瓷瓶，又逮到公主的斗瓷大会这样一个千载难逢的机会，本想扬眉吐气，可是就在最后关头，眼看离桂冠咫尺之遥，郑大观那一声贸然的呼喊，让他翻了船。他一想起郑大观夺冠后在他面前大呼小叫的模样，就不寒而栗！

郭十里拿起那只鹤鹿同寿瓶，翻来覆去地看了半天，苦笑道："看来看去，原来你们只是一对折了翅的鹤和跛了脚的鹿，飞不高，跑不远，倒枉费了我在你们身上的一场心思。"他大口大口地喝着闷酒，摸了摸冰冷的瓶身，像摸到了一块棘手的石头，他盯着瓶儿，既像是在骂自己又像是在骂瓶儿，"哎哎，不争气；哎哎，既生瑜何生亮！"

郭十里用力敲打着鹤鹿同寿瓶，仿佛要把沉睡的瓶子敲醒一样，他又举起瓶，想一手砸下去，若粉碎了倒也解气了，可是就在他高举着瓶子的时候，他忽然灵光乍现，计上眉头。郭十里笑了，他连忙把瓶儿揣在怀里，用手轻轻摩挲着瓶身，自言自语："好，好，再多留你这东西一天，看看明天你这瓶儿能不能将功补过！"

十七

输了斗瓷大会的郭十里不再感到难受了，他的脸上漾出一丝诡谲的微笑，他重新把瓶儿用一块柔软的红绸布层层包裹住，放进锦盒里面。第二天一早，他就大声喊道："闻识，闻识你过来——"

郭闻识还躺在床上睡觉，伸了伸懒腰，打了两个哈欠从床上跌了下来。郭十里见到郭闻识睡眼惺忪、颓然不振的模样，又添了几分不快。

郭十里道："南街上买饼的老张已经卖了五扇笼炊饼回来了，住岚桥上的小四也上山砍了三担柴去市集上卖，汴河上打鱼的阮老爹已经收了七八回网，这些为生活操持的人们早已经忙得热火朝天，你倒好，却还有闲情在床上呼呼大睡！"

郭闻识腆了腆肚皮说："老爹！斗瓷大会不早就结束了？反正已经输给了人家，现在我们在这里什么都干不了，不如倒头大睡，不然还能怎的？"

郭十里说："你只要不肯辜负这大好时光，就有很多事可干。"

郭闻识说："老爹，您就认命吧。"

郭十里说："呸！你老爹上山能打虎，遇水能架桥。我为什么要认命？凭什么认命？命是自己的，从来得自己做主，干什么都要靠自己去争取。"

郭闻识说："事已至此，您再瞎折腾也无济于事。对了，您叫醒我何事？"

郭十里说："叫你来，就是要让你去做一件大事，好让你看看我到底能不能改变咱们的命！"

郭闻识问："老爹您已有办法了？"

郭十里说："办法倒有一个，我要你现在就去请瓷缘斋的郑依颂喝酒。"

郭闻识以为自己听错了，问道："什么？喝酒？等等，您要我去请谁喝酒？"

郭十里道："请瓷缘斋的郑依颂喝酒。"

郭闻识这回总算听明白了，他先是错愕，继而捧腹大笑，他笑得连气都喘不上来了："就这个办法？老爹您一定输糊涂了，您请谁喝酒不好，请他喝酒？我宁愿把酒全部倒进汴河也不会请他喝酒。"

郭十里说："我可没心思与你开玩笑，你去还是不去？"

"没得说，不去，不去。"

"闻识，这是你爹冥思苦想出来的一条妙计，你今只需按我的意思去办，以后的事我自有主张。"说着，郭十里从匣子里面取出两锭大银丢给郭闻识，"这些钱，足够你摆一桌丰盛的筵席，再叫一班唱的，还绰绰有余。"

郭闻识接了银锭，又道："那您先说说您的妙计是什么，我才肯去。"

郭十里道："我这一计叫鸿门宴，又叫调虎离山，好了，等你去把郑依颂灌醉后自然就会明白了，那郑依颂若吃醉了酒，就让他睡在酒楼客房里，你想方设法拖住他，只千万记得别让他回驿馆去休息。我知道你不喜欢那郑依颂，不过这一回不同，你一定要收敛好你的暴脾气，尽量装得殷勤一些，你记住了吗？”

在郭十里的再三催促下，郭闻识只好回房间换了一件青靛布衫，在腰间束一招文袋，装两锭银子，很不情愿地出去了，一边走一边想：“不知我老爹葫芦里卖的什么药。估计是他输了斗瓷大会，受此打击，便有些稀里糊涂，分不清谁是咱家的仇人了。我姑且顺了他的意，休惹他生气。再说，反正吃什么酒不是吃？买些辣口的烈酒去灌一灌郑依颂那混账，正好出一出这口鸟气。”想到这儿，他笑起来，沿着城墙，走入左边的巷道，忽然看到从远处走来一个人，细一看，这个朝他走来的人不是别人，正是郑依颂。原来从公主府回来后，郑大观又收到虞部张大人会客的帖子，请他第二天去府上一叙，郑大观不敢怠慢，忙整理衣物，忽然发现自己那条锦绣鱼纹袍带被老鼠咬断了，以为是一个不祥之兆，于是皱了眉头，不悦了一整晚。依颂安慰他老爹说旧的不去新的不来，既然在斗瓷大会拔了头筹，何必还担心一条带子。接着依颂又答应等第二天一早就去绸缎铺买一条新的袍带送给郑大观。第二天吃过早饭，依颂忙着整理回程的行装，忽然惦记起那条袍带，便匆匆出门去买，不想转角的时候碰到了瓷韵轩的郭闻识。郭闻识一见到他，喜出望外，连忙招手叫道：“郑公子，请留步。”

郭闻识跑上前来，问讯道：“郑公子，请问你这么匆忙去哪里？”

平常郭闻识要么对依颂视而不见，要么直呼其名，今天他主动上前攀话。上前攀话也就罢了，还主动改口叫郑公子，又用了一个大大的“请”字，这让依颂颇感意外。

依颂回礼道：“原来是郭兄弟，我要去蓝街刘记铺子替我爹买一条袍带。”

郭闻识说：“这何必去买？前几日我那在京城开绸缎铺的娘舅正好送了几条丝带过来，一律都是崭新的带子，你要绣花的还是镶边的？我那儿什么式样的都有。回头我就叫人给你送一条过来，你也不用还我了！”

依颂说：“那如何使得？我怎好要郭公子的东西？”

郭闻识说：“不过就是一条带子，值得了几个钱。”

郭闻识不怀好意地朝他笑了笑，两人边走边说，过了一会儿，郭闻识指着前面的泗梁桥说：“先别去管带子的事了，现在到了吃午饭的时间，我正舌干腹饥，我们去泗梁桥边的酒家喝个三五盅怎样？那儿新开了一家酒楼，叫作风乐楼，楼前是用清一色的竹篾子搭起来的大棚子，棚子后面是用旧仕宦宅子改造的酒店，专卖清一色上等好酒，我请你喝二十年凤泉甘露，再品品秀州最地道的清若空，你肯定没有喝过。”

依颂说：“郭公子客气了，我还有要事在身，去不得了。”

郭闻识连忙拉住依颂的衣裳道：“哎呀，只喝两杯，有什么去不得？在澪州时，你说你要看店，不能和我喝酒，我见你贵人事忙，就没敢劝你。现在你人在汴京，你店也没得看，斗瓷也斗完了，你还有什么事急于这一时半会？你要是不肯与我喝酒，便是看不起我郭某人！”

“可是……”

“别可是了，你那海量，我早有所闻，再说那地方生意好得紧哩，若去晚了就没位子。”

“郭公子，我真有事……”

“得，得，我请你，你不愿去，要是再有一个美貌的女子，吹箫弹唱诸般都好，那你去不去？”

听到这儿，依颂怦然心动了一下，问道：“你是说在那里有一个女子专门吹箫吗？”

郭闻识说：“是的，听说那女子是新来汴京的，以前也在咱们澪州吹过，那时不怎么有名气，可在这一带吹箫偏吹得极好，被几个大老官赏识，一时身价百倍，这儿吹箫的人里面就数她吹得最好。”

依颂看了他一眼，立刻想起了擅长吹箫的柳月，寻思着那个在汴河吹箫的女子会不会就是他苦苦寻觅的柳月呢。郭闻识见他有几分心动的意思，便不怀好意地笑道：“我就知道你好这一口，当初你借着送瓷的名义偷偷去芙蓉馆里寻乐子，还遮遮掩掩，生怕遇见熟人，坏了你的名声，现在到了汴京，反正也没有一个人认得你，你又怕什么，走吧，我听说这女子不仅箫吹得好，而且长得也风姿妩媚，秀色可餐。我带你一起去看一看！”一句话说得依颂满脸通红，一声儿不言语了。

郭闻识不由分说，硬把依颂拽到了风乐楼里，摆了一桌丰盛的筵席，又旋了四壶热酒，叫酒馆儿端上来。酒至半酣，依颂望着阁楼下碧波淼淼的汴河问：“你说的箫声呢，为何久未听见箫声？”

郭闻识笑着说：“急什么？我们先喝酒，那箫声自然就起来了，你看见江面上那些船坞没有？说不定你在意的那个女子就在那青色的船坞里面坐着。”

有好几次，依颂都离开酒席，凭栏眺望着江波上那些犹如眉黛的船坞出神，好像他在辨别哪一条船上面站着柳月，他在朦胧的江风中似乎看到了柳月立于船上的影子。可是当眼前的幻象被江风吹散时,他又被郭闻识重新拉回到了酒席上。

此时,郑大观一人独自在驿馆焦急地等着依颂回来,他小心翼翼地把那对探春抱月瓶拿出来,看了又看,然后又用丝绸一层一层包裹起来,轻轻地放在一个花鲤荷纹锦盒里面。他准备等依颂回来后再叮嘱一些事情,为第二天觐见天子做好准备。福二一早就上了去溽州的客船,按照他的吩咐先赶回溽州报喜去了。看看天色将晚,屋子内空空荡荡,闹哄哄的贺喜人群都各自散了,又是几位大人的帖子送了进来,请他去赴宴,郑大观一心想着第二天去觐见天子的事,没有心思,于是打算让儿子代自己去,叫了一声依颂,没应,才想起依颂出去买袍带了。他寻思道:"这依颂已经去过多时,只是买条袍带而已,怎的还不回来?"

正自担心,郑大观忽然听到笃笃的敲门声,以为依颂买了袍带回来了,连忙穿上毡靴,叫道:"依颂,依颂,你什么时候变得这么慢吞吞了,就买条袍带都去了这许久?这下又急什么,等一等,我就过来开门!"

咯吱一声开了门,一看,门口站着的不是依颂,而是郭十里。他手上提着一壶酒,怀里还揣着一壶酒,站在他面前,一脸笑容可掬的模样,让郑大观感到十分意外。郭十里行了个礼,叫道:"老弟,等你很久,你这时才回驿馆。"

郑大观道:"原来是大哥,外面冷,快请屋里坐。"

郭十里道:"昨晚老弟都没在驿馆,今日我叫人来请,说你一早便出去了,为等老弟,哥哥我踮着脚盼了一整天。"

郑大观道:"便是因公主设宴,今日又是张大人相邀,这才得闲。"

郭十里笑着说："公主和张大人请你，自然不可推辞。晚上兄弟好不容易有空，轮到老哥登门来贺你了，这回你不可不给老哥面子。"

郭十里提着酒壶在郑大观面前晃了晃。一见到酒，郑大观胸口的酒气顿时涌上来了。之前在公主的筵席上已经喝了十多盅御酒，又在张大人府上喝了几杯，这会儿头还昏昏沉沉，酒气还未全消，于是郑大观连忙推却："大哥，我这两天在筵席上已经喝得够多了，现在是一滴酒都沾不得。"

郭十里说："哎！兄弟，今时不同往日，你夺了冠，当然要庆贺。这酒是鸿胪寺用来招待外宾的酒，多喝了也不上头，我好不容易托熟人弄出两瓶来，你一定要尝鲜。待回到溇州后，恐怕那些卖瓷的同行还要敲着锣打着鼓来请你喝酒哩，我现在不趁机逮住你，等到了溇州，哪还轮得到老哥来请你！"

不容郑大观分说，郭十里硬是要喝酒作贺，还说："公主和张大人的酒都喝了，难道你兄弟的酒就不喝？亏我还等了你一整天，你不愿意与我喝酒，我们还是不是好兄弟了？"

郑大观见推辞不过，说道："也罢，难得大哥这般盛情，小弟就陪大哥再喝两杯。"便在桌上摆两只盏子，掇两条方凳子。郭十里这才欢喜，倍添春色，亲自筛酒，又捋起衣袖，高擎酒杯，亲自把盏，说："兄弟，我先干为敬，恭喜你在这次斗瓷大会上一举夺魁！"

喝完，两人归座，先是小酌，后渐渐谈至兴浓。不觉夜幕低垂，两人敞开胸襟，话题越深，酒兴也越来越浓。

郭十里又道："老弟，你看看这撩人的月色，再看看墙上斑驳的桂影，真的应了那句'天凉好个秋'。不知不觉，时光荏苒，你我兄弟两个到汴京也有一个月了吧，可我怎么今早起来时感觉还恍如昨日一般！”

郑大观道：“我算了日子，加上路上的时间，不多不少，到今天正好是一个半月。”

郭十里大笑道：“兄弟倒是个精细人，记得清楚，原来我们已经来这里这么久了！”

听着窗外的瑟瑟秋风，看着莹白的月光轻盈地洒在庭前的桂树上，加之郭十里的一番抒怀，他感慨地说：“大哥，我们这一趟出来诚然不易，我记得来时还不过是初秋时节，那时树上的叶子还是绿的，转眼便已是深秋，满眼尽见枯黄，四下一片萧索，等回到浮州时，恐怕浮州的长堤上就已经铺了一层厚厚的积雪哩。”

郭十里道：“大观，你可记得我们来时坐在船上，意兴何其勃发！当时你就立在船头，迎着江风，说我们此番不远万里，到汴京参加斗瓷大会，苦是苦了些，但苦中有乐，怎么都不虚此行。你还说我们这一去不一定要拔个头筹回去，只要能见识一下各地的瓷器，就已经心满意足了。而我怎么说来着？我说老弟无须担心，这一次斗瓷大会的鳌头，非你莫属，你看，你看，我一点都没说错吧！”

郑大观会心地笑了笑，说道：“还是大哥有先见之明。”

郭十里顿了顿，继续说：“说起昨日的那场斗瓷大会，仍觉历历在目。当时各家瓷器争得难解难分，正当悬而未决之际，是老弟你突然站出来，提醒公主走近去看看你的瓶子，公主便在你那对瓶前凝神默视，台下的人一个个提心吊胆，还有人抱怨你太过鲁莽无礼，我更是把一颗心提到了嗓子眼，可是当我看到公主脸上漾出一丝浅浅的微笑时，我就放心了，因为我知道这事儿已经八九不离十了。”

郑大观笑着说：“借老哥吉言，其实我本不指望能赢。我当时也不知哪儿来的勇气，就好像背后有一个人在推我一样，我就站出来，也顾不得别人的指摘。我就抱着一个想法，一定要让公主知道，这真的是一对很好的瓶子，稀世罕见的瓶子，这宝瓶不能就这样被埋没了。”

郭十里把酒盏斟满，感慨地说：“这就叫天助，老天注定要让你夺魁，谁也无法阻止。我只叹那世人俗眼愚心，不识宝物。当时在拾音堂上，估计除了你我之外，能够认得这探春抱月瓶妙处的人就只有安顺公主一人而已。”他又忽然低下头，脸上掠过一丝惆怅之色，压低声音说：“相比之下，我那只瓷瓶在你那对宝瓶面前根本就不值一提。”

郑大观怕他输了比赛伤心，连忙安慰：“大哥的那只鹤鹿同寿瓶也是极好的，我在安顺公主面前还特别提起过，她也对你的瓶儿留下了深刻的印象。我想等下次斗瓷大会，就轮到大哥夺魁了。”

郭十里道：“这斗瓷大会每隔五年一届，等到下一次又要等五年，人生无常，世事难料，五年后，还不知道我们这些人会是一番怎样的情景呢！”

郑大观道：“大哥何须担心？五年时间须臾而过，到时我一定为大哥站台。”

说到此处，两人相视而笑。郭十里说：“大观，就为你这一句话，我们弟兄两个再干一杯！”

那一刻，两人真如同知己一般。酒到浓时，郑大观也就再无顾忌，无话不谈，无事不说。瓷行里的轶闻趣事，瓷器的高低分晓，娓娓道出，两人时而大笑，时而唱歌，情不自禁。钧、汝、官、定、哥，北宋各大名窑烧出的瓷器在两人的眼里都不算什么了，他们与其说在谈论瓷器，倒不如说是在畅聊人生。如果是平常人听了准会觉得他们是疯子，是傻子。他们对瓷器的高见难分伯仲，早在彼此的心间生出无言的倾慕，把对方当成了惺惺相惜的知己。聊到动情处时，郑大观不知不觉又喝了十来杯酒，酒气慢慢地涌了上来，只觉得眼前朦胧一片，不由得手舞足蹈起来了。

酒过三巡，郑大观半闭醉眼，问："大哥，现在几时了？"

"管它什么时候，反正尚早。"

"不是，我再也喝不下了。"

"老弟平素海量，现在才喝了几杯？"

"依颂快回来也。"

"年轻人有他自己的天地，老弟你不应该对他管得太死。来，来，这么好的酒，又逢这天大的喜事，我们兄弟两个一定要一醉方休！"郭十里站起来，又把酒满上。

郑大观说："大哥，白天我喝了御酒，晚上又喝了鸿胪寺招待外宾的酒，宫廷和衙署的好酒我都喝过了，我郑大观是什么人，竟恁地有福！"

"这番夺了魁，日后还有大福可享哩，只要你以后不忘了我这个老哥才好。"

"我若忘了老哥，便不得好死！"

过了一会儿，郭十里似乎想起什么似的，他把盏子放下说："兄弟，我上次在瓷缘斋见了你的探春抱月瓶，十分震撼。我想，趁此酒兴，就此月色，品味你那对瓷瓶的妙处一定别有一番情趣吧。哥哥虽不才，却愿斗胆冒充一个诗人，即兴吟几句诗，填几首词，为你这对瓷瓶感怀唱和可好?”

郑大观朗声笑道：“想不到大哥还会作诗!大哥这个想法倒很妙，瓷瓶就搁在那只锦盒里面，你要看我就去取过来!”

郑大观把郭十里当成了兄弟，自然推心置腹，毫不提防。他从锦盒中拿出瓶子，摆在台上，郭十里低下身子，两只眼很快就骨碌碌地放出光来了，他轻轻摩挲着瓶身，像摸到了一片柔软的云彩，仿佛那云彩上有五彩斑斓的梦。

郭十里喃喃地说：“端的好瓷!”

他沉吟半晌，随后指着瓶儿吟道：“瓷中乾坤大，瓷外江湖小。一壶山河月，烹成嫩芽香。窗前探春花，抱月怎能眠。多少烟波事，凝在釉彩中。”

郑大观道：“端的好诗!”

郭十里笑道：“我一个卖瓷的，晓得作什么诗!这哪是我的诗好，是老弟你的瓷好!”

郭十里吟完诗，把瓷放下，一口喝完剩下的半盏残酒，似意犹未尽，然后指着瓷瓶若有所思地说：“兄弟，不是老哥说你，你明天还要拿着这瓶儿去见天子，如此贵重之物，怎么可以随便乱放?要是进来一个闲人，顺走了你的宝贝，你到时就是叫天天不应叫地地不灵啦!”

郑大观笑道：“大哥多虑了，我一睁眼时就看着它，一闭眼时就抱着它，时刻守在它身边，你信不信等我死时我还要把它带到棺材里去哩。”

郑大观又笑着说：“我看今夜除了大哥有这本事外，谁也拿不走它!”

郭十里大惊,失色道:“兄弟果然醉了!”

郑大观笑道:“若大哥喜欢,老弟就以这瓶相赠,又有何不可?”

郭十里正色道:“兄弟,你把我当成什么人了!那是你的宝贝,我怎么会要,以后这种话再莫提起!”

郭十里装出很生气的样子,他觉得被郑大观的话侮辱了。郑大观自知酒后失言,赔着笑脸说:“一句玩笑,大哥千万莫当真,我自罚三杯,请大哥消气。”

又三杯下了肚,郭十里这才化嗔为喜。两人又继续谈些京城的逸闻故事,也不知道喝了多少盅酒。两壶陈年美酒,不到多时,就只剩两个空瓶躺倒在桌上。这一次,郑大观真是喝醉了,白天喝了两樽醇香四溢的御酒,加上晚上又喝了劲道十足的佳酿,他实在是醉得不轻。

郭十里倒是很清醒,他摇着郑大观的肩膀:“大观,我们再喝。”

郑大观趴在桌上呼呼睡着了。无论郭十里怎么叫他,推他,摇他,都无济于事。他就像是坠进了一个深邃悠长的梦境里。在梦中,好像听到窸窸窣窣的声音在响,接着又响起了一个尖锐的声音,或许是又起风了吧,听说今年的汴京经常刮风,而且风一来时总是特别大,夹带着沙尘盘桓在皇城经久不去,但愿赶明儿见圣上的时候,不要再刮风了。

……

十八

直睡到第二天中午，郑大观醒来时脑袋还是昏沉沉的，他喝下一口浓茶醒神、定心，又整衣襟，理乱发。这时，公主已经派亲随到了驿馆，送了一端青织金绫色缎、一串西域奇香珠和五个宫廷果盒过来，派来接送的车马在驿馆门外已等候多时。随从叮嘱郑大观赶快去准备一下，好等散朝后就与公主一道去觐见天子。一想到要见当今天子，郑大观对这一份至高无上的荣耀既感到兴奋，又感到不安，他惶恐地说："连我们澪州的知州做了几十年官，都从没有见过天子哩，天哪，我是哪一世修来的福，竟然能亲眼见到天子真容！"

他开始有些手足无措，因为紧张，额头直冒汗。

随从笑他："这很正常，连内阁大臣见天子时手脚都发抖，何况先生只是一介平民？"

随从又说："公主吩咐了，要我等先生装束好后，就带上探春抱月瓶，载着先生径直去公主府上用膳，等臣工们散朝后，先生再与我家主人一道去面觐圣上。"

"有劳大人费心了。"

"那我先在外面等候先生，车马就停在门外，等先生料理停当以后，我们一同启程，对了，公主还一再叮嘱，要先生带上那只陶埙，切莫忘了。"

郑大观铭记在心，准备整衣系带时，看到桌上的带子还是那条被老鼠咬断一截的，心生几分焦躁，生气地大声叫喊："依颂，我要你买的带子呢？"

他喊了几声依颂，见没人应答，又叫几声福二，也没人吱声，这才想起从昨晚到现在都没有见到过依颂回驿馆，而福二已经被他派回溱州去了，这会儿应该坐着渡船到了东风浦桥头了。他又想起来，昨天要依颂去买袍带，可依颂去了一晚未归，倒是郭十里登门造访，拿了两壶酒与他对饮长谈了一夜，那鸿胪寺招待外宾的酒果然是好酒，劲道十足，他喝了不知多少，后来就趴在桌上睡着了，睡着了后就做了很多奇奇怪怪的梦，也不知道郭十里什么时候走的，更不晓得依颂回来了没有。

郑大观开始门里门外寻找依颂，都没见到人影，心里越发不安，总感觉今天会发生什么不好的事情。忽然，门咯吱一声被打开了，迎面进来一个人，正是他的儿子依颂，满面通红地站在门口。

郑大观大舒一口气，问道："依颂，你去哪里了？为什么彻夜不归，到现在才回？"

依颂红着脸回答："我昨天听了阿爹的吩咐，打算去泗桥街上的刘记铺子买袍带，刚走出门就碰到了瓷韵轩的郭闻识，他说咱瓷缘斋在斗瓷大会上夺了冠，要邀我去泗梁桥喝杯喜酒，我推辞不掉，不想一时贪杯，就喝得酩酊大醉，只得在酒楼睡了一宿，醒来后，又被郭闻识拉去汴河上的画舫听戏，被他缠了一上午，直到刚刚才脱身，我又赶紧去丝绸铺买了带子，一路跑回来。"

依颂回想起自己因为想着柳月的缘故，酒吃到一半的时候，就叫了条船跑到画舫去听郭闻识提到的那名女子吹箫。听完之后，郭闻识问他："郑兄觉得这位女子吹箫吹得如何？"

郑依颂十分失落地说："吹是吹得好，可还是比不上柳月吹箫。"郭闻识便问柳月是谁，依颂没有回答，他低下头痴痴地想了一会儿柳月，心想："我这一辈子怕是再也不能见柳月一面了。"想到这儿，他忽然感到一阵无名的惆怅，于是抬起头说："酒呢？我要喝酒！"郭闻识连忙叫下人斟满酒送上来。依颂却道："我不耐烦小盏喝，换大盅来！"郭闻识听了大喜，连忙叫换大盅，倒满了，依颂接过酒，一饮而尽，喜得郭闻识直夸："好酒量！郑兄难得像今天这么爽快！来，我们再喝！"接着，两人又喝了不少。现在，依颂一想到因为自己的私心而耽误了父亲的正事，便感到羞愧难当，不好意思再去看父亲的眼睛。

这时，郑大观突然想起了什么，说道："你看巧不巧，瓷韵轩的郭十里昨晚也提了两壶好酒过来，也说要祝贺我夺冠，这父子俩倒想到一块去了。我与郭十里一边喝酒一边等你回来，不想却喝得烂醉，也不知他什么时候才回去的。"

公主的亲随又走进来催促："先生都准备妥当了吗？别让公主久等。"

"学生就来了。"郑大观随口应道。

郑大观又问依颂："袍带买回来了？"

"买回来了，是父亲喜欢的颜色。"

郑大观看了，颇为满意，系上腰带，果然风采不同，他让依颂在驿馆静候佳音，一个人抱着那只装了探春抱月瓶的锦盒，匆忙上了马车。

穿过两条人烟辐辏的大街，再绕过一排青砖黛瓦的房子，就到了公主府上,郑大观向安顺公主作揖问安。

公主满面春风,问:“先生昨晚睡得可好?”

郑大观说:“昨天一时高兴,小的多贪了几杯,早早睡了。今早起来,一想到要觐见天子,心里便很紧张,现在手心还捏了一把汗。”

公主笑道:“先生的心情我能理解,不过请先生不用太担心,我哥哥虽贵为天子,却和蔼可亲,体贴民众。中午你就在我府上用膳,等退朝后,我就带你去面觐圣上,你只管放松,随机应对,到时我将力荐探春抱月瓶,并亲自保举先生,让官家赏你封妻荫子。”

郑大观向公主行了个大礼。

公主又说:“到时在官家面前,我让你吹埙你就吹埙,就像斗瓷大会那天一样,你让瓷儿跟着发出声音来,好叫官家也大吃一惊!”

郑大观担忧地说:“只是官家贵为天子,天下什么宝贝没有见过,我怕这瓷儿在他眼里根本不算什么。”

公主说:“宫廷的宝贝确实不可胜数,可你那样的宝物我敢说天子也没见过哩。”

公主又笑了笑说:“好了,在见官家之前,先让我再看看你那对瓶子饱饱眼福吧,你那双瓶儿怕是真如外面那些人传说的一般,能勾人魂魄,自斗瓷大会那天见了后,就让人念念不忘。”

郑大观安心了,他小心地打开锦盒,一层层撕开裹在瓷瓶上面的丝绸。当撕开第二层时,他脸上忽然掠过一丝诧异的神色,发觉那包裹的丝绸不是按照之前的方式缠绕的,心里便猛然生出一种不祥的预感,他的手也忽然开始颤抖了。

“郑先生,你还好吧?”

看到公主期盼的眼神，郑大观定了定心神，喃喃地说着没事没事，又继续解开丝绸，等到他把最后一层丝绸撕下来时，他突然“啊呀”大叫一声，像遭了雷击一般，倒退两步，身体一下僵硬得无法动弹了，只觉眼前一黑，往后一倒，直挺挺地摔在了地上，嘴里喷出一口鲜血！

众人走过来看，锦盒中那对探春抱月瓶不知什么时候碎成了几大片！

所有人都惊得目瞪口呆！安顺公主惊得花容失色！

瓶碎了，梦就碎了，安顺公主的梦和郑大观的梦，那精心编织的和苦心经营的五光十色的梦，那个盛在瓷瓶里会开出七彩花瓣的梦，就像那些陶瓷碎片散了一地，就像瓷器上的釉彩一样化成了一缕青烟。

安顺公主本想借探春抱月瓶赢得天子更多的恩宠，获取更多的财富，并彻底巩固自己在众多公主皇子中的地位。郑大观想的则是借探春抱月瓶在斗瓷大会上摘得桂冠，一则让瓷缘斋名扬四海，二则为浮州瓷行争一口气。

躺在地上的郑大观脸色惨白，两只眸子暗淡无光，发乌的嘴唇紧紧闭着，在碎成一地的梦里面好像听到有人托起他的后脑勺在大声叫：“郑先生，你快醒一醒。你说瓷瓶是怎么碎的？是被你打碎的？”

“公主，现在怎么办？”

众人慌成一团。他似乎听到公主坐在那儿兀自叹气的声音，又听到了其他人埋怨的声音。

郑大观紧闭着眼，难过地闷哼了一声，感觉有什么东西重重压在胸口一样，鲜血便从嘴角汩汩流出来了，染红了他新换的衬领，染红了他的胸口，也染红了他手中紧紧握着的那一块碎瓷片，那是探春抱月瓶上面的一块碎片。

十九

公主坐在靠窗的椅子上，那忧愁卷在蛾眉之上，最后都凝结在了她黑色的眸子里。她万万没想到在这个节骨眼上，瓷瓶偏被打碎了，郑大观这人表面上看十分沉稳，此时何故如此粗心？她想，村野小民毕竟是村野小民，见不得大世面，终不能共谋大事。不过，对她来说，现在最要紧的已经不是郑大观怎么样了，而是该如何收拾好烂摊子，向她那位天子哥哥交代。其实，心思缜密的安顺公主想得还更远一点，她开始担心那些宿敌，那些平时笑面相迎背后却两面三刀的亲王、郡王、王子、王孙、公主、郡主、王公、大臣，他们这时在做什么呢？一旦此事传开，一些别有用心的人会不会借机抓住她的把柄，给她当头一棒？她比谁都清楚表面上平静如水的宫廷，其实波涛暗涌，危机四伏。她每天如临深渊，无时无刻不在假想着敌人正在算计她，经常沉迷于这种想法。她也曾亲眼看见有些人今天还意气风发，明天就身败名裂，她看到那些人被扣上莫须有的罪名，被冷落，被罢黜，被流放，被杀害，甚至被灭族……政治上天生敏锐的安顺公主已经意识到事态严峻，目下最要紧的就是该如何化解这场突如其来的危机。

她看着盒子里那一堆残片，倒抽了一口冷气。不过，安顺公主再怎么说也是经历过皇宫里各式惊涛骇浪的人，所以她没像手下人那样陷入慌乱，更不像郑大观那样吓得直接昏死了过去。

过了一会儿，门卫进来报告，省院的右司谏宋承清大人来拜见，公主寻思："这个宋司谏平素甚少与我往来，今儿是什么风刮他到此？"

她本想谢绝一切来客，把自己关在屋子里索求出路，可她最后还是决定去会一会这宋司谏。她叫下人把宋司谏引进客厅。宋司谏送上一封见面礼，寒暄了几句后，细心的司谏早已注意到公主蛾眉上一掠而过的忧愁。他不动声色，喝茶时呼噜呼噜地吹着气，他本来就很胖了，吹气的时候更让腮帮子鼓得像一只蛤蟆一样，让公主禁不住暗自好笑。他呷了一口茶，便把茶盏放下，单刀直入地问："公主近来可是有什么烦心事？"

"我？"公主诧异地指着自己道，"不知司谏何故有此一问，我好端端的，哪有什么烦心事？"

没想到宋司谏问得这么突兀，这么直接，可一向谨慎的公主在他人面前总是不肯透露半点口风。

宋司谏笑道："我刚才看见公主眉头紧锁，故此疑惑。想想也是，这次斗瓷大会办得这么成功，公主理应高兴还来不及，就算有什么烦心事都不值什么了。"

安顺公主笑道："也许是我这几天为张罗斗瓷大会太过操劳，故显疲态，让大人忧心了，歇一歇就好。我是没什么事烦心的，可我倒是觉得宋司谏最近一定很愁闷吧。"

宋司谏大惑不解地指着自己说："我？我有什么愁？"

"为国而愁呀，这不是大人应尽的本分吗？如今天下极不太平，外有蛮夷，内有贼寇，把一个清平乾坤搅得好生不宁，官家为此忧心憔悴,你们做臣子的怎能不为天子分担?”

宋司谏愀然变色道:“这何须说,为陛下分忧是我们臣子的分内之事。”

“可是前几日还有人说见到宋司谏和几个相府的人意气风发,一道畅游金明湖,在晓月亭做了一天的雅集呢!我想这个人不是无中生有,就是老眼昏花看错了人。”安顺公主轻描淡写地说。

宋司谏涨红了脸,没想到他去参加诗会都被公主知晓了,他感到眼前这位公主确实很不简单,尽管他很早就听说过安顺公主的厉害。才聊了数句,本来占据主动的宋司谏就被公主占了上风,他开始用衣袖擦拭额头上的汗珠。

安顺公主又笑道:“我听说你世兄章御史这次出使西疆已有时日,直至昨天回朝,这一回可带来什么好消息吗?”

章御史是他同年,且昨日才回朝复命,公主就得到了消息,宋司谏又是一惊,便说:“有,我正要告诉公主这个好消息哩,这一次党项人终于同意从威武撤军了,前提是两国开边互市,大宋赐西夏岁币一万两白银,准西夏牧民到凉州境内牧马。”

“我们不是打了胜仗,为何反倒让他们讨了便宜去?”

“是赢了几个小仗,可又能如何?”宋司谏不以为然道,“我朝历来以和为贵,就算有什么战争,也是为时势所逼,权宜之计,可朝廷总有些人爱从中生事,装作一副大义凛然的硬骨头模样,横挑强邻,其实只为博得一个青史留名,就不惜把苍生社稷往火坑里推。如今凛冬将至,粮草即尽,我们还怎么打?拿什么打?公主又不是不知道那帮蛮子有多难缠,一打了败仗,他们就鸟兽四散,逃到沙漠,顷刻间遁得无影无踪。说不定第二天他们又突然出现在我们的城池下，像从地底下冒出一般，公然挑衅叫嚣。照我看，打不如谈，谈不如让，虽花了一点钱帛，却换来万世不易的太平，这笔交易算起来绝对不亏！”

他看了看安顺公主，然后笑着问：“公主，你说是不是？”

安顺公主知道内阁最近为是战是和争个不休，她心想这个老狐狸故意在给自己出难题，依旧不动声色地说：“这种事你最好别问我，我只是个女子，祖宗的规矩，我朝女子是不能干政的，是战是和，你们这帮大臣们斟酌就行。”

“可是公主还不知道呢？如果不是公主，凭章御史一人之力怎能促成这次和谈？说不定他能不能回来都还是个问题，说起来公主比章御史本人的功劳还大！”

“我？”安顺公主困惑不解地问，“我何功之有？”

“斗瓷大会呀！”宋司谏盯着安顺公主的眼睛，庆幸自己又把话题转移到斗瓷大会上了。

公主道：“这与斗瓷大会有什么关系？”

“公主有所不知，这次斗瓷大会，早已声名远播，公主这一番举动已让全天下人都感受了皇家的威严，也让远方蛮人知道我大宋的富庶，坚定了他们与我大宋和谈的决心。本来章御史和谈眼看要陷入僵局了，蛮人听说了斗瓷大会后，知道我大宋朝地大物博，资源富饶，和谈才得以成功。”

安顺公主的脸上掠过一丝怪异的神色，这一细微的变化很快就被宋司谏捕捉到了，他感觉自己又重新占据了主动。

安顺公主笑道：“司谏大人，你真会瞎编。”

“不，不，本官说的全是实话，如果公主能以此次夺魁的宝瓶作为贺礼,献给西夏国主,则天下太平指日可待。”

“司谏大人,你还喝茶吗?”

“说起这次斗瓷大会,那真是……”

“别再在我面前提斗瓷大会了好吗?斗瓷大会既已结束,过去的就让它过去好了,我们不是还有其他更重要的事要做?”

“公主,我还是想说若能拿出宝瓶慷慨相赠……”

“别说了,我有些不舒服。”

“公主要一个人回房休息一下吗?”

“不用,你看快变天了。”安顺公主看着窗外。

“呶,是起风了。”

“但愿别下雨,汴京的雨总是让人觉得黏糊糊的可厌。”

安顺公主像在沉思什么,她迟疑了一会儿,忽然直直地盯了宋司谏一眼,那道如火光电石一般的眼光好像要穿透他的内心。过了一会儿,安顺公主口气柔和地说:“唉,说起来,如今的朝廷越来越不像个朝廷了,人人都打着自己的小算盘儿,党派林立,倾轧无度,弄得好好一个朝堂上一团乌烟瘴气,上下找不到一个可以信任的人,司谏大人,你说是不是?”

宋司谏道:“下官每每想及此事也是痛心疾首,以致夜不能寐。”

公主又问:“司谏大人,你说我能相信你吗?”

宋司谏便正衣作色道:“公主或许不能信别人,但完全可以信赖在下,为公主执鞭坠镫,在下万死不辞。”

安顺公主道:“司谏,你有几年没有荣升了?我近日听说枢密府缺一个学士,不知你可感兴趣否?如果司谏想补那个缺,我当在官家面前力荐司谏一把。”

宋司谏听得怦然心动,他激动地对公主行了一个大礼,说:“枢密府是朝廷机要,小的有何能耐,怎敢做此非分之想。”

安顺公主又道:“在朝为官,谁不想有日升迁?我以为大人也算是臣僚中第一难得的能臣了,朝廷理应厚待你。想一想,你说的也是,如能用宝瓶换来我大宋万世之太平,那当然是最好不过的了。”公主看了看宋司谏,忽然话锋一转,“可是人算不如天算,谁又能料到……出了这种事……”

“发生什么事了?”司谏惊问。

“刚才你提到的那个宝瓶……确有其物,既能发声,又能迷住人的心智,真乃稀世罕见。不过……宝瓶不巧被人打碎了,如今再说什么也无济于事!”

宋司谏摸着额头道:“天哪,这世界上竟真有自动发声的瓷瓶?我还以为是谣传。”

公主道:“若非亲眼所见,我也不信。”

宋司谏又装出很震惊的样子:“小的斗胆问,是谁打碎了这稀世宝瓶?”

“打碎宝瓶的人,还能有谁?就是它的主人!本来我还打算等散朝之后拿着这对瓶子去拜见官家,顺便提携此人,可瓶转眼没了,此刻我也不知道怎么向官家交代!”

宋司谏叹息:“坏了两国邦交,打碎宝瓶的人简直罪该万死!”

宋司谏和公主的叹息并不一样,公主怜惜的是宝瓶,司谏首先想到的是借献宝促成和谈的机会已然落空了。

他看见公主在那儿彷徨无计的样子，沉思片刻后说："宝瓶已碎，再怎么惋惜也于事无补。可是，公主不妨想一想，难道这世间就再没有其他宝贝了吗？公主自不必惋惜，应当机立断，先过了官家这一关再说。小的不才，倒有个主意，可以为公主排忧解难，不知公主肯听吗？"

公主道："大人请讲。"

"我听说这次斗瓷大会上一共出了两件宝贝，一件是探春抱月瓶，还有一件……"

安顺公主摇头笑道："司谏你错了，哪有两件宝贝，就一件探春抱月瓶还可以称得上宝贝，其余的都入不了我的眼。"

宋司谏说："这是公主眼光高，看不上其他瓶儿。可是我倒是听说当日斗瓷大会上还有一件瓷，叫作鹤鹿同寿瓶，虽比不上探春抱月瓶能够发声，但也十分稀罕，如果拿它给官家看，你说结果会怎样？"

公主道："那鹤鹿同寿瓶好是好，但只怕也难入官家的眼。"

宋司谏道："我看未必，一件瓷的价值不仅在于瓷本身好不好，还在于瓷本身要有故事！"

一句话惊醒了梦中人，安顺公主便问："不知如何才叫有故事？莫非你是要我拿着鹤鹿同寿瓶去见官家？"

宋司谏点头说："有何不可呢，一则天子又没见过探春抱月瓶长什么样子，哪里知道这次斗瓷大会谁输谁赢。二则你才是这次斗瓷的发起者，也是最终的评判者，谁输谁赢还不是公主一句话的事儿。三则只要咱们在官家耳边吹吹风，好好为鹤鹿同寿瓶修饰一番，把它说得神秘莫测，再以祥瑞之兆惑之，以方伎之术迷之，还不轻易就把天子糊弄过去。四则若再建议天子拿此宝赠给西夏国主，讨得那国主的欢心，只怕又是一件盖世奇功。”

安顺公主道：“好倒是好，只是一点，恐怕这鹤鹿同寿瓶的主人早已离开了汴京，去哪里寻那只瓶子？”

宋司谏大笑：“没走，没走，他此刻正在我府上做客哩，专等公主你来召唤。公主叫他来，他如何敢不到？”

安顺公主听了，满心欢喜，随即派人传话下去，命瓷韵轩的郭十里前来参见。俄而，郭十里抱着鹿鹤同寿瓶噔噔地到了公主府上。安顺公主打量了这位先生一番，见这位先生身材微胖，一脸福相，浓黑的眉毛下藏着一双深邃的眼睛，宽宽的额头上似乎流淌的不是汗水，而是智慧。安顺公主问了郭十里一些事情，故意装作不经意的样子说道：“郭先生，你一定知道我叫你来的意思了，你面前这位司谏大人是你的故友，也是我的至交，我们刚才还聊起了你。司谏以为，你那只鹤鹿同寿瓶才配得上这次斗瓷大会的鳌头，我琢磨了半日，觉得他的话不错，你的瓶儿确实比那双探春抱月瓶还要好，只怪我一时大意，看差了，现在我打算重新抬举你，点你那只瓶子做个头名状元，你意下如何？”

郭十里大喜过望：“公主此言当真？”

“公主的话怎么不真？不然叫你来干什么？”宋司谏插话。

郭十里慌忙跪下，行了个大礼：“若是如此，公主之恩，有如再生父母，小人一定鞍前马后，誓死效力。”

那安顺公主听了更加欢喜，脸上的愁云也一扫而光，当即赐座，赏酒。喝了酒的郭十里又小心翼翼地说：“公主，小的还有个不情之请。”

“哦?”安顺公主诧异地看了司谏一眼,问,“你有什么要求?”

郭十里笑着说:“俗话说得好,好马配名士,宝剑配英雄,鹤鹿同寿瓶在小的手上,实在是糟蹋了一件好物事。只有在公主手上,它才能熠熠生辉。小的自知不配拥有这只宝瓶,情愿把它献给公主。”

“你真愿意把瓶子送给我?你舍得?”安顺公主道。

“有何舍不得?只要公主不嫌弃就好。”

宋司谏道:“难得郭先生有这份心,确实再没有比这更好的归宿了。”

郭十里把锦盒中的瓷瓶小心翼翼地拿出来,安顺公主接过瓶来把玩一番,直夸这瓶子做得形神兼备,巧夺天工,又感慨道:“还是郭先生有心,当初我点探春抱月瓶做头名时,那个郑大观可从未想过要把他的瓶子送给我。”

这一天,他们三人由殿前太监领着去了徽宗那儿献宝。皇帝毕竟见多识广,他看到鹤鹿同寿瓶起先还有些疑虑,似不以为然。可是安顺公主和宋司谏又为瓷瓶添油加醋编了很多故事,说它被造出来时,湖面泛出五彩祥光,乃祥端之兆。皇帝耳根是软的,一听就爱不释手了。公主和宋司谏又在皇帝面前吹了不少风,说了不少好话,把天子糊弄过去了。郭十里则大气都不敢出,在金銮宝殿上连着磕了十来个响头。

皇帝被公主和司谏两人的甜言蜜语说得龙心大悦。安顺公主献宝的时机也掐得恰到好处,因为章御史回京复命,已成功说服了西夏国退兵。宋司谏趁机提议以此瓶赠给西夏国主,两国永修秦晋之好,一席话让徽宗听了眯着眼笑。没过多久,兵部又有好消息传来，报告南方几处暴民的叛乱已被大宋天兵平息。大宋的天下俨然恢复了太平气象。徽宗一高兴，御笔一挥，赏赐公主三百亩土地新建宅院和楼阁。公主为修缮府第，光是民房就要被拆掉五百多家，从衡州运来的花岗石就有五十多船。天子又让安顺公主于端午节那天在露华殿办了一个鉴宝大会，把鹤鹿同寿瓶放置于高台之上，皇家庋藏以及王子王孙珍藏的奇珍异宝全部搬出来作为陪衬，如众星拱月一般，一来庆祝这次斗瓷大会的成功，二来庆贺边疆战事停息和各处叛乱的平定，三来彰显皇家的威仪。在一片喜气洋洋的氛围中，朝堂上下，皇宫内外，无不欢腾鼓舞，尤其是主和派气焰更加高涨。

不久，宋承清如愿以偿，荣升大学士。宋承清当上大学士的那一天，百感交集，他把吏部的正式任命书念了一遍又一遍，好像生怕自己漏掉一个字，然后把任命书裱起来，放在祖宗牌位旁，一连磕了七八个响头。他为了这个位子等了太长太长的时间了。至于郭十里，因献宝有功，鞍前马后效力不少，也得到了安顺公主和宋学士的不少眷顾。至于郑大观，因为打碎了探春抱月瓶，险些酿下滔天大祸，公主一怒，把他关进死牢，听候发落。

安顺公主心念郭十里的功劳，问郭十里想要什么赏赐。郭十里先是沉吟，继而淡然地说："公主，小的什么赏赐都不需要。"

安顺公主以为听错了，再问他："先生真的什么赏赐都不要？"

"小的自知人微功轻，不敢妄求。"

"这是哪里的话？先生才是最大的功臣哩，大伙儿都在邀功领赏，偏你这位最大功臣分文不取，怎么也说不过去！"

见公主坚持要对他赏赐，郭十里觉得时机已经成熟了，便把盘算已久的想法告诉了公主:“如果公主真要赏小的的话,那就请公主把郑大观在溽州的瓷缘斋赏赐给我吧。”

公主笑道:“原来恁地,先生不愧是个瓷痴,只是区区一个瓷缘斋,怕委屈了先生。”

郭十里大喜,心想,这回瓷缘斋那间密室里珍藏的宝贝全都是我的了。

二十

当郭十里正在想着瓷缘斋那些宝贝时，依颂却为了营救父亲，已经开始在汴京四处打点奔波了。他实在想不通自己的父亲到底犯了大宋律法上哪条罪行，为什么会被关起来。本来他想事情很快就会澄清，父亲不日就会被放出来，但拖得越久，他就越感到不安，事情远不像他开始时想得那么简单。当人们听说郑大观触怒的这个人不是别人，而是当今天子最宠爱的安顺公主时，谁也不愿多谈，也不愿兜揽这事儿，大家都唯恐避之不及。

驿馆已是不能再住下去了，依颂便去汴京蓝货街上赁了一间单房住下来，做好了长期奔走的准备。他每天早出晚归，四处请托，希望父亲早日出来。他去请省院的张大人帮忙，投了帖子，拜见了，张大人听了后皱着眉头，想都不想就拒绝："你大概还不知道令尊得罪的是谁。我劝你还是死了这条心，从哪里来还是回哪里去，这个忙我帮不了。"

"大人，不知我父亲得罪了谁？"

"你还不知道？令尊得罪的是当朝安顺公主！"

依颂想怎么可能是安顺公主呢？前几天公主还设宴盛情款待了他父亲，且相谈甚欢。张大人见他不信，拂袖而去，又撂下一句话："不仅我帮不了你，恐怕这事谁也帮不了你。"

依颂不肯罢休，又去找黄副使帮忙，通过熟人的安排，精心准备了一桌酒宴款待了黄副使，又送上一盒珍贵礼品。黄副使收下了礼品，喜欢喝酒的黄副使吃得满面油光，吃得饱嗝连天，吃得一口应承："这个容易，我在京城认识的人很多，你把银子交给我去打点，我一定让人把你父亲放出来！"

黄副使又打了一个响嗝，问："对了，你父亲叫什么名字？"

"郑大观。"依颂怕黄副使忘了，一连说了三遍。席散，依颂请了一辆马车，用一个沉香木盒子装了十来串珠子和十封银子，交给了黄副使的亲随，把黄副使送回家中。

第二天，黄副使便派人把依颂送的金银及礼物如数退还给了他。依颂十分诧异，问这是为何，来人摇了摇头说："副使说，昨天他是酒后失言，算不得数，等酒醒后他才想起这件事他也无能为力，你还是去找别人帮忙吧。"

依颂拿着银子发呆了半天。不过他没有气馁，很快又想起了有一位三司的崔田浩大人，曾是父亲的朋友，如今在工部任职，便又打起十二分精神来，去找这位崔大人帮忙。崔大人曾经是寓居澪州的落魄书生，郑大观年轻时接济过他，资助他赴京赶考的路费，后来这位崔大人金榜题名，到外省任官，临行时还特意封了一份厚礼酬谢父亲。如今，听说崔大人已从外省调入中央，在工部任员外郎，可谓权高位重。于是，依颂来到崔府，事不凑巧，崔大人去郓州省视去了。依颂没办法，只能在京城苦苦等待，忧心如焚。终于一日打听到确切的消息，说崔大人已经办完差事回了汴京，依颂便兴奋得一宿没睡，第二天一早立即动身去了崔府，还没来得及说明来意，便被拦在门外。守门的似乎早知道他要来，带着一脸嫌弃和鄙夷的表情说:“你又来干什么?我家崔大人去外省公干,还没回!”

“可我听工部的曹书办说崔大人前日就回了工部衙署,昨日还交代了几件公务让文书抓紧去办,又让人递了文件给转运司张大人。”

“大人就算回了京,因公务繁忙,在衙门住个十天半月不回家,也不一定,我都已经说了我家大人不在府上,你还不信,难道容你乱闯?你快走吧!”

依颂又问:“请问大哥,那崔大人什么时候回来呢?”

仆人显得极不耐烦:“大人公干,晚了便晚回,早了便早回,没有个准时,你问我,我问谁?”

依颂心想也许是崔大人并不想见他吧,那天明明有人看见门口停了崔大人的车驾,还亲眼看见肚圆腰肥的崔大人下了马。为了能见上崔大人一面,他便带着干粮在崔府门口蹲守了两天两夜。一个细雨天,一辆马车刚好停在崔府门口,崔大人和省院的另一位张大人喝得醉醺醺地回来了,随从打着雨伞,扶两位大人下车来,两位大人就站在大门口喁喁交谈着一些什么。依颂瞅准机会,连忙跑过去,正准备说明来意,一位排军见到他,厉声喝住:“什么人?敢在此挡大人的道!”

依颂先是一怔,忽然觉得自己确实太过唐突失礼,于是呆呆站在原地不敢动,过了半会儿才想起来深鞠了一躬,说:“我是郑依颂,家父郑大观是崔大人的故友。”

崔大人用醉眼瞟了一下眼前这个人,也许因为才与同僚喝了酒的缘故,两腮上浮着两团红云。

崔大人道:“郑大观是谁?”

“崔大人还记得澪州城西的梧桐小巷，在一棵歪脖子树下，当年坐着的一位专替别人写信的书生吗？十年前有一个经商的人正好运了一车瓷，打那棵歪脖子树下经过，见到这位代人写信的书生，被这位书生专注勤奋的样子打动，于是送盘缠给他，鼓励他赴京赶考。”

崔大人似乎想起了什么，不过很快他的脸色一沉，勃然大怒：“胡说八道！你到底想暗示什么？什么歪脖子树下？我出自山东博陵崔姓大家，从来没有去过什么澪州，更不要说在树下替人写信，我家门庭显赫，家境殷实，几时又需要别人送钱资助我进京赶考？”

崔大人狠狠地瞪了依颂一眼，那一双红眼睛似乎要喷出火来。一直以来，他都在同僚面前夸许自己生于博陵崔姓世家，门第高贵，祖上曾做过魏晋三公。眼前这个人当面揭了他的老底，让他感到十分难堪，他恼羞成怒，原本就红了的脸色一直红到了脖颈上。

然而，一心想着解救父亲的依颂却没有注意到崔大人的变化，他继续说：“那个运瓷的商人就是瓷缘斋的郑大观，正是小的家父，大人您再想一想。”

“不认识！不认识！”

一旁的张大人说：“眼看这就是一个大胆的刁民！”

随从禀道：“大人，经常有那种市井无赖，妄想一朝发迹，于是胡编乱造出这般故事想要攀龙附凤，这种伎俩我已经见多了。大人何须与这种人多费唇舌，把他撵走，痛打一顿，他就知难而退了。”

崔大人点点头道：“替我用力地打！”

四五个如狼似虎一样的公差便拿着棍棒走过来，二话不说，朝着依颂劈头盖脸打过来，打得依颂脸上鲜血迸流，打得依颂的骨头像断了一样发出咔嚓咔嚓的声音，打得依颂趴在地上半天都动弹不得。

打够四五十棍，崔大人叫公差停下来，然后吐了一口白沫在依颂哆嗦的身上："呸，哪来的疯子，竟跑到我这里来攀高枝？怎敢胡言乱语玷污我博陵崔姓门第！"

冰冷的雨水打着依颂的身体，混着血迹从青岩砌成的台阶上流下来，把石阶染红了一大片，很快又被汇集的雨水冲淡了。从梢树上掉下的叶子，裹着残血，被雨水碾在了尘土里。空气中散发着一股发霉的味道，显得又沉闷又压抑。

有时依颂觉得自己真的很累，他真想好好睡一觉，直睡到天昏地暗，睡得在梦里面把所有的人和事全部忘记。他不仅感到身累，还觉得心累，身体的疲劳和伤痛尚且能忍，可心累却让他好几次都差点站不起来了。他咬咬牙，从地上抓起一把草，把身上的血迹擦一擦，强行打起精神来，强行露出笑脸来，来不及等伤口痊愈，又为父亲四处奔走哀告。在汴京这个陌生的地方，依颂举目无亲，况且他为救父亲，从不计较付出多少，大把大把的银子送出去了，常常是连个回响都没有一下。为了筹钱，大船上运来的那几箱上等瓷器，也都被他廉价卖了，一阵折腾，营救父亲的事情不仅没有着落，囊中却日见羞涩。所有的人都畏惧安顺公主的权势，一听说郑大观得罪的是当今权势烜赫的安顺公主，一个个都摇头叹息："得罪谁不好，偏得罪这位公主！罢了，你父亲已经没得救了，你还是赶快回去，定一口好棺木，等着替令尊大人收尸吧！"

一天，在一个小酒馆里，一位不太相熟的朋友对他说："宋学士你认识吗？他可是当朝天子身边的大红人，若要救你父亲，可去求他。”

依颂问：“你说的是哪个宋学士？”

那朋友说：“就是位列省台的一品大员，曾官居右司谏，前不久才荣升为大学士的那一位，好不风光。他家就住在汴河边清峰府上，沿此路一直往前去，见河边一排房中，最富丽堂皇的那一栋就是他家清峰府了。哎呀，看来你真是孤陋寡闻，这汴京谁不晓得宋学士？”

那朋友话未说完就被一帮朋友拉着去水门汀赴一个雅集了。依颂并不认识这位宋学士，但既然有人说非得找他才能救父亲出来，便觉得不妨试一试。于是他四处托人引见，可是投了几次帖子进去，都如石沉大海，一直无缘拜会这位宋大人。

有一天，不知为何，宋学士居然亲自派人送请柬给依颂了。依颂接到请柬时又惊又喜，这样的事情他想都没有想过。宋学士前几次都拒而不见他，这回为什么会主动邀请他这样一个落魄的卖瓷人？他怎么也想不出原因，但也顾不得那么多了，兴奋得自言自语：“老天见怜，但愿这一回能托宋大人的洪福，救老爹出来。”

于是，他精心准备了一份厚礼，穿了一件浆洗得干干净净的袍子，提前到了清峰府上等候。管家把他引到府上朝南的一间书房里，沏了一壶上好的茶摆在一张八仙藤桌上，便出去了。过不了多久，一位仆人进来说宋大人已在北院敞榭内安排好了一桌筵席，于是，依颂跟着仆人来到北院，宋学士迎上去，非常客气地把他奉为上宾，又把他介绍给其他宾客，指着众位说：“这位是国子监的康博士，这位是内阁秦中书，这位是韦三太爷，这位是沈尚书公子，还有几位宾客，随后便到。”

说罢，各叙礼坐下，依颂一一唱了喏，谦让一阵坐在了下首位置。

宋学士对依颂说："听说贤契为救令尊，四处奔走，最近可有眉目？"

依颂摇头叹气地说："学生到处求情，什么办法都想了，可全然不济，如今一筹莫展。"

说完，依颂离开席位，对着宋学士跪在地上大拜三拜，流下眼泪道："老大人，我父亲身陷缧绁，性命危在旦夕，全仰仗大人出手相救，小的来生做牛做马报答大人。"

宋学士连忙扶起依颂："关于令尊的事情，我已经听说了其中的曲委，这件事嘛，看上去简单，其实不同寻常，还需从长计议。"

依颂说："大人，我听说老父不日就要移交刑部审讯，主审官打算定他一个破坏邦交和大不恭之罪，我实在想不通，我父亲到底触犯了大宋哪条律法？说家父大不恭已属冤枉了，这破坏邦交之罪更是从何谈起？"

宋学士道："贤侄，令尊有没有犯法，是不是被冤枉，有司自然会查明真相，贤侄无须担心，你只需记得，当今圣上英明果断，衙署秉公依法，绝不会错判了一个好人，你一定要对我大宋的律法抱有信心。"

寒暄了几句后，宋学士又与其他几位高朋扯了几句闲话，就开始显得有些心不在焉，不时把玩着一个碧玉蟾，又不时往窗外看看，像是在等什么人。依颂喝了几口闷酒，再也不敢开口多问，怕言多必失。

不一会儿，有一个排军从外面走进来，在宋学士耳旁窃窃私语，依颂隐约听到“公子到了”四字。宋学士小声说了一句：“好，知道了，让他过来，我马上过去。”俄而，起身，对依颂说：“贤侄，我去书房办理几件要紧的公务，须臾便回，你且慢用。”

他又让仆人把几位宾客和依颂的酒盏倒上，对那几位宾客说道：“我招待不周，请各位大人吃好喝好，待办理完一件急务后，再来奉陪。”然后背着手离开了，离开的时候嘴角挂着一丝诡谲的笑容。依颂喝了几口闷酒，感到有些不安，忽然他听到从窗外的走廊传来一阵熟悉的笑声，又传来橐橐的脚步声，不一会儿，只见走进来一个人，穿一袭锦袍，外面套一件圆领大袖的提花襕衫。依颂不看则已，一看吃惊不小，原来站在他面前的不是别人，是瓷韵轩的郭闻识！

同桌的客人似乎并不意外，且恭敬地腾出一把椅子。郭闻识一一作揖道：“让列位大人在此等候多时，望乞恕罪。”寒暄了几句客套话后，便也不再谦让，一屁股坐下来，睥睨了依颂一眼，冷笑了一声，“只说今日有位贵客，我道是谁，原来是我同乡来了。郑依颂，我听说你最近走动得很勤快，你四处寻门路，没想这次竟然寻到我干爹这儿来了。”

依颂心想：“郭闻识什么时候认了宋学士做干爹？”

不过，依颂来不及多想，他尽量让自己镇定下来，像以前一样向郭闻识作揖：“郭公子有礼。”

上次在风乐楼喝酒时，郭闻识热情有余，现在却对依颂的作揖视而不见。他把炒熟的花生米扔进口里，发出嘎嘣嘎嘣的声响，不紧不慢地道：“这次我瓷韵轩夺魁，乃天理所然，实至名归！饶你怎么奔走哀告，也无济于事。”

自从探春抱月瓶被打碎了之后，瓷韵轩的鹤鹿同寿瓶便代替了探春抱月瓶成了斗瓷大会上的鳌头，一时之间，瓷韵轩夺冠的消息传开去，风头无二。之前人们都在议论那对探春抱月瓶的来头，现在人们对鹤鹿同寿瓶充满遐想。

依颂回敬："郭公子，瓷缘斋输了便是输了，还能说什么，不瞒郭兄，我来这里不是为了什么斗瓷大会，而是为了救家父的事来求宋大人帮忙。"

郭闻识道："原来恁地，我记得你老子如今陷在大狱里吃牢饭，朝不保夕。他今天落到这个下场，能怨得了谁？也只能怪他自己，太不识时务，太不自量力。"

郭闻识笑了笑，又说："你来找我干爹帮忙，难道不先问问我同不同意？"

郭闻识喝了一口酒，瞟了依颂一眼，忽然变了语调，发话："如果你当着众人的面跪下来求我，兴许本爷还能考虑考虑，说不定我一高兴，就让我干爹放你老子出来。"

依颂低着头不说话。

郭闻识又斜视了依颂一眼，冷笑一声："怎么，你不肯跪？"

依颂仍然呆若木鸡一般站着，一声儿不言语。

"看来你是不打算救你老子了？那就让他等着把牢底坐穿吧！"

依颂心想人在屋檐下，不得不低头，为了救父亲，这些日子多少苦都吃过了，下跪又算得了什么，事已至此，他也不再多想了，扑通便跪下来，求郭闻识帮忙救爹。

郭闻识看见依颂如此狼狈，笑得更加得意，拍着手说："还算你识相，本爷今儿难得这般高兴，丫鬟们快把酒斟上，我要和我的朋友们一起款待这位稀客也!”

丫鬟把酒奉上,郭闻识先端起酒杯,一一陪同桌的其他宾客喝了,轮到依颂时,郭闻识似乎故意要戏弄他似的,也不正眼瞧他一眼,独自一饮而尽了,似乎那一杯酒下肚后,便把胸中多年积下的块垒消了一半。

喝了几杯酒的郭闻识问:“郑依颂,你知不知道你瓷缘斋为何会输?”

依颂道:“便是我家的瓷不如人家的好。”

郭闻识道:“你家的瓷当然不能跟我家的瓷相比。”

众人道:“能在斗瓷大会上拔得头筹,公子家的瓷自然举世无双。”

郭闻识又问:“我再问你,你可知道你这个人平素最大的毛病是什么?”

不待依颂回答,他就指着依颂的鼻子说:“是狂!你老子郑大观向来狂悖,轮到你也目中无人,甚至你家的奴仆也养成一样的德性!你老子被打进死牢,你如今沦落得像只落水狗一般,这全是因果报应,咎由自取!”

见依颂似有不平之色,郭闻识又骂道:“呵呀,看你一副老气横秋的脸是要摆给谁看,怎么?难道我说的不对?你还不服气?”

依颂道:“诚如你说,天命如此,输便输了,有什么不服气的。”

郭闻识道:“我索性与你兜个底吧,目今朝廷已经颁下命令,要把瓷缘斋赏给我爹,从此瓷缘斋里面所有的瓷器都归瓷韵轩所有!自此后瓷缘斋也得改名换姓,不叫瓷缘斋,而叫瓷韵轩!”

依颂一怔:“不会,绝不会,你休要胡言。”

在座的韦太爷道："郑公子，这是真的。"

康博士也道："朝廷已经颁下文书了，此事由秦中书亲自签批，不日就要送达滏州官办。不信你问问秦中书。"

秦中书道："这是朝廷的意思，下官也是奉命。"

郭闻识道："朝廷已经许下的事，就是铁板钉钉，我老爹已经说了，等打点完京城的事务，就回滏州去接管瓷缘斋！"

"各位大人，你们还不知我这位同乡在我们滏州干的那些勾当哩！"

接着，郭闻识开始讲起郑依颂以前如何在滏州花街柳巷里鬼混，如何跟几个泼皮烧了人家的后山，偷了人家果园里的果子。他开始一条条数落起郑依颂的罪状，数落得唾沫横飞，高声说："我这位同乡在京城奔走哀告，四处求人，装作一副可怜兮兮的模样，各位大人可要看清了，我这位同乡到底是个什么样的货色！可千万不要被他蒙蔽了！"他冷笑一声，大骂郑依颂一家全是沽名钓誉的伪君子，还说瓷缘斋千不该万不该与瓷韵轩争第一。一通数落后，郭闻识累了，他顿了顿，指着面前的盏子说："郑依颂，以前老子请你喝酒，你自视清高，推这推那，以为我不配与你喝酒。我滏州瓷韵轩堂堂大公子，有多少人想和我喝酒都轮不到！今天本少爷不计前嫌，再俯下身段请你喝酒，倒要看你还识不识抬举？"

他招了一下手，两个身材魁梧的公人便走上前来了。

郭闻识对那公人命令道："你们两个，不要用酒盏子，直接拿大口的酒盅灌灌我这位老乡，索性就让他一次喝个饱吧！"

两位做公的像是事先已经得到了命令一样，一人动作麻利地把依颂的头抵在桌板上，不让其动弹，另一人紧捏住他的鼻子，迫使依颂不能呼吸了，不得不把嘴巴张开。那个人便拿着酒直接往依颂的口里灌下去，任由依颂怎么挣扎都无济于事，酒灌完了一壶，又灌一壶，呛得依颂脸色惨白，酒水也洒了一地。

郭闻识拱着手说："惊着了各位大人，对不住了，等料理了我这位同乡后，再一一向各位陪酒谢罪。这次来京，十分仓促，家父只备得些薄礼送给各位大人，请各位大人先让着学生一些，且等看完了这出好戏，再慢慢吃酒。"

众位宾客都说："这是郭公子在处理家务事，谁又能多说什么？"

郭闻识笑了笑，叫人把装着瓷器和金银玉石的几个实木箱子抬到隔壁房间里去，又向各位宾客陪了一杯酒，这才转过身来，看着依颂。厅堂里的烛光把郭闻识映得像一堆火，把依颂映得如一张白纸，郭闻识脸上露出得意的笑容，他抹了抹洒落在桌上的酒，放到嘴唇上舔了舔，说："好酒。"又转背对两个排军说，"这等好酒，浪费可惜，你们要一滴不漏地全灌到客人嘴里去。"

郭闻识眼中露出一束凶光，他一边得意地观赏着依颂无力的挣扎，一边用手在空中比画着。桌子上杯箸散落，一片狼藉，斟酒的丫鬟也吓得花容失色。依颂已经被酒呛得面部抽搐，咳声不断，刚才那一阵猛灌几乎让他要窒息了，他身上的每一根血管好像全都浸在了酒里，就快要爆裂开了。

多年来，老二的名号像一具枷锁一样压在瓷韵轩上面，让这个家族终日笼罩在阴影之中喘不过气来。自郭闻识记事以来，他就不曾真正快乐过。他对瓷缘斋的一切都充满了怨恨，有时他的心灵痛苦到几乎让他发狂的地步，却无处倾诉。那时郭闻识发泄的方式还不能太明目张胆，只能在背地里骂骂瓷缘斋，顺便夸一夸瓷韵轩，或者见到瓷缘斋的人就干脆躲开，可每每愈是这样，他就愈加自卑，也愈加愤恨。那时的他不想待在家里见到父亲摆出一张苦瓜脸，不想听父母没完没了的争吵，不想听到关于瓷缘斋的任何消息。他跑到外面去胡闹，用石子把澪州北边的土墙砸出一个个洞子，也只是为了逃避，为了缓解一下内心的痛楚，可是家里人不理解他，还以为他不学无术，在外面胡作非为。他不喜欢听人说起瓷缘斋，可偏偏总有人在他面前不断提起瓷缘斋以及瓷缘斋的郑依颂，说瓷缘斋如何风光，说郑依颂如何能干。如果只是别人夸赞也还算了，更让他难以接受的是：就连自己的父亲郭十里也时不时拿郑依颂与他做比较，而每一次这样的比较都只会让他对郑依颂的痛恨成倍增加。

此时的依颂显得惊慌无助，低垂着头，身体发抖，可他还是本能地挤出了一丝轻蔑的笑，就是这一闪而过的笑，被郭闻识看见了。

郭闻识一下就恼了，冲上去，一手勒住依颂的衣领，啪啪便甩了依颂两记耳光，骂道："你一个将死的人，不来求我，还笑得出来！我看你真是活得不耐烦了！"这似乎还不解恨，他又让那两个公人用力按住依颂的脑袋，朝地板上只顾砸下去，砸得咚咚直响。依颂的头皮被磕破了，鲜血顺着额角浸了出来，把两鬓的散发粘在了一起。此时依颂快要失去知觉了，他就像秋天的落叶在凛冽的寒风中打着转儿，茫然，哆嗦……他的眼神绝望得就像是深渊里的一泊幽蓝的湖水。

"以前你和你那狗腿子在芙蓉馆门前磕破了我的额头，我当时是怎么说的?我说总有一天我会加倍奉还,这一次你落在我手里,看我这回不砸碎你的头!”郭闻识咬牙切齿地说。不过,郭闻识很快又冒出了另外一个想法,他叫道:“你们且住手!结果了这奴才,不过一句话的工夫,却不便宜了他?待我慢慢折磨他,方能消去我心头之恨。”

郭闻识便指着依颂对在座的宾客说道:“各位,以前这厮不肯和我喝酒,所以我今天特地办了这个筵席,就请他喝了个痛快。以前这厮还不肯与我打赌,你们觉得要拿这厮怎么处置?”

宾客道:“小爷要怎么个赌法?”

郭闻识便随手在桌上抓了三根筷箸,对依颂说:“这简单,我们就赌投壶,以这三根筷箸当箭矢,如果我投中了一根,就剁掉你一只手。投中第二根就把你另一只手也一发剁了。如果一根都没投中,行,那就算老子晦气,你小子走运,命不该绝,我便当面饶你。我这个赌法,也不算亏待你!”

依颂呻吟着,痛得已经一句话都说不出来。

郭闻识冷笑道:“你赌与不赌也由不得你了。”

郭闻识便叫下人把一只空酒壶放在三米开外的地方,拿了三根筷箸,做出投掷的姿势。投壶是他的拿手好戏,他以前常与一帮朋友一起玩投壶,总能赢得满堂喝彩。只见他立定后,身子稍微前倾,瞄准壶口,随意一抛,筷箸飞了出去,不料稍稍偏离了方向,筷箸闷响一声,落在了酒壶旁边。

“呸!”郭闻识红了脸,气得啐了一口在地上。

一旁的宾客道:“可惜!只差了那么一丁点,若是我们还不知要差到哪里去呢。”

排军道:“公子,还有两根箸哩,怕什么,好歹结果了他。”

郭闻识心下焦躁,他又取出第二根筷箸,再次瞄准,轻轻一掷,筷箸稳稳地朝着壶口的方向落下时,却一横,发出清脆一声,被壶口挡在外面,直直地躺在了地上。也许是郭闻识喝多了酒的缘故,也许是他太急躁的缘故,手微微抖了一下,让那根筷箸就差了毫厘。

“老子恁地晦气!”郭闻识愈加焦躁,恶狠狠地瞪了依颂一眼,“我叫你别高兴太早,你这只手保不保得住还难说!”

郭闻识又拿起第三根筷子,众人都捏着一把汗,不敢吭声。只见郭闻识站定姿势,屏气,定神,舒臂,叫一声“中”,众人也跟着齐叫“中”,只见那筷箸飞出去,在空中轻划了一道弧线,哐啷一声脆响,不偏不倚,刚好落在了酒壶里。

“好了!中了!”众人都松了一口气。

仆人们拍着手掌问:“请问爷,我们要剁他哪只手?”

郭闻识便道:“右手要握笔,还要搬瓷,就剁他的右手,算绝了他的根,看他以后还怎么卖瓷!”

先前那两个排军,二话不说,走过来把依颂架起来,把他的右手用力按在桌子上,依颂已经没有了一丝力气,面如死灰地看着自己的手,嘴唇嚅动了一下。又一个差人从腰间解下一把亮闪闪的大刀搁在依颂的手上。郭闻识说道:“我是个说话算数的人,今天就剁你一只手,饶你一条狗命,你还应该谢谢我。”那差人吐了一口唾沫星子在刀上,大叫一声,手起刀落,鲜血向四处绽开。只听见依颂一声惨叫,一只血淋淋的手就落在了斟酒的丫鬟面前,喷出的鲜血飞溅在丫鬟的脸上,把那丫鬟吓得当即哭瘫在地上了,把那些宾客吓得面面相觑,不敢发声。

依颂觉得天旋地转,疼到极点时,只觉得眼前一黑,身体便不由自主地往左侧一倒,后来便什么都不知道了。他只朦胧地听到有人在说:“闻识,事情搞定了否?”那声音似乎是宋学士的。

“大人,好像没气了。”

“快把血迹擦干净,别污了地板。”

“哭,哭,没见过场面的贱东西!”他隐约听见有人正对着那些吓得大哭的丫鬟们呵斥。

“得了,快把他抬出去吧,扔在荒郊野外,让他自生自灭,估计他也活不成了,还有牢里面那老家伙也再没人能救得出来,只好在那里等死了。我们继续喝我们的酒,他妈的,为了出这口恶气,把好酒浪费了不知多少。这里被血污了,已是不能再喝了,各位大人,西华阁那边已经另外安排了一桌筵席,布置了一班歌舞,烦请诸位移步,我们去那边痛痛快快地喝!”

……

二十一

依颂想自己已是将死之人，或者已经是死掉了的人了，因为他的身体先是那么沉，然后又变得那么轻，他知道沉重是人之将死的征兆，而轻盈或许就是魂归地府的征兆。殷红的鲜血染透了他的长袍，黑夜中那凌厉的风声像是唱给他的一首挽歌。

也不知道过了多长时间，一个到城里卖茶回来的老人在一棵古树下发现了依颂。那时他气若游丝，浑身已经被雨淋得湿透了。老人怯生生地走近，捡起地上的树枝碰了碰他的身子，一动不动，看上去像是个死人。在饿殍遍地的年代，路上碰到一两个死人也没什么值得大惊小怪的。老人由衷地叹了一口气，念道："可伤，可伤，这世上又多了一个无名的枉死鬼。"说完便准备离开，忽然发现那蜷缩成一团的身体在细雨中微微颤了一颤，原来是个活物。老人犹豫了一下，怯生生地靠近去看，那悲天悯人的心肠让老人不忍抛弃这个随时可能死去的陌生人。老人把他放到推车上，喂了他水，又从篓子里取出一块包茶叶的纱布，胡乱扎在依颂的断臂上，好不容易才回到家里，又用温水擦掉血污，敷了药，重新包扎好伤口，费尽力气，终于救回依颂一条性命。

昏迷中的依颂做了很多奇奇怪怪的梦，有时他在梦里痛得直叫喊："爹……爹……"

他在梦里依稀听到一个女孩在问:“爷爷,他在说什么?”

“他痛得在呻吟呢,可怜的人。”那位救依颂的好心人说。

女孩问:“他会死吗?”

“也许会吧,他失血太多,能不能挺得过今晚看他的造化。”

“愿老天爷保佑他能活过来。”

也许是老人的一片好心感动了上天,依颂真的挺过来了。老人从柜子里找了一块烂布,清洗之后,权当成一条绷带,绑在依颂的那条断臂上。可没过多久那条绷带就被血迹浸红了,如此换了五六次绷带,伤口上涂了五六回草药,血总算止住了。几天后,在老人的精心照料下,依颂的伤口已经不那么痛了,可是他的心还时常会痛。断掉的胳膊不再流血了,可心口似乎还在淌血。他一想到自己的父亲还在监牢受苦,蒙受不白之冤,伤口便又裂开了。一天清晨,他终于醒过来了,也许是躺得太久的缘故吧,他感到全身发酸,有气无力。他好不容易站起来,靠着窗,用一根木棍把窗棂支开,一束阳光射进来,刺得他睁不开眼,他索性把眼闭上,任由清风吹拂着两鬓的乱发,顿时觉得一阵畅快袭遍全身。他看到窗外一位老人正佝偻着腰在门口劈柴,与那老人相依为命的孙女正在篱落外追赶一只蜻蜓,原来那一晚在梦中听到的老人和女孩的声音都是真的。

小女孩看见他了,走过来,隔着窗棂问他:“你起来了吗?”

“我睡了多久了?”依颂问。

“唔,你在床上躺了两天两夜哩。”

“我竟睡了这么久。”依颂看见女孩头上扎着两个犄角,问,“这是哪里?”

“这是城北的茶市村。”

“你头发乱了，我给你梳头吧。”小女孩笑嘻嘻地说。

“好的。”

小女孩让他坐下，又拿了一面铜镜放在他面前。他从镜子里看着那只断掉的胳膊显得格外刺眼，他那苍白的嘴唇紧紧地闭着，嘴唇上留下了那天痛得咬破的伤口，上面起了一层血痂，他一语不发地坐在凳子上发了半天呆。小女孩帮他把凌乱的头发整理好，老人打了一盆清水过来，帮他洗掉脸上的尘垢。他又恢复了过去的样子，只是那英气的脸庞显得比以前苍白憔悴了很多。

老人问：“年轻人，听你的口音不像是汴京本地人。”

“不是，我是澪州来的。”

“澪州？那个地方和汴京隔着几千里路吧，这么远你是怎么来的？坐船，还是骑马？你怎会躺在荒郊野外一棵黄桷树下？你的手臂怎么断的？可怜的人，我猜你一定在路上遇到了强盗，如今的世道真是越来越乱了。想起小老的父亲在世时，那时还在庆历爷手下过日子，我们村子运几百担茶叶到京城茶肆里，一路太平，而今不知从哪里就起了这么多盗匪，偷盗抢劫，杀人越货，无所不为，就连这天子脚下也好不到哪里去。”

老人一连问了他几个问题，可依颂一句话也没有说，依然僵硬地坐着。倒是老人自言自语说了很多，从老人的口里，依颂知道这个村子的人皆以种茶为业，专门供应茶叶给京城茶肆。

依颂还知道老人的儿子早在四年前就染病死了，儿媳妇跟别人跑了，只留下了一个孙女与老人相依为命。老人见依颂满脸都是散不去的忧郁，怕他一时看不开，便找了很多鼓舞他的话来开导他。老人还说：“连我这把老骨头都还想再多活几年，更何况你这年纪轻轻的后生!”

老人又宽慰他:“不过是断了一只臂,有什么过不下去的?往后的路还长着呢,就好比我这老头,什么苦没有尝过?可我一大把年纪都还没有活够了的意思。”老人看了看窗外的孙女,继续说:“我至少还要活到孙女长大,等活到孙女出阁那一天,那时我就可以安安心心闭眼了。”

依颂笑着说:“您老有这个孙女,真是有福之人。”又问起老人今年贵庚。

老人比画着说:“老朽今年也有七十二了。”

“看您老精神矍铄,心宽气闲,必定高寿。”

看看四周,茅屋旁边种着几十棵茶树,院子中间立着一扇石磨,一口大水缸,一只花猫蹲在水槽边吸水,依颂又问今天是哪日。

老人说:“今天二十二日,恰逢冬至,你等着,我去菜园子里扯把葱花给你下一顿饺子。”

依颂说:“原来今天是冬至,这样算起来我到汴京差不多有五个月了,是啊,我来这里是来得太久了。”

“怎么?你想家了?”老人笑着问。

依颂道:“有那么一点。”

老人道:“你且安心养伤,等养好了,那时要回去的话,老朽去找本村搓缆绳的王麻子,请他帮你叫一条往澪州去的客船,到时还有几两散碎银子送你封作程仪。”

依颂道:“您老人家救命之恩,尚不知如何报答,如何敢再劳烦,至于送银子,您祖孙两口日子本就不易,我断不敢要。”

老人说:“不妨,常言道,救人须救彻,你正要这些急用,像我们一老一小，能用得了多少？”

依颂感激地笑了笑，他突然想起曾经对惜白许过的诺，说到汴京参加斗瓷顶多只呆两个月，少则一个月，斗完瓷就回去，绝不迁延时日，他那时想得很好，以为一切都会很顺利。但是四五个月过去了，他的父亲还被关在监牢里，离冤情昭雪的日子似乎遥遥无期，所以回家的日子也就变得遥遥无期了。

他心想，不知此时惜白可好，也不知墨儿的病好了没有。

……

二十二

他说他有一点想家了，其实哪止一点，但目前他还不能回家。等不及伤势痊愈，他又要去营救自己的父亲。好心的老人和孙女再三挽留他，劝他等伤势痊愈后，再走不迟。他推辞再三，说这些日子是他来汴京以来过得最平静、最开心的日子，眼下虽过了冬至，却让他第一次感受到了汴京的温暖。他还说自己一刻都不能再等了，眼看离有司判决的日期越来越近，眼看父亲生命的旅程正在一点点走到尽头，他心急如焚，不免唉声叹气。自父亲陷入囹圄以来，他见识了人情冷暖，老人和女孩的出现如一抹阳光，让他重新振作了起来。尔后，祖孙俩完全知道了依颂的遭遇，很理解他救父心切的心情，便也不好再挽留他，与几位紧邻筹措了二两银子送他作盘缠，他坚决不肯要。老人还精心准备了一包干粮和两扎草药，用布袋装了，一再叮咛："记得及时敷药，一路小心，早日救你父亲出来，好歹再到这里来报个音信，免得大伙儿担心。"

离开老人和女孩之后，依颂每到一处地方，那条断臂都显得格外打眼。见到他的人总会用一种怀疑的目光打量他，看着他的断臂，又不相信他真能救出自己的父亲。

断臂上缠绕的一条白布垂在胸口，让他看上去狼狈不堪。他好几次跑过去哀求看管监牢的姚孔目通融通融，照例送上了从典当铺换来的几两银子，说了不少好话，恳求能见老父一面。

打开了阴暗潮湿的牢门，一股发霉的味道扑面而来。没想到，两个多月的时间，就让郑大观苍老了许多。据牢子说，郑大观额前的头发一夜全白，以至于连牢子都开始认定这个老人确实遭受了天大的冤屈，而依颂知道这或许是父亲为那只被打碎的探春抱月瓶心碎的缘故。

牢子把依颂引到阴暗的牢笼内，说道："你们有话快说，说完后马上就走！"

依颂连忙掏出二两碎银塞到牢子手里："孝敬老爹去买瓶酒喝。"

牢子拿了钱走开了。依颂日日夜夜为父亲在狱中的遭遇担心不已，以至于近一个月来几乎没有一晚睡过一次好觉。当见到父亲时，他一点都没有注意到郑大观脸色的变化。那只白布缠着的手臂总是自觉或不自觉地想躲过父亲的审视，却格外夺目，又怎么能躲得过郑大观的眼睛呢？

郑大观痛苦而惊讶地问："依颂，你的手怎么了？"

依颂本能地把那只断臂缩回去。在父亲的一再追问下，依颂隐瞒不得，但他尽量轻描淡写，郑大观默默地听着，然后在依颂的伤口上轻轻吹了一口气，一滴眼泪落在了那一袭裹着残臂的纱布上。

"我儿，是为父害苦了你也。"郑大观看着依颂的断臂，颤颤地问，"痛不痛？"

郑依颂笑道："早就不痛了。"

"哪里会不痛？我看你是为了不让我担心才说不痛。"郑大观哽咽道，"我与郭十里情同手足，没少照应他家，想不到他儿子竟对你下得了这样的狠手!”

依颂却装作一副若无其事的样子,在郑大观面前故意摇了摇那条断臂,说:“阿爹,你看我的伤口已经愈合得差不多了是不是?除了微微有一点麻,真的不痛了。其实我一只手也可以做很多事情,我还可以用毛笔写一手漂亮的字,还可以像以前一样把算盘拨得像风儿一样转,我还可以推车子运瓷器走上几里路都不歇气。”依颂显出一副好不得意的样子,轻松地笑着:“还好,他们只要了我的右手,可他们千算万算,算不出我其实是个左撇子。”

郑大观便也笑起来,不过他一边笑一边擦拭着眼泪说:“对,对,你天生就是个左撇子,你小时候我老教你要用右手写字,不知为此骂过你多少回,打过你多少回,可你一直改不了。”

依颂道:“自墨儿生下后,父亲平日里责骂孩儿,有什么错孩儿或当即就改了,就算一时改不了的,也能在日后痛定思痛,逐一改正,只这一件事上,不知为何,孩儿怎么也改不了。”他又露出不无得意的神情,朗声笑道:“不过幸亏我是个左撇子哩。”

父子俩相对笑过后,依颂说:“爹,你平时嗜瓷如命,把瓷当成心肝宝贝一样,从来都是轻拿轻放,要是瓷器上落了一层尘,你会赶快擦掉。要是瓷器被磕了一点釉,你会心疼上一整天,连吃饭都没滋味。探春抱月瓶是何等重要的宝贝,你平时把它当成神明一样供着,更何况第二天你就要拿着它去面见天子,怎么偏偏在这个节骨眼上,如此粗心大意,把它打碎了呢?”

郑大观回忆起那天发生的一幕,陷入了沉思,过了很久,才抬起头苦笑道:“是了。你倒提醒了我,郭十里那天夜里来驿馆找我喝酒,他儿子郭闻识也偏偏在那个时候把你拽到风乐楼去喝酒,我想这世上怎么会有如此凑巧的事?一定是他们事先计划好了,郭闻识调开你,郭十里便好打我那对瓷瓶的主意。我记得那晚我喝醉了酒后,趴在桌子上,朦胧中听到了哐啷的响声,我猜一定是郭十里看到我在斗瓷大会上夺了冠,他心有不甘,趁我酒醉之后,偷偷把探春抱月瓶打碎了。"

依颂想起之前他去蓝街替父亲买袍带时遇见郭闻识,那郭闻识一反常态请他喝酒,又想起那天在宋学士府上受到郭闻识的羞辱,郭闻识的态度前后判若云泥。依颂慢慢回忆起整个事情的来龙去脉,细细推敲之下,越来越肯定这就是郭十里父子的阴谋了。

依颂恨道:"经父亲这么一说,现在想想,确实蹊跷,眼见得就是郭十里和郭闻识串通好了,想谋害我父子俩。爹,事情这么明白,我们还犹豫什么,去告官吧!"

"告官?"郑大观苦笑道,"我们一无真凭实据,全凭臆测,二无门路,单不说衙门不会受理,就算受理了也肯定告不赢他。依颂,你要知道,我得罪的不只是郭十里,还有站在郭十里背后的那个人啊!"

"那背后的人是谁?"

"如果我没猜错,正是当初一心要提携我的当朝红人安顺公主。"

"难道大宋就没有一个人主持公道了吗?"依颂问。

"公道?公道只好装在自己心里罢了。"郑大观叹了一口气,继续说,"依颂啊,画龙画虎难画骨,知人知面不知心。我把郭十里当成兄弟,没想到却被他背后捅了一刀。不过这又能怨谁呢?要怪就怪我太天真了,又太张扬了,我们瓷缘斋取代了瓷韵轩成为浮州的第一字号,声势逼人,他难道不恨?我又把郭十里带到我那间密室里,让他看了我那一阁子瓷器,又在他面前高谈阔论,春风得意,他难道不妒?我一直相信瓷器的世界里没有坏人和敌人之分,就像那白瓷上的釉一样纯净,但凡爱瓷的,不分男女老少,都是吾道中人,所以我敞开心扉,坦然相待,却不知原来瓷里面也藏着刀光剑影,也能掀起一场腥风血雨哩。”

说到此处,郑大观声泪俱下。依颂听了父亲的哭诉,反倒自怨自艾起来了,他想如果那天晚上他意志坚决,不被郭闻识引诱去风乐楼喝酒,不一心想着去寻找柳月,早点买了袍带就赶回来,守在父亲身边,这一切就不会发生了。

依颂愧疚地说:“爹,孩儿不孝,说到底这一场祸事皆因孩儿一手造成,如果当初我没有得罪郭闻识,及至那天我铁了心不去风乐楼,买了带子后就赶回来陪你,郭十里的奸计绝不会得逞,你就不会被关在这儿了。”

郑大观道:“依颂,这件事怎么能怪你呢?要怪就怪我执念太重,被名利熏了心,一心要参加什么斗瓷大会,一门心思要去争什么天下第一,可是拿了第一又如何?出了名又怎样?现在想来,这些东西,都是执念,不过自欺欺人,过眼云烟,转头成空罢了。”

抬起头,望着那铁木枷锁,郑大观唏嘘感叹不已,最后他喃喃道:“瓷是枷,枷是瓷,我要打开这枷,就要放下这瓷。瓷是个系铃的,也是个解铃的。三渡法师也说我会因瓷而生,也会因瓷而灭。原来三渡法师早在很多年前就已经预料到了,我这一生就是为瓷而生的,也注定要为瓷去死。依颂,我已经省得了,你不要再四处为我奔走求告了,今夜你就赶回溪州去,去与你娘亲和妻儿团聚!我死则死矣，因瓷而死，不遗憾，不遗憾，这正好是我的归宿！”

依颂道：“爹，孩儿怎能扔下你一个人在此，不救你出来孩儿誓不回家！”

郑大观抹掉眼泪苦笑了一笑：“回去吧！你已经长大了，应该自己学会去面对一切，我相信瓷缘斋在你手里会比在我手里经营得更好。活，是我对你的期望，死，是我的分内之事。你好好活下去，用心把瓷缘斋打点好，也算是为郑家后人留下一点基业。”

依颂心里想：“父亲念念不忘的瓷缘斋，只怕也难保住了。”可他不敢告诉父亲朝廷已经把瓷缘斋赏赐给了郭十里的真相，他怕父亲听后会更加伤心、绝望。他想，既然瓷缘斋倾注了父亲毕生的心血，父亲又把瓷缘斋托付给自己，自己就要誓死保住它。

这时，看守死牢的狱卒走过来了，打断了他们的话。狱卒喝道：“喂！看犯人的！你们一个劲儿在胡扯些什么？扯什么扯到这个时候都应该扯清了，监狱不比外面，等下管营老爷看见你们在这里交头接耳多时，还不肯走，怪罪下来可不是好要的！”

两个狱卒走过来强行分开了郑大观与依颂，把依颂推搡出牢门。

那天晚上，等依颂离开后，郑大观肃然枯坐在囚牢里，沉吟了很久很久。他回想起自己走过的一生，于是那些散落的片段就像天上的云彩一样连成了一片。从顽劣无知的少年，到朴实无华的中年，再到一心沉浸在瓷器上的暮年，从一堆烂泥终于练就成一口温婉的青瓷，他走过了整整六十个春秋，这六十年的风霜把他磨砺得像一口青瓷一样清澈明亮，也终于让他看清了生命之光在最后一刻闪烁的意义。他想，这一生虽无值得特别称耀的功业，却也不算白过。也许自己不是一位好丈夫，更算不上是一位好父亲，但绝对是一位对瓷许下一生钟情的卖瓷人，想到这儿，他既感到遗憾，又感到释怀，最后他就释怀地笑了起来。

郑大观又想起三渡法师的教诲，他终于理解了为什么法师要把那一对探春抱月瓶交给他，法师是想让他知道，那瓷既是能引领他走向解脱的佛，又是能引他误入歧途的魔，他因瓷而领略了生命的丰富，也因瓷而体会到了这世间的纷攘和羁绊，瓷不再是空洞之物，而是时刻与生命勾连和相融的元素，是充实生命的物质。不仅瓷是如此，任何一件物事何尝不是一样呢？诗人执着于他们的诗，书法家执着于纸上的字，勇士握紧了他们的剑。高渐离慷慨击筑为朋友送行，于他而言，这是他能够选择的最好的惜别方式。嵇康在行刑前还舍不得那一曲《广陵散》，因为那首曲子是他告别世间最深情的语言。这些事物，使得那颗漂泊不定的心沉静下来，找到了寄托。人的思想与情感也通过这些事物得以抒发出来，好像非如此就不能被人知道，也不能长久一样。可是一旦这颗心为事物而沉迷，于是这颗心又将被它们束缚，甚至为之窒息。是的，就像让心得之于自由的地方又让自由失去了，那些让生命充盈的东西，最终又榨干了生命全部的能量。

郑大观想到这儿，就痴痴地笑了，他从胸间拿出那一块瓷片，那是从打碎的探春抱月瓶瓶身上取下的一块残片，他昏迷的时候还紧紧地攥在手心里面。他用手轻轻地在这残片上来回摩挲，抚摸了一遍又一遍，端详了一次又一次，嘴里喃喃念了一回又一回："郑大观呀郑大观，你这回真应了三渡法师那句话了，'你会因瓷而生，也要因瓷而灭哩。'"

他好像听到一个声音，从另外一个世界幽幽地传过来，不停地在召唤他。那声音像是三渡法师说出的，又像是那个从未谋面的瓷魔发出的，更像是那些远处的山峦和云层发出的。

三渡法师曾如是说道：“佛已度我，瓷又度谁？你就是那个要由瓷去度的人！”

瓷魔做好一件瓷，手之舞之，足之蹈之，开怀大笑着说：“我已经悟出做瓷的正道了！我已经悟出做瓷的正道了！”

他们一个成了痴，一个入了魔，一个从此坐在佛前，一个从来隐在林间。

也许这个时候，拂叶寺的钟声又敲响了一次吧，银杏叶又落了一层了吧。也许依颂已经架起了风帆在回滘州的运河上了，墨青已经躺在他母亲惜白的怀里睡着了，自己的老婆又站在门口张望着等他回来，而且估计她又傻傻地在那些篱落上和树杈上挂起了一排灯笼，他一想到这儿便笑了……

鲜血从郑大观的手腕汩汩流出，他用那片瓷割破了手臂的动脉。

他的血跟探春抱月瓶身上刻着的花儿一样鲜红，映在了瓷器上，便真的成了花，比那做瓷人施的釉还要艳。

郑大观死的时候，是端坐着死的，死的时候显得特别安详，嘴角还带着一丝难以察觉的微笑，也许正像他的名字一样，在这一刻，他真正做到大观了。

死前的那一刻郑大观还在想三渡法师说过的那句话：“我会因瓷而生，也会因瓷而灭……”

二十三

在茶市村王麻子的帮助下，依颂坐上了一条途经溽州的商船。那船舱里塞满了竹笼和烂麻布，要被一个九华的商人运到清江贩卖。船身甚是狭仄，风一吹，就能闻到一股发霉的味道。依颂就坐在烂布堆里，想起郑大观在牢中说过的每一句话，字字真切，不禁感慨万千，流下两眼眼泪。

船桨轻轻地划开水面，孤帆逐渐蜕变成了一条长长的斜影，融化在水里，最后又消失在水天相交的一片碧蓝的惆怅里。

也许他再也不会来这个伤心之地了！也许他不久还会再来！道不尽繁华的汴京，据说有两百多家瓷店，三百多家客栈，五百多家酒楼，还有无数王公贵胄的宅院亭楼，水榭歌台，然而这锦瑟琉璃的繁华背后却隐藏着无尽的苍凉。那条汴河仿佛就是由无数平民悲伤的泪水与汗水汇聚的，汴河上荡起的一圈圈涟漪就是无数士子梦想幻灭时四处流溢的光晕。

依颂躺在船上，痴痴地望着远去的汴京，听着缥缈的歌声，那是从汴京的瓦肆和王公贵胄的庭院里传来的歌声。

依颂又想起了父亲的话："死，是我的分内之事。活，是我对你的期望，我好好去死，你好好活下，瓷缘斋须待你去发扬光大！"

可是父亲哪里知道，瓷缘斋的存亡也只是旦夕之间的事情，对依颂来说，那个瓷缘斋原来也是生命中让人眷恋却又不堪承受的重负。

他从汴水顺风而下，那条勾连黄河与长江的汴水上帆影点点，宛如散落夜空的星星。进京赶完考的士子已经坐上了客船，踏上了回家的路程，他们刚刚经历了人生的一次大考，正如依颂经历的这次考验一样。这些赴京赶考的士子脸上或露出春风得意的神色，或因为考场失利而怅然若失，临着江水在喟然长叹，吟诗解闷，却惹得依颂又是羡慕又是感慨，他想："这些书生有什么愁闷，还可以吟诗排遣，或者写在纸上，让世人知晓，或者唱出来，随风吹散。我的苦闷，却只能藏在心里，与谁人去说?"依颂胡思乱想了一通，看着南来北往的商船和渔船从他乘坐的船旁经过，从古沉船的地方缓缓驶过，扬起的水花四溅到他的衣上，落在他的发梢上，他不知道这些船儿终究要驶向何处。

几百里水拍船头，一路的摇摇颠颠，让他眩晕呕吐；两天三夜的航行，已让他饥肠辘辘。

过了鱼肠湾，前面便是大通河了。凛冽的寒风裹着飞雪扑面而来，那些柳条发出飒飒的声响，好像是在风中呼唤他回来的一曲凄婉的歌。

是的，这便是他的家——澪州——这个小得不能再小的小城，这个远离权力中心的地方，因偏安一隅，也就难得一份宁静，总算可以暂时让他纷乱如麻的思绪平静下来，让他心力交瘁的身躯歇息歇息。

茫茫天地，人如一粟。上了岸，他呆立在大通河的码头上，披着一件破烂的斗篷，冻得不停地朝手心呵热气，两只眼看着灰蒙蒙的江面发呆。往日码头上熙熙攘攘，此刻却只能听到呼啸的北风和飘零的水声。船工们卸完货物后早已回家了，江面上一条船儿也没有了。没有人出来迎接，冷冷清清的码头上盖着一层乱琼碎玉一样的薄雪，反倒让依颂感到释然，让他重重地松了一口气，因为他既怕见更不想见到瓷行里的熟人，哪怕是见到溇州的寻常百姓。自从福二回溇州报喜后，瓷缘斋在公主的斗瓷大会上赢得桂冠的消息不胫而走，但是不久又传来消息说赢得桂冠的不是瓷缘斋，而是瓷韵轩。大家刚开始还半信半疑，可是从汴京来的商船带来的消息像统一了口径似的，都说瓷韵轩打败了瓷缘斋。

"没错！假不了，赢得斗瓷大会的确实是瓷韵轩！"去汴京做买卖的过往商人或去探亲的溇州人里面，但凡知道斗瓷大会的回来后都这么说。

依颂背着行囊上了大通河的堤岸，囊中干瘪，只剩下几件旧衣服。那条走过千百遍的堤岸，那些轻拂过他身上千百遍的柳条，如今看起来在风雪中别样柔情。他想象着家里门扉半掩，银烛高烧，惜白正倚在窗前刺绣，墨青正在炉边向火。想到此情此景，他便痴痴地笑起来，情不自禁地轻轻摇晃柳枝上的落雪，于是那雪花就像烟花一般绽放，漫天飞舞，煞是好看。他又抓了一把雪，放到嘴里，那家乡的雪，似乎也是甜的，只一舔全身便一阵透心凉。正当他沉浸在回到故乡的喜悦中，他忽然听到后面一声熟悉的、温柔的呼唤——"官人"，他一惊，闻声转过身去，只见惜白一身素衣，牵着墨儿，站在一株银装素裹的柳树下，朝他笑着。他回来时不曾告诉任何人，想不到惜白和墨儿却在这雪天里站在长堤上等他了。也许是沉浸在纷乱的思绪中的缘故，他竟然没有发现他们其实已经在柳树下等了多久。依颂又惊又喜，赶上去，蹲在雪地上，紧紧地抱着惜白和墨儿，早已热泪盈眶。他轻轻叫了一声惜白，又低下身子，让墨儿骑在肩上，这时惜白伸出手去拂拭眉黛下的泪花，接着又笑起来。依颂第一次发现原来惜白哭的时候那么可怜，笑起来的时候却又那么可爱。去汴京时，惜白曾说她会带着墨儿去长堤上为他接风，于是这几个月来她便天天来长堤，对着大通河烟波缥缈的江面凝视。

惜白看到依颂的断臂自然万分吃惊，当她听说了依颂的遭遇后，便轻轻地朝那只断臂哈气，她说："依颂，我天天都在流云下看着流云，在日子里数着日子，做梦都在梦见你回来。有时我就站在门口望你回来，有时我就站在街头那棵松树下盼你回来，有时等不得了，就踏着一地的冰凌去河堤上问那些从汴京过来的船只，看看你是不是就在那些船上。很多次，我恍然觉得你是回来了，可等醒过来时，才发觉那不过是南柯一梦，希望这一回不再是梦。"

"不是梦，不是梦。"依颂难过地说，"惜白，对不起，我这么迟才回来，而且还回来得这么狼狈，这么不堪。当初我许诺一斗完瓷就回来，绝不迁延时日，可我没有做到。你梦想我回来时骑高头大马，身披红绸的样子也没有出现。"

惜白揩掉眼角的泪水，笑着说："只要你回来就比什么都强。"

依颂把在汴京的经历告诉惜白。依颂只有一条胳膊的时候，让惜白觉得他更像是自己心目中的英雄。

回到家后，福二听到前厅传来依颂的声音，连忙从瓷缘斋后院跑出来，还像以前那一阵风。福二大声叫道："少爷！你可回来了！你怎的在汴京待了那么久？"

"少爷,你的手!"福二失声叫道。

……

吃饭的时候,福二说:"少爷,你说可不可气?我都一再说我们瓷缘斋在斗瓷大会上是头名了,可这里的人偏偏不信,以为我在撒谎,还说什么不是我们瓷缘斋第一,而是瓷韵轩得了第一!"

惜白忙打断:"福二,你忙了一天也累了,先吃饭,这些事以后再说吧。"

福二道:"少爷,你对奶奶说是不是我们得了第一?"

依颂苦涩地笑了笑,把碗筷放下,慢吞吞地说:"福二,他们没有说错,确实是瓷韵轩得了第一。"

福二把头摇得像拨浪鼓:"可我记得老爷那天明明亲口说是我们瓷缘斋赢了斗瓷大会,这才要我先回来报喜呀。"

福二哪里知道他离开汴京以后发生的那一场腥风血雨的变故。福二见依颂的脸色不好,又没看见郑老爷,便又问:"少爷,咱们老爷怎么不与你一起回来呢,他是不是还在京城等着向皇帝老儿领赏?"

依颂不说话,呆呆地立在那儿,低下头默默地扒饭。

……

晚饭后,依颂忽然问:"福二,你到瓷缘斋多久了?"

福二说:"少爷,你今天怎么突然问起我到瓷缘斋多久了?你出生时我就已经待在瓷缘斋了,难道你已经忘记了?我记得我是在你出生的前一年被老爷从路上捡回来的。"

"哦,我想起来了,原来你比我大了五岁,算一算,时间过得真快呵,不想你到瓷缘斋已经整整二十八个年头了!"

于是，福二得意起来，兴奋地说："可不是吗？瓷缘斋是我看着老爷一手把它拉扯大的，我来的时候它还是棵小树苗哩，如今你看它已长成参天大树了！"

可福二哪里知道，这一棵他最引以为豪的参天大树不久就要被人连根拔起了。

过了一会儿，依颂从抽屉里拿出一封封雪白的细丝锭子，送给福二说："福二，这些年你一直跟着我和老爷，没少为我家操心，有没有想过也为自己立一份家业？你若想自己去外面干点什么，或开个店铺，或置办些房屋田产，都随你，如今瓷缘斋已经比不得你老爷在日之时，我把这几封银子送你，权当本钱，你莫嫌少。"

福二顿时就慌了，他实在不知道依颂是何意思，以为是要赶他走，于是噙着眼泪说："少爷，如果福二哪里做得不好，你直说便是，福二一定改过，只求让福二留下来，侍奉你和老夫人。福二哪儿也不去，只要待在这里，这一辈子我都是瓷缘斋的人，死也是瓷缘斋的鬼。"

依颂本想着为福二留下一条后路，可福二无论如何都不肯离开瓷缘斋，依颂也只好作罢，说："福二，你跟了我，日后只怕要受很多苦呢。"

福二说："我和老爷都是守着瓷缘斋一起从大风大浪里过来的，还怕受苦？"

晚上，又下起了雪。飞雪在莹莹的灯火中如撒落的珍珠，依颂突然来了兴致，拉着惜白的手说："娘子，我们何不去院子里坐坐，趁着月色看看今夜的落雪。"

来到院子里，依颂指着院子里的梧桐说："惜白，你看你看，这院子里的梧桐长得真高真大呀，它在雪中昂然挺拔的样子，像一个真男儿、大丈夫，它是什么时候把半个院子给遮住的?”

惜白笑着说:“这棵梧桐平时就长得又高又大，只是你没有注意到。”

“对，对，都怪我平时疏忽大意了。”依颂也笑起来，心想人们不总是犯这样的错误吗?近在眼前的风景不是看不到，就是认为它不是风景，却一心想看那些遥远不可即的东西。平日他不去在意这些本属平常的事物，如今却幡然醒悟到如果自己有一方小小的院落，院落里长着一棵梧桐树，与妻儿坐在梧桐下翻翻书、说说话就是此生再幸福不过的事情了，就是这人世间最绚丽的景色了。可是很多人不能体会这种快乐，就像他以前轻易忽视这样的快乐，却一心要去追逐那些原本不属于自己的东西，结果徒增了很多烦恼一样。

他站在雪中，摸了摸梧桐粗壮厚实的枝干，仿佛是跟老友握手一样，顿生出一种依依惜别之情。他还记得小时候经常与福二一起爬到树上去乘凉，那时他和福二把树上的知了抓下来，偷偷地放到父亲的瓷罐里面。等父亲发现他那宝贝瓷罐里面竟然装着知了，以为是暴殄天物，就会气得嗷嗷大叫，满院子追着他们两个跑。

回到溧州后，依颂守着惜白和墨青度过了他生命中最平静最快乐的十天。以前依颂的心是躁动不安的，可这十天中的每一天，他的心都特别淡然。

依颂和惜白坐在月光和梧桐下倾诉着往事，惜白依偎在依颂的怀里，喃喃地说:“自从官人去了汴京一趟后，我发觉你整个人就变了。”

依颂笑着问:“不知娘子觉得我变好了，还是变坏了?”

依颂的变化让惜白觉得有些不安，她摸着依颂的胸口说："或许变好了，也或许是变坏了，我也说不上来。"

依颂忽然问："我以前那样对你，你怨不怨我？"

惜白笑道："有时想一想，真是又恨又怨。可有时再一想想，你这个人也有不少好处。"

惜白的轻描淡写，却让依颂颇感沉重。他叹一口气说："惜白，是我不配你，你本应该过更好的生活。"

惜白反问道："官人这是说的什么话？难道我现在过得还不好吗？有你和墨儿在我身边，我还求什么！"

依颂说："以前的日子我浑浑噩噩，现在方知怎样当你的官人。只可惜等我明白了这理后，已经太迟了。"

可是惜白并不觉得迟，她轻轻地靠在依颂的肩上，安静地看着梧桐上的月亮，那一晚，惜白突然感到了一种前所未有的幸福，她紧紧地抱着依颂，她想但愿以后的日子也像这个晚上一样，平平淡淡，无风无雨，她就心满意足了！

然而，风却要起了，雨就要来了，看来这场风雨势必要把惜白向往的岁月静好吹散掉。依颂忽然觉得，所谓的岁月静好和相依相守，比起天底下任何慷慨的誓愿和激荡的欲望都更有意义，比起天底下任何财富都更加宝贵。可是这些愿望，总是被人们醒悟得太迟了一些，等到人们已经醒悟时，它们就像那些脆弱的花瓣一样被一场无法预测的风雨无情地打落掉。这些朴实无华的愿望呵，过去总是默默地离人们那么近，可等到人们伸手去抓时，才发现此刻却又离得那么远。

二十四

十天之后，郭十里带着郭闻识，骑高头大马，披红绸彩缎，风风光光地回到了澪州。

知州坐着官轿来祝贺，瓷行的老板们杀猪宰羊，一路敲锣打鼓来接风。惜白本来想着依颂披红挂彩身骑白马的那一幕没有出现，倒是换成了郭闻识骑着白马披挂彩绸大摇大摆地回来了。

大家竞相拍着马屁："郭老板这回可为澪州争光了！"

也有不少人私下小声说："本以为瓷缘斋会捧个头名回来，嘿！想不到夺魁的竟然是瓷韵轩，可见天底下事不是什么都是一定的！"

澪州知州亲自为郭十里荡酒，轻声轻气地问："安顺公主最近可好？"

郭十里扬扬得意，从此在这澪州城里，瓷韵轩再也不是老二了，再也没人敢叫他老二了，瓷韵轩终于夺回了澪州第一字号的位置，那本就属于自己的位置！

他挺着胸脯骑在马上，思绪如大通河那些柳絮一样轻轻地飞了起来。他想着瓷缘斋的那间密室，想着那些一字排开的架子上摆着的钧窑、建窑、汝窑、定窑等各大名窑中烧制的极品，那让他垂涎已久的珍宝。那个兔毫盏，那个螭龙戏珠瓶，那个青釉寒梅一点瓶，那个寒冰脉枕，般般件件都是稀世珍品，似乎都在等着他成为新的主人。想到这儿，他就把眼睛眯成一条缝，嘴里喃喃地唱道："瓷韵轩，陶器多如山，撑起青白天。"这一回，他觉得这首歌唱起来再也不像以前那么干瘪瘪的了，而是唱得有韵味极了。

一回到瓷韵轩，郭十里等不及休息，他先沐浴更衣，然后去了先祖的灵位前烧香磕头，告慰先灵。他喃喃自语："瓷韵轩传到我爹那一辈时，从老大沦落为老二。到现在二十年又过了，这二十年过得真的不易！真的不堪！直至今天，儿子终于一洗前耻，又从老二重新做回了老大！"

他感叹今天的局面来之不易，忍不住泪流满面地说："爹！儿子终于实现了您平生夙愿，您可以安息了！"

接着，他从箱底取出那本红色的家谱，饱蘸墨汁，郑重地在族谱上写下父亲郭槐安的姓名，他把那几个字写得又大又粗，又叫了漻州最好的工匠在郭槐安的无字碑上刻下了碑文，烧香焚纸祭拜了。经过了二十年漫长的等待，直到今天他才得以告慰先灵，如释重负。

得胜的瓷韵轩很快在漻州引起了轰动，一时门庭若市，而瓷缘斋则门庭冷清，无人问津。所有的人都冒着严寒去瓷韵轩庆贺去了，单是搭台唱戏就连唱了三天三夜！

就在前两天，瓷缘斋的伙计吴春儿和赖大头托故辞职，偷偷地跑到瓷韵轩去干活，因为瓷韵轩开的工钱比瓷缘斋还高。长工张二爹和孔应儿一早就收了工，换了一套干净的衣衫从后门溜了出去。依颂在后院正好碰见他们，便问："你们哪儿去？"张二爹与孔应儿支吾了一阵，见瞒不过，便道："少爷，听说瓷韵轩要在咱漻州城搭台唱戏,我们也想去凑一凑热闹。”

“你们不守店了吗?”

“守店?你看,多时了连一个顾客都没有,还守什么店?”

依颂听后便不再说一个字。两个人以为得了依颂的默许,便欢天喜地地去听戏了,留下依颂长长地叹了一口气。

一个清寒凛凛的早晨,就像很多个漈州的早晨一样,郭闻识带着章秦玉和张子虔等五六个浮浪子弟,手拿弹弓、吹筒、拈竿、乐器,踏着些乱琼碎玉,去城外游玩。经过瓷缘斋时,见依稀有客人进出,一个老汉手里攥着一口瓷壶从瓷缘斋里笑哈哈地走出来,郭闻识大怒:“瓷缘斋不是都已经破败了吗?为什么还有人去他店里买东西?”

身边的一个闲汉搭腔:“这也不奇怪,毕竟瓷缘斋是漈州的老字号了,出来的瓷都是一律的好货,又兼价格公道,老主顾们与它往来久了,个个念旧,故而有人愿意看往日的情面去瓷缘斋买瓷。昨天我家那老两口子还去瓷缘斋买了一件玉龙笔架和一件妙笔生花玲珑瓶,准备送给我三侄儿放在书案上摆着呢。”

郭闻识恼羞成怒:“放屁!有瓷韵轩老吗?瓷缘斋算什么东西!难道它卖的瓷比瓷韵轩的还好?今后要是再让我见到你们中有谁去瓷缘斋买瓷,别怪我翻脸不认人!”

一阵痛骂,骂得那奴才低下头不敢说话。郭闻识又转过背来,叫道:“你们随我进去看看。”

郭闻识下马,带着人进了瓷缘斋。此时,依颂正坐在柜台前拨动着算盘算账,福二正拿着掸子掸去桌椅上的灰尘,尽管那些桌椅柜阁早就已经被擦得一尘不染。

“福二,已经很干净了,你也歇一歇吧,茶盅就摆在桌上,你自己去倒热茶来喝。”依颂对福二说。

听到熟悉的声音,郭闻识连忙跑进来,一把掀开帘子,见了依颂,大吃一惊道:“啊呀,你没死!”继而又冷笑道:“郑依颂,就算你命再硬,也无力回天,你老子都没了,你还能成什么气候?”

郭闻识发出一阵刺耳的笑声。依颂没有抬头看,因为一只手被白布包着不能动得太过厉害,他就用另一只手扇开一只正在耳边盘旋的嗡嗡叫的蚊子,然后继续轻轻拨动算盘,那只算盘依然拨得像风儿一样飞转。

郭闻识盯着他那只断臂,见依颂把算盘拨得像风儿一样,心中一股无名怒火早已高高蹿起来了,他咬着牙道:“我当日就不该发那善心,把你这只手留下碍眼!”

他见依颂不说话,冷笑道:“看来上次教训你还教训得不够,你那目中无人的脾气还是一点儿都没改。也罢,朝廷已经把瓷缘斋赏赐给我,这两天我和我爹就来接管。没了瓷缘斋,你就只好卷起铺盖去冷铺里淌屎!我看你还能不能坐在柜面上拨弄你那算盘,看你还神气什么!”

依颂抬起头,淡淡地说:“瓷缘斋是家父毕生的心血,我在神位前发过誓,要与瓷缘斋同生共死,有我在一天,绝不会把瓷缘斋拱手送人。”

郭闻识笑道:“这是朝廷的命令,可由得你吗?我限你三日搬出屋,三日后不搬,把你全家统统打入死牢!”

郭闻识骂骂咧咧地离开了。临走时,看到瓷缘斋的牌匾高高地悬在头顶上,在大阳光底下白花花地晃着眼,他心烦意乱,便指着那牌匾说:“他妈的,这牌子怎么还高高挂在上面碍眼。反正瓷缘斋已是我家的了,迟早得换成瓷韵轩的招牌。你们去把这招牌拆下来,量了尺寸,改日再请城东的贺山人刻好字,换一个瓷韵轩的大楠木牌匾,要更气派的,要镶金的!”

章秦玉和张子虔闻讯而动,带着人来拆匾。福二跑出来,哀求道:“使不得!使不得!”

郭闻识大怒,骂道:“死奴才!”飞来一脚把福二踢翻了。

众人搬来梯子,闹闹嚷嚷,不移时,那块题着“瓷缘斋”三个大字的牌匾,那块由溪州最有名的诗人马骥题名和书法大家章青玉挥毫的牌匾,就被卸了下来,重重地砸在了地上,从中间折成了两块。

郭闻识又狠狠地在瓷缘斋的招牌上踹了两脚,方才泄愤,扬长大笑而去。

……

转眼之间,三天的期限就要到来了。郭闻识早就发出话来:“谁要是还去瓷缘斋买瓷,就是跟瓷韵轩过不去!跟瓷韵轩过不去也就是跟当今的安顺公主过不去!”又发狠话说:“只要让我见到还有人去瓷缘斋买瓷,休怪我没有事先通告他,若见一个就抓一个,见两个便抓一双!”别人见他放出如此狠话,又用安顺公主的名头来压人,谁还敢去瓷缘斋买瓷?于是溪州所有的瓷行都噤若寒蝉,都不敢与瓷缘斋再有半点瓜葛,往日里那些熟络的主顾见了瓷缘斋,都绕道而行,一连两天过去了,瓷缘斋一个进店买瓷的人都没有。

吃饭的时候,依颂一家人围坐在一起,一个个都无心动箸,郑老夫人说:“依颂,我听赖伙计说这几日瓷缘斋生意十分清淡,连一个客人都没有，想你爹在世时瓷缘斋一天到晚忙都忙不过来，今天到底怎么了？青玉楼、步云坊、一揽堂那些老主顾呢？他们不是经常来买瓷吗？平时客人如织，伙计忙得不可开交，恨不得生出三头六臂，现在伙计却闲得无事可干。就在前几天，专门负责运瓷的李二领了工钱后向我辞行回家去了，张二爹也抱病告假。瓷缘斋的生意什么时候开始变得这么不景气了？”

蒙在鼓里的郑老夫人还不知道外面发生了什么事情，家人为了不让老夫人多忧，一个个守口如瓶。

依颂道：“娘，您不必担心，现在天气严寒，出来买瓷的人自然比以前少了许多，等过了这两个月，天气回暖，生意自会转好。”

“可我听说瓷韵轩的生意现在倒是好得不得了哩，也不知道人家用了什么法儿。”

“老夫人——”福二已是泪眼婆娑，差点就把实情说出，饭粒也哽在喉咙里了。

依颂见了，打断一声：“福二，你吃了饭，去库房把那一对玉兰花瓶拿到前面柜台上去。”

依颂瞪了福二一眼，放下筷箸，又咳了一声，说道：“娘，我吃饱了，您慢用。”便又去前面的店铺里，拨动着那个算盘，可是拨了一会儿，就呆呆地看着远方的那一簇晚霞，看了很久很久。

晚饭后，依颂举着灯烛，来到了父亲的那一间密室，看着柜子上一水的瓷器安静地在夜色中发出寒光。他便定了定神，一个字一个字地咬着说：“爹，您放心好了，瓷缘斋还叫瓷缘斋，绝不会改名叫瓷韵轩，或者改叫其他任何名字。”

那些稀世罕见的瓷儿罐儿一件件安静地躺在架子上，好像在等待某个人的召唤一样，它们静谧无声，却在无言中守望着什么东西。这些瓷器是郑大观用一辈子的心血从天南地北收集来的，每一件瓷器都有一个鲜为人知的故事。架子上那件寒冰刺骨的脉枕，据说是郑大观用一千两白银换来的。那个兔毫盏，是郑大观亲自挑了十坛美酒，在星月下走了一百多里路，跟一个人生很不得意的老酸儒换来的。那个螭龙戏珠瓶的得来颇费周折，它的旧主人当初说什么都不肯卖，说是祖传的宝贝，要跟着他死后一起埋进棺材里面去的。郑大观实在太喜爱这个瓶子了，便装作一个穷苦人家的儿子去他家做了几个月长工。一日，主人不幸得了疟疾，郑大观便忙前忙后，端屎端尿，买药煎药，殷勤服侍，结果在熬药的时候一不小心炉火燂掉了眉毛。主人的病好了后，见到郑大观被烧掉的眉毛，感动得热泪盈眶，最后叹着气说道："罢了，罢了，这个螭龙戏珠瓶我一分钱都不要，白白送给你了。"

还有很多瓷器，甚至是郑大观冒着生命危险才弄到手的。每一件瓷器都倾注了他的深情，都在默默诉说着一个故事。然而，现在整个瓷缘斋，也包括这间密室，眼看就要落入他人之手了。一想到这儿，依颂就伤心地流下了眼泪。

依颂在密室里面大醉了一夜，抱着这些瓶儿罐儿盏儿睡着了。在睡梦中，他在和它们一一挥手道别。

郭十里也加快了夺瓷的动作，气焰越发嚣张，似乎对那觊觎已久的瓷缘斋势在必得。他派人专门蹲守在瓷缘斋的门口盯梢，看看依颂这边有什么动静。他又派人三番五次来打探瓷缘斋密室里的宝贝。他一想到这些稀世珍宝已是囊中之物，必将落入他的手里，便激动得一整晚都无法入睡！

依颂看到这些人，只是冷笑。他经常看着窗台上的烛光发呆，有时就在那间密室里守着一许的瓷器半天都不出来。家里人也不知道依颂想要干什么，问他怎么了，他也不肯说。

依颂带着惜白和墨青去他父亲经常去的拂叶寺烧香的时候，墨青还像以前那样对寺庙里的一切都感到很新鲜，很好玩，一会儿学小和尚撞钟，一会儿又学起老和尚敲木鱼。

依颂心一动，便问三渡法师："大师，你说瓷是什么？佛又是什么？"

"瓷便是佛，佛便是瓷。"

依颂不解，又问："大师，为什么这世上人都易成痴？"

三渡法师："那是因为世人都看不穿。"

依颂："成了佛就能看穿了吗？"

三渡法师："要是一心想成佛，那如何还能看穿呢？"

依颂："大师，如果有一天瓷缘斋不幸毁在我手上，我就成了郑家的千古罪人。唉！想我父亲一生爱瓷，把瓷缘斋看得比性命还重，瓷缘斋要是在我手上毁于一旦，叫我怎么对得起我那九泉之下的老父亲？"

三渡法师大笑："原来你也看不穿！"

这一天的暮色，凉如秋水。依颂向三渡法师告辞，他在呼出的白气中看见墨青和寺里的小和尚绕着佛殿追闹，玩得忘记了时间，叫他走还不肯走。

依颂拉着墨青回家，墨青又哭又闹："我不回去，我不回去，我要跟小和尚一起耍！我要跟小和尚一起耍！"

墨青的哭喊声惊得禅客们再也无心坐禅了，吵得众和尚们都无法念经了。依颂一时心动，便抱歉地鞠了一躬，对三渡法师说：“法师，既然墨青不肯走，你就收下墨青吧，把他留在拂叶寺里，跟着师父们撞撞钟，念念经，打打坐，参参禅。我曾听我爹讲起，法师说墨青这孩儿与佛有缘，要是墨青真的有那个慧根，你就择个吉日，给他剃了度，在他头上烧几个戒疤，做一棵无牵无挂的菩提树，一片无尘无埃的明镜台，这一世就这样囫囵过了，也总比我过得这么狼狈要好。”

三渡法师听罢，合掌念一声：“阿弥陀佛！”

依颂又恳求一遍：“大师就收下他，做你膝下的一个小沙弥！”

三渡法师道：“山寺清寒，只怕墨儿小小年纪打熬不住。”

依颂：“烦请大师多看顾他则个。”

三渡法师又说：“一旦出家，就要断绝七情六欲，耳根清净，不能长侍双亲，也不得承欢膝下，虽不至孝道顿绝，却要忍受那分离之苦，不知尊夫人意下如何？”

惜白噙着眼泪，看了看依颂，又看看墨青，她知道家里遇到了困难，遇到了一道过不去的坎。她知道依颂让墨青留在拂叶寺，终究是为了墨青好，或许等一切都变好之后，还可以再接墨青回家。于是惜白点着头说：“墨青命中之数，就照我家官人的意思好了。”

自此之后，墨青便留在了拂叶寺。墨青并不知道出家意味着什么，也不知道家里发生了什么事。他还是那个天真烂漫、无忧无虑的小孩，一见到小和尚敲木鱼和老和尚撞钟就会高兴得手舞足蹈。依颂和惜白在墨青面前尽量装得像平常那样，好像什么事情也没有发生，还许诺不久后就来看他。临别前，依颂在墨青那无知无畏的眼神里看到了清澈、纯真的东西，这让他感到十分欣慰，忍不住轻轻地唤了一声“墨儿”,不想被墨青听见了。墨青转过头,忽然看到父亲眼圈红了,看到母亲正偷偷地背过去擦拭眼睛,心里顿时感到不安起来,跑过去抓住父母的衣襟不让他们走。依颂松开墨青的手,宽慰了几句,叮嘱他要听法师的话,不可任性胡来。下山时,依颂心想:“墨青还小,正应过一种无忧无虑的生活,不应该知道大人之间那些龌龊的事情,也不应该被贪婪蒙住他的双眼,被仇恨扭曲他的心性。墨青要远离这些东西,找一块清净之地安身立命,或许没有一个地方比得上拂叶寺了。”

二十五

规定的第三天期限终于到了，这一天，依颂穿上一身崭新的锦绣夹袄，系一条锦鲤鱼纹玉带，又在腰间挂一个玉坠，端坐在镜前，惜白亲自为他梳了头，挽上发髻，戴上软脚幞头。他庄严地掸了掸衣襟，又压了压衣角上的褶皱。他想无论眼前有多大的困难和苦难，也要干干净净地去面对，切不可失了风姿，乱了体统。

依颂让福二带着惜白与郑老夫人去澪州郊外的刘员外家暂住几日，刘员外是依颂的表舅，在澪州城南有一处庄园叫作碧清雅园。早些日子，刘员外就派人来请老夫人去园子住几日，驱驱丧夫的愁闷。可是郑老夫人却因为郑老爷过世，忧郁成疾，一直无法成行，去碧清雅园的事便拖了再拖。刘员外又派人过来请了好几次，依颂也再三催促，叮嘱惜白陪着老夫人一起去碧清雅园小住几日。老夫人拗不过刘太公的盛情，更拗不过依颂的坚持，只好答应了，她完全不知道郭闻识要求依颂三天之内搬离瓷缘斋的事情。

临行前，老夫人感到气氛有些不平常，她不安地问："依颂，你还好吗？我怎么感觉你一夜之间就憔悴了很多，你一个劲儿催我去你表舅家，不是要发生什么事情了吧？依颂，我要下车，让我下车，你实话告诉我，到底发生什么了？我不去你表舅家了，我哪儿都不去了，我就留在这里，守着你，守着瓷缘斋！"

依颂尽量装出若无其事的样子，笑着说："娘，您想哪里去了，这里一切皆好，什么也不会发生。您只管去表舅家休养一阵子，在那里散散心，好吃好睡，一个月后孩儿便去接你回家来。"

郑夫人抚摸着依颂的脸庞说："颂儿，你太累了，看身板又瘦了一圈，瓷缘斋的生意虽是清淡了，但也不至于到了山穷水尽的地步，咱们瓷缘斋也有这么大的家业，库房里还有几千两银子周转，再撑个十年二十年，我看都没有问题！"

依颂道："我知道。娘，你自放心去。"

依颂又叮嘱惜白："好好照顾我娘，家里的事情无须担心，自有我一应料理着。虽说我表舅这人待客殷勤，也不好老是劳烦他，我已让福二送了两封银子过去，我娘老了，凡事你多照料她一些吧。"

在依颂的催促下，惜白陪着郑老夫人上了马车。直至看到马车消失在前面的那一片林子里依颂才转回去。依颂回来后把各处欠的账都结了，打发伙计们都回家去了。瓷缘斋一下便又冷又空，他又像往常一样坐到柜台前，喝了一盏素酒，又拨了拨像老朋友一样的算盘，接着又动作娴熟地拂了拂瓷器上的灰尘。

不久，就听到了马的嘶鸣声，由远及近而来。他知道，那是郭十里和郭闻识来了，该来的总会来。他们从知州那儿要了几十个做公的一路跟随，威风凛凛地来接管瓷缘斋了。

依颂的面色反而变得更加安详淡定。他走下楼梯，来到密室里，神情肃然，看着架子上那一排一排安静的瓷器，这些瓶儿罐儿仿佛已经知道了自己的命运，都悄无声息地闪着白光，与烛光交映叠印。与往日相比，密室四周多了几垛茅草。很快外面就传来了哐哐的敲门声，声音由小转大，由慢转急，依颂安然自若地笑了笑，根本就不去理睬那纷乱的敲门声。外面的人见门没有打开,显得很不耐烦起来,于是又砰砰地踹起门来,猛烈而杂乱的踹门声中又夹杂着恶毒的谩骂声。

瓷缘斋坚实的大门依然紧闭着,纹丝不动。

郭闻识气急败坏,对随从挥手说:"他妈的,不开门,你们几个去把门劈开!"

于是五六个人拿着手斧去劈门。须臾,传来噼里啪啦的劈门的声音,如穿云裂石一般。几个人把绳索绑在门环上,使劲往外拉,不到一顿饭的工夫,只听得轰隆一声响,门板重重地砸在地上。一行人冲了进来,可是瓷缘斋却空空荡荡、安安静静的,只见瓷缘斋里面所有的东西都像往常一样安静地摆在原来的地方,那只鸡毛掸子挂在墙上,算盘、笔墨、纸砚端端正正摆在桌台的左边,瓷器整齐地摆在柜上,墙角的绿植还是湿润的,鱼缸里的鱼儿还在吐着水泡。郭闻识带人进去搜了一圈后,一无所获,走出来说:"爹!空的,一个人影儿都没有,怪不得没人开门。看来郑家人倒识趣,知道我们要来接管,全部乖乖地夹着尾巴先溜走了。"

"那些瓷器还在不在?"郭十里着急地问。

郭闻识道:"柜子上的瓷器一件不少。"

郭十里连忙滚下马鞍,进了屋子,柜面被拂得一尘不染,瓷器如往常一样静静地摆在架子上,屋子整洁干净,完全不像要搬走的样子。

"不对呀,这些东西都在,不像是人去楼空的模样,门既是朝内锁的,里面一定有人才对。"郭十里自语道,忽然有一种不好的预感,觉得瓷缘斋那间密室里的宝贝可能出事了。

“爹,还有什么不对劲吗?”郭闻识问。

郭十里不回答,他清楚地记得那间密室的位置,需要上那座不起眼的阁子,再沿着旋转的木梯子下去,穿过深幽的暗道,才能进入密室里面。于是,郭十里急忙穿过院子中的甬道,跑到方阁子内,正准备下木梯,忽然听到刺耳清脆的响声,像是瓷器摔在地上的声音。郭十里脸色一变,急忙抬脚,准备下阁子去一探究竟,没走两步,忽然一股浓烟从密室里冲了出来,接着从里面蹿出一团火球。火越烧越大,完全堵住了密室的入口。

郭十里惊得大叫一声“不好”,就被大火挡在密室外了。高高蹿起的火苗几乎烧到了他的胡须和头发,浓烟穿过狭窄的过道袭来,随着一股股热气轰隆隆冲出,熏得他睁不开眼睛,他无奈只得退出。

不一会儿,进入密室的旋转木梯就被烧塌了,发出一声巨响。再一会儿,整个密室都葬身在火海了。他站在屋外看着熊熊燃烧的大火,气得捶胸顿足,叫道:“狠,狠啊,郑家的小子竟然还有这一手,宁愿鱼死网破,把瓷缘斋烧成一片白地,哪怕搭上身家性命也在所不惜,都怪我一时大意,太小看了他,一不留神就着了这小子的道了!”

依颂以前说过,他要誓死捍卫瓷缘斋,这便是他选择的捍卫瓷缘斋的方式。依颂把密室里所有的瓷器都砸成了碎片,那些兔毫盏、寒冰脉枕、螭龙戏珠瓶、观音瓶、兰花纹罐,那些出自哥、官、均、定、汝等瓷窑的极品,被依颂砸得一件不剩了。他又把堆在密室周围的草垛点燃。大火吐出猩红的毒舌,张牙舞爪地把他围在中间。此刻,依颂不可能逃出去了,他本也不想逃。他一边大口大口地喝酒，一边纵情大笑，酒壶空了，他把酒壶朝着火中砸去。大火似乎被他的挑衅激怒了，燃得更猛烈了，呼啦啦朝他扑过来。

他在火中大声说："父亲，你看吧，看吧，看这把火烧得多旺呀！如果这熊熊燃烧的大火是你的愤怒，那么就请用这愤怒把所有吞噬吧，把我也一并吞噬了吧，因为我把你用尽一生收集的瓷器，把你看得比生命还珍贵的瓷器，全部砸碎，悉数烧毁了，一件都不留下。还有你辛苦经营的瓷缘斋，这个号称澪州第一号的瓷店，从此再也不会听到它的名号了。可是，我能怎么办？这个已经被贪婪和仇恨侵蚀的地方，非得一场这样的大火，才能把所有的罪恶净化！"

他大笑着拥抱火焰，任由大火吞噬他，就像一只涅槃的凤凰。他并不畏死，正如死是生的延续，原本就是对生留下的最长情的告白，他想那火原来也是净化生命的一种方式而已。

他在滋滋蔓延的火势中放声笑道："烧了吧，都烧了吧！"

风随着飞腾的火焰似乎也在回应说："烧了吧，都烧了吧！"

……

他的身体化成的灰烬随着翻涌的热浪腾空而起，如大通河堤岸上那些漂泊无依、漫天飞扬的柳絮，他最熟悉不过的柳絮，曾经纷扬起了多少思念和惆怅啊。噼噼啪啪的大火像是一曲挽歌，那些瓷儿罐儿盏儿在这曲挽歌的召唤下终于从沉睡中苏醒过来，它们烧化了自己，也烧化掉了依颂，带着依颂一起去了另外一个世界，那也许是一个既没有痛苦也无纷争的世界。

没过多久，瓷缘斋便化成了灰烬，郭十里还在怔怔地看着这场大火。郭闻识却不以为然，拍着手，对郭十里笑道："老爹，你兀自叹息什么？我看把瓷缘斋一把火烧成平地岂不更好，这世间从此再无瓷缘斋碍着眼了！以后就只剩下咱们瓷韵轩在这溸州称雄称霸，要风得风要雨得雨！”

郭十里说：“我不是怜惜瓷缘斋，而是可惜瓷缘斋里面那些瓷器。”

郭十里瘫坐在地上，痛心疾首，自言自语：“可惜！可惜！名震天下的瓷缘斋，就这样一把火烧成了灰烬，连一件瓷儿都没有留下！”

二十六

那个一度传得满城风雨的依颂与瓷缘斋一齐葬身火海的消息宛如一场地震，把整个滗州都惊动了，可是时光荏苒，再大的新闻也会退去它当初的热度，一切终究归于平静。人们还是像过去一样回归柴米油盐的生活，正如太阳照常升起，大通河照样流淌一样。只是在茶余饭后，一些无所事事的人还会偶尔谈起瓷缘斋珍藏的那些业已消失的宝贝，好像远方的战事已经不能再吸引他们的注意了，只有那些珍宝才能勾起他们的兴趣。那些一边喝酒一边聊侃的闲客们，谁也不清楚瓷缘斋里面到底藏了多少稀世珍宝。有人说，把瓷缘斋所有的宝贝都看一遍，需要花上两个月的时间。有人说依颂死的那个晚上，就已经疯了，他把所有的珍宝砸得稀碎，然后用一把火点着了自己，又用自己的身体点燃了瓷缘斋的木架子。还有人说，依颂因为输了斗瓷大会，又恰逢丧父之祸，终日悒悒不乐，以至于精神失常，糊里糊涂就做出这样的事了。后来，人们在见面后谈得话题多了，这些往事也就慢慢变成了陈腔滥调，久而久之，听得让人生厌。

有个老人在茶馆边喝茶边谈论瓷缘斋，周围的人很快就听得不耐烦起来，甩着衣袖走开："你瞧，你瞧，这孙老头又来了，他三句话不离瓷缘斋，听得耳朵都起了老茧！"

因为人们不愿意再听，所以渐渐也就没人愿意再谈，似乎瓷缘斋以及与瓷缘斋有关的那些人和事注定要随着那场大火被时间遗忘，就像所有的事情注定会被时间遗忘一样。

又一年的中秋，有一名敷着淡妆的女子，刚从拂叶寺上完香，离开寺庙前，她先在佛殿后面逡巡了半天，又转过文殊殿，站在殿外久久不忍离去。那时，寺里的小和尚双膝跪地在文殊殿的蒲团上，正聚精会神地听长老讲佛门故事，长老讲得起兴，小和尚们一个个伸长脖颈，聆听得入神，完全没有注意到外面站着一个人。这时长老忽然对坐在旁边一个尚未剃发的小孩说："墨儿，我刚才讲的这个故事，是什么道理？你试说与我听一听。"

墨青唱一声喏，便说出自己的想法："此为目连救母的故事，佛说上报四重恩，下济三途苦。其中父母恩为一切恩之渊薮……"

那女子听着小孩时断时续的声音，又踮起脚尖从窗棂的缝隙中看过去，痴痴地望着墨青，望了很长时间。直至课业结束，眼角上的泪痕不知不觉已经干涸了，才依依不舍地离开。

出了古寺，沿着台阶逐级而下，走了十来里路，这位女子感觉有些累了，便在一条小河边蹲下来，掬一手清水来洗去脸上的尘土。小河的另一头是白茫茫的一片芦苇地，一阵风吹过，几百亩的芦苇像一片波光粼粼的大海一样，荡漾起渺渺无际的白浪。

那时，郭闻识正带着一帮人去山间打猎回来，他们高骑青骢，腰悬弓箭，手持长矛。出去一天，还没有打到几只猎物，郭闻识十分扫兴，憋了一肚子闷气没处发泄，忽然远远地看到前面有一个穿着青布襦裙的女子在路边歇息。一个眼尖的庄客认得这个女子，道一声："咦，前面那个女的不是惜白吗？她怎么会在这里？"

郭闻识问:“惜白是谁?”

庄客道:“便是那个死了的郑依颂的娘子,奴才因为就住在她家隔壁,认得是她。”

郭闻识道:“原来是瓷缘斋的人。我认识的郑依颂是一个只会抱孩子、陪老婆的孬种,原来他妻子看上去倒有几分颜色,难怪郑依颂那撮鸟会那么痴情,愿意服他婆娘管。”

又一个庄客说:“爷,我们不如去东面那一片林子再看看,或许能打到几头野鹿回来。别去管前面那个守了寡的女人,免得触了霉头。”

郭闻识道:“慢!本大爷已经没有半点打猎的兴致了。想想这一个多月里,我在老爷子面前不知挨过多少骂,这一切全拜郑依颂那畜生所赐!如今这畜生虽死了,可死了还不让我清净,我家老爷子又是个固执人,像中了邪一样,一天到晚埋怨我没看住瓷缘斋,让他趁机把瓷缘斋一把火烧个精光,可惜了那些瓷器。那瓷缘斋又不是我烧的,关我屁事?我还巴不得它烧光呢!老子憋了一肚子鸟气,正好没处发,今天可巧撞见郑依颂的婆娘,撞见得好,你们快去把她绑来,我要在她身上好好出出这口恶气!”

于是,一帮庄客在他的命令下如一群鬣狗一般追了过去。惜白看到一群人骑着马朝她赶过来,弄不清是怎么回事,可她害怕极了,慌忙拿着包裹往前面奔跑。冷风萧萧,吹乱了她的衣裳,拂乱了她的头发。芦苇如白浪涛涛一般,淹没了她呼救的叫喊声。惜白沿着小河使劲飞奔,跑了不到半里地,在冷风中听到嘈杂的哄闹声越来越近,马蹄声越来越响,猎狗的吠声也不绝于耳。惜白来不及思考,她蹚过小河,幸亏这条小河的水不是很深,只刚好没过她的膝盖，她艰难地从泥泞中拔开双腿，终于爬上了河岸，往芦苇地里跑去。她像一只被四处围捕的猎物，完全丧失了方向感，只能在芦苇中用力分开一条道路来，坚硬的芦苇叶像小刀一样在她的脸上和手上划出一道道血口子，把她刺痛得直叫出声来。

马蹄踏着碎石呼啸而来，郭闻识和一帮庄客停在河岸。那条小河虽然不宽，但阻挡了马前进的道路。郭闻识勒住马笼头，气得直叫："可恶！让这婆娘跑了！"

一个随从指着前方禀道："她跑不了的，公子，只要沿河岸一直往前面走，不远处正好有一座木桥，从桥上过去便能直接到那一片芦苇地里，我们可以到那边去截住她！"

郭闻识道："最好！我就不信这女的还能飞上天去，今天正愁没打到多少猎物，我们不如就把她当成猎物！谁能逮到这女子，本爷便赏他一块金子！"

听到有金子，众人的马鞭挥舞得更加有力了，马鸣嘶噪着，马蹄声乱着，一行人如朔风卷过，扬起一地的灰尘，沿着河岸疾驰而去。

惜白在芦苇中深一脚浅一脚地奔跑着，摔倒在地上，再爬起，又摔倒，又爬起。她听到马鸣声已经越来越弱了，最后终于消失了，心想终于甩掉了这群人，她弯下身子大口喘着粗气。可歇了不到片刻，那消失的马蹄声又突然响起来。一个随从看到惜白，指着前面大声说："快追，她在那儿！"

惜白顾不上多想，又使劲往前奔跑。然而她毕竟只是一个柔弱的女子，毕竟只能靠自己的两条腿，跑了那么久，她感觉身体就要虚脱了，再也跑不动了。眼前的路似乎越来越长，长到没了尽头。芦苇地就像是一个巨大的迷阵，又像是一个巨大的坟墓。她哭喊着，然而这哭声在灰色浩渺的苍穹下，很快便被风儿吹动芦苇形成的汹涌波涛所淹没。除了她自己能够听到她的呼救外，谁也听不到，谁也无法帮助她。

她忽然听到背后传来嗖嗖几声响，原来是后面追赶的人怕前面的人夺了金子，发毛了，射了几支乱箭，却着急之下射偏了，箭镞全部没在了泥土里。她听到一个随从似乎在对另一个人哇哇地乱叫，似乎是在埋怨那个人为什么放箭，另外几个人见了，怕那个射箭的人抢了功，也把弓拉得满满的，把几支利箭嗖嗖射过来，全射到了芦苇丛里面，她又听到那些人也气得乱叫一气。可最后一支箭呼啸而过时，穿过芦苇的阻挡，不偏不倚，刚好射中了她的后背，她打了个趔趄，一头栽倒在泥潭里。马蹄声和狗吠声已经越来越近了，惜白知道她终究逃不过这一群人的追捕，要落在这些人手里了。她听到了波涛汹涌的声音，前面不到一百米远就是大通河了，五六条小河的水汇聚进大河里，大河的水向东流向大海里面。秋天的大通河已经进入了一年一度的泛滥期，湍急的水流声夹着泥沙翻滚着，奔腾着。惜白从泥潭里爬起来，继续往前走去，她只觉得自己越走越慢了，身体越来越沉重了，眼前越来越黑了，那些汹涌的波涛似乎在召唤她，而背后的人还在追赶她："抓住她！要活的！

这时的惜白已经完全绝望了，心里面只剩下最后一个念头："就是一死，也绝不能被这帮禽兽侮辱！"想到这儿，她捂着胸口，淌着血，使尽力气爬了几米远，终于来到大通河边。她爬起来，望了一眼肆虐的河水，不及多想，只绝望地笑了一声，便纵身一跃，只听得扑通一声。后面那个随从叫道："少爷，这女人跳河了！"接着惜白就再也听不到那马匹的嘶鸣声，也听不到猎犬的狂吠声和随从的叫骂声了，她只听到耳边的水声，那冰冷的水声叮叮咚咚，钬钬铮铮，好像要穿过她的身体了。

等到她醒来的时候，她已经不知道自己身在何方，是死了，还是活着。当她吐出一口水的时候，她才意识到自己已经顺着河流漂到了下游。一个正在大通河打鱼的渔夫把她捞上岸来。她呻吟着，感觉血管已经流尽了最后一滴鲜血。她的嘴唇嚅动了一下，那渔夫把脸凑过来，想听她在说什么。她苍白的脸上忽然在呻吟中绽出灿烂的笑容："墨儿……依颂……"她在朦胧中把那个渔夫的脸当成依颂的脸了，便开心地笑了笑，她的眼睛开始放出光芒，然后那一束光终于随着瞳孔的放大而消失了……

晚上的大通河水笼罩在黯然销魂的云气之中，透着丝丝寒意。那些晚上打鱼归来的渔夫在船杆上支起一个灯笼，轻轻摇荡着船桨，拍起一簇簇浪花，唱着唐代诗人岑参的一首诗："扁舟沧浪叟，心与沧浪清。不自道乡里，无人知姓名。"

二十七

拂叶寺的钟声敲响了三下，寺庙里的禅和子做晚课的时间又到了。

郭闻识带着一帮人顺着大通河沿岸自上游往下游搜了一遍，一无所获。随从说："公子，这大通河正值河水泛滥，水湍浪急，这女的又中了利箭，失血过多，眼见得活不成了，就算大罗神仙也救不了她！"

郭闻识气急败坏道："混蛋！谁叫你们放箭的？"

随从道："眼见这女的要跳河才放了箭。"

郭闻识看天色晚了，方才作罢。回去的路上，忽然听到寺庙的钟声敲了三响，内心焦躁，加之饥肠辘辘，便问："他妈的，这是哪个破庙在敲丧魂钟？让大爷听得聒噪！"

随从禀道："是拂叶寺在敲钟。"

郭闻识道："天晚了，我们就上拂叶寺打火，怎么样？"

众人也饿，虽然没有得到金子，但也个个欢喜，快马加鞭，朝着拂叶寺的方向扬长而去。

到了寺庙，叫门子开了门，一行人卸下马鞍。钟声敲响后，寺里的和尚正在后殿参禅。

知客迎上前去，询问客人从何处来。

庄客说："和尚，我们是此间打猎的客人，这位公子乃是此地瓷韵轩的少爷。我们路过宝刹，看天色已晚，想到你庙里借火，你这寺里有什么吃的吗？"

知客："施主，斋饭便有。"

庄客："那就快备些斋饭来。"

郭闻识下了马，叫住知客："慢着！斋饭有什么好吃的？放着我们现成打来的野物不享用干什么？你们过去，把马背上打来的几只狍子和麂子拿去洗干净了，剥了皮毛一锅煮了，端上来让大伙儿尽情享用！"

知客摇了摇头，合掌念道："阿弥陀佛，使不得哩，使不得哩，施主，寺院里自有清规，但凡客人到来，也只吃素，不吃荤。"

郭闻识道："胡说！本爷又不是吃你家的东西，我吃我自己的，关和尚什么事！"

知客道："施主，这是寺庙，你要吃就到别处去吃吧！"

郭闻识道："放屁，老爷我偏在这里，肉也要吃，酒也要喝，看你们能怎的？你们快去把我拴在马鞍上的两壶好酒拿过来！"

于是众人又去取了酒来，完全不管知客的一力阻止。和尚们越是劝阻，郭闻识就越发焦躁，忍不住对着和尚们破口大骂。出家人好言好语劝了三四回，不肯听，众人也来与知客理论，吵嚷着便推搡起来了，家仆凶了，正要动手打知客，却惊动了寺里的监寺、维那和长老众僧，一个个都来相劝。郭闻识大动肝火，嚷嚷着坚持要在拂叶寺里吃荤喝酒，还说："你们谁敢拦？信不信老子一把火把这破寺都给烧了！"

正闹得不可开交的时候，人群里有僧人叫喊："好了，三渡法师来了！”

三渡法师披着一件黯淡的袈裟，在内堂为和尚们讲经念法，正讲到妙处，忽然听到外面吵闹。知客前来报告，他便放下手中经卷，来到大殿外。知客向法师说明了事情的来龙去脉，三渡法师念一声阿弥陀佛，说道：“酒肉穿肠过，佛祖心中留。施主们要在这里吃肉，就由他们去吃吧，你们可去偏殿空地上另架一口铁锅，专为施主们生火造饭。”

郭闻识笑道：“还是这老和尚识趣。”

于是众人架起一口大锅，去佛堂内弄了一桶香油，又从马背上解下几只狍子和麂子，剥皮切肉，生火做饭，弄得佛殿后堂的青石板上，动物的鲜血淋漓了一地，狍子和麂子的皮毛都碾在地上，污秽不堪。

众人靠在佛堂旁，搭了一块供奉香烛的实木板作桌子，又从佛殿里扯了几张供香客跪拜的蒲团垫在地上，坐在上面，只顾没头没脑地大口喝酒，大口吃肉。

寺里的侍者一个个遮眼掩鼻，看不得那肮脏浑浊，也闻不得那股血腥味，实在看不惯了，都跑出来向三渡法师告状：“长老呵，禅林乃清净之地，你却任由这帮人在此玷污，成何体统？”

三渡法师微微一笑：“由他去，由他去。”

然后闭上眼睛禅定去了。

都寺听了直摇头：“好个呆长老！似此闹下去，佛祖动怒，我等皆要沉沦地狱。只怕拂叶寺几百年的声誉也要毁于一旦，以后还有哪个香客敢再来寺里烧香拜佛！”

酒足饭饱后，郭闻识等人又趁着酒气在佛殿内像野猫一样乱窜，举着香烛，看佛像，观佛骨，乱哄哄做成一团，扰得寺内的和尚都无法安心坐禅念经。

郭闻识跨入正殿，一帮和尚正端坐在佛前打坐，只有墨青在殿里四处乱跑。郭闻识觉得奇怪，指着墨青对身边的人说："这个破寺好没道理，我们喝酒吃肉，他要说三道四，一个小孩子在佛殿里到处乱跑，打扰和尚们的清修，他却不管不问。"

郭闻识端详了墨青一眼，又说："这个小孩看上去有几分面熟，不知在哪里见过。"一时又想不起来到底在哪儿见过。

一个随从道："就是天下的小孩儿都长得一般模样。"

另一个随从哂笑道："我看不是香客寄养在此的小孩，就是寺里的和尚忍不住寂寞，与山下的妇人通奸，破了色戒，私养了小孩在这里哩。"

大伙儿都笑道："好个大胆的秃驴。"

郭闻识道："你们是不知道，自古和尚最闲，最是色中饿鬼，原来此话一点不假的。"

郭闻识向墨青招了招手："喂，那个小孩，你过来，我问你话呢。"

墨青走过去，抬起一张稚嫩无知的脸，怯生生地望着郭闻识。

郭闻识道："小孩，你叫什么？你父母是谁？你怎么在这寺里？"

"我叫墨青，我的父母是……"

墨青正要说出父母的名字，这时三渡法师走过来了，对郭闻识合掌作揖道："施主啊，这个小孩是从汀州流落至此的一个小乞丐，有位檀越见他可怜，把他带到本寺，让本寺长老剃他为僧，度牒词簿都准备好了。因为负责剃度的智善长老游方未归，所以还未剃度，只等长老一回，就让他摩顶受记，削发为僧。”

郭闻识说：“原来是恁地，老和尚，你们这些僧人也太不省事，这个小孩虽说要在你寺里出家，但他在佛堂上到处乱跑，打扰和尚们清修，你们管也不管，我在寺里吃我们自己打的野物，你们却胡乱来管。”

法师道：“施主说的是。”

法师又转过头对墨青说：“墨儿，你那一本《无量寿经》念完了没有？若念诵完了，再去后堂用方正的小楷把它抄写一遍，拿给我看。”

墨青答喏，说毕退到后堂去抄写经书了。

三渡法师又说：“请施主们消消气，刚才用过晚斋，现在请施主去方丈拜茶。”

众人皆道：“也好，喝杯香茶，去去嘴里的腥气。”

于是一帮人又被侍者引到后堂，茶毕之后，侍者收了茶盏和托盘，郭闻识又在佛殿观赏游玩，一直闹到深夜，才摇摇摆摆地回到瓷韵轩。

惜白死后，经常在大通河打鱼的渔人中有人认得她是瓷缘斋少掌柜依颂的娘子，便凑钱雇来一辆马车，把尸身用稻草掩盖，一路迤逦运到滗州东头的碧清雅园。家人见后，哀痛不已，料理完丧事，在两界岭建一座孤冢把惜白埋了。那座孤冢冷冷清清，后来日久年深，无人祭扫，就被荒草湮没了。有路过的行人，说在那天亲眼见到郭闻识带着一帮庄客骑着马在追赶惜白，并亲眼看到惜白跳河，奈何瓷韵轩在滗州势力如日中天，又与官府勾结在一起，加之郑大观在汴京犯事，大不敬和叛国两项罪名发放下来，都是死罪，谁还敢去招揽这事?惜白的亲人申告无门,没有办法,只好忍气吞声,就此作罢。

郑老夫人自惜白死后,心情更加抑郁,多年的腰痛病又复发了。仅不到一年,她最亲的人便接二连三死去,先是自己的官人郑老爷,又是儿子郑依颂,再是儿媳惜白,都死掉了,只剩下她孤零零一人还活在这世上。一日,郑老夫人思郁成疾,看着铜镜前一把胡桃木梳子出神了半天,看着看着她突然咳出一瓯鲜血来。她小声地叫了一声老爷,回忆着郑大观年轻时的模样,似乎看到郑大观又风尘仆仆地骑着毛驴,踏着歌,在那些摇曳的灯笼的照耀下回来了,她露出久违的笑,于当天晚上魂归西天。

……

下篇

二十八

不知不觉又过了一年。大通河水涨水落，河上的渔船在氤氲的水汽中穿行了一日又一日，渔歌追着晚霞唱了一阙又一阙。

瓦肆中，庭院里，酒廊下，灯红酒绿，诸般宫调，都化成五彩斑斓的光影。达官贵人依然忙着酒醉今朝，而平民百姓还在为生活蝇营狗苟。枕碧桥上人来人去，川流不息。卖饧的老婆婆一路吆喝，卖花的小姑娘唱着童谣满街跑。酒望子在风中摇曳，宅子酒楼垂下木栅布幕，高高挂起红栀子灯笼，穿青衣长衫的茶博士抹干净桌子，用紫砂壶沏上一壶香茶，南来北往的客商进进出出，好像还是一派升平的气象。

墨青又长了一岁，三渡法师打坐念经的时候，墨青就在他身旁转来转去，时不时在背后拉拉他的衣服，捋捋他的胡须，捶捶他的肩膀。侍者见了，一声喝道："墨青，你好不懂礼！"

都寺见墨青胡来，也喝道："墨青，不得对长老胡闹！"

三渡法师只是微微笑道："无妨，无妨。"

都寺说："长老啊，你不能太放纵这小孩。"

三渡闭着眼，手捏一串念珠："由他，由他。"

墨青跟着三渡法师一块念经。念经时，他就学着三渡法师的样子坐在一块青黑色的石岩上，坐在法师的身旁，一边看着法师煞有介事的模样，一边偷偷地发笑。到了晚上，月光莹白，从屋檐上那一层寒气里面盈盈浸透下来，三渡法师的卧房前杂植兰桂竹木，月影与树影斑驳相交，风移影动，这时法师就在一张书台上伏案抄写经书，每抄完一张，墨青就把那誊写的经文晾在墙角的架子上。

三渡法师修行一生，宛如一尊古佛。寺里得道的高僧说法师一言一行都是真谛，举手投足皆为佛法。可是寺里那些年轻和尚的根基尚浅，还不能领悟法师的道行，他们倒觉得三渡法师是一个十分古怪的和尚，一个有些叛道离经的和尚。一般的弟子，很少能参悟他说的道理，就连戒律、真定师叔也都说三渡法师的见解玄奥。只有六岁的墨青，对于师父的话更是懵懂无知了。

有一次，一位新剃度的和尚跑过来问三渡法师："大师，你为何法号三渡？"

三渡法师便说出其中的因由："佛常言这世间有三种不渡之人。"

弟子："是哪三种不渡之人呢？"

三渡法师："无缘者不渡，无信者不渡，无愿者不渡。此三种人虽号称不渡，可难道就真的不被我佛所渡？禅宗六祖曾说人虽然有南北，佛性却无南北。我以为佛渡一切人，这世间无有不可渡之人，这便是我取法号三渡的由来。"

弟子争辩起来："若无缘无信又无愿者，你如何渡得了他？"

三渡法师便道："无缘中有，无信中生，无愿中来。"

弟子一脸惶惑，不明其意，心里想："若是这样渡人，真是不得要领，几时才能渡得了一个人？"

三渡法师只淡然一笑，缓缓走出正殿，继续去内堂参禅。寺中的僧人因为他年事已高，辈分又大，称他一声长老，或叫他一声法师。也有僧众知他佛法高深，可是他的见解与前代高僧的正解多有乖离，于是又不敢全信他说的，只对他敬而远之。三渡法师素来无争，禅心一颗，守着枯灯。他有时枯坐石上，有时枯坐河边，有时面壁于石洞，有时打坐于佛堂。每到春天，文殊殿前那一棵桃树开花的时候，他就会戴一顶青箬笠，披一件绿蓑衣，手拄一根锡禅杖，离开拂叶寺，向远处游方，居无定所，行无定址。云蒸霞蔚的山谷，流水淙淙的山涧，平常百姓的茅舍，川流不息的街道，他都曾到过。直到拂叶寺正殿前的银杏叶落了一地时，他才缓缓归来，依旧戴着那一顶青箬笠，披着那一袭绿蓑衣。

一日，正值寒冬，墨青正在擦拭佛龛上的灰尘，见到佛堂前的布袋罗汉像，便放下手中的活儿，朝佛像作了个揖，又一面好奇地盯着佛像看了半天，一面来回搓着冻得通红的小手。三渡法师正好从后堂出来，看见墨青，便问："墨儿，你到拂叶寺多久了？"

墨青道："禀师父，我记得前年来的时候庭前恰好积了一层厚厚的白雪，现在庭前雪花又纷纷扬扬，算一算，我来了正好有两年了。"

三渡法师问："墨儿，你想家吗？"

墨青便满眼坠下泪来，说："弟子想家，可是家却没了。"

三渡法师道："你以后就以这拂叶寺为家如何？"

墨青道："除了这寺，弟子无处可去，弟子早已把拂叶寺当成家了，也把师父当成亲人了。"

三渡法师道："好，好，墨儿，你随我到正殿里来。"

墨青便跟着三渡法师来到了正殿。三渡法师叫旁边的弟子：

“你去把戒律师叔和智善长老喊过来，今天我要给墨青剃发，正式收他做我的入室弟子。”

于是一拨僧人都来到大殿。监院不解，问：“法师，你已经好多年不收徒弟了，今天为何想起要收这个小孩做弟子？”

三渡法师指着墨青说：“前年寒冬，他的父亲来寺庙里烧香，把他托付于我，再三嘱托叫我好生照顾他，又要我在方便的时候给他摩顶受记，剃度出家，让他做一棵无牵无挂的菩提树，一片无尘无埃的明镜台。”

监院又问：“法师，他来时你不收他为徒，为何拖到现在，忽又心血来潮要收他做徒弟？”

三渡法师道：“那时我见他年纪尚幼，不忍让他终日守着这山寺昏昏的青灯，忍耐这寂寂的寒苦。心想他的父母总有一天会改变主意来接他回去。如今他的家人俱已经不在了，他无处可去，无牵无挂，也是机缘已到，就给他剃度出家了吧。”

众僧唱喏，一位僧人端来一个托盘，三渡法师请智善大师剃度。智善净手后，拿起盘里的戒刀，不一会儿把墨青的头发全部剃去。书记僧记了名字，三渡法师赐他法号为吉生，又拿来一件小和尚的缁衣让他穿了。戒律长老用手给墨青摩顶受记，将佛门的清规戒律一一诵出，让墨青铭记在心。仪式完成后，墨青蜷着身子，向着后堂一盆通红的炉火烘手，三渡法师走过来问：“吉生，山间丛林不比外面，是不是格外得冷？”

自然深山中的寒气比起城里更加透凉，更加刺骨。

墨青哆嗦道：“是冷。”

三渡法师怕墨青受不了这里的考验，便问：“可这里的僧人，不仅要忍耐严冬,还要耐得住寂寞清苦哩,墨儿,你受得了吗?”

墨青道:“弟子受得了。”

三渡法师又问:“那红尘中的诱惑,你也能避开否?”

墨青道:“避得开,避得开。”

法师说:“自此之后,你跟我去游历四方可好?”

墨青并不知道游历四方是什么意思,他以为僧人的游历就是去游山玩水,便笑嘻嘻地说:“师父去哪儿,徒儿就跟你跟到哪儿。”

法师说:“墨儿,你现在什么都答应得好,但是不知道你实际的行动又会如何,你且起来吧,往后的日子还长着哩,前面的路还远着哩。”

自此,墨青便隐去俗家姓氏,不叫郑墨青了,只唤作墨青,或又叫他的法号吉生,正式成了三渡法师的入室弟子。

二十九

做三渡法师的弟子，与其他山门的弟子并无多少不同，每天都需要很早就起床，很晚才睡觉，敲钟、扫洒、点灯、添油、做早课、习晚课，各种事物，都须做得周到得体。如果稍有一点偷懒，被监寺见到，或是一顿责骂，或是面壁思过，甚至是一顿戒棍伺候。

早上，墨青起来叠好被褥时，三渡法师早已经在外面打坐修行了。到了晚上，墨青烧一盆热水请师父洗脸、洗脚。在墨青的眼里，三渡法师永远起来得比他要早，晚上睡得比他要晚。三渡法师患有干咳症，每当秋冬交替之季，气候寒冷干燥，便会旧疾复发，咳嗽不止，一到严冬，咳声越大。在法师旧病复发的这段时间，墨青来往于山上山下，穿行在拂叶寺与溪州之间，拿着师父写好的药帖去溪州西头的药铺抓药，早出晚归，风雨无阻。

有一次，墨青披着一件宽松的法衣，戴着一顶破旧的斗笠，跟着圆融师叔坐下大弟子真怀师兄，经过大通河长长的堤岸时，从河面刮起的朔风像刀锋一样刮在他们脸上。风嗖嗖地钻进他们的衣服里，把衣服鼓得像一个气囊。岸堤上的柳条儿被风吹得高高扬起，打在他们的肩膀上。

两人顶着朔风，徐徐而行。柳条儿拂掉了墨青的斗笠，落到了堤上，墨青便去追那斗笠。那风却像在成心调戏墨青一样，墨青一停，斗笠也停，墨青一动，斗笠也动。真怀师兄既怕风吹走了斗笠，又怕风把墨青吹到水里去，索性放下手中的衣钵，掇起垂地的僧服，也来追赶，一把抓住斗笠，戴在墨青的头上，又拿起衣钵，顶着朔风，两个人慢慢地往枕碧桥的方向而去。

经过枕碧桥时，桥上一个行人也没有。那座桥在银装素裹中独立，溤州的沧桑过往和悲欢离合仿佛都刻在了桥面石柱上一道道印痕里面。穿过长长的桥面，他们坐在桥边的石凳上歇息了片刻。真怀从褡裢里面拿出一个馓子卷饼递给墨青，让墨青充饥。墨青舍不得全吃，掰成两半，一半送给师兄，自己把另一半吃了，又捡起掉在石头上的馓子碎屑舔光了。

过了枕碧桥，又经过了瓷韵轩。那时，瓷韵轩经过重新装修，门口挂着的两只大灯笼在风中摇曳，涂成朱漆的大门敞开着，两只镇宅的大石狮立在门口，拴马石上拴着一匹又高又俊的青鬃马，马鞍尚未卸下。大门两侧全是积着一层薄雪的青砖黛瓦，墙上重新涂了一层鲜艳的朱漆，镶嵌着雕花的窗棂，在山墙墀头，在檐下，在窗额上分别刻着“丹凤朝阳”“玉兔望月”等珍禽瑞兽，被雪映得闪闪发光。高墙两端则植着两株百年柏树，在一团团雪中露出葱翠的脊骨。

今日的瓷韵轩，在溤州已经成了无人能望其项背的字号，再也不是当年那个跟在瓷缘斋屁股后面的老二了。自郭十里在斗瓷大会获胜，回到溤州又如愿以偿当选为溤州瓷行的会长，白此瓷韵轩的发展一发不可收拾。溤州瓷业大约三分之二的生意都是由瓷韵轩经手。甚至很多瓷店卖什么瓷，进什么料，摆什么瓷，或者谁家要开新店了，都必须经过郭十里点头才行。甚至连大通河对岸的汀州瓷行也联名请郭十里，让他出来指点三州四府瓷行的生意。在郭十里的带动下，那个以前对瓷器一点也不感兴趣的溪州知州也成了瓷器的痴迷者，每天来郭府一起坐而论瓷，顺便把玩把玩郭十里收藏的那些瓷器。

至于郭闻识，他已然成了溪州赫赫有名的贵公子，每次出城游玩的时候，排场宏大，让一班人在前面敲锣打鼓清道，弄得街道鸡飞狗跳。溪州的老板都知道郭闻识爱听戏，所以邀请郭闻识去听戏的人排成了长队。郭闻识听了不下几百场戏，听久了就觉得索然无味了，他听来听去，总结说："什么戏都比不上苏仙那一晚在玉兰坊唱的戏，那样余音绕梁！"他对苏仙至今念念不忘，溪州的老板们知道郭闻识爱听苏仙唱戏后，于是不远万里，专门去汴京把苏仙再次请过来了。郭闻识如愿以偿，他听得两眼放光，听得口水直流，等听完戏，他又对苏仙曼妙的身体想入非非。苏仙唱戏的时候，他换了一身戏袍，突然走上台来，把苏仙惊了一跳。"唱。"郭闻识拉着苏仙的手说。惊惶未定的苏仙便继续唱起来，而他也跟着唱了起来，两人唱了一曲《游龙戏凤》。唱着唱着郭闻识就从后面抱紧了苏仙，然后他如饥似渴地使劲亲吻苏仙的脖颈，亲吻苏仙的耳根，接着又强行从后面掀开她的戏服，完全不顾苏仙的反抗占有了她。干完事后，他心满意足，对掩面而泣的苏仙说："你哭什么！上回在玉兰坊听你唱戏时，我就有心看上你，你放心，你跟了我，有享不完的清福，我郭闻识不是那种负心背义的汉子，我自会养你一辈子！"晚上，郭闻识抱着苏仙睡觉，他抚摸着苏仙光滑的背脊欣喜地说："你在台上英姿飒爽得像个豪杰，没想到你一到床上就是个娇滴滴妩媚的女儿。"果然，这一回郭闻识没有食言，他遵守协定，娶了苏仙。

娶苏仙时，郭十里其实是不情愿的，觉得苏仙不过是个戏子，可郭闻识执意要娶她，为此还和郭十里大闹一场，最后郭十里被闹得没办法了，只好同意。不过郭十里又说："你要娶苏仙也可以，但要答应我一件事情。"郭闻识问什么事情。郭十里便道："自此之后你要收住你的性子，老老实实地在家过日子，不得再去外面鬼混，还有，我要你老老实实地帮我经营好瓷韵轩，教你打点的事务都要一丝不苟地打点好。"郭闻识满口答应："成！"那天，婚礼办得十分隆重，瓷行的老板都被请来了，知州也来道贺。自此以后，苏仙正式成了小郭夫人，就不再在公众场合唱戏了，她只为郭闻识一个人唱戏。没过一年，苏仙为郭闻识生了一个女儿。郭十里抱着孙女，又高兴又感慨地说："我花了几十年都没收住郭闻识的心，从汴京来的一个戏子，倒是把他的心拴住啦！"

不觉时光飞逝，离瓷缘斋那场大火已经过去了三年，人们对瓷缘斋的记忆已经被时光的齿轮渐渐磨掉，可是郭十里仍然念念不忘瓷缘斋密室里被烧掉的珍宝。自从他那次随郑大观在那间密室里看了那些瓷儿瓶儿罐儿之后，他就受到了极大的精神刺激，发誓有一天也要览尽天下名瓷，阅遍天下奇珍，要超过当年瓷缘斋的盛况。两年多来，他多方打听，四处搜罗，不惜一切手段从南北客商和民间收藏者那儿攫取奇珍异宝，或以重金购买，或以权势威逼，或连蒙带骗。经过一番努力，竟然也搜罗了不少宝贝。于是郭十里又花重金从汴京请来最好的工匠营造了一间密室，美其名曰"天籁阁"，他把各种臻美瓷器全部放在天籁阁里，一字摆开，又请擅长画风物的画匠把收藏的每一件瓷器依样画出，挂在墙上供人瞻仰。他一边鉴赏着瓷器，一边情不自禁地唱起那首歌："瓷韵轩，陶器多如山，撑起青白天……”他唱的时候，便眯着眼睛说：“直到今天我才知道这歌原来这么有韵味！”

那天，墨青和真怀师兄去买药时，刚好从瓷韵轩经过，他们从来没有见过那么气派的宅邸，从没见过这么高的高墙。在朱漆大门旁，还云集着一群宾客，他们都是想来和瓷韵轩做生意的，有些人为了与瓷韵轩攀上交情，已经在大门口蹲了好几天了。那些蹲在雪地里的人冷得直哆嗦，一边往手里哈着气一边在抱怨：“这个鬼天，冷得够呛！”

有人说：“今年不是水灾就是冰灾，路阻难行，各地的瓷店都断了货，急得四处找米下锅，眼下就是有银子也没处买，恐怕也只有瓷韵轩有货可出了，也不知他家的货是从哪儿来的。”

又一个说：“听说三州四府的瓷窑都熄了火歇业，剩下几口好窑烧出的上等瓷，也都早被瓷韵轩预订了。人家有先见之明，不像我们这些人只盯着眼前。现在除了瓷韵轩有好瓷卖，其他家哪里还有什么好瓷。”

又听人说：“今年这场大雪比往年下得都紧，要是雪一直这样下，用不了几天，估计大通河面上就能跑马了。”

过了一会儿，有一个庄客从瓷韵轩的大门内走出来，大声喊道：“快让开，闻识少爷出来了，马车都备好了吗？”于是守在门口的人们自动迎上去，不过很快他们就被庄客拦在两边。庄客清出一条道来。一名侍者牵来一架由两匹青鬃马拉的马车，一张青布帷幔从马车顶棚上垂下来，帷幔上绣着梅花图案，四周各垂着一缕缀丝穗。侍者抖掉鬃毛上的落雪，在车前铺上一块貂绒软垫，只见一位公子身穿锦袄，足踏皂靴，从里面走出来，后面跟着一个长随，怀里抱着一个小女孩。小女孩穿着一件镶金的蓝缎裙袄，头上扎两个犄角，小脸蛋冻得红扑扑的，两只水灵水灵的大眼睛好奇地看着柏树下坐着的一大一小的和尚。只见那位穿锦袍的公子上了马车，掀开帘子，对后面的长随说道："让清绮小姐坐里面来。"

于是，那位仆人小心翼翼地把小女孩抱进车厢里。可小女孩又从帘子里探出半个头来，依然好奇地盯着墨青，小女孩目不转睛地看着墨青的光头，看得墨青有些不好意思了。马车里面的小女孩看上去有两三岁，那双大眼睛不停地睃着墨青，忽然咧开嘴朝墨青嘻嘻地笑起来。墨青赶紧低下头，光秃秃的脑袋在白皑皑的积雪映照下闪闪发光。

车夫挥动马鞭，马车便缓缓地朝城南方向扬长而去了。那些蹲在雪地里的客商又一窝蜂围上去，跟着马车追了一会儿。马车上的公子根本就没有在意那些客商，他随着小女孩的目光望去，蓦地看到柏树下那一大一小的和尚。

两个和尚也痴痴地望着这位意气风发的公子。这位公子叫停住马车，对前面的侍者招手说："看那两个蠢和尚兀自站在树下，不肯走，怪剌剌地妨碍我们瓷韵轩的生意，我猜这两个和尚准是来化缘的，你去，去丢两个铜板放到他们的碗里，赶紧打发他们走了。"

于是侍者走过去，扔下两个铜板，响亮地掉在和尚的瓷钵里。

侍者道："喂！你们两个没头没脑的和尚，听见没有？还不快走！"

见两个和尚并没有动的意思，侍从又上前来赶。真怀拉着墨青的手说："吉生师弟，咱们快走吧！富贵人家，在我们出家人眼里不过是过眼云烟，有什么好值得羡慕的！你看这天色不早了，我们还要抓紧赶路，去板儿铺程先生那儿抓了药后，要不赶在曾师叔关山门前回寺里，我们就只有露宿街头了！”

墨青说：“师兄，你等一等。”

墨青上前把那两枚铜钱拾起来，走过去还给那侍从，又合掌并俯身念一句：“阿弥陀佛！”

侍从笑道：“这小和尚，还嫌少吗，我偏一文都不给你！”

墨青听了，也不争辩，只羞赧地笑了一笑，便一声不语离开了。

真怀牵着墨青的手，径直往药店的方向走去。不多时来到中药铺，按药帖抓了两剂草药，药师把天冬、贝母等各类药材用白纸包好。真怀付完钱后，把药材塞进褡裢里，两人又沿原路返回。真怀在前，墨青在后，一高一低，一步一颠，一路走一路看，又经过那座枕碧桥，两旁石狮子瞪着铜锣一样的眼睛寂静地立着，桥上空荡荡的，一个行人也没有。两人一边走一边攀话，忽见一个乞丐从桥头的石柱子下面猛地窜出来，踮起脚尖，好奇地打量墨青和真怀。那乞丐蓬头垢面，穿一袭烂成碎条的青布单衫，相容憔悴，在风中如田里的一片苦荞叶一般瑟瑟发抖。只见那乞丐欲前不前，欲停不停，立在那儿看着墨青和真怀发呆了半晌。墨青和真怀一走，乞丐便也跟着走，他俩一停，乞丐也就停了。墨青吓得连忙拉住真怀的衣襟，害怕地说：“师兄你看！后面那个乞丐一直跟着我们哩，我们走到哪他就跟到哪。”

真怀道：“不用管他，我们只管走我们的路。”

这样走了约莫一两里路，乞丐便跟了一两里路。

墨青说：“师兄，那个乞丐还在后面一直跟着哩。”

真怀道：“别怕，别怕，这个乞丐这样跟住我们，想必是要讨了东西后才肯离开。”

于是从褡裢里面摸出两枚铜钱，走过去，送给乞丐，那乞丐也不说什么，把钱接了。

墨青和真怀又继续赶路，走了半里路，回头一看，那个乞丐依然跟在后面。

真怀对墨青说：“莫不是这个乞丐嫌我们给的钱少，所以不肯走？”

于是又从褡裢里摸出几枚铜钱，施舍给那乞丐，乞丐不说什么，还是把钱接了。两人又走了一里多路程，乞丐又跟了一里多。直到真怀把褡裢里面买药剩下的几枚铜钱全部施舍给了乞丐，可乞丐还是跟着他们。

真怀说：“咄咄怪事，这个乞丐跟了我们十多里，给了钱还不肯走，不知道这乞丐到底想要干什么！”

这样想，真怀心里不免也有些害怕了，不过越怕他就越装出发怒的样子。他从地上捡起一根树枝，吓唬那乞丐：“你这乞丐，好没道理，我们是一清二白的和尚，四方化缘得来的东西，连自己的肚皮都填不饱，抓药剩下的几个钱全都给了你，你还想要怎样？走！快走！若再不走，弄不好我手里的棍子就打过来了！”

乞丐停住，愣了半会儿。墨青和真怀继续走，乞丐依然跟着。

真怀终于忍不住了，跑过去驱赶乞丐。乞丐受到惊吓，慌忙跑开。可过了一会儿，那乞丐又不知几时跟在了他们后面。

待他们回到拂叶寺时，乞丐便一直跟到了拂叶寺。

见了三渡法师，墨青躲在三渡法师的衣服后面。乞丐见到很多僧人，刚开始感到有些不安。三渡法师见乞丐衣不蔽体，面露菜色，一副可怜巴巴的样子，忍不住心生怜悯，叫知客端来斋饭和清茶给乞丐，乞丐接了，一个人去蹲在梁柱下，把斋饭吃得一粒不剩，又把清茶喝了。

三渡法师和颜悦色地问乞丐叫什么，乞丐不答。三渡法师又问他从何处来，乞丐又不说话。

众僧说："这乞丐原来是个哑巴？"

话音刚落，那乞丐忽然站起来，开口说："谁是哑巴？谁是哑巴？"

和尚们笑嘻嘻地往后退了半步，乞丐上前拉住三渡法师的手问道："长老，请问您身边的这个小和尚是不是姓郑？"

三渡法师道："出家人不打诳语，他的俗家姓确实姓郑。"

乞丐又问："他是不是叫郑墨青？"

三渡法师一惊："施主，我这徒儿自从入了寺里，就隐去俗家姓名，连寺里与他朝夕相处的那些僧众，都不知道他的真名，你又是怎么知道他叫郑墨青的？"

那乞丐一听，扑通一声跪在地上，顿时流下两行眼泪。

三渡法师大惊："施主，你这是为何？"

乞丐诉道："实不相瞒，我就是瓷缘斋的福二呀！我原本只是郑老爷在集市上捡来的一个孤儿，主人并不嫌我出身低微，供我吃穿，让我陪着依颂少爷一起读书，又让我在瓷缘斋看管铺面。我虽是郑家的仆人，可老爷从来没把我当成仆人看，倒像是亲儿子一样对待。后来小少爷出生了，对，就是墨青，我还抱着他去市集上看花灯，去河堤上看赛龙舟，每年我都会带他去逛庙会，在庙会上必定会买他喜欢的小泥人，他爱吃的糖炒栗子。没想到，只三年不见，墨青已经长这么大了。”

三渡法师高兴地说：“原来你就是福二！我以前听郑老爷提起过你。”

监寺问道：“施主为何落魄到这个地步？”

福二道：“此事说来话长了，自从我家老爷在京过世，我家公子与瓷缘斋玉石俱焚，没过多久，我家少夫人投河自尽，老夫人郁郁而终。只剩下我孤苦一人，无处安身，只好去别人家里做点杂事过活，闲常就去大通河的码头搬些货物，每天赚几贯钱，勉强维持生计。没想到，一日我在码头搬运货物时，碰到了瓷韵轩的郭闻识。当年我曾经在枕碧桥奚落过他，所以他认得我，一直记恨在心，于是吆喝了几个人劈头盖脸就来打我，我的肋骨也被打断了几根，货也撒了一地。我在床上将息了一个多月，全赖隔壁邻居张婆婆送点汤水接济，才得以苟延残喘。不想货主又打听到我的住所，找上门，他不敢去找那郭闻识理论，倒三番五次逼迫我全额赔偿打坏的货物，我被勒逼不过，只好把辛苦赚来的几贯钱全部赔了给他，他还嫌不足，我又只得把仅有的一间破屋卖掉，得了些钱全部赔了才算了结。自此之后，再也没有人愿意找我干活了，我没房子住，也没有吃的，不得已沦为乞丐，每天在枕碧桥附近讨些残羹冷饭，到了晚上，冻馁难挨，就只好窝在枕碧桥的桥洞里面过夜。”

三渡法师听了唏嘘不已：“阿弥陀佛！可怜，原来这些年施主过得恁地苦！”

福二却满面笑容地回答：“不苦！不苦！只要能让我再见墨儿一面，就是多少苦都值得了。”

旁边的知客问：“施主是怎么找到这里来的？”

福二说："说来凑巧，今日我在枕碧桥乞讨时，瞅见一个大和尚后面跟着一个小和尚，正好从枕碧桥经过，当时我就觉得这小和尚有几分眼熟，心头一惊，寻思这小和尚不就是我家小少爷墨青吗。可我这一副邋遢模样，怎敢贸然上前相认，只好一路跟随，走了几十里路，跟到了拂叶寺，惊扰了众位师父的清修，请师父们莫怪！莫怪！"

此刻，福二的脸上露出了那种久违的灿烂的笑容，他已经心满意足了。三渡法师让墨青向福二叩头，福二连忙说："使不得哩，使不得哩，我只是一个仆人，受不起小主人的叩拜！"

三渡法师说："施主，你现在是他唯一的亲人，他向你磕头理所应当。"

接着，三渡法师又叫典座拿来一套干净的袍子给福二换了，等福二沐浴更衣后，便让知客领着他先去客堂歇息。

三渡法师怜悯福二的遭遇，叫知客殷勤款待，不一会儿，摆上一桌清茶淡饭，对于经常忍饥挨饿的福二来说，这算得上世界上最好的食物了。三渡法师又让墨青多陪陪福二，可是福二怕耽误了墨青的功课，坚决让墨青去佛堂跟其他师兄弟们一起坐禅念经。墨青一离开，他又忍不住对墨青的想念，便偷偷地跑到佛堂前，隔着窗棂去看墨青，一边看一边擦拭眼泪。不知不觉，住了十来天，福二不好意思再住下去了，跑过来向三渡法师告辞。

三渡法师对福二说："施主，你好不容易与墨青团聚，不妨在寺里再多住几日，只要施主斋饭还吃得惯，不嫌寺庙清冷，寺里上下一定不敢怠慢。"

他们说话时，墨青正在佛殿外面玩耍，一阵清脆的嬉笑声让清冷如许的佛寺多了一份生机。福二循声望去，看见墨青正与几个小和尚玩在一起，便想起了依颂小的时候也是这样无忧无虑，他会心地笑了笑，指着宝殿外的墨青说："大师，您看。"

三渡法师循着福二指的方向望去。

福二说："是墨儿，你看他一副天真烂漫的样子，我就想起了我们依颂少爷小的时候。"

福二顿了顿，又说道："拂叶寺是佛门清静之地，与世无争，不像市井尘俗，纷纷攘攘，缠斗不休。还是我家依颂少爷想得远，把墨儿送到这个清净之地，让他远离尘垢，端的是一个最好不过的归宿，看到墨儿这样无忧无虑，我还有什么放心不下的！"

三渡法师知道福二去意已决，于是问福二今后有什么打算。

福二说："天地之大，没有不能容身的道理。我在枕碧桥上讨饭时，听说有一队客商拉了五六辎车纱布要去甘州贩卖，正好缺少一个伴当，我已经与那客商领头的说好了，只要他们同意带挈我去甘州谋生，赏一口饭吃，我情愿替他们做脚力，为他们牵马搬货。"

三渡法师道："此去甘州的路关卡重重，又远又险，那个地方你怎么去的。"

福二道："这只商队是专门走西域的，一路上都有人打点，到了甘州还有帮会派来的人前来接应，大师不用担心。"

三渡法师听了，也就不便再留，只得顺其自然。等到离开拂叶寺时，福二却突然想起一件事来，便问三渡法师："墨青的亲人都已经不在人世了，我家老爷死在了汴京的地牢里，公子与瓷缘斋一起玉石俱焚，自从少夫人和老夫人驾鹤归西之后葬在两界岭，多少年来无人祭扫，恐怕两位夫人的墓冢早已为荒草湮没。我想，此去甘州，路途遥远，不知何时能回，所以想在临行之前带墨青去他母亲和祖母的墓前祭扫，乞请长老允许。”

三渡法师道：“善哉！世间恩德有四种，第一种恩便是父母恩。父母恩重，山高水深。所谓菩提心，亦是一片孝心。墨青去祭拜自己的生母和祖母，理所应当！”

三渡法师即唤墨青随行，又叮嘱一旁的真怀：“你也陪你师弟下山走一趟！也好帮忙念一通《地藏菩萨本愿经》，超度了亡灵。”

典座准备好香烛冥纸，墨青、真怀便与福二一路迤逦上了两界岭。墨青默默地跟在福二身后，每行一步，童年的记忆片段便断断续续地出现在眼前，然后这些片段又被连成一串，他渐渐看清了父母和祖父母的面容。福二在山路上唱起了一支本地的吊丧歌，那是纪念逝去的人的歌。那歌声在山谷回荡，绕着流云飞散，绕着枝头空转，惨然悲戚。他们来到两界岭山上，只见满山乱石重叠，藤萝蔓绕，荒败凄凉。寻了半天，终于在一堆杂草中找到乱石堆砌的墓冢。顾不了荆棘芒刺，拔掉乱草，摆好香烛，福二叫道：“墨儿，你过来，在你娘坟前磕几个头。”

于是墨青便跪下来，抽噎着拜了三拜。福二默默站在一旁，用衣袖不停地擦拭眼睛，哽咽道：“墨儿，你知道吗？你娘生你的时候因为早产，痛得差一点没昏厥过去。你娘出自名门，才貌双全，可这一生啊，不知受过多少苦。我还记得她在下人面前总爱笑，哪怕在瓷缘斋最难的时候，我也没有见她抱怨过什么。你爹能够娶她，那是你爹的福气。”

灰色的苍穹下，寒鸦点点。此时，空旷的荒野寂静无声。真怀合着双掌，念了一遍《地藏菩萨本愿经》，超度了亡灵。拜祭完惜白，福二又领着墨青去祭奠郑老夫人。等烧化了香烛，祭奠完毕后，三人才下山去。

也不知走了多久，福二指着一条岔路说道："墨儿，前面这条路，你们俩一直往东就能回拂叶寺，我一人往西，与去甘州贩纱布的商队会合，我们就此别过，日后若能侥幸留住这条命，一定回来与你相见。"

墨青很是伤感，又兼不舍，真怀也劝："我们再送送无妨！"

于是三人又行了几里羊肠小径。直至福二那瘦削的身影被前面的一片树林挡住，墨青与真怀才沿着往东的羊肠小道回去。

回来时，两人一路无话，那条小路弯得似乎没有尽头，在月色中，像一条飘在空中的丝带。

三十

拂叶寺的清修生活是那么孤寂，和尚们终日与青灯古佛相伴，打坐念经，看庭前花开花落，听堂下烟雨迷蒙。不管外面的世界有多么热闹，红尘有多么吸引人，对这些心如枯木的僧人来说终不过是过眼云烟、镜花水月。

古寺浑厚的钟声响起了，它响在天边，响在云间，响在林中。冬去春来，满地的蒌蒿，爬满残壁的蔷薇，三两枝花蕾，在一场春雨过后，开始吐露芳华。去年枯败的落木还埋了半截在地下，古寺的断瓦残垣闪着幽幽的白光，苔藓斑驳的青岩上浸出一线水痕。拂叶寺的后山有一条溪涧隐藏在林中，叮叮淙淙，最后小溪汇成了瀑布，沿着青黑的巨岩从空中泄下，像一条腾空的飞龙，撒下的水珠掺杂着落叶、飞花和尘土，在空中飞舞。

有时墨青与三渡法师静坐溪边，花和叶就落在他们身上。有时他们沿着溪涧而下，竹杖芒鞋，烟雨中就倒映出师徒二人的寒影。三渡法师在石上打坐时，墨青就挽着裤脚，去小溪中摸石头玩耍。眼看天色沉沉，时候不早了，三渡法师睁开双眼，叫一声："墨青，为师已经打完坐，念完经，你去把后边石头上的包袱背过来，看看树杈上的衣服晾干了没有，收了那些东西，咱们回去吧！"

于是师徒二人又溯溪而上，墨青挎着褡裢，提着打湿的布鞋，挽着裤脚，赤裸着小脚丫，踩在柔软的沙石上。三渡法师轻移脚步，在前引导，两人一前一后。片刻，从丛林深处走来一个老和尚和一个小和尚。

晚上，生一个火炉，倚一豆青灯，三渡法师伏在桌上抄写经文，而墨青就为三渡法师磨墨。三渡法师每写完一张纸，墨青便拿去晾干墨迹。及至深夜，墨青困了，上床睡觉，跳动的灯焰映射在窗棂前裱糊的一层薄薄的白纸上，不知不觉中，桌上的经文已经抄写了厚厚一摞。

拂叶寺平静得就像隐在山间的一潭清水，只是在白天，那些前来求神拜佛的香客进香的时候，这一潭山水才被尘世的纷繁轻轻地搅动一下。香客们为着各种各样的愿望，跪拜在佛前祈祷。他们一个个虔诚无比，无论贵胄，抑或平民，亦无论是鸿儒，还是白丁，在佛前都是一样的。庄严的佛像或端坐，或站立，或躺卧，对任何人都是那样慈祥而又冷峻，肃然无声，默默地聆听着拜佛者叶露心声。那些虔诚的香客在佛前倾诉着各自的苦难或悲欢。人情冷暖，世态百相，都在佛前揭开了各自的面纱。然而，佛只是默默地看着，听着，不露声色。

三十一

一日，三渡法师在后堂打坐完毕，见到墨青的脸上略有懈怠之色，怕这孩子受不了禅林清苦，心中一动，知道应该去外面磨砺磨砺这孩子的心智了，便说："墨青，你过来，文殊殿后面有一座桥，桥后面有一座山，在山的半腰上有一棵桃树，你去看看那棵树上的桃花开了没有？"

墨青便沿着青石台阶一路爬到后山，一顿饭的工夫，又跑回来，说道："师父，后山确实有一棵桃树，树上挂满了花苞，其间有四五枝桃花开得正好。"

三渡法师道："善哉，墨儿，你去收拾好行李，带上化缘的衣钵，再去后殿向侍者讨一双芒鞋和净袜，戴一顶青箬笠，披一袭绿蓑衣，今天我们就要出发了！"

墨青不解，问道："师父，我们要去哪儿？"

三渡法师道："就是我以前对你说过，每当后山腰的桃花盛开的时候，为师便要收拾好行李，拿着禅杖和铁钵，离开拂叶寺一段时间去云游四方，行无定址，居无定所，直等到如来殿前面的银杏叶落了一地时方才回来。"

于是墨青唱喏，去准备出发前的行装。他对这趟充满着未知的行程感到好奇，早在剃度的那一天就听寺里的师兄们说起三渡法师云游的故事，尽管他无法真正明白云游的意义。

三渡法师问："墨儿，前路艰难，你准备好了吗？"

墨青禀道："师父，弟子已经收拾好行李衣钵了，只等向寺里管事的各位师父们说一声，便可出发了！"

三渡法师说："为师不单指这个准备，还问你的心可否准备好了？"

墨青道："准备好了！准备好了！"

三渡法师又问："一路吃苦你都不怕？"

墨青想了想说："师父常教诲弟子，但行善事，莫问前路。前路苦不苦，累不累，弟子不想，不问，不知，故也就不怕！"

三渡法师心中暗喜，道："难得！既如此，也不消打招呼了，你去把我今早抄的那一卷经书送到后堂的搁架上，再把我平日写的偈子都揭下来装在布袋里，我们即刻就动身。"

于是师徒二人随便整顿了一下，只同监院说了，就轻装一身，离开了拂叶寺，一路晓行夜宿，饥餐渴饮，跋山涉水，行沙越雪，就像古代西行求法的高僧一样历经千难万阻，此心不渝。这一段游方，其实也是心路的历程，既要克服沿路的艰苦，更要排除心头的杂念和畏怯。他们一路走来，经过繁华的都市，也行过偏远的山乡村野；爬过巍峨崔嵬的高山，也渡过奔腾汹涌的大河；见过云蒸霞蔚，也见过江流入海。有时他们就在林间生一团火，仰望星辰，枕石而卧，直到天明，旁边的一堆柴火刚好烧成了一堆灰烬。有时他们走了几十里路，好不容易在山涧找到一洌清泉，墨青便拿出化斋的铁钵，盛满一钵清水，晃晃悠悠地奉给师父。有时他们好不容易在了无人烟之地突然遇到一个担着一捆干柴的樵夫，墨青便壮着胆量，走上前去问那樵夫可否借宿一晚，樵夫见是一个老僧带着一个小僧，也慌忙合掌回礼，把师徒二人引到茅舍，端来粗茶淡饭。有时在荒郊野外，实在饥渴无奈，就用石头架起一个临时的土灶，把钵放在上面，用化缘得来的糙米生火造饭，煮一锅清粥，再往上面放几片野菜，以此充饥。

云游并非漫无目的，而是一路寻师问道，于一草一木、一山一水之中领悟佛教的真谛，化解人生的执念。三渡法师常对墨青这样说："你以为求佛问道很难么，其实说难也不难，说不难也难，归根到底只是一颗诚心而已。"

墨青便问："师父，诚心是什么？"

三渡法师道："比如你一心想要访师问道，便时刻放在心上，念兹在兹，哪怕山穷水尽，白云苍狗，也不敢丝毫懈怠，这便是诚心了。"

墨青叉着手，点着头，唱一声"诺"，心里想我们一心问道，风雨兼程，个中滋味，除了自己，只怕无人能够体会，这莫非就是对佛的一片诚心？

三渡法师又说："墨儿，但凡以后云游所到之处，便要做到四件事。"

墨青问："是哪四件事？"

三渡法师答："遇山而登，临水而渡，见宝刹而往，逢高僧而拜。这四点，你可记住了？"

墨青道一声："是！"

于是三渡法师带着墨青寻遍名山大川，访遍庙宇灵台，与高僧大德交游酬唱，辩理析疑。遇着风清月明，兴头起了时就在歇息的寺内做一道场，众僧迎风而坐，三渡法师端坐莲台，开解佛法，讲到微妙之处，高僧们拊掌而笑，喜不自胜。谈佛的妙音高绝远响，言谈之中的辞旨和意趣，直接达到了佛理的至高境界，以至于满座称善。墨青并不完全明白大师们辩论的那些幽微妙义，但是见到高僧一往而深，吐出的言辞斐然成章，就足以使自己胸怀舒畅，启发心智了。

有一次，三渡法师带着墨青云游到长兴寺，应寺院首座释远长老的邀请，开讲《六祖坛经》，那一日众僧云集，肃然端坐，洗耳恭听。三渡法师虽然年老体衰，然而声音清越，佛音高远。三渡法师才讲了六百多言，坐下众僧就已经听得情不自禁了。法师的讲解极其精妙，且又与前人谈佛不同，让人深思。三渡法师讲解才毕，合上经书之时，余音仍然在众僧耳旁回响不绝。陪坐的释远长老问："诸位听得如何？有没有听尽兴？"

众僧皆说："今天法师所言，让小僧们醍醐灌顶。"

释远长老道："我弟子已很久没有听到这样洋洋洒洒的真言了！"

轮到释远长老阐发自己的意见时，长老先是干咳了一声，场下顿时鸦雀无声，然后长老摊开经书，从另一种理解进入，讲了近千余言，词彩缤纷，蔓引株连，说到动情之处时，洞见幽微深邃如察秋毫之末。长老语惊四座，下面无不叹服赞美。三渡法师也不时点头颔首。

三渡法师对释远长老说："长老今天的话要言不烦，境界既高远又幽微，如听天籁一般。听了长老的一席讲解，才知道自己离佛还有很远！"

三渡法师和释远长老两人有一种相见恨晚的感觉，仿佛今日的相聚早已冥冥注定。虽然他们对佛法的领悟各有千秋，对义理的讲解各成一派，然而这并不妨碍他们之间的交流，也不阻碍他们间产生深厚的友谊，佛法的昌盛正是在这些僧人的虚心切磋中得到弘扬的。

释远长老把三渡法师奉为上宾，把他留在长兴寺一连住了十来日，仍不愿放三渡法师离开。盛情之下，三渡法师只好在长兴寺暂且逗留，每日与寺里的高僧大德们对月谈经，迎风问道，忙时开坛讲法，闲时打坐参禅，不觉又过了一月有余。有时三渡法师开坛讲法，远近村夫野老、书工市贾等芸芸信众都会放下手中的活计，闻讯而来，他们或盘腿而坐，或双膝跪地，聆听得虔诚无比。他们为生活所困，身心疲惫，只有在佛音妙语之中才能获得解脱的力量。有时信众的心中充满了执念，茫然不知所措，单独前来拜见三渡法师，乞求开悟，三渡法师正入定之中，信徒不敢打扰，站立门外等待。不知几时，三渡法师从入定中醒来，坐在一间小屋之内，墨青出来道："法师已醒，请进屋来。"

于是把那信众引入室内。墨青立在法师旁边，燃起一炷香。三渡法师便问那信徒："施主，你从何而来？去往何地？因何而往？又因何而住？"

信徒茫然，不能应答。三渡法师微微一笑："施主如果能够想清楚这四个为何，何愁不能彻悟？"

在长兴寺住了月余，一日，三渡法师在树下坐禅，见落叶纷纷，又听见古寺的钟声回响，便起了离开的念头，于是起身问墨青："徒儿，我们出来多久了？"

墨青道："禀告师父，算算我们这番出来也有大半年了。"

三渡法师道："好，好，你去房间收拾了衣钵，我们现在就走吧！"

"我们不去跟释远长老道别了吗？"

三渡法师说："既要离开，何须再去烦扰长老，守那陈规旧礼干什么，就让我们来时无声，去时无痕也好。"

于是，两人匆匆收拾好行李，轻轻打开了山门，又轻轻合上，离开了长兴寺，朝东边的小路而去。侍者去请三渡法师用斋，敲门不应，侧耳倾听，寂静无声，推开房门看时，才发现法师已经走了。侍者急忙去报告释远长老："长老，那游方的法师不辞而别了！"

释远长老急忙赶过来，见香茶未动，犹有余热，又与侍者赶至后山，见三渡法师已去得远了，便目送着山脚下越来越模糊的背影，合掌念道："善哉！法师不辞而别，可法师的心，贫僧已经了解了！"

三渡法师与墨青一路走走停停，他们越过田畴阡陌，牧童骑着水牛好奇地打量着这一对老僧和小僧。他们向在田间玩耍的垂髫问路，向坐在门口打盹的老者借宿，向行色匆匆的路人化斋。他们就这样一直走着，走着，云淡风轻，无所谓去哪，无所谓见谁，前路漫漫，仿佛将要去往的每一处地方，都是他们心之向往的故乡。遇到的每一个人，看见的每一处景，走过的每一条路，渡过的每一条河，都在他们的生命中留下了淡淡的分芳，仿佛那前行的足迹将开出朵朵莲花。有时，墨青累得实在走不动了，心生了畏惧，就问："师父，前面的路还有多远？"

三渡法师笑着说："出家人只要心安处，就到处是风景，何必管前面的路程远不远,何必问前方的路难不难行。”

墨青听了低头不语。又走了三五里,墨青说:“师父,我饿了。”咂了咂干裂的嘴唇,又说:“师父,我也渴了。”见天色已晚,三渡法师让墨青坐在前面的大石头上歇一歇,从包里取出干粮,把只剩一点水的水囊递给墨青喝。当他看到墨青大口大口地嚼着干粮时,心里不知生出了多少怜爱。当又看到墨青的额角粘着黄土时,便叫道:“墨儿,你别动。”

三渡法师走过去,弓着腰,用宽大的衣袖轻轻地擦拭墨青额上的泥土,一边擦拭一边缓缓地说:“墨儿,不急,慢点儿吃,先喝口水,别噎着了。要是天色晚了,我们便在这里找块平地,扯些干草,权且打一个地铺,将就一晚,明日一大早再行也不迟。”

三十二

一路游方，也不知爬了几个坡，走过几个市集。一日，他们来到一条河边，这里的人管这条河叫潞河，虽然比不上秦淮河那样纤柔艳丽，但也是来往客商观光流连的地方。潞河岸上行人如织，潞河的水明澈清澄，水底的青荇在灯影里舞动摇曳，胜过京城女子的风姿。三渡法师和墨青正要渡船，忽然听到清越的箫声，时远时近，悠悠扬扬，缠缠绵绵，像一泓清流溢出，像一缕晨曦拂过，那声音又像来自远方的客人一声淡淡的问好，又像游子在外的一声叹息，忽而轻柔，忽转沉重。路上的行人听到这箫声后被勾起了心底的离愁别绪，不觉停下了脚步，踌躇不前。墨青惊诧："听！师父，哪里传来的箫声？这么好听！"

于是师徒二人循着箫声望去，原来那箫声不是来自天边，也不是来自天边的山峦，更不是来自山峦下的村落，而是从停靠在潞河旁的一座画舫上传过来的。那女子吹完一曲，接着又吹一曲。第一曲吹的是《关山月》，曲中诉着淡淡的萧索与哀思，第二曲吹的是《凤凰游》，宫调一转，高亢清扬起来。曲终，只见那女子轻轻地叹了一口气，好像她自己也被带进了一个由箫声唤起的五彩斑斓的梦里，很久都无法自拔。倒是在船上喝酒的几位客人因不解箫声的意思，更不了解吹箫女子此刻的心情，便有些焦躁起来，开始叫叫嚷嚷，骂骂咧咧。

一位客人埋怨："我们正听到兴头上，姑娘怎的忽然不吹了？"

另一位叫道："再吹一曲。"

站在吹箫女子旁边的丫头从帘子里走出来说："告各位老爷，我家小姐已经吹过了三曲，已经吹得累了，要回去休息，客人若还想再听，请明天早点时候再来。"

座中一位客人听后勃然大怒："放屁！本大人可是付了钱的，专门来这儿喝酒听箫，酒还没喝到一半，曲儿就没了，岂有此理！少啰嗦，叫你主人出来马上再吹奏两曲，别坏了老爷们的兴头！"

小丫头道："说好了只吹三曲，这是我家主人吹箫的规矩，从来如此。"

客人道："胡说！这是什么鸟规矩。要是想赖，不吹曲也成，就陪本大人喝两杯酒再说，若让这里各位大老爷都高兴了，也抵得过吹箫！"

客人们都笑起来，座上嚷成一片声："快吹，快吹。"这时，坐在珠帘后面，一直没有说话的吹箫女子终于忍不住站起来，只见女子冷笑一声，启朱唇，开皓齿道："客人息怒，奴家自从卖艺吹箫以来，便立下规矩，如果是一般客人来听箫，吹不过三曲。如果客人要喝酒，尽管在一旁自己喝去，奴家却从来不会陪酒。如果遇到那懂音律宫调的，便一起碰个三五杯，为他吹个五六曲也无妨。如果遇到一个难得的知音，就是喝个壶见底，再吹三天三夜的曲子我也心甘情愿。"

客人听罢，更加怒不可遏："这婆娘分明讥讽我们是粗人，不懂音律，不配听她吹箫。这可就作怪了，大爷们的钱难道就不是钱？今天我们偏要当一回你的知音，非但要你吹曲，还要你过来陪酒，看你怎的！”

那女子说：“奴家不会陪酒，也绝不会再吹箫！客人若想喝酒，就去酒家，或拎个酒壶，自己打酒回家喝去，爱怎么喝就怎么喝，谁也管不了。客人若想听曲，也可以去教坊勾栏里去听，那里吹弹打唱，什么没有？随客人怎么听，哪个敢来多口！如今既然在我船上，就得依我的规矩，这里不是你们随随便便就可以撒野的地方！”

那客人被呛得眼睁睁的，待还要纠缠不休，坐在旁边的其他客人很不耐烦地催促：“只管跟这婆娘一个劲地理论什么，我们这么多人，不信她敢不吹！”

丫头见一帮男人在此无理取闹，怕女主人势单力薄，被人欺负，于是小声劝道：“小姐，你就胡乱吹几支曲子打发他们，免得这帮人在这里胡搅蛮缠个不休。”

可拿洞箫的女子执意不肯再吹箫了，她说：“我就是对着前面那些木桩唱，也不会为他们唱！”

几位客人益发恼怒，大骂：“你这唱的好不识时务！量你也只是个卖艺的风尘女子，一个贱婢子，就敢在大老爷们面前这般装大！别说要你吹个曲儿，就是要你陪大人们共就枕席之欢，也是赏你一个脸面！”

女子冷笑一声，不卑不亢地说：“本姑娘可不是被你们吓大的。众目睽睽之下，客人若硬是这样相逼，我一个人也只能奉陪到底了！小女子纵然地位卑微，但也有一把铮铮响的硬骨头。客人若一再威逼，这潞河的水虽说冰凉刺骨，深不见底，但跳下去，也就是一睁眼一闭眼的事情。小女子从不怕死，也不贪生。只是这岸上来往的行人都看到了,天地神明也都看到了,小女子死就死了,可败坏了客人的酒兴不说,让客人吃了官司,想必你们以后的日子也不会好过!”

那女子说得振振有词,一时间倒把船上的客人都吓住了,怕她真把心一横,跳进潞河去,霎时客人们鸦雀无声,兴味索然。女子说完,站起身来,拂开帘子进入船坞,不肯再出来见客。那些酒客自知无趣,说道:“没由来为这婆娘惹上官司,到值了多的!”一个个骂骂咧咧地下了船。

三渡法师在岸上看了多时,见河面上其他的船儿都已经开走了,只留下那一座画舫停泊在水上,在天地一白中间,描出一个小小的墨点。

三渡法师对船上的人合掌作揖道:“施主,我们是云游四海的出家人,漂泊无依的禅和子,能否行个方便,送我师徒二人过河?”

船内的人听到有人在岸上招呼,很快便有一个丫头重卷珠帘,走出来看,正是先前站在吹箫女子旁边的那名丫头。那丫头莞尔一笑,回了一个礼,高声说道:“师父,我家小姐早就看到你们站在岸上多时了,快请上船来,这就送你们过河去。”

那丫头撑着船靠了岸,三渡法师与墨青一同上了船。船桨拨开一簇清波,缓缓朝潞河的另一头驶去。三渡法师和墨青就坐在船的这一边,看着天边忽聚忽散的白云,听着船桨拨水的声音。先前那个吹箫女子则坐在船的另一端,也不抬头看三渡法师和墨青,只一味痴痴地看着手上那只洞箫,洞箫上的飘穗被那女子紧紧地攥在手心里。

三渡法师最先打破了沉默,他合掌问:“刚才施主的箫声清越而高远，可是听起来又夹带着淡淡的忧愁，似剪不断，理还乱，听得让人平添几分伤感。古人说，情动于衷，则形之于外，我看施主的寸寸心迹，都体现在这箫声上了，听施主的箫声，我就知道施主有化解不开的心结。”

那女子吃了一惊，说道：“大师，你也懂吹箫吗？”

三渡法师回答：“我不懂宫调音律，只是随感而发。”

那女子似乎被勾起了陈年往事，低声说：“很久以前，也曾有一个不懂宫调音律的人，却像大师说出一样的话。”

三渡法师又问：“刚才那些客人为何如此嘶闹？”

那女子摇摇头：“大师不用睬他们，这些人都是些市井无赖，贪杯好色之人，他们并不是真为了听吹箫来的，而是为了买笑追欢来的。”

三渡法师便道：“可叹！可叹！”

女子道：“大师，这样的事我小女子见惯了，世道本如此，你叹气也没用。”

三渡法师说：“我不是叹息他们，而是叹息施主的箫声吹得如此好，却没有一个懂得施主箫声的知己。”

那女子听了一愣，似乎勾起了不堪回首的往事，便不觉流下一行清泪，幽幽地说：“古人云，杨意不逢，抚凌云而自惜；钟期既遇，奏流水以何惭？大师你是不知，人生最放不下的，也是最最难得的，我看唯有这知己而已，你可知道这样的人远比金子还宝贵哩。”

那女子又沉吟了片刻，方才转头低低地倾倒出心事：“说起来，很多年以前，我也曾有一知己，总是安静地来听我吹箫，他每一次来只听三曲，从不多求，可每一次听完曲后沉浸其中，意犹未尽。就为这一点，我后来便立下一个规矩，但凡为客人吹箫，吹不过三曲。说起这位知己，他听箫的时候一定正襟危坐，全不像刚才那些浮浪轻薄之徒，绝无半点轻亵之意。只可惜，这位知己为了听我吹箫，以至于入迷得连家都不顾了。我也曾见到他的妻子，更加觉得对不起这位知己，对不住他的家人。我因为怕破坏人家家庭，心不自安，只好远远地躲开了他，从此离了澪州，远遁他方。这么多年过去了，每当我独自吹箫的时候，我还是忍不住想起这位知己。”

三渡法师问：“不知施主念念不忘的这位知己是谁？”

那女的说：“反正你又不认得，我说也无妨，他姓郑，双名依颂，非本地人士。”

三渡法师听后大惊，而坐在一旁的墨青忽然扑簌簌流下了眼泪。

女子甚是诧异：“大师，这位小和尚是不是眼睛里被风吹进了沙子，怎么突然流眼泪？”

三渡法师指着墨青说：“施主啊，你说的这位依颂就是这小和尚的父亲！”

女子笑道：“我说的依颂远在千里之外的澪州，长在那温柔富贵之乡，他的儿子此刻应该承欢膝下，怎么可能是这个苦行的小和尚？”

三渡法师道：“善哉！施主说依颂远在澪州，这就不差了，我们正是从澪州远道而来的。”

女子道：“天下同名同姓的极多，也许只是那个地方的碰巧同名而已。”

三渡法师道：“不知施主说的那个依颂是不是瓷缘斋的少掌

柜?他的儿子是不是叫郑墨青?"

那女子道:"他是不是瓷缘斋的少掌柜,我这位知己没有说过,我也没有问过,印象中他家里好像是做着瓷器的生意。至于他的儿子叫不叫郑墨青,我倒是听他有一次提起过,他唤他的孩子叫墨儿。"

三渡法师指着墨青道:"这位小和尚就是墨儿!"

原来,吹箫的女子就是当年郑依颂苦苦寻找的柳月,那曾经让郑依颂苦苦思念和追寻的箫声,竟然在千里之外的潞河上响起了。可谁又能料想到呢,是儿子墨青重拾了父亲曾经遗落的箫声。这令人断魂的箫声啊,仿佛吹过了几个世纪,吹越了江河湖海,曾经勾起了郑依颂多少思念和遗憾啊!

三人都唏嘘不已,柳月问:"依颂他现在过得还好吗?"

三渡法师沉默不语。墨青垂着泪说:"姐姐,家父……家父……见背已经多时了!"

柳月听了大惊,怎么也不敢相信这是真的。丫头搀扶着她纤弱的身子,让她坐下来。于是,墨青一边流着泪,一边把自己对家中变故的一些模糊印象,尽他所见所闻的片段,全盘道出。柳月听后伤感良久。没想到几年之后,她和依颂竟然阴阳相隔,生死两茫茫。

船桨继续拍打着水面,扬起的水珠哗啦哗啦地洒在了船舷上。一两只白鹭从散着寒气的水面上掠过,消失在远处的白云边。

柳月安静地听着墨青的诉说,不说一句话,过了一会儿,她叫道:"秋儿,你去船坞里把我那支绘有曲院风荷的紫竹洞箫也拿过来。"

柳月口里的秋儿,也就是先前那个丫头。秋儿钻入帘中,取出洞箫送到主人手上。柳月痴痴地看了看那两支洞箫，又摩挲着那一束依颂送她的飘穗，俄而，站起身说："这根长管，吹出来的声音慷慨而低沉，如风起舞，如云逐月。这根短管，吹出来的声音清越婉转，如鸣佩环，缠绵不尽。长管主阳，短管主阴，一阴一阳，相应相和。今日有幸遇见两位高僧，就如再遇知己一般。小女子无物相赠，只好献丑，再在大师面前吹几曲罢，恐有污尊听，求大师莫怪就是。"说着她便取那支长管，轻抵红唇，吹了两支曲子，那曲调是《泛沧浪》和《关山月》。她又取出那根短管，吹了一曲《桃红落》，全是郑依颂平生最爱听的曲儿，柳月时而把那曲调吹得低沉含蓄，如大雁离开家乡时发出悲怆的嘶鸣，呜呜咽咽，时而把那箫声吹得高亢激昂，如疾风骤雨排山倒海般卷过对岸那片树林，钬钬铮铮。三渡法师和墨青安静地听着，一点儿也不敢打断那如泣如诉、如风如雨般的箫声。待用两支箫吹出两种不同的曲调出来后，她放下洞箫，幽幽地看着远方说道："我想故人在那一头应该也能听到我的箫声了，愿故人听了这箫声后从此不再忧愁。"

她又转过头，轻声说："秋儿，你再去端一杯酒来。"

秋儿筛了酒，递过酒盏，柳月接了，却不喝，而是把酒缓缓地倾在河里，又慢慢地说："秋波有情，奴岂无意，奈何造物弄人，此生身不由己，奴与故人同是天涯沦落人，奴祭奠故人这一杯薄酒，但愿故人喝了，来世不再孤单。"三渡法师和墨青默默地站在船中，看着柳月，他们被那箫声的余音萦绕，为这女子的行径打动，为一种特别的愁绪感染。他们心想这位女子一定很懂依颂，他们也不知如何去安慰她。柳月又痴痴地看了看那冰冷的洞箫，莞尔一笑，忽然做了一个出其不意的动作，只见她把两支箫捧在手心，走到船边，蹲下去，竟干脆而又决然地把那两管跟随自己多年的洞箫沉入了水里！

秋儿见状，连忙去制止，可已经来不及了，转眼之间，洞箫就已经沉入了江底，惊得秋儿失色叫道："小姐，那两管箫跟了你那么多年，是你营生的家伙，平常被你视若珍宝一般，你如何把它们扔了？"

柳月扔了玉箫，愁容渐退，反倒释然，说："依颂走了，这世上再无知己，也无牵挂，这箫即便吹得再好，没有那懂得听箫的人，又吹予谁听呢？既然没有听箫的知己，这把洞箫就没有存在的意义。我把它沉到水里，也就是把我的思念沉在了水里。"

秋儿不解，犹在船边独自惋惜那两支沉入河底的洞箫。

三渡法师叹说："施主的这番举动，倒像极了抚琴的伯牙，想必当年的依颂就是你的子期了。"

等船已经靠岸，柳月起身对法师说："大师，你们一路风尘，请喝一盏清茶解解渴，再行不迟。"

于是，奉上两盏雨水煨的香茶，让师徒都饮毕了。三渡法师和墨青随后向柳月告别。离了船，登了岸，法师回头问那船上的女子道："女施主真是有情有义，贫僧还不知施主高姓大名呢？"

柳月站在船舷上，淡然一笑，指着岸上的垂柳说道："大师，你看见岸上的那一排排柳树了没？我就姓柳，叫作柳月，柳树上挂着一弯月牙儿的柳月。倘若你云游到其他的地方，若是还见了那柳树上挂着一弯月牙儿，你就记起曾经在一条船上，在一条河上，见过一个叫作柳月的女子。"

三十三

三渡法师与墨青渡过了潞河，又辗转向南，凡去时的路，回来并不从原路而返，而是迂回绕一个大圈，一路晓行夜宿，饥餐渴饮，不知不觉，又访了几座古刹，拜了几位名僧，登了几坐青山，渡了几条绿水。有时他们饿了就摘些野果充饥，渴了就俯身去掬一手清水解渴。若下起了雨，就撑一把油纸伞，伞破了就躲在树下，或钻进山洞，等雨过天晴后，又背起行囊，一路高高低低、浅浅深深地走下去。云游的时候，虽风雨兼程，颠沛流离，可师徒二人自始至终没有半句怨言。

三渡法师常说："远行即修行，路上的一花一草、一山一石、一人一事，或迷离了你的双眼，让你浮于虚像；或明澈了你的心，让你看得更加真切。这些事物既是你要冲出去的迷障，又是引导你悟道的机由，你须在其中破，也须在其中立。"

墨青并不明白何为"其中破，又在其中立"，但一路上经历过的那些光和色的变化，那些白昼冷暖的更替，那些人和事的交织，确实打开了他的眼界，也充实了他的内心。

也不知道走过了多久，经过了几条大河，翻越了几座大山，朝来暮去，水流叶落，云散云聚。一天，他们来到了一个僻静处，在那远山微暮之中，隐隐有炊烟一缕，犬鸣一声，莺啼几处。墨青感到肚中甚饥，叫道："师父，你看，前面有炊烟，一定有人家，有人家便有饭吃，还有地方睡觉呢。看这天色沉沉，不知几时，我们可以去那里借宿一夜，顺便打火充饥。"

于是他们往炊烟的方向行去，来到一个村庄。几间民房横七竖八地斜卧在枝杈横飞的枣树下，一条小河绕过村庄，缓缓流过门前。河上一座草桥，河里布满了光秃秃的碎石。小溪边，一个扎着辫子的小女孩正蹲在一块青石板上淘米，那小女孩看上去年纪和墨青差不多大，眼睛大大的，如一汪清泉，脸蛋被风吹得红扑扑的，像泥墙上绽放的芍药。她娴熟地用一只葫芦瓢往桶里面舀一瓢水。墨青走上前向小女孩作揖，没等墨青开口，小女孩倒先笑吟吟地把瓢递过来说道："小和尚，这桶里是从村口打的井水，你渴了吧，给你水喝！"

墨青端起葫芦瓢，喝了一半，又把剩下的半瓢水递给师父。

墨青问那女孩："女菩萨，贫僧问讯了，请问这是什么地方？"

小女孩嘻嘻笑道："你这个化缘的小和尚，倒叫我女菩萨，称自己为贫僧，似显得自己有多大似的？我也不是什么女菩萨，只是一户农家的小丫头。我们这里方圆上百里，就这一个孤村，叫作白石头。你们是怎么走到这里来的？"

墨青说："我们是远道而来的僧人，游方至此，想在宝地借宿一晚。"

那小女孩听了，不慌不忙，依旧笑嘻嘻地，蹦蹦跳跳地跑回家里去告诉大人。不一会儿，小女孩的家人从里屋走出来，把三渡法师和墨青迎进屋里去歇息。听说村里来了一个老僧带着一个小僧，所有的村民都好奇地赶过来探视他们。这个只有二十多户人家的小村落隐在深山之中，孤烟直上，篱落蝶飞。家家户户，鸡犬相闻，阡陌相通，风俗淳朴。村里很多人头一次见到和尚，他们把这一对天外来客当成贵宾一样款待，问这问那，奉上用野菜、葛根、竹笋做成的素食。用完素斋之后，村民又尽情挽留，村长问："大师从何处来？"

知道了他们的来处，村长又说："大师，我们白石头隐在这大山里面，不与外界来往。孤村野民，旷日不得开化，大师来得正好，就请为我们做一场法会，一来祈祷安居如意，香火相传，二来祈祷我村上庄稼禾苗生长，物产丰饶，全村感激不尽。"

三渡法师欣然应允，便暂在村庄住下了，村人送来了时令瓜果蔬菜，又备了一桌丰盛的素斋，款待老僧和小僧。

吃完斋饭后，墨青与小女孩绕着枣树玩耍。

墨青问："你叫什么名字？"

小女孩不急着道出自己的姓名，却指着门前说："你看到我家门前溪边的那棵大枣树没有？"

门前一棵树光秃秃地斜长在溪边，枝丫交错，直插云霄。

墨青说："看到了。"

女孩说："你要是夏天来，这一树的枣花开满枝丫，沿途十里都能闻到枣花的香气。我爹说，我们这里穷乡僻壤，唯独枣树最多。我爹他大字不识，在我出生那天，就指着门前那株枣树说，枣花，枣花，开得正好，以后就叫这丫头刘枣花吧。"

女孩又问墨青叫什么，墨青说："我俗名郑墨青，小僧法号吉生。"

女孩咯咯地笑着，两个人很快成了无话不说的好朋友。墨青讲他一路云游四方所见的各种奇闻趣事，枣花耷拉着脑袋，瞪大眼睛，听得入神。她第一次听到村子外面原来还有一个婆娑曼妙的世界，便问道："小和尚，你带我去看看外面的世界好不好？"

墨青正色道："不成，不成，我们这是云游，又不是去外面游玩。我愿意带你去，我师父也不会带你去。就算我师父愿意带你去，你爹也绝不会让你去。"

墨青显得煞有介事，就像三渡法师开悟墨青时一本正经一样。

刘枣花说："我也知道不成，不过我真想去看看外面的世界是什么样子的！"

刘枣花痴痴地看着对面的大山，又说："我们这里很少有外人来，也很少有人到外面去。"

刘枣花想象着山外面五彩斑斓的世界，她问这问那，墨青刚开始还耐着性子有问必答，可是刘枣花问了又问，墨青就不耐烦了，头摇得像个拨浪鼓似的："这个问题我已经讲了三遍啦！"

刘枣花咯咯地笑个不停，随即又故意嗔道："小和尚，你讲的那些东西，我不信是真的，你不耐烦讲，我还不耐烦听，我去帮我爹烧瓷去了！"

一听到瓷，墨青就感到好奇，连忙扯住刘枣花的衣裳问："你家是个烧瓷的？"

刘枣花说："关你什么事！"

"你家真的是个烧瓷的？"墨青抓住枣花的衣裳不放。

"烧瓷的怎么了？大惊小怪的，我家祖祖辈辈都烧瓷。"

"为何我没有看见这里有一粒烟尘，甚至连半个瓷窑都没有看见？"

刘枣花道:“你当然看不到了,你跟我来,我带你去看。”

刘枣花拉着墨青的手绕过成片的枣林和弯弯曲曲的篱落,穿过羊肠小径,来到一座光秃秃的后山,他们远远看见一排排瓷窑依着山坡而建,如龙似蛇延伸开。窑门、火膛、窑室、烟囱等错落有致,中间是由青岩堆砌的石阶,顺着山势扶摇直上。石阶两边的龙窑枕着山石。高耸的烟囱时不时喷出浓烟烈焰。烧瓷人赤裸着臂膀,腰间缠块青布,满头烟尘,脸上的风霜如同山上的沟壑,手指却灵动得舞起来。有些人正在吃力地运送着一车车木柴,有些人则跪在窑口,聚精会神地绘出一幅幅水墨丹青。

墨青看得发呆了。他小时候见到瓷缘斋里面的各种瓷,青的,白的,红的,蓝的,如五彩的梦,件件精美绝伦,样样袅娜多姿。原来那些如冰、如焰、如水、如世间男儿女儿的身段一样的瓷器都是从这些窑炉里面烧制出来的。

墨青记得他的祖父曾经指着一口青花瓷感叹:“你可千万别小看了这瓷呀,它看似娇贵,弱不禁风,在哪儿磕一下,角就缺了;碰一道,边就破了;叮当一声掉地上,瓶儿就碎了。可就是这瓷器,要经历多少赤焰烈火的淬炼!虽然比不得太上老君八卦炉里的三昧真火,但这熊熊大火,温度也是极高的。待九转回环之后,才能烧出这般俏身段!”

那时祖父的一席话让墨青感到十分惊奇,他虽然无法理解烧瓷的具体步骤,也无法理解瓷器的精妙,但总觉得一件瓷器的诞生是那么与众不同。

刘枣花手叉着腰,看着墨青陷入思考,得意地说道:“小和尚,这回你长见识了吧,就算你去了很多地方又怎样?你去的那些地方再怎么好,也比不上我们白石头好,我们这里的瓷窑我估计你还是头一回见!”

墨青道:“真的是头一次见。”

刘枣花说:“我们这里烧瓷的可不只我这一家,我们全村二十多户人家,家家做瓷,个个都是做瓷的好手哩。”

墨青不信,刘枣花又说:“我们这里除了枣树多,还有一样东西也特别多,别人或许不稀罕,我们却把它当成宝。”

“是什么东西?”

“你猜!”

墨青想了想说:“难道你们这里产金银?”

“不对,虽不是金子银子,却比金子银子还贵哩!”

墨青又看看四围的青山,说道:“莫非你们这里养着什么珍禽异兽?”

“也不是,比奇珍异兽还稀罕,你再猜!”

墨青摇摇头说:“我猜不着。”

刘枣花便蹲下身子,撮一把泥土放在墨青的手里,笑嘻嘻地说:“这宝贝非金非银,非珠非翠,这宝贝嘛,就在你手上!”

墨青恍然大悟道:“土?”

墨青见刘枣花抿着嘴儿笑,便说:“施主也来打诳语,土怎么会是宝?这东西哪里都有。”

刘枣花道:“我说的这土不是一般的土,是白云土!”

墨青不解,问:“白云土是什么?”

刘枣花道:“是用来烧瓷的土。我爹说大江南北用来做瓷的土,就属这里的土质最好,用这儿的土烧出来的瓷器不仅细腻匀称,还泛着七彩宝光呢。”

墨青听了，觉得更加惊奇，说道：“枣花，原来你也懂瓷！”

刘枣花说：“我哪里懂什么瓷，我说的都是从大人们那儿听来的只言片语。”

墨青又问：“你们村烧瓷的技艺都是从哪里学的？”

刘枣花笑道：“不用学，不用学，我们天生就会。”

刘枣花见墨青半信半疑，继续说：“你不信？我听我爹说，我们这个村的人都是唐朝大中年间的遗民。那时老祖宗是专为宫廷烧瓷的匠人，因为逢着战乱，便拖家携口，辗转流浪，最终沦落至此，在这里发现了烧瓷用的白云土，便在此地建起了龙窑，搭起了木棚，以做瓷为生，从此生根繁衍，过了几世，就烧了几世的瓷。门前的那排枣树，也是那时我们的老祖宗种起来的。”

这回轮到墨青听得兴趣盎然了，他突发奇想：“枣花，你教我做瓷吧？”

刘枣花扑哧一笑：“和尚只该去念经，做什么瓷！”

刘枣花一副煞有其事的样子，把墨青也逗笑了。墨青认真地听着刘枣花讲白石头的故事，讲那些青的和白的瓷器，讲那高耸入云的烟囱和熊熊煅烧的大火的颜色。于是他的思绪便从云游转移到瓷器身上，那些让他怦然心动的瓷器，似乎轻轻地拨动了他生命的弦，便把一颗菩提心搅动了。从此墨青注定要与那些青的和白的瓷器纠缠不清了。

三十四

三渡法师早上起来打坐的时候，墨青央求刘枣花带他去看那些瓷窑，可是后山是白石头的禁地，只有做瓷人才能够去。于是刘枣花就带他去对面的山脊上，遥望那高耸的烟囱，还有冒火的炉膛和忙碌的做瓷人。刘枣花见他对瓷兴趣盎然，便开玩笑说："墨青，我倒觉得你天生不是一个和尚，而是一个做瓷的匠人！"

墨青一本正经地说："可你前天还说我这个和尚只该念经，不该做瓷。"

刘枣花说："那是因为你已经是一个和尚了，是和尚就必须念经。"

村里的小孩在一起玩耍时，便把什么都忘记了，有时墨青忘了自己的功课，也忘了正在打坐的师父。那时三渡法师已经参完了禅，念完了经，呼唤墨青，却没有看到墨青过来。三渡法师又靠在柱子上打了一个盹，醒来时发现墨青还没回来，于是便提起长长的僧衣，踏着湿漉漉的泥路，找到墨青，也不责备他，只说道："墨儿，天色不早，为师准备回房去誊写一卷经书。"

墨青答一声"是"，知道师父要他去磨墨，便恋恋不舍地与枣花告别，然后进屋把砚台放在桌旁，一切都准备好，师父便一声不响地坐下来写经。

过了几日，村长召集村民备办了一桌斋饭，斋毕，三渡法师沐浴、更衣，坐于一块青石之上，正对着村民，青苗法会和楞严法会就依次在门前的平地举行。二十多户人家团坐在枣林下和溪水边，一边是泉水清越的声音，一边是三渡法师低沉玄妙的佛音。流水声掺杂着讲法声远远流淌至天际，又伴着鸟鸣在空中千回百转，让这座被遗忘在时光里的小村落慢慢开化。憨厚朴实的村民接受了一次洗礼，他们一脸虔敬的样子就跟当年他们的祖先为宫廷烧瓷那虔诚的表情一模一样。

三渡法师说法的时候，墨青却没有像以前一样静静地坐在一旁聆听，而是跑去和刘枣花等一帮孩子玩去了，他们把溪水里的小石子垒成一座小房子，又把那些废弃的瓷片搭成了一座小拱桥。自从墨青来到白石头，就发生了一些变化，变得再无心打坐了，也无心念经了，他脑海里装的都是瓷，想的都是枣。那凡心初动的滋味，如溪涧潺潺的流水轻抚过长满青苔的石头，如山谷烂漫的花儿轻轻落在篱落上。三渡法师做完道场之后，看到墨青与刘枣花还在那儿玩耍，默然进屋，关上门，继续打坐去了。

一日，三渡法师突然问墨青："墨儿，你在此开不开心？"

墨青道："怎么不开心？"

又问："你学佛几年了？"

墨青掰着手指算了算，说："禀师父，我从四岁半到拂叶寺，今年虚长十二岁半，学佛已经整整八个年头了！"

三渡法师道："哦，一晃已经八年了。你既跟了为师这么久，今天我就教你一个入定的法门如何？"

墨青道："谢师父。"

于是三渡法师叫墨青坐下来，教他如何心无旁骛，进入虚空之境，双手合掌，学着真人如何神游天地，心通万物。

墨青睁开双眼，却说："师父，我定不下来。"

三渡法师道："放空，放空。"

于是墨青再闭上眼，过了一会儿，又睁开眼说："师父，我还是定不下来。"

三渡法师道："墨儿啊，出家人可行可止，可动可静，观自在，心如故，似明镜一般，要把自己照得如屋檐上的白雪一样一尘不染。"

墨青听了，应一声"哦"，从床上忽地跳下来，又去厨房里烧了一盆水，端过来，服侍师父洗脸洗脚，口里一边念着"观自在，心如故"，却一边爬上床睡觉去了。

第二天，墨青哪里管什么"观自在，心如故"，反正他也不大明白这句话的意思，也不再去深究。眼下倒有一件他更关心的事，原来在他和枣花的一再请求下，他终于获得了村长的许可，可以去龙窑远远地看一看做瓷人是怎么做瓷的。他既兴奋又紧张，内心像有一只小鹿在乱跳。

他看见做瓷人往辘轳车的转盘里面放泥，用手轻轻地在转盘上摩挲，走马观花似的观看做瓷人拉坯、印坯、利坯、晒坯、刻花、施釉、烧窑、彩绘等环节，在他的眼里，每一道工序都是那么神奇。回来后，墨青也学着做瓷人的样子用泥巴捏出了一个盘子，高高低低，倾倾斜斜的模样。第二天墨青就兴奋地跑去问："阿叔，你看我这件瓷器做得如何？"

做瓷人见了，哈哈大笑："你这件瓷器呀，做得瓶不像瓶，罐不像罐，小孩儿拿来玩过家家还可以，却不可当真。要是真要入得了那行家的法眼，进得去藏家的柜阁，至少还要苦练十个春秋！”

说者无心，听者有意。墨青听见做瓷人这么一说，便暗下决心，以后一定要好好学习做瓷。

时光荏苒，日月如梭，三渡法师在这个偏远静谧的村落不觉住了十余天后，见天边流云飞散，草木凋零，仿佛流云和落叶在召唤他继续前行。三渡法师知道又到了该离开的时候，他便收拾好行李，告别了白石头的村人，启程。刘枣花舍不得墨青走，墨青也舍不得刘枣花，走走停停。三渡法师见了，停下来说：“墨青，你不能再跟我一起去云游四方了。”

墨青大惊，问：“师父，为什么？”

三渡法师道：“出家人，心静如水，现在你的心已经不静了。”

墨青听了，满眼堕泪，跪下来说：“墨青愿生生世世跟随师父，师父到哪儿，徒儿就跟到哪儿，只求师傅千万不要扔下墨儿。”

三渡法师叹气着说：“唉！你跟我也无济于事，为师已经不能再多教你什么了。”

墨青道：“师父佛法高深，墨儿还只学到些皮毛，请让弟子继续跟在师父身边学习，也好侍奉师父，弟子再也不敢有半分偷懒。”

于是墨青起身，又紧紧跟随师父，这一次迈开的脚步轻快而坚定，不再回头。他与三渡法师两人一前一后，向着远方而去，经过繁花似锦的街市，经过人迹罕至的旷野。他们从拂叶寺后山上的桃花初开的时节出发，踩一双芒鞋，穿一件僧服，戴一顶青箬笠，披一袭绿蓑衣，一路乘桴越江，戴月披星，栉风沐雨，访僧问道，从初春走到了深秋，从花开走到了叶落，整整走了七个月，已是芒鞋破损，僧衣黯淡，满面尘霜。等回到拂叶寺时，寺前的银杏叶恰好落满一地！

三十五

回到生活了八个年头的拂叶寺后，墨青像回到了久别重逢的家。一路的云游开阔了见识，也埋下了绵绵不尽的思念和难舍。他不再是以前那样在佛堂上跑来跑去的小孩了，似乎云游让他一下长大了，他变得安安静静，却常常茶饭无心，陷入沉思。三渡法师念经的时候，他痴痴地看门外；点灯的时候，他把水当成了香油；扫地的时候，把禅杖当成了扫把；擦拭佛龛时，把自己的僧衣当成了抹布。三渡法师也不生气，只是重重地敲一下木鱼："墨儿，你的心跑到哪儿去了！"

墨青听了，连忙排除杂念，低下头，口里念念有词，显得一本正经的样子，好像是在诵经，却不知道诵的是什么经。三渡法师看在眼里，只叹了一口气，不再多言语了。

一天，三渡法师把墨青叫至跟前，摩挲着他的头顶说："墨儿，你已经来拂叶寺整整八年，这八个年头里你跟着为师念经打坐，云游四方，到底你从中悟到了什么道理，为师并不知道，今天我就来考一考你。"

墨青说："请师父出题。"

三渡法师沉吟半晌，问："你有没有听过庄生梦蝶的故事呢？"

墨青说："做早课时，曾听智远师叔讲过，说古代有一位圣贤，叫作庄周,他说的道理与我佛的义理十分相通,可知天下的大道本是一家,殊途同归。这个庄周一生只做了一个小小的漆园吏,穷困潦倒,他却不在意,逍遥自在。他妻子死了,他非但不哭,还鼓盆而歌。传说他睡觉时做了一个梦,梦见自己变成了蝴蝶。醒来后,却又分不清到底是自己梦蝶,还是蝶在梦他。"

三渡法师问:"那你以为呢?"

墨青不假思索地说:"自然是庄生梦蝶了!"

法师大笑道:"那庄生也好,蝴蝶也好,可有什么分别吗?你的那些师公师叔平日里总是讲佛要无我。怎么无我?我倒看无我还不如化我。"

墨青问:"什么叫化我?"

法师道:"我便是你,你便是我。"

墨青听了懵懵懂懂。

三渡法师沉吟片刻后,又问:"墨青,你再说说学佛到底是为了什么?"

"为了解脱。"

"那何谓解脱?"

"解脱就是要看破七情六欲,寻得四大皆空。"

三渡法师道:"人的欲望,屹立不倒,乃是人的天性,如何能看得破?"

墨青不能答。法师再问:"那你说说情又是什么?佛又是什么?"

这回墨青就不敢再贸然作答了,他想了一会儿,说:"禀师父,弟子以为情便是执念,我们学佛的人,半世苦参,就是要无执无念,断绝一切念头后方能成佛。"

三渡法师大声说:“错了!错了!”

墨青又添困惑,问:“师父,你以前不正是这样教徒儿的吗?”

三渡法师说:“以前是以前,今天我却看情才是佛,佛才是情呢。”

这一回墨青完全陷入疑惑了。三渡法师微微一笑说:“墨儿呀,你只知古人讲‘有从无中生’,我却独独认为‘无从有中来’。欲念是人的本性,学佛之人若想要摆脱欲念,看破缘法,达到空的境界,于是去避它,去克制它,在我看来都不是成佛的路子。修佛绝不是要去违背人的自然本性啊。你若要想看空它,还得从它而入,再从它而出,须从其中立,还须从其中破。所以只有痛苦才了无痛苦,只有牵挂才能了无牵挂。这世间的情不也是一样吗?如果你生了情,觉得这情于成佛有害,便想忍住,想止住,你让一念灭的同时,也就让一念起了,你不去历劫又如何破劫,不去历情又如何看得透情呢?”

墨青似有所悟了。三渡法师又道:“墨儿,自你从白石头回来后,你的心就已经不在这儿了,你心中起了波澜,动了真情,为师看得明白,你心念着那个女孩和那些五彩斑斓的瓷器,对不对?”

墨青的脸倏地红了,连忙跪下,说:“师父,弟子知错了。”

三渡法师说:“墨儿,你何错之有?人若无情,不知其可。你动了情,不要去忍它,也不要去灭它。若为了成佛而去克制它,不过是用一个执念去消灭另一个执念而已,这样又如何成得了佛?墨儿,为师不留你,也不拦你,你就去你想去的那个地方吧!”

墨青一听,急了,满眼堕下泪道:“师父,你让我去哪儿?”

三渡法师说:“回到那个让你留恋不已的白石头村去吧,那里有你的使命和归宿。为师已无法渡你,因为佛不在这拂叶寺里,而在白石头里,你去了那儿,说不定才能修得正果呢。”

墨青心想去那里怎能寻得正果,那里又不是禅林!这一定是师父见他分心,不肯留他,才说出这种话来。他叫了一声师父,还想再恳求留下,见师父闭目禅定,也不答话,就知道师父心意已定,再无可挽回了,便只好流泪拜辞。墨青又跑去大殿,哭着与一众僧人告别,众僧人都吃了一惊,纷纷向三渡法师求情,说道:“法师,您当初收了他,亲自教他修行。他跟你那么久,早晚服侍你,从不离左右,更不曾出什么差错,再说他父母都没了,孤零零一个小孩子家,您怎好说赶他走就赶他走?”三渡法师也不言语。墨青知道师父心意已决,噙着泪又在入定的三渡法师面前大拜了三拜,不得已,回禅房打包一些衣物去了。

原来一个人的命运竟然是那么神奇,兜兜转转一大圈,墨青又回到了白石头,回到了那个瓷的世界,成为一个默默无闻、隐于深山老林中的烧瓷人的学徒,似乎他注定要继续父辈遗落的事业,与瓷器打一生的交道。从守着青灯古佛,再到守着一方瓷器,仿佛是命运同墨青开的一个不大不小的玩笑。

三十六

那一天,刘枣花正在自家门前的院子里晾晒衣服,忽然听到一阵狗吠,便从篱落探出半个脑袋,远远看见一个小和尚从溪对岸弯弯曲曲的阡陌上走过来了,那瘦削的身影在小溪对面时隐时现。当小和尚穿过小溪上那座长满青苔的石桥时,她终于看清楚了那个小和尚是谁,她吃惊得叫出声来,连手中的衣服都掉在了地上。墨青的到来,让刘积山父女大感意外,又疑窦丛生。吃饭的时候,刘积山问:"墨青,你是不是不听你师父的话,不愿打坐念经,结果被你师父赶出来了?"

墨青摇着头说:"师父不曾赶我。"

刘积山又问:"那你为什么又来了,难道这回你是打算一个人去云游吗?"

墨青便流着泪说:"阿叔,只因我动了凡心,起了凡念,我师父对我说佛不在拂叶寺里,佛在你们白石头村呢。师父还说了,只有在白石头这个地方,我才能修得正果。"

刘积山捂着肚子大笑:"墨青,这样的话你也好拿来糊弄你阿叔,白石头是个什么地方?这里的烟火气最重,佛不在你那寺庙里住着,怎么会跑到我这白石头村来?"

墨青便扑通跪下:"叔,我第一次到这里,不知为何,便生出一种说不出的亲切感，恍如一下又回到了自己的故乡一般。师父说，一山一水、一石一木皆藏佛意，都显佛像，何必以僧为佛，以寺为家？我师父还说，我的心既然在这瓷上面，就必须通过这瓷器才能了解佛法的真谛，师父的话我虽未全部理解，但我从不怀疑他说的每一个字。叔，您就教我怎么做瓷吧。”

刘枣花也替他求情道：“阿爹，你教他做瓷，你教他做瓷。”

这一下倒让刘积山犯难了，他不是不愿意教，而是有不得已的苦衷。

他沉吟了一会儿说：“墨青，不是你叔不肯教你，只是这白石头自古就有个规矩，瓷艺从来不传给外人。”

原来，白石头村的祖上是唐朝专为宫廷做瓷的一批御用烧瓷人，因为得罪权贵，又遭逢兵火与匪患，不得已携带家眷四处逃难，历经千辛万苦，才来到白石头这个地方。那时白石头还是个不毛之地，祖师爷看中这地方隐在山谷，无人知晓，且土质肥美，适合做瓷，便隐姓埋名，筚路蓝缕，铲平了荒草，开出了道路，搭起了棚子，建好了瓷窑，筑起了高墙，临水而居，不问世事，专一做瓷。

为了安全起见，祖师爷隔绝了与外界的音信，对后人订下两条规矩：一是白石头村绝不收外徒。村子不大，只有二十多户，一百余口人，村民们抬头不见低头见，往来相与者既是邻居，又是亲人，故而能团结一心，分工合作，互相支持。至于瓷艺，从来都是父传子，子传孙，传男不传女，且绝不传与外人。白石头的小孩从小就跟在大人身边，看着大人做瓷，耳濡目染，各家各户多少都懂一点瓷艺。等长至十二三岁时，女孩就正式学做女红，纺纱织布，男孩就把发髻高高挽起，腰上系一条青缀布，臂膀上刺几条花绣，被大人领进祠堂，跪于堂前，再在宗祠内点一炷高香，摆上茶果，排起五碗酒，对着烧瓷的祖师爷大拜八拜，又对着族老磕三个头，把那排成长排的酒一碗碗全部喝掉，挂一条红彩带在身上，才叫正式入了门。从此就去后山守着瓷窑，正式做瓷。

这第二条规矩，也是祖宗用心良苦，为避免招惹是非，不管白石头的瓷做得多么好，都不能向外人说出瓷的出处。瓷器上面不许刻白石头的印记，更不能打白石头的旗号。后山的那两排龙窑，饱经沧桑，至今也没有一个名字。至于瓷器销往哪儿，从来没有一个正规的渠道。瓷的价格，更是无论，全凭几个来这里收瓷的经纪人说了算。白石头的做瓷人不懂外面的行情，不知瓷的市价几何，只懂得终日埋头烧瓷。经纪人见这群村民除了做瓷之外，其余的一概不知，便刻意压低价格，扭曲盘剥，牟取暴利。烧瓷人也不介意，反而一天乐呵呵的，光着臂膀，或顶烈日，或冒严寒，烧了一窑一窑的瓷，年复如是。

墨青见刘积山面露难色，又哀求一遍："叔，请您教我做瓷。"

刘积山摇了摇头："祖上的规矩，咱们白石头的人守了几辈子，岂能因为你这个小和尚而打破？阿叔纵有收你的心，也无能为力，你还是从哪里来就回哪里去吧！"

墨青心想："师父既让自己出来了，断然没有再回去的道理。就算回去了，恐怕师父也不会收留，其他师兄弟们也会笑话。"

于是墨青咬咬牙说："我再也回不去了！"

枣花一心想让墨青留下来，不停地在一旁劝说，撒娇使性。刘积山耳根子软，禁不住劝，终于松了口："罢，罢，罢，我去央求族老和村长，看看能不能收下你。不过丑话说在前头，如果他们不同意，那我也没办法。”

那一天墨青就在刘积山家里歇下了，等到第二天一大早，刘积山就带着惴惴不安的墨青去拜见了族老。族老听后，当即拒绝了。刘积山又带墨青去求村长，村长不仅一口拒绝，还狠狠地骂了刘积山一顿，要刘积山赶快把那小和尚送走。

回来的路上，刘积山带着埋怨的眼神对墨青说：“看吧，小鬼，为了你的事倒连累我被村长数落了一通。不是我不肯，而是村规严厉，族老和村长都不同意收留你，我也没有办法。明天一早我就送你回去！”

话虽然这么说，可每当看到墨青那双渴望的眼睛，刘积山的心就软了，于是只好让他继续在家住着，一日挨过一日。刘积山从窑上做完工，一回来看见墨青，便假装吃惊地说：“小和尚你还没有走？”

过了一会儿，又想起这事，便说道：“明天，明天我就送你这小鬼回去。”

墨青低着光溜溜的脑袋，乖觉地为刘积山端来一勺清水解渴。

刘积山每次都嚷着明天一定送墨青回家，可明天过去了，又是明天，一切照旧。

有好几次，村长看见刘积山，便问：“刘积山，那个小和尚走了没有？”

刘积山红着脸说：“你不收他，他就走了。”

村长道：“嗯，走了就好。刘积山，你可不能犯错，咱村的村规你也知道。”

“我晓得。”刘积山说。

……

天气渐凉了，一夜雨疏风骤之后，大地萧瑟，清寒凛凛，流云飞散，白日渐短。茅草盖成的屋顶上，一簇冷烟徐徐直上，山径上结了一层薄薄的寒霜，像山谷中那些胡枝子一样无声地绽开了。刘积山偶染风寒，躺在床上不能动弹了，他向村长请了假，好几日不去龙窑做瓷。刘枣花请了村里的老郎中来探视，墨青就躲在帘子后面听他们说话。老先生说需要一些草药，说起这些草药的采办尚且容易，老郎中家里便有，可有一味药，是秋蝉蜕的蝉壳，老郎中家没有，村里其他人家也不常备，需要亲自去山上捕捉。刘枣花听了，当夜就急着要去林子里面捕捉，叫墨青一起去。可是墨青有些犹豫，站在原地一动不动。

刘枣花问："哥哥，你还磨蹭什么？"

墨青不说话。

刘枣花说："我们快点去捕了蝉壳来，我爹还等我们回去煎药哩。"

墨青合掌念道："罪孽，罪孽。"

刘枣花问："你在说什么？"

墨青说："我不敢。"

刘枣花问："为什么？"

墨青说："师父曾说，飞潜动植，与人的体质各异，生命则一。那蝉虫也像人一样有声息，因此我不敢随便就破了杀戒。"

刘枣花说："好一个呆和尚哩，捕蝉壳是为了救我爹，你说是蝉虫的命金贵，还是我爹的命金贵？你们和尚常日里不也总把救人一命胜造七级浮屠挂在嘴上吗？再说我们捕的是蝉壳又不是蝉。"

墨青辩解道:“话虽如此,可是……”

刘枣花说:“好啦好啦,你既不忍杀生,便提个灯笼照我就行,我亲自捉蝉壳。”

墨青说:“可是我也不敢做你的帮凶。”

刘枣花听了感到又好气又好笑,她在墨青的肩膀上捏了一把,疼得墨青哎哟叫出声来:“难怪你师父不要你这个蠢和尚、呆和尚!”

黑夜中,墨青被刘枣花硬拉着,只好提着一个纸糊的灯笼照路。刘枣花拿着一根长长的纱网,听着寒蝉的鸣声,便循声找去,捉到一只刚蜕下来的秋蝉壳,小心翼翼地交到墨青手心里。墨青捏着,急闭上眼,耷拉着脑袋,嘴里念念有词:“蝉儿,蝉儿,你莫怨,小僧要拿你的壳做一味药,不得已,罪过,罪过。”

枣花问:“你在唠叨什么?”

墨青没回答,继续低着头念道:“蝉儿,拿你蜕的壳救人,也算积德,小僧回去再为你多多念经超度,下世做人不做畜生了。”

刘枣花终于听清了墨青的低语,咯咯地笑起来。丛林茂密,树影斑驳,风吹叶落,仿佛在黑夜中有无数只闪着绿光的眼睛在暗处盯着他们,不知名的虫鸣声和野兽的嘶叫声也四下响起,让人听了不寒而栗。

刘枣花吓得躲在墨青的肩膀后面,紧紧掇住墨青的衣裳问:“哥哥,那是什么东西在叫?”

墨青也怕,心里不停地打鼓,他毕竟是个男儿,便强作镇定地说:“别怕,别怕,那啾啾声是虫儿在叫,呼呼声是风儿在吹,簌簌声是树叶在落,叮咚声是泉水在流,那凄切的呜呜声,不正是寒蝉在鸣吗?”

一个晚上过去了,墨青与刘枣花总算抓到十来只蝉壳,于是踏着清露,踩着枯枝,摸索来时隐在杂草中的曲径兴高采烈地回到家里。墨青把瓷罐洗净,去门前舀半瓯泉水,生一团柴火。刘枣花把蝉壳洗净,作为药引和其他草药一起放进煎药的瓷罐里,等药煎好,把药汤倒在瓷碗中,叫一声:“好了,你去叫我爹起来喝药汤。”

墨青便小心翼翼地端着瓷碗,一边捏着鼻子一边碎碎地念:“罪过,罪过……”

“你念什么呢?”刘积山听见了。

“没念什么。”墨青走到刘积山床前,轻声叫道,“叔,喝药了。”

有好几次,刘积山都被墨青的真诚打动了。他知道刘枣花胆儿小,要是没有墨青,刘枣花绝不敢一个人晚上去林子里面捕捉秋蝉。不过,感动归感动,原则是原则,刘积山还是那一句话:“你对我好,我记在心里,可也不能改变我的决心。等病好了以后,我就亲自送你回去!”

墨青不说话,接过瓷碗走出去了。刘积山躺在床上,斜望着墨青瘦削的背影,觉得这孩子既懂事又可怜,心里想:“多好的一个孩儿啊,要是没有老祖宗的规矩压在头上,我早就收他做徒弟一千遍一万遍了!”

三十七

每当刘枣花去山上捕蝉壳的时候，为了壮胆，便要墨青讲讲那些云游的所见所闻，讲讲那个白石头村外的世界发生的新鲜事。她爱听墨青讲外面的事，总是听得津津有味，不厌其烦。有一次他们边走边说，忽然听到草丛中传来窸窸窣窣的声音，刚开始以为是山里蹿出来嚼草的野兔或狍子，走近去，借着明亮的月光一看，只见杂草中忽然闪出两个人影来，把他们吓得大叫，眼泪都快流出来了。原来这两个伏在草丛里的人来山上准备打野物回去下酒，以为前面有两只小虫，见是两个人，同样吃了一惊，等看清楚小女孩是同村的刘枣花后，两人骂骂咧咧："活见鬼了，你这小丫头，三更半夜跑到这荒山野岭上干什么，就不怕被大虫吃了你去？你知不知道，我们只差一点儿就把你们当成猎物打了！"

刘枣花知道他们是村尾的刘二和岳三，回答："叔，我爹病了，我来山上捉几只秋蝉壳回去熬药。"

刘二说："这么久了你爹病还没好？"

刘枣花道："还得喝几剂药才好得全。"

岳三看见一旁的墨青，又问："这小子是谁？"

刘枣花便紧张起来，支支吾吾："他是……是我一个远房表兄，听说我爹病了，特意过来探望。"

墨青的光头在月光下闪着莹莹的白光，刘二和岳三分明看得清清楚楚这是一个小和尚，而且他们都觉得这个人不是刘枣花的远房表兄，他们从没听说过刘积山还有什么远房亲戚。岳三认为这小子倒像是以前来白石头做法会的老和尚身边的那个小沙弥，可是因为黑夜里视线模糊，所以又吃不准到底是不是那个小和尚。

刘二不耐烦地对刘枣花说："小丫头，还不快回，山上有豺狼哩，你听那声音不是豺狼在嗥叫？"刘二学着豺狼嗥叫的声音，把刘枣花和墨青吓得跳起来。刘二与岳三拿着铁叉哈哈大笑着走了，他们决定去山的另一头去寻找一头野物。

墨青和刘枣花仍心有余悸，一是听到了那真的豺狼的嗥叫，害怕万一遇见豺狼怎么办；二是更怕墨青还留在村里的事情泄露出去。回去后，刘枣花便把遇见刘二和岳三的事对刘积山说了。

刘积山很紧张，说道："他们认出小和尚来了？"

"这倒没有。"

"这几天你们就别去山上捉蝉壳了，待在家里，哪儿也别去。"刘积山一再叮嘱。

墨青道："可是叔的药引该怎么办？"

"停几天药没事。"

可第二天过了，一切如常，好像什么事情也没发生一样。第三天，依然风平浪静。第四天一早，刘枣花便完全放心了，她又拉着墨青去山上捕蝉，甚至他们还偷偷跑去后山对面的高脊上，去偷看瓷窑里的工人做瓷。

到了中午，村长突然带着一帮人怒气冲冲地来到刘积山的家，一进门就劈头盖脸地厉声叫骂："刘积山，出来！你这混蛋，也学会骗起人了！”

村长在刘积山家里翻箱倒柜，把躺在床上的刘积山吓得瞠目结舌。

“打脊病鬼，今天若不把小和尚交出来，非但我饶不了你，全村都饶不得你！”村长骂道。

刘积山争辩：“我家又不是寺庙，并没有什么小和尚。”

村长道：“你还敢抵赖哩！就是你上次领来的那个小和尚，你当时还向我求情，托我留下他，我见他是个来路不明的外乡人，便没同意。上次我碰见你又问那个小和尚走了没有，你这老滑头竟敢哄骗我说他走了。如果不是被去山上打猎的刘二与岳三兄弟撞见你家刘枣花跟那小和尚在一起，我就要被你这精贼骨头给骗过去。你这次休想再欺瞒了，早早把小和尚交出来，免得活受罪，你须知道不守村规的后果！”

刘积山被村长的严词厉色给吓住了，他越是支吾，就越让人觉得心里有鬼。

这时，有村民走了进来，接着外面的人开始喧嚷了起来，只听见有人走进来报告：“不必再找了，我们把这小和尚抓住了，这小毛贼正在后山偷看我们做瓷，偷看得正好哩！”

“你们看他光着一个头，一双贼溜溜的眼，不就是一个贼吗？”

“这小和尚果然不是好东西！”村长呸了一声，恶狠狠地朝刘积山身上啐了一口，走出里屋。

只见墨青被村民押进了房间，他胸口的衣服被撕烂了，手上还有一道血印，露出光秃秃的脑袋。刘枣花也被带进来了，哭哭啼啼。刘积山忍不住暗暗叫苦。

村长骂道:“先处理了这个小和尚,再和你这老滑头慢慢计较。”又转背向着村民,问:“大伙儿说说,该拿这个小秃贼怎么办?”

村民们一听说小和尚在后山偷看大伙儿做瓷,一个个都气得露出凶相。多年来,这帮村民对这片世外桃源外的来者总是充满了假想的敌意,尤其是对那些想来偷师学瓷的人,更是深恶痛绝。之前三渡法师和墨青游方至此,村民见他们是游方的和尚,又因为他们要请法师做法会,故不加疑。可是现在墨青只身一人又跑回这里,还跑到后山去偷看做瓷,就不得不令人怀疑了。大伙儿一个个怒不可遏,他们不仅气这个前来偷师的小和尚,还对刘积山和刘枣花这对父女的包庇和叛变行为十分愤怒。

有村民高声叫道:“还有什么好说的,赶紧把小和尚赶出去!”

“像这种想来我白石头偷师学瓷的人,活该把他吊到树上痛打,方才解气哩。至于刘积山和刘枣花,两个吃里爬外,做出这种混账事来,应该拿到祖宗祠堂神位前打几十板子才好!”有村民骂道。

墨青一听,吓得眼泪都快流出来了,他无助地看着刘积山,既像是为连累了这一对父女而感到歉意,又像是向刘积山寻求帮助。刘积山自身难保,只得向他投来无助而同情的目光。不一会儿,有人取了绳索,不由分说,把墨青五花大绑,吊在门前的一棵大枣树上。

这时,刘积山跪下来,哀求大家:“诸位,请听我老小一言,这小和尚无父无母,他的师父又不要他了,你们要把他赶到哪里去呢?他小小年纪,无家可归,赶出去,在外面不是饿死了,就是冻死了。吊在树上打,你们瞧他细皮嫩肉、瘦骨伶仃的,哪经得起打,打几下,不把他打残了,就是把他打死了。大伙儿不看僧面看佛面,念这小和尚是之前给我们做法会的三渡法师的弟子，且顾念他年幼无知，又远道而来，一片诚心来这儿想学做瓷，大伙儿可怜，饶他一条生路，做好事收下他吧！”

村长道：“糊涂东西！你又不是不知道祖师爷的规矩，白石头的瓷艺向来是只传男不传女，只传里不传外。他是一个来路不明的和尚，既不是白石头什么亲戚，也不是你家什么儿女，我们更不清楚他来这里的意图，你为何要一直偏袒他，自寻麻烦呢！”

刘积山道：“我敢保证这孩子别无企图，而且……通过这几天与他相处……我觉得他是一个真诚、勤恳、善良的孩子。”

说着刘积山便流下了眼泪，朝村民磕了三个头。有村民说：“刘积山，你不要被这小孩骗了！”不过，很快就有朴实善良的村民动了恻隐之心。其中有一个机灵的村民出主意：“刘积山，既然你说这小子无父无母，身世可怜，他又果真如你说得那么好，你就收他做你个义子，如何？我们老祖宗的规矩从来只是说父要传于子，绝不传外人。你家正好没儿子，你就收他做个义子，从此他不是外人了，你要留他教他，名正言顺，谁敢说半句闲话！”

大伙儿听了有点头赞同的，也有摇头质疑的。不过这一席话，却把刘积山点醒了，他脸上的愁云散了，换上了笑容。

“正是，正是。我怎么一时糊涂了呢？村长，我情愿收墨青做义子，只要墨青能留下来。”刘积山连忙说道。

村长犯了难，他以前从来没有遇到过这样的情况。村长想了想说：“义子怎么能算是儿子？这个须待我再请示了族老，看看他老人家到底怎么说。”

于是村长又派人去祠堂请教族老的意见，族老仔细翻了祖训簿，又想了想，答复说义子当然也是儿子了，虽不是亲生的，但老祖宗的训诫上确实没有哪条说一定要是亲生的儿子。

族老既然下了定论，大伙儿就再无话可说了。村长转过身，对刘积山说："也罢，就让你收这个小和尚做义子，遂了你这老混蛋的心意。"

刘积山长长舒了一口气，朝村长报了一个笑脸。

村长又问："小和尚，从今以后，你当刘积山的义子，叫他一声爹，跟着他一起生活，你愿意吗？"

墨青不假思索地回答："只要能让我留下来学做瓷，我愿意。"

村长叫："放他下来！"

众人解开绳索，把墨青抱下。

村长又道："既是如此，去取笔墨来，写一纸文书，按上手印，这事儿就这么成了。待会儿我再去请族老做个见证，在祠堂内摆一个简单的仪式，把你的名字写入我白石头的族谱里面，只要入了我们白石头村的籍，你就是白石头的人了，就要遵守白石头的一切风俗和规定。"

于是，皆大欢喜。村人很快取来了笔墨纸砚，刘积山与墨青当面在文书上画了押，正式收墨青为义子，两厢情愿，终生无悔，以白纸黑字为凭。接着，众人又来到了白石头的祠堂，请来了族老当见证人，举行了一个简单的仪式。尽管仪式简单，但村里收外人进来在这些村民的印象中还是头一遭，所以大伙儿都当成了一件大事。墨青先是对着白石头的祖师爷铜像大拜了三拜，又对着刘积山大拜了三拜。刘积山欢天喜地，早年他日盼夜盼自家老妻能为自己生一个儿子延续香火，却不能如愿，不想老妻过世后，自己在垂暮之年，又多出一个义子。枣花望着这个新添的哥哥，不知是几分喜还是几分愁，总有一种说不出的滋味。至于刘积山，当然抑制不住高兴，人一高兴，什么病痛都好了。第二天，他特意张罗了几桌酒宴，把家里面的一头牛和一只羊宰了招待，村里人随份子都来吃酒。

喝完酒，墨青就正式成了一名白石头的做瓷人。

三十八

在白石头村与在拂叶寺一样，不过是另一场修行的开始。拂叶寺的生活清苦寂寥，终日守着青灯古佛，如行云流水一般，聚聚散散，行行止止，无声无响。白石头的生活同样清苦寂寞，终日与瓷为伴，那瓷窑中的火也燃得落寞。

那些一袭寒影的做瓷人，如同寒夜中开出的花，隐在林间，散在风里。仿佛红尘中那些锦瑟琉璃的繁华和秀丽多姿的欲望都与做瓷人没有半点关系。他们与外面的世界仿佛依循的是两套不同的逻辑，两种不同的时间。一种时间匆匆而行，一路喧嚣，扬起漫天灰尘；一种时间信步而来，悠游在云上，流连在风中，醉卧在花间，任由外面多少悲歌泣曲或欢声笑语，在这里都化成了云淡风轻。历史的车轮无论怎么转，都转不到这儿，甚至那车毂转动的轰隆隆声也惊不起这里的一滩鸥鹭。

墨青既然正式拜了师，一心学做瓷，还像一个和尚那样光着头，穿着一件暗黄的僧衣，自然会让人觉得格格不入。于是，刘积山便在他头上缠了一块青布，权当一顶帽子，又请村里的四姨婶给他做了一身褐色的短衣。一番装扮后，墨青就不像是一个小和尚了，倒像一个小牧童。刘积山说："墨青，你既然不当和尚了，就不用守着那些清规戒律，自此之后，你就别只吃素了。家里不可能为你单独开火，你跟着我们一起吃，素要吃，荤也要开，头发也要蓄。”

墨青面露难色：“阿爹，我虽从拂叶寺出来，不做和尚了，可是还不敢忘记自己的出身。师父对我的教诲和开示，我句句铭记在心，不敢忘，更不敢有半点不从。”

刘积山道：“也是，让你一下子改过来，未免太难为你。不过我们俗家人毕竟与你们出家人的生活习惯大不相同，你要逐渐适应。做瓷人雨沐风餐，劳筋苦骨，要能大口吃肉以养膘，还要能大口喝酒以御寒，这些你要都会。”

墨青请刘积山带他去后山的瓷窑看一看，可是刘积山并不急着教墨青怎么做瓷。墨青摩拳擦掌，跃跃欲试，刘积山见了却淡淡一笑，不动声色。

墨青急得问：“阿爹，你什么时候教我做瓷呀？”

“急什么，你看看山下竹棚子里面的柴火不多了，你跟着姚老爹他们去林子里面捡些柴火回来，垒成一垛一垛，烧瓷要的是柴用。”

墨青便和姚老爹他们一起去后山的山坳里捡拾枯枝，过了四五天，他们用藤条把捡来的木柴捆成一捆一捆的，整齐地码在后山的竹棚子里。

晚饭的时候，墨青又问起来：“阿爹，我捡完了柴，可以学做瓷了吗？”

刘积山道：“嗬，看你急得！心急可吃不成热豆腐。”

墨青道：“我看到村里与我年纪一般大的人都跟着师傅在做瓷，一想到自己已经落得太远，不知怎的，心里便慌得很。”

刘积山说：“自古好工匠都是慢慢磨出来的，这做瓷是个慢工细活儿，急可急不来，这就好比建房子一样，要先打牢地基，再添砖加瓦，才能盖起闳宇崇楼哩。”

墨青问：“这做瓷的第一步是什么呢？”

刘积山说：“练泥。这样吧，我去跟周大肩说，你先跟他学习练泥。他可是练泥的一把好手，练出来的泥又匀又细。”

于是，墨青从练泥开始学。练泥是一件极辛苦极枯燥的活儿。墨青没干几天，一双小手就磨出了几个水泡。练泥需要力气，又很考验一个人的耐心。墨青以前坐禅，磨砺了心志，耐得住，可他毕竟太小了，没有力气，泥和不均匀。周大肩知道墨青还小，强求不得，让他有了力气后再来练泥，于是又叫他去改投隔壁的辛师父，让老辛教他怎样辨别瓷石瓷土。

不同的土质烧出来的瓷器是不一样的，一件精美的瓷器往往从最不起眼的瓷土脱胎出来。瓷土的颜色或为纯白或为灰白，软软的，泛着丝一般的光泽，土里面含有不同比例的矿物，造成瓷土的颜色变化和软硬程度的不同。白石头的瓷土是做瓷原料中的上品，当年白石头的祖师爷正是看中了这里的土质，才决定在这里定居。这做瓷的土被村人看得比金银珠翠都重要，用此地的土烧出来的瓷又匀又细，肌如凝脂，吹弹可破。经过反复的学习，墨青终于掌握了鉴别瓷土优劣的方法。

又过了几个月，一天晌午，刘积山带来了一个脸色蜡黄、不苟言笑的老师傅，说：“他叫老僋，是我们村里头一等的做瓷好手，全村上下所有瓷器的进料和出货都由老僋把关，我可是磨破了嘴皮子专门请他来教你，机会难得，你一定要虚心向老僋学习。”

于是，墨青又跟着老僋学习瓷艺。老僋是村里的鳏夫，除了做瓷外，似乎唯一的爱好就是去溪边钓鱼。为了让老儋答应教墨青，刘积山去山上砍了一根竹子做了一支钓竿，连着一个月都去陪老儋去溪边钓鱼。刘积山钓鱼的技术不比老儋厉害，可运气比老儋好，钓的鱼反而比老儋钓的多。老儋自以为刘积山深藏不露，主动凑过来询问他是怎么钓到那么多鱼的，刘积山便乘机提出要他带墨青。其实老儋这个人平时不爱说话，可不知为什么他遇见刘积山却总能说到一起去。老儋比周大肩和老辛都更严厉，脸色也更阴郁，他自从当了墨青的老师后，就要求墨青最早去瓷窑，最晚回家。可奇怪的是，每一次墨青到了瓷窑时，都发现老儋早已在那里等候了。墨青怀疑老儋就住在瓷窑，墨青在瓷窑附近转悠，并没有发现那里有老儋居住的痕迹。

墨青从瓷窑回来的时候，身上和脸上沾满了泥土。刘枣花看见了，笑得直不起腰来。

墨青问："妹子，你笑什么？"

刘枣花不说话，从房间里面拿出一面铜镜说："你照照看就知道了。"

镜子中的墨青瞪大眼睛，脸上的泥巴横一道，竖一勾，像一个发怒时胡子向上翘起的雷公，又像一个张嘴龇牙的猴王，墨青看到自己的样子也觉得好笑。刘枣花便端出一盆热水，叫一声："哥，你快洗一洗。"刘枣花又折回里屋，拿出一顶自己织的帽子送给墨青："哥，你戴上它看看。"

"这是你织的？"墨青喜出望外。

刘枣花说："你们男儿家去学做瓷，我们女儿家就学织布裁衣，这是我们白石头的规矩。这顶帽子是我亲手织的，是我跟章四嫂子学针线织的第一顶帽子，等我技艺娴熟了以后，我还要为你织一条围脖，再织件袄子。有了这顶帽子，你就再也不必用一块布缠在头上，惹得村里那帮人笑话你。你快戴上看看。”

等墨青把帽子戴上后，刘枣花忽然有些难过地说：“可惜帽儿织得太大了。”

墨青却高兴地说：“不怪帽子大，只怪我的头太小，妹妹，你的手好巧哩！”

刘枣花说：“做瓷人的手才巧！”

在这个闭塞的村庄里面，有五六个与墨青一般大的孩子，他们都是白石头村瓷艺的传人，跟着大人一起学习做瓷。这些孩子生于斯长于斯，彼此知根知底，遂成为一个牢固的小圈子。孩子们或在烈日中甩着臂膀，挥洒汗水，或迎着寒风瑞雪，守在瓷窑旁，跟着大人们风里来雪里去。他们一个个都在祖师爷面前磕了头，立过誓，喝过酒，挨过训，文过身。个个都要挺身而出，过五关，斩六将，在恶劣的环境中把自己淬炼一番。不知道他们是在炼瓷呢，还是瓷在炼他们。有时，瓷窑中吐出的火舌把他们的小脸映得通红，蹿起的火苗从他们的额前轻轻掠过，烤焦了他们的头发，燎到了他们的眉毛。他们却乐此不疲，唱着歌，仿佛是在举行一场庄严盛大的仪式。

孩子们忙时烧瓷，闲时就会在村里的老先生的教导下，认几个大字，读几句诗词。这里的民风虽然淳朴，人们却绝不是大字不认，大体不识。孩子们在同一块天空下，抬头不见低头见，常聚在一起，在风雨中来来去去，大家相互吆喝着各自的小名：小猴子、三幺、锤子、铁头、洋葱……他们听父辈们讲起先祖的故事，讲起做瓷人的辛酸与欢乐，一个个都为这一片土地深感自豪。村里人总是对孩子们这样谆谆教诲:“外面的世界,乱纷纷一团糟,到处都是偷盗的、抢劫的、杀人的、放火的,哪比得上白石头太平?任外面乱成一锅粥,也只有我们这里才真正是这世间最后一隅世外桃源。”又说:“你们看村前那棵黄桷树的枝头是不是一直向东?因为它在等待远方的人儿回家。一个人无论去了哪里,到了哪儿,总是要回到自己的家的,因为他的根始终在这儿。”

村民会对孩子们讲起祖先经历过的苦难,讲起战争、灾荒、盗匪,讲起那个人肉相食的年代的鲜血淋漓,讲起那些逃到异乡的年轻人最后落得怎样一个悲惨下场,唬得孩子们一个个都瞪大眼睛,仿佛真的闻到了血腥的味道,从此认定外面的世界真的凶险万分,自己的家园才是人间最后一块乐土。孩子们在这种教育的熏陶下成长起来,自然会产生强烈的排外情绪。他们认定外面的人和事都是凶险的,这种念头钳住了孩子们的内心,既把他们培养成了捍卫家园的勇士,也遮住了他们的心灵和眼睛,使他们变得狭隘而自负。墨青虽然已经认了刘积山为义父,但从血缘上说,不是纯粹的白石头人,并不像这些小孩一样生于斯长于斯。只有那帮孩子才是祖师爷的苗裔。所以在孩子们眼里,墨青只是寄居在白石头的过客,终究是个来历不明的外人。

一群孩子在后山玩泥巴,逮蜻蜓,捉蚱蜢,墨青也混迹在这群孩子中间。一个和墨青差不多大,长得高高瘦瘦的小孩,是村长的儿子,也是这里的孩子王,大伙儿都叫他三幺子,走起路来一脸神气。趁墨青从他身边经过的时候,三幺子伸出泥腿绊倒了墨青,见墨青摔了个狗啃泥,大伙儿大笑不止。三幺子挺起腰杆,大声对着墨青数落:“喂!你这个外面来的,快滚出去,我们这里不欢迎你!”

小洋葱为墨青辩护："我爹说他在祖师爷像前磕过头，就算是我们白石头的人了。"

三幺子厉声叫道："放屁！我爹妈说他是个野孩子。当初，族老和我爹见他来路不明，都不愿收留他，他却死乞白赖，不肯走，是族老一时心软，才暂时收下他的，我爹说等过了这段时间，还是要赶他走的。"

铁头见墨青不说话，恼了，一把摘掉墨青的帽子，露出一个光溜溜的头，上面还有戒疤，亮铮铮的，在冬日里闪着白光。

大伙儿说："怪不得他一天到晚都戴顶帽子，原来是个秃子，见不得光！"

说罢引来一阵哈哈大笑。

小锤子没好气地说："你这小和尚，不好好念你的经，跑到这里来干什么？"

小猴子吐着舌头："和尚好好地不去敲钟，却要来这儿学做瓷，大伙儿见过这世上有做瓷的和尚吗？"

"没见过，没见过。"孩子们都说没见过，于是一个个都开始怀疑墨青来这儿的真实意图。这群家园的小卫士，对外来者所怀的敌意并不比他们的父辈少，对家园的感情甚至比父辈们还要深。七八个孩子把墨青围成一圈，开始像审讯犯人一样对墨青刨根究底，好像一定要弄清楚他的来龙去脉才能放心，可是他们越是急切地想弄明白真相，对墨青无端的猜测和芥蒂就越多。

三幺子叉着手说："你到底是哪家破庙的？你寺里的师父是谁？"

众人齐问："说！是不是你师父派你来的？"

墨青如实回答："我从漻州的拂叶寺来，我师父是那里得道的高僧，一心向佛，五蕴皆空。他见我凡心未改，是他叫我到这里来修行的。"

"看啊，果真是他师父派来的！"铁头大叫，"我们这里又没庙，又没塔，这小和尚修行不去庙里面，却跑到我们白石头来修什么行？不用说了，这和尚准是奉了他师父的命来这里偷师学艺的。"

小石头说："原来你师父就是个贼头，而你是他派来探路的一名小贼！"

墨青大声说："我师父不是贼！"

众人道："就是贼！就是贼！"

这一次墨青彻底被激怒了，一把推倒了铁头，跳起来吼道："不准侮辱我师父！"

他一吼，如一声惊雷，大家霎时都呆住了，半天才回过神来。

三幺子道："啊呀！啊呀！这和尚还发浑了，他妈的，还跟他费什么唇舌，揍他哟！"

于是几个孩子抡起拳头，像雨点一般朝墨青的脸上和身上打过来。

小洋葱胆小，跑回去对正在家里晒衣服的刘枣花说："快去，三幺子他们正在打你哥哥哩。"

刘枣花听了，撂下衣服，急忙跑到后山，看到一群人扭作一团，急得大叫："你们别欺负他！你们别欺负他！"

她跑进人群，用力把小猴子、大洪等人拉开，把墨青扶起来，一脸的心疼，满腔愤懑地扭过头来，先大骂起头的三幺子："三幺子，你干吗欺负墨青！"又指着在场的人大骂："你们这么多人打他一个，也不害臊！”

墨青站起来，鼻青脸肿，拍掉衣裳上的尘土。小猴子把地上的那顶帽子捡起来，扭作一团的时候，不知是谁踩在帽子上，帽子被揉皱了，沾满了泥巴。小猴子想把帽子扯平，用力一拉，只听得咔嚓一声，帽子从中间被撕裂成两片。那可是刘枣花用了三天时间好不容易才织出来的帽子，这是她送给哥哥的第一顶帽子呀。

小猴子站在一旁干笑着说：“这帽子真丑。”

刘枣花气得眼泪都流出来了，闹着要去告诉族老。

刘枣花咬牙说：“小猴子，我恨死你了！”

又说：“究脑壳，我这就去告诉你爹妈去。”

又说：“铁头，你以后再也别想吃我蒸的枣糕了。”

又说：“三幺子，莫说你爹是村长，就算是玉皇老子，我也不怕你！”

这群孩子中，头儿是三幺子，他谁都不怕，唯独怕刘枣花，他怕她，当然不是因为打不过她，再说好男不跟女斗。他怕也不是因为他有什么把柄在刘枣花手里，而是因为他打心眼里喜欢她，让着她。刘枣花骂他，他不敢吭一句。

刘枣花一个接着一个数落，骂累了，大口儿喘气。大伙只是嘻嘻地笑，都不敢说话。

刘枣花为墨青擦掉身上的泥巴，又瞪了三幺子一眼，然后扶着墨青回去了。

三幺子红着脸，转身对背后暗自偷笑的孩子们喝道：“都笑什么？散了！该干什么干什么去！”

“做瓷去啰！”

于是，大伙儿又嘻嘻笑起来，一哄而散。

三十九

做瓷人离不开土。他们头顶天空，脚踩大地，把泥土捏成了瓷坯，又把瓷坯烧成了一件件精美的瓷器。泥在做瓷人的手中化成了宝，而做瓷人也因为泥化茧成蝶。

刘积山说："这在你们佛教里面叫什么？"

墨青说："叫涅槃。"

"对！"刘积山撮了一把泥土放在墨青手上，语重心长地说，"我们涅槃成了瓷，正如僧人最后涅槃成了佛，而瓷是从土而来，你永远都须记得要对我们的土地心怀敬畏。"

墨青便把这句话铭记在心，默默念道："是的，生我养我的这片土地，一定值得我们每一个人心怀敬畏。"

就这样平淡而充实地过了一年，一年的时光，不长不短，让墨青逐渐成为一名拉坯的高手。拉坯主要考验的是手法。烧瓷人将练好的泥团摔掷在辘轳车的转盘中心，通过手的屈伸收放拉制出坯体的大致模样。手轻拂着瓷泥，顺着转盘摩擦，轻舒两臂，借着力，既不能太重，又不能太轻，全在方寸拿捏之间，屈伸收放全凭一心的感觉，就像蝴蝶在花蕊上轻扬双翼，又像蜻蜓掠过水面。对于那些烧瓷的高手而言，有时他们的手像一场悄然而至的春雨，有时他们的手又像是一阵和煦晓畅的春风，所过之处，遍地花开。他们的手指是日久登台的戏子的兰花指，是拈花的佛指。

墨青刚开始学习拉坯的时候觉得好玩，可是拉了几次，都不能令师傅满意，拉到二三十遍，就顿感索然无味了。拉坯师傅见墨青脸上有了倦色，站在那儿身子只顾不耐烦地乱动，就板起一副面孔，教训道："墨青啊，你觉得拉坯很容易吗？"

墨青说："我看比练泥要容易哩。"

拉坯师傅道："是吗，那你知道我拉坯拉了多少年？"

墨青道："多少年？"

拉坯师傅道："我拉了三十年了，从我年轻的时候开始干这活，到现在胡须都快发白了还在干。按理说，一辈子做一件事，一般人早就不耐烦了。你过来，再看看这里。"

拉坯师傅指着凹下去的地面说："这块地以前是平的，你看现在是不是凹下去了？"

墨青问："这是怎么弄成的？"

拉坯师傅说："三十年来我一直蹲在这一个地方，日久年深，就蹲出一个坑了。"

墨青大惊，半天说不出一句话，从此对拉坯师傅肃然起敬，为自己的三心二意感到汗颜。

光阴荏苒，日月如梭。达官贵胄的夜宴，风流戏子的浅唱，丝竹之声的悱恻，烛光里的曳笑，皆如往常一般，躁动的欲望在灯红酒绿中流淌，可一切繁华与虚妄都与这里无关。这个被岁月遗忘的地方——白石头——依然寂静如初，虽默默无闻，却岁月静好。

墨青又看见刻花的师傅蹲在地上，一蹲就是一个半时辰，如同一尊石像。墨青想起了三渡法师枯坐石上打坐参禅的样子，心想：

“我拂叶寺的师父是一尊古佛，这儿刻花的老师傅不也是一尊古佛吗？”

墨青问：“师傅，你这样要一直刻多久？”

刻花师傅道：“一刻一天。”

墨青又是一惊。于是，墨青再也不敢抱怨什么了，赶紧蹲下来，低着头，勾着腰，学师傅那样刻花。

在白石头村，不仅仅只是做瓷。在祠堂旁边，还有一间私塾，教书的先生是村里的老儒。孩子们跟着老先生读书认字，熟悉最基本的礼仪，识得做人的大体。有时族老也会兴致勃勃地来听老先生讲课，还时不时客串一下教书先生，讲一讲白石头村祖师爷的故事，申明一下老祖宗的家法。

墨青的头发慢慢长出来了，再也没人叫他小和尚了，他也逐渐被大家接受，尽管接受的过程很艰难曲折，尽管人们对他不是白石头嫡传的芥蒂还没有完全根除，有时不免仍把他当外乡人看待。时间久了，佛的影子在他的心里慢慢褪去了颜色，只是还不时想念着三渡法师，心里挂念着法师的衣食起居。见这个冬天格外寒冷，心中便担忧师父的咳嗽是不是愈加严重了。在白石头，烧瓷人的号子代替了拂叶寺的大钟，清脆响亮，从冬天唱到春天。

白石头对这群小孩是非常严苛的，他们在恶劣的环境中成长起来，像撒在泥土中的种子，顽强地生根发芽，冲破重重阻碍，尽力吸收着土壤里的水分。从瓷窑回来后，孩子们身上一个个满身污泥，衣服上沾满瓷窑扬起的尘土，于是急不可耐地脱光身上的衣服，在后山的小河中洗澡。他们欢快得像水里凫动的鸭子，如冉冉出浴的莲花。孩子们从岩石上跳下来，扎一个猛子，如鱼翔浅底，脚丫子像鱼尾巴一样在水中一旋，荡起一簇水花，一眨眼，就从这一头游到了另一头。孩子们光着身子，赤条条，翻跟头，竖蜻蜓，你追我赶。墨青怯生生地站在岸上，眼睛里面尽是羡慕的目光。

“下来啊！别傻站在岸上了！”水里面，三幺子一头冲出来，向墨青叫道。

墨青欲前又止，他不识水性。

光屁股的小锤子躲在岩石后面，大叫一声，一个箭步冲上来，一头把墨青拱到水里了。

水很浅，刚好没过胸口。大伙儿像鱼群见到了鱼饵，纷纷游过来。有人把墨青按在水里，有人干净利落地把墨青的衣服全部扒掉，掷在岸上。

山里的水冰凉刺骨，孩子们却全然不惧。大家嬉笑着闹成一团。河水洗掉了孩子们身上的污泥，也洗掉了一天的疲乏。

小洋葱骑在究脑壳的肩膀上，像鱼儿一样往水中纵身一跃。

三幺子在水里面手舞足蹈，演起了楚霸王：“吒，吒，吒，吒，哇呀呀……妃子，四面尽是楚歌声，莫非刘邦已得楚地不成？”

小猴子在水里面偷偷撒了一泡尿，捧了一手，奉上来，装作一个娘娘腔的虞姬，说道：“大王满饮此杯，好再出阵杀敌也！”

“怎么这酒有股腥臊味？”马上明白过来，三幺子气得大叫道，“哎呀呀，小猴子，你竟敢耍我！反了，反了，看我不扒了你的皮！”于是“霸王”和“虞姬”扭作了一团，水泼到身上来了，一会儿，大家一拥而上，闹哄哄成一堆，早已经分不清了谁是“霸王”，谁是“虞姬”了。

小锤子眼尖，看到岸上铁头他妈拿着一根手指粗的棍子，追赶过来了，大声叫道："不得了了，铁头，你娘又拿棍子来打你了！"

铁头吓得猛地钻进水里，旋起一个浪花，像条鱼儿一样从河的这边潜到了那边。铁头之所以叫铁头，并不是因为他的头真的像铁一样硬，反而是因为他体弱多病，他娘才叫他铁头，希望借铁头这名字冲一冲，让他长得身强体壮，有如铜头铁骨。铁头的娘见铁头又下水了，气得在岸上直跺脚。

铁头游到了对岸，光着屁股跑了。铁头的娘绕着溪岸在后面追，一边追一边骂。棍子唰唰地打在铁头那白嫩嫩的屁股上，瞬间开出了几道"红花"。铁头用手遮住两半屁股，一边跑一边叫："哎呀呀，别打了！疼死我了！我的妈呀，你再打就把你儿子打死了！"

叫爹叫娘也不管用。孩子们在水里面大声叫喊："铁头！快往山上跑，往那边树林子跑！"

"铁头，保护好你的小鸡鸡，可别让山上的石砾和树枝戳到你那儿了！"

"哈哈！哈哈！"

铁头的娘追得气喘吁吁，对着河里笑嘻嘻的孩子们大声痛骂："该杀该剐的小羊羔子们，都是你们这帮没人管的野孩子把我家铁头给带坏了，要是铁头得个什么寒疾，看我怎么收拾你们！"

孩子们嘻嘻哈哈，笑着闹着，那扬起的一簇簇水花荡漾起青春年少的气息，一张张天真无邪的面庞映在清浅的小溪里，在远在天边的一隅尽情地欢乐着，哪有什么悲欢离合，哪管什么功名利禄。

墨青又想起了拉坯师傅那柔软的手指，那游动的手指宛如柔波中摇头摆尾的鱼儿，就像那山涧中的水一样轻轻滋润着泥土，化身为瓷，再造真身。他又抬头看了看那白花花的日头，觉得像极了一口白瓷做成的盆子。

四十

春去秋来，不知不觉，墨青在白石头村已是第三个年头了。

每隔第三年的残冬，孩子们就逢着一生的大考。本事高不高，总要比试比试才知道。孩子们在瓷窑苦练了三年，师傅说，夏练三伏，冬练三九，到底有没有长本事，能不能传承好祖辈们的手艺，吃得起这碗饭，不是由谁说了算，要看真功夫！怎么看？最简单的办法是考试，除了每年的祭祖，恐怕这就是白石头村最重要的事情了。

师傅们把徒弟叫到跟前，没头没脑地训斥一顿，其实个个都盼望着徒弟能为自己争光，至少不要丢脸才好，看到徒弟们耷拉着脑袋，心里暗自为徒弟捏了一把汗。所谓大考，比的是做瓷的手艺孰优孰劣，虽不是一考定生死，但事关徒弟和师傅的荣誉。孩子们个个都在暗自较劲，师傅们又何尝不是。他们个个摩拳擦掌，希望能露一两手，挣得个满堂喝彩。

先是抽签轮序，轮到一个的时候，有人在外面喊一声名字，听到是自己，便战战兢兢地走进棚子里面，仿佛进入了一个奇异的世界。这个大家平日最熟悉不过的地方，瞬间变得神圣无比。训话的师傅对孩子们说："你们先从练泥开始比，再是拉坯、印坯、利坯、晒坯，再接着刻花、施釉、烧窑、彩绘，直到塑出一尊真身，描出意境，才算功德圆满。你们可要十分小心，做瓷的每一个程序都要走到，一个细节都不能落，俗话说‘师傅领进门，修行靠自身’。你们一年洒下的汗水，是白淌了还是没白淌，就看你们手上的功夫到底有多深，心有多细。是骡子是马，要拉出来遛一遛才知道，是不是？你们都听明白了吗？”

“明白了。”

“大声点！”

“明白啦！”

“小猴儿精，你别笑！待会儿叫你哭哩！”

“小豆花，你脚下湿了一片，尿裤子了？”

“菜芽儿，背挺直了，那双手别老动来动去的，不知该往哪里放？看好你那双手，那可是你吃饭的家伙！”

“小洋葱，你哭什么？死了爹娘了？”

师傅莫名其妙的一顿呵斥，又增加了几分紧张恐怖的气氛。一个个忙把嬉皮笑脸藏了起来，换成一脸的严肃，大气都不敢出，仿佛在等待命运的审判。

有些孩子进去了，在练泥的时候就不顺利，手忙脚乱，把泥巴溅到一旁的师傅身上去了。有的孩子拉坯的时候因为过于紧张，身体变得僵硬，手也舒展不开，下手要么太重，要么过轻。有的孩子在刻花上大意了，栽了跟斗。有的孩子在烧窑时把握不住温度，平日里那些不在意的细节像是在显微镜下面一一被放大了。他们个个都心惊胆战，怕大考砸锅，更怕挨师傅和爹娘的一通痛骂，丢了师傅和爹娘的脸。

旁边监考的师傅也看不过去了，在一旁吹胡子瞪眼，厉声喝道：“小锤子，你练的是什么泥？手软绵绵的，你去唱戏得了！”

“铁头,你这是在拉坯呢,还是在弹棉花?”

“大洪,你用那么大力气干吗,谁跟你有仇啊?”

“你这个不争气的小洋葱,看你还偷不偷懒,别人烧瓷的时候,你却衔根狗尾巴草,躺在后山草地上睡大觉。你刻的这是什么花,这叫鬼画符!”

那些在棚子里走了一场的孩子,仿佛走到了人生的岔路口,或喜或忧,都写在了一张张稚气未脱的脸上。有的孩子喜滋滋地走出来,踌躇满志。有的孩子则流着鼻涕和眼泪,一副愁眉不展的样子。轮到墨青了,他看上去比谁都紧张,呆若木鸡地站在外面,不敢进去。

师傅恼了:“你还傻站着干什么!怎么不进去?”

大手一推,墨青进了棚子。里面的师傅一个个冷若冰霜,像一副要吃人的样子。

“先练练泥看!”于是墨青去练泥。

那师傅面无表情地看着,最后只点了点头,又叫:“再拉坯看看!”于是墨青又老老实实去拉坯。墨青一时紧张,下手重了,意识到问题,马上换一个姿势,用手轻轻地拂过转盘中心上的泥土。

“你手抖得那么厉害干什么!”师傅劈头一喝,地震山摇。墨青小手紧张得一歪,好不容易拉出的瓷坯凹了一边。

“重来!重来!”师傅叫道。

于是墨青重新将泥团摔掷在辘轳车的转盘上,蹲下身来,定了定神,轻舒双臂,回想起以前拉坯师傅那双刚柔并济的手如何轻拂泥面,用心体会每一寸力道。

过了一关,又是一关。墨青拉坯尚可,刻花的时候,刻得弯弯扭扭，烧瓷的时候摸不准温度，彩绘时红一块，青一团，白一片，看上去既不协调，又不好看。

师傅大怒，训斥道："你这画得像什么？像死鱼的眼睛，没光！"

"花不像花，叶不像叶，你连花草树木都没见过长什么样吗？"

再看那烧出来的瓷，下面太小，中间太大，开口还歪，极不对称。

师傅毫不客气地骂："你烧的是什么瓷？学的是什么艺？老祖宗这碗饭，我看你吃不了！"

墨青最怕的是师傅说他不适合做瓷，他被骂得眼泪都快掉下来了，强忍着抽泣声，战战兢兢地听着师傅的责备。

出了棚子，墨青无精打采，像蔫了的花儿，脸上无光，恨不得一头钻进地底。

大考的结果出来了，三幺子不愧是村长的儿子，没有丢他爹的脸，小小年纪，就学得一手好瓷艺，拔了头筹。铁头第二，小猴子第三，已经很心满意足了。至于墨青嘛，瓷烧得一塌糊涂，和究脑壳一起，垫了底。

墨青输了比赛，不心甘，给师傅丢脸了，回来时哭成个泪人儿。

刘积山走过来安慰他："墨儿，哭什么！输了就是输了，你来村里没多久，比不过他们也很正常，不过咱们做瓷的，要输得起，放得下。从哪里摔了，再从哪里爬起来就好了。这做瓷呀，是个细工慢活，急也急不来的，以后还有的是你学的哩。只要功夫深，铁杵磨成针，从今往后啊，咱们只记得加倍努力就是了。"

"詹叔还说我这位哥哥在做瓷上面很有天分，在村里是没有哪一个能比得上的呢。我看用不了多久，我哥哥就能把他们甩开几条街！”刘枣花说。

然而这些话也没能安慰住墨青，他还是伤心了一天，只因他太想赢了，太想向全村人证明自己了。第二天，墨青又回想起他义父说的那些话，又觉得自己确实技不如人，于是切切在心，从此不敢再有半点偷懒了。他每天出来的最早，回去的最晚，专心致志学习瓷艺。

小洋葱又叫他一起去玩，他手里拿着画笔，盯着那个月牙形的瓷坯出神，心里在念：“画个什么在上面才好看呢？”

“快点了，我们一起去河里抓鱼。”

他被小洋葱拉着，来到白石头村前的那条小溪旁，溪水淙淙，青岩散落，孩子们光着屁股在溪水里洗澡，有两只木桶浮在水面上，几个小孩正在水中摸鱼。

他被拉下了水，裤脚全部打湿，大考后留在额前的阴霾也因此一扫而光，换上了一脸天真无邪的笑容。

他在水里和小伙伴们玩着玩着，突然喜不自胜，拍着额头叫道：“有啦！有啦！”

小猴子问：“墨青，你摸到大鱼了？”

他未置可否，连忙爬上岸，拿着草鞋，光着脚丫，一径跑到瓷窑上去了。

孩子们个个发呆，问：“他到底怎么了？”

墨青眼前浮现出刚才那一幅童子摸鱼图，这不就是自己终日冥思苦想而不可得的灵感吗？他又重新拿起画笔，在那只瓷瓶上轻轻一点，急不可耐地要把这灵光一闪的瞬间牢牢捉住，要赋予那粗糙冰冷的瓷器以纤细温柔的灵魂。

他就这样经常沉浸在幻想之中，或行，或坐，或立，或卧，都在想，想到妙处时，常常就笑了，连自己都未发觉。人们笑他："你看，墨青这小子又发痴了。"

白石头的日子就这样无声无息地流过，平平淡淡的，没有泛起一丝的涟漪。这个被大宋忘了，也被历史遗落的一隅，如此安详地度过了每一个寻常无奇的日日夜夜。墨青跪在瓷前，虔诚地为瓷装扮起颜色，塑起一尊金身。

孩子们看到墨青如此用功，有钦佩的，也有不以为然的。

铁头说："三幺子，墨青那小子自从上次大考垫底后，就像疯了一样发起狠来，他在和你较劲哩。我看你那第一的宝座八成坐不长久啰。"

三幺子压根就没把墨青放在眼里，十分不屑地说："由他，由他，凭他怎么瞎折腾，也是白搭。我一生下来就跟瓷器打交道，你们想他才来这里多久？"

三幺子继续说："你看他那双手，软得像柳枝，长得像竹竿，再看他那瘦骨嶙峋的身子，病恹恹的，风一吹就倒，一看就没力！我看他还是适合老老实实地当他的和尚，念他的经，任凭他再怎么努力，也不是一块做瓷的料！"

孩子们深以为然。一个个翻跟头，竖蜻蜓，像一阵风一样，在林子里和溪水边跑来跑去，把做瓷的事情暂时放在了一边，把所有的忧愁都抖掉了，一个个在那儿自得其乐。

只有墨青还蹲在棚子里，学习怎样刻花、施釉、烧窑、彩绘。师傅教他怎样下笔，在古板的老师傅眼里，那些青的山、翠的叶、红的花、白的云、蓝的水，一笔就是一笔，不能多，也不能少，不能差之分毫。那叶子上的脉络纹理在师傅眼里是直的便是直的,是弯的便是弯的。有时墨青觉得画长一点更好看,画短一点更有趣。师傅见了,拿把铁尺子,一把打过来,责备道:“这儿长了!那儿短了!中间又偏了!你忘了师傅当初是怎么教你的?长短大小一寸都不能乱!哪里该描红,哪里须留白,一丁点儿都不能出错,你知道吗?”

墨青不服气,心想明明多画一笔,境界就不一样了,为什么总是拘泥于一种模式,一种画法呢?

他说:“要是再往这花上添一片叶儿才好看。”

可师傅又是一尺子拍过来:“教你还不改?你犟!”

墨青疼得哎哟一声,缩回一只通红的手,于是赶紧按照师傅的意思,乖乖地按着原来的套路一笔一画勾勒起来。

这个村子传承了上百年的手艺,做瓷人一丁点儿都不敢违背,仿佛在方法上若不按照祖师爷教的去做,就是大不敬了。这种严苛的效仿,有利有弊,它既一丝不苟地传承了祖师爷留下来的手艺,但又显得过了一些,因为没了创新,就很难有进步,只能守着老祖宗留下来的技艺吃饭。

四十一

每到一年的夏初和晚秋，从城里来的经纪人都会来到白石头村收瓷。经纪人雇来几辆马车，绕过一道道弯，翻过一座座山，历经四天三夜，才来到白石头，与村长和族老都相见了，叙礼后，吃了酒席，收了礼品，去仓库清点了瓷器的数目，然后把瓷器照单全收。于是，白石头仓库里面那些不见天日的瓷器被一车车装上车，贩售到全国各地，从此成为达官贵胄厅堂的摆设，或平常百姓家厅厨里的器皿。经纪人瞅准了白石头人实诚，见这些村民没有经济头脑，刻意挑三拣四，压低价格，从中赚得盆满钵满。

今年夏初，经纪人却迟迟未来，白石头村人踮起脚尖，一个个心急如焚地盼着经纪人的到来。如果瓷器再卖不出去，收不到货款，那么白石头就得喝西北风去了，村民叹道："真是一年难过一年，一年不如一年景气。"

到了初秋，经纪人终于赶着马车一路颠簸来到了村里，村民们紧张了一夏，终于松了一口气。村长数了数马车，却唉声叫苦："这马车来得一年比一年少，唉！与往年相比，今年又要少运两车瓷了！"

不过，村长还是振奋起精神，赶忙迎接远方的贵客，上前作揖，笑脸相迎道："哟！孙老板，您终于来了，您可把我们急坏了！要是您还不来，我们全村上下就得勒紧裤腰带喝西北风去了！”

孙老板笑呵呵地说：“别介意，别介意，今年是来迟了些。我这不是刚从大名府做完生意回来吗？你看我连家门都没来得及进，茶都顾不上喝一口，就闷头往你们这儿跑。”

村长道：“这是孙老板的生意越做越大了，看您一路风尘仆仆，请稍事休息，我马上让村人杀鸡炊黍，备办酒席，为您接风洗尘。”

孙老板说：“不用，不用，我还赶着回去。”

村长说：“那就喝些村醪烧酒，不成敬意。”

孙老板又摆了摆手说：“酒也不喝了，我装好车就要走人。你们这地方，前不着村后不巴店，山路十八弯，弯得人晕头转向，来这一趟简直要丢掉我半条小命，可真的不易。你看，也只有我这样的人才愿发这善心，大老远跑你们这儿来活受罪。”

村长道：“孙老板对我们有大恩呐。”

这精明的孙老板如常来到白石头村收货时，每次都要大吃大喝，今年却不肯吃饭，也不肯喝酒，这让村长十分纳闷，同时又感到十分不安。

村长问：“去年和你一起的沈老板怎不见来？”

孙老板回答：“喔，沈老板呀，他去其他地方收瓷了，说实话他不肯来一点都不奇怪，谁会想来这里呢，你们这里不仅路难走，而且瓷器做得也就将就……”孙老板笑了笑，收住话头，又说：“也只有我才愿意这么不辞劳苦，一心照顾你们白石头的生意。”

村长感激不尽，为此说了不少奉承话。孙老板笑眯眯地听着这些夸奖他的话，俨然以恩人自居。村长不敢再问这问那了，领着孙老板来看货，全村人小心翼翼地在一旁赔笑，好像等着命运之神的裁决。

孙老板在仓库这边走走，那边看看，闭口不言，时而面色凝重，时而变得面无表情。

村长问：“孙老板，您看今年这批瓷的成色怎样，您老人家满不满意?”

孙老板捋着胡须，咂咂嘴巴，不紧不慢地说：“瓷好是好，不过样式未免太单一了。去年是这个花色，今年还是这个花色，你们就不会做点别的东西吗?”

村民大沧赶忙说：“这个花色好看着哩。”

孙老板打量了大沧一眼，露出很不屑的眼神说道：“你乡里人觉得好，可城里人未必看得过眼。”

孙老板一边咕噜着一边又拿起一件瓷摸了摸，吹了吹，皱着眉头说：“哎呀，城里流行的是粉彩，你们这里瓷可惜做得太素了一些，也就只能摆在小户人家，做做家用器皿还凑合凑合。”

他又拿着一只青花碗说：“城里人户家里喜欢瓷边厚，你们这瓷边就不能做得再厚一点吗?就为了省点料，做这么薄的边，这要稍微磕到哪儿不就碎了!”

三幺子插话：“薄边比厚边还难烧哩!”

“哼，你知道什么!靖王府里大厅上摆着的瓷就一律都是镶金丝的厚边!”

孙老板一句话比一句话厉害，说得村长手心里直冒汗。今年流行的瓷明明是素雅，明明喜的是薄边，只因安顺公主和当朝天子看惯了雍容华丽，反而以素雅轻简为贵，这孙老板仗着白石头的村民没有去过城里，所以故意颠倒来说。

大家都安安静静地听着孙老板一个人在那儿品头论足，像是等待判决一样，不敢吭声。

村长几乎是在哀求："孙老板，今年的瓷呢，诚如你说，确实不怎么样，可这是我们白石头人辛苦了一整个夏天做成的，您千万行行好，无论如何多少拉几车货回去，再说您来这一趟也不容易，有什么问题下一回我们一定努力改进。"

"金村长如此说，那让我再看看吧。"

孙老板似乎一点都没有要买瓷的意思，那一刻善良的村长都快要哭出来了。绕着仓库走了几圈后，终于到了最终拍板的关键时候，孙老板却装作很为难的样子，又说了一大堆这儿不好那儿太差的难听话，临到最后要摊牌时，他伸出两个手指，给出的价钱连去年一半的价钱都不到。

村民们也不计较，一个个反而欢天喜地。因为这意味着这些瓷器终究没有白做，村人的汗水终究没有白流。

孙老板顿了顿，忽然道："慢着！我还有话说。"

村长头上的汗一直流到了脖子上，战战兢兢地问："孙老板，钱已减了一半，你还有什么不满意的吗？"

孙老板说："哦，可惜的是今年沈老板他没来，要不我就按这个价格把你们这一仓库瓷器照单全收了。我因一时来得匆忙，人手和车马都没带够，需要你们这边派几辆膘肥马壮的货车，再派几个利索的人帮我把这些瓷器运出去，我在城里有几个大客户正等着我送货，急得紧。"

村长大舒一口气："好，好。"

作为经纪人，最忌讳的就是烧瓷人和瓷器店的直接接触。要是烧瓷人撇下中间人，直接和瓷行的老板做生意，哪还有经纪人这口饭吃，这个道理，经验老到的孙老板比谁都懂。但是他不担心，凭着多年来与这帮村野民夫打交道的经验，他断定这些粗鲁无知的村人只会做瓷，不会做买卖。他清楚白石头村祖师爷传下来的规矩对这些村民意味着什么，更清楚这些人多年以来养成的保守习性，他们不愿那么劳神费力，卷入利益纠葛中去。但为了保险起见，他还是强调："派给我送货的这几个人，必须遵守我的规定才行。"

村长问："是什么规定呢？"

孙老板说："第一，我叫他装货就得装货，叫他卸货就得卸货，动作要麻利一些，绝不能偷懒放刁。第二，不准多话，不准问这问那，也不准四处偷看。只能低着头，我走到哪儿，他就得跟到哪儿，不可随意乱跑。第三，要是万一有人问他们是从哪儿来的，就说是我雇来的伙计。要是还问，就点点头是了，其余不可开腔，这三点可做得到吗？"

村长想都没多想，拍着胸膛道："这都是小事，当然没问题！"

于是，村长把大伙儿都叫过来，点兵点将："老儋，大沧，麻烦你们两个跟着孙老板走一趟吧。又叮嘱："记住，一路上你们只管听孙老板的话，不准生事，早去早回。"

村长分派好人手后，转过头问："孙老板，这样安排可好？"

孙老板得寸进尺道："因为比较赶，两个人手怕不够哩，请村长再多派一个人。"

村长又在人群中瞅了瞅，见墨青瞪着两只渴望的眼睛，也没多想，指着墨青道："墨青，你一直跟在老儋身边干活，就陪老儋一起去，一路好有个照应。"

于是，墨青回去向家人打了一声招呼，带着刘枣花为他准备的几件衣裳和一些干粮，便匆匆出发了。他与老儋、大沧在村口的大榕树下会合。村长已经等在路口了，正与孙楚才攀谈，看到人都到齐了，又不厌其烦地叮嘱老儋他们一番。马已喂饱了草料，车厢里也已经装满了瓷器，新安装的轮毂和车板看上去都很结实。墨青不知有多么兴奋，他绝不会想到，这一去，命运的轨迹从此又发生了改变。

四十二

要在村里找到三辆马车运瓷，却让村长犯难了。村里倒是有几辆破败不堪的牛车，却无马车。最后还是小猴子机灵，让村民把牛车的轮毂和车板全部卸了，装在马后面。一切都准备好后，老儋、大沧和墨青三人跟随孙楚才，护送着四车瓷器，依次穿梭在山间小路，就像三只贴在崖壁上的黑色山鹰。经过汀州时，他们来到一家叫作“白羽吉”的瓷店，孙老板下了马，对三人吩咐：“你们先在外面候着。”

孙老板和白羽吉的老板低声说了些什么，过了一会儿，走出来叫道：“都进来吧，你们把最前面那一车瓷卸下来，搬到里面那间空屋去。”

孙老板站在一旁指挥，看着墨青等人把一件件瓷器搬了进去。按照孙老板事先约定的，大伙儿都低着头，不敢多问，也不敢多看。人家问什么，他们就点头答一声“是”，或者回答一句“哦，知道了”。

一桩生意成了，孙老板收了钱，满面春风，那双死鱼一般的眼睛突然放起了光。还有三车瓷器，要赶在天黑之前送给客户。他们来不及休息，又驱马上路。三人走在大通河的堤岸上，波光粼粼，风和日丽，三五只渔船如夏日的萤火浮在河面上。岸上的垂柳拖着长长的枝条，像一个明媚的女子飘散着长长的秀发，在风中多情自扰。墨青似乎闻到了那久违的家乡的气息，不错，再往前走不过十里，就回到离开了四年多的故乡——溇州了。在墨青的记忆中，小城很小，长亭不长，码头不大，溇州的天空总是蒙了一层灰蒙蒙的水汽，好像被浸泡在了淡淡的时光里。渔船在河中轻过，路上的客人还是那样匆匆赶路，这些都是为生计所迫的穷苦人，就像白石头的做瓷人一样，可是他们的脸上却没有一点阴霾。墨青忽然听到了一声钟响，仿佛从天边传来，又像是从河对岸的山峦传来，他心头猛然一震，暗想："是了，这不就是我最熟悉的拂叶寺的钟声吗？这让人魂牵梦绕的钟声呵，似乎比以前敲得更响了，敲钟的人敲得更有力量了，想必当年那敲钟的小和尚已经长成大和尚了。"

他又想起了当年那些寺中的同伴，自言自语："和光师弟刚来寺里时还是个结巴，以前总是背不全经书，老被戒律师叔骂，那些密密麻麻的经文不知他现在会背全了吗？哦，还有我真怀师兄，总是说前人对梵网经的解读有误，立志要为梵网经重新注疏，不知写成了没有……还有……还有我的师父，他最近还好吗？"

他又想起三渡法师，不知道阔别了多年的师父现在的境况怎么样了？他是不是又收新徒弟了？是不是还如往常一样出去云游了？又是一年银杏叶落时，师父也许穿着那件绿蓑衣，拄着那根锡禅杖，刚刚云游回来了吧？那些飞扬的柳条搅乱了他的心神，河面的波光扰乱了他的思绪。可是他的心思很快就被孙老板的催促声打断了："你们这几只呆头鹅，蠢人，还在瞎想什么？还不快走！再迟就交不上货了！"

于是墨青不再多想了，也不像那些柔弱的柳枝那样多情自扰了。

“你们几个真不像话，总是慢吞吞的，见不是自己的事，就一点都不上紧！”孙老板在那儿一个劲地抱怨，“你们要是再这样三心二意，休怪我回去之后向你们村长告一状，看他不用村规狠狠地罚你这厮们！”

大家却不计较，依旧笑呵呵的，一个个东张西望，像飞入林中的山雀，完全被小城初秋的景色迷住了。车马缓缓地行过枕碧桥，那桥，还像原来的桥一样，只是桥身的颜色与过去相比稍微黯淡一些。关于这座桥的故事，墨青还依稀记得，就像这桥下的河水，流了一阙又一阙。

“吁——，我们到了。”孙老板勒住缰绳，车马停在一扇朱漆大门前。高墙黛瓦，古柏苍苍，庭院深深，拴马石上镌刻着奇特的云气纹，雕花的窗棂闪着金光，山墙墀头上蹲着瑞兽，显得威严挺拔。一看就是富贵人家的宅院，再看门前的牌匾，遒劲有力的“瓷韵轩”三个大字蓦然映入眼帘，让墨青心头一震。他痴痴地站在门口，不敢进去了。没想到，孙老板所谓的大客户竟是当年瓷缘斋的老对头——瓷韵轩！

如今的瓷韵轩，仿佛比他儿时与真怀师兄去抓药时见到的又更加气派了一些！

孙老板走上前，向一位衣着光鲜的守门人拱拱手道：“烦请看门的大哥进去通报郭老爷一声，就说洁光堂的孙楚才来送瓷器了。”

守门人进去了。孙老板对墨青等人叮嘱再三：“你们都好生听着，等下进去的时候，切不可随意讲话，更不可东张西望，这可不是一般的瓷店呐，瓷韵轩，你们听过吗？嘿！说出来吓你们一跳，这可是我大宋开国以来第一号瓷店，就连当今天子御书房里摆着的都是他家的瓷器哩！”

老儋与大沧站在门口，被这威严壮阔的楼宇给震慑了，又听说连天子用的瓷器都是瓷韵轩的，一个个都震惊得说不出话来。

守门人走出来，回礼道：“孙老板请进。”

于是，马车穿过瓷韵轩前院中的甬道。庭院内廊腰缦回，檐牙高啄。两旁随植兰桂竹木，院中匝道相衔，呈太极八卦布局。园中山石点缀，藤萝蔓绕，檀香扑鼻，以此布局，可以断定宅院的主人眼光奇高，品位不俗。

看门的说：“好了，你们就把马拴在这里的拴马石上吧，等下会有人给你们的马匹解套，牵到马厩去喂饱草料。”

“有劳大哥费心！”

拴好马匹，也不敢多看，还是低着头，被人引着进入宅院，只见两边的房间里面整齐地摆着各色瓷器。

孙楚才招呼道：“你们别光愣看着，快去把瓷器都卸下来，往左边那个角落里面一字儿码开，和右边的那些瓷器分开，记得可都要摆整齐了。”于是，墨青和老儋他们忙去卸下瓷器。

屋子里面，站着一个上了年纪的人，他穿着锦衣罗袖，外面罩着一件紫衫，墨青以为这个人就是瓷韵轩里那位郭老爷了。孙老板见到这个穿紫衫的人，笑哈哈地迎上去攀话。

孙楚才道：“王管家，请您老验验货，这回都是上好的瓷。您看看这胎质，再看看这釉色，如嫩荷涵露，如碧藕藏丝，都是用绢罗打就，脚踹过泥，不知经过多少道工序才烧制成这物儿来的，你看它们浑身上下都带着灵气哩。”

王清道是瓷韵轩的老管家,已在瓷韵轩干了二十多个年头了。王管家不动声色地走过去,拎起一件瓷器,看了又看,摸了又摸,一脸严肃的神情在这件瓷器的光泽照耀下像冰块一样渐渐融化开了。

王清道笑着说:“不错,不错,今年的瓷器成色比去年的看上去又好了几分。”

孙楚才道:“哎哟,多谢王老板美言。你放心,送给瓷韵轩的瓷,绝对是万里挑一的。”又问:“怎么没见着郭老爷呢?”

王清道说:“我家老爷早已经不管这些杂事了,这些进货卖货的活儿,现由我家少爷作主,且自有专门的人前来应承。”

孙楚才问:“那郭老爷就能放心?”

王清道说:“孙老板说的是哪里的话?我家公子灵心慧性,精明强干。再说瓷韵轩的名头,你又不是不知道!在郭老爷下面干事的人,谁敢不留点神,打起十二分精神来?”

孙楚才道:“那是,瓷韵轩人才济济,能在郭老爷下面做事那是莫大的福气!我都在想,什么时候让郭老爷把我招进去得了,就是做他脚下的一名小伙计,也比我长年累月跑经纪要强啊。”

王清道说:“孙老板说笑了,还是你跑经纪又自由赚得又多。”

墨青心想,那孙老板和王管家口中的郭老爷,应该就是瓷韵轩的老当家郭十里了。他自幼就听祖父说过他有一个志同道合的兄弟,是瓷韵轩的郭十里,后来却不知为什么,自从去汴京斗瓷回来后,家里人一提起瓷韵轩或者一提起瓷韵轩的郭十里父子,本来其乐融融的一家人就不说话了,大家的脸色一下子就变得都很难看。

自从瓷韵轩成了溪州的第一字号后,郭十里就开始有计划地从一些日常的杂事中退身出来，慢慢隐居幕后，让郭闻识料理前台的事情。前些年他还操心柜面上的事，这几年他就管得很少了，按照瓷行里的话说这叫作功成身退，按照他自己的话说这是在培养瓷韵轩的接班人。他每天待在“天籁阁”里面，把玩着他的那些宝贝，摩挲着他那些瓷器中的珍品，一个人自得其乐。

孙楚才与王清道是多年的老友。两人正聊得投机，王清道说：“这里人杂，请进隔壁谈话。”又招呼伙计道：“去给孙老板沏一壶好茶来！”

孙楚才对墨青等人说：“听着，我进去和王老板商谈要事，你们几个在外边好生搬运瓷器！”

吩咐完后，两个人进了隔壁的房间。大约过了一个时辰，瓷器搬完了，可孙老板还没有出来，大家都在等待。墨青是个闲不住的人，生性好奇的他忍不住这儿看看那儿瞧瞧。

就在此时，一位瓷韵轩的下人抱着一件瓷器正好从墨青身旁经过，一不留神，脚崴了一下，身体重心失去了平衡，差点跌了一跤，手中的瓷器险些摔碎了。对于在瓷韵轩做事的人来说，保护好瓷器是头等要紧的大事，要是瓷磕破了或摔坏了，那就是闯下弥天大祸，不仅要照三倍的价格赔偿，还会被瓷韵轩毫不留情地扫地出门。

墨青眼疾手快，一只手扶住了那个人，另一只手把瓷器紧紧地抱到怀里，死命地护着。

“你没事吧？”墨青问。

那人吓出了一身冷汗，感激地说：“没事，没事，多亏了这位小哥扶我一把，不然瓷器肯定摔碎了。”

那人像惊弓之鸟，忙把瓷器放在架子上，又低着头走出去。墨青想要追上那个人。老儋看见了，急忙拦住："墨青，你跑哪里去？没听到孙老板的吩咐吗？不要乱跑！"

墨青不听劝，说先前一路颠簸，在这里又憋得难受，想到外面透一口气，很快就回来。他一脚跨出门槛，却并不在门口站着，而是沿着回廊走，偷偷地穿过石桥，追上先前那个差点失手的仆役，叫一声："这位哥哥，请留步！"

"有什么事？"那人转过身来问。

墨青说："刚才您手上拿的瓷器，是不是一件唐三彩？"

那人道："没错，你怎么知道的？"

墨青说："我一看便知，不过，刚才你拼命护住的唐三彩就算打碎了，也无妨，不须那样紧张，因为它根本就值不了几个钱。"

那人一听便变了脸色："你说什么？"

墨青说："哥哥千万别误会，我的意思是说你刚才拼命护着的那件唐三彩，其实不是一件真的唐三彩，那只是一件赝品。"

那人一听更加恼了："胡说！我们瓷韵轩是什么地方，怎么可能会卖赝品？你这个人，虽然刚刚好意扶了我一把，现在为何又变得恁般无礼？原来你只是有眼无珠，不识我瓷韵轩的宝贝！"

墨青心平气和地说："哥哥息怒，我并未乱说，不信你拿着它去问问行家，看到底是不是一件赝品。俗话说胎为骨，釉是衣，要识别一件唐三彩，只需要看它的胎质和釉彩就可以了。那真正的唐三彩，一定是胎质粗松，白中带黄，釉彩莹润，小点露胎，上面泛一层柔和的宝光。你刚才拿的那件唐三彩虽然做得很精巧，尽管能迷住一般人的眼，却骗不了我，我看它釉光外暴，纹路有些杂乱，所以敢断定它就是一件赝品。”

那人听了将信将疑:“真的?”

墨青说:“不信你去问问懂瓷的行家就知道了。”

那人不再吭声了,欲转身离开。墨青又连忙叫住他,问道:“哥哥请留步,我还想问一句,你们刚才收的这一车瓷,打算付给孙老板多少钱?”

“你这人,真是明知故问!你是孙老板身边的人,你一个做瓷器经纪的,难道还不清楚这瓷器的行情?”

墨青道:“我是个新人,而且孙老板平时也只让我帮他运货,至于瓷器的价格,小的实在不知。”

那人说:“告诉你吧,这瓷分三等,上等的五百两银子一车,中等的三百两银子一车,下等的也要两百两银子一车。在滏州,只有我们瓷韵轩开得起这个价,要是在其他瓷店,恐怕比这个价格还要低个四五十两一车哩。”

墨青听了,暗自吃惊,心想:“这孙老板才付给我们八十两银子一车。我们白石头的瓷器虽不敢夸口是上等,也断然不至于是下等,至少也算中等货色。看来孙老板这几车瓷送下来不知道要从中牟多少利呢。”

那个人不耐烦地离开了。墨青一边走一边胡思乱想着,他沿着曲折的回廊往左转,回廊通往一条他之前没有走过的小径,只见两边花草盈盈,香气阵阵,顿时让他神清气爽,他就不自觉地欣赏起沿途的景致来了。走了六七十步,来到一处岔路口,墨青不知该往哪边。瓷韵轩真的很大,大得像一座迷宫。他只得胡乱往右边的小径走去,进了一扇圆形的大门,又进了一扇小门,只见里面一下子就豁然开朗起来。原来院子里面还藏着一个院子，与入门那个较大的院子迥然不同，这个院子虽小，却清幽隐蔽，里面泉石叠叠，绿草茵茵，别有一番洞天。墨青思忖："原来瓷韵轩还藏着这等好地方，正所谓繁华之中暗藏了一份难得的宁静。现在反正还早，随便看看好了。"

他还不知道，自己已经来到了瓷韵轩的后院。

四十三

前庭喧嚣,后院却一派静谧,仿若置身于另一个世界。

后院的楼台不像前庭那么张扬,却显得自然别致,犹如小家碧玉,天然而成,不加修饰。后院的右角,随意摆放着几张藤桌藤椅,带刺的花藤顺着青墙爬上去,散发着淡淡的香气。在花藤的左侧,有几间青砖黛瓦的矮房子隐在一棵蔽日的梧桐树下,只见其中一间房子的小窗微开,内有烛光摇曳。墨青感到十分好奇,心想:“大白天还燃蜡烛,倒稀罕,这富贵人家的生活就是不同。穷人家到了晚上只能四处摸黑,连灯草都舍不得点一根,他家却在白天高燃银烛。”

墨青见空无一人,于是大着胆子叫了一声:“有人吗?”见没人回答,又叫道:“有没有人?”他终怕冒失,加之想起老僧的告诫,于是决定原路返回,却又想:“也说不定是这家主人一时粗心,临走时忘记熄灯。看他家窗户上挂的尽是帷幔,似极易着火。不行,我如不去把蜡烛吹灭,万一风吹得帷幔起火了怎么办?若我没有看见倒也罢了,既然被我看到,就绝不能坐视不管。”可转眼又想:“人家的事,或许是故意为之。我一个外人,管那么多闲事干什么呢?”

他走到窗台边,犹疑不决,身子却不由自主地从窗棂微微探进去,好奇地想看看房间里面到底有没有人。

就在此时，一个清脆的声音忽然响起："大胆，谁人在此窥视？"

墨青吓了一跳，慌忙把脚缩回去，叫道："谁？是谁在说话？"

转身看，可是光天化日之下，并无一人。

他四处张望，见无人，便以为是自己幻听，摇了摇头，笑道："你看我这没出息的，疑神疑鬼，自己吓起自己来了。"甩了甩衣袖，又把身子探得更进一点，想把蜡烛吹灭掉。

"你聋了？"那声音又响起来了。

墨青吓得连忙回头再看，依旧不见一人。惊疑不定的墨青自忖道："这又作怪了，难道是白日里见鬼？"

那声音却咯咯地笑起来："你再敢动，我就叫人！"

墨青又是一惊，正当又添疑思之际，一个女子忽然从窗棂旁的一棵梧桐树上跳了下来，落在墨青面前，把他吓得不禁后退一步。墨青定了定神，看见是一位清秀标致的姑娘，正愤愤地看着他。只见这姑娘乌黑的头发一绺绺地盘在后面，扎着红绳，戴着银丝鬏髻，耳边一对金玉兔坠子明晃晃地摇着，身上一袭蓝色的翠烟衫子，丁香色的坠地长纱裙子。姑娘看见是一个陌生的男子闯进来，便叉着腰，蹙着蛾眉，对墨青怒目而视。

墨青慌忙行了一个礼，支支吾吾地说："请问刚才是姑娘在对我说话吗？"

那姑娘气呼呼地说："你眼也不瞎，这里除了我还能有谁？"

"姑娘为何在树上？"

"我在树上睡觉。"

"睡觉？"墨青吃惊地顺着树干抬眼望去，只见那棵梧桐树足有碗口粗，最底下的树枝离地面也有丈许高，他心想，"瞧这姑娘弱不禁风的样子,真不知她是怎么爬上去的?”

姑娘瞪了他一眼,说道:“喂,你还在张望什么?”

墨青便道:“这棵梧桐真高啊,这里又没有梯子,我在想姑娘是如何上去的?”

“我上不上得去关你什么事,你别在这儿胡枝扯叶,老实交代,你到底是谁?为什么在这里?”

墨青作揖道:“哦,在下叫墨青,我也不知道怎么走到这个地方来了,请问姑娘,这是哪儿?”

“你还装疯卖傻哩!”那姑娘向四周瞧了瞧,说道,“死丫头,一个人跑到哪里玩去了?陌生人闯进来了都不知道。等下回来,看我不扒掉她身上一层皮!”

她又打量了墨青一番,嘟囔了一句:“我怎么记得好像在哪儿见过你。”可她又记不起曾在哪里见过他了。

姑娘看见他那一副拘束的样子,心里顿起疑心,问道:“你是新来的伙计吗?”

墨青道:“我不是……”

“那你是偷东西的贼?”

墨青连忙辩白:“姑娘,你何以冤枉我做贼?我只是来这里送瓷的,因一时迷了方向,不知不觉就到了这个地方。我又见大白天这里亮堂堂的,这个房间的窗户上垂下帷幔,窗台边却无故点一排蜡烛,我因怕蜡烛烧到帷幔,就想进去把烛火吹灭。”

姑娘听了,扑哧一笑,似是嗔怪,目光却似比先前柔和一些了,说道:“多管闲事,这里是瓷韵轩后院,这房间是本姑娘我的闺房,非但这蜡烛是本姑娘亲手点的,就是这房前的花架也是本姑娘亲手布置的。”

墨青道：“这里亮堂堂的，又不是看不见，姑娘好端端的大白天里点一排蜡烛做什么？”

姑娘说：“我点蜡烛玩，不可以？”

墨青说：“姑娘就不怕失火？”

姑娘说：“笑话！这几间房子就是烧了也不可惜。”

“胡闹！胡闹！”墨青嘀咕。在他看来，这姑娘真是太胡来了，白天点蜡烛浪费不说，要是引起火灾就不得了了。他又看了看四周，心想这姑娘是瓷韵轩什么人，就算是郭老爷本人，说出这种混账话，也应该好好教训一番哩。可是当他看到这姑娘气呼呼的表情时，他又感到有些惭愧，毕竟是自己冒冒失失地闯进人家后院，偷看了人家的闺房，自觉有些失礼。这时，他又想起孙老板的叮嘱，担心自己出来的时间太久，怕被孙老板发现他到处乱跑。现在他只一心想着尽快回到刚才的库房。

“站住！”女子叫住他，说，“我让你走了吗？”

这姑娘看着面前的少年有一张清秀的面庞，浓浓的眉毛下嵌着又黑又大的眼睛，眼神里充满着慌乱与羞怯，心想要戏弄一下这个窘迫的少年，一定会很好玩。她一眼瞅见这少年想要离开，连忙大声说：“你别想跑！我还没有治你一个私闯民宅的死罪就是好的哩。”

墨青停住脚步，转过头，一本正经地说：“姑娘，在下无意逃跑，我只是还有急事去办理，不能在此耽搁。我承认是我不小心闯入姑娘的私宅，自是我的不对了，不过我已经向你道过歉，你还要怎的？再说你家的私宅又不是什么皇宫禁苑，按照大宋的律法，这也不见得是什么弥天大罪，如何就被你定成死罪了？”

姑娘道：“你私闯本姑娘闺阁，便是死罪。哼，你这人犯了错，不但不知悔改，还油嘴滑舌，强词夺理，就你这样应当罪加一等！你，我叫你哩，你过来。”

墨青道：“你想做什么？”

她指着一只装满水的盆说：“死罪可免，活罪难饶。我要你把这盆水顶在头上，蹲在地上绕着前面那棵桂花树跳三圈。水一滴都不能漏下来，要是漏一滴，我就抽你一鞭子。”

“我不想跟你这姑娘在这里胡闹！”墨青说。

那姑娘说：“你就不怕我叫？”

走又不能走，墨青只好耐着性子，搬出了大道理来，说什么士可杀不可辱。

姑娘却不耐烦地说：“你一个送瓷的，也好跟我讲什么士可杀不可辱的道理！你再不按我说的去做，我真喊人啦。”她把手放在嘴边，装作要喊人的样子。

墨青急忙制止道：“好，我蹲，求你别叫！”墨青感到又可气又好笑，可又没有办法。他左顾右盼，既像是在寻什么人帮忙，又像怕被什么人发现，心想好男不跟女斗，赶紧息事宁人，早早摆脱这个无理取闹的女子，走开了罢。于是他真的把盆顶在头上，绕着桂花树跳三圈，他跳得很认真，水竟一滴都没漏下来。

姑娘一边看一边拍着手掌咯咯地笑，等墨青蹲完了，又说：“你再竖个蜻蜓给本姑娘看看。”

这一回，墨青说什么都不愿再受这姑娘摆布了，他瞪着愤怒的眼睛说：“姑娘，你要得我也够了，你见好就收，罢了手吧。”正当他寻思着怎么离开这里才好时，忽然听到一个熟悉的声音在叫他。原来老儋发现墨青不见了，怕孙老板发现了会怪罪下来，急忙要大沧来寻。大沧寻了一大圈，站在后院的圆门外不敢进去，踮起脚尖，一个劲儿向着墨青招手说："墨青，墨青，原来你在这里，叫我好找，还不快点回去，要不然孙老板知道了会发脾气的！"

墨青看见大沧，像见了救命稻草一样，拱着手对着那姑娘笑着说："姑娘，在下的朋友来叫我了，我早就说，并不是在下想逃跑，而是真有要事在身，不能陪你瞎闹。你要果真闲得无聊，可以自己顶个脸盆绕着桂花树跳圈来打发时间，我们告辞，后会无期！"

"你——"那姑娘懊恼地跺着脚，无可奈何地看着墨青昂首阔步地离开了。

四十四

墨青与大沧一溜烟跑回了库房，这时孙楚才也刚好与王清道谈完了话，一边踱着碎步从里屋走出来，一边笑容可掬地对王清道说：“以后还请王管家多多关照，在郭老爷面前美言两句，下一批货我一定准时送达，不敢违期。”

王管家点点头，招呼完孙楚才，又去忙别的事儿了。

孙楚才转过身问：“你们把瓷器都卸完了吗？”

老儋红着脸说：“都卸好了。”

孙楚才道：“都没到处乱跑吧？”

老儋说：“嗯，我们一直在这里等你哩。”

大沧道：“孙老板，你谈什么事谈了这么久？让我们等得好不耐烦！”

“自然是生意上的事，你晓得什么！”孙楚才掸了掸衣袖又说，“这瓷韵轩可不是一般的地方，就连我在这里都得小心翼翼。”

离开瓷韵轩的时候，孙老板咳了咳，故意拉高声调，得意地说：“告诉你们一个好消息，我打算下个月再去你们白石头进两车瓷，照顾照顾你们的生意。”他又不忘添一句：“说句心里话，你们这白石头村啊，不仅山穷水恶，瓷还做得一般，刚才不是我对王老板说尽了好话，他会肯再进两车瓷？哼，恐怕连先前三车货他都不肯要！

若不多亏我，你们做的那些瓷器就会像陈米一样全烂在仓库里！”

“孙老板说的是，您刚才说什么？您打算下个月还来我们白石头收两车瓷，此话当真？”老儋和大沧喜出望外。

往常孙老板每年都只来白石头一趟。瓷器的销路对白石头来说一直就是一个令全村人头疼的问题，倒不是因为白石头的瓷做得不好，以至于卖不掉，而是因为受累于白石头的规矩，不能打自己的旗号，不能刻上标签印记，所以外面很少有人知道。就算别人打听到白石头，可是去白石头的路七弯八绕，山道难行，也让人不得不望而生畏。正因为这样，白石头的人从来不敢有太多的奢望，他们把生死系在孙楚才这样的经纪人手上，拉多拉少全凭收瓷人说了算。如果收瓷人收的瓷多一些，白石头的日子就好过一点，如果拉的少一些，日子就过得紧一点。

孙楚才道：“你们见我何曾说过谎？不过事先得说好，等我再来你们村拉第二回瓷时，你们可要在第一回的价钱上再打个对折！”

老儋说：“那是自然，您是我们村的衣食父母，我们全村都靠您照应，不优惠您还能优惠谁呢？”

于是孙楚才扬扬得意起来，仿佛自己真的是救了白石头的大恩人一样。墨青却一路冷笑。

孙老板一高兴，从腰包里摸出几枚铜钱来，丢给了大家：“你们几个跟随我一路也辛苦了，拿着，这些钱给你们买酒喝，你们可别嫌少，这年头生意不好做，我赚的也不是很多。”

老儋与大沧接过孙老板的钱，满心欢喜。墨青却暗想：“这几车下来孙老板不知道赚了多少银两，却还在这里装模作样哭穷，想用这几枚铜板来打发我们！”

孙楚才撇下他们三人，独自一个人去枕碧桥的宅子酒店逍遥快活去了，就连那辆马车也被他牵了去。墨青三人牵着余下空空的马车在大街上溜达了一阵。过了一会儿，墨青听到了拂叶寺的钟声，那熟悉的一声一声，切切地落在他的心坎上，搅动了他沉淀已久的记忆。他忍不住又思念起了三渡法师，心想："不知我师父现在怎么样了？"

墨青又想："俗话说，一日为师，终身为父。我既然回到了溇州，若不去看一看一手把自己带大的师父，就枉自为人了！"

于是墨青停下来，对同伴说道："儋叔，溇州是我家乡，虽然我的家早就没有了，但我以前的恩师还住在这城南山脚的拂叶寺里，时光如梭，转眼就过去了四年，不知我师父现在境况如何，我心中挂念不下，想趁着来溇州送瓷的机会去看望看望他老人家，恐怕要晚一点再回白石头。你们若着急回去，可以先驾车走，等我见了师父随后就赶回来。"

老儋说："也好，既然回到溇州了，理应去探视你师父。墨青，我和大沧陪你一同去，顺便去拂叶寺烧几炷好香，我们再一同回来。"

于是三人买了一些香烛果品，迤逦来到拂叶寺。沿着那熟悉的青石台阶逐级而上，越是接近拂叶寺，墨青回家的心就越发急切，也愈加不安。他三步并作两步，来到山门前，请门子打开山门，先在门前的金刚菩萨面前拜了三拜，口里念道："师父，徒儿回来了！"

虽然墨青已经长大，与年幼时相比脱去了稚嫩，脸上的线条更加棱角分明。可门子还是一眼认出了他，门子又惊又喜，飞一般径直跑到寺里去报信。三人进了寺庙，墨青看着门前那棵银杏树，就像看到多年的老友一样。银杏叶萧萧落下，铺了一地的金黄。

监寺、维那、典座、知客，早已来到佛堂前，他们除了略微苍老了一些，其他一点都没有变。墨青还记得智远师叔曾经为他剃度，真怀师兄曾经与他一起去枕碧桥替师父抓药，和光师弟因为背不全经文总是受戒律师叔训斥，如今真怀同和光他们都已经长大了，逐渐成了寺里的顶梁柱。以前寺里那些瘦弱的小和尚一个个都变成了身强力壮的大和尚了，不仅待人接物彬彬有礼，而且对佛法的造诣也愈加精深。墨青十分感慨，先拜了各位师父，再拜了寺里每一尊菩萨，却独独不见三渡法师。他百感交集，于是轻轻地问一句："各位师叔，我师父呢？"

众僧说："你师父正在后堂参禅。"

于是墨青急急跑到后堂，因怕惊扰了师父的清修，立在门口久久不敢进去。

站定了一刻钟左右，忽听到三渡法师嘶哑的声音响起来："墨儿，你站在外面干什么，怎么还不进来？为师等你很久了。"

原来师父从禅定中醒来，早有弟子向他报知墨青回来了。

墨青轻推门，叫一声："师父！"便跪拜下来，泣不成声。

三渡法师道："墨儿，你为何来此？"

墨青说："师父，我因运送瓷器到溧州，顺道到寺里看望您。"

三渡法师又道："为师问你，你在白石头修行修得怎样了？"

墨青说："师父在上，我自打到了白石头后，立了文书，今生今世只认刘积山做义父，又在白石头的祖师爷面前磕了头，入了白石头的村籍，各位做瓷的师傅手把手教我怎样做瓷。我白天去瓷窑做瓷，晚上跟着先生读书识字。"

三渡法师问："墨儿，一晃四年过去了，当初师父不顾你师叔们的劝阻，硬打发你下山，你怨不怨我？你在那里，找到心中的佛了吗？”

墨青说：“徒儿知道师父是出于一片好心，怎么会怨？只是徒儿懵懂，不知佛是什么，只知瓷在我心，便如那佛在心中一般。”

三渡法师笑了，站起身，摸着墨青的肩膀说：“好，好，你这一去果然有些长进了，不枉为师的一片苦心。那佛从来就无形无迹，别人只道要去心里求，我说若要心里求，还得向外看，若要向外看，又须心里求。墨儿，你快快起来吧，好让为师仔细瞧瞧你。”

三渡法师摸着墨青的脸庞，摩挲着那头黑发，满是皱纹的脸上绽放出了笑容。

三渡法师说：“你蓄了发的样子，倒看着比以前更加英气。”又摸着墨青的头说道：“墨儿，几年不见你长得比师父还要高了。”

墨青真的长大了，在白石头的几年，历练出了一身铮铮铁骨。然而岁月却用刻刀在三渡法师的脸上雕出了一条条深深的皱纹。加上去年寒冬的一场严霜冻雪，让法师的咳疾越发严重了。师徒见面自然有说不完的话，却尽在默默无言之中，有倾诉不完的情感，却都化作了轻轻的一声问候。

墨青满脸惭愧，此刻像以前那个常常犯错的小和尚一样，低着头向师父诉道：“徒儿该死，未能听您的教诲，从一而终。自我去了白石头之后，不过多久，我便蓄起头发，吃了荤酒，沦入尘寰，不守我佛戒律，只怕佛祖动怒，再难脱那苦海轮回了。”

三渡法师道：“你既已还俗，自然不用守那佛门清规，但只记得慈悲为怀，心如明镜一般，又何必计较自己是俗是僧呢。”

从禅房回到大殿上，墨青拈了香来，许下愿，在佛前虔诚地乞求师父无病无恙。临别时，墨青恋恋不舍。真怀师兄终于完成了梵网经疏，他用端正的小楷密密麻麻地写了厚厚的一本，都是他多年来对经文的辨伪释疑。他捧着自己手抄的经录，送了一份副本给墨青。墨青高兴地拍了下他的肩膀说："师哥！你终于达成了自己的心愿，成为一名得道的高僧，我真心替你高兴！"真怀悄悄对他说，修行越深就越知佛道无边，目今佛典缺失，翻译混乱，众说纷纭，所谓正见，实在乖离，每念及此处，便十分痛心，希望有朝一日自己也能像古代那些求法高僧一样不远万里去西方求取真经，让佛法在大宋更加昌盛。真怀又问："吉生师弟，你今后有什么打算呢？你是我们这帮师兄弟中悟性最高的，难道还打算守在白石头做一辈子瓷吗？那做瓷的终日面朝黄土，下苦力忍受烟熏火燎，有什么好的？"墨青苦笑道："若不做瓷，我还能做什么。"在下山的路上，墨青又拾起地上的一片银杏叶珍藏在怀里，那银杏叶仿佛是师父云游时寄回来的信笺，脉络如文字。老僧和大沧已经在前面等候多时，墨青终于别了师父和一众僧人，离开了拂叶寺。在车上，墨青随手翻着那本经疏，想起真怀的雄心大志，很是为他高兴，又在想如果自己还是拂叶寺里的一名和尚，将会怎样呢？三人各怀心事，一路无话，头上顶着清寒，车轱辘碾着薄霜，卷着斑驳一地的落叶，迤逦回到了白石头。

四十五

回到白石头后，老儋便迫不及待地将孙老板要在年末再来收瓷的好消息报告了村长。村长一听大喜，全村上下也为之振臂欢呼，大家加足马力，日夜赶工，决定要赶在年末之前把瓷器做好。

墨青找到村长，说出心里的疑惑："村长，村长，我们这样埋头做瓷，辛辛苦苦一年，结果倒为他人作了嫁衣裳。"

村长道："此话怎讲？"

墨青说："上回我跟随那孙老板送瓷到白羽吉和瓷韵轩，打听到上等的瓷器五百两银子一车，中等的瓷器三百两银子一车，下等的瓷器也有二百两银子一车。我们卖给孙老板才八十两银子一车。原来大头的利润倒被孙老板赚去了，我们只是赚了个零头。"

村长不以为然道："那又如何？人家赚人家的，我们赚我们的，得多得少，各安其分！"

墨青道："村长，可这孙老板心也忒黑了，我觉得这样做生意对我们白石头很不公平！我们何不撇开经纪人，直接把瓷器卖给那些瓷器店呢？这样我们的利润何止可以翻上几倍，大伙儿也不用一年到头这么辛苦了。"

村长听了，勃然大怒，厉声喝道："墨青！你说的是什么话！你不认真做瓷，又来打什么鬼主意？你难道忘了祖师爷定下的规矩了？

我们白石头个个都是安分守己的人，既不贪图那富贵，也不沉迷那安逸。老天爷赏我们一口饭吃，我们就感恩戴德，心满意足。经纪人多赚一点又如何？他们帮我们牵线搭桥，从中省去我们多少麻烦！我们虽然赚得不多，但一年四季的开支用度刚刚好，你竟然还不知足？想去跟经纪人抢一口饭吃？"

墨青道："可是……"

既然已经说开了，墨青也顾不得那么多了，他索性把心一横，把压在心底很多天的想法和盘托出，继续说道："可是，村长，既然我们白石头的瓷器做得那么好，为什么不在瓷上面留下标记，打出我们白石头的名声呢？我们的瓷器之所以不能卖出一个好价钱，让孙楚才那样的人有机可乘，就是因为我们刻意隐藏自己，没有自己的牌子，又不善推销，不去摸清行市。我们为什么不像那美名远播的钧窑、定窑、哥窑一样呢，把祖师爷留下的手艺发扬光大，让老祖宗的香火越烧越旺。"

村长听了气得七窍生烟，呵斥道："放屁！早知道你有这门心思，当初就不该把你这个祸胎留在白石头！祖师爷传下来的规矩，明明白白，清清楚楚，只叫我们默默做瓷，可没叫我们卷入那些利益之争。做出的瓷不能落款，不能打白石头的旗号，这些规矩难道你忘了？当初在祖师爷铜像面前磕头时，你是怎么赌咒发誓的？"

墨青低下头不敢说话了。村长怒气未消："如今你不守祖师爷的规矩，动了邪念，其罪不可轻恕。我如不动用族规好好惩罚你，只怕你以后还会在外面惹是生非，最终干出对不起白石头的事来。现在，你自去拿了我壁上的木杖过来，今天就要狠狠打你这厮！"

大家很少见到村长这么动怒，一个个都吓得不敢说话，可是大伙儿又很不忍墨青受罚，因为他们知道，擀面杖那样粗的棍棒一旦打下去，定是条条见血，疼痛难挨。倒是墨青并无畏惧，他走过去取了木杖，交到村长手上。白石头的族规严厉，轻则面壁，重则杖责，再重一点便开除村籍，驱赶出去。不过全村的人一直以来都恪守着族规，所以这些惩罚措施一直形同摆设，顶多只是让村民摄于它的严厉，却并未对村民真正使用过。

“趴下！”村长叫道。

墨青便一声不吭，趴在长凳上，脱去衣服，露出黑黝黝的背脊。村长用力朝墨青脊背上重重打了下去，打得他皮开肉绽。墨青只是咬着牙，忍着疼，始终不发一语。

刘积山站在一旁，吓得不敢开腔，木杖打在墨青背上，鲜红的血印瞬时绽开了，每一杖犹如打在刘积山自己身上一样。看着满是伤痕的墨青，刘枣花心如刀割，可是她什么也不能做，那一晚她只能偷偷地靠在自家屋后的那棵大枣树上大哭了一场，那是心疼哥哥掉下的眼泪。

四十六

时光荏苒，墨青背脊上的棒疮在刘枣花的精心照料下慢慢消失了，村长的怒气也渐渐消掉了，可是吃这一顿棍棒没有改变墨青的主意，他依然固执地认为做瓷人不应该受中介人压榨。做瓷人日复一日，顶着风雪，拉坯的拉坯，刻花的刻花，施釉的施釉，有条不紊，分工协作，传承了上百年的绝活在白石头人的手上已经练得炉火纯青。看到白石头人忙碌的身影，墨青认为白石头人值得过上更好的生活，这种想法随着时间的流逝也变得越来越坚定了。

孙楚才果然没有食言，又来白石头拖了两车瓷去卖，按理一车八十两，总共一百六十两，可孙楚才说这是一年里第二次来这里拉瓷，无论如何都要比第一次优惠，只愿意付一百两银子。村长想了想，以为白石头少赚一点总比没有赚的好，再说总不能让瓷器积在仓库里越积越多，于是就点头同意了。

与往年相比，今年已经很不错了，算是遇上了一个好收成。白石头今年的日子比往年的日子又要好过一些。到了年终，村里面架起了一口大锅，水烧得滚沸，杀羊宰牛，从山上采来新鲜的野菜、蘑菇，做上几十道美味，把十来张桌子拼连在一起，连成长龙。村人欢聚一处，点燃鞭炮，敲锣打鼓，庆祝一年的收成。这个时候，便是白石头村人最欢快的时候，一年的辛苦此刻全化作了纯朴的欢笑，无数个烈日与严寒的劳作，好不容易换来了几日的偷闲。白石头村的人把所有的烦恼都抛在脑后了，在他们看来，一切辛苦都微不足道，都是值得的。孩子们尤其高兴，像那草丛里随风舞动的花朵，开出一脸的绚烂，他们跟在大人的后面，穿着新裁的衣裳，提着新扎的灯笼，嘻嘻哈哈，蹦蹦跳跳。

村长把一年的红利全部拿出来，这是全村人日日夜夜烧瓷赚得的银子。村长造好名册，按人头计算，用算盘拨了又拨，核出每人至少分二十两银子，多的一家竟然分到了六七十两白花花的细丝纹银。村民一个个欢天喜地，乐开了怀。

最盛大的仪式当然非祭祖莫属了，这碗饭是祖师爷赏的，自不能忘恩。所以赚了钱，那是祖师爷的功劳。在祖宗灵位前，村人奉上六畜祭品，铺陈杯箸，筛满醇酒，摆上核桃酥、芙蓉糕、红枣、青团等各类糕点和果品，点起一排素蜡檀香，人人轮流给祖师爷磕头，乞求这做瓷的香火代代不绝。只要做瓷的手艺一直传下去，村民的生活就有希望，生活就有盼头。

祭拜祖师爷的时候，墨青一脸的虔诚，先前还觉得祖师爷定下的规矩太过死板，没有道理，可一转念，又战战兢兢，对那位唐代宫廷的御用烧瓷人满怀敬畏。敬酒的时候，刘积山在人群中看着墨青的背影，觉得墨青又长大了。刚来白石头的时候，还只是穿着一袭长长缁衣的小和尚，现在已是满头黑发，浑身上下散发着蓬勃朝气的年轻人了。

刘积山忍不住潸然泪下，说："当年的小和尚，时常穿一件宽袍子跟在大人们屁股后面，连一捆干柴都担不起，如今已经可以担两箩筐沉沉的瓷石上山了。"

祭祀结束后，刘积山站在喁喁说着话的人群里，看着族老在安排祭祀的东西，便小声地问："墨青，你后不后悔来白石头？以前你是一个多么无忧无虑的小和尚啊，现在你却成了一个风里来雨里去的做瓷人，为此不知吃了多少苦，受了多少罪，你可曾抱怨过吗？"

墨青笑起来："阿爹，我一点都不觉得苦，也不觉得累。"

墨青偷偷地笑着，在他看来，白石头已然成了自己的第二故乡。他总是能在这里看到一副副亲切熟悉的面孔，无论风雨还是晴天，都是一团火一样的笑容萦绕在他的周围，于是他就很心满意足，感觉吃什么苦都是值得的。

祭祀完祖师爷后，大家才正式开餐。以前吃的是粗粮蔬菜，过年的时候才能吃点好的。鸡鸭鱼肉摆了一桌，窖藏的陈酒散发出浓郁的酒香，大家相互敬酒，推杯换盏。酒足饭饱后，会唱戏的拉开嗓门喊一嗓子，也有敲起锣来的，也有舞龙舞狮的。家家户户门前挂了灯笼，贴着对联。

几个人在一起喝酒闲聊时，不知不觉就谈到了婚嫁迎娶的事情上。十五六岁的年纪，对女子来说正值豆蔻年华。话说宋朝女子的婚龄普遍趋小，若到了十五六岁未嫁，父母就一定心急了。说起谈婚论嫁，自然是女孩儿人生的头等大事，也是父母一辈子的牵挂。情窦初开的刘枣花已经出落得亭亭玉立，水灵灵的一双大眼睛，扎两条长长的辫子，真的像山间的一朵含苞待放的花。刘积山见到刘枣花又长一岁，心想："男大当婚，女大当嫁，枣花已到及笄之年，正当谈婚论嫁之时，若能给枣花找到一户好人家，对得起她那死去的娘，也了却了我这老头儿一桩心事了。"

于是，刘积山试探着问刘枣花有没有中意的人。刘枣花一听便满脸通红，躲到一边不肯说，刘积山见她害羞的模样便笑起来。不说不代表没有，刘枣花早就有了喜欢的人，从第一眼看见那个懵懵懂懂的小和尚，心里面便生出了莫名的好感。后来墨青又莫名其妙地成了他的哥哥，她因一时难以接受，又高兴又悲伤，有一种说不出的滋味，那天她还偷偷跑到后山哭了一场，擦干眼泪后回来又嘻嘻笑笑，看见她的人只以为她因为突然多了一个哥哥而感到高兴，谁也不知道她的心事。她很喜欢这位哥哥，可是人伦常理却像一座大山一条大河，把她和墨青远远地隔开了。

饭桌上，周大肩看见枣花端着一个荷叶瓷盘子，里面盛着一盘炒熟的青豆，便对刘积山说："你家枣花出落得水灵灵的，什么时候长成个大姑娘了！"

专门刻花的王麻子问："枣花有对象了吗？"

刘积山笑着说："她有了，却不肯说么，我虽老眼昏花，可心里却看得一清二楚哩，她那点小心思怎么瞒得过她老爹？"

刘枣花心头一怔，以为刘积山发现了她内心的秘密，一时手足无措。

刘积山说："枣花，你过来，过来。我知道，村长家的三幺子一向对你有情有义，还时不时送东西给你。他大你两岁，你俩的年龄也正好配成一对儿。说起三幺子，是村长的儿子，做瓷的手艺自然没得话说，嘴又甜，做女婿确实是个不错的人选哩，将来咱们白石头的天还得靠他来撑……"

刘枣花一听便急了，不耐烦地打断了她爹："你看你们几老多喝了几杯酒就开始说东道西，胡言乱语的，谁又喜欢上他了？"

刘积山道："枣花，你在爹和几位伯伯面前不用害羞，你要是不喜欢他，怎么我一提起他，你的脸就像窗户上的剪纸儿一样红？"

王麻子笑道："我上次在村口的明义桥上遇见三幺子，问他看中了哪家的姑娘，老爹就帮他去说，那小子只是一味地笑，原来他早就看上我们枣花啦！"

刘枣花红着脸，气恼地跑开了，也懒得去辩白什么。做爹的终日做瓷，当然不会明白女儿的心意，而那几位伯伯只会瞎操心。刘枣花又独自跑到林子里哭了一场，看着在风中摇曳的枣树，那时的孤独就是她斜倚在树干上瘦长瘦长的背影。

墨青去找她时，她刚好从那片枣树林里走出来，连忙揩干眼泪，装出一副若无其事的样子，支开话题："哥，昨天我送给你的那件夹袄你喜欢吗？"

"你看，我这不已经穿在身上了！"墨青并不知道她哭过，敞开胸口，露出那一件蓝呢子夹袄说，"妹的针线活在这里绝对是最好的！"

刘枣花道："哥做的瓷才是白石头最好的。"

墨青道："我正好也有一件东西要送你。"

刘枣花问："你要送我什么？"

墨青便从怀里摸出一个陶瓷猪的小摆件，圆嘟嘟的造型，十分可爱。

刘枣花接过来，满心欢喜道："这是你做的？"

"嗯，趁做瓷时，我偷偷捏的。"

她接过来，把玩了一阵，忽然叹了一口气，难过地说："要是你不是我的哥哥那该有多好啊！"

墨青实在不理解这句话是何意，他以为自己或许做错了什么事，以至于枣花生气，竟连他这个哥哥都不肯认了。于是墨青不安地问："妹，你怎么了？是我做的瓷儿不好，还是我哪里做错了，惹你生气？"

枣花说："哥哥做的瓷儿没得话说，也没有哪里惹我生气。"

墨青听了这才放心了。刘枣花却欲言又止，脸上显出一种奇怪的表情。她的泪痕还没有完全干去，而墨青还沉浸在节日的气氛里，脸上漾着阳光一般灿烂的笑，丝毫没有注意到刘枣花的难过。

小洋葱跑过来，叫墨青一起去看舞龙舞狮，一起去放烟花。墨青对刘枣花说："走，我们一起去！山后面那两条龙被大沧他们舞得简直可以飞上天哩。"

刘枣花说她还要帮大婶们做开春用的衣裳，累了，不想去，也不愿意去。

"做衣服干什么？"墨青问。

刘枣花道："等到开春时，村里的男人们烧第一窑瓷器都要穿上女人们做的新呢子。"

做瓷的匠人在开春第一回上窑时穿上新衣，自然是白石头诸多仪式中的一种，为的是在一年的伊始求得一个好彩头，也是女人们对下苦力流汗的男人们一片关心的意思。墨青听了咯咯地笑起来，他拉住枣花的手，穿梭在人群之中，挤出一块位置，看着村民舞动起龙狮，欢快地说："咱们做瓷人辛苦了一年，也该歇一歇，喘一口气，为明年大干一场积蓄一点精力。至于那新呢子，晚上挑灯可以去做，明天还可以做，到时我和你一起做。现在，就让我们安安心心看一场舞龙舞狮表演吧。"

耍龙灯的队伍中排头持竿的是三幺子，他瞥见刘枣花也在人群里，于是吹了一声口哨，莫名兴奋地把龙头高高地舞起，于是那条九节金龙在空中游走飞动得如风一般，引来了一阵阵喝彩声。

刘枣花却在人群中羞涩地偷看了墨青一眼，她看到墨青正目不转睛地盯着那些飞舞的龙狮，既像流年飞火，又像长了翅膀的梦想在向她挥手。她怕这梦飞远了，于是轻轻地叫了一声哥哥，见没有回应，又羞涩地握紧了他的手。

那一晚，她很开心，可笑过之后她又感到一点点落寞。然后，她远离了那些璀璨的烟火、那些欢快的舞蹈，一个人怅然若失、一声不响地进里屋去织呢子衣。

酒宴散了，年味散了。过完年，人们又要抖擞起精神，鼓足干劲，开始憧憬着未来的日子。才歇了不到半个月，又要马不停蹄地往前赶。东方既白，停火的瓷窑又要在黎明时烧起新年后的第一炉火了。做瓷人心里牵挂着他们的瓷器，那是延续他们生命最好的方式，比起佳馐美酒，更能激发内心的斗志。

大家在后山敲起锣来，舞起龙来。通往瓷窑的青石阶梯两旁挂了红绸，在阶梯的顶端，最上面那一层平台上摆着一只猪头，一只牛头，一只羊头，正中间摆着那尊从祠堂请过来的祖师爷铜像。人们便在村长和族老的率领下对着祖师爷鞠了三下躬，烧起一排大香，燃起一挂鞭炮。过完年的第一炉至关重要，瓷器烧出来怎样，意味着新的一年的运势。正如打鱼人十分在意开春的第一网，猎人十分在意新年后的第一枪，都是为了讨个好彩头，图个吉利。开炉的时候，大家穿上妇女们新缝制的厚呢子，在寒风中站立，一个个屏息以待。起炉时，大家都提心吊胆，妇人们小声地问："成了吗？还没成?”那心情就像刚刚弄妆梳洗的新婚女子第一次去见公婆一样。几个经验丰富的做瓷人仔细勘验了第一炉瓷器,神情庄重,忽而眉开眼笑地做了一个手势,一个身材魁梧的做瓷人朝一面铜锣上用力一敲,于是旁边一个腰上系一条青丝绦的男子喷出一口白色的雾气,一声高喊“成了”,后面的人也跟着念“成——了——”“成——了——”。

“成——了——”这两个字就像打水漂的石头连续打破水面一样,一声声传开了去,响彻苍穹,撕破了白石头的夜幕,于是所有的人都流下了热泪,奔走相告,欢呼不已。男的露出臂膀,唱起了歌,女的穿着长裙,跳起了舞,仿佛在举行一场庄严肃穆的仪式。

三幺子露出半边膀子,他穿过跳舞的人群,看到枣花就站在人群外,深情地望了枣花一眼,似乎也被这欢快的气氛感染了,情不自禁地拉着她的手,在人群中跳起舞来。

此刻,墨青却在想,这些勤劳的人们呵,他们挥洒了一辈子的汗水做出来的瓷器,是如此的精良,所以这些瓷器连同做出它们的人们,不应该默默无闻,不为外人称道。是的,白石头人的手艺应该给他们带来更好的生活,他们完全有这个能力过得更好,为什么要守在这块穷乡僻壤,为什么要白白地为经纪人去卖命呢?

四十七

第二年开春，孙楚才又来白石头收瓷了。孙楚才的算盘打得很精，自从去年尝了甜头后，他索性以后收瓷都不带帮手过来，直接要求白石头村出人出车，帮他无偿送货，既节省了雇工的工钱，又省了租车的费用。他每次来白石头的时候都像恩人一样大摇大摆，高高在上，每次来都要大吃海喝、风卷残云一通，临走时还不忘带走一些山货。

他经常挂在嘴边的一句话是："你们这白石头不仅瓷器做得很一般，而且还是个山穷水恶之地，谁没事愿意来这里？要不是我发这善心，跑到你们这里讨苦吃，你们白石头的瓷器估计早就烂在仓库里啦。"

不过他说白石头穷山恶水，没有人愿意来，倒是说的一点都没有错。白石头是一个世外之地，绝少有外人进来，如果不是孙楚才肯来收瓷，恐怕真的没有其他经纪人知道这儿，就算知道也未必愿意到这儿来。

孙楚才看到家家户户晒的枣糕，继续说道："你们山里的红枣多的是，枣糕、枣片一年四季都吃不完，我顺便捎几包带回去，送给城里的亲戚朋友，让他们也尝尝这山里的东西。"话没说完，又顺手拿了村人晾晒的鱼干和红薯干。

本来经过了那次族规的惩戒之后，村长就不愿再让墨青去送瓷了，可是一时又找不到比墨青更适合的人选，毕竟墨青与老儋最好，轻车熟路，所以想一想还是让墨青一如往常地跟着老儋他们一起替孙楚才送货。他们娴熟地把瓷器捆扎好，小心翼翼地装上了车，沿着山路一路迤逦而行，绕过一道一道弯，爬过一道一道坡。孙楚才沿路说个不停，自我吹捧得天花乱坠。墨青跟在后面，不说话，只是一味冷笑。他们几次经过滘州，这个他出生的熟悉的小城，在夜色中像一朵扶桑花落寞地绽开着。

趁孙楚才去解手时，墨青又偷偷地对老儋说起了自己的困惑："儋叔，我就不明白，我们白石头可以做出这么精美的瓷器，为什么不立名号，不刻标记，也像那钧窑、官窑、定窑、哥窑等各大名窑一样打出自己的旗号呢？我们窝在这山坳坳里，只顾埋头做瓷，从少年做到白头，从初春做到了严冬，日复一日，年复一年，辛苦了大半辈子，却寂寂无闻，我们这样对瓷器的行情不闻不问，结果倒让孙楚才这样的人占尽了便宜，给别人做了嫁衣裳，我实在为我们白石头感到不值。"

老儋不以为然："墨青，你还嫌上次打得不够疼吗？"

墨青嘟囔："如果能让白石头变得更好，就是再挨一次打又算得了什么！"

老儋道："墨青，我想祖师爷不愿后人闻名，自有他的道理。俗话说人怕出名猪怕壮，假如你有了名气，那些没名的不会跟你争？别人见你有名，必来求你。你不帮他，就生怨恨，你若帮他，又拖累了自己。更何况现今世道，为官的只想官再高，为富的只想钱更多，还是咱老祖宗见得极明，他立下规矩，叫我们避而远之，免去了多少事端。你那样的话，再也莫说，也千万莫想。”

墨青听了，知道一时难以说服老儋，便不再多说什么了，可他还是控制不住地想，他的内心依然固执地认为白石头应该比现在发展得更好，每一位白石头人应该过上本应属于他们的更好的生活，然而这美好的生活却被贪婪的经纪人剥夺了。墨青执迷于这种思虑，也许他对幸福的理解看得并不完全，他只看到白石头人过得很艰苦，手上磨出了老茧，脸上刻出了一条条深深的皱纹，却没有看到村民在平淡的生活中接近自然的那一面，那种洒脱，那份宁静，其实就是最难得的一份幸福。

三人一路无话，不几日便又来到了瓷韵轩，像上次那样，按照孙楚才的要求把一车车瓷器卸下来，拆掉包装，拂掉上面的灰尘，小心翼翼地搬进瓷韵轩的库房。墨青蹲在地上，先是轻轻地把瓷器放在一个角落，又摩挲着那些瓷器，像一位母亲用手轻抚刚出生婴儿的肌肤那样。见瓷口上沾了泥土，心疼，顾不得许多，连忙低下头，用衣袖轻轻擦拭起来，那一副专注的样子，完全忘记了周遭发生的事情。这时，一个年逾古稀的老人，走过来巡视了一圈，手里拿着两个圆形的瓷器小摆件，在手上磨来磨去。这个老人满面红光，精神矍铄，周围的人一见到他，立刻变得拘谨起来，大气都不敢出一下。老人见墨青这般小心翼翼，感到很好奇，也忍不住驻足留心观看。

墨青并没有注意到旁边站着一个人，他一边擦拭着瓷器，一边对老儋说：“儋叔，你看看这些人也太不小心了，瓷器上沾了这么厚的尘也不知道。这瓷呀，一旦蒙了尘，就暗淡无光了，要常拂才能常新。你或许不知道，每一件瓷器里面都住着一个精灵哩，你对它好不好，它虽闭口不言，可它心知肚明。”

“你这小子痴性不改，老是爱说些疯话胡话，瓷器只是个物件，不过是件摆设而已，纵然你对它万般好，它也只是一件冰冷的物事，不会发声。”

墨青道：“你怎么知道瓷器不会发声？”

旁人道：“瓷器会发声，我就把瓷器给吃了。”

那老人站在一旁聆听，听到他们的对话，忽然心头一凛，打断他们，直勾勾地盯着墨青，激动地问：“年轻人，难道你见过会发声的瓷器？”

墨青抬起头，见是一个满脸沧桑的老人。这老人两眼放光，嘴角掠过一丝不易察觉的微笑。

“我没见过。”墨青说。

老人又问：“那你认为这世上有没有可以发声的瓷器？”

“有的。”墨青肯定地说，“我相信一定会有。”

“这个人又开始说疯话了！”旁边的人不以为然。

“不！”老人摆摆手，对众人说道，“这年轻人说的倒是真话，这世上真的有会自动发声的瓷器。我曾有一位故友有一对瓷，他只须拿起一只陶埙朝那对瓷轻轻一吹，那瓷口就能微微颤动，发出呜呜瑟瑟的鸣叫，那声音既像寒蝉凄切，又像呦呦鹿鸣，低低沉沉，幽幽怨怨。只可惜，这样的瓷器，老夫平生也只有缘见过，却无缘拥有。”

众人一听，虽不敢尽信，却唯唯诺诺，都一个个奉承起老人见多识广。

不多时，老人去外边巡视了一圈，回来又从墨青旁边经过，一时起意，问道：“小伙子，你从哪里来？怎么之前没见过你？”

“我是跟随孙老板一起送瓷的。”墨青说。

“是洁光堂的孙楚才?”

“是的。”

“你叫什么?”

“墨青。”

那老人转过身去,对一旁的老管家说:“等下你把瓷器清点完毕之后,带着这个叫墨青的年轻人来天籁阁一趟。”

王清道躬身答声是。

墨青说:“那我还得问问孙老板,他同意我就去,他不同意我就不去。不过他现在出恭去了,马上就回来。”

老人说:“也好。”

老人走后,墨青问身边的人:“这位老人家是谁?看他一副很懂瓷器的样子。”

王清道说:“嘿!岂止是懂,那简直是通!是精!这位老爷,大有来头,他就是我们瓷韵轩的主人郭十里。你小子被他看上了,是你的造化!”

墨青又问:“天籁阁又是个什么地方?”

王清道说:“那是龙王的水晶宫,是王母娘娘在瑶池的藏宝阁。天籁阁里面装的尽是珍宝。连皇宫庋藏的宝物,都比不上天籁阁的。若是平常人,休想踏进去半步。你小子不知哪辈子修来的福气,也不知凭的什么机缘,才来瓷韵轩,就能进天籁阁开眼呐。”

孙楚才进来了,他听说墨青受到郭十里邀请要去天籁阁观赏宝物,因碍于郭十里的面子,不好不让墨青去,但心里又惊诧又嫉妒。他说道:“早就听说瓷韵轩有个天籁阁,一直不知是真是假,王老板,你什么时候也带挈带挈我,带我进天籁阁去看看,也让我开开眼呀?"

王清道笑道:"想也别想。我家郭老爷不开口,谁敢引你进去?连我在瓷韵轩做了二十多年,也才进去过两次!"

孙楚才问:"那里面到底都有些什么宝贝?"

王清道说:"说不尽,说不尽,东汉的陶俑,西晋的铁琴,唐代的三彩,我朝官窑的青瓷,定窑的白瓷,建窑的兔毫……真个是无奇不有,天下无双。"

不多时,所有运来的瓷器都已经清点完毕了。王管家不敢怠慢,按照郭十里的吩咐,把墨青引进了天籁阁。孙楚才瞪了墨青一眼,老儋与大沧则显得惴惴不安,怕墨青像上次那样胡来,便小声警告:"墨青,你进去了可千万别乱说话,也不可乱跑,小心孙楚才回去告我们的状!"

墨青说:"我晓得了。"

说完,进入天籁阁中,一跨进门就如同进了龙王的贝阙珠宫。与以前瓷缘斋的那间密室所具有的含蓄和隐晦的风格不同,天籁阁显得格外张扬。这座建筑位于瓷韵轩最里面,居高临下,是瓷韵轩所有建筑中最雄壮的一栋。仿佛是为了安全起见,天籁阁的前面环绕着一条小河。穿过吊桥后,必须经过三道门才能进入阁内,每一道门的门首都蹲着两只瑞兽,显得威严挺拔。鎏金的"天籁阁"三个大字镌刻得遒劲有力,在白日下闪闪发光。

四十八

郭十里已经在天籁阁旁边的小楼等候很久了。他端坐在蒲团上，手上拈着一件晶莹剔透的荷叶洗，那件瓷器在他身上磨来磨去，磨得莹莹发光，洁白素雅。

墨青被引进来时，郭十里正在赏玩手上那件瓷器，一边道："墨青，你可来了？"他几乎没有抬头看墨青一眼，仿佛有一种未卜先知的能力。

墨青鞠了个躬，唱一声诺："郭老爷好。"

郭十里道："我刚才见你小心翼翼地拂拭瓷器上的灰尘，便很好奇，就在你身旁站了半天，你也没有发觉，看得出来你对瓷的一片用心。"他终于抬起头，满意地看了看眼前这个少年，又笑了笑，继续说道："你过来，过来，认真的孩子总会交上好运，我今儿叫你来，就是打算让你观赏观赏我天籁阁里面的宝贝。"

于是郭十里带着墨青穿过了三道大门，又穿过一条曲曲折折的回廊，像进了迷宫一样，最后来到一个阁子面前。金丝楠木的牌匾上镌着"天籁藏珍"四个大字，是翰林院的章学士亲题的，都镶着金边，发着宝光。到了门口，郭十里却不急着把门打开，而是叫道："你先把鞋子脱了。"

于是，墨青把鞋子脱掉，换了一双净袜。

"再去把手洗一洗。"墨青又去旁边的池子把手洗干净了。

"再掸掸衣上的灰尘吧。"墨青又把衣服上的灰尘也掸掉了。

郭十里看上去很认真很庄重的样子，不禁让墨青觉得天籁阁是一个十分神圣的地方。对郭十里来说，天籁阁确实无异于人间圣地；对瓷行的其他人而言，则是他们心之向往的天堂。进入天籁阁一定要一尘不染，如宗教信徒在朝圣前一定要沐浴更衣一样，总要进行肃穆庄严的仪式之后才可以进入的。

天籁阁共分为三层，第一层摆的全是些古玩字画，第二层摆的全是玉器，第三层摆的全是瓷器。墨青一进去，就被里面的宝物震惊到了。各个时期画工的画作都被郭十里罗织进了天籁阁，一幅幅手绘丹青，如天女散花一般在墨青面前徐徐展开。那古色古香的画纸，像陈年的佳酿，把画师无法言说的情感都化作了水墨，缓缓淌过了历史中那些幽微的时间和空间。那画上的叶子三五片，花两三枝，孤石点点，寒影无双，画工只用稀稀疏疏的一两笔，以闲适散淡的写意手法，便勾勒出了悠长的气息和那些沉沉浮浮的命运。墨青想平时自己做瓷的时候，在瓷器上刻的花和彩绘若能描出这般意境，那该有多好啊。他还沉浸在遐想之中，仿佛与那些遥远的画工经过了一番亲密的交谈。郭十里笑着问他："你觉得这些画作比起你刚送来的瓷器上画的那些画怎样？"

墨青道："不可同日而语。"

郭十里露出得意的神色，墨青的反应似乎早在他意料之内。

郭十里说："你跟我上来，索性再让你开开眼。"

于是上了第二层，柔软的丝绸上摆着各种造型的玉器。白玉龙把盏，青玉狮子坠，剑鞘纹饰的礼乐杯，青玉夔凤纹的玉玦，汉朝的刚卯，唐朝的玉石图章，从天南海北相聚一起，静静地躺在这里，无声地倾诉着历史。装着“冰心”的玉壶，盛着琥珀光泽的玉碗，那娉婷婉约的玉器，一件件妖娆多姿，曾经令多少文人骚客深情吟叹，也曾让多少收藏者痴狂啊，然而此刻它们把那些不为人知的经历全部尘封在了天籁阁里面。

郭十里说：“君子比德如玉，自古以来玉为君子所重，历朝历代贵胄之家都以玉来装饰尊贵。单单是这些玉器，加起来就价值白银八万七千两！”

墨青惊得吐出了舌头：“天哪，八万七千两？”

他心想白石头全村人累死累活做一年的瓷器赚到的银子还不足一千两。

郭十里又说：“玉虽然是个好东西，但是对我来说终究不及瓷器那么令人心动，瓷韵轩毕竟是从卖瓷起家的。也罢，你往上再走一层，我索性让你见见我天籁阁第三层的家当。”

于是，墨青战战兢兢地跟着郭十里上了第三层。只见一水的瓷器如同池塘里依次开放的睡莲，盈盈地浮在水面上。每一件婀娜的瓷儿都以不同的姿态开放，或轻扬媚态，或浅露风雅。再近前看时，浮云倚散，青釉出岫，那一条条粗细不一的冰裂纹交织在一起，缠缠绕绕，如掬一缕月光揉进了梦里，又如娉婷女子蛾眉上一点散去的愁云，化在了那一汪清澈的水里。墨青睁大眼睛，他不愿错过这里的每一件瓷器，件件都令人叹为观止，他一生都没有见过这样精美绝伦的瓷器。

他在每一尊瓷器前驻足流连，观之不足，就像一个虔诚的佛教徒一样匍匐膜拜在每一尊佛前。

“怎么样?”郭十里问。

“极妙,极妙。”墨青惊叹不已。

郭十里道:“还有更令你意想不到的哩,你再跟我来。”

郭十里站在前面等他,墨青缓缓挪动脚步,迷离的眼光才从一尊绘着嵇康抚琴的瓶上移开,又被带进了另一个奇异的世界里。那是一尊立在托盘上的观音瓶,胎面白璧无瑕,薄如蝉翼的胎盘上,像落了一层浅浅的白霜,闪着荧光,散着淡淡的寒气,几乎要侵入人的每一寸肌肤。如果不是在天籁阁,一定会以为这就是慈航普度尊者手中的那只净瓶了。

墨青不敢走上前了,观音瓶就在他眼前,仿佛有一种魔力把他镇在了那儿。

墨青禁不住说:“天哪!”

郭十里说:“你现在看到的就是我瓷韵轩的镇店之宝哩!”

他笑吟吟地看着墨青那大开大合的表情。这时,墨青早已惊讶得一句话都说不出来了,更不知道要如何去形容这一件稀世珍品,他所有的震惊和想入非非都写在了一张真诚的脸上。

最后,他们看完了所有的宝贝,下了阁子,郭十里不无得意地说:“我这天籁阁虽比不上皇宫库藏,但也收集了五湖四海的奇珍异宝。我敢说,但凡看过我这天籁阁的宝贝,再看其他地方的瓶儿罐儿,就如唐时元微之的一句诗‘曾经沧海难为水,除却巫山不是云’讲的那样!”

郭十里又说:“小伙子,你福气不浅哩,进了我天籁阁一瞻,这可是别人几辈子都修不来的福分。”

郭十里对自己收藏的宝物显得无比自信,墨青聆听得无比认真。那天籁阁的瓷器给他留下了极其深刻的印象。他想:“真是山外有山,天外有天,如果不是到这里来送瓷,怎能有机会看到这些稀世珍宝?”又想,“如果自己有一天也能够做出这样的瓷器,那该多好啊!”这样想,墨青便下定了决心,从今以后一定要做出这样的瓷器。

四十九

从天籁阁走出来，墨青还在寻思："我们白石头做出来的瓷器好是好，但与天籁阁里面的那些瓷器比起来，不可同日而语。此前我还有些不以为然，现在却不得不承认，孙楚才原来抱怨得一点都没有错，我们白石头人的瓷艺虽然很精湛，但毕竟四海之大，强中更有强中手。白石头人守着几百年来唐朝宫廷瓷人传下来的手艺，一成不变，无论风格还是样式都跟不上这个时代的变化了，照这样下去迟早会被这个时代淘汰！"

墨青突然领悟到瓷艺不仅在于传承，还在于创新。传承是对先辈们技艺的尊重，是对传统的恪守，而创新则是对先辈技艺的发扬，是对传统艺术的升华和超越。他听着郭十里对瓷器侃侃而谈，这些高见是平日里在白石头村中那些墨守成规的言论中绝对没有听过的。仅凭郭十里的一席话，就让墨青豁然开朗，他忽然意识到眼前站着一位对瓷极有钻研的高人，于是倍增敬意。墨青听得如沐春风，听得意犹未尽。郭十里不紧不慢地告诫墨青："年轻人，你若要了解一件瓷器，就必须心无杂念，像禅和子参禅和东冈了品茶那样，满怀一腔的诚意。品瓷者，必先观其形，后听其声，再触其质，最后探其义，只有这样才能品出其中的奥妙与意味。"

郭十里又说："我看你那老板孙楚才虽然在瓷行里摸爬滚打了

几十年，对瓷器也积累了那么一点点经验，但仍然微不足道。况且他这个人平素又爱贪小便宜，只一门心思扑在赚钱上，瓷器于他而言不过是个赚钱的工具而已。他对瓷既不加深究，又不够诚心，就算懂一些瓷器的知识，也往往只是一知半解，谈不上透彻，算不得一个真正懂瓷的人，更谈不上是一个真正爱瓷的人。”

“你既然不喜欢他，可为什么还让他送瓷来呢？”墨青问。

郭十里便笑道：“没有谁愿意跟那些瓷器过不去。我虽然不喜欢他这个人，但是他送的瓷却好，况且多几个进货渠道防患于未然总是好的，你不要忘了，我既是个爱瓷的人，又是个生意人呀。”

墨青思忖：“看来白石头的瓷器还是能入得了郭老爷的眼。”他听了这位郭老爷的一席话后又想：“这位郭老爷不愧是一个真正的爱瓷之人，瓷韵轩之所以能有今天的成就，难道不是得益于他对瓷的这份痴迷和他的经营有道？”想到这儿，他不由得对郭十里的钦佩又增加了一分。

墨青长舒了一口气，用炽热的目光看着眼前这位老人，似乎想要说什么，可好几次欲言又止。他的这个举动早已被郭十里看在眼里了，于是郭十里笑着问他：“你有什么要对我说的吗？”

墨青道：“郭老爷，我——”

“你无须拘谨，有什么就直说！”

墨青终于鼓起勇气说道：“郭老爷，其实孙楚才并不是我真正的老板，我只是临时被他叫过来送货的。”

“哦？”以郭十里对孙楚才的了解，似乎他并不因此而感到多少惊讶。

墨青又说：“郭老爷，实不相瞒，我原是一个做瓷人，刚才送到瓷韵轩的那几车货，都是我和我们村里面的做瓷人一起做的。”

郭十里道：“看不出你是个做瓷的？”

墨青说：“是的，我就是一个做瓷人。”

郭十里又问：“你那个做瓷的地方叫什么？”

墨青沉吟了一会儿，说道：“白石头，我们那里的人世世代代做瓷，祖师爷是唐朝大中年间宫廷里的御用做瓷人，为躲避战乱，隐居在白石头这个地方，生息繁衍，做瓷的手艺传到现在，至今已经是第九代了。”

既然已经说到这儿，墨青索性讲开了去。为了让白石头的人过上好的生活，为了摆脱孙楚才那种经纪人的盘剥，也为了打出白石头的名声，墨青已经全然不顾了，他既忘记了孙楚才定下的规矩，也忘了白石头村祖师爷的遗训。他越说越激动，完全没有注意到暴露白石头可能带来的后果。

墨青说：“这个孙楚才其实是一个收瓷的中介人，也是我们白石头村和外面瓷器店的唯一联系，他每年都会来白石头一趟，以极低的价格从我们这儿收走瓷器，再以高出八九倍的价格卖出去。我们辛辛苦苦做了一年的瓷，还不如他卖一车瓷赚得多哩。这个孙老板，平时算盘倒是打得很精，我们辛苦流汗，他却坐享其成。”

墨青把憋在心里的话一股脑儿说出来，当下心情便释然了。郭十里静静地听着，脸上露出同情之色。

郭十里说：“你白石头既然能够做出这么好的瓷器，我以为完全应当自立门户，树起大旗，打出自己的名声。依我看，白石头正确的做法应该是撇开孙楚才这样的经纪人，亲自派人去了解瓷器的行情市价，如果你们能省下中间这道环节，直接把瓷卖给瓷器店，这样就能赚取好几倍的利润。”

墨青两眼放光,兴奋地叫道:“郭老爷,我正是这么想的!”

郭十里点点头,这个年轻人的聪明和真诚给他留下了深刻的印象。多年来,他在各种虚情假意和明争暗斗中周旋,虽然每一次都能旗开得胜,可时间一久,就对这些浮于人事的周旋感到厌烦,觉得没有多大的意义。而这个年轻人身上的聪慧、激情、朝气和真诚犹如一阵春风拂面,与他以前见过的人大不一样,这让他感到一阵欣慰。

郭十里难得来了兴致,说道:“小兄弟,我与你也算有缘,我请你到我书房里喝茶。”

转过回廊,便是古香古色的书房,门口两边各摆着一个一米多高的瓷瓶,进去放下暖帘,点起香薰炉内一卷佳楠香,仆人端上两盏明前茶,抿上两口,清香四溢。郭十里掸了掸铺在桌上的缠枝牡丹云锦,又问:“你也来瓷韵轩送了好几回瓷了,你且说说对瓷韵轩的看法吧。”

墨青道:“小的不敢妄言。”

郭十里道:“你尽管说,瓷韵轩只有听取来自四面八方的意见,才能知其不足,除旧更新,永葆基业长青。”

墨青见郭十里一脸认真,便说:“瓷韵轩府第威严壮阔,店内陈设雅趣大方,所卖的瓷器一律都是精品,无愧于滘州第一字号瓷店的称号。”

郭十里捋须而笑道:“你大可说说瓷韵轩还在哪些地方尚有欠缺,我当不断改进,精益求精。”

墨青想了想,便说:“是这样……”他忽然想起上次来瓷韵轩送瓷遇到的一件事儿来，思量再三，觉得对郭十里不应该有什么隐瞒，就直说了："上个月，我来瓷韵轩送瓷，在仓库里，见到一位伙计手里拿着一件唐三彩，那件唐三彩粗看上去精美绝伦，可细看之下，我发现它并不是一件真的唐三彩。"

郭十里听后十分惊讶："有这样的事？你难道是想说那件唐三彩是一件赝品？"

墨青道："如若我没看差，应该就是赝品。"

郭十里道："这怎么可能？我瓷韵轩自立店以来绝不卖假货！"

墨青见郭十里说得如此坚定，反而为自己的话感到不安，怕自己真的弄错了，便低下头说道："也许是我看错了。"

这时，仆人走了过来，禀道："青玉楼的东甫老过来了，请老爷去下棋哩。"

"你让他先在西厅等一等，我就过去。"郭十里站起来，对墨青说，"年轻人，今天我与你相谈甚欢，我已经老了，想不到在有生之年还能见到你这样爱瓷的人。"

郭十里还舍不得离开，又留下墨青多谈了一会儿。郭十里忽然萌生了一个念头，他想提携提携眼前这位年轻人，于是对墨青说："小兄弟，你虽年纪轻轻，却也真诚朴实，看得出来，你对瓷器有一颗真诚的心。这世上买瓷的人不少，可是真正爱瓷的人却不多，他们只把瓷器当摆设，或用来装点自己的风雅，或把瓷器当成一件玩物打发无聊的时间，真正对瓷用心的人并不多见。今日你的言谈举止，让我倍感亲切，我从你身上仿佛又看到了当年的自己。小兄弟，你既然入了这个行当，就要一心做瓷，假以时日，你定能成为一代做瓷的行家。"

墨青听了郭十里的话欢欣鼓舞，两眼闪着泪光，激动地说：“谢谢，我一定把您的教诲铭记在心。”

郭十里甚是宽慰，继续说：“这样吧，只要瓷好，从孙楚才那儿进货与从你那儿进货对我来说还不一样？从今往后，你可撇开那孙楚才，直接把瓷器送到我瓷韵轩来，我会按照瓷的品相，依行价照单全收。”

墨青简直不敢相信自己的耳朵：“真的吗？”

郭十里道：“你是不知，有多少人排着队想与我瓷韵轩做生意都轮不到哩，你可要好好珍惜这个机会。”

“嗯！”墨青深深鞠了一躬，又唱了个大喏，“我回去后就马上把这个好消息告诉我们白石头村的每一个人。”

郭十里道：“唔，不过丑话先说在前头，但凡能被我瓷韵轩收购的瓷，都必须是上等的货色，如果你们做的瓷不合我瓷韵轩的标准，那我一件也不要，我这个要求不算过分吧？”

墨青道：“一点都不过分。”

郭十里道：“现在你们的仓库里面还有烧好的瓷器吗？”

墨青说：“还有，还有，开春时烧了两窑瓷，卖了一窑，还剩一窑。”

郭十里说：“好的，念在你对瓷一片诚心的份上，你赶快把剩下的那一窑瓷器也运过来，让我验验货。我就直接从你这儿购买了，如果看得上眼，这一回我讫给你五百两银子一车的价格，怎么样？好了，我还要去与东甫老下棋，败了那老头的兴，他一定又要跟我急了，你先回去。哎——哟——，老夫很久没有与年轻人这么痛快地聊天了，聊了这么久，这才感到有些筋骨发麻。”

墨青连忙把郭十里从凳子上扶起来。郭十里仿佛从这个小伙子身上看到了当年自己的影子，他对这位年轻的匠人默许地笑了笑。年轻人眼角饱含着热泪，看来已经完全被他打动了。

天色也不早了，墨青离开时看着瓷韵轩那隐在红霞中的飞檐翘角，心里满怀着感激，认定郭十里就是拯救白石头的恩人，而此刻摆在眼前的就是一个让白石头出名的绝好机会。来不及等激动的泪痕干掉，他就急着要把这个好消息与老儋和大沧一起分享。

在回去的路上，他情不自禁地对老儋说道："儋叔，不得了！不得了！现在有个天赐的机会摆在眼前，等了这么久，我们白石头出头的日子终于要到啦。"

"出什么头？"

"如今，那瓷韵轩的郭老爷好心周全咱们，愿意绕开孙楚才，出高价直接买我们的瓷，好不容易讨来这么一个千载难逢的机会，若错过了，诚是可惜，为了让大家都能过上好日子，让白石头越来越好，这一回你可答应了么。"

老儋先是诧异，后听完了墨青的陈说，知道了是怎么一回事，却不像墨青那么乐观和激动，反而，他沉默不语了。

倒是大沧听了后以难以置信的口吻问："什么？五百两银子一车？墨青，你说的是五百两一车吗？只要我们直接把一车瓷送到瓷韵轩，就可以得五百两银子，就这么简单？那两车不就是一千两银子？这么多银子，天底下哪里有这样的好事？"

墨青说："对，对，就是五百两银子一车，郭老爷亲口对我说的！"

老儋却摇摇头道："墨儿，你说的确实很诱人，但是得罪了孙老板该怎么是好?”

墨青道:“这几年孙楚才已经从我们身上压榨得够多了。我们撇开他,自己做的瓷自己卖,怎么说都说得过去,他有什么话好说的!”

老儋又说:“好吧,即便如此,可是我们自己去卖瓷,这不就等于破坏了祖师爷的规矩吗?墨青呀,我们这辈子注定只是做瓷人,生生世世都是做瓷人,那卖瓷的事儿是别人的活路,与我们无关,我们又何必去蹚这趟浑水呢?”

墨青道:“儋叔,你又来了。时移世易,我们也应该通时合变。祖师爷的规矩传到今天已经显得不合时宜了,我们为什么还要墨守成规,食古不化呢?再说,难道我们不能让白石头的村民过得更好一点?难道我们就眼睁睁地看着孙楚才那样的人来欺压我们?再说那一仓库里面的瓷如果不及早卖掉,就会越积越多,最后真的如孙楚才说的那样会全部烂在仓库里。我们只有主动与外面打交道,才能知道现今世上瓷器工艺的发展趋势,才能了解人们的喜好,不然总是闭门造车,终究会被这个时代淘汰。现在,瓷韵轩已经答应以五百两银子一车来收我们的瓷了,这可是一个千载难逢的机会啊。儋叔,与其把我们的命运系在一个只会考虑自己利益的经纪人手里,我看不如豁出去,由我们自己牢牢掌握自己的命运!”

“儋叔,墨青说的好像是这个理。”大沧应和道,“你还记不记得上回孙楚才来村里收瓷时故意挑了很多刺儿?”

“他就是仗着我们不知道市场的行情,在那做神做鬼,想怎么说就怎么说!”

老儋低下头,又想了很久很久,最后他终于抬起头来说:“理确实是这个理了，可还有一条，就是难过村长那一关。”

墨青说：“我早就已经想好了，这件事情可以暂且瞒着村长不说。僝叔，你是咱们村里专门负责进料和发瓷运瓷的人，发不发货，发多少货，全由你说了算不是？我们不妨先偷偷地把瓷器送到瓷韵轩，就说是应了孙楚才的一个更大的主顾去送货的，只是这个主顾出的价钱更高，村长绝不至于怀疑。就算他不期知道了，等到他见到我们为白石头赚了那么多银子，又日久无事，我想他高兴还来不及呢，怎么会责怪我们？”

墨青向他一再保证整个运瓷的过程绝无风险，最后他勾勒出一幅美妙的前景，那是关于白石头未来的一幅极其美好的图画，他就是凭这一幅图景终于把老僝打动了。不过，老僝仍然心存犹疑，只答应：“就姑且听你一回，先运一车瓷送给瓷韵轩试试看如何，倘若真没有问题，以后再继续跟瓷韵轩做生意不迟。”

于是，三人就这样商定了，等他们兴高采烈地回到白石头后，真的偷偷地把一车好瓷送到了瓷韵轩。村长以为是孙老板的主顾要的货，也就没有怀疑，反而为此高兴了一整天，还说孙楚才这个人为白石头带来了好运气，到时一定要请他喝自己酿的米酒。瓷韵轩收了他们的瓷，验了货，交割完后，真的付了五百两白花花的纹银。那对白石头来说是一笔很大很大的数目，几乎相当于白石头半年的收成，三个人从来没有见过那么多沉甸甸的银子，大沧捧着银子，看了看又咬了咬，憨厚地笑起来。三个人显然都很激动，于是又和瓷韵轩敲定，答应一个月之后再送两车瓷器过来。

五十

因为白天与青玉楼东甫老先生下棋,郭十里便把墨青在白天提到唐三彩赝品的事儿放下了,一时没有太在意。到了晚上,心静下来,郭十里忽然想起墨青白天说的那件事,心中蓦然动了一下,自忖:“看那年轻人不像说谎的样子,难道我瓷韵轩卖的唐三彩真的是赝品?”

他连忙把王清道叫过来,说道:“王管家,你也是瓷韵轩的老人了,你一定知道,我瓷韵轩从来不卖假货。我家自立业以来,一直秉持童叟无欺的宗旨才能走到今天这个地步。要是我发现谁背地里卖假货,给瓷韵轩抹黑,我可不管他是老人还是新人,一律扫地出门!”

王清道应一声是,又低头不语。郭十里冷冷地看了他一眼,把伙计叫过来吩咐:“你去把店里面所有的唐三彩都拿给我看!”

不一会儿,几个伙计便把所有的唐三彩都搬到了郭十里的面前。

郭十里一件一件鉴别,他拿起瓷器看了又看,摸了又摸,小心地甄别着瓷器的胎质和釉彩,等看到最后几件唐三彩时,只见他的脸色变得越来越难看了。

郭十里忽然变得怒不可遏,指着前面的唐三彩厉声说道:“王管家！”

王清道吓了一跳，抬起头，脸上露出惊恐和无辜的表情。

“该死的！这是赝品！赝品！”郭十里气得脸色铁青，气得浑身直打哆嗦。

郭十里指着王清道说：“你若不向我一五一十坦白，我就让你立刻卷铺盖走人！”

王清道知道已经不能再掩饰下去了，只好哆哆嗦嗦地把实情说出来：“老爷，这批唐三彩确实是赝品，但这件事与我无关，都是闻识少爷从汀州一个姓高的人那儿进来的货。少爷说这是一批高仿的唐三彩，足可以假乱真，没有人看得出来，他叫拿这批货冒充真的唐三彩卖给城里面那些个不识货的，大可卖一个好价钱。他还让我……让我不要对你说。”

“原来是这畜生干出来的好事！”郭十里气得脸色铁青，举起赝品，狠狠地砸在地上，哗啦一声，那些假的唐三彩便碎了一地。

郭十里又骂道：“孽障，孽障，假货也敢卖，简直胆大包天！他这样子还有什么做不出来的？瓷韵轩迟早要败在这畜生手里！”

郭十里火冒三丈，一阵痛骂，等骂得累了，坐下来又问王清道：“你们已经卖了多少件唐三彩出去了？”

王清道说：“步云坊要了两件，青玉楼要了一件，狮子楼要了三件……”

郭十里说：“你去，去把所有卖出去的唐三彩全部收回来，一件不剩，统统销毁，不管用多大的代价都要收回来，你还愣着干什么？现在就去！”

王清道领了命，慌忙叫上人去了，才跨出门槛，又被郭十里叫住："等等，你去了只说这一批唐三彩原先已被人预订了，是新来的伙计们不晓得，又卖给了别人，现在愿出两倍的价收回去。切莫走漏了风声，让人知道这是假货，坏了我瓷韵轩的名声！"

王清道应诺，走了。郭十里大口喘着气，摸了摸额头，发现冒的全是冷汗。瓷韵轩卖赝品？这样的事情他从来没有想，也不敢想。瓷韵轩上百年的声誉，差一点就毁在自己儿子的手上了，他心有余悸，暗忖："不知这小子背地里还做了多少损害瓷韵轩清誉的事情，都怪自己一时大意了，以为他年纪不小，能独当一面，故此委以重任，原来还是烂泥巴一摊，扶不上墙！"

第二天一早，他一起来，又想起那个不成器的儿子，就烦恼不已。以前他为瓷韵轩不是澪州第一而烦恼，现在却为郭闻识的所作所为而烦恼。正当他坐在房间里唉声叹气时，窗外忽然传来一阵清脆欢快的笑声，一听那笑声便知道是清绮——他的孙女来了。那笑声宛如一缕春风，瞬间就把他的怒气吹到爪哇国去了，换成了一脸的脉脉温情。他走出房间，站在台阶上，说道："丫头，一大早你在外面只顾吵嚷什么？"

丫鬟说："小姐在追蜻蜓。"

郭十里满面笑容地问："小姐在哪儿？"

丫鬟道："在那树下站着不是？"

他循着笑声看着正在追蜻蜓的清绮，一边露出满意的笑容，一边不无担心地说："丫头，你慢点儿。"

"哎呀！"那只蜻蜓飞过了高墙，急得郭清绮跺起了小脚，噘着小嘴回头对郭十里说，"大翁翁，都怪你，把它惊飞了！"

郭十里笑着说："飞就飞了，还像个长不大的小孩子哩。"

他望了望四周，又问："都快到晌午了，怎不见你爹呢？"

"刚才看见他神色慌张地跑出去了。"清绮抿着嘴儿笑了笑，说道，"是不是你又要骂他，或者要打他，他才逃跑了？"

郭十里道："哼！跑得了和尚跑不了庙！"

原来，郭闻识听到了风声，知道郭十里已经知道他卖赝品的事情了，因为怕被父亲责骂，便急忙躲了起来。

五十一

转眼十天过去了,白石头一切如常,提心吊胆的老儋和大沧也终于把那惴惴不安的心放下了。又过了半个月,他们给马匹喂饱了草料,整顿好马鞍,收拾了行装,抖擞起精神,又装好一车瓷器,准备送到瓷韵轩,因为怕耽搁送货的日期,趁着天色蒙蒙亮就上路了。

走了五天的路程,他们从大通河长长的河堤上驶过,从夜色中燃起的一道曙光中走过。东方既白,渔船在渔歌的一阙一阙中扬起一簇簇浪花,如珍珠一般闪着白光。那些勤劳的打鱼人,为了能打到更多的鱼,好去鱼市上图个利市,赶在天还未亮的时候就已经撒了七八回渔网了。

一路上,三人有说有笑,大沧带着艳羡的目光道:"儋叔,墨青,不知你们注意到了没有?瓷韵轩门前的拴马石是用汉白玉砌的,门首的两只石狮子眼睛瞪得像铜铃一样大,朱红的大门上是两只闪光的金环衔在门眼里,柜面上摆瓷器的木架子一律都是用沉香木做成的。这瓷韵轩真不愧是浡州的第一号瓷店,气派得很哩。"

老儋笑道:"这让我想起了二十多年前,我也曾送瓷器到这浡州来。那时节里,最风光的可不是瓷韵轩,而是一家叫作瓷缘斋的瓷器店,只可惜这瓷缘斋盛极而衰,最终被一场大火烧成了灰烬!"

大沧问:“那瓷缘斋的瓷器呢?”

老儋道:“自然是全烧光了,我还听说那瓷缘斋的主人,抱着他那一许的瓷器,一起葬身于大火之中。”

大沧并不理解这位葬身火海的主人的行径,反而不以为然地说:“真不知道那店主人是怎么想的,好端端的人儿,何故这样不拿命当一回事?瓷若没了,还可以再做,人若没了,做再多的瓷器也没用……”

老儋就说:“大沧,你怎么知道那瓷缘斋主人的心意呢,我倒觉得他是为了护住那一水的瓷器,竟至于连命都不肯要,心里便对他多了一份钦佩哩。”

墨青默默地听着他们两个人的对话,知道他们在谈论自己的父亲,在谈论着瓷缘斋,不觉便勾起了他久藏心底的往事。他这一生身世坎坷,想到祖父与父亲溘然离世,想到家破人亡,便难过地低下头,偷偷地洒下两行泪水。他又怕被他们瞧见,于是装作风沙吹进了眼睛,一边说“河边的风真大”,一边用衣袖拭了拭,朝一旁正在好奇地看着他的两人笑了一笑,又低头只顾往前走去。

想到白石头的未来,三人全然忘记了劳顿。来到澪州时,已是深夜了,大街上静悄悄的,他们只能趁着一缕浅浅的月光摸索着路面前行,走了一段路,忽然看到前面有灯火闪烁起来。

墨青指着前面说:“儋叔,前面有灯,想必是家旅舍,我们也赶了一天的路了,不如进去住一宿,赶明儿一大早就去瓷韵轩交货。”

往前走了不到一里,果真是一家旅舍,门首挂着一个栀子灯笼,在风中摇曳,好像在招徕远道而来的顾客进来歇息。他们进店后,问那店主还有没有房间住。

店主说："不巧，客官一行有三个人，可店里只剩一间小房了。"

老儋说："不碍事，我们三人权且挤一挤，过了这一宿再说。"

住进店里，交了房钱，又多付了几个铜板，叫那店主把马匹牵到后院去，喂些草料给马儿吃了。可是三人还是不放心，怕这郊外会有贼在夜里偷走他们的马匹和瓷器，便商定好轮流守夜。夜深人静时，墨青想起白天老儋与大沧的谈话，思绪又飞到了过去，于是那朦胧的童年如瓷器上施的彩釉一般点点化开。瓷缘斋啊，这个他久已不再去想起也不愿去触碰的名字在白天被老儋突然提起，就像平静的波面突然被一行雨荡出了涟漪。他曾经也被亲人宠爱，也曾有一个梦一般绚烂的童年，可是这一切美好全被一场大火葬送了，从此他变成了一名孤儿，只好在拂叶寺出家做了一个小沙弥，后又流落到白石头。每当他看到别家的小孩能够承欢膝下，他就羡慕得掉下眼泪。不知有多少次，在梦中，他梦到了父母，可醒来时却是清冷刺骨的寂寞。他站在窗前，忆着童年的往事，不自觉地看着系在腰间的那只白瓷葫芦，这是他刚出生的时候祖父郑大观送给他的礼物，祖父还特意跑到拂叶寺求寺里的长老给这瓷儿开了光。之后，这瓷葫芦便一直系在他身上，从不离身。若干年以后，这便成了唯一能把他与瓷缘斋以及与逝去的亲人联系起来的信物了。十多年匆匆而过，那白瓷仿佛被他的肌肤滋润，如同有了生命，莹莹透亮。在跳跃的烛光下，瓷葫芦的正面和背面镌刻的字迹依然清晰可辨。

儋叔烧好了热水，准备叫墨青来洗脸，他披着长袍，走到墨青身旁，借着烛灯，分明发现墨青的脸上流着两行泪痕。

老儋惊讶地问："墨青，你怎么了？"。

墨青急忙擦干眼泪说:“我没事儿。”

“你哭了?”

“儋叔,不知为何,我今晚特别想念我爹娘。”

老儋说:“原来是想你爹娘了,也是,这样冰凉似水的夜晚,如何不叫人思念远方的亲人和故乡呢。连我这老头儿出来几遭,都有些开始想家了。俗话说,美不美家乡水,亲不亲故乡人!走遍千山万水,到底还是家乡好哇!”老儋咳了咳,趁着月色,忽然看到墨青手上有一个发光的东西,又问道:“你手上拿的什么?”

“是一件瓷葫芦儿。”

“能否给我看看?”

墨青便把白瓷葫芦儿交到老儋的手心上。那只瓷葫芦温润得如同人的肌肤一般,还散发着墨青身体的余热。

老儋看了看,忍不住交口称赞:“好精巧的东西,这也是你烧的?”

墨青道:“不是,这是我出生时我翁翁送我的,它就像一道护身符,一直戴在我身上,从不曾离身。”

老儋端详着,隐隐看到了瓷器上镌刻的几个小字,他把瓷葫芦拿得更近一些,认真端详了一番,又喃喃说道:“天哪,这是瓷缘斋的标记!”

他看到这三个字就吃了一惊:“墨青,这难不成是你翁翁当年在瓷缘斋为你定做的?”

墨青一听,便满眼流泪,他天性实诚,且在亲人一般的老儋面前也没什么好隐瞒的,于是袒露心扉,低声倾诉:“不瞒儋叔,我翁翁就是瓷缘斋的主人啊,白天在路上,你说那位与瓷缘斋一起葬身大火的人，正是家父！因你和大沧在路上谈起瓷缘斋，一时感怀，便不由自主想起自己的身世和亡故的亲人，故此流泪。”

老儋难以置信地问：“恁地说，你是瓷缘斋的后人了？”

墨青点点头。于是，在老儋的询问下，墨青把自己的身世和经历全部告诉了老儋。老儋安静地听完他说的故事，胸中的波澜却时起时伏，心想这孩子受了多少苦难啊，可他从来没有在别人面前提起过他的身世，白石头的孩子都有父母，只有他是一个孤儿。老儋明白，凡是身处异乡的人，谁不会思念自己的父母呢？尤其对于小孩来说，哪个小孩不会想要父母的疼爱呢？只是墨青把所有的苦水和思念都独自吞在肚子里面罢了。

老儋怜悯道：“墨青，原来你还有这样的经历，我只知道你以前是拂叶寺出家的小沙弥，以为你自出娘胎后就做了和尚，不想你是瓷缘斋的小公子。我虽然没有去过瓷缘斋，却在年轻时就听过瓷缘斋的名号，我记得那时的瓷缘斋无限风光，也曾听说瓷缘斋的老当家郑大观是一个出了名的瓷痴。我也曾有幸见过你的父亲，我记起来了，那个叫作郑依颂的年轻人。当初他还在 家绸缎铺门口向我打过招呼，邀我去河边的大不同茶馆喝过一碗泉水煮的毛尖茶，他点的那茶香极了。他还饶有兴致地问我一件上乘的瓷器是怎么做出来的。墨儿，你应为有这样的祖父和父亲而感到骄傲哩。”

老儋回忆着往事，那时的老儋还很年轻，曾经去滹州为瓷缘斋送过瓷器。他们倾诉着如水似烟一样的往事时，突然听到门外有一阵响动，以为是有盗贼来偷院子后面马车上的瓷器，慌忙问：“是谁？在外面偷听？”

“是我。”原来是大沧刚刚去守了院子里那一车瓷，此刻回来换班了。

墨青起身说："儋叔，该轮到我去外面守瓷了。大沧，热水刚烧好了，还是热的，你也过来洗把脸吧。"

大沧把身上一件大衣取下，递给墨青道："外面刮风了，这件大衣借你披上御寒。"又说："马已经喂过草料了。外面有杌子，今晚天上满天都是星子，你如果感到无聊，就坐在凳子上数大星子玩。"

墨青笑着出去了，为刚刚勾起的往事所牵绕，于是一宿没有睡。他嘴里衔着一根马尾草，看着天边那些闪烁的星辰，仿佛看到了爷爷、父亲和母亲的身影。第二天一大早，三人又整顿好行装，把所有的忧愁和回忆全部抛却到一边，又把所有的磨难化成了希望，早早地来到瓷韵轩。那时郭十里正在天籁阁里闭目养神。他们等了一两个时辰，最后由仆人领着去见了瓷韵轩的老主人郭十里。

这位额发斑白却精神依然矍铄的老人，这时身披一件云纹长衫，手中的那件小件儿瓷器终不离身，在手上摩来摩去。他见到墨青果然如约而至，便豁然一笑，又因为墨青发现唐三彩赝品的事情，为瓷韵轩化解了一场潜在的危机，心里便多了一份感激，于是热情地接待了他。

郭十里关心地问："从你们白石头到我瓷韵轩，这一趟总共要走多少里路程？"

墨青说："不远，如果马车一路疾驰，不停不歇，只要走三天三夜的路程就够了哩。"

郭十里道："喔，这还不算什么。想当年我一个人去光州收瓷时，披一件斗篷，打着绑腿，风雨兼程，没有个把来月，休想到那里。更要命的是去光州沿路险象环生，不仅要乘桴子越江，过二十里盘山路，还要一路提防拦路打劫的盗匪。”

虽然这么说，可郭十里又转过身来问：“你们都吃过早饭了吗？可有歇脚的地方？我命下人去备几样下酒菜，再收拾几间上等客房让你们小憩一番，你们一路风尘，起早贪黑走了这么远的路，也不容易。”

墨青道：“不劳郭老爷盛意，我们做瓷人从来是风里来，雨里去，早已习惯了。送完这车瓷，我们还要去兴周府进一批彩釉回去，白石头正等着这一批瓷料去烧新瓷哩。”

正在谈话之间，突然听到一阵女孩子的明媚爽朗的笑声，像是从墙外传过来。不一会儿，从后庭的圆形拱门里走出一个穿一袭白衣的女子，后面跟着一个穿青衣的丫鬟。

只听那丫鬟说：“小姐你看，你一直念着的那个傻里傻气的人又来了。”

那小姐便问：“在哪儿呢？”

丫鬟说：“在老爷旁边站着的不就是？”

那小姐见了，喜出望外，迈开步子冲上前去，不待走近便叫道：“你来了，等了你很久了，你来得正好！”

墨青抬起头一看，暗暗叫起苦来，原来这个女的正是那日他不小心闯进瓷韵轩后院遇到的女子。前一次被她戏弄了一番，他已经领教过这位姑娘的厉害了，却又不凑巧，今天偏偏又遇见了她。

郭十里见到这个女子，也露出笑来：“妞儿，你今天不是去和河源府孙制使的女儿孙三娘一起划船了吗，怎么这么早就回来了？”

那女子嘟着嘴说：“大翁翁，你还好意思提她，硬叫我去和她划什么船！原来那个孙三娘一副害痨病的模样，划了一会儿就说累了,划不动。坐在船里一会儿说外面风大,一会儿又说被船晃得头晕,生怕掉到水里,只好上岸叫两个丫鬟一路扶着她走,走了一会儿路又说脚痛。那一副娇娇滴滴的模样让人看了,谁耐得烦!我怕只需撩一撩船橹,就可以把她丢三四里远哩,我才懒得和她一起划船。”

郭十里自豪地说:“是了,若比划船,只怕这漻州最好的水手都比不过你。”

那女子道:“可我阿爹却不准我划船,他还说什么女孩家应该养在深闺,举止有常,亏他还常拿孙三娘做榜样,让我学她,也不知道我爹他怎么想的!他自己怎么不养在深闺里?却好意思来管我的闲事!”

郭十里说:“那都是他那些烂朋友教他的迂腐之见,你别信他那一套。”

那女子道:“我才不信。”

原来,宋朝人称自己的曾祖父为“公公”,称祖父为“翁翁”,或叫“大爹爹”,又称“大父”。墨青听到那女子叫郭十里大翁翁,心里不免吃了一惊,原来这个古怪刁钻的女子竟然是郭十里的孙女。难怪她在郭十里面前不像那些下人一样拘谨,反倒十分随意,甚至在墨青看来有些放肆了。墨青又想起那次女子质问她为何闯入她家私宅,他当时只是以为这女子是郭家什么人,却没想她是郭十里的孙女。那次他急着要离开后院,加之当时被这女子胡搅蛮缠一通,所以也就没来得及多想。

那女子笑嘻嘻地立在一旁,朝墨青使了个眼色,对墨青说:“喂,你这个送瓷的,怎么现在才来?”

郭十里很诧异:“你们两个早就认识吗?”

墨青红着脸,不敢说话,他怕这位千金小姐戳破他那日私闯后宅的事儿。那女子笑着说:“我认识他,可是他还不认得我。上次他送瓷来瓷韵轩的时候,我见过他一面。我记得他那日穿的是一袭褐衣,头上戴着褐色的幞头,今天却换了一件青褂,他这副打扮,倒不像个做瓷的。”

“那像什么?”

“像个小秀才。”

姑娘冲着他笑了笑,一旁的郭十里被逗得哈哈大笑起来。墨青绷紧的神经终于松开了,长长地舒了一口气,幸好这姑娘没有当着郭十里的面揭穿他当日的鲁莽举动。

郭十里道:“这个年轻人叫作墨青,是专门来给我们瓷韵轩送瓷的。这丫头是我家的孙女郭清绮,一张利嘴说话不饶人,连我也不放过。”又笑着说:“呃,清绮,你可别小看了他,这年轻人最能吃苦,还能做得一手好瓷,只需假以时日,必能成一番大器。”

清绮看着墨青,笑道:“我大翁翁平素不怎么爱夸人,能得到大翁翁赏识的人多半应该不差了。”接着又半开玩笑似的说:“既是这么优秀的人,倒要好好结交一下。我说怎的,就好像以前在哪儿见过你一样,却又记不起在哪里见过,看来是我与你这位做瓷人有缘哩。”

墨青听到这儿霎时就红了脸,低着头不敢看她的眼睛,他听见郭清绮咯咯地笑着,他明白这是郭清绮在旁敲侧击,暗指那一次他私闯瓷韵轩后宅的事情。

郭十里也大笑道:“说起来,我也算与这后生有缘。”

郭十里忽然又想起了儿子郭闻识，便换了个话题，问道："你见过你爹没有？今天他又忘了向我报告瓷韵轩这个月的经营备细！我要王清道去他那儿催，王清道回来向我报告，他没在店里，到处都找不见他。"

郭清绮道："敢情是一早城南奉贤坊的张老爷又请他喝酒去了。"

郭十里便骂道："你爹正事不干，喝酒倒是他的命一般。"

郭十里皱着眉，脸上浮过一丝不易察觉的愠色，无奈地叹口气说："这畜生除了去看戏，就是去喝酒，什么时候能分点儿心思放在经营瓷韵轩上面就好了！唉，生了这个孽障，也是家门不幸，平时不知给我增加多少烦恼，上次还捅出那么大一个娄子来，如果不是这位小兄弟提醒我，恐怕瓷韵轩上百年的基业就要在这孽畜手上毁于一旦！"

说完郭十里又向墨青投去感激的目光。郭清绮知道郭十里说的是她父亲偷卖假瓷东窗事发的事儿，便抿嘴一笑。她笑的时候脸上会浮出一丝浅浅的红晕，眉目如秋波湛湛一般，随后又张开樱桃小嘴，撒起娇说："我爹也不是一无是处，如果没有我爹，怎么能有我？说起来我爹也有功哩。大翁翁，我看你和我爹倒似一对前世的冤家哩。"

郭十里道："冤家，正是冤家！也许我前世欠了他的债，所以他今世就缠上了我，除了生了你这算一宗好事外，他干出的事都不成体统，只是总不肯与我罢休！"说罢，又故意沉下脸捏了下郭清绮的小脸蛋说："不过话又说回来，你这丫头也不好应付的！"

郭清绮只是笑，一旁的丫鬟道："只少爷生下小姐这一事，就算有什么错处都一笔勾销了。”

郭十里道：“你看你看，连这个丫鬟跟着你都学会了伶牙俐嘴！”

似乎丫鬟的机灵话起了作用，郭十里把之前的气恼早已抛诸脑后。他哼了一曲小调，看了看天色，又说：“不说你父亲的事了，说了心烦！外面冷，我们进屋里喝茶。”

三个人聊了一会儿，一壶茶还没喝完，仆人就走进来禀告：“知州杨大人来了，在客厅等老爷去说话哩。”

郭十里笑着对墨青和郭清绮说：“你看看，真叫人不得空闲。我猜这杨大人准是听说我新弄到一尊前朝宫里的观音瓶，想过来一饱眼福来了。”

郭清绮道：“他这个瓷痴还不是你这个师父一手调教出来的！”

墨青见郭十里有客人到，忙说：“郭老爷，既然你有要事在身，我不便打扰了。我先回仓库去清点瓷器。”

郭十里道：“小兄弟，不用如此急迫，我叫下人带你到后花园逛一逛，我家园子虽不大，可景致并不比春林湖的花团锦簇差多少。我还特意叫下人备了一桌饭菜，本想着和你一起吃顿便饭，再向你请教些做瓷的技法，不巧杨大人到来，我就不能奉陪了。”

墨青道：“郭老爷客气，请您先忙。”

郭十里起身，对清绮说：“丫头，你还愣着干什么？快与我一起去见你杨伯伯呗。”

郭清绮道：“大翁翁，你们大人之间的谈话我去掺和什么，而且我站在那儿也不自在。”

郭十里说：“也罢，你去吩咐两个小厮，由他们领着墨青四处走走。”

郭十里出去了，倒让墨青感到放松了。郭清绮一定要拉着墨青去瓷韵轩的别院看一看，墨青不好意思再拒绝。两人徜徉在园中小径上，看着满园欲滴的芳翠，沐浴着阵阵香风。在墨青看来，似乎溸州的四季都被锁在了这间雅致的别院里。

五十二

两人上了青石铺就的台阶,穿过一扇圆形的小门,再经一处清幽的枫树林,就来到一座开阔的露台上,从这里刚好可以俯视大通河的风景。只见那水天一白,大通河如一条绶带,像是缠在溽州的腰上一般。

墨青完全被这里的景色迷住了,不由得感叹:“想不到瓷韵轩还藏着这等清幽之处,这倒不像是一个瓷店了。”

“像什么?”

“好像我曾经见过的一轴画里面一位先生的宅子。”

“这位先生叫什么?”

“我只觉得那画画得好,颇有古风,哪里知道那先生叫什么名字。”

郭清绮回眸笑问:“你们那里可也有这样的景致吗?”

一提起白石头,墨青就不甘示弱,一种自豪的情绪油然而生,他开始眉飞色舞起来了:“若说我们白石头,虽然不及大通河这般波澜壮阔,也不及你瓷韵轩这般富丽堂皇,可也称得上是一处世外桃源。”

“我长这么大从没见过什么世外桃源。”

“我们白石头隐在山谷之中,抬头见山,低头望溪,白天云蒸霞蔚，宛若仙境，晚上星光点点，且那里的人最是淳朴可爱，真如洞天福地一般。”

郭清绮说：“我不信什么洞天福地，除非你带我去看。”

墨青连忙摇着头说：“清绮姑娘，那个地方，你却去不得。”

“怎么就去不得了？你那里又不是什么皇宫禁院，再说就算是皇宫禁院我也进得去。”

墨青煞有介事地说：“到我们白石头要赶三天三夜的路，转十八道弯，还得翻三座大山，这一路的艰辛远非你所想，你这个瓷韵轩的千金小姐可受不了这样的苦！”

郭清绮听了，感到又好气又好笑，自认从小就不输男儿的她，不仅能像水手那样划船，还会像骑手一样骑马，像士兵一样弯弓射箭。如果有哪个女子一个人被丢在茂密的深林里面，准会吓得大哭，她却会若无其事一般，反而还有说有笑。

她提起裙边，不服气地踢掉地上的石块说：“笑话！不就是翻几座山过几道弯？你不也来来回回跑了这么多趟？这有什么难的！哪天我去东边林子里打只豹子给你看看。”

墨青笑着说：“你一个弱女子，别让豹子把你吃了。”

郭清绮见墨青不信，就有些嗔怒了，看到露台上长着一棵参天的老松，便说：“我这个弱女子不知胜过世间多少好男子，你等着，我让你亲眼看看本姑娘的本事，叫你以后不要小觑了我！”

墨青只扬了一下眼，她便倏地爬上了一棵枝丫四叉的老树，就像飞上去一般。

“怎么样？”郭清绮扬起头，那神情似乎在说，“这下你总该服气了。”

墨青红着脸，怕她这个大小姐摔下去，那可担待不起，连忙说："你快下来。"

郭清绮道："你信不信我会打豹子？"

墨青看了看四周，说道："我信了，我的姐姐，你快下来！"

郭清绮咯咯地笑着，跳下来，脸也不红，气也不喘，那如春黛一样的眉毛稍稍往上一扬，说道："下回我就去山上打只豹子给你看！"

墨青请郭清绮坐下来休息。郭清绮说："你回去的时候一定记得叫上我一道儿。"

墨青不说话。两人坐在旁边一株高大的珙桐树下，吹着从大通河吹过来的河风，又聊了一会儿，聊着聊着就熟络了，这时的墨青不似以前那么拘谨了。

到了吃午饭的时间，仆人安排好了饭菜，说是老爷亲自吩咐了的，要请墨青与在外厅等候的老儋与大沧一起吃了饭再回去。郭清绮说她带着墨青和老儋他们一起过去，他们绕过回廊，出了庭院。

过来回话的仆人连忙追上去叫道："小姐，老爷另外安排了一桌酒宴，吩咐小的叫您去东莱厅陪老爷和杨大人一起用膳。"

郭清绮做了一个鬼脸："我不去。"

仆人说："老爷特意交代了的，还说杨公子也来了，叫你务必见见公子。"

郭清绮道："既是那个痨病鬼来了，我就更不去了。"

墨青问："杨公子是谁？"

郭清绮红着脸说："知州家的公子，一个无聊透顶的人，理他干什么。"

郭清绮似乎不喜欢见杨公子这个人，一听到杨公子就皱起了眉。她不再理睬传话的仆人，而是拉着墨青径直来到一间偏房，叫下人端上酒菜，与墨青、老儋、大沧三人一起就着一张描金桌儿，拾起筷箸，夹着几样家常小菜，喝着小酒，吃得津津有味。倒是把那仆人急得急忙跑去告诉郭老爷。

吃过了中饭，墨青等人又去瓷韵轩的仓库帮忙清点已经码好的瓷器。仓库这个地方，郭清绮平常是不去的，可当她知道墨青也在那里时，就跟过来看。墨青他们在搬运瓷器的时候，郭清绮就坐在一旁，工人们以为郭清绮是亲自来监工的，都颇感意外，于是一个个都埋头做事，不敢懈怠。没过多久，又走进来一个人，身穿一件绿罗衫儿，头戴一顶缨子乌帽儿，脚下粉底皂靴，抬起头打量了众人一眼，叫了一声："你们一个个都利索点!"杂役见这人走进来，连忙放下手中的活计，毕恭毕敬地叫了一声："老爷好。"

这人也不答话，侧起头来，只斜睥了一眼做事的下人，眼光就落在郭清绮身上了。"咦——"他叫了一声，那模样像是有些吃惊。

郭清绮见了，连忙起身，笑吟吟地飞奔过去，叫道："爹，你这位稀客怎么今天有闲情到这里来看一看?"

原来这人是郭清绮的父亲，瓷韵轩的少掌柜郭闻识。

郭闻识说："丫头，我倒还想问你怎么会在这里呢?"

郭清绮道："我……我闲着无事，就过来看他们搬瓷耍。"

郭闻识说："这里是下人待的地方，这搬瓷有什么好看的!"

他脸色泛红，打了个饱嗝，看来是在酒馆里和几个朋友刚喝了酒回来。

郭清绮说："大翁翁刚才还在找你哩，我说你去奉贤坊又去喝一旋子去了。”

郭闻识埋怨：“你告诉他我去喝酒了，不是又招老头儿来唠叨我？”

郭清绮捂着嘴巴笑起来：“这回你可别想着让我为你向大翁翁说情，就为了你，连累我没少挨大翁翁的骂。”

郭闻识说：“你这丫头，我几时让你替我求过情了？你大翁翁现在人呢？”

郭清绮说：“他呀，此刻应该正在客房陪杨伯伯喝茶。”

“杨大人来了？”

郭闻识听说杨知州来府了，连忙重整衣襟，一本正色道：“既是杨大人驾临，我得去。”又想起来什么了，说：“我还是得换一身衣服才好去见。”他也顾不得郭十里会不会责骂他，忙叫下人去拿他那件宝蓝夹纱直裰穿上，抖擞起精神，就准备动身去拜见杨知州。墨青好奇地抬起头望了他一眼，不期两人的目光正好相遇了。

郭闻识停住脚步问：“看这几个人好面生，他们是新雇来的伙计吗？”

一旁的王清道说：“不是，他们是来给瓷韵轩送瓷的。”

他走过去，居高临下地审视了一眼墨青、老儋与大沧，听他们叫他一声老爷。他也不应，而是走到那一摞瓷器面前，拿起一件瓷器看了看，也不说话，脸上除了一团醉酒后的红晕泛起外便再无任何表情了。他看完了瓷，依然把它丢回去，瓷器发出清脆叮当的响声。他伸了伸腰，哼着小调儿，朝着外面走去。

郭闻识却一眼看到郭清绮还站在原地一动未动，便停住，招着手说：“丫头，你还在这里干什么，快陪我一起去拜见你杨伯伯。他好几次来都向我问起你，好几回都当着我和你大翁翁的面夸你，说你古灵精怪，很讨人喜欢哩。”

郭清绮做了一个鬼脸说：“杨伯伯这是夸我还是骂我？哼，我才不去，我看你要我去见杨伯伯是假，让我替你说情免挨大翁翁的骂才是真。你这个人老要面子，这下露了马脚了，我看你就是心虚。”

郭闻识笑起来：“胡说，就是你大翁翁骂我，我也不怕，我只装作没听见就是了。”

见郭清绮仍站在原地不动，郭闻识走过去说：“跟我走，这回真是你杨伯伯想见你！”也不等郭清绮说什么，也不管她愿不愿意，硬拉着郭清绮去了客房。

等到清点完所有的瓷器，已经是下午时分，墨青把一切交接完毕，收好了银子，放在马车厢底下的暗柜里，跑去向郭老爷道了谢，又叫大沧收拾好行李，扣背好马鞍，一切都已妥当，准备动身回去。他们三人刚出了郭府，行不到几里，走到枕碧桥的时候，忽然听到后面一阵急乱的跑马声，惊得大街上鸡飞狗叫。墨青勒住缰绳，回头一看，只见郭清绮骑着马，扬起一地的尘，追了过来。

郭清绮看见墨青他们，勒马上前，气喘吁吁，挡在马车前面，嗔道：“墨青！你快下来！先前我是怎么对你说的？要你走时叫我一起，你倒好，连招呼都不打一声儿就溜走了。”

墨青作揖道：“原来是清绮姑娘，不知姑娘有什么事吗？我们已经交割完瓷器，所有的账目都已经清点完了，刚才也向郭老爷和王总管告辞了，这时候也不早了，故此准备打道回家。”

郭清绮道：“我前面说的话儿你忘了怎的？我千叮咛万嘱咐，叫你回去的时候一定记得叫上我一道儿，你却一声不吭地就走了，害得我还在院子里苦等你半天。你不是说白石头是个世外桃源吗？我偏不信，我是个一定要眼见为实才算得数的人，今儿我就要去瞅瞅，看看你那里可否真比得上陶渊明笔下的桃花源？”

大沧说：“清绮小姐，我们那里没有桃花。”

郭清绮道：“你们那儿没有桃花，就没有杏花、李花、木槿或其他山花？墨青，你快点下来，让我来赶马。”

墨青道：“清绮姑娘，请你别胡闹了，若是被你大翁翁知道，不是好要的！”

郭清绮嘻嘻地笑道：“又不让你们担待什么，况且我大翁翁他平素也管不着我。你下来，让我赶马车。知道你们一路上辛苦，你看我给你们带来了什么好东西？”

她从马鞍上解下一个酒囊，丢给墨青，酒囊里面装的都是清香扑鼻的十洲春。“你们闻一闻，喷鼻香，好让你们打发一路上的时间。”她说。

得了酒的墨青并不买账，依然不依不饶：“谢谢你的酒，但我求你不要再使大小姐性子了，快回去吧，不然你的酒我们也不敢喝，这里不是郭府。再说去我们那里多的是羊肠弯道，崎岖难行，你驾马车别掉进山沟里。”

老儋也劝说：“清绮小姐，我们白石头是个世外之地，山高路远，外人不知，生人罕入，为了免生事端，我们也不想外人来打扰，你还是回去吧。”

郭清绮不肯听，挡在前面，硬是要去白石头，三人无可奈何。墨青感到又好气又好笑，他早已领教过这位大小姐的脾气了，做了一个无奈的手势，这时墨青无助地看着一旁的老儋，等着老儋来拿主意。老儋摸着后脑勺，想了想，摊开手说："带你去也可以，不过你须答应我两件事情才行。"

郭清绮道："莫说两件，十件我也答应。"

老儋一本正经地说："第一件，你到了白石头后，既不要乱说话，也不要到处乱跑。只能在那里待一天，等到了第二天，你就要回去。"又转过头对墨青说："墨儿，这件事既是你惹出来的，你就要负责到底，你要照顾好她，第二天还得由你亲自送她回去。清绮小姐，这第二件嘛，等你回到了瓷韵轩后，你也不要对别人说起你去过白石头，更不要对你爹和大翁翁说起。如果你不能做到这两件事，那么，现在就请你下车吧。"

郭清绮听了，连想都未想，便一口答应下来了。

五十三

他们一路颠簸，依次穿过大通河的长堤，穿过羊肠小径，穿过云蒸霞蔚的峡谷，马车就贴着千丈峭壁行走，像盘旋在崖壁上的风一样，像生长在石头上的草一样，像流过山谷的云一样。马鸣萧萧，郭清绮用劲挥舞着马鞭，她的那匹马，时而在前，时而在后，于路上，她又驾起马车，让墨青骑着她的那匹马。车子被她驶得又快又稳。她问这问那，好像对山间田野的每一缕阳光和每一朵花都感到新奇。她的笑声，如山鸟的歌声，感染了每一个人，让漫长的路程不再无聊了。她的歌声比百灵鸟的歌声还要婉转，她的脸上露出得意的神情，好像是对墨青说："看吧，看吧，我这个女流之辈驾车的技术丝毫不比你们男儿逊色呢！"

经过一路颠簸，他们终于回到了白石头，果然像进入了一个远离喧嚣和尘俗的避世之地，一个人迹罕至的世外桃源。走过村头溪口的那座木桥后，老儋和大沧先去村长那儿办清交割，而墨青则带着郭清绮回到了自家的院子。

当刘积山知道郭清绮是瓷店主人的孙女，而且还是白石头有史以来最大的主顾之后，十分欣然，加倍殷勤。倒是刘枣花看到一个这么美丽的女子站在面前，怎么也高兴不起来了，她开始埋怨墨青："哥，你平时送完瓷很快就回来了，至多去不过四五天时间。这次怎么去了许久?让妹妹这般久等。而且……而且你去送瓷就送瓷吧,为何你一回来,还带了一个陌生姑娘到家里来?”

妹妹生着气,把头扭过去。墨青笑着说:“是清绮姑娘觉得我们这里景色很美,非要过来看,我也没办法。”

刘枣花道:“你又不是不知道我们这儿的规矩,当初你来的时候还大费周折,差点没被人赶出去,现在你又带一个陌生人进村,就不怕招人闲话?”

墨青道:“嘘,你千万别让外面的人知道了,是我和儋叔他们偷偷把清绮姑娘带到这里来的。”

“怕什么!收瓷的经纪人孙楚才不也是一个外乡人?如果只是一般的外人倒也罢,可清绮姑娘和孙楚才都是我们的主顾,这就另当别论了。说不定这番姑娘来我们村看了后,以后还会再多拉几车我们村的瓷器,这是好事,无须怕。”刘积山一边说,一边掇来一条木凳,说道,“姑娘,坐呐,赶了这么远的路,你一定饿坏了吧,枣花,你去灶头帮忙生火。”

枣花瞪着眼说:“那是哥带来的人,他的朋友让他自己款待去!”

刘枣花生气地跑开了,刘积山很是过意不去,对郭清绮抱歉道:“这妮子平日热情大方,也许因为今天等他哥哥等得久了,于是心里就有些脾气,姑娘,你可千万别往心里去。”

郭清绮毫不介意地笑道:“我哪里介意?我倒觉得枣花姐姐可爱极了。”郭清绮朝屋内打量了一眼,又说:“大叔,我在路上吃了东西,现在还不饿。只是一路春寒,你给我端杯热茶暖暖就可以。”

“有,有,山间清冷,我再往你的茶里放几片姜丝驱寒。”

于是刘积山亲自去泡了一壶热腾腾的姜茶过来，茶盅里面还浮着几颗鲜亮的红枣。

郭清绮说："大叔，刚才我来时见这里树绕村庄，水满陂塘，篱院上花落残红，真的是个山清水秀的世外桃源，修身养性的福地洞天。"

刘积山听到别人夸白石头，便哈哈大笑道："我们这白石头村隐于大山深处，丛林密绕，常年是半烟半雨，半云半雾。到我们这里来要七弯八转，得翻三座大山，过五道高岭，所以一般人不知，他就算知道也未必能寻得到。"

郭清绮道："一路上都在听墨青他们说白石头有多好，我还不信，如今眼见为实，你们这里果然是个好地方！"

到了晚上，屋外一团漆黑，只听见溪边对岸的竹篁里传来唧唧的虫鸣声，晚风吹着枝叶发出嗖嗖的声响。刘枣花用山里的竹笋、蘑菇和打来的山鸡做了几样下酒菜，又热了一壶村醪摆在桌上，把酒倾在小瓷杯里。

墨青看着一桌喷鼻香的土菜，笑着说："妹妹，原来你早就安排妥帖了。"

刘枣花噘嘴说："我先说清楚，这是为你接风的，可不是为了招待那位姑娘的。"

"她远来是客嘛。"

"那是你的客，又不是我的客！"刘枣花气嘟嘟地吞下一口酒。

墨青见了，笑着说："妹妹，我觉得你今天不同寻常。"

"有什么不同？你妹子一向如此，你不喜欢？好呀，你不喜欢大可以不认我这个妹妹了，反正你做不做我哥哥，我也不稀罕！"刘枣花一边摆上四双筷箸，一边嘟囔着嘴巴。

“不是这个意思。我是说你平时不喝酒的，就算喝也只抿一小口作罢，今天你却一饮一大口。”

这时郭清绮洗了手过来，看见兄妹俩正在拌嘴，咯咯地笑着说：“想必是枣花姐姐多日不见哥哥，想哥哥了呗。”

枣花红了脸，说：“我才不想他，自有那要想他的人想他！”

刘枣花气呼呼的，撇下她哥和郭清绮，跑到自己的房间去捣鼓她的那些针线去了。

吃完晚饭，墨青走进厨房，赔了个笑脸，又叮嘱刘枣花：“明天我还要去瓷窑做工，没空闲陪清绮姑娘了。你们两个女孩家一起处，自然有说不完的话，你就多陪陪她，顺便带她到附近走走转转，让她见见山里的景色，只是千万记得别带她到后面的瓷窑去。”

刘枣花默不作声。也许经过连续的奔波和劳作之后，大家都倦了，山里似乎也黑得特别早一些，在这个格外凄冷且安静的晚上，几个人在灯火微明下喁喁说着话。刘积山告诉郭清绮白石头的那些瓷器是怎么烧出来的，还说后山的瓷窑高耸在山脊上，像两根顶着天的柱子，炉膛像是两条飞舞的火龙。当年白石头的祖先就是在这里烧制瓷器，那些瓷器绽开青色、白色、红色、蓝色的梦。那条通向瓷窑的长长的台阶，就是做瓷人走向彼岸的通道，只有把命运寄居在瓷身上，做瓷人的生命才有了意义。

郭清绮听着那些做瓷人的故事，感受到了做瓷人对家园的一份挚爱，也感受到了他们对使命所怀有的一份忠诚，于是为着他们的那一份执着与付出而钦佩。是啊，瓷器既是这些做瓷人的去路，又是他们的归路，是他们追寻的彼岸，也是他们永远都摆脱不掉的宿命。郭清绮听得入神了，喃喃地对墨青说："我家虽然从祖上就开始卖瓷了，我却第一次知道做瓷原来这么神奇。你们的瓷窑在哪里？还有通往瓷窑的那一条青石板砌成的台阶，你说上面刻了很多莲花，印着你们祖先的脚印，我想，踩在那台阶上一定像踩在云上一样柔软吧。我长这么大，走得最远的地方就是大通河对面的汀州。可是，这里的一切都令我感到好奇，瓷窑我要去看看，那一条青石台阶我也要去踩一踩，过了今晚，你就带我去吧。"

刘枣花听郭清绮这么说，急忙摇头："那可不是你想去就能去的地方。"

"为什么？"

"那是白石头的圣地，外人禁止进入。"

墨青说："清绮姑娘，我妹妹说的没错，那地方你确实不能去。我们白石头历来有个规矩，这做瓷的技艺从来只传男，不传女，在瓷窑干活的都是些粗鲁莽撞的男子汉。他们要是看见你，一定会疑心你是来这儿偷师学艺的，说不好，把你扔进荒山野岭喂豺狼虎豹，或者把你吊在树上三天三夜不吃不喝。"

郭清绮满不在乎地说："我可不怕，我会打豹子，还会爬树。"

一句话把刘积山和刘枣花都逗笑了。窗外星光点点，虫鸣唧唧，烛光下寒影轻斜，时间在清冷的空气中缓缓流淌，渐至凝滞。夜已深了，疲乏已极的郭清绮躺在床上一边看着窗外的星子，一边与刘枣花聊天。窗外的月光静悄悄地照进来，好像在偷听两个姑娘的悄悄话。

刘枣花憋了一天的气，到现在还没有完全消，她看着郭清绮脸庞上那一道美丽的弧线，嘟囔着说："我不信你跑这么远只是为了看一看这里的风景，踩一踩这里的青石台阶，我哥哥信你的话，是因为他这个人太天真、诚实了，可我根本不信。”

郭清绮答非所问：“我已经喜欢上了你们这里的好山好水，你们这里的景色又纯又美，一切人事都那么简单，随处都可以呼吸自由自在的气息，让人忍不住有一种要在这里安家的冲动哩。”

刘枣花惊讶地问：“安家？你想要与谁安家？”

郭清绮没有回答。

枣花又问：“你觉得我哥这个人怎样？”

郭清绮道：“自然是好的……”

刘枣花说：“你实说，你是不是想要与他安家……”

郭清绮没有再应答。刘枣花又问了她一遍，见她没有回答，于是又推了她一把，这才发现郭清绮已进入了梦乡，嘴角边还带着甜美的笑。刘枣花却怎么也睡不着了，她起身披一件长衣，靠着椴木做成的窗棂，在朦胧的月色下呆呆地望着前方，凝神默想了很久很久，她想，清绮姑娘脸上那幸福的笑是为什么而笑呢？

第二日，天还未亮，刘枣花与郭清绮还睡在梦乡里，墨青便踏着清寒，背着装了铁锹、刮刀、毛笔、毛刷等工具的箩筐，去后山的瓷窑做瓷去了。郭清绮起来后，发现墨青不在，便四处去寻。

刘枣花笑道：“我哥一早就去窑上了。”

“你哥几时回？”郭清绮问。

“中午吧。”枣花挽起郭清绮的手说，“走，我带你去看看山里的景致。”

虽然刘枣花为这个陌生女子的突然到来整整恼了一个晚上，可是她还是按照哥哥的要求，带着郭清绮去看村里的风景，这或许就是白石头村民淳朴好客的脾性吧。青山排闼，绿树相合，寒烟轻渺，微雨沾襟，隐在林间的白石头在清晨的薄雾中宛如绰约而立的处子，浑身上下透着一种素淡、自然之美。清绮轻推荆扉，见那千里横黛，数峰出云，山鸟展翅，溪水映石，便有一种久在樊笼里、复得返自然的感觉。她们逐着清溪，追着蝶影，寻芳觅香，一路谈笑风生，又讲些女儿家的心事，就这样两个人很快便成了无话不谈的朋友。

不觉日上三竿，做瓷人唱着山歌回来了。刘枣花指着前面说："你听，那唱歌的不就是我哥哥？"

循着歌声远远望去，只见墨青戴着斗笠，披着蓑衣，唱着山歌，沿着弯弯曲曲的山路走了过来。

五十四

自那次从白石头回到了瓷韵轩之后，郭清绮便有了心事。她猜想墨青下次再来瓷韵轩送瓷会是什么时候？她在院中闲坐时，无事就把那墨青整整想了一日，又时不时去瓷韵轩的库房看看，瞧瞧那些送瓷的人中有没有墨青的身影。若是听到了门外车马辚辚的声音，她就会一溜烟跑出来看，见来的人不是墨青，便又扫兴而归。清绮变了，她身上发生的细微变化，跟她一起的丫头没有注意到，郭闻识没有注意到，但是她的祖父郭十里注意到了。

郭十里显得很不高兴。不过他只是猜测他这个向来不羁的孙女也许是一时鬼迷心窍，他的孙女怎么会喜欢上一个做瓷的乡下人呢？这不成笑话了吗？他还不敢完全断定这件事是真的。他想到那只是一个做瓷人，虽然他对做瓷人向来没什么反感，甚至还抱着发自心底的钦佩，但毕竟只是一个做瓷人，一个贫穷的做瓷人无论多么优秀都配不上自己的孙女。一想到这，他就一连皱了几次眉头。

整整一个夏天过了，墨青都没有来瓷韵轩。这一夏，墨青就待在白石头，顶着炎炎烈日，露着粗壮的臂膀，流着豆大的汗滴，和白石头人一起做瓷。他们必须赶在第一场雪到来之前把瓷器做出来，否则大雪封山，瓷器就无法运出去。仓库里已经没有多少存货了，这在往常年月是绝少见的。村长看到今年的瓷器特别走俏，眉开眼笑地说："老祖宗保佑，今年总算可以过一个丰年了！"

三幺子从窑上回来，去河边抓了四五条白鲢，却不回自己家，一溜烟送到刘积山家里。刘积山笑着对三幺子说："又为你的情，哪要得这许多？"

三幺子说："叔，又不妨事，你要吃不完，撒些盐巴腌了，晒成鱼干。"

刘积山心想三幺子这娃儿真是有心哩，他对刘枣花可算是有情有义。他们两个年纪相仿，正好配成一对。一想到这，刘积山便笑得合不拢嘴，一定要留下三幺子一起吃晚饭，他想在饭桌上再摸一摸三幺子和枣花两个人的意思，顺便再加一把火，撮合撮合两个人。席间，烛灯映着刘枣花的脸蛋儿，真像极了山涧中绽放的一朵枣花。三幺子所有的目光都温情地落在了刘枣花身上。可是刘枣花似乎并不领情，她把目光从他身上移开，瞧向别处。当再也避不开的时候，她就狠狠地瞪了三幺子一眼，那意思好像在说："你只顾看我做什么！"

刘积山说："枣花，你快给你三幺哥哥斟酒。"

刘枣花道："他有手，不会自己倒吗？"

刘积山说："这鱼味鲜，你喝口鱼汤，这是你三幺哥哥亲自下河里面捞的哩。"

刘枣花道："我不吃，我闻不得那股鱼腥味。"

墨青看见刘枣花只是坐在那儿不动，一副爱理不理的样子，便偷偷地笑起来。他的笑倒让三幺子感到有些不好意思了。墨青连忙拿起酒壶给三幺子的酒盏满上，又给刘枣花的杯子里面倒了小半杯。刘枣花拿起盏子，刘积山与墨青心想枣花要与三幺子碰杯呢，可是枣花独自一饮而尽了。

墨青怕冷了场，又说道："妹妹，你趁空也编一条扎巾给三幺子，我见他戴的那条扎巾还是我刚来白石头的时候就戴在身上的，已是很破很旧的了，可他还舍不得扔，一看三幺子就是那种会过日子的人。"

刘积山说："是了，让枣花织，我家枣花的手儿巧！"

墨青道："我妹妹的针线功夫全村最好！"

三幺子说："枣花，你给我织一条呗！"

刘枣花说："呸，我不耐烦，没那闲工夫织扎巾。"

她丢下筷子，饭也没心思吃了，气嘟嘟地跑了出去。

刘积山笑着对三幺子说："你看，妮子害臊啦！"

憨厚老实的三幺子以为刘枣花对自己真的有意，尽管她在他面前蛮不讲理，甚至还不给他好脸色看。她越是这样待他，反而越让他看到希望。他把刘枣花的不理不睬全然视为女孩家故意遮掩那萌动的春心和羞涩的一种表现。在那个年代，这个年纪的女孩子总是害羞的，甚至于会故意做出一些相反的事情来遮盖自己的害羞，可这也正是这个年纪的女孩最美丽动人的地方。于是三幺子笑了笑，喜滋滋地对自己说："她是好的，她的心里其实是装着我的，可她又不肯说出来。只要再顺着她一点，再安排好一点，在一个合适的时间和地点，她迟早会对我说出她的心意的。"

三幺子发现枣花老是躲着他，于是更加确定了他的想法："看来枣花真的害羞了，她也不小了，还那么害羞，真是拿她没有一点办法！"他哑然一笑，于是抖擞起精神，加倍殷勤。以前他不喜欢墨青，总觉得墨青只算是一个寄居白石头的外人，终不属于这片土地，可现在他再看墨青时，不觉多了几分亲切，他又自言自语：“终有一天，这小子是要做我的大舅子的。”

瓷终于做成了，因为今年不同往年，白石头人心怀憧憬，干起活来比去年也更加上心，更加投入。他们精心选择了最好的瓷料，施釉的师傅也展开遐想的羽翅，一个个尽展平生所学，做出来的新瓷如冉冉出浴的莲花。墨青把新瓷装好车，又与老儋和大沧一起上路了，他们晓行夜宿，一路欢歌笑语，同时又小心守护着车上的瓷器，不过几日，便来到了瓷韵轩。王清道笑容可掬地接待了他们。

墨青作揖后，对王清道说：“前一阵因为连月大雨，整个山路都被滚落的泥石堵死了，后全村人把石头搬开，路才通了，总算没有错过交货期。这番我们烧的几窑瓷都运来了，就请王管家用您的火眼金睛把一把关，看中不中意？”

王管家道：“几位着实辛苦了！”顺手从车上搬出几件瓷瓶来，十分认真地看了又看，摸了又摸，忍不住称赞：“好，好，你们白石头做的瓷哪还有差的？我看这次比以前的瓷器又更好了，更有些味道了哩。”

王管家又捧着一件满园春色瓷夸道：“端的是好，那艳的更艳，素的更素，我觉得你们这回做得比以前略大胆了些，手脚比之以前又放开了一些。”

墨青笑而不语，白石头的这一点点变化他是看在眼里的，因为这是他花了极大的力气挣得的一点成果，是他不断劝说白石头人创新的结果。尽管白石头人还是那么保守，对于创新还是那么谨慎，不过在墨青的努力劝说下，他们还是愿意按照墨青的意思稍微做一点点变动，只要无关大碍。而就是这么一点点变化，也足以让墨青感到欣慰，看到希望。得到了王管家的肯定，大家的热情自然也就倍加高涨，于是一个个忙着卸下那一车瓷器，一边搬着瓷，还一边唱起了歌。不知几时，郭十里一声不吭地站在他们身后，他听到王管家称赞他们的话，听到他们唱的歌，并不显得有多高兴。他又冷冷地看着他们搬运瓷器，面无表情。直到王管家向他报告瓷韵轩近来进货的情况，墨青才忽然发现郭老爷那张阴沉的脸，顿时吓了一大跳。

郭十里说："墨青，你搬完这车瓷后就来我房间一趟，我有话要对你说。"

墨青应道："是。"

墨青认真地把那一车瓷卸完了，擦了擦额前的汗水，便由下人领着来到了郭十里的房间。郭十里早已在房间等候多时，他睁开眼睛，却不看墨青，只问："你来了？"

"郭老爷。"

"这几个月来，你们总共向瓷韵轩送了多少瓷？"

"多承郭老爷看顾，我们一共送了六车过来了。"

"瓷都清点完了吗？"

"都已清点完毕。"

"账都结清了？"

"这一次的还没来得及去。"

"等去账房结完账，你就走吧。"

"喔。"墨青应了声，刚转过头要走，忽然觉得这句话"你就走吧"别有深意在里面。于是他诧异地望着郭十里，显得有些不知所措。

郭十里缓缓地说:“是的,你送完了这一车瓷,以后就再也不用给瓷韵轩送瓷了!”

“可是……这是为什么?”墨青吃惊不小,失声问道。

郭十里说:“这几个月来,你从我瓷韵轩也赚了不少银子了,够你那白石头村人好几年的收入,我想你也应该知足了。”

“可我不明白。”墨青说,“是我哪里做错了吗?”

郭十里说:“你的错在于你并不安于一个做瓷人的本分。”

墨青越听越糊涂了,他辩白道:“郭老爷,你这话……这话从何说起呀?刚才王管家还一个劲夸赞我们今年做的瓷比去年又好了一些,而且我们总是按照约定的日子送瓷,从来没有一次耽误过。我按照您的教导,一心一意做瓷,从不敢有他想……我实在不明白我什么时候不安于一个做瓷人的本分,在哪个地方不安于一个做瓷人的本分,还请郭老爷明示。”

郭十里说:“我不是指你们的瓷有问题,也不是说你们送瓷出了什么差错,只是……只是你不应该让我的孙女喜欢上你这样一个做瓷人。说到底,你只是一个做瓷人,不应当逾越你的身份,去想那非分之想。我不能眼见我孙女的心思落在你这样的人身上,耽误了她的前程,你明白我的意思了吗?”

墨青沉默了,对于郭十里的话,他无法再辩驳什么了。郭十里既已这么说,他还能说什么呢,他总不能说他一点儿都不知道郭清绮喜欢自己,那无论如何都是郭清绮自己有心,而他并无此意吧。如果他真的这么说了,就是把所有的责任都推到郭清绮身上,这只会让郭十里更加看低他,也会让他对自己更加不齿。再说这也并不是他内心的真实感受，因为他确曾对郭清绮产生过一种微妙异样的感觉，尽管他说不出这是怎样一种感觉。于是，墨青低下头去，难过地说："郭老爷，你的意思我已经明白了！"

"你明白就好了，我不希望你趁着送瓷的方便来打搅我孙女，所以你走吧，以后都不要进我瓷韵轩的门！"郭十里决然地说。

墨青从郭十里的房间走出来的时候，沉重地关上了房门，他看着那张八仙桌摆在墙角的位置有些怪异，墙对面的花已经开了，夹杂着泥土的味道，乘着风暗暗地吹过来一股淡淡的香气。

他失魂落魄地往前面走着，没走多远，忽然听到了郭清绮的声音："墨青，你可来啦！"

他以为是自己听错了，此时他不但不应该去想她，反而应该恨她才对，或者应该彻底忘了她。可不知为什么，他偏偏因为看到屋檐下那一串风铃就想起她了，他的心莫名地颤动了一下。他转过头，看见郭清绮恰好就站在门角，立在那一串风铃下面。郭清绮一眼就看见了他，不停地朝他挥手，像是招呼他过去。他满脸通红，狼狈得想赶快走开。可是郭清绮已经大步走过来了，就像以前见面一样用力拍打了一下墨青的肩膀，说道："喂，你这家伙到底干什么去了？怎么现在才来？"

墨青像病人一样，低下头去，有气无力地叫了一声："是你呀，清绮小姐。"

郭清绮并没有注意到墨青脸色的变化，还在不停地责备他为什么迟迟不来。她说："你若还不来，我可就要亲自去白石头找你！"

他苦笑了笑，心想自己应该再也不会来这个地方了吧。

"哼，你以为我不敢吗？反正我已经认得去你们那儿的路了，你拦也拦不住。”郭清绮说。她还没有注意到他痛苦的表情，也许是她太任性太兴奋了，她急着要带墨青去溽州最好玩的地方，看最好看的风景。她的语气很快就软了下来，说：“不过你来得正好，算是赶上了好时候，今年知州让瓷行出面筹钱在正南街上搭一座小鳌山，通判点了书院中三十四名儒生每日在观音坪上演练，今个晚上就要祭拜月娘，各处都张灯结彩的，庆祝中秋，好不热闹。我带你去看，等赏了祭月，我们再一起去溽州勾栏里听戏，去河岸上看花灯，去街上看吹糖人，我已经叫菱儿给你和老儋他们安排好了河边的房间，你们去那儿歇一夜，赏一赏我们大通河的夜景，上回你带我领略了你们白石头的自然风光，这回该轮到我做一回东道主，让你领略领略我们溽州的世俗风情……”

墨青听了一点都不兴奋，只是冷冷地说：“不必了，交割完那一车瓷，我马上就回去。”

郭清绮忽然用一种异样的目光看着他，语气比之前更加柔和了，不过他们两人谁也没有察觉到各自的异常之处。她带着一点娇羞说：“那好，等你把那些瓷器处理完后，你到我后院的方亭子来，我有话要对你说。”

墨青想她会有什么话要对我说呢，反正以后都不会再见她了，她的那些话也不要紧，听不听也就无所谓吧。

郭清绮又叮嘱了一遍：“你一定要来，记得我就在方亭子里等你！”

她像以前那样咯咯地笑着，可是眼神开始忽然变得有些迷离起来了，那俊俏的脸儿也红了半边。然而墨青把这天真的笑和那绯红的脸色全部误解了，他以前在瓷韵轩的后院是吃过亏的，所以他想郭清绮又叫他去后院一定是要变弄一些整人的玩意儿，发泄一下她那大小姐的脾气，打发她那大把无聊的时间。她是闲，可他没有那么多闲情，他还有更要紧的事情去做呢。

五十五

在仓库里，老儋和大沧还在抓紧时间清点最后一批瓷器。他们和瓷韵轩的工人一起小心翼翼地用软毛的刷子把瓷器上的灰尘清理掉，把那些瓷器刷得莹莹透亮。还有一些工人正准备把选出的瓷器摆在柜台显眼的位置上。一个工人见那瓷器上的花鸟灵动得像真的一样，仿佛听到了鸟儿在花丛中"嘘"啭了一声后就扑翅飞远了，于是情不自禁地说了一句："这画画得真好，真妙，我猜画这幅画的人一定是前朝的一位丹青圣手！"

老儋笑道："什么圣手，这就是我们墨青描的。"

"真的假的？"

"那还有假？我亲眼看见他画的！"

仆人说："啧啧，你家墨青天生就是个做瓷的！"

大沧也笑着说："诚如你说的那样，他真的天生就是个做瓷的把式，他家几代都与瓷结缘。他祖父开瓷店卖瓷，他父亲也卖瓷，上一辈卖瓷时就把瓷店做到了第一号，轮到他，就自己开始做瓷了，结果他做瓷就把瓷做得无与伦比！"

王管家站在一旁，不以为然地挖苦："这么说来我们还是同行呀，我倒没看出他家还是个卖瓷的，墨青家的瓷店开在哪里呀？难道也开在你们村子里吗？他家该不会是你们村里的第一字号吧！"

众人哄笑。大沧说："不，王老板，墨青家的瓷器店就开在这浮州呢，他家的瓷店是浮州的第一字号。"

王清道说："胡说，谁不知道瓷韵轩才是这里的第一号，你倒说说他家的瓷店叫什么名字？"

"那店叫什么来着？"大沧摸着头想了想，忽然说，"嗨，我记起来了，好像叫瓷缘斋！"

"瓷缘斋？"王管家猛地抬起头，脸上露出惊异之色。

大沧笑着说："你还不知道哩，那瓷缘斋在二十年前可是浮州最大的瓷器店，是比你们瓷韵轩还要大的瓷店，墨青就是这瓷缘斋的后人！"

老儋急忙喝道："大沧！搬你的瓷，你少说两句，没人当你是哑巴！"

大沧连忙住口，做了一个鬼脸。

王管家倒抽了一口冷气："你让他说，让他说。我再问你，墨青家开的瓷店叫什么？"

大沧一脸无辜地说道："叫瓷缘斋呀！怎么了？"

王清道说："那瓷缘斋现在何处？店主人又叫什么名字？你快带我去看。"

老儋插话："王老板，那瓷缘斋早没了，都是些陈年往事，不提也罢。"

王清道问："是怎么没的？"

大沧附和："听说是店主人一把大火给烧没的，只记得那店主人姓郑，具体叫什么名字我也不知道，哎，那么大一家瓷店白白烧掉了实在可惜，墨青是那店主人的儿子，你去问他，他最清楚不过了。”

山里人是很朴实的，没什么心机，想到什么就说什么，一不小心大沧就把那晚在客栈意外听到的关于墨青的身世泄露了出去。说者无心，那听者却有意了，王管家分明听得一清二楚，全记在心里面，他吃这一吓实在不小，心想：“这墨青果真就是瓷缘斋的主人郑依颂的儿子？”

王清道在瓷韵轩待了二十多年了，他自然对当年瓷缘斋与瓷韵轩的纷争知道得一清二楚。因为他就是那一场纷争的亲历者，当年他曾跟随郭十里与闻识少爷去参加斗瓷大会，也曾一起去接管瓷缘斋，所以目睹了烧毁瓷缘斋的那场熊熊大火。不觉时光飞逝，十几年弹指而过，瓷缘斋也随着那场大火化成了灰烬，早已经被滘州人淡忘了。可今天瓷缘斋的后人突然出现在他的面前，还几次穿梭于瓷韵轩，把一车车瓷器卖给了瓷韵轩。他一想到这儿，就感到不可思议，就吓得心惊肉跳，因为他断定这一切绝不是天意的偶然安排，而是一场人为的阴谋。他心想：“啊！瓷缘斋的人回来了，他带着几车瓷器来到了瓷韵轩，却对自己的身世不透一丝口风。他回来想干什么？难道只是卖瓷这么简单？他卖瓷器给瓷韵轩到底安的什么心？看来这年轻人把一切都预谋好了，是了，他这次回来，说不定是要来找瓷韵轩报仇的！”

一想到这儿，王管家便感到此事关系重大，甚至于可能牵涉到瓷韵轩的生死存亡。事不宜迟，他匆忙踅回内堂，跑去找郭十里商量，不期正好与迎面而来的郭闻识撞了个满怀。郭闻识刚好从外面喝了酒回来，嘴里喷出一股酒气，气呼呼地说道：“王管家，你走路能不能长点眼！你都一大把年纪了，还这么不稳重，你慌里慌张的，怕是要赶往哪里投胎去吗?”

王清道说:“闻识少爷,有件极要紧的事不得不说。”

郭闻识说:“我才从外面回来,困了,有什么事等我先回房睡一觉后再说。”

王清道说:“此事干系重大,少爷一定要先听。”

郭闻识问:“什么事让你这么火急火燎的?”

王清道说:“闻识少爷,可不得了,原来我们全被墨青那孩子骗了。”

郭闻识问:“什么墨青,你怎的骗了?你到底在胡说什么?”

王清道说:“我是说那个来给瓷韵轩送瓷的年轻人!对,你在仓库还见过他。你知道这个人是谁么?说出来一定吓你一跳!”

郭闻识问:“是谁?”

王清道说:“那个送瓷的,原来就是瓷缘斋的后人!”

郭闻识又问:“谁的后人?”

王清道说:“瓷缘斋!”

郭闻识道:“胡说!瓷缘斋的人早就死光了!”

王清道说:“可我亲耳听到,原来那墨青正是那郑大观的孙儿,郑依颂的儿子,他好几回来瓷韵轩送瓷,你想他到底安的什么心?”

郭闻识惊呆了,瞪大眼睛问:“你说的是真的?”

王清道说:“绝对假不了,与他一起来的同伴可以作证。”

郭闻识也慌了,他忽然回忆起了什么,说道:“是了,你这么说倒让我想起一件事,我记得瓷缘斋的郑依颂当年确有一个孩子。自从郑依颂与瓷缘斋一道自焚了,他婆娘和老娘也相继死了,只有那个孩儿下落不明,生死未卜,那时他孩子估计也不过五六岁吧,我们当时都没有在意。想不到，这一晃又过了十几年，这孩子不知从哪里冒了出来，又不知在哪里长大成人，他怎么找到我们瓷韵轩的？你刚才说什么，他竟然还卖瓷给瓷韵轩？”

王清道说：“是的，他隔三岔五来瓷韵轩送一两车瓷。”

郭闻识大怒道：“混账！是谁要他送瓷来的？”

王管家支吾道：“正是老爷。”

郭闻识说：“嗐，我不好说的，你看我家老头子，平时总来埋怨我，自己倒犯糊涂，你看他这回不是明摆着引狼入室吗？”

“我们都被那家伙给骗了。”

郭闻识拍着额头说：“王管家，事不宜迟，我们速去把这件事告诉我老爹，看他怎么定夺。”

于是，郭闻识径直奔向郭十里的房间，把事情一五一十地说了。郭十里听后震惊得半晌说不出一句话，他怎么也不相信这是真的。

郭闻识说：“甭管他真不真，自古道，宁可信其有不可信其无。”

郭十里想了想说：“如果不是，岂不错怪了好人？如果是，他也只是一个做瓷人，又能怎样？折了翅的鸟儿，翅膀再也长不起来。再说了，他已答应我，以后再也不会来瓷韵轩打扰我们了。”

郭闻识道：“爹，你真是越老越糊涂呀。他之前来瓷韵轩送瓷还不知打的什么主意，他不做这一行倒没什么，正是因为他是个做瓷的，才是我瓷韵轩的心腹大患。他说再不来我们瓷韵轩打搅，这种鬼话你也信？”

郭十里道：“当初是我让他给瓷韵轩送瓷的，现在也是我让他不要再给瓷韵轩送瓷的。我了解他的为人，故此敢断定，他绝不会来打我瓷韵轩的主意。”

郭闻识不耐烦地说：“老爹，你忒心软了，你总是把什么事都想得那么简单，好像这天底下都是一片白，却不知道人心难测，你还不知道这件事情有多严重呢，这是关系瓷韵轩生死存亡的大事，罢，罢，你既已不理瓷韵轩的事很久了，那这件事还是交由我来处理，你放心，我一定把事情处理得妥妥帖帖。”

郭十里听了这话心里便有些不高兴了，尽管他老了，可是他觉得自己看问题比以前更豁达、更全面了。与瓷器打交道的时间越久，他身上的戾气越少，在生活中沉淀的从容和智慧也就越多。不知为什么，他对那个送瓷的少年，不仅不抱有什么敌意，反而还心存几分怜悯和欢喜。他想，就算这位少年是瓷缘斋的后人，就算是郑大观的孙儿，那又怎样呢？这个少年毕竟对瓷那么热爱，就像他对瓷的热爱一样。他所懊恼的只是这个少年不应该对他的宝贝孙女心存非分之想。更何况在他的内心深处，对郑家还有那么一丝羞愧。往事如烟，不堪回首，他只想让过去的就过去了吧，可那种歉意却时不时从心底涌上来，于是他便把这种歉意转变成对墨青的怜惜，或许这样能让自己好过一点。郭十里对郭闻识摇了摇头，见郭闻识并不听他的劝，心知也管不住这个儿子，于是又回房间去把玩着他的那些光滑的瓷器去了。

郭闻识气呼呼地从屋里面走出来，问王管家：“那个与墨青一起送瓷的同伴还在这里吗？”

王清道说：“还在仓库。”

郭闻识说：“你去把他叫过来，我要亲自问问他。”

不一会儿，王管家找了个借口把大沧单独叫了进来。老儋看到大沧被叫去问话，心里隐隐感到不安，怕出什么事，而此时墨青已去账房结账去了，尚未回来，老儋只好坐在仓库前的毛毡子上焦急地等待。

郭闻识仔细打量了大沧一眼，开门见山地说："喂，送瓷的，我问你几个问题，只要你老老实实回答，你送的那两车瓷我就再加一百两银子给你，怎样？"

"再加一百两？"大沧惊讶得合不拢嘴，他从没有想过两车瓷能够卖那么多钱，带着有些难以置信的神情，怯怯地说，"那你有什么就尽管问吧。"

"好，与你一起送瓷的那个叫墨青的人，他姓什么？"

"姓郑。"

"他家是做什么的？"

"卖瓷的。"

"他家卖瓷的店就叫瓷缘斋？你断定是澪州的瓷缘斋？"

"嗯，没错哩。"

"那他父母叫什么？"

"这我可不知道，我又从来没见过他父母。"

"他父母尚在？"

"早死了，墨青是个孤儿，我记得他来我们村学做瓷之前只是拂叶寺的一个小和尚，后来游方到了我们那儿，自从认了我们村的刘积山做义父后，就留在了我们村里，做了一名学徒。"

王管家插话："闻识少爷，这拂叶寺就是城南山脚下那座拂叶寺。"

郭闻识恍然大悟，拍着手说："是了，我记得有一年我去城南的林子里打猎，在拂叶寺歇脚，遇到一个小孩在佛堂上乱跑，当时就觉得有几分面熟，问这小孩叫什么，对，对，那小孩说他的名字就叫墨青！我又问他父母是谁？恰好寺里的老和尚赶过来支吾了过去，对我说这个小孩是一位檀越从汀州捡来的乞丐，已准备好了度牒词簿，要剃度他为僧，我以为和尚从不打诳语，当时便信了这老和尚的话，不再怀疑。这该死的秃驴，竟敢骗老子！”

王管家凑过去小声地说：“看来这墨青果真就是当年郑依颂留下的余孽，我想他来我们瓷韵轩绝不止送瓷那么简单。”

郭闻识皱了皱眉，陷入了短暂的思索，然后咬着牙说：“这余孽回来了，怕是要弄出什么事来吧！”

郭闻识看了看一脸困惑和无知的大沧，挥了挥手说：“好了，没你什么事了，你出去吧，等下你去账房余大先生那儿让他多兑一百两银子给你。”

大沧又为白石头多挣了一百两银子，于是高高兴兴地离开了。他并不明白他们低着头在叽咕些什么，也不了解瓷缘斋与瓷韵轩当年的恩怨，所以对郭闻识的盘问不抱有任何戒心。他以为这只是一般的问话，客户询问卖家，了解一些情况，没有什么大不了的，他一点儿也没有看出其中隐藏的凶险。憨厚老实的大沧，也绝非是那种见钱眼开的人，只是以为自己出了一份力气，为白石头又挣得了一份共同的资产，就像墨青一样，也做了白石头的功臣，于是心里喜滋滋的。

郭闻识隐约意识到问题的严重性，问王管家：“那个郑墨青还在瓷韵轩吗？”

“还在的。”王管家说，“他往常送完瓷，都要和赖大头、孔伙计那些人说说话，然后去账房兑了银子才走。”

“我们去看看。”

“要不要现在就派人把他抓起来？”

郭闻识说：“先不要打草惊蛇！再怎么说我们瓷韵轩也是个做生意的地方，客人来来去去都看得见，怕传出去，坏了瓷韵轩的名声。”

于是，他们又来到仓库，装作什么事情也没发生过。他们站在一旁，看着工人们小心翼翼地拂拭着瓷器上的灰尘，把要放在柜上的瓷器依次搬出去，又把一些破损的瓷器搬进来，放在一个专门的角落。在那些忙碌的人群中，分明有一个少年显得格外得热忱。人们问他关于瓷器的一些问题，他不仅不厌其烦地解答，而且似乎他对瓷器的那言之凿凿的见解总能令这里八九年的大师傅们受到启发。才来瓷韵轩几次，他几乎认识了这里所有卖瓷和鉴瓷的工人，并与他们成了十分要好的朋友。

郭闻识远远地站在一旁，冷眼看着这位少年的一举手一投足，越来越肯定这位少年就是当年郑依颂的遗孤。他那笑起来的样子，他那说话时的手势，他那灼灼的眼神，甚至连他那一抬头一眨眼的样子，与当年那个郑依颂多么像啊。

郭闻识看到这位少年逐渐在工人当中有了影响力，看到人们围绕着他，听他讲述那些关于瓷的故事，听得入神，尤其当郭闻识听到人们在夸赞墨青送来的瓷非常好之后，就感受到一种巨大的威胁止朝他慢慢地逼近，以至于让他不寒而栗。

墨青核对完数目，领了交易得来的银子出来，把一切事情都处理完毕后，又呆呆地看了看这些被擦拭得莹莹发光的瓷器，既因为完成了客人交付的重任而感到轻松，又因为这是最后一次给瓷韵轩送瓷而十分难过。他突然又想起郭清绮刚才在前庭廊桥上说过的话："等你把那些瓷器处理完后，到我后院的方亭子来，我有重要的话对你说。"

"她会有什么重要的话对我说呢？"他苦笑了一声，摇了摇头，那神情仿佛是在责备自己产生了不应该有的念头。因为他一方面在猜测郭清绮让他去后院可能又怀着要捉弄他的目的，另一方面又在想这话中或许还包含着别的什么意思，加之他又想起郭老爷跟他讲的那些话之后，心里便产生了一丝非分之想。他心中的那头小鹿开始乱撞，忍不住问自己："她到底想对我说什么话呢？这个自以为是的大小姐呀！"胡思乱想了一通后，他又狠狠地打了自己几下耳光，不免自怨自艾起来："墨青啊，你真是癞蛤蟆想吃天鹅肉，她是何等人？你又是何等人？她叫你去，不过是又要让你蹲在地上，头顶一个大水桶，绕着那树儿转圈子罢了。"

这时，老儋走过来，拍着他的肩膀说："墨青，你还在这里发什么呆，我们该走啦！"

他一怔，从纷繁芜乱的思绪中醒过来，回答一声："好嘞。"

郭闻识见墨青扣背好了马鞍，准备要走了，扭过头对一旁的王管家说："派一个人，跟着他们，看他们去哪里。"

老儋拿着绳索，大沧背着行囊，墨青牵着青骢马，三个人一前一后经过甬道，出了院子。这时郭清绮身边的丫鬟忽然从西廊处追上来，对墨青招手叫道："等一等，公子，你就这么走了？公子，你难道把我家小姐叮嘱的话儿忘了？我家小姐还在后院方亭子里摆了一桌酒菜等你——"

墨青停住脚步，苦笑道："姑娘，麻烦你回去告诉你家小姐吧，就说我还有要事在身，不能赴约了。她要是想看戏法，大可以叫瓷韵轩的仆人头上顶个大桶，如果她还嫌不好看，那就头上顶个脚盆。"

那丫鬟听得莫名其妙，实在不能理解墨青话中的意思，见他总是不肯来，骂了一句："我家小姐好意来请，你不去，不识人敬重！"于是无趣地跑回去向清绮复命了。一路上，大家似乎各怀了心事，只有大沧宽大的脸庞上荡漾着憨厚的笑容，因为自己做了一回功臣，十分得意，一个劲地念道："瓷韵轩的闻识少爷真是一副菩萨心肠，一车瓷器值五百两银子已是够多了，他还嫌不够，硬要多给一百两。两车瓷一千一百两啊，我们白石头的瓷器从来没有卖出过这么高的价钱！"

墨青听了只是笑，他想，也许是郭老爷不准他再给瓷韵轩送瓷，心里面有些过意不去，所以这最后一次交易格外向他们开恩，多给了一百两银子，算是打发吧。想到这儿，他除了对郭十里心怀感激之外，就再没有什么可以抱怨的了。

一路上，大沧都在问老儋和墨青，等白石头发达了，大家最想要做的是什么。老儋干咳着笑了一笑，说若白石头发达了，他就要置办一个很大的庄园，在里面种花，然后在园里挖一亩方塘，专门养鱼，这样他每天都可以在自家鱼塘垂钓。大沧拍着胸脯说等他发达了，他就要向住在对门的三娘子提亲，要让她穿金戴银，把她装扮得珠光宝气。然后他们齐声问墨青发达了最想做什么。墨青笑而不语，看着远方，在想："是的，白石头会发展得越来越好，越来越好。"

五十六

他们回到白石头后，已经是深夜了。第二天，在后山的窑场，村长突然兴奋地宣布了一个消息，他要把其中的一个最大的瓷窑交给墨青来管理，另一个瓷窑交给三幺子来管理。昔日与墨青一起成长的玩伴，小猴子、铁锤、究脑壳、小洋葱也都成了瓷窑的顶梁柱，他们从老一辈那儿接过使命，肩负起支撑白石头的重任，被分配到墨青与三幺子的阵营，既彼此竞争，又相亲相爱。上一辈的做瓷人已经老了，他们毫无保留地把所有的技艺传给了年轻人，新一代的做瓷人起来了，他们凭着身强体壮尽情地挥洒着饱满的热情和汗水，誓言要让白石头变得越来越好。

村长还说，因为今年瓷的行情很好，卖了很多瓷，赚了不少钱，这自然少不了老儋、墨青和大沧的功劳，也自然是在白石头所有做瓷人努力下才得来的成果。他满怀着对未来的期望，决定在村子后面的小山包上再修一排瓷窑。大伙儿听到这个消息，无不欢欣鼓舞，甚至还有人为此流下了热泪。

村长看着这些村民，不免也热血沸腾，激动万分。他和白石头的每一位村民一样，对这片土地饱含着深情。祖先不仅教会了他们怎么做瓷，也教导他们要对土地深怀敬畏。村长在风中站着，像一尊雕像，一边嚼着一根野草，一边想等新的瓷窑修好之后，再建一个比门前那棵老松还要高的烟囱，让烟囱里面吐出的火焰把天上那一片云也烧起来。到时他就可以退休了，他琢磨着让三幺子继承自己的位置，带领白石头把瓷艺一代一代传承下去。可是他又想起了墨青，这位少年如此真诚、如此勤奋，且瓷艺已经超出了所有的同龄人，甚至连这里多年的师傅都自叹弗如。于是他又想是不是应该把白石头交给墨青来管理更好一些。他想了又想，两个念头因此纠缠了很久，似乎在相互打架。终于，他想出一个折中而又看似公平的办法，笑着说："等来年吧，只要把后山那一排瓷窑建起来，我就再安排一场大考，让三幺儿与墨青当着众人的面比试做瓷，让他们过十二道关卡，谁赢了，谁就当这个村长。"

日子就这样平静地流淌着，哪怕是大宋的这条船已经慢慢地偏离了他的航向，即将驶入一场风暴的风眼中，但白石头依然置身事外，波澜不惊。村里的几个壮实青年已经从外面运来了巨大的岩石，他们用粗绳拢在石头上，嘿呀嘿呀喊着号子，把岩石抬到后面的高山上，新的瓷窑已经有了雏形，将比原来的两排瓷窑更加壮观。

女人们过桥的时候，唱着山歌，像山雀一样啭着喉咙，继而发出清脆的笑声。桥下一群鸭子噗噗扇翅，把头潜入水下啄水底的小鱼仔吃。不远处，孩子们在水中嬉戏，当中有一个孩子爬到对面的岩石上，扎个猛子，溅起一簇浪花在岩石上。这情形就像墨青和三幺子他们小时候玩水的情形。

从对面的石桥上走来一个女子，穿着白色的衫子，牵着一匹疲惫的白马。在村头小溪边浣衣的村妇见到这个陌生的女子，先是吃了一惊，再细细打量这位女子的妆容，与这里女人的装扮完全不同。这女子像是大户人家的女儿,又像是一位公主,浑身上下散着一种典雅华贵的气质,可是她的眼睛里明显带着哀怨,脸上露出高傲的神色。村妇们于是又多看了这位女子几眼,纷纷猜测这个不速之客来白石头的目的。似乎这女子并不是碰巧从白石头路过,而是专门冲着白石头而来,她一进入村庄,就娴熟地径直朝墨青家走去,这引来浣衣妇女们一阵窃窃私语。

当墨青见到郭清绮时,惊得合不拢嘴,他问:"清绮,你怎么来了?"

"是的,我来了,你不欢迎?这回我一个人来的。"她说。

"我是来兴师问罪的!"她又不忘劈头盖脸地加了一句,气呼呼地瞪了墨青一眼,接着一股哀怨的眼神充溢在郭清绮那黑色的眸子里,在打着转儿,但过了一会儿,伴随着"吱"的开门声,那哀怨在眸子里倏地消失了。原来是刘积山听到外面有人声,推门招呼她进来坐,她礼貌地回了一个微笑。

等到只有她和墨青在的时候,两人先沉默了一会儿,最后,还是郭清绮打破了沉默,她开始质问墨青:"我问你,那天我要你到后边院子的方亭子来,我在那里等了你很久,见你不来,又好意叫丫鬟去催你,可是你以为我要打你什么主意,还是摆架子不肯来。后来你竟不辞而别,再也不来瓷韵轩了,是我哪里得罪你了?让你恁地托大!请都请不动你!"

墨青低着头,难过地说:"你那天是真的有什么重要的话想对我说吗?"

是啊,那是她酝酿了很久的话,可是当墨青这么问的时候,郭清绮的脸不自然地变得绯红了。她想了又想的情话如今却一句也说不出口，之前她还想得那么好，她想着那天在方亭子内，两人坐下，一边喝酒，她便跟他讲讲大通河上的见闻，讲讲枕碧桥的来历，再顺便把那些情话低声倾诉。她一直是一个大大咧咧的女孩，不像那些优雅含蓄的女子，擅长使用一种暗示去表白心意，可是在这件事上她却十分意外地难为情了，连她自己也不知道自己是怎么了。丫鬟有一次告诉她，向心爱的人表达心意不能太含蓄，尤其像墨青这种从山里面出来的人，未必能懂得那些才子佳人们文绉绉的暗示，同时丫鬟告诉她表达心意不能太直接，须拿捏好分寸。于是她便把那情话事先练了一遍又一遍，可总是感觉自己说得不好，故此懊恼了一个上午。现在，墨青问她有什么话说，她却不知要从哪儿开始说起，她懊恼地朝自己的手臂上捏了一下，理了理思绪，重新鼓起勇气，正待开口，忽然看见刘枣花朝她哥哥走过来了，她看到枣花那双眼睛紧紧盯着她，好像在说："我看你这个人到底想要对我哥哥说什么？"情话确实只适合两个人单独相处时轻轻地说，当有第三个人在场时，尤其是另一个女子在场时，就不好意思说出口了。郭清绮看了看刘枣花，又看了看墨青，她分明听到枣花用一种奇怪的腔调在对她说："清绮姑娘又来了？听说这回是你一个人来的？"她觉得刘枣花的声音听着有些刺耳，有几分讥讽的意思在里面，于是她尴尬地朝刘枣花笑了笑。那思虑了很久的话眼看到了嘴边又被她吞下去了，最后她只是哧哧地笑出声来，对刘枣花耸耸肩说道："是啊，又来打搅枣花姐姐了！"然后转过身，用手猛地拍了一下墨青的肩膀，说道："怎么？你就让我一直站在门口？客人来了，也不招呼一杯茶水？

墨青忙说："清绮姑娘快进来坐吧。"

郭清绮拴好了马，进屋坐下来，说："我原没什么特别重要的事，也许是待在瓷韵轩太久了，不知怎的，我那一天只是特别想找一个人一起喝酒！"

墨青带着怀疑的目光问："你专程跑这么远的路，也只是为了喝一杯水酒？"

郭清绮道："上次我请你喝酒你不肯来，你欠了我的情，所以我就不请自来了，到你这儿讨一杯山里的水酒喝，滏州的水是浑的，酿出来的酒也是浑酒，只有山里的水是清的，酿出来的酒才清冽可口。"

墨青笑道："既然如此，我家里有现成的烧酒，正是用山涧里的清泉酿制，味道绝对纯真清冽！"

于是他们排了几只大碗，用自家酿的酒招待这位远道而来的客人。刘枣花心里却有了一点小小的介意，心想："哪里没得酒喝？谁信这个女人专程跑这么远，只是为了讨杯水酒喝？"

河对岸有去远方做生意的路人经过，向正在河里擀衣的女人叫喊，探问前往绥州的道路。浣衣的女人嘻嘻地笑着，让生意人过桥来，去水壶里盛了一碗菊花茶给生意人解渴，同时十分诧异这一片上百年来外人罕至的世外桃源，一下子竟然多了很多外人的足迹。

一个年老的村妇在浣衣时，像是预言家一样嘟囔："现在的白石头已经不是以前那个隐姓埋名的白石头了，越来越多的陌生人闯了进来，之前来了一个穿白衣的女子，现在又来了一个做生意的男子，看来白石头的灾难快要降临咯！"

那一晚，对于郭清绮的无故造访，刘枣花既感到纳闷又感到愤慨，她趁郭清绮不在旁边时埋怨墨青：“哥哥，你看吧，你看吧，都怪你上次把她带到家里来，她现在认了路，不请自来，你以后就是想摆脱她都摆脱不掉啦！”

“妹妹，清绮姑娘说了，她是来这里找我喝酒的！”

“跑这么远来喝酒？亏她想得出来，天底下也只有你这种傻瓜才肯信，别以为我不知道她怀的什么鬼胎！”

刘枣花又嘟囔：“你又不是不知道我们村的规矩，你就不怕她到这里招人闲话！”

墨青被刘枣花的一味埋怨弄得焦躁了，低声道：“别说了，等过了今晚，我自会把一切与她说清，我保证她再也不会来这里了。”

吃了晚饭后，大家便摆起了龙门阵。清绮讲到了澪州的灯市，说今年大通河堤岸的柳树上也挂起了花灯，它们像天上的星子遗落在了大河里面，把整条河都照得通明透亮，照得简直可以看得见河底的青苔和泥沙。清绮还说玉兰坊的戏台唱了很多年了，昨天来了一位会拨弄各种乐器的行院，她一开口就把台下的人全都唱哭了。讲起这些的时候，刘枣花静静地听着，心想以后也要去看看河岸的花灯，去听戏子们唱歌。

墨青喝醉了，郭清绮也被烧酒熏得朦胧如一片星月，于是两人肩摩挲着肩，一起唱起了一支山歌。刘枣花心事重重，无法入睡，辗转反侧的她爬起来，去院落看那些飞舞的萤火虫尾部时亮时灭的光芒。她捂了一只萤火虫掬在手心里，又觉得这虫儿在这孤寂寒冷的夜空下独自闪烁，不知道是要为谁照亮哩，她忽然同情起这虫儿来了，便把手摊开，任它飞去。萤火虫绕过了菜畦，飞过了篱落，飞进了竹篁，突然萤火虫尾部上的光变得越来越亮了，越来越多了，一只，两只，三只……刘枣花先前还以为那些亮光是萤火虫发出的光，可她再次去看那些光时，猛然发现那不是萤火虫的光，那是远处一撮撮火把的光。长长的火把在前面的竹篁里，像猛兽躲在暗处的眼睛，连成了长长的一串。

刘枣花便想："都深夜了，这一定是三幺子他们还在林子里面追赶昨天那一只滚下山的狍子。"

于是，她大声呼喊着："三幺子，你们追到那只受伤的狍子没有？这么晚了，还不回去睡觉？你们须记得明天还要去后山上工！"

然而那些火把似乎没有理睬她的呼喊，而是径直横过了那条小溪，朝着白石头的祠堂方向而去。刘枣花站在门口气呼呼地跺着脚说："呸！你们这群聋子！"不一会儿，祠堂就变得亮堂堂的，噼噼啪啪的大火熊熊燃烧起来。

火借着风势，吐出长长的毒舌，想要吞噬一切，连着祠堂的几间木门不一会儿就被大火烧成了灰烬。白石头的村民睡熟了，劳累了一天的人们，睡得实在太沉了。孩子睡在妈妈的怀里，妻子枕着丈夫的臂上，各自在安然地做着各自的美梦。很快，村里面的鸡鸭开始鸣叫起来，狗亓始乱吠起来，夜晚起来解手的人忽然发现面前有一团火，吓得不敢去茅房解手。刚刚醒来的小孩子坐在床上，好奇地望着窗外，也不哭闹了，只是叫道："火，火，星，星星……"

刘枣花看着那一场大火，惊呆了，半晌后，才跑进屋子摇醒昏昏入睡的墨青，她大声叫喊着："哥，你快醒醒，阿爹，你快醒醒，你们快看啊，祠堂起火了，祠堂起火了，好大的火啊！"

墨青和郭清绮一骨碌爬了起来，他们惊诧地看着这场大火，发现火势正在朝村子中间蔓延，好像要把村子从中间截断一般。随后，在其他几处地方也发现有火燃起来了，南边的草垛也燃烧起来了，北边的篱落也燃起来了。墨青忽然意识到这火并不是因为村里某个人一时大意点燃的，因为四散的地方都有零星的火焰，所以他便怀疑是有人故意放的火。

墨青来不及多想，一骨碌跳起来，带上斗笠，一个猛冲，朝祠堂的方向跑去。

郭清绮看到墨青朝大火最凶猛的地方冲进去，忽然有一种不祥之感，或许这还是一种生离死别之感，她的泪珠忍不住滚落了下来。她声嘶力竭地喊道："墨青，你别去！"

墨青停住脚步，回过头，笑了笑，说道："我去叫醒村民。"

郭清绮又深情地望了墨青一眼，似乎是在哀求着说："我求你了，别去，听我的，别去。"

墨青摇了摇头，说："这儿是我的家乡，这里的人都是我的亲人，我怎么可以不去？"他又朝她笑了一笑，不再多说，便转过头，毅然决然地往前面跑。这时，刘积山忽然记起厢房南面的墙壁挂着一面锣，每年开春的时候，当白石头人做了一年的头瓷时，他都要和村里的老人一起敲锣打鼓。刘积山急忙把锣取下来，从地上抓起一条棒槌，丢给墨青说："墨儿，快敲起锣来！"

于是墨青一边往大火的中心跑，一边用尽力气重重地敲起那面锣。铛铛的锣响像纷乱的雨点，似乎在与大火的呼啸声分庭抗礼。做着梦的村民终于被这纷乱的锣声惊醒了，踮着脚看外面发生了什么事。当他们发现已经被大火和浓烟包围时，一个个都乱了阵脚，哭着，叫着，喊着，想冲出去逃命，却发现无路可逃。

墨青用力叫道："都别慌！都别慌！"

他把年老的从火中背出来，又把那年幼的挈在怀里，用一双大手护住，在大火中穿梭而行。

刘枣花与郭清绮站在溪口的房子前，又担心又害怕。眼看火已经越烧越大了，到处都弥漫着呛鼻的烟味，浓浓的黑烟在山坳中越聚越多，像黑压压的兵团汹涌而来。郭清绮看到大火愤怒地龇开血盆大口的样子，看到那些纷纷倒塌的房屋，看到那些焦头烂额的村民，她心慌了，她再也站立不住了，村民此起彼伏的哀号声让她浑身上下都战栗起来，她打了一个寒噤，醒过神来，失声叫道："墨青，墨青……"

"清绮姑娘——"刘积山试图阻止她，可是没有阻拦住。

郭清绮不顾一切冲了出去，朝着墨青跑去的方向，跨过一段正在燃烧的塌落在地的房梁，钻进了那一团黑烟之中。

墨青见到郭清绮跑过来，瞪着一双熏得通红的大眼睛喝道："你怎么跑过来了？回去！"

"你来得，我就来不得了？"

"胡闹！这里是什么地方！"

"我过来帮你！"

"你别来添乱就好！"

"这个时候你还逞什么英雄！你那么想逞能，硬往火里钻，好，好，大不了咱们死一块好了！"

郭清绮跺着脚，愤愤地、倔强地看着墨青，那眼神坚决得没有一点妥协的余地。

此时，墨青也不再咆哮了，语气突然就变了，变得温柔了。他说："别说胡话了，我们都要好好地活下去，我们这里所有人，包括你,一个都不能少。”

他把怀里的小孩抱给她,叮嘱着:“清绮姑娘,麻烦你把村里的小孩带到前面那一块高岗子上去吧,我再去祠堂那边看看还有没有人困在里面,能救一个是一个。”接着墨青又转过头去,毫不犹豫地穿过那一团不断蹿起的烈焰,继续去救人了。

从大火中逃出来的三三两两的人聚在一片平坦的高岗上,得以幸免。他们看着自己的家园毁在了大火中,一个个都流下滚烫的眼泪。

村长被人搀扶着从大火中逃了出来,他痴痴地看着眼前的这一场灾难,大声哭起来。过了一会儿,他突然想起后山那一排龙窑,意识到现在还不是悲痛的时候,于是抹干眼泪,大声对一旁的三幺子说:“三幺,三幺,你们快去后山看一看,那些瓷窑是不是都还完好?”

只要瓷窑还在,白石头的希望就还在。房子烧掉了,还可以盖起来,可老祖宗传下来的瓷窑一旦毁掉了,这个白石头的精神图腾也就垮掉了。

三幺子带着几个年轻人急忙跑向后山,等到他们跑向那青石板铺成的一级级台阶的时候,他们惊讶地发现,那些台阶被人故意用铁锤砸碎或者干脆被撬得七零八落,那些瓷窑也已经被人为地推倒了。到处一片狼藉,只留下一个烟囱屹立在山上,光秃秃,孤单单,在月光中投下一道斜长昏暗的影子。

五十七

东方既白，这场大火烧了足足两个时辰，终于止住了它的怒火，只剩下一些散落在梁柱上依旧闪烁的零星火点。风一吹，便能闻到一股浓浓的尸体和物什烧焦的味道。这场大火，不仅烧毁了白石头人的家园，烧掉了他们多年积攒下来的财富，也让那些没来得及逃跑的村民葬身火海。村里的一位老大爷因为舍不得离开自己的家，无论家人怎么劝说，都不肯迈出门槛半步，最终被大火吞噬了。守在祠堂的族老，在大火烧化他之前，在祖师爷的铜像面前重重地磕了三个头，似乎是为了忏悔自己没能保护好白石头。一位村里的鳏夫被烧焦时依然保持着身体蜷缩双手交叉于怀里的姿势，人们把他的手拿开，才发现他怀里紧紧抱着一件瓷器。还有一向顽皮却又善良的小猴子，为了抢救自己心爱的一个铃铛，被倒下的房梁砸中了脑袋。铁头为了救村民，吸入了过多的黑烟，倒在了那一条以前经常和朋友一起泅水的小溪边，铁头的母亲伏在儿子的尸体前干号着，她已经为儿子流干了最后一滴眼泪……

当大家发现自己的亲人和多年的朋友或者被大火烧伤了，或者被大火吞没了，都禁不住伤心地哭出来。人们在满目疮痍的废墟中搜寻着，或希望能找到死去亲人的一点骨殖，或希望能找到一些尚可留恋的纪念物。不过他们意外地发现了火把，装油的木桶。在后山，他们还发现了散落的银锤和铁锹。这一切罪证都指向了某一个事实，因为记恨或嫉妒白石头越来越好，所以有人故意纵火，或许这根本就不是一个人所为，而是有好几个人都参与了这次纵火行动。没有人会相信是白石头自己人放的火，于是大家都把猜测的对象指向外面的人，或许是白天问路的商客，或许是那个穿白衣牵白马的少女，或许……然而，他们为什么要放火呢？说实在的，白石头是一个隐在大山的世外桃源，白石头人只一心一意做自己的瓷，又会与谁结仇呢？

墨青第一个想到的是洁光堂的孙楚才，心想："一定是他放的火，他见我们撇开他单独卖瓷，心有不甘，又见不得我们好，于是趁人不备时做出这种伤天害理的事！"想到这儿，他握紧了拳头，眼中喷出怒火，既恨那个孙楚才太歹毒，又恨自己太过粗心大意，结果让整个白石头都遭了他的毒手。

大沧坐在地上，失神地望着眼前的废墟。前一天他还喜滋滋地做着要娶对门三娘子的美梦，可是三娘子被大火烧死了，于是，他的梦与白石头人的那些美好的梦也随着这场大火灰飞烟灭。万念俱灰的他直至现在都无法接受这一切是真的。

站在他旁边的老儋噙着眼泪，无言地看着这一幕，他试图去安慰大沧，可是他不知道如何去安慰他，因为他的悲痛并不比大沧少多少。当他听到人们在议论为什么会有这么一场大火之后，他突然醒悟过来，于是心里面充满了愧疚。他想："还是我们的老祖宗见的极明啊，只叫我们一心做瓷，莫要想外面的事，于是白石头传了一百多年都相安无事。偏我们这几个人，不守本分，为了眼前些蝇头小利，坏了祖师爷百年来定下的规矩，非要去卖什么瓷，以致招来这场大祸……这场大火……难道……难道不是祖师爷愤怒的征兆吗?难道不是上天对我们这帮人的惩罚吗?难道不是我们咎由自取吗?”想到这儿,他喃喃地说了一句:“是了,我们不守祖师爷定下的规矩,这场大火一定是祖师爷对我们降下的惩罚。”

一想到这些,他就感到不安,站在高岗上沉吟了半晌,觉得再也不能这样隐瞒下去,不能一错再错下去了,于是他默默地走到村长面前,拉了拉村长的衣裳。

村长见他几番欲言又止的样子,问他想说什么。他吞吞吐吐,最后终于鼓起勇气把自己和墨青、大沧私自卖瓷给瓷韵轩的事情原原本本地告诉了村长。他忏悔着说:“村长,你就用族规惩罚我们吧,是我们该死,都怪我们一时贪心,违背了祖师爷的遗训,结果惹来了这场大火,我们该死!该死啊!”

老儋一边说,一边用力扇着自己耳光。村长听后,止不住悲愤地说:“好了,什么都别说了,你们去把墨青叫过来吧。”

村民叫来了墨青,那时墨青刚刚从大火中把一位年长的师傅拉出来,嘴里大口喘着粗气。他的肩膀上落满了烟灰,额头上和脸上都布满了烟痕,一件青衫不知什么时候被火星子飞溅出几个小洞。看见老儋他们站在村长身旁,一个个都垂头叹气,他伸出一双熏黑的大手抹了抹衣襟,说:“村长,您叫我啥事?”

村长悲痛地说:“墨儿,是你最先发现了白石头起火,又是你敲着锣去叫醒村民,还是你冒死冲进大火,背着老人,抱着小孩从火里面跑出来,你说我应不应该感谢你呢?”

村长盯着他,苦笑了笑,又说道:“墨儿,你说说我到底应该谢你,还是应该怪你?”

墨青不敢说一句话，他看着村长眼中的泪水，看着老儋那苍老而又带着满脸羞惭的面孔，看着大沧那一脸绝望的表情，似乎已经明白了什么。他垂下头，带着难以自抑的悔恨与痛苦说道："村长，我错了。"

村长叹着气说："墨儿啊！你曾经在祖师爷面前磕过头发过誓的，祖师爷定下的规矩，想必你最清楚不过了，你怎么忍心背着我们去做那样的事呢？

墨青低下头，不吭一声。村长继续说："墨儿，你那点心意，我还不知道？你想白石头更好，是不是？可你难道忘记了？你只想我们白石头人做瓷十分辛苦，做出的瓷器要卖个好价钱，却不曾想我们白石头人从来就不在乎钱多钱少。我们守着祖宗的基业，籍籍无名，苦一点，累一点，穷一点，有什么好怕？我们再苦再累再穷，但我们的子孙后代却能在这一隅平静的家园继续生活下去，可如今，你看呐——"

村长指着前面的一片焦土说："我们的家没了，什么都没有了，我甚至看到我们的子孙就要去做乞丐了，因无家可归而不得不四处流浪了。"

村长说这话的时候无比沉痛，这种沉痛的语气让周围幸存的村民都受到了感染，于是大家都嘤嘤哭泣起来。墨青心知自己酿成大祸，为此心痛不已，他跪下来，并不求得村长的原谅。家园被毁，即便是村长以及全村的人能够原谅他，他也无法原谅自己。自此，他的心里便多了一道再难愈合的伤痕，担负了一份再难放下的沉重。

最后，村长又想了想，含着泪水说："墨儿，你起来……现在说什么都晚了。既然已经这样，那你还留在这里做什么……你走吧。”他摩挲着墨青的头顶喃喃地说，“你无论走到哪儿，都不要忘了你是白石头的一分子。”

墨青大惊，说道：“村长，白石头才是我的家啊，你要我去哪里？”

“家？你看看前面，我们哪还有什么家？”村长望着前面的断瓦残垣，昔日美丽的村庄已成一片冒着黑烟的废墟。

村长擦了擦眼角的泪水继续说道：“墨儿，我不怪你，也不怨你，可你毕竟破坏了咱祖宗的规矩，这里断留不得你了。唉，这也许是我作为村长最后一次履行族规了。墨儿，我老了，本来打算把白石头交给你们年轻人，自己便在后山盖一所房子，养一只花猫，天天看着你们做瓷，可是我想得好，老天爷却不这么想。”

村长这么说的时候，真的一点儿都没有责怪墨青的意思，甚至让墨青离开，也是心怀了那么一点好意，毕竟白石头已经成为一片废墟，留下来倒不如离开。他这样想的时候，又装出平时那副严厉的样子。其实，他那出了名的严厉和那些在年轻人看来似乎有些不通情理的蛮横，又何尝不是为了白石头好，为了维护白石头的传统，为了这一隅方外之地不被外界的事物干扰，能够得到休养生息，能够世世代代传承下去。

墨青满怀着悲伤，看着天上那一片飘散不定的流云，有些茫然不知所措。

刘枣花舍不得哥哥离开，尝试去安慰他，走上前拉住哥哥的手，却不知道应该说什么，只是把那一只大手握得更紧了。

一位老太太因为吸了太多的烟，加之家园被毁的悲痛，终于支撑不住，一个趔趄几乎摔倒在地上。站在一旁的郭清绮眼疾手快，连忙扶住她。老太太睁了睁眼，认清楚前面站的是一个面色疲惫的白衣女子，一个她不认识的陌生人，于是愤怒地推开她，不再让这个陌生人碰她一下。老太太带着怨恨的眼神说："走开，你就是那个给白石头带来灾难的不祥之人，是你这个陌生人闯进了我们的家园，是你这个陌生人烧了我们的家！"

郭清绮一怔，像是触到了一根刺一般，慌忙把手缩回去，呆呆地立在那儿，不知所措。

过了一会儿，山岗上传来了一阵号角声，这号角声已经有很多年不曾吹响了。每当白石头有什么重要事情发生的时候，就会吹响这号角，于是幸存的人们三三两两地聚集在高岗上。村长语重心长地对聚集的人群说道："乡亲们，莫哭，我们的家园虽然被烧了，可是这日子还长着呢，我们总还是要过下去，你们说是不是？老祖宗的基业毁了，可总归还可以再建起来，是不是？我们还有一双手，一双可以干活的手，就什么都不用怕，是不是？"

人群中有人小声地说："可是瓷窑已经毁了。瓷在家在，瓷亡家亡，老祖宗的遗训上说得明明白白的。现在瓷窑没了，村子被烧了，什么都没有了，再多说也无益！"

有几个人抹着眼泪，发出一阵阵嘤嘤的抽泣声和叹息声。

一个年长的人难过地说："瓷窑毁了，人心就散了，我们就再也没法做瓷了。"

小洋葱说："说什么呢！我们还可以重建我们的家园！重新建起瓷窑！"

村长挤出一丝笑容，缓缓地说道："是的，我们还要重建我们的家园，重建我们的瓷窑，但不是在这里。"

大洪问："不在这里，那在哪里？"

村长指着前面道："在远方。"

大家诧异地望着村长："远方？"

村长语重心长地说道："乡亲们啊，白石头已经呆不得了，倒不是因为它被烧成了一片废墟的缘故，而是因为它已经暴露了，就算我们在这里重建了新家，筑了新窑，那些烧毁我们家园的坏人还是一样会闯进来。再说，如果官府也知道了这个地方，他就要挨家挨户敲门，登名造册，今天征兵，明天催税，那样恐怕我们白石头将永无宁日。"

村长接着说："当年我们的祖先从宫廷里走出来，筚路蓝缕，寻觅家园，看到这儿土质适合做瓷，于是就在此落了脚，盖起了茅屋，搭起了草棚，筑起了瓷窑。上百年下来，做瓷的泥土就快挖尽了。没了瓷土，以后我们做瓷靠什么？我想呀，祖先能做的，我们照样也能做，我们要像我们的祖辈那样，就算吃尽千辛万苦，也要再去寻一片乐土，另建一个新的白石头，你们说好不好？"

大伙儿议论纷纷，有兴奋的，也有怀疑的，有那恋着乡土不愿离去的，说这里有祖坟，自己就算埋也要埋在这一片土地上。也有那眼光长远的，打算去远方重辟一隅家园，为子孙后代开始新的生活。这一群人当中，还是年轻人更有见识，他们细细品味着村长的一番话，觉得去远方开辟家园比起留在这里或许是一个更好的选择，再说他们也愿意承担这一份寻找家园的责任，就像当年他们的祖先一样。他们正处盛年，血气方刚，若是为了寻找家园而走很远的路，去见从未见过的事物，吃任何的苦，他们的眉头都不会皱一下。这些曾经一起嬉戏、一起做瓷、一起长大的年轻人啊，一旦商量好了，便义无反顾，逐个儿去做村民的思想工作，情意恳切，不厌其烦，终于把那恋着乡土的人也说得心动了。

也不需要收拾什么行李，因为早已没有什么行李可以收拾，唯一让他们牵挂不舍的是这片土地，有人弯腰撮了一把泥土，放在口袋里；有人跑去后山的竹篁里，砍下一段竹节收藏起来；有人跑过去，与村前的那一泓清溪告别；也有人与天边的云彩告别。然而，他们最不忍告别的是那些瓶儿罐儿，那些已经被打碎了的瓶儿罐儿是他们的希望和寄托，于是他们只好向着这些瓷器的碎片告别。还有人跑到后山，站在那根唯一没有被推倒的烟囱前，带着敬畏的心瞻仰了很久很久，默默地向那烟囱告别，他们这样做，即是向他们做瓷的圣地告别，跟他们的过去告别。村长也匍匐在那根烟囱前，拜了三拜，看上去是那么虔诚，又是那么忧伤。

离开半山，看着通往瓷窑的那一条青砖铺成的台阶，像一条长带子一样，一眼看不到头。过去的村民常常这样告诫说："你看见了吗?这条通往瓷窑的台阶是当年祖师爷一砖一石垒成的，足足有三百六十五级台阶，代表着一年之数。老祖宗如此用心，这是想告诉后来的人，每一天都要一步一个脚印地走下去，一天都不能被荒废掉。"

告别后，终于到了离开的时候了。年幼的并不知道他们要去寻找新的家园，更不知他们可能再也不会回这个地方了，他们以为只是出一趟远门，走一趟亲戚，于是好奇地问："妈妈，我们还回来吗?"

也许吧，他们还会回来，为了祭奠他们曾经拥有的一切。也许，他们再也不会回来了，为了忘掉他们此时拥有的一切悲痛，可是谁也不愿意说出来,也不忍心说出来。

于是那年老的就安慰年幼的,指着溪前一棵没有被烧掉的小小枣树说:“怎么不回来呢?你看到溪口的那株枣树没?等到枣树长大,结出枣子时,我们还要回来摘枣子的!”

那年幼的听了,欢天喜地,欢呼着说:“我们要出去见世面了哟。”

那年老的却暗自垂泪,说不尽的难分难舍。

到了晚上,白石头的人,你挨着我,我挨着你,结成长长的一队,背着所剩无几的东西,打着灯火,行走在冰凉的山脊上,像繁星散落,又宛如随风飘荡的山花,可这一回这些散落凡尘的花儿不知道要飞向何方去呢。

墨青跑过来对三幺子说:“三幺,我们曾一起学习做瓷,一起在村头那条小溪里戏水、摸鱼,还一起在前边那片竹篁里砍过竹子,抓过斑鸠,我问你,你是不是我的兄弟?”

三幺子说:“我怎么不把你当兄弟?”

“你若当我是兄弟,就请你答应我一件事情。”

“你说的是什么事?”

墨青便说:“是我妹妹,你一定要把她照顾好,让她每天都像只竹林里的山雀一样快乐地唱歌。还有我的义父,平时爱喝一点儿烧酒,你一定要学会用山里的泉水酿最地道的烧酒,天寒时不要让他的酒杯冷了,不要让他的酒杯空了。”

三幺子笑了笑,心里想:“兄弟啊,你说的这些何须吩咐?我一定让枣花快乐得天天唱歌。就算我不会酿酒,我也会天天去集市上沽酒来,一定每天与大叔坐在桌前喝一角烧酒。”

刘枣花在哥哥面前百般不舍，她多么想哥哥能够与他们一起去寻找新的家园啊，可是让墨青离开不仅是村长的决定，也是村民一致的决定。不一会儿，前面的人在催促后面的人了，三幺子握紧了枣花的手，把她拉进往前的队伍里去了。墨青目送着他的家人和兄弟朋友远去，还有那些曾经手把手教他怎么做瓷的师傅。他脑海中突然涌现出每一位师傅的教诲和鞭策，也想起他义父在临行前的那一番话："孩子，别哭，我们怎么会不明白？你所做的一切都是为了白石头，谁也不想发生这样的事，可是老天如此，又有什么办法呢。墨儿，我想了想，白石头虽好，但该学的你都已经学到了，你若还想有长进，是一定要走出大山去的，是要去外面的世界闯一闯的，你要把眼界开得更宽一点，看得更远一点，去领略一下别人是怎么做瓷的。定、汝、官、哥、钧五大名窑，你都要去看一看！"

墨青便把义父的话铭记在心。他站在风中，像溪边那一块褐色的岩石一样，一动不动地看着远处的山峦，看着溪口前的那一排排枣树，看着去远方寻找家园的村民。

五十八

墨青目送着村民消失在朦胧的山路与那一片松林交接的地方。他抹了抹眼泪，迈开沉重的步子，沿着与村民相反的方向走去，终于离开了这个曾经养育他的地方。临行前，他也像这里的村民一样匍匐在这片土地上，也像一些村民一样撮起一把泥土，又把泥土揉成粉末，用一块布包在怀里。他又想起刘积山曾对他说过的那句话："永远都必须对这片土地深怀敬畏。"是的，哪怕这片土地已成为一片焦土。

白石头，这个曾是他在梦里相遇的地方，这个他难以忘怀的第二故乡，这个让他由一名小和尚转变为做瓷人的地方，如今已成废墟。那些烧成的灰烬全是密密麻麻的记忆，只被风一吹，就注定要揉进他以后所有的时光里了。他叹了口气，收起伤感，心想："白石头已被我毁了，自己是个该死的罪人，自此前路茫茫，只怕再没有一个朋友，也再没有一个可以容身的地方了。"他想，反正也不知道自己将落脚在何处，只好走到哪儿算哪儿吧。

此刻站在一旁的郭清绮是多么想上前去安慰他几句啊，可是她明白任何安慰的话都不能消除他内心的痛苦。她又多么希望与他一起分担忧愁啊，成为他最坚实的依靠，可是除了默默地陪在他身边，她还能做什么呢？她怕自己一说错话，就会刺痛他。过了很久，郭清绮才轻轻地问他是不是要去漯州，他忽然意识到原来郭清绮一直站在他的身边，问道："你怎么还没有走？"

郭清绮说："我一直就在这儿，在你身边。"

"他们都走了。"他怅然若失地说，"可我还想在这里再待一会儿。"

"我会陪着你一起。"

过了一会儿，郭清绮试图找点话宽慰他。她说："你看，今夜的星空特别安静。"

"是的，静得让人感到凄凉。"

"你想喝水吗？"郭清绮又问。

大火散发出的热气早已把墨青的喉咙烤得冒烟，从白石头失火到现在他滴水未沾，他干咳着点了点头。郭清绮看了看四周，发现泥土里埋着一个破瓷罐，露出半截身子，她利索地把瓷罐掘出来，去前面的溪流里洗干净，打了半瓶水回来。

他们在这片焦土上坐了一个时辰左右，离开白石头时，墨青忽然停住脚步，扭过头对郭清绮说："清绮，你是不是觉得我这个人又可怜又可恨，我这个连自己都不知道将要去哪里的人，只会给人带来不幸。我想了想，你还是一个人回去吧，我是个不祥之人，你最好不要跟着我了。"

郭清绮看他的眼神的时候，吃了一惊，她忽然看到他的眼神中有一点埋怨的神色，这种神色中还夹带有一丝难以察觉的绝望。这种眼神令人害怕，因为它既可以勾起人无限的怜悯，也可以把人毅然决然地拒之门外。就在与白石头村民告别前，墨青曾听刘枣花告诉他一件十分可疑的事情。晚上刘枣花去外面看那些轻盈地飞舞着的萤火虫，就看到了溪对面竹篁里有许多许多移动的火把，火把横过小溪，越来越近，她以为是三幺子晚上出来打狍子时举起的灯笼，后来又隐隐约约听到有人在说话，她听到了“瓷韵轩”三个字。听到这儿，墨青心动了一下，可当时他来不及多想，后来他又看到了那位老太太对于郭清绮这个外来者的防备与不满，心里便有了那么一丝丝误解，仿佛他以为白石头被大火烧毁这件事情多少与郭清绮脱不了干系，至少也与瓷韵轩有关。而那位老太太的恼怒又让他觉得自己做错了事，加深了他的愧疚，他以为他确实不应该偷偷地把郭清绮这位陌生人带到白石头来。

“我怎么能丢下你走开?这个时候你正需要一个人来陪，我和你一起说说话。”郭清绮同情地说。

他们就这样往前走着，郭清绮试图说一些笑话，打发一路上无聊的时光。可是她的那些平素能够把人惹得哈哈大笑的故事对于墨青全然无效，笑话讲到一半，她气恼地说：“算了吧，你那颗心根本不在这里，就算别人站在你面前，唱三天三夜的歌，也无法把你这个木头人唱得心动。”

墨青说：“清绮，谁的歌声都比不上白石头竹篁里的山雀的歌声。有一天晚上，我做完瓷回来，累了，就坐在山坡上，听那只山雀唱了整整一夜的歌。我想，那只山雀再也不会在那片竹篁里唱歌了。因为白石头被烧毁了，它再也找不到它的窝，就像我再也找不到我的家了。是呀，它找不到家，就不会再唱了，我再也不会听到那么动听的歌声了。”

郭清绮道：“山雀不唱歌，那就让我唱歌给你听。”

墨青道：“你又不是山雀。”

郭清绮说："我虽不是山雀，或许唱得也没有山雀好听，但我唱得一定比山雀还用心！不信？你听！"

于是她轻轻地哼起一首歌，是一首带着溽州民风的情歌，唱的是有一个住在江边的女孩子盼望她的哥哥划船来看她。清绮唱得很好听，弯弯曲曲的山路上回荡着这温柔而美妙的歌声，能够把铮铮铁骨男子的一颗心也唱得融化掉。然而，墨青心里还在想着白石头，想着那个被烧毁的家园，他听着这歌声并不感到有多么快乐，反而，他听着听着就呜呜地哭出来了。清绮见他哭了，便不再唱了。

于是，两人又默默地往前赶路，一路无话，不几日就回到了溽州，忽然发现枕碧桥下的水涨了起来，以前人们常在枕碧桥的石墩上浣洗衣服，现在石墩已经被淹没了，浣衣的妇人只好提了水，在家门前的青石板上洗。郭清绮咿呀叫出声来，沿着河岸寻找那些淹没的石墩，她好奇地问道："奇怪，原先的石墩呢？"墨青对河水涨水淹没石墩一点儿也不感兴趣，他只想一个人好好地静一下，干脆让自己在这个世界消失一阵，让苦楚做出厚茧来把自己缚在茧里面。于是，他说："晚了，这里离你家也近了，请让我送你回去吧。"

郭清绮担心墨青会发生什么意外，她突然有了一个不好的念头："他会不会跳河？"她怕他真的做出什么傻事来，认真看了他一眼，却只看见他那空洞洞的眼神，那眼神背后什么都没有，这反而让她更加不安，她脱口而出："不，请无论如何让我陪伴你过了今晚。"

墨青说他根本就不需要任何人陪，他说："我现在只是想一个人静一静。"

最后，两个人走着走着，终于来到瓷韵轩朱漆的大门前，那扇门冷冷地横在墨青的面前，像一堵铜墙铁壁。墨青停住脚步，做了一个告别的手势，说道："你快进去，我要走了。"

郭清绮说："你还是进去坐坐吧，今晚外面特别冷。"

墨青不愿进去。

清绮又说："反正你没地方可去，要不你今晚就住我这儿，我叫人给你安排一间厢房。如果你想喝酒解闷也可以，那就请让我陪你一起喝，想怎么喝都可以，哪怕今晚我们两个喝得一团烂醉也可以。"

墨青说："我不进去了。"他忽然想起他在郭十里面前说过的话，发过的誓，于是很不自然地匆匆向郭清绮告别。郭清绮深情地望了墨青一眼，还想再暗示些什么，想再挽留一下，可是墨青已经毅然地转过头，绕过那几株高耸的松柏，默默地箭步离开了。他下了坡后，便沿着那条长满夹竹桃的街道走回去。最后，他在枕碧桥上停住了脚步，望了望远处的瓷韵轩，听那些撑船的人把水拨动得哗啦哗啦地响。他茫然四顾，看看哪里可以停脚，却似乎哪里也不是他的归宿，他就这样走走停停，停停走走，听到钟声响起时，抬头一看，啊，原来已经不知不觉走到拂叶寺脚下了。

五十九

犹豫了一阵,墨青还是敲开了山门。守门僧人打量着眼前这个满眼忧伤的施主,在僧人眼中,那些上山祷告的信徒大抵都是这样一副神情,已经见怪不怪了。僧人向墨青作了个揖,说:“天晚了,敝寺山门已关,施主若要烧香,请明日早些再来吧。”

墨青答礼道:“我想见见本寺的三渡法师。”

守门僧人惊诧眼前这位施主竟然知道三渡法师的名号,不过他很快把墨青当成了一位老香客,说:“施主请回吧,法师早已不见一切生客了。”

墨青问:“大师,我怎么看你好面生。”

那守门僧人道:“施主称小僧为大师,真个折煞了小僧。实不相瞒,我是刚来这寺不久的门子,才接替以前的守门人。”

墨青又问:“那以前守门的曾师傅呢?”

守门僧人道:“你说的那位曾师叔回他老家的七步庵去了。他在那庵旁开了一块菜地,与他侄儿一起快活过日子,顺带做门子看七步庵的山门。”

墨青说:“原来恁地。”向那门子禀明来意,称自己曾是三渡法师座下弟子,很早就还了俗,特意来看望恩师,望乞方便。那守门僧人听了,半信半疑地把他引到寺里。僧人们点着青灯,正在大堂内做晚课。墨青见过昔日的师叔、师兄、师弟们，一一行了大礼，又惴惴不安地问：“我师父呢，他老人家近来还好吗？”

众僧说：“三渡法师向来欠安，自去年冬天感染了一场风寒后，身体每况愈下，比之先前又咳得更加厉害了。”

一位年少不更事的和尚插话：“只怕老师父撑不过今年冬天哩。”

墨青听了，愈加忧心师父了，便急忙跑到后堂，隔着窗棂叫着：“师父，师父，徒儿来看您了。”

三渡法师坐在床榻上，微微睁开双眼，颤颤地说：“是墨儿吗？我没有听错吧？是墨儿在叫我？唉，贫僧如今已经眼瞎了，耳背了，我该不会是在做梦吧？”

墨青跪倒在门前，行了一个大礼，却不敢进去，说道：“请恕徒儿不孝，不知师父抱恙，直过了这么久才来看望师父。”

法师说：“墨儿，果然是你，我才在想你，你就来了。可你不好好在白石头待着，为何深夜至此？”

墨青低着头，难过地说：“禀师父，弟子闯下弥天大祸，心内惶恐迷惑，求师父指点迷津，我这回怕是要永堕阿鼻地狱，永世也不得超生。”

三渡法师推开木门，见墨青还跪在地上，便用手轻抚着他的头顶。墨青抬眼望师父，这一见却让墨青大吃一惊。原来一场大病下来，三渡法师已经骨瘦如柴，除了眼神的光还能说明法师的智慧并没有随着身体的衰弱而颓败外，师父的身形犹如一根枯柴，脸色也已经干枯黯淡了，手还在不停地抖动。墨青怕师父一时站立不住，连忙扶住师父，心疼得眼泪都掉了下来。

三渡法师却笑着告诉他："墨儿，人终有一死，你何必忧伤呢。你见我瘦如枯柴，哪知我心如花开，所以你不必哭，反应为我笑哩。我姑且问你，你刚才说闯下弥天大祸，到底是怎么一回事？"

墨青哭道："是徒儿造孽，让传承了两百多年的白石头，毁在徒儿手上！"于是墨青把自己如何违背祖训，去溧州贩瓷，又如何遇见了郭十里，如何撇下孙楚才私自卖瓷，以及白石头如何被人放火，最终他如何被迫离开村民，整个事情的缘由和来龙去脉细细地和盘道出。

法师默默地听着，最后抚着墨青的背说道："墨儿，修行的路上哪个是一帆风顺的？你说说经过此番磨砺后，你可找到了心中的佛了？"

墨青道："师父当年说，佛不在拂叶寺，而在白石头。我那时还小，并不懂师父这番话的意思。我自去了白石头后，便潜心学习做瓷，乐以忘忧，不知年岁，以为那瓷在心中，便如心里面住着一尊佛一般。可弟子该死，放着平静的日子不过，又平添了执念，不顾白石头村民安身立命的想法，一厢情愿想光大白石头做瓷的名气，以致招此大祸，害得白石头家破人亡，村民流离失所，于是佛离我又越来越远了。"

法师说："看来你与你那痴迷瓷器的祖父倒有几分相似哩，当年你祖父因瓷成痴，也因瓷而达。你可知心与物交，那物既能度你，也能困你，所谓入魔与入佛，不过一念之差、一线相隔而已。"

墨青听后说："师父说的是，之前弟子一心做瓷，便觉心明气朗，自由自在，可我因一念之差，被那瓷所执，于是铸下大错，故如今又彷徨无措，不知所往矣。"

没说几句话，法师就咳得越来越厉害，他气喘吁吁，明显体力不支。墨青见了，连忙把师父扶到禅床上，去倒了一杯清水，捧过来。过了一会儿，法师又问他："墨儿，你今后有何打算？"

墨青道："白石头没了，徒儿已无处为家，眼下也不知道该干什么，只能走一步算一步了。"

法师问："如果为师介绍你一个去处，你肯去吗？"

墨青道："但凭师父吩咐了就去。"

法师说："好，岣嵝山住着一位瓷魔，不知你有没有听过？"

墨青道："这倒听过，很早年前，我曾听我祖父说起过瓷魔的故事，但谁也不曾见过这位瓷魔。也有人曾去岣嵝山寻找，一无所获，想必这位瓷魔只是瓷行里的人为博眼球，凭空杜撰出来的。"

三渡法师笑道："此非杜撰，确有其人，昔年我与瓷魔有过一面之缘。世人都只道那瓷魔隐居在岣嵝山上，可谁曾想过此岣嵝山非彼岣嵝山，故世人怎么寻也寻他不着。"

墨青问："不是滹州边界的那座岣嵝山吗？难道还有别的岣嵝山？"

法师道："有，有，就在西边三千里外的伽州有一座山，叫作黑弋山，唐朝广明年间叫作岣嵝山。我朝太祖远征西疆，驻军于此，遂改名为黑弋山，至今已有百余年了。这瓷魔就隐居在那黑弋山中。为师修书一封，你捎上它去找瓷魔，拜他为师如何？"

墨青道："若能拜得瓷魔为师，便是弟子三生之幸。只是我听传闻说这瓷魔性格极为孤僻，做出来的瓷从不肯轻易赠人，更不用说收人为徒了。"

三渡法师笑道："别人去找他，或许会被拒之门外，我对他有恩，你自不必担心，你但去，报上我的名讳，我再写一封手书交给他，他便会留你。”

于是，墨青谨遵师父的意思，动身去黑弋山寻那位神秘的瓷魔拜师学艺。出发前，墨青亲自侍奉三渡法师的起居，他陪在法师身旁，寸步不离，悉心照料，为师父烧好洗脸洗脚的热汤，又亲自跪下来为师父洗脚，为师父穿上僧衣……他这样做，既为报答法师的养育教导之恩，也为抚平自己的伤口，让自己好过一些。他见师父的那袭青衲边角破了，便向师兄借来了针线，伴着烛光缝缝补补起来。他又看到那挂在墙上的青箬笠、绿蓑衣，这顶箬笠和这件蓑衣是当年法师带着墨青云游的时候一直穿戴在身上的，如今已经沾满了灰尘，黯淡无光，于是他便走上前去用手轻拍了两拍，掸掉上面的灰尘。他偷看坐禅的师父，在青灯下一动不动，像一尊古佛，便记起小时候自己常常在师父身边玩耍，摸摸师父的胡须，捶捶师父的肩膀。如今师父已是风烛残年，油尽灯枯，而他带过的徒弟都有了各自的事业，离他而去。这些弟子中，也有去了大寺做住持的，也有云游四海去散播佛法的，还有一个成了籍籍无名的做瓷人。有时墨青想，师父的弟子里面也许只有自己背叛了师父的志愿，是最没用的了。他把这个想法告诉师父，可师父说：“无论干什么，都是在修行！”

六十

不到半个月,墨青就到了距潆州有千里之遥的伽州。那时大宋的时局已开始动荡不安了,到处都充溢着危险和焦虑,北方的蛮族虎视眈眈,听说一支金人的先遣部队已经越过了津益关,进入了中原腹地。潆州通往伽州的道路已经被南方的兵火阻断,一路都在戒严。路上经常能遇到一些饥不择食的流民,墨青便混迹在这一群流民之中,历经艰难,终于来到伽州境内。一到伽州,墨青就急着向当地人打听黑弋山所在。若问岣嵝山在哪儿,估计没有几个人知道,但一问起黑弋山,很快就有人告诉他确切的方向。所以没费多少周折,他就来到了黑弋山山脚,向那住在山麓下的老樵夫打个问讯,说:“老人家,前面这座大山是不是叫作岣嵝山?”

樵夫答道:“这是黑弋山。”

“黑弋山是不是以前也叫岣嵝山?”

那老樵夫一怔,笑着说:“我们这儿都管它叫黑弋山,岣嵝山是很久以前的叫法,就算是本地的老人,估计也没有几个人知道这个山名呢,你怎么知道它原来的名字?难道先生也是本地人吗?”

墨青推脱自己是外地游客,曾在一本书上看过,因为走亲戚有幸来看看这里的山水。然后又眉宇舒展地笑道:“我师父果然没有说错。”

墨青又问那樵夫："老哥，此处有上山的路径吗？"

樵夫说："有，有。只是天色已晚，山路崎岖难辨，山中多豺狼虎豹，若要上山，须待明天才好。等我明日上山砍柴时顺带你上去。"

他稽首作谢，满心欢喜，承蒙那好心的樵夫款待，在山脚的茅舍里过了一夜。

第二天一早，他换上一双芒鞋，拿一根竹杖，在樵夫的指引下沿着山路攀爬上去。走了半程，樵夫指着前面一片参差不齐的松林说："你看见山巅上立的那块黑色的岩石了吗？像只鸡冠子一样高高地立在那里。你穿过这片竹子，再沿着那些藤蔓攀爬上去，就可以到达山顶了。"

墨青说："老哥，这山上可曾住着人家？"

樵夫笑道："我家世代住在黑弋山山脚下，我上这黑弋山砍柴，也不下四五百回了，除了往日见到些山虫鸟兽、飞潜动植外，哪里见过山上住着什么人家？"

墨青心想："瓷魔既是隐居，岂是那么容易就被发现的？还须细细寻访才是。"

那樵夫正要告辞，墨青一手扯住他道："这位老哥，你路熟，烦你再同我在这山中走走吧。"

樵夫笑道："你自去，你自去。从这里上山还要走四五个时辰呢。我没那闲工夫陪你，我还要赶紧去斫两束薪柴，挑到市尘上换几文钱，讨几升米，家中老母还等着我回去侍奉。若同你上山，今天一天都莫想回家，我老母岂不要在家里忍饥挨饿！"

墨青听了，便不好再求强了，辞别了樵夫后，他也不急于上山，就在这林中独自转悠。深山老林中枯藤遍地，蔓草缠绕，岚光锁翠，清泉飞石，尽管山路难行，却不乏奇光异景。他陷在这深山中，一时分不清东西南北，遂又攀上岩石，折断枯枝，从那无路之处开出一条路来，一想起瓷魔就住在这山里，就激动得一点儿也不知疲倦。

听着那山虫鸟兽的鸣叫，他更无丝毫惧怕。他自小就与山结缘，常年生活在山里面，见山便感几分亲切。这一生中也不知攀爬过多少高山，跟着三渡法师云游时随时准备翻山越岭，到了白石头后，所居住的村庄就隐在白雾蒙蒙的山窝子里面。

他走乏了，见天色已晚，索性不下山去，就在山中过夜，饿了采些野果，渴了喝些清泉，挨过几天。忽一日，他看见山间里冒出一缕青烟，心知有青烟便有人在，便循着那一缕缕升起的青烟找去，忽又闻到一股香气。穿过树林一看，见一位老者蹲在一块青岩前，正在烤什么东西。他上前作一个长揖，唱一声诺，问道："请问老先生就是隐居在此间的瓷魔吗？"

那老者先一怔，随后一笑，说道："这里遍山的修竹乔松，你从哪里见到什么瓷？这里除了一个生火的糟老头子外，你又哪里见到什么魔？"

墨青道："你不是瓷魔，想必就是神仙？"

老者大笑，说："我若是神仙，见到你这般唐突的人，早就惊得飞到九霄云外去了。"

墨青见他不修边幅举止却不凡，认定他就是瓷魔不假，于是满怀诚意，拱手恭敬地站立一旁，不敢发声。

那老者自顾生火，又拿着烤好的东西旁若无人地吃起来。老者吃得口干，墨青连忙把腰间的水囊取出，用双手奉过去，老者也不答话，接了，大口来喝，喝完又把水囊丢给墨青，也不道谢。

吃完后，那老者用脚把还在燃烧的灰烬踩灭，又只顾往前走。墨青不敢造次，一路紧随。老者唱起了山歌，他就竖耳聆听。老者要去杂草丛里出恭，他就在一旁等待。这样跟了约莫一个时辰，来到一处山涧，有泉水激石，泠泠作响，上有霞雾忽聚忽散，下有花草盈径，不胜清幽。老者站定，转过身来，问墨青："年轻人，你只顾跟我做什么？"

墨青说："我是专程来向瓷魔老先生拜师的。"

那老者听了，摇头说："你向瓷魔学艺，与我何干，你去找他就是，为何跟着我不放？"

墨青说："小生情知老先生就是瓷魔。"

老者不悦道："胡说！你这后生！我分明是个人，你却咒我是魔，不知是何居心哩？"

老人装出恼怒的样子，甩着衣袖，继续往前走去。墨青连忙追上，从怀里拿出三渡法师的书信，恭敬地递于老者，说道："有恩师的书信一封，请老先生过目。"

那老者接过来看了看，然后把书信递还墨青，笑了笑说："满纸荒唐言，这个自称三渡的老和尚到底是谁呀？我不认得他。"

说完头也不回往前便走，墨青的心一下凉了半截，心想看来这个人并不是瓷魔了。正当墨青立在后面彷徨无计，准备离开的时候，老人突然转背过来，喜笑颜开地问道："这三渡老和尚近来无恙吧？"

墨青抬头会心地笑了，连忙追上去说道："我师父自去年偶感风寒，身体已大不如前，上个月我见他时，感觉他又苍老了很多。"

老者又问："老和尚还四处云游吗？"

墨青道:“师父久病,连去正殿的次数都很少,已有好几年没有下山去了。”

老者听后,沉吟半晌,说:“生老病死,草木枯荣,世之常理,谁能躲得过?以老和尚的修为,自然看得比谁都透。说起来,老和尚对我也算有恩,昔年我心魔难解,是你师父为我讲法开道,我才脱了苦海,如今一身轻松,逍遥快活,皆拜你师父所赐。临去时,我也曾以瓷瓶相赠,以表寸心。既然是老和尚特意让你来拜我为师的,我姑且让你跟我,只不过我这个人是从来不收徒弟的,如今破例,也得先看看你学瓷的资质怎样。”

之前墨青在白石头学了几年的瓷艺,那做瓷的技艺自然是不可小觑的,可瓷魔还是决定要考考他,于是领着墨青来到一个草棚子前。瓷魔钻进棚子中,拿出一件瓷盘的坯,指着前面的一片茂林修竹说道:“明天我再带你去山下的土窑看看,你既然说你曾学过做瓷,那么施釉彩画瓷的功夫是不消说得了,你就以这里的山石松林为题,在这盘坯上把它画给我看一看。”

瓷魔要考他,墨青自然是不敢轻视的,他就像逢着白石头的大考一般,正襟危坐,半晌之后,他的脑海中浮现出一幅秋日松林听风的画卷。他便尽显平生的本事,把那一排老松画得翠绿欲滴,把那松树上的明日画得又圆又白,把那日下的白发老人画得直挺挺地坐在松间抚琴。他不吝笔墨,以极繁复的笔调不放过任何一个细枝末节。等画完后,已是手心渗汗,两肩发酸。

墨青把画好的瓷战战兢兢地拿给瓷魔看,瓷魔左右端详,又轻抚瓷盘,缓缓说道:“你火候到了,用色也还算均匀,可惜用笔太繁,意境不高。你不知道这做瓷的功夫,其实并不在做瓷上面哩。”

墨青问:“这怎么说?”

瓷魔道:“做瓷的要旨在于能画,而画的诀窍又在于能书,若书画不工,任你做瓷的技艺有多么炉火纯青,都不免一股子市井气!”

墨青道:“老师父见解独到,令弟子茅塞顿开。”

瓷魔又道:“罢了,我是从来一个人过惯了的,无拘无束,性子不好。你跟我学瓷,须耐得住我的性子,且你不要受以前学的那一套束缚。”

墨青应一声“是”,自此跟着瓷魔学习做瓷,按照瓷魔说的,从重新学习书画开始。

瓷魔是不经常做瓷的,只是一起意时,才去做瓷。有时,他自以为做出了一件得意的作品,就高兴得手舞足蹈,于是摆一个案台,焚一炷香,对着做好的瓷器大拜三拜。他每次烧了一窑的瓷后,就要在这些瓷器中看来看去,挑来挑去,把那些他自认为不好的瓷器全部砸碎,只留那一两件他认为做得好的。

墨青看到那些被打碎的瓷器十分痛心,惋惜道:“师父,这些都是绝好的瓷器,你怎么忍心把它们全部砸碎了?”

瓷魔问:“你认为它们好吗?”

墨青道:“好,好,远胜过那贵官显胄府邸里面收藏的瓷器,也比我白石头烧出的瓷要好很多哩。”

瓷魔大笑,说道:“徒儿,你以为好的,为师未必看得过眼。”

瓷魔的脾气十分古怪,他做瓷的时候,不喜欢被人打扰,要是墨青在他冥想的时候弄出一点响动,他就会暴跳如雷。有时,已是半夜三更,他却突然从床上惊醒,再无睡意,便去做瓷。他兴冲冲地跑到山脚下,去找那里几个会做瓷的村民,用十几年前的土窑烧一窑瓷。有时他一连好几个月不做一件瓷器,说是时机未到。等到有一天挖空心思烧出一窑瓷器的时候,因为那一窑的瓷器都入不了他的眼,于是他会把所有的瓷全部砸碎,一件也不剩。不烧瓷的时候,瓷魔就带着他四处走走,他们沿着黑弋山连绵起伏的山脊一路走过去,穿梭在深山老林之中,饥食野果,渴饮山泉。来到一处黑石散落的山坳时,见那乱石中芳草萋萋,瓷魔躬下身子拨开草丛,撮了一把泥土在手上揉碎,又放到嘴里尝了尝,笑道:“墨青,你看,这是上等的瓷土,用它做坯,烧出来的瓷器会又匀称又细腻哩。”

墨青看着那泥土,也如获至宝一般,满心欢喜。瓷魔一时兴起,说道:“墨青,等我们有空就去叫下村的辛老爹他们一帮人一起,以这些瓷土做坯,就地烧一窑瓷,也算是人生一大快事哩。”

瓷魔既然说要就地取材,捋起袖子就去刨地上的土。墨青只得听从,先折回几十里山路,叫来下村的男人,背着箩筐,推着独轮车,费十天半月的工夫,跟着瓷魔烧一窑吹弹可破的瓷器。

有时墨青的头脑里面闪现出一幅幅画面:松林听风,长亭观雨,举杯邀月,花间弄影,面壁神思,忍不住得意起来。瓷魔却对他说:“切莫被这些风月迷离了你的双眼,你要能够从这些景致之中看出景致以外的东西才算厉害。”

墨青问:“那景致以外的东西又是什么呢?”

瓷魔说:“这个须你细心体味,说是说不清的。”

杳杳山道,寂寂无人,他让墨青静心聆听,放眼远观,试着把所见所想的东西一笔一墨描摹出来,还说既然墨青曾经参悟过佛法,干脆就把佛理融入瓷器之中好了,让瓷器呈现出一种空灵深远的意象,岂不更妙?那墨青听得入神了,把瓷魔的话细细琢磨,心中顿时豁然开朗起来。墨青有时也学着瓷魔那样站在青岩上冥想，又时而极目远眺，时而凝神近观。若有所得时，他便握紧笔杆，摊开纸张，很害怕这来之不易的灵感倏地从指间溜走。

瓷魔见墨青做瓷的手艺逐日精进，不禁暗喜，他怜爱墨青是一块百年难得一遇的璞玉，只需慢慢雕琢，必能成一代做瓷的大家。于是他一改往常，把平生的本事倾囊相授，毫无半点隐藏。

忽一日，瓷魔把墨青叫至跟前，问道："墨儿，你跟我多久了？"

墨青说："墨青跟着师父在山中学习，乐以忘忧，早已不记时日。只是记得来时听那树上寒蝉鸣得凄切，如今鸟语之声甚是欢快，又见香草盈径，如此算来，也有大半年工夫了。"

瓷魔道："墨儿，昨夜我见你画了一幅画，画的是《梅妻鹤子图》，那墨迹未干，你就把它揉成一团，随手扔了，这是为何？"

墨青说："一时起兴之作，画得不甚满意，想重新画过。"

瓷魔道："墨儿呀，那幅图被我半夜捡起，我摊开一看，久久观摩，不觉天明，那画中的隐士清高自适的神态自然流露，没有半点矫揉造作。如此看来，只不到半年时间，你手绘的技艺精进不少，已经胜过为师了。"

墨青低身谢道："这都是师父不吝教导之功，师父做瓷的技艺超凡入圣，弟子万分不及。"

瓷魔说："你不必过谦。"

那一晚，瓷魔因为高兴，取来山涧的清泉酿的酒，两人用自做的瓷瓶为盏，对着月光交谈畅饮，倾吐平生的块垒，说起那瓷中的玄妙，便不觉手舞足蹈。那天瓷魔喝了不知多少酒，他很久没有像那天一样高兴了，他一高兴起来就像个小孩一样，又唱又跳，又喊又叫。也不知道他们喝到什么时候，后来瓷魔就枕着山石睡了。墨青趁着朦胧的月光看着瓷魔满脸的沧桑，忽然想到了三渡法师，又想到了自己的祖父郑大观，他觉得这三个人是那么不同，却又那么相像。他忽然莫名地感叹起来，于是就在睡着的瓷魔面前大拜了三拜，接着又一声不响地对着那些乱摆放的瓶儿罐儿大拜了三拜。他曾经看到瓷魔对着瓷器跪拜过，那时他不能理解，甚至还觉得好笑，现在他却觉得在自己心爱的瓷器面前心怀敬畏，真诚地跪拜是那么自然的事情。当一个人发之于心、动之以情的时候，跪拜就变成一种神圣的仪式了，那是一场与他心爱之物进行对话交流的仪式，是一种秉乎自然而无半点娇媚的自我成长的仪式。跪拜完后，他轻手轻脚地把石桌上一片狼藉的酒器收好，然后枕着朦胧的月色，挨着师父的肩膀躺下来。

墨青醒来的时候，已是晨光熹微，枝叶上虫儿嘘鸣，他见石桌上杯盘整齐，却不见瓷魔。墨青起身，四处寻时，忽听见有人在高声放歌，原来是瓷魔站在一块大青石上，迎着风在那儿忘情高唱呢。

墨青静静地立于一旁，听得入神，丝毫不敢打扰瓷魔的雅兴。等到一曲终了，瓷魔又默默地站立了一会儿，忽转过头，那苍老的脸上忽然掠过一丝悲伤，他低声对墨青说道："墨儿，你看，天南角上有星子划过，据说有星子划过时，就会有人死去。昨夜我一宵酒醉，梦见你师父三渡法师前来与我道别，说是他要先去了。我醒来时，仍历历在目，你快回拂叶寺去看一看吧。"

墨青大惊，满眼堕泪道："我出来时，师父已重病缠身，师父既有此梦兆，只怕师父真有不测。只是我这一回去，留下师父您一人空守荒山，无人侍奉，故此踌躇。"

瓷魔道："我一个人惯了，你不必牵挂，不几日我也将离开这黑弋山。"

墨青问："师父要去哪里？"

瓷魔道："自此闲云野鹤，无踪无迹。"

墨青问："以后还有机会再见到师父您吗？"

瓷魔道："我云游四海，漂泊无定，你不用去找我，等到我想见你时，我自然会来找你。"

那一日，墨青亲自为瓷魔奉上甘泉酿造的醇酒，又去采摘那浆汁充溢的野果，最后与瓷魔告别，背了一个破褡裢，匆忙下了黑弋山，往溪州的方向去了。

他一心牵挂着三渡法师，也无暇他顾，只知低头赶路。不过十几日，就到了溪州界内。他又坐着渡船从大通河的东岸驶到西岸，上了码头后，又借了匹快马，扬鞭紧趱一程。等到了山脚下时，只听到寺里的钟声刚好敲过了二下，那钟声沉缓而苍凉，一点儿也不像平日和尚做晚课的钟声，墨青突然有一种不祥的预感。他下了马，提起长袍，飞奔上山，等走到拂叶寺门前最后一级石阶时，三渡法师刚好圆寂了。

他急忙跑进禅堂内，见到师父就盘坐在榻上，神态安详，一动不动。师父亲手写的一纸讼子放在榻下。那讼子写道：

"我道世人痴，忙碌惹尘埃。飞花入水中，细雨渗尘泥，纷纷扰一日，最后都不见。来时参北斗，去时化庄蝶，此心如秋月，隔窗照楼台，此情如秋水，波平涟漪散。"

僧人皆合掌立于禅堂内，焚香拜礼。墨青看了讼子，一边哭一边说："我师父性情自然，不争不怒，虽然一心问佛，却并不受那佛的羁绊。他常说，只要放弃执念，处处可现佛光，物物皆有佛相。师父真是如那心经上说的一样，不生不灭，不垢不净，不增不减。"

他又问众僧人："师父圆寂时可曾留下什么话吗？"

众僧道："大师归寂时并无指教，只是对那敲钟的小和尚说，'你去文殊殿后面的半山上，看看那儿的桃花已开否？'小和尚应声而去，跑到后山，数了桃花后又匆匆跑回寺里，待要禀明大师时，发现大师已经圆寂了。"

墨青说："我师父向来有个习惯，每当山寺的桃花开时便要去云游，等那银杏叶落了一地的时候方才回寺里。我师父以前每年也这样问我，'后山的桃花已经开否？'我便跑到后山，数了枝上的桃花回来，若说桃花已开得烂漫，他便笑一笑，去披一袭蓑衣，戴一顶斗笠，足踏芒鞋，手握禅杖，去云游四方。"

众僧说："大师这样问，莫不是又动了去云游的心思？可他又老又病，怎么走得动，可知大师一定是想念墨青你了哩。"

墨青又看看圆寂的师父，眼泪似雨滴一样倾下，想起师父的养育和教导之恩，就倒地大跪了五拜。收敛了师父的衣物后，他又与寺里的僧人一起，替师父做了一场功果，于后山烧化了师父的真身，焚化了龛子，精心收取之后葬入塔院之中。那几日他就住在寺中，偌大的拂叶寺比以前冷清了一些，他睹物思人，又不觉想起师父的诸多好处来，便又流下眼泪。真怀师兄已经去了西夏，在那儿的皇家寺庙播撒佛法，听说他还要再辗转去天竺求法。几个以前玩得好的师兄弟也已经去了各州的寺庙切磋佛法，一个小和尚抱着一摞经书从他面前经过,被高高的门槛绊了一跤,打了一个趔趄,手中的经书全部掉在地上,被戒律师叔瞧见了,骂了一句:“怎么这么不小心?”那小和尚怕被责罚,慌忙蹲下去收拾起经书捧着一溜烟往后殿跑去了。

六十一

清晨的瓷韵轩掩映在几棵翠绿的松柏间，屋檐上还绕着薄薄的雾气。这个冬天似乎特别寒冷，且格外漫长，等到了二月，去年的残雪还积在金色的琉璃瓦上，泛着一道刺眼的白光。直等到三月，一夜春风，便把残雪全部吹化了，滏州又瞬间变成了另外一幅气象。草莺争树，春燕啄泥，乱花迷眼，客商也如堂前的燕子一般往来穿梭，兴头来时还要开口唱几句。人们说，飞入瓷韵轩的可不只是燕子，也不只有客商，还有滏州的知州。杨知州叫人用车送来了两大箱贺礼，停在瓷韵轩气派的大门外，正式为他家的公子杨时提亲。

郭闻识十分看好这一门亲事，可郭十里口里含李子，对这件事沉默不言。客人走了，郭闻识问老爹这门亲事如何，郭十里不紧不慢地说："知州亲自为他家公子来攀亲，自然是诚意满满，也十分看得起我瓷韵轩了，这固然令瓷韵轩蓬荜生辉，令郭家人颜面大增。可这件事不比其他，不是你和我捏得定的，须要妞儿同意才行，毕竟是她嫁人，妞儿若肯了，我还有什么说的。"

郭闻识想父母之命媒妁之言，自古如此，还有什么肯不肯的。可郭十里一点都不这么想，他想的是清绮若要嫁人，既要嫁一个门当户对的，又要嫁一个将来能够把瓷韵轩发扬光大的。此外，他想更要紧的是清绮还要嫁一个她真正喜欢的。他心知这女孩的性子极要强、独立,在这方面她很像她的母亲。他和郭闻识都不能强迫她去做她不喜欢的事,更何况是婚嫁这样的终身大事呢。

知州的公子杨时来瓷韵轩做客时,客厅的柜子上摆了两件上好的青花瓷,旁边的木架上挂着一只鸟笼,正在风里轻轻地摇曳,金丝雀就在笼子里叽叽喳喳地唱着歌。杨公子对着那只金丝雀欣赏了半天,却连桌上的青花瓷看都没有看一眼。郭十里就站在旁边,心想这杨公子爱金丝雀,不爱青花瓷。

郭十里的心一下冷了,他推说自己还有事,让郭闻识陪杨时去欣赏瓷韵轩院子里的春色。郭闻识带着杨时在院子里走了半日,恰好看到郭清绮正无精打采地坐在一块石头上,手里捏着那些枯黄的树叶在沉思,便大声说:“妞儿,你原来躲在这儿发呆哩,杨知州家的公子特意来看你了,四处找你都不见。”

郭清绮抬起头问:“他又来做什么?”

“郭姑娘有礼了。”杨时红着脸,从郭闻识背后走上前,谦恭地朝郭清绮作了个揖。

郭清绮应了一声,打量了杨时一眼,只见他穿一件缠枝绿罗褶儿,头戴一顶方巾,面貌清秀,弱不禁风地立在自己面前。

郭闻识打趣道:“妞儿,杨公子吹得一手好竹管,三州四府的士林里面论起品竹调丝是没有一个赛得过他的!你与其坐在这里发呆,不如让杨公子吹管子给你听。”

杨时道:“只怕让清绮姑娘见笑。”

郭闻识说:“贤侄,你不必过谦,你再把你上回做的那首回文诗拿出来给我家清绮看一看,我家清绮也颇懂一些文墨,听说你那首诗写得好哩，连官家钦点的王学道看了也赞不绝口！”

郭闻识见杨时在清绮面前显得有些局促不安，便笑嘻嘻地说：“杨公子，在这里就像在你家一样，何必拘礼，我家姑娘平素大大咧咧惯了，你有什么就说什么吧，不必像你读的那些经纶文章一样，全都装在肚子里。”

对于郭闻识拐着弯夸赞他，杨时不好意思地报之一笑。郭闻识又拍着手说道：“是了，你们年轻人说话，我这个老家伙站在你们旁边干什么？杨公子，我去后边找东甫老下双陆棋子去了，你们两个好好说话。”

说着郭闻识便走开了，他想让这两个年轻人单独相处。这样，这对年轻人或许能够放得更开一点。

可是郭闻识走开后，杨时就像一个大男孩一样变得更加腼腆了，他说：“你别信二叔刚才说的。我只是会吹几首曲而已，上不得台面。至于那首回文诗，其实挨了宗师的批评，他说作诗应从心诚处做，总应以言志为主，形式技巧只是末流。”

郭清绮问杨时：“你会吹什么曲子？”

杨时说：“请清绮姑娘随便说一个牌名，看看我能不能吹，只怕我吹得不好，让姑娘见笑了。”

郭清绮道：“那你就吹一首《江城子》给我听一听。”

杨时道：“这个倒是小生最熟悉不过的，只是管子没带在身上。”

郭清绮说：“我府里有。”

于是吩咐丫鬟取来一柄竹管，交到杨时手中，他便吹了一首《江城子》，吹得时而如泉击石一般清越，时而如和风呢喃一般低沉。听完之后，郭清绮脸上终于露出了久违的笑容，她说："端的吹得好曲，你是从哪里学的？"

杨时如实回答："这曲调是在下谱的，管子是我娘教的，她让我读书累了时，就吹吹竹管，有什么不快乐时，也吹吹竹管解闷。"

"看不出来，你倒会品竹弄丝，不像梧桐巷里那些酸秀才，一天到晚只会读死书，一个比一个无聊透顶。"说完，郭清绮又重新打量他一番。

杨时说："在下一向被家父拘在书房，唯有丝竹之趣，稍能令人释怀。"

郭清绮不由自主地想起了自己的母亲。她记得她母亲苏仙也是才艺双全，诸般宫调都很在行的，别说吹个竹管了，就是琵琶、胡琴都能玩得转，母亲的天赋也传给了她。她不仅会唱，还会谱曲，会吹弹歌舞，当她不开心时，或想入非非时，她就会唱起自己谱的曲儿，跳起一支极轻盈的舞儿，在这方面郭闻识倒是从来不管她。慢慢地，郭清绮放下戒心了，杨时也不似先前那么拘谨了。杨时又问郭清绮喜欢听什么曲子？最爱去哪里玩？平时都爱看什么书？郭清绮心想他一个文弱书生虽然会拨弄管弦，但毕竟是官府子弟，只会守着成规礼节，哪里见过什么大场面？不如说一些他没见识过的，吓吓他，他就知道我与他并不是一条道上的。果然，当杨时听到郭清绮有时一个人骑着马去荒郊野外，又听到她的酒量连这里很多男子都无法相比时，就不免露出惊愕的表情。郭清绮见他脸上有些怪物相，便洋洋得意地说："怎么样？怕了吧！"

没想到杨时不仅不以为意，除了先前的爱慕外，心里反而还多了一份钦敬，他说道："倒不怕，只是一想到小生终日待在书房里攻书，何曾像郭姑娘这样自由自在过，姑娘这样侠肝义胆，小生是万分不及的。”

过了一会儿，杨时说：“之前二叔说姑娘最爱听管子，还说姑娘管弦丝竹无不精通，学生不怕班门弄斧，清绮姑娘若是喜欢听，以后小生可以天天吹给姑娘听。”

郭清绮道：“你又不是山雀。”

杨时道：“可我比你家厅里的那只金丝雀还会唱哩。”

郭清绮听了放声大笑起来，笑刚才还不觉得杨时迂腐，可现在那股读书的傻劲就上来了。杨时并不反驳，也摸着后脑勺痴痴地笑着。吃过了晚饭，知州家的长随牵了马车来了，说：“今晚上大人要亲自督责公子读书，考策论做得如何，夫人叫公子早一点回去。”催了四五遍，杨时只好告辞了。过后，郭闻识走过来说：“妞儿，今天杨公子说你笑了好几回呢，他说他是会唱歌的山雀，愿意在你面前天天唱歌。他唱歌是唱得极好得了，恐怕这三州四府里没有一个公子能赛得过他，你若喜欢听他唱一世的歌，我这就回了他老爹杨知州的音信，叫他准备摆三天三夜的酒，一天请官，一天请我们做瓷的同行，还有一天请滏州的百姓。”

郭清绮诧异地问：“摆什么酒？”

郭闻识说：“当然是定亲酒呀。”

郭清绮一听，脸霎时就红了，懊恼地跺着脚说：“他只是一只会乱叫的山雀，怎么唱都唱不到我心里去。”

说完她便头也不回地跑出去了。

郭闻识自觉没趣，骂道：“这小妮子，怕是平日里被骄纵惯了，一点都不懂为爹的替她操的这份心。”

看着女儿离去的背影，郭闻识不知为何也突然想起了死去的老婆苏仙。他想，自从苏仙亡故以后，平日里自己对女儿就疏于管教，如果苏仙还在世的话，女儿断不会这般撒野。因为想起了苏仙的种种好处，想起苏仙当年唱戏的样子，想起她那些年在这个家因为戏子的身份而受过的委屈，他突然感到鼻子一阵发酸。这时，郭十里就站在一旁，听了孙女与儿子的一番争吵，便说："闻识，你少为她操那份空心，她自己的事你让她自己去做主。"

郭闻识道："老爹，你孙女的婚姻大事您也不管一管，整天只守着你那些瓷器。像杨公子这样的人，论家世和才气都是极好了，打着灯笼到哪里去找？"

郭十里不以为然地说："我看杨公子也只会唱歌，适合去做一只山雀，却不懂瓷不爱瓷，不见得会做我们家的女婿。"

郭闻识道："看您说的什么话，您这是在挑孙女婿呢，还是给自己找卖瓷的伙计呢？"

吃过晚饭后，郭十里又想起了墨青，孙女看不上知州家的杨公子，是不是心里面已经有了一个人？那人就是墨青吧？

已经有很久没有墨青的消息了，也不知道自白石头被烧后的那一天他们分别后墨青去了哪里？过得怎样？郭清绮牵着马在市尘中溜达的时候，心里便想着若能够在来往的人群中遇到那个熟悉的身影该有多好啊。可是天地悠悠，往来者熙熙，她每次回首时，看到的皆是一份寂寞，一份失落。她几次形单影只地经过枕碧桥，又几次穿过杨柳依依的大通河河堤，看着大通河河心上那些灯红酒绿的画舫，听着打鱼人划开清波时唱出的一阙阙渔歌，那一簇簇青荇在她低垂的孤影里摇曳着身姿。她寻了又寻，却始终没有寻着墨青的影儿。她戴着斗笠，蒙着面纱，在村野孤店沽一壶酒，在马背上喝着喝着就醉了。她漫无目的地穿过灯火阑珊，穿过纷攘的人群，不觉又听到了拂叶寺的钟声。她忽然记得曾听墨青说起他小时候在拂叶寺当过小沙弥，心想他是一个无处可去的人，兴许他就在这寺里住吧。是了，他一定是去见他的师父——一个叫三渡法师的老和尚。于是，她把马拴在香樟木桩上，登上入山的石阶，上前向守山门的和尚打个问讯，问道："师父，墨青可在寺里吗？"

那僧人是新来的和尚，墨青虽早已经还俗，可他还是管墨青叫作师叔。那僧人听了郭清绮的询问后回答："墨青师叔自三渡法师圆寂后，来过一回寺里，等安葬了法师的骨殖后又在寺里住了几日才走的，自那之后，我就再也没有看见过师叔了。"

她一惊，原来墨青的师父已经圆寂，而墨青也确实来过拂叶寺，只恨自己来得太晚，错过了与墨青见上一面的机会。她若有所思了一会儿，然后对僧人说："要是他再回到拂叶寺，烦请师父告诉他一声，就说有一个叫郭清绮的姑娘来找过他，找他找得好苦。那姑娘有很多话想要对他说，如果他是个有情有义的人，就到枕碧桥旁边的松风客栈相见一面，那姑娘会在那里日日夜夜等他，定要和他当面把话说清楚。如果他是个缩头乌龟，一心想要躲着不见，那姑娘也不怕，她会一直找他，就算找遍天涯海角，也要找到他才肯罢休。"

那僧人以为这位叫郭清绮的姑娘与墨青之间定有什么误会，他既出于同门相护之意，又出于出家人的一种慈悲，便合掌念一声阿弥陀佛，说道："施主，俗话说冤家宜解不宜结，我佛也说放下屠刀立地成佛，那姑娘跟师叔有什么仇不能放下的？非要追着他不放?”

郭清绮笑道:“你们和尚只管念经参佛就好了,这姑娘和墨青的事情连她自己都说不清楚,你们出家人少管。我央求的事情,还请师父切莫忘了,改日我再来拂叶寺烧香礼佛,定当为佛殿塑一尊金身菩萨做功德。”

“多谢施主。”和尚说,“既然施主开了金口,恰好寺庙后偏殿右首处有一尊宝光菩萨佛像,因早年一场大雪压塌了横梁,把佛像给砸坏了,至今不曾修缮,檀越若要做功德,就请来日为这尊菩萨重塑金身。”

郭清绮道:“我记得了。”

说完后,她祭拜了葬着三渡法师骨殖的那座佛塔,然后去客堂讨了一杯素酒,又喝了一瓯清茶,然后在寺里面兜兜转转了一圈,看了些清幽淡雅的景色,便辞了僧人,下了山,依旧牵着那匹白马,在月夜中踽踽而行。再蓦然回首时,那寺庙已经在夜色中远去了,只留下屋檐的翘角在月光中显得格外忧伤。她跨上马,在风中扬鞭疾驰而去。

六十二

这几天,郭十里总是感到心绪不安,他脑海里总是浮现一个挥之不去的想法——孙女的心也许被一个做瓷人偷走了——他一想到这儿,就再也无心去欣赏他的那些瓷器了。

一天下午,他看到郭清绮一个人在屋子里郁郁寡欢,便走过来打探她的口风,试着问道:“丫头,有一个这样的人儿,你说可不可笑。这个人本来是乡绅家的女儿,过着衣食无忧的生活,却偏偏喜欢上了一个在他家刷墙的泥水匠。这位泥水匠自惭形秽,心知配不上乡绅的女儿,于是乘桴子过了江。可这位女儿还坐在江边的石头上,每天受着邻人的讥笑和内心的煎熬,吹着江上的冷风,傻傻地等着那位泥水匠回来娶她。”

郭清绮便好奇地问:“后来呢?那位泥水匠回来了吗?他娶了这位乡绅家的女儿了吗?”

郭十里摇了摇头说:“没有,或许泥水匠永远也不会回来了。”

郭清绮便做出义愤填膺的样子:“你说的这位乡绅家的女儿是有些傻,她不知道主动去找那位泥水匠,还兀自在江边苦等干什么?”

郭十里问:“如果你是这位女儿,你会主动去找泥水匠吗?”

郭清绮连想也没想便回答:“当然去,至少也得向那泥水匠问个明白，才肯甘心。”

郭十里听到后心里就越发不安了，他的脸色变得很难看，愤愤不平地说：“我以为这位姑娘果然是傻，傻得可怜，可你原来比这位姑娘还傻！她之所以傻，是因为她放着好好的日子不过，却想把终生托付给一个下作的泥水匠，坐在江边苦等，不仅坏了自己的名声，还把自己弄得终日那么悒悒不乐。而你更傻，你竟然还傻到去找他！”

郭十里甩着衣袖生气地走出了房间。郭清绮的心事，逃不过郭十里那双眼睛，那双火眼金睛不仅会看瓷，而且还会看懂孙女的心事。晚上，郭十里还是放心不下，又走过来说是要与郭清绮好好谈谈。他说：“丫头，你知道吗？瓷韵轩这条大船走了四十年，好不容易成为滏州乃至汴京的第一字号，我不能让瓷韵轩在我手上成为绝响，你又不是不知道你爹是个什么样的德性，他平日里吊儿郎当惯了，就是一个败家的主儿。瓷韵轩传他手里，必定会被他败得精光。祖宗传下的这点基业，我怎么能放心交给他？我看我这把老骨头是不能指望他了，我能指望谁呢？还好，我还能指望你。”他在孙女的额头上捏了一下，又说：“可是你这个一心只想乘桴子去找泥水匠的小傻瓜，虽然是一块经营瓷器的好料子，可惜呀，你的心思全不在这儿。且你毕竟是个女儿身，我就想等你长大了，该得一个配得上你的人来照料你一生，这个人第一要疼你，第二是要喜欢与瓷打交道，能继承我的瓷韵轩，且能把瓷韵轩的事业发扬光大。”

郭清绮说：“如果就摆着有这样一个现成的人儿呢？”

郭十里道：“哦？你倒说说看是谁？”

郭清绮道：“大翁翁你猜吧！”

“是知州家的杨公子?”

“不是。”

“是从常州贩丝的沈大官人?”

“大翁翁你想哪儿去了!”

郭十里沉吟半晌说:“该不会是那个送瓷的吧?”

郭清绮道:“就是墨青!大翁翁你以前还经常夸他呢,说他如何能干,必能成器,其实孙女也这样觉得,孙女早就属意于他了……”

“他有什么前途?一个做瓷的村夫,胸无点墨,无半点见识。”郭十里的脸突然沉了下去,生气地对惊呆了的孙女说道,“你不能喜欢他!我绝不允许你喜欢他,更不会把瓷韵轩交给他!”

郭清绮不解:“大翁翁,你说什么?”

郭十里不说话了,他紧闭嘴唇,显得很痛苦。他沉默良久,最后似乎是在莫大的勇气驱使之下,吐露出了真情:“丫头,你先坐下,让我慢慢告诉你一个故事吧。”他闭了闭眼,干咳了两声,那尘封的记忆在身体的一阵抽搐中被缓缓打开了,他嘶哑地说道:“以前有一个卖瓷的老人,只比你爷爷小了两岁,可他对瓷的那一份挚爱不输于你爷爷半分,他的名气也比你爷爷要大很多。那个时候,瓷韵轩还不是滏州瓷行的第一字号,你爷爷也不是滏州瓷行最有能耐的那一位卖瓷人。那位老人,在城里开着一家更大的瓷店,风头比你爷爷还盛过十倍。后来,你爷爷与这位有能耐的老人结拜做了兄弟,常常一边品酒,一边论瓷,也许那是你爷爷曾经有过的最痛快的一段时光了。然而,每当论完瓷回来,你爷爷心里面就会多一份失落,也多一份仇恨。为什么呢?因为有一个从祖上传下的使命,从你曾祖父以来,一直压在你爷爷心头上,无时无刻不为这个使命折磨，不得片刻安宁。然而那个有能耐的兄弟却一直高高在上，总让你爷爷相形见绌，让你爷爷与这个使命愈行愈远。直至有一天，在一场斗瓷大会上，你爷爷使了一点诡计，赢得了斗瓷。这是你爷爷生平斗瓷赢得这位老人的第一场，也是唯一一场比赛，正因为赢了那场比赛，才有了瓷韵轩今天的风光。”

郭清绮问：“你说的这位老人是墨青的爷爷吗？他开的店就是瓷缘斋吗？”

郭十里道：“是的。”

郭清绮说：“爷爷，你用阴谋诡计赢了这位老人，算不得英雄好汉！”

郭十里一怔，不过他并没有责备郭清绮对他的批评，而是又陷入沉默中去了，似乎他的思绪已经飞远了，被刚才的一番话带到了另外一个地方，而他的脸上则缓缓地表现出一丝愧意。

此时，郭清绮却突然产生了一个不安的念头，并为这个念头深深地刺痛了，她想：“不知道墨青是否清楚这些旧事？是了，难道是因为这个缘故，他才有意避开我的？上次在枕碧桥上，看到他的脸上颇有些愠色，后来几次到我们家门口，也不愿进，是不是也因为这个原因？”因为这个念头，于是在此后的日子里，她对墨青又多了一份同情，更多了一份内疚和不安。

郭清绮再一次邂逅墨青的时候，是在一个暴风骤雨的日子里，也是在一间客栈里面，但不是枕碧桥旁边她常去的那家松风客栈，而是一家叫作杏妆的宅子酒店里。她清楚地记得那家酒店的窗户下低垂着帘子，帘子上吊了许多铃铛和纸鹤，风一吹，铃铛响起，就把客栈老板娘养的一只花猫惊得四处乱蹿，把客人的酒食打翻了，也把客人谈话的声音湮没了。那时，她疲惫地拖着身子寻遍了溪州城的每一条巷子，一直没有墨青的音信。

直到那一天，好像是老天冥冥之中的安排一样。她牵着马儿正在溪州那靠近码头的左边巷道上漫无目的地游走着，风把酒旗吹起后，便能从那些飞檐翘角的空隙处看见空旷的一碧蓝天。那天，天空先是一片晴朗，不多时从西边飘过来几团黑云，突然之间风呼啸而至，大雨倾盆而下，又正当人困马乏之际，她慌乱中就进了街边的杏妆酒店避雨，就在这时候，她遇到了墨青。那时，墨青正坐在客栈窗台下的位置一边听雨，一边煮酒独酌。她一进去第一眼就瞧见了他，心中顿时一热，全然忘了拍掉身上的雨水，一声不响地走过去，站在他身边，想近近地看他一回。墨青还没有发现她，只是低着头在默默地喝酒，那时他满腹心事，正在想着等拜会完了溪州那些做瓷的匠人后，就要北上去汴京看看京城的做瓷人了。

她看到他后，反而镇定下来，只怔了片刻，忽然开口说道："有好酒只顾一个人喝，也不叫相识已久的朋友一起饮。就说上一次，为了喝杯水酒，还要专程跑到你们那山窝窝里头去讨，堂堂男子汉岂不是太过吝啬？"

墨青抬头一看，叫一声："啊！清绮，原来是你！"

她坐下来，不等他再说什么，就高声叫酒保："小二，再拿一壶酒过来，顺便再添一个酒盏，还有，等会儿这位客人的账算在我的头上！"

她装作什么事情也没有发生一样，用手拭去鬓前的水珠，盖住了心底漾起的波澜，又用一杯酒遮住了心底的千头万绪。她就这样大口大口地喝酒，因为喝得太急了，呛得满面通红，呛得不停地咳嗽，可她就是不说一句话，尽管有很多话装在心里面。她不说，是因为心里憋着一股气，她在等墨青先开口，想看他到底要对自己说什么。

墨青也知道郭清绮在生自己的闷气，于是开口劝道："清绮，这家的酒可烈了，你少喝一杯。"

她不听，偏摇着头骂那酒保说："这酒哪儿烈了？我看是太淡，太淡啦！酒倌，你们这是开的什么酒家？到底会不会酿酒？快换一壶浓烈的酒给我喝。"

酒保嘟噜："你嫌我酒店不会酿酒？我几十年老店，用古法酿出来的酒哪个不说好的，我就拿一壶陈年老酒给你喝，只怕你这姑娘喝了就醉！"

郭清绮叫道："只管拿来罢！"

于是酒保换了一坛陈酒来。倒一盏入肚，郭清绮这才说："这酒才有些意思了，要是人心也似这酒浓才好哩。"她把陈酒筛在墨青的盏里，说道："来，来，你也喝喝这浓郁的酒，你那颗淡淡的心就会像这酒一样浓了。"墨青听出来了，她话里有音。

墨青道："清绮，你少喝点，何苦这样不怜惜自己的身体。"

郭清绮说："你是大忙人一个，不要你管。反正我好也罢，歹也罢，都跟你没任何关系了，你那时不管，用不着现在又来假心假意！"

墨青道："清绮，你在恼我吗？"

郭清绮便道："我怎敢恼你这位大人呢？我只问你一句，自从我们离开了白石头，在岔道口分别后，你去哪里了？"

墨青叹了口气道："说来话长了，自那一夜分别后，我漫无目的地走在街上，心如死灰一般，听到拂叶寺的钟声，就去寺里见了我以前的师父。后来又在我师父的推荐下，去了伽州，在那里拜见了一位做瓷的高人，跟着这位高人学习做瓷，一晃半年过去了，再后来，我师父圆寂，便赶回漈州替我师父送终……”

郭清绮道：“你去伽州，为何不说一声就走了，既然你回了漈州，又为什么一直不来见我？”

墨青便苦笑道：“清绮，我们就是见了面又能怎样呢？”

郭清绮不理解他为什么这么说，她看着他，觉得他明显瘦了，眼神也不像以前那样灼灼发光了。她以为他还沉浸在没了白石头和师父的悲伤中，她很心疼他，却和上次一样，依然不知道如何去安慰他，于是她尽量避免提到白石头和他师父，故意把那话题引向别的地方。可是，说着说着，他们就谈到了瓷器。

墨青一边喝着酒，一边说着他的瓷：“这几个月来，我越是潜心学习做瓷的技艺，就越是觉得要做好一件瓷真不容易呢。那瓷儿小虽小，却装着大千世界，要想成为一名做瓷的大家，就必须放眼长量，博采众长。”

郭清绮说：“在这里还有谁的技艺能比得过你呢。”

墨青继续说：“不是这么说，俗话讲一山更比一山高，比如我那伽州的师父就是一座看不见顶的高山，我还听说汴京是天下瓷器的中心，我朝的瓷器都在那里汇集，我想，要是能够去看看那里的人是怎么烧瓷的就好了。”

郭清绮拿着酒杯的手抖了一下，心想：“他这意思是又要离开这里了吗？”

雨后方晴，进来躲雨的人和趁机喝几杯水酒的人，戴着斗笠走出了酒店，或继续去做工，或踏上了回家的路。天色逐渐暗淡了，山峦上的云气似乎还在酝酿下一场雨，看样子这也许是一场更大的雨。

也不知道在酒店待了多久，一壶酒直喝到打烊还没有喝完。其实他们的心思早就没有在酒上了。除了他们两个，酒店里已经冷冷清清，客人都走了，伙计开始收拾桌椅板凳，那只花猫叼着老板娘的一方手绢，又开始蹿来蹿去，伙计叫了一声："这瘟猫！"

墨青拿起斗笠说道："酒家都打烊了，我送你回家吧。"

"我不想回家。"

"酒家要关门了。"

"那你就陪我去大通河的长堤上走一走。"

于是，他们结清了酒钱，牵着那匹白马，去长堤上溜达，听那些风吹着柳条的喃喃细语，看那些泊在河边的乌篷船。有人坐在柳树边，摆着一个篓子卖刚从河里面采来的菱角，墨青也买了一些，亲手剥给清绮。有很长一段时间他们忘乎所以地大笑起来，可有一段时间他们只是慢慢地踱着碎步，安静得谁也不愿意多说一句话。

可是等到从长堤回到瓷韵轩门前的那一条甬道时，墨青就像变了一个人似的，还是像以前一样，不愿进去。

郭清绮说："你就每次到了我家门口都不进去坐坐？"

墨青说还是不去了罢。郭清绮就问："你是怎么啦？自从你上次送瓷器到瓷韵轩之后，你就再也不肯踏进瓷韵轩的门，也不肯去见我大翁翁，他又不是老虎，难道会吃了你不成？"

他笑着说："你大翁翁是位长者，是我敬重的人，也是这溽州最了不起的卖瓷人。"

说完，墨青又推说天色已经不早了，自己还要去见一个在滏州七里巷住的做瓷的老师傅，他的表情反让郭清绮误以为他心里还怀着芥蒂。她寻思："是了，他还念念不忘那些陈年往事。"她想，墨青大概因为想起了郭十里曾经对他家犯下的错误，所以心衔怨恨，便不愿再踏进瓷韵轩的大门了。

郭清绮终于忍不住问他："我不信，你不肯进我家门，是不是我大翁翁曾经对你家造下的孽，还让你耿耿于怀？上一辈的那些是非恩怨，竟要牵扯到我们这一代身上，原来你这人也这般小心肠！"

墨青道："我并不知道你大翁翁与我家有什么恩怨，就算有，我也不会记在心上。"

墨青拱着手告辞，正待转身离去时，郭清绮真怕他这一去就不回来了，她忽然感到有些莫名的害怕，便用一种异样的眼神看着他说："是真的吗？"

墨青问："什么真的？"

清绮道："你真的要离开这儿，去汴京了吗？"

墨青又问："你听谁说的？"

清绮道："还不是你自己在酒店亲口说的，你自己倒忘了！"

墨青低下头来，不说什么了，他不说就代表他真的要去汴京了。

"墨青，我知道没法让你不去汴京，你要到那里去干一番事业，你天生就是一匹没缰的野马。"她难过地说，"我拦不住你，也不拦你，就是想问你这一去又要多久？什么时候才能回来？"

墨青还是不说话，因为他也不知道这一去到底要什么时候回来。郭清绮忽然有一种不好的预感，用颤抖的声音说："你该不会一去不返了吧?”

墨青干笑道:“怎不回?这里是我的家乡,我总有一天会回来的。”

郭清绮听到这话后,不仅没有感到半丝安慰,不知为何反而更加不安起来,她知道溇州虽是他的故乡,可这个地方于他有太多伤心的记忆,怕他真会一去不返,或者就算他会回来,也遥遥无期,那时她就老了。

“清绮,我不好说定是哪一天,但我此去必定会回。”墨青一再强调。

清绮道:“怕你不回,须取你一样东西作为表记。”

墨青身无他物,想了想,便取下了项上的那只瓷葫芦,说道:“我也没什么贵重之物,把这个瓷葫芦押在你手里作为信物,这是我大翁翁当年送我的,我一直戴着,等我回来时再当面向你讨。”

郭清绮接过瓷,终于笑起来:“好,我可记在心里了。若你不回来,由我怎么处置这玩意儿,是砸了,是卖了,是扔了,你都没得半点儿话说!”

两人如此说定好,清绮摩挲着那瓷葫芦,心里反而有些空落落的,她痴痴地看着墨青离开的背影,忽然对越走越远的墨青大声喊道:“你离开溇州时,好歹让我送你一程!”

六十三

回到家里后，郭清绮便开始茶饭不思，那只以前快乐的小鸟突然变得格外安静了，每天只坐在窗前望着远方的那一条河流。除了郭十里已经猜出了几分外，见到她的人都不知道发生了什么，只觉得她安静得有些反常，却又找不出一个由头。瓷韵轩店庆那天，自然是瓷韵轩乃至整个浮州最重要的日子，红灯笼从瓷韵轩门口一直挂到了南岸的廊桥上，把半边浮州都照得通红。郭闻识照例请了浮州最有名的唱戏班在空旷的院子里搭台唱戏，所有瓷行的人都来捧场了，衙署的官员也来道贺了。郭清绮却一个人坐在屋里发呆，丫鬟跑过来拉她去听诸般宫调，她欠欠腰身，不耐烦去听。可是过了一会儿，她又改变了主意，说道："论起来，那些戏子也不容易的，戏文里演的事情虽有渲染，当不得真，却不乏有些真性情在里面。"

她便和丫鬟一起去听唱戏，坐在一个不怎么起眼的位置，看着看着，为戏里那一个薄命的红颜所牵动，于是偷偷地落了一行泪。不知为什么，她最近变得有些多愁善感，当她听着那戏子哀婉的歌声时，便想起了自己的母亲苏仙，在她那朦胧的记忆中，似乎母亲的歌声比那戏子唱得还要动听一些。

当时郭闻识就坐在前排，他听戏听得很认真，似乎很久不曾听到这么好的曲儿，时而一言不发若有所思，时而大声鼓掌叫好。他听戏的时候也想起了已故的妻子苏仙，别人问他，舞台上那位戏子唱的功夫怎样，他顿了顿说："唱得好，唱得好，不过比起我那亡妻苏仙还逊了一筹。"

戏散了后，郭闻识找到了郭清绮，责问："你不知今天是我们瓷韵轩的大日子？你跑到哪里去了？"郭清绮还沉浸在那个戏子表演的故事中，怔怔地没有回答。那时郭闻识也听戏听得不亦乐乎，并不知道女儿就站在最后排一个不起眼的位置，还为戏中的故事偷偷地落了一把眼泪。郭闻识对她说："你知道吗？知州家的杨公子也来听戏了，就坐在前面，旁边的位子一直为你留到了最后。嗐！你这丫头却不知跑到哪里疯去了，冷了杨公子一片心！"

郭清绮道："他走了吗？"

郭闻识笑道："没呢，杨公子还在后堂喝茶，说是一定要等见你一面后才回去。瞧他今天一副魂不守舍的样子，怕是有什么话要对你说。"

郭清绮心不在焉地应了一声，心想他有什么话，估计要说的话也不是什么好话，于是答道："我累了，不耐烦听！你让他留着那些话对别人去说吧。"

郭闻识道："杨公子还送来一把镶珠子的翎扇，还有一盒上等的香料，本来要当面给你，找不到你这丫头，我只好代你收下礼物了。"

郭清绮问："他送的东西？"

"呶，这不是？"郭闻识打开一个锦盒，里面装着一把翠绿的翎扇，上面镶着蓝宝石，又打开一个盒子，装的是一盒自西域产的香料，散着淡淡的清香，正是她喜欢的那种毫不张扬的香。

她接过来，看了一眼，搁在桌上，说："这样的扇子我也有几把，这种香料我也闻不惯。你拿去退给他吧！"

"这成个什么话！"郭闻识正要发作，院公匆匆走过来，对郭闻识禀道："沈千户到了，等会儿就要上席，老爷叫少爷你过去相陪哩！"

"等我回来再收拾你这丫头！"郭闻识气得涨红了脸，甩着衣袖赶去正厅了。

大约过了一盏茶的工夫，郭清绮叫丫鬟拿着那两件礼物，穿过回廊，一眼看见杨时正坐在后堂里面的一把长椅上。那个时候，杨时拿着一本《北梦琐言》，一边翻书一边喝茶。他看见郭清绮走过来，慌忙把书放下，站起来，高兴地向她作揖，举止风度无不妥帖，完全是一个儒士的风范。

杨时问："清绮姑娘，刚才你没去看戏吗？"

杨时开始对郭清绮津津有味地描绘着那一出戏，他一边比画着，一边说："清绮姑娘，可惜你没来看，刚才那幕戏，唱得真是千回百转，那戏里的女子演得既百样柔情，又铿锵不屈。那戏折子上的戏文我是早就看过的，折子写得好，自不用说了，没想到演戏的人演得更好，把那精气神演得活灵活现。我只怕世间很多好男儿都比不上这样的奇女子哩。"

杨时说的让郭清绮颇有同感，可她故意道："看你如此动容，何至于此！这不过是一出戏而已，怎当得了真！"

杨时说："虽是演戏，可人生也如戏一般，有时我们就在戏里，有时又在戏外，你说不是？"

郭清绮笑道:“你也入戏了。”

杨时道:“我倒觉得那戏中的女子颇有几分豪气,恰似清绮姑娘一样哩。”

聊了几句,她忽然对眼前这个人的印象不那么坏了,反而还起了一丝好感。她虽然还时不时讥诮他文绉绉,太多愁善感,可从他对那部戏的看法就可以看出他是一个心地纯良的人,一个拥有真性情的人。他不像那些饱读诗书的儒生一样迂腐,也不像那些纨绔子弟一样放浪。他虽然身形羸弱,面色苍白,却在谈吐举止上风度翩翩,无可挑剔。接着,他们坐在一起聊了很多事情,从戏中的女子说到溽州枕碧桥上发生的故事,再说到大通河那条堤岸上的一线风光。聊着聊着,杨时忽然深情地望了郭清绮一眼,他对她说过几天他就要赴京赶考,十年寒窗,只为一朝,所以他今天特意过这边来,也算是向她告辞。

他几番欲言又止,最后终于鼓起勇气向她吐露在心里想了很久的话:“我父亲帮我在岳川捐了一个掌刑千户的职位,可是我不愿意去,我想凭自己的真本事,去考一个功名,做一名京官。下个月就逢着京城大考的日子,可是我心里牵挂着一个人,我想与这个人好,如果她答应了,我就不去考京官,我想一直陪伴在她身边。如果她不答应,我就还骑着我的马儿去参加今年的大考……”

郭清绮沉吟了一会儿,说:“杨时,我知道你想说什么,你是一个好男儿,这溽州不可多得的好男儿。你既值得一个更好的女子,也值得一个好功名。你应当去,参加今年的大考,这才对得起你十年的苦读。”

杨时红着脸说:“还是……还是不去了罢,因为那个我值得的女子就站在我面前呀。”

“不，不是我。”郭清绮说，“我的心早就已经飞到了一个很远很远的地方。我喜欢的是一个贫穷的做瓷人，他不像你那样读了很多书，也没有你那样让人称羡的地位，不过他像你一样真诚，一样勤奋。如果不是先遇到他，如果他没有占据我的心，或许我会考虑……但是……一旦一个人的心里已经有了一个人，就再也装不下另一个人了，你明白我的意思了吗？”

杨时怔怔地站在那儿，一声儿不言语了。

郭清绮拿出那一把翎扇和香料，说道：“谢谢你送给我的东西，我没想到你特意挑选了我最喜欢的那种柔和素淡的香料和如此好看的翎扇，但是我不能要。”她把礼物退还给了杨时。那盒香料是杨时有一次偷偷地问了清绮的丫鬟，摸清了她的喜好，找遍了潭州所有卖香料的铺子才买到的。那把玲珑精致的翎扇是他有一次和朋友一起去汀州游玩时特意找人定做的，上面留着他颇为满意的一首小诗。

郭清绮走了，留下杨时一人在原地发呆。郭清绮牵着她的白马，在大通河的河堤上徜徉，岸上飞飞扬扬的柳枝似乎在马蹄啪嗒啪嗒的声音中倾诉着一腔的离情别绪，缠缠绵绵地落在了河面上。她静静地听着河心画舫上女子的歌声，那些离殇的歌轻盈地落在她的心坎上，如泣如诉。她以前十分鄙视这些误入风尘的女子，但现在却忍不住对她们同情起来。她又与那些早出晚归的打鱼人攀谈。那些朴实的打鱼人在她看来显得特别自然亲切，他们无拘无束地唱着渔歌，反而惹得她这个生活在锦瑟琉璃中的人羡慕不已，她问：“老人家，你今天打了多少鱼？”

打鱼人乐呵呵地说道:“不多,不多。往天撒网,一下一个准,今天运气不佳,一共抛了五回网,才打到一条鱼。”

郭清绮道:“既然收获无多,你还有心情唱歌?”

渔夫说:“呔,我们打鱼人经常在大江大河上走,干着凶险难测的营生,若遇着大风大浪,别说打不到鱼了,翻船丧命也不一定哩。难道只因今天收成不好,我就该哭不成,若是如此,我老头不就没有几天开心的日子可以过了!”

清绮问:“老伯,我用一贯钱买你那条鱼如何?”

渔夫说:“哪用得了这许多,姑娘若要,我就白送给你了!”

打鱼人从篓子里把鱼拣给她,又摇着船桨,拨开一簇水花,欢快地唱着渔歌,轻盈地往江河的下游驶去了。郭清绮把送她的鱼放在水里,那重获自由的鱼儿甩了一下尾,就倏地游到河心去了。

她见天色尚早,又不想回到那个让人愁闷窒息的家里去。她忽然想起一个月前曾向拂叶寺僧人许诺,要为后殿那尊被横梁压塌的宝光菩萨佛像重塑金身。因为自己的慵懒,一直没有兑现诺言。她自言自语,不如今天就去拂叶寺做了功德,顺便在佛前许下一个誓愿,再赏一赏那拂叶寺满山满林的清幽,或许……或许……说不定墨青也在那寺里呢。

于是她去城里叫了一名专造佛像的匠人,预付了二十两银子作定金,带着匠人来到了拂叶寺中。

一个月前那个守门和尚见过她,还记得她的样子,便说:“女施主,你又来怎的?我早说过墨青师叔自他师父圆寂之后就再也没有回过寺里,你上次说的那个叫郭清绮的女施主就是你吧,你与墨青师叔之间的纠葛还没有化解吗?”

郭清绮说道:“一个月前曾对师父许下誓愿,要为拂叶寺塑一尊佛像,今天我特意带工匠过来了。”

僧人听了,欣然叫道:“好哩,不报怨而报德,女施主真是位活菩萨,我这就禀报寺里的长老知道,叫众僧们一起过来参礼三宝。”

郭清绮又去葬着三渡法师骨殖的佛塔前拜了三拜,然后随长老进了偏殿,见了那被毁掉的佛像,请匠人定了尺寸,叮嘱依样做一尊同样的佛像。造像是寺里的大事,对信众也是一件莫大的功德。众僧为此铺设了坛场,在上面摆放了供器,又点燃了香灯花烛,摇动铃杵,献了斋,口中念动真言,为新佛披上经幡。清绮素妆淡抹,执着手炉,拈香礼佛,在佛前默默许下誓愿。完了后,见天色已晚,便由知客领着去客堂歇息。

一大早,郭清绮吃了素斋,下了山。她依然牵着她的那匹白马,在路上漫无目的地游荡。她穿过森森老林,蹚过蜿蜒溪涧,见一位村妇坐在路边啼哭,觉得十分蹊跷,便走过去问:“大姐,你为何一人在这里哭泣?”

那女子抹了抹眼泪说:“姑娘,我是这林子东边金甲村上胡秀才的娘子。平素我在村里替别人做些针线活,清早去集市上卖豆腐营生,供养丈夫读书。日子虽然过得紧巴巴一些,但两口子也凑合过着。只因几个月前,我夫君另结新欢,在东石巷上租赁了一间阁楼,养了一个粉头在里面。他还拿光了家里所有的积蓄,去给那狐狸精买金钗脂粉。我才说了他两句,他就大发脾气,打了我一顿,又把奴撇在此处,奴一时心塞,想自己为何这般命苦,更忧心丈夫被那狐狸精迷了心窍,误了前程,便忍不住大声哭起来,不想惊扰了姑娘。”

郭清绮听了妇人的诉说,既同情这妇人,又对那负心的男子十分气愤,她说:“像这种负心薄幸之徒,活该千刀万剐。你还担心他误了前程?他若真误了前程,也是他自找的!”

那妇人说:“拙夫只是一时鬼迷心窍,迟早有一天会回心转意。”

清绮问:“你丈夫人呢?”

那妇人说:“往东边的镇子去了。”

郭清绮便翻身上马,须臾,追上了那妇人的丈夫,厉声叫道:“站住!”

那男子穿着一套干净的圆领长袍,脚踏皂靴,见一位端庄秀丽的女子骑在一匹白马上面,感到十分惊异,向前作揖,问道:“姑娘你叫我吗?”

清绮问:“你就是胡秀才?”

那男子道:“小生确实姓胡,我与姑娘素昧平生,敢问姑娘怎么认得小生?”

清绮又问:“我自然认得你,你去哪里?”

那男子道:“小生要去镇子上。”

郭清绮冷笑道:“走得这么急,该不是去私会你那个姘头吧?”

胡秀才红着脸,不说话了。郭清绮又说:“你过来,我给你看样东西。”

胡秀才揣着衣襟,便走了过去,以为有什么好事。郭清绮突然从马背上扬起马鞭朝胡秀才的脸上抽去,霎时,一道道红印像浸染在纸上的红色染料一样在胡秀才的脸上绽开了。胡秀才摸着火辣辣疼痛的脸,哭道:“我与姑娘素昧平生,姑娘何故打我?”

“打的就是你这个没心肝的人!”她又举起鞭子,朝胡秀才背上狠抽了几下,把胡秀才打得满地求饶,郭清绮还不解气,指着胡秀才骂道,“听着!本姑娘平生最痛恨的就是你这等没廉耻的人。你一个酸腐不堪的秀才,本一无是处,全靠你家娘子辛苦挣几个钱供你读书。你不念书,却在外面寻花问柳,抛下糟糠之妻,天地不容。教训你这一顿鞭子,算轻的,下回再让我知晓你不善待你娘子,去外面鬼混,就把你绑到瓦子庙市场去游街,让大家都来瞅瞅你这张不成人的老脸,我看你还敢不敢再去镇上找那个姘头!”

胡秀才抱着头,哭道:“小的再也不敢。”

郭清绮说:“方才你撇下你娘子,她在后面哭得好不伤心,你马上回去向你娘子赔礼谢罪!”

胡秀才迟疑了半会儿。郭清绮喝道:“去不去?”

胡秀才看见那条高举的鞭子,吓得慌忙捡起地上的帽子,拉着衣襟赶忙跑回去了。郭清绮在一旁看着胡秀才扶着他娘子回去后,才骑着马回到瓷韵轩,叫家仆把白马牵到马厩里喂些草料。郭清绮转过回廊,穿过层峦叠嶂的假山,来到内厅,喝了一口清茶漱口,又让丫鬟去石井打来冰凉的清水洗净满面的风尘。郭闻识见女儿一夜未归,加之白天被郭清绮顶嘴,正在气恼中,见到清绮回来了,便责备:“一个女孩家,应该坐莫动膝,立莫摇裙,轻行缓步,敛手低声,养在深闺,举止有常。你倒好,一天像个男子一样骑着马到处疯,还夜不归宿,这样下去,谁敢要你?”

郭清绮道:“我一个人过一辈子,不受人管,落得个自由自在,最好了!”

“胡说!”郭闻识气得大叫,“你不知道男婚女嫁天经地义吗?”

郭闻识强行压制住心头的怒火，又问："我问你，昨天你见了杨公子没有？"

清绮道："见了，我把他送的东西退了。"

"不像话！"郭闻识骂了一句，又说，"难道杨公子没有对你想说的吗？"

清绮道："有，也都说清了。"

白天杨时把礼物交到郭闻识手上时，说一定要见郭清绮一面，想和她当面说一件事。郭闻识觉得好笑，心想这杨公子或许是坐不住了，急着要向女儿表白心意。他想问问女儿，杨时都对她说了什么，可转眼又想，这样私密的话又怎么好去打听？于是压下怒气，变作一团和颜悦色说道："就是嘛，你也和杨公子多攀话儿，自然而然就熟络了。像他那样的人，家里有个做大官的父亲，又饱读诗书，看他谈吐优雅，谦恭有礼，真是万里挑一，若能嫁他，你一生不愁。"

郭闻识哼着歌离开了。朦胧的月色下，摆在窗台的几件瓷器莹莹发光，刚好映着郭清绮那一张清秀的脸庞，脸上凝结着淡淡的忧愁，像一朵寂寞且苦涩的花静静地开着。不知几时，冷冷的房间里，突然传来了歌声，原来是郭十里在隔壁厢房歇息时，躺在太师椅上一边唱歌，一边在把玩一件青花小件儿。郭十里唱的是当地流行已久的一首民歌《九张机》，他轻轻地唱道："春衣，素丝染就已堪悲。尘世昏污无颜色，应用秋扇，从兹永弃，无复奉君时。"

"七张机，鸳鸯织就又迟疑。只恐被人轻裁剪，纷飞两处，一场离恨，何计再相随。"

郭清绮静静地听着这首歌，就被这歌带到了很远很远的地方，她走进祖父的房间，斜倚在门口一动不动，耐心地听着。祖父借着烛光看见了郭清绮，其实他早已把一切看在了眼里。他看到她脸上结着的哀伤，看到她眼角凝着的泪花，他洞若观火，只是嘴里不说什么。整整一个晚上，他都在为郭清绮担忧。他沉吟了一会儿，终于开口打断了郭清绮的思绪，问道："妞儿，我问你，要是你也如这歌里唱的有一张布机，织了一件春衣，你会把它送给谁呢？"

郭清绮说："大翁翁，你倒是还有心情在这里唱歌！"

郭十里问："你回答我，是昨天来的杨公子？"

郭清绮不说话。

郭十里说："我知道不是他，我今天从门角碰到他时，见他失魂落魄离开的样子，我就知道不是他。"

郭清绮的眼角终于噙满了泪水。郭十里叹了一口气，说道："你不说，我也知道那个让你哭泣的人是谁了，你会把春衣送给那个做瓷的，对吧？"

那一晚，郭清绮倍感惆怅，她望着窗前那一轮穿行在云间时明时暗的月牙儿，任由泪水打湿了自己的衣襟。

六十四

一夜春寒，好像让溍州又回到了那个漫长的冬天。也许是白天喝了很多酒，也许是溍州的夜晚比哪里都冷，郭清绮第二天醒来后就感到头有些昏昏沉沉的。她想去窗前看看大通河的水是否已经满溢了，可才走两步，她就感觉有些支撑不住，差一点晕倒在地。

家人请来郎中，替郭清绮把了脉，开了几服药。郭闻识一再叮嘱她："都是你跑到外面去疯，才着了寒，这几天你不要出去了，安心在家养病！"又交代下人："你们谁也不准给小姐开门，好生看着，若小姐走出去了，唯你们是问！"

可是郭清绮一心牵挂着要去送别墨青，根本就无心在家里养病。她气恼自己生病生得偏偏不是时候，很怕耽误了去送行的日期，怕墨青已经走了。可是她病得连走路的力气都没有了，只能心急如焚地望着窗外，看着那条像带子一样的大通河在面前奔腾。

郭闻识怕她出去，还不放心，悄悄地把她的那匹白马牵走了，在门上挂了一把锁。她喝了郎中开的药，稍微感觉好一些了，又闹着一定要出去，说是要去为一个朋友送行，无论如何都不可失约。可是门锁了，没有人听她的，她又哭又叫，心腹丫鬟只能在外面干着急，不敢替她开门。

到了申时，墨青和一位同是做瓷的匠人一起登上了客船，打算一道去汴京。到了码头，他迟迟毋行，不断回头张望。

与他一道做瓷的朋友不停地在一旁催促："墨青师傅，时候不早了。看你逡巡徘徊，一副神不守舍的模样，你莫不是在等什么人？"

墨青说："正是，有一位朋友，说好要来送行。"

墨青回头看着那条长长的堤岸，那被雾气蒙住的岸上冷清得如同漫长的黑夜，没有一个人影，见等的人迟迟不来，他十分焦急，也许，也许郭清绮不会来了吧，他想。可是他心中响起的另一个声音又好像在说，不，清绮姑娘说好了要来送行，那么她一定会来！

可他等了足有一个钟头，都没有看到郭清绮的身影。朋友有些不耐烦了，便道："晚了，你等的那个人怕是有事耽搁，不会来了。"

船夫也催促："客人，你还走不走？直恁地要等到什么时候？再不行，我就好开船接别的客去了。"

朋友和船夫都催促得急，可是墨青还在踌躇，他又添了几钱银子给船主，说："有劳船家，还再等等吧，再不来，你就开船。"

郭清绮果然没有爽约，她最后说服丫鬟偷偷地砸开了窗户，从窗户上跳下来，悄悄跑出来了。没有了马，她就忍着病痛一路走着走着，也不知走了多久，快过枕碧桥的时候，她遇到了知州家的公子杨时正好从桥上经过。他的书童牵着马，马上放着两个囊箧，慢悠悠地踱着。郭清绮大口喘气，来不及向他打招呼。

杨时见了，很诧异："清绮姑娘，你去哪里？"

郭清绮说她要去为一个朋友送行，那个人正在码头等她。杨时注意到她焦急的模样，又看到她脸色苍白，十分怜惜，心想她这么着急，一定是要去见那个做瓷的匠人。

郭清绮问他去哪里，杨时苦笑了一声，摊开双手说："清绮，你看，我喜欢的人并不喜欢我，所以我就只好还骑着我的马儿赴京赶考去了。"

郭清绮那张苍白的脸闪过一丝红晕，说："好，你去考个状元回来。"

杨时又苦笑了笑，却不再说什么，而是走上前，把囊箧卸下，把缰绳放在郭清绮的手里，缓缓地说道："你骑上这匹马，去找那个做瓷的人吧。"

她一怔："可是……你呢……"

杨时说："见你这么焦急，猜你现在比我更需要这匹马，不用担心，我一定会考个状元回来。"

郭清绮朝他感激地笑了笑，不再多话，一跃上了马，飞驰到了大通河码头。可是当她赶到码头时，河水已涨，茫茫的江面上已经不见一只船儿的影子，更不见她要去送行的那个人的身影了。

"他到底是走了。"她怅然若失地说。茫茫的河面上，只有波光在闪耀，风儿在低唱。过了很久，她寂寞地回来时，再次路过枕碧桥，杨时也已经走了。她闷闷不乐地回到家里，看见郭闻识像往常一样去玉兰坊听戏了，又看到郭十里背着手哼着小调儿去天籁阁了，客厅顿时变得冷冷清清的。在天籁阁，郭十里满意地看着他那些宝贝，然后他从阁子里踱出来，检视着前台上那一水的瓷器，见到瓷在透过窗棂的月色中显得分外妖娆，便笑眯眯地在一张太师椅上躺下去休息，做着一个关乎太平盛世的春秋大梦。

六十五

然而这个关乎太平盛世的梦并没能做多久，没过几年，大宋这条大船在风浪中就触到了礁石，以前大宋遇到很多考验，都是有惊无险，这一次却彻底翻船了，那繁花似锦的太平景象终究如镜花水月一般，被金人的铁蹄踏碎了。

大宋传至徽宗一朝时，本已疾患累累，千疮百孔。这一位道君皇帝偏偏又与前几代皇帝不同。论书法绘画，他是一流。论鉴赏玉石瓷玩，他绝对无双。可他无心政事，只知一味酷爱风雅。手底下几个臣子，如蔡京、高俅、杨戬、童贯等人都是奸邪之辈，乘机勾结，图君所好，大兴园囿，作乱朝纲，排挤忠良，以致万民怨怼，乾坤解钮，把一个繁花似锦的大宋弄得七零八落。正当大宋王朝还做着清平世界的美梦时，不想金人崛起，勒兵北犯，两攻汴京，一时靖康难起，两帝蒙尘，多少良家宅院顷刻间化成齑粉，无数生灵惨遭铁蹄践踏。

汴京既破，徽钦两帝以及生活在汴京的赵氏皇族、后宫妃嫔与朝臣贵卿等三千余人都成了金人的俘虏，被押解北上，一路哭号连天，好不惨然。中途又有不少妇女遭蹂躏至死。等抵达燕京时，三千多人的队伍只剩下不过一千余人，其中有不少公主郡主、亲王女孙、相国侄妇或被辗转卖入大家为奴，或被卖进娼寮，或沦为歌姬。

万乘之尊的徽宗和钦宗自到了北方后苟延残喘，动辄遭到金人呵斥，常常遭受冻馁饥寒之厄。尔后，徽宗被封为“昏德公”，钦宗被封为“重昏侯”，金国以此名号极尽侮辱两帝。徽宗曾有一首《在北题壁》，倾诉被掳后的悲惨凄苦：“彻夜西风撼破扉，萧条孤馆一灯微。家山回首三千里，目断天南无雁飞。”惹得无数士子为之落泪。又不久，徽宗患疾，因无人照视，死于土炕之上，被发现时身体已经僵硬多时。金人为取灯油，将徽宗尸身烧至半焦，用水浇灭后草草掩埋。又一日，金帝大宴群臣，命钦宗与同为囚徒的辽国天祚帝出赛马球，钦宗不甚从马上跌下，被乱马铁蹄践踏而死。至于曾经备受恩宠的安顺公主，在汴京城破之日，因不堪忍受金兵凌辱，触柱身亡。她多年来珍藏的金石玉瓷被金人劫掠一空，一生心血都付诸东流。至于宋承清学士，在匆忙逃亡中被金人捉了去，剥掉了衣裳，押在被俘虏的大队人马里面，因趁夜逃走，被发现后，金兵拿铁锤猛击其头部，脑浆迸裂而死。

那时汴京残破，十室九空。北边的瓷行大半沉沦，瓷窑被毁，瓷店被烧，瓷器被砸，做瓷人被杀。又有不少做瓷的工匠被金人掳到北方，专门替金国的贵族做瓷。只剩下为数不多的做瓷人仓皇南渡，逃过一劫。

当北方哀鸿遍野时，南方却幸免于难。不过那时各种谣言已经从北方传来，把南方搅动得人心惶惶。有人说金兵不日将渡江南下，沿途放火，见人就杀，也有人说天子已经蒙尘，大宋算是彻底完了。浮州，这座小城就在这些纷纷扰扰的谣言中局促不安地度过了一日又一日。大通河的波浪拍打着堤岸，那一阵阵波涛声如战鼓擂鸣，搅动得人心更不安宁。瓷行中很多瓷店已经关门了，很多人携家带口，逃到了更南的南端。那些还留在城里面的卖瓷人，再也无心经营瓷器了。

只有郭十里终日守着他的那些瓷器，把玩着手中的瓷儿，什么也不想，哪儿也不肯去。

郭闻识心慌，再三催促他："我的老爹！金人就要打过来了，你还有心思把玩你那些瓷器，咱们赶快逃吧。"

郭十里却挥挥手说："放屁！随他怎么打，金人是打不到这里来的。"

不久又传来消息说康王泥马渡江，弃了汴京，偏安于应天府南京，改年号建炎。第二年，金兵大举南侵，高宗率群臣南渡江淮，先定绍兴府为都，后以临安府为行在。金兵沿途凌掠，直逼杭州，先败于宋将韩世忠，后败于岳飞；从此再也不敢渡江了。最终，南宋朝与金朝以淮水至大散关一线为界，两相对峙，双方各自息兵罢战，南宋君臣才得以喘息偷安。

还是郭十里有预见，只有澪州这座小城幸运地没有受到兵火的涂炭。那时金兵已经打到了隔壁的汀州，站在大通河的河堤上就能听到对岸短兵相接的金戈声。曾经风光秀丽的大通河面上经常漂浮着从上游来的士兵和百姓的尸体，连河水都被染成了红色。那一阵子，澪州百姓惶惶不可终日，有些人举家逃难，有些人则躲在家中不敢出来，大街上冷冷清清。郭十里守着他的天籁阁寸步不离，倒没有显得有多少惊慌。郭清绮不愧是郭十里的孙女，也没有半点惊慌，她唯一牵挂的就是墨青，她想，在那个已经沦陷的汴京，墨青是否还活着？听说汴京城已经毁于兵火中了，人死大半，白骨蔽野，还有不少人被金兵俘虏。她一想到这儿，就为墨青担忧不已，心里忽然冒出一个可怕的念头:“也许,墨青真的死了吧?”

她为这个念头感到害怕,就想不顾一切去汴京找墨青,倒是身边的丫鬟伶俐,劝说:“小姐,偌大一个汴京,人海茫茫,兵荒马乱的,你去哪里找他?我看每天都有人从北方渡江到南方来逃难,你去问问那些北来的人不就是了?兴许真能问到墨青的音信呢!或者说不定墨青已经在南渡的人群之中,正准备南下呢,或者他已经回到南方了呢。”

郭清绮想了想:“你说的也是。”

于是她就不再一心想着北上了。她经常向北来的移民打听有没有一个叫郑墨青的男子,一个做瓷的匠人。那些逃难的人听了她的描述后个个都摇着头说:“没有,从来没有听说过这个人。”

何处埋相思,也许大通河西岸的杏妆酒店才是她安放思念的地方,因为她当初对墨青说过,她会在每年的中秋这一天在这家宅子酒店等他回来。她还记得上次相逢的时候也是在这家酒店,杏妆这个名字,听起来感觉很美。她说,他若是两年回来,她就等两年,若是三年回来,那就等三年。所以每逢中秋,她就到这家酒家,在靠窗的案台上温一壶酒,在窗前踌躇徘徊,一直喝到酒家打烊,才肯离去,如此不知不觉又过了八九年。

一位老酒客说:“这位姑娘行为怪异,每逢中秋都必定来这个位置坐下,一坐下必然温一壶酒,在案台上摆两个酒盏,奇怪的是却只有她一个人喝酒。问她是不是还有客人来,她不肯说,问她是不是在等什么人,她也不肯说。年年如此,岁岁如是,至今已经快第十个年头了。”

另一位酒客见这女子用犀利的眼神瞅了他们一眼,就说:“这年头管那么多干什么,我们还是喝我们的酒吧。”

又是一年的中秋,这一晚的月亮又大又圆,像个银盘倾了满天的清寒,倒在客人的酒盏里。郭清绮没有陪着家人过节,而是穿一件青杭绢大衿袄儿,浅蓝水袖的裙子,牵着白马早早出来了。她面容稍显憔悴,神态悠然,一边赏着月色,一边落寞地在青石砌成的街上投下一道清影,不觉又来到了杏妆酒店。酒保早已听到那匹白马的铃铃声,知道是这位姑娘来了,已事先把靠窗台的位置预留下。她卷开珠帘,进来后,酒保就笑着迎上去说:“来了!姑娘,今晚还是喝去年中秋喝的清若空吗?”

郭清绮说:“那就劳烦酒家温一壶清若空吧。”

不一会儿,酒保端酒过来,在桌子上摆了一个青瓷酒盏。

郭清绮说:“酒倌儿,你好不省事,还少一个,再摆个酒盏子上来。”

酒保又默不作声地添了一只酒盏在台上,摇摇头道:“咳!年年等人,年年不见等的人来。”

旁边有客人便笑着问:“你怎么就知道她在等人?”

酒倌儿道:“她不是在等人,那摆两只盏子在桌上做什么?”

郭清绮并不去理睬他们好奇的目光,也懒得去听他们的闲言碎语。她独自坐下来,喝了一口醇厚的清若空,然后打开兰花窗棂,落寞地望着那一波寂寂的江水。这时的大通河又恢复了往日的姿色,那轮圆月的莹莹之光轻轻地笼着寒水,森森烟波上绰橹的渔舟驶过,放歌的女子又开始唱起婉转的宫调了,似乎正应了那句诗:“商女不知亡国恨,隔江犹唱后庭花。”北宋的硝烟才刚刚落下,南宋的锦瑟迷离又起来了。

也不知喝了多少盅酒，郭清绮已经微微有了些醉意。那些来酒店喝酒的客人来了一拨又散了一拨，可她依然没有起身的意思。酒店渐渐冷清了起来，酒店主人也换了新装，正准备打烊，和他的小儿子一起去南街看灯会。正在此时，酒店的帘子“哗”的一声被掀开了，收拾碗筷的酒保说：“客官，我们要打烊了，你明天再来。”又过了一会儿，郭清绮忽然听到身后有一个嘶哑的声音在叫她：“姑娘，请问你温的那壶酒还是热的吗？”

她心里焦躁，随口应了一句：“我自喝我的酒，关你什么事！”

那人道：“这天凉了，喝冷酒容易伤身，我去把酒烫来，与其姑娘一个人喝，不如我陪姑娘一起喝吧。”

“这厮无理，是想讨打么！”郭清绮恼了，凭她的气性，就要转身与那个胆敢撩拨她的人理论一番，可是她那捏着酒盏的手不由自主地抖了一下，她忽然觉得背后那个人的声音，虽然嘶哑却又多么熟悉啊。她猛地抬起头从侧面望见那人的背影，瞬间胭脂泪几乎全流进了酒盏，她花枝儿一颤，半杯酒几乎全部倾在了案台上。

郭清绮转过身，流着泪回了一句：“酒还是热的，可等那个喝酒的人等得心都快冷了。”

那个人就站在她身边，离得很近，几乎就能听见他粗重的呼吸声，只听他轻轻地道了一声：“清绮，清绮，是我，我回来啦……”

那一刻，时间也似乎凝固了一般。这一次郭清绮终于看清了墨青的面容，只见墨青穿一件破损黯淡的青布烟衫，满面憔悴地站在她面前，朝她痴痴地笑着。他脸色苍白，身形狼狈，可灼热的眼光既坚定又专注，就跟以前一样坚定而专注，只是那张脸上已经写满了沧桑和疲惫。

郭清绮有几日几夜都说不完的话，此刻却一句话都说不出来了。

倒是墨青先开了腔，他说："清绮，你说好笑不好笑？为何每次见到你时我都这么狼狈？"

他又说："清绮，原来你真的在这里，我一路上都在想你在哪儿。一上岸，我便径自去了瓷韵轩，在你家门前那棵古柏下苦苦等你出来，等不到你，又想起今夜中秋，人人都去街上看花灯，说不定你也去了，于是我去大街上四处寻你，寻了半会儿，寻不见人，又想你会不会在这里，我便沿着石巷，跑到这酒家。我一眼就看见你一个人坐在窗台下，我便在窗旁默默地看了你很久。这么多年过去了，我原以为你早忘了，原来你还记得我们的约定，记得这个地方。"

清绮问："你以为我当初是说着好耍的吗？"

墨青道："清绮，是我的不是，我本该早点回来的，你一定怨我回来得太晚了，对不对？唉，世事艰难，谁能料得到呢，好一片大好河山，顷刻之间化成齑粉。自金人破了汴京后，我待的那个地方，就在金人的监视之下。我在那里安生不得，走也没处可走，只好蹉跎岁月，真是度日如年，很难挨呐。我在那里被滞留了足足五年，在这五年时光里，我无时无刻不在想如何逃回来，却次次无望，也是老天见怜，好不容易被我逮到了一条生路，在一位朋友的鼎力帮助下，我绕开金人的封锁，借舟楫渡过江，这才好不容易逃了出来！"

郭清绮道："我也经常向北方逃难的人打听你的消息，我有时不耐烦了，恨不得就过江去找你，有时我就一个人骑着马去大通河等，看着江面上过来的船只，我就想你或许就坐在船上。"

墨青看着清绮，缓缓地说："清绮，你变瘦了。"

郭清绮拭掉眼角的泪水，笑着道："只怕我老了。"

郭清绮举起酒盏，又说："嗨，什么瘦不瘦老不老的，你回来就好，回来就好，我这壶酒总算没有白温，这一壶酒温得正是时候。来，来，请你喝一杯水酒，一则解渴，二则为你接风洗尘。"

墨青接过酒来，无言地看着郭清绮，却似乎有千言万语都哽在喉咙里说不出口了。他拱着手，忽然向郭清绮行了一个大礼，然后闻了闻四溢的酒香，喃喃地说道："香，香，这是家乡的酒呀。"然后把那杯酒一口饮尽了。

当初离别时，他们就约定好了，墨青此去少不过一年半载，多不过两三个年头，所以她就数着日子，心想再过三年，她还是一样年轻，一样美丽动人。她每年都在这间宅子酒店靠窗的位置上徘徊岁月，于清凉的月色中默默地踌躇、期盼，听着窗外的渔歌唱了一阙又一阙，在镜中看着容颜在岁月中渐渐老去。她年年都温一壶酒，却不想温了快十年，等了快十年，终于等到了那个人回来。他回来时，容颜憔悴，两手空空，无限狼狈，她一点都没有怨，她明白这些年里，他一定过得很难。

店家知道这位每年都来的姑娘终于等到了阔别已久的故人，便又特意为他们端来一壶陈年的清若空，说道："为了你们两个，我也不去看什么花灯了，家人要看就让他们自己坐车去看。你们两个久别重逢，自然有很多话要说，这壶好酒送你们，算是为这位公子接风，趁今日过节，我也不收你们的酒钱了，由你们在此喝个痛快。"墨青深深作揖相谢了。

店主又说："你看，这位姑娘也等得够了，老天有眼，总算把你等到了。”

店主人又忙去准备热菜，不一会儿，端上一盘炖得稀烂的羊肉，一碗海蜇豆芽，一碗香煎鲫鱼，一碗火腿虾圆。墨青和郭清绮两人靠着桌儿，说起这十年是怎么过来的。墨青告诉清绮，说他走了很远的路，去了很多地方，真的领略了汴京瓷器的多姿多彩，也见了定、官、哥、钧等名窑，尤其是去看了汝窑后，见了那“雨过天青云破处”的汝瓷，为那一抹天青色痴迷了很久。他与做瓷人切磋技艺，还拜访了大名、凤翔等地的画匠，与宫廷的画师成了知己，与山中的道人做了朋友。之后，他又背一囊箧，行走天涯，历遍万水千山，觉得自己对瓷器的领悟又到了另一层境界，对人生也看得更透彻了。后来，靖康乱起，北方沦陷，金人封锁了南归的道路，四处都有严兵把守，他和同去的朋友躲在一处废弃的宅子里不敢出来。后来朋友饿得出去找吃的，被金兵发现后杀死。他也被金人捉到，被辗转贩卖为奴，因为他是个做瓷人，金人便让他在瓷窑替那些大官老爷们做瓷，他却无时无刻不在等待机会逃跑。直至有一天，一位朋友买酒灌醉了守城门的金人士兵，他们便趁机出了城，找了一条渡船南下，终于躲过了金人的追捕。

郭清绮又把酒斟满。墨青接过来，看着她的脸说：“清绮，你用心温的这壶酒，我怕只抿一小口，就要醉哩。”

郭清绮笑着说道：“说了好多次要与你同醉一回，都没成，那这回就让我们痛痛快快地一起醉一回好了！”

墨青便把酒一口饮尽了，又舔了舔嘴唇，喃喃地说着：“清绮，你还记不记得，当年你骑马跑三天三夜的山路，到白石头来讨一碗水酒喝。你还说用山里的水酿出来的酒是清的，城里的水酿出来的酒是浊的。”

清绮道：“我记得，那晚我和你都醉了，那酒是好酒，就同今夜的酒一样好。”

过了一会儿，郭清绮从腰间摸出那个白瓷葫芦来，说道：“这个我一直珍藏到现在，今天主人已回，当物归原主。”又不无得意地说，“你若还不回来，我就真要把这玩意砸得粉碎。”

墨青也笑起来，笑过后，他看了看郭清绮，又看了看那瓷葫芦，把瓷葫芦重新放在郭清绮手心里，郑重地说道：“它是你的了。”

两人一边喝酒一边说话，郭清绮的面颊被熏得绯红了，她确实感到有些醉了，感到自己轻飘飘了，靠在桌上喃喃地说：“墨青，你去的地方可真多啊，下一次，你再出去的时候，记得一定要带上我，再莫叫我这样苦等了。不过我们不去北方，北方已经被金人夺了，我们就去南边，我也想去看看那些瓷。南方的瓷与北方的瓷相比，该另有一番风味吧。还有，我早就听这里的渔民说，我们大通河就通向南方的大海，那海上有岛，岛上有人，人们在岛上安居乐业，与世无争，我们就一起去那岛上看一看他们生活的样子！”

墨青也醉得昏昏地说：“好，等那时我们就驾一条小船，扬起一片白帆，沿着大通河一直而下。”

清绮道：“你又哄我开心，我也不指望你载着我去哪，只求这一回你不要再走就罢了。”

墨青说：“不走啦！不走啦！”

接着，郭清绮又开起玩笑来：“你去了汴京那么久，是不是把滏州的这些故友都忘了啊？”

墨青摇着头说：“哪能那么容易忘记呢！便是想忘也忘不掉！”

这时，墨青的身子不由地颤抖了一下，他一刻都忘不了故乡，忘不了故乡的山水和人，更忘不了当年那个在杏妆酒店许下的相会的约定。他曾绝望过，轻生过，也曾想忘了一切，就此在北方囫囵过一生，可是他怎么忘都忘不掉，只因北方遭逢兵火，又有山川阻隔。谁也不知道，当他躲在暗无天日的山洞时，他度日如年，每当他抬头望着山中的残月时，便思念起故乡，思念起那条河、那座桥，还有那座寺。他还思念起隐在袅袅炊烟中的白石头，更思念起眼前这个人。尽管他知道他不应该有任何非分之想，然而这种思念在他最艰难时却不受控制，且在他的胸腔中游走得越来越激烈，这种思念不仅给身处北方的他带来了一丝丝慰藉，甚至还给了他活下去的勇气和更多的念想，让他回南方的信念更加坚定。后来几经周折，他终于逃离了金人的封锁，又借一位打鱼人的舟楫渡了江。他对郭清绮说，他到了溧州后做的第一件事就是来见她。

六十六

回到滘州后的墨青经常挂在嘴边的一句话是:“北方残破,做瓷人大半流离失所,我朝瓷业遭遇百年不遇的危机,瓷窑尽弃,瓷工也尽散。如今,高宗南渡,百废待兴,我这番回来,就是要重振大宋的瓷业,让做瓷的技艺不致湮没无闻,让这瓷艺代代相传,发扬光大。”

这次他回来不仅是因为思念故土,还带着使命回来。他打算先在自己的家乡建瓷窑,收徒弟,传技术,把那即将失传的瓷艺保存并传承下去,开辟一个新的瓷的盛世出来。不久,墨青在滘州收徒传艺的消息不胫而走,传遍了小城滘州,自然也传到了郭十里的耳朵里。

郭十里听到这个消息后十分生气,拍着桌子叫道:“我大宋的瓷业惨遭重创,是要振兴,可怎么轮也轮不到他来振兴呀!”

郭闻识听说墨青回来后,更是气急败坏,忍不住骂道:“他郑墨青算什么东西!重振大宋瓷业?可笑!我瓷韵轩不说话,谁敢夸这个海口?这小子去了趟北方就不知天高地厚了,他在北方竟然没有被金人杀死,算他命大!”

不久后,一件青花瓷横空出世,惊动了滘州瓷行的男女老少。瓷器店的老板都在对这件青花品头论足,有人议论:“很多年没有见过这样的青花罐了，记得上回见到这么好的瓷还是在王太尉府里。这瓷上施的釉彩像是天上的流云一般，又像浸出的羊脂一样，瓷身上画的虽是一茎莲花残瓣，让人觉得初秋已到，却似乎还能闻到荷花在夏日里留下的那缕残香哩。”

有人便问：“那只青花罐现今捏在谁的手里？”

回答说：“被瑶光阁的程老板收着呢，嗐，别看这程老板平日一声不吭，也不知他撞了什么大运，就突然得了这么一件宝贝！听说他才花了不到一百两银子，买下了这个罐子，我还听说现在有人向他开一千两银子买他那个罐子，他还舍不得卖呢！”

又有一个瓷行的老板站出来道：“胡说，我和这程老板最熟，他的事我最清楚不过。那件青花瓷没花他一个子儿，完全是人家白送他的！”

“白送的？天下有这等好事？”

“也是巧合，他把自己在南街空着的一套两间六椽的房间借给了一个做瓷人住，南街挨着我们这里有几个半荒的土窑，这个做瓷人叫了几个村民重修了土窑，便在那里设馆收徒。这做瓷人又付给程老板房钱，程老板不肯要，于是就送了他一个青花罐作为回报。”

众人问：“也不知这个做瓷人是何方神圣，就能做出这么好的瓷来？”

那人说：“他叫墨青，你们认识吧？据说这个人以前常来我们浮州给瓷韵轩送瓷，后来听说与瓷韵轩闹僵了，就不再来，也不知去哪里了。这几年，不知他从哪儿学了一身的本事，那个青花罐就是他烧的。他现今回到浮州，要收徒弟，可初来乍到，名不见经传，别人又不知他底细高低如何，再说那个土窑能烧出个什么名堂？

谁吃饱了没事肯拜他为师?可自从他做的青花瓷被程老板拿到瓷行里出了风头后,如今要拜师的人都已经从南街的街头排到街尾去啦!”

听到这些议论,人们对这个做瓷人便充满了强烈的好奇,都想去看看这个做瓷人到底是什么人,一个个都打着小算盘,心想若能巴上这位做瓷的师父,从他那儿采购瓷器,这一世也不用愁了。郭十里也听说了墨青做了一件青花罐,就让整个浮州城的瓷行都沸腾了。他起先不以为然,后来听到人们说得有鼻子有眼,便十分气愤地说:“不过一件青花瓷而已,就让这群没见过世面的粗人像失了三魂六魄一样!现今我天籁阁摆着的青花瓷少说也有十来件,一律都是瓷中极品,他的青花瓷敢跟我天籁阁的青花瓷比一比吗?”

郭闻识一听,计上心来,说道:“老爹,你这句话倒让我一下开了窍!我们何不趁着这小子在浮州立足未稳之际,广邀各位瓷行的老板以及知州杨大人、都监綦大人、千户夏大人与何人人等众官都来做个见证,就在浮州城南的榆林湾子搭一个台子,举办一场斗瓷大会,与那郑墨青当面斗宝,你看如何?我天籁阁放着那么多宝贝,难道比不赢一个乳臭未干的小娃儿?我们赢下比赛,一则可以让他当面出丑,顺势砸了他的馆子,拆了他的瓷窑,叫他知难而退,在浮州再无容身之地;二则我们也可以让浮州所有的卖瓷人和做瓷人见识见识我们瓷韵轩的实力,让那些心怀不轨的人心服口服!”

郭十里听了,对这个建议还有些犹豫,他只是愤不过墨青立下那么大的宏愿——要再造一个瓷器的盛世,这就有点不把他这个一辈子与瓷打交道的老人放在眼里了。因为就算是他郭十里,也不曾、不敢夸下这样的海口,一个初出茅庐且一无所有的人凭什么敢这么说？然而，他并不是想要砸墨青的馆子，也不想拆掉墨青的瓷窑。固然，郭十里不是一个做瓷人，但他到底是一个懂瓷爱瓷的行家，是一个卖瓷人，与做瓷人有着共通的命运。可是，如果论到要由谁来引领做瓷的风气，振兴大宋的瓷业，怎么也要先问问他这个瓷行的领袖不是？如今一个年轻人倒抢在他的前面，口出狂言，出尽了风头，这让他感到十分难堪，怎么也咽不下这一口气。

“老爹，我这个计谋怎么样？”郭闻识打断了郭十里的思绪。

“嗯，再等等看吧。”郭十里说。

“你还等？再等，那小子就要飞上天了！”郭闻识见郭十里苦劝不听，便气愤地走开了，离开时忍不住念叨，“你看我爹这个人，这等没斗志，全不像以前，看来他真的老了。”

接下来发生的两件事情，让郭十里感到既震惊又不安。一是当时有名的山水画家黄大光绘出真迹，然后墨青依照此画临摹烧制瓷器，两人一唱一和，因此成为一段佳话，为业内广泛传颂。那黄大光却说：“我这画其实是墨青画的，我只是在那画上又添了一点色而已。”郭十里明白，黄大光的话虽有几分谦虚的意思，但还是颇为可信。还有一件事是汀州有一个极会做瓷的匠人，深受郭十里的称道，却有一次当着郭十里的面大肆称赞墨青的瓷器做得好。他十分谦虚地说自己做的瓷不及墨青做的瓷十分之一，还说墨青是他目今见过的为数几个懂得烧制汝瓷的人之一。他还劝郭十里也从墨青那儿采购瓷器，或者当面去看看墨青做瓷，就知道墨青的技艺有多厉害了。郭十里默默地听着，那张脸又沉又黑，不说一句话。这两件事深深地刺激了郭十里，加之郭闻识的一力撺掇，说再这样下去，整个溽州瓷行都是一片对墨青的赞美声，迟早这瓷行都要由墨青这娃儿把持了！郭十里思索了半天，觉得事态严峻，终于同意用天籁阁里面的宝贝与墨青斗一斗瓷，杀一杀墨青的嚣张气焰。

不几日，斗瓷大会的消息便不胫而走，很多瓷器店都收到了斗瓷的邀约，纷纷表示愿意参加这一场斗瓷大会。上前敬茶的徒弟也把瓷韵轩送来的战书呈给墨青，问："师父，瓷韵轩要与我们斗瓷，你去吗？"

墨青并不想去斗瓷，摇着头说："他卖他的瓷，我做我的瓷，大家同为大宋的瓷人，何必同室操戈？"于是不应斗瓷大会之约。

此时的溹州挂了一帘低垂的夜幕，大通河的水静静地流淌着，像母亲唱给婴儿的一首催眠曲。月色朦胧，波面上星光点点，寂然无声，白天还在争论斗瓷的人们都回家各自歇了，然而平静的夜里隐隐透着一股焦躁不安的味道。自从郭十里在安顺公主的斗瓷大会上沾了王化回来，引起一番轰动后，溹州很久都没有什么可以拿得上台面的盛事了。二十年前斗瓷大会在溹州掀起的热潮早已悄然退去，溹州新成长起来的一代人只是从老人那儿听来了一些残言断片，并未过瘾，他们正在期盼另一场斗瓷盛会，一场瓷行里的厮杀，虽然没有战火硝烟那样鲜血淋漓的气味，却也能满足此地人好斗的民风。

所以，当溹州的做瓷人、卖瓷人和买瓷人听说墨青不接受瓷韵轩的挑战时，便开始议论纷纷，不约而同地投来不屑和鄙夷的目光。他们猜测说："是了，这位乘桴子过江来的年轻人不敢应战，他准是怕了，他怕才正常，不怕才怪呢。毕竟瓷韵轩可不是一般的瓷店，那是当年在安顺公主的斗瓷大会上夺过鳌头的瓷店，连当年的道君皇帝都对瓷韵轩的瓷器赞赏有加。尤其那个天籁阁，里面不知藏了多少宝贝。那墨青小娃儿一定是省得瓷韵轩的厉害了，怕输，所以只好当缩头乌龟。”

也有不满意瓷韵轩多年来蛮横地垄断浮州瓷行的小瓷店站出来为墨青辩护：“话不是这样说，这安顺公主早就死了，道君皇帝也成了阶下囚。你们说的当年那场斗瓷大会盛况如何如何，可我们这些晚辈谁也没有见过。再说三十年河东三十年河西，连皇帝都可以轮流坐，到底谁输谁赢，只怕不一定哩。”

在墨青开设的门馆里，徒弟跑过来问：“师父，外面的人都在议论个不休。”

“他们在说什么？”

“他们说……说师父不敢去斗瓷一定是害怕了。瓷韵轩的郭闻识还扬言下次见到你要当面羞辱你，让你从此离开浮州，再无颜面在这里做瓷！”

“哎，随他们说去吧，我们只管默默地做好我们的瓷便行了。”墨青置之一笑，似乎不以为意。徒弟也不知道师父心里面到底是怎么想的。

既然郑墨青不接受挑战，郭闻识一下就长了气焰，不断放出狠话来，百般讥讽郑墨青，说他这是输不起，说郑墨青其实就那么一点本事，一听说要斗瓷，就只好夹着尾巴躲起来，怕被瓷韵轩戳破他的老底。郭闻识甚至还宣称程老板的那只青花罐其实并不是墨青做的，那个该死的程老板不知道从哪儿弄来了一个破罐子在浮州招摇撞骗。谣言传开后，不少人就信了，去墨青那儿拜师学艺的人明显比前几天少了，时间一久，谣言愈盛，谣言一盛，人们就更相信谣言为真，而真相反成了谣言。这不，连墨青的徒弟也开始怀疑起自己的师父了。

感觉受了莫大的侮辱,徒弟们不免私下抱怨:“师父不敢应战,难道是技不如人,还是真个怕了?不如我们自去应战便了,省得受那窝囊气!”

“不要胡来!师父是做瓷的高人,何曾怕过?他只是不屑!”大徒弟一边愤愤不平地说,一边试图安抚骚动的众心。

郭清绮也听说了瓷韵轩要与墨青斗瓷,一面是她的家人,一面是她喜欢的人,她不想夹在中间,看着两边为了斗瓷而闹得不愉快,更不想让两家的仇恨越结越深,于是她气冲冲地跑到郭十里面前,摔盘子,踢凳子,大闹一通,试图阻止这场斗瓷大会。

郭闻识对她的做法很生气,觉得郭清绮胳膊肘往外拐,大声呵斥:“反了,反了,你这丫头,大人的事,不要插手!”

郭十里也说:“妞儿,我们只是斗瓷,又不是打架,不会对那后生怎么样哩。再说参加斗瓷纯粹出于自愿,斗瓷的又不只有我瓷韵轩一家,只要是愿意一试身手的,都可以来。谁不想来,我们也不强求。目前已经有七八家瓷店和做瓷人都答应参加斗瓷大会了,墨青他并没有参加,你还担心什么?我们这些人光明正大地比试一把,一切都将遵照瓷行里的规则行事,我们把输赢交给老天爷来定,一切凭实力说话,谁也没得好说。”

郭清绮曾经见过斗瓷是什么样的,说起这地方的斗瓷,必有一定的章法,先是抽签,或两家两家地比,或一起比,既可以像很多队伍参加一场蹴鞠比赛一样,也可以像两人对弈一样。直至剩下最后两家一决高低。人们把各自的瓷器拿出来,让人品评,看谁的瓷器更高一筹。斗瓷完了以后,胜的一方总是彬彬有礼,输的那一方也必定心服口服，绝不会因为谁输谁赢闹得大动干戈。毕竟只是一场斗瓷，就像很多斗瓷一样，虽然比试的各方都很较真，却坚持公平公正的原则，不管输赢都不至于要流血打架。郭清绮听了郭十里的话后，便不再多话了，只是道："若相安无事最好，你们休想借着斗瓷打什么主意！"

数天过去，墨青还是坚持不肯应战，可时间一久，外面各种各样的谣言就传了开来，而且越传越离谱了。徒弟们都坐不住，径直跑过来问："师父，连南街巷尾那家烧瓷的张老儿也要去参加斗瓷大会了。张老儿的瓷我们都见过，他烧的瓷怎比得上师父烧的瓷好，他都去了，我们还不去吗？"

又一个说："我们去，必然拿个头名回来。"

又一个说："也让他们见识见识师父的本事，叫那群爱嚼舌根搬弄是非的人闭嘴，出出这口鸟气，总比在这里像个闷葫芦要好。"

弟子们的不安和焦躁的情绪开始在屋子里弥漫，有好胜的弟子心怀不平，也有弟子垂头丧气，却一个个不敢违拗师命。墨青沉默了半天，见弟子殷切参赛的期望如此炙热，怕冷了众弟子的心，终于松了口，说："好吧，既然你们执意要去，我们就去看看也无妨，也好让你们见见为师的本事。"于是受了战书，决定按时去参加斗瓷大会。

那一天，斗瓷大会的场地就设在溱州榆林湾子的华芳楼，大堂中央搭了一个很大的台子，瓷行的同仁闻讯都赶过来看，知州杨大人亲自坐镇，两边分别坐着都监和千户等大小官僚。郭十里从天籁阁里面精心挑了几件上等的宝贝，用金丝软缎包了一层又一层，放在锦盒里面，一等斗瓷开始就要拿出来傲视群芳。那天籁阁里面一水的宝物在烛光中散着盈盈的寒气，静静地等待拔鞘而出，看着天籁阁里面一许的瓷器，郭十里顿时觉得踏实了很多。

墨青也带来了几件瓷器，其中一件瓷上面绘着一个童子，站在河边的岩石上，怀里抱一条大鱼，大鱼摆着尾巴像是要从童子的怀里跃出来，潜入水底，鱼摆尾溅起的水花像珍珠一样洒在童子的脸上，那水珠还清晰可见，这一幅图景宛然与他年少时和一群伙伴在白石头小溪里嬉水的情景无二。另一件瓷器是一只青花笔筒，上面只绘一条长长的河，河水一直流，流到了云端，这方瓷糅合了汝瓷和定瓷的技艺，一抹天青色的天空透出一种空灵的意象。

等知州宣读了规则后，随着一阵锣鼓喧天，斗瓷就正式开始了。各家都拿出自己最好的瓷器，誓要在斗瓷大会上或拔个头筹，或争个名声，或露个脸相。几个回合下来，有败下阵来的，因而垂头丧气；有赢了对手的，更加意气风发。这场斗瓷从早上一直斗到中午，自然凡是逢着天籁阁瓷器的一方都败了。斗到最后，就只剩下了瓷韵轩和墨青两家了。于是大家都屏息以待，等着看看到底花落谁家。所有的人都捏了一把汗。会场上的两个主角——郭十里与墨青却不动声色，安然自若。郭清绮就坐在郭十里旁边，她时而看看自己的祖父，时而望着对面的墨青，强作镇定，不过手心里替墨青捏了一把汗。再看看郭闻识，他似乎稳操胜券，对墨青露出一脸不屑，跷着二郎腿，掸了掸衣襟，时而发出几声冷笑。一旁的杨知州和几位裁判很严肃地端坐在那儿，他们的茶盏不知什么时候已经空了，泡茶的人已经过来泡了四五回茶。

就在杨知州宣布最终的决赛正式开始时，坐在知州旁边的郭闻识突然站出来，说道："慢着！"

大家都好奇地望着他。他打量了四周一眼，不紧不慢地说道：“今天既然已经斗到这个份上了，除了前面说的那些利物，我看不如索性再斗个大的，既然大伙专程到此，总要开开眼，过过瘾，看一场真正的斗瓷才好，不知诸位意下如何？”

众人齐声问：“那要怎么个斗法？”

郭闻识道：“这样吧，如果我瓷韵轩赢了，郑墨青从此不准踏入滘州地界半步，不能在滘州设馆招徒，也不得在此做瓷卖瓷。”

众人道：“那若输了呢？”

“若是输了，我瓷韵轩情愿把天籁阁里一阁子的宝物白白送给他郑墨青！”

此言一出，连郭十里都吃惊地望着郭闻识，惊得半天说不出一句话来。郭闻识似乎理解他老父此刻的心情，连忙说：“老爹，你放心好了，这番是罐里逮王八，万无一失。我敢说墨青小娃儿必定要栽在我手里！”

众人听了惊得更加感到不可思议，他们虽然知道瓷韵轩安排这场斗瓷大会是专门来挤兑郑墨青的，可是他们见识过不少斗瓷，却从来没有见过这样的斗法，瓷韵轩这赌注下得够大够狠，大有一决生死的架势。

杨知州也满腹怀疑地问：“贤侄，你真要这样斗？”

郭闻识说：“郑墨青若怕，趁早收拾了铺盖离开滘州。”

按照这里斗瓷的规矩，如果一方提出挑战，下以重注，另一方若不应战，就代表放弃比赛，自动缴械认输。这时众人的目光又齐刷刷地落在了墨青的身上，个个屏息以待，想看墨青将到底如何措置，到底敢不敢来应战。郭清绮更是站了起来，一颗心已经跳到了嗓子眼。杨知州等了一会儿，说道："墨青，你斗还是不斗，若是不斗，就算认输了。"

墨青端坐在桌前，沉默半晌，弟子们也一个个都捏了一把汗，替师父担心。只见墨青最后缓缓站起来，终于开口："既然来了，那就比一比，也没什么。我若输了，自然离开溇州，从此不再做瓷便了！"

杨知州道："既如此，大家都在这里做个老大见证，此次斗瓷非同小可。你们两家既都已同意，就各在纸上亲手画押，输赢绝不反悔。"

墨青的淡定倒是让郭闻识感到很意外，可是箭在弦上，众目之下，说出去的话不好收回，于是双方画了押，等知州讲好规则，一声锣响，最后的决战终于开始了。这一次，郭闻识从箱底拿出了天籁阁珍藏的最好的瓷器，小心翼翼地摆在桌子上。其中一件是观音瓶，那既像雪又像云一样的瓶身一尘不染，晶莹透亮，仿佛透过瓶身可以直照人心。还有一件瓷器是玉壶春瓶，那上面绘着的花鸟山石编织出一幅春意盎然的气象，瓶身即是一座耸入云端的高山，却难锁一山的春色，其中一枝红杏似乎要探出瓷瓶一样。瓷上面的釉彩如女子浅施粉黛，又像是图神写圣的吴道子妙笔绘出的丹青，那瓷的意境高远深沉，如诗仙李白口吐的莲花，让人禁不住浮想联翩。

见到这两件瓷器，墨青也感到惊讶，不过他没有乱了分寸，反而对这两件瓷器早就成竹在胸。他曾经在郭十里的引导下去天籁阁观瞻，见过那只镇店之宝——观音瓶，也见过那只像神灵一样被供起来的玉壶春瓶，那时他为这两只瓷瓶吸引，以至于完全迷失了自己。从天籁阁出来之后，他就切切在心，誓要做出与这两个瓶子一样富有韵味的瓷器。后来，他游历山川，博采众长，见了不同地方的瓷器，领略了不同地方做瓷的风格，尤其是跟随瓷魔学习之后，早已将自己的所感所悟融在了瓷器之中，自忖做出的瓷再也不输于那一件观音瓶和玉壶春瓶了。

墨青也不紧不慢地拿出那两件瓷器，一尊是童子抱鱼瓶，一尊是长河流云瓶，案台上四件瓷器一字儿摆开，在场的人们都围过来品咂着两家的瓷，在四件瓷面前逡巡流连了半日，一个个啧啧称奇。这些人看得呆了，他们满腔的思绪像绽开的花瓣，早已被面前的瓷瓶带进了一个五彩斑斓的世界。他们一会儿看看那只观音瓶，瞬间被观音瓶洁白的瓶身迷住；一会儿又看着那只鱼瓶，好像被鱼瓶勾起了童年的记忆，似乎各自找回了失去的纯真。他们一会儿盯住玉壶春瓶不放，仿佛置身烂漫的春色；一会儿又沉醉在对长河笔筒的无限遐想之中。他们从一种意境进入另一种意境，从一个梦境进入另一个梦境，从一种时空穿越另一种时空。前面的境界还没来得及拔腿出来，后面的境界已经倏然而至，把他们湮没得透不过气来，在这种猝不及防的胜景中，观瓷人最终迷失了自己。

郭十里先是坐在杨知州身旁，与那几只瓷瓶隔着十来米远，他一边喝茶一边不动声色地看着那些观瓷人的表情，他们对瓷韵轩的瓷器赞赏有加，似乎一切都在他的预料和掌控之中。但不久他就走了过去，和那些观瓷的人一起，围着墨青的两只瓷瓶转着圈儿，先是惊讶，后来叹赏，再后来两只眼睛里不自觉地流出沉醉的目光。及至最后，他与那两只瓶越靠越近，眼神渐渐迷离，背上汗水涔涔，他在墨青的瓷瓶面前站定了足足一盏茶的时间，神思早已经不知飞到哪儿去了。

还没有等知州正式宣布结果，就见郭十里脸色惨白，一言不发地退回到自己的位置上，不停地用衣袖拭去满头的冷汗，最后他有气无力地对站在一旁的郭闻识说："闻识，这回我们输了！我们输了！"

六十七

这场斗瓷盛况空前，自然成为浮州街头巷尾的谈资，瓷韵轩和墨青也都成了酒客们议论的话题。输了斗瓷大赛的郭十里，已经很多天没有迈出天籁阁一步了。据说，他一气之下还生了一场大病。郭十里一想到自己经营了多年的天籁阁，竟然要从三阁中拿出一阁的宝贝拱手送给他人，就忍不住老泪纵横。这些宝贝都是他费尽心机从各地弄到手的，是比他的生命还看得珍贵的东西。他抚摸着一件玲珑白瓷，哽咽道："老夫在瓷行里沉沉浮浮一辈子，自以为天底下什么好瓷没有见过？故常在别人面前夸下海口，说如果不识我天籁阁的瓷器，就算看尽天下的瓷器也枉然！可如今万万没有想到，我竟然败在了一个乳臭未干的小娃手里，这真是平生不曾有过的奇耻大辱！"

自从输了比赛后，郭闻识就躲在外面不敢回家，不敢见他老爹，怕郭十里责怪他当初想出斗瓷的馊主意，更怕父亲责怪他输了天籁阁里面的宝贝。郭闻识因为输了比赛，对墨青也就越来越恨了。他在酒馆里与几个朋友一起喝着闷酒，一边咬牙切齿地说："我就知道，郑家那小子一回来，瓷韵轩就要遭殃！"

一想到墨青赢了比赛后得意扬扬的样子，他就如芒在背，如鲠在喉。当他醉得恍恍惚惚的时候，他似乎从郑墨青的身上看到了当年郑依颂的影子,朦胧中的郑依颂还是带着那种高傲的笑。他忍不住打了一个寒噤,气得把酒杯直接掷在了地上,捶着胸口,咬着牙说:“我若再不下手,迟早会成为这小子砧板上的肉!”晚上,他喝得满脸通红地回到家里,看到郭十里房间的灯还亮着,便低着头蹑手蹑脚地从窗户下经过。郭十里叫住他:“闻识,你又去喝酒了?你不用躲躲藏藏的,你那一身酒气,我老远就能闻到。”

郭闻识很狼狈,叫了一声爹,就着灯看见郭十里站在门梁下,陡然觉得父亲一下就苍老了很多,于是满怀愧疚地低下了头。

这回郭十里倒没有责骂他,而是说:“你回来得好,我正要找你,你明天就去一趟城南的铜锣巷吧。”

“去那里干什么?”

“你去找墨青,请他过来,当面清点我天籁阁里面那些瓷器,我要亲手把阁子里面的瓷器交到他手里,我还要叮嘱他以后要小心看好我的这些瓷器。”

“爹,你疯了!你真要把那些宝贝送给他?那可是你一辈子的心血呀!”

“不然呢?咱们在斗瓷大会上输了,输了就得认命。”

“就是输了又如何?以前你在安顺公主的斗瓷大会上不也曾输过?可你说你偏不认命,最后怎样?你力扭乾坤,转败为胜,难道你忘了?”

郭十里苦笑:“今时不同往日,闻识什么都别说了。”

郭十里悄无声息地走进房间,关上房门,院子一下变得死一般沉寂。金碧辉煌的天籁阁在那些大树的阴影中孤独地矗立着,重新被涂了红漆的围墙似乎也失去了往日光鲜的颜色。郭闻识实在不理解父亲到底在想什么，他看到这个从不认命的人佝偻着腰，竟然说输了就得认命，感到很不可思议，可又无可奈何，只好摇着头不高兴地走开。

自从在华芳楼的斗瓷大会上打败了瓷韵轩之后，郑墨青的名气就越来越大，越传越远。人们惊叹于他做瓷的技艺。有人说："我大宋自开国以来，上百余年都不曾见过这等做瓷的好手。"

有一天，安静的庭院里忽然来了很多人，把正在午睡的墨青吵醒了。墨青起来问徒弟是怎么回事。徒弟回答："这些人当中有些是慕名前来拜师的，有些是想来订货的，还有奉了帖请您去赴宴的，都待了一个晌午还不肯走。"嘈杂的院子里，人们叽叽喳喳，纷纷攘攘，一见到墨青就叫道："墨青师傅起来啦！"一哄围上去，反而让墨青感到浑身不自在。时间一久，他就有些不胜其烦了，自此心里便有了离开溇州的意思。

六十八

转眼又到了人间四月芳菲尽,在漻州的山南有一处地方,叫作五原,素以桃林闻名,前去看桃花的游人络绎不绝。以前漻州的人常去大通河的堤岸上观赏湖光山色,自从从京师贬谪来的大诗人张枞去了五原,在那个地方做了几首诗后,五原就被传开了。漻州的男女发现五原在诗词中竟然美得不可方物,美得让人心动。于是他们像发现了宝藏一样,都不约而同地去五原游玩,反而一向热闹的大通河堤岸的景色被冷落了。但凡漻州的年轻男女去春游,或去踏青,多争着去五原这个地方。这一天,正是清明,墨青特意准了徒弟们的假,自己一个人躲在铜锣巷的小屋内,研究着他的那些瓷器。

郭清绮骑着马过来约他一起去五原看桃花,她一进门就叫起来:"弟子们都告假了,独你这个师父还不放假吗?"

看到墨青正在修理一把藤椅,又笑着说:"这几日再不去五原,等花期一过,那时就是想去看也没得看哩!"

墨青知道清绮的脾性,再者难得半日闲,于是他放下手中的活儿,伸了伸腰杆,笑着说:"听说五原的花开得正好,去过的弟子回来后也是这般说,我也正想哪日抽个空去看一看。"

郭清绮笑嘻嘻地说:"择日不如撞日,今天就是一个赏花的好日子,还只管磨蹭什么,我们即刻动身。”

于是,两人准备了一些酒食,相约着去五原看花。他们经过大通河长长的堤岸,任由柳絮轻轻地拂在身上,郭清绮牵着她的那匹白马,看着一湾碧绿的江水,显得兴致勃勃。每到春天,大通河的水就由浊变清,柳条倒映在宽阔的江面上,让水也呈现一片绿油油的颜色。

可是走了一会儿,墨青就嘟囔:“桃花不见得有多美,我看再美也美不过大通河的一湾清水。”

郭清绮笑着说:“大通河是美,但你可以天天来看。独独这五原的桃花不等人,你去得早了,全是些花骨朵儿,有什么好看!你去得晚了,就只能看些残花败叶,也不能尽兴!所以看花要趁时,这时的桃花开得正烂漫,说不定今天到了那儿,还能激发你做瓷的灵感哩。”

走了大约两刻钟,还没有到五原,只见前面一老者戴着一个斗笠,正赶一头黄牛过来,郭清绮问道:“喂,老伯,请问到五原还有多远?”

那老伯道:“还远哩,差不多还有二十多里路。”

郭清绮心想,像这样慢悠悠地走,等到了五原只怕天黑得连花影儿都看不见,还赏什么花!她怕去五原晚了,便要墨青骑到马背上来,策马驰骋而去。可只有一匹马,墨青不好意思骑上去。每当堤岸上来往的行人看着他们俩,并露出会心的微笑的时候,他就不好意思地低下头去,放慢脚步,有意无意地与郭清绮拉开一点儿距离。

“清绮,你累了就骑马,我还是习惯走我的路好。”墨青说。

“恁地要走到什么时候，别婆婆妈妈了，你就快骑上来吧！”

她不待他分辨，硬把他推上马，让他坐到她的身后。他跨上马背时，耳根子发热，他从来没有与郭清绮耳鬓厮磨得这么近过，也从来没有心跳得那么快，哪怕是在一件让他心动的瓷器面前，哪怕是在与别人斗瓷的时候，他都没有像现在这样惴惴不安。他听到郭清绮在前面咯咯地笑着，马儿在长堤上疾驰而过，迎面而来的风夹着一股盈盈的清香，那是郭清绮满头秀发散出的香气。他闭上眼睛，长长地吸了一口气。

等两人来到五原时，桃林中已来了很多游人。只见男男女女都穿着华丽的衣服，有穿青罗的，有戴方巾的，或打着油纸伞，或挑着食盒；有立于花旁的，有坐在花荫下的，或在那吟诗酬唱，或手绘丹青，一个个顾盼多姿，风流娇艳。墨青和清绮拣了一块空阔的地方坐了坐，然后又一起徜徉在那漫山遍野的花海中。那一天，墨青觉得郭清绮笑起来的时候，露出两个浅浅的梨涡，煞是好看，她笑得很烂漫，笑得比五原的桃花还要灿烂。微风轻拂时，那些飘扬的白的和粉红的花儿像极了清绮身上的那袭长裙。他就站在她身后，循着芳踪，呆呆地望着她的背影，看了很久很久。也许，那一刻，铮铮铁骨也化作了水样柔情。乱世纷纷，功名攘攘，纵有多少英雄豪气，都抵不过这片刻柔软的时光吧。

此刻的郭清绮是一个天真烂漫的少女，时而追着花间的蝴蝶跑，时而追着蜜蜂跑，也许她就是那只蝴蝶，那只蜜蜂。累了，她就坐在溪涧边，低垂着那一头秀发，一边濯足，一边倾斜着身子，靠近长在溪边的花枝，闻那一支花香。不想，这一幕被后面的墨青看见了，他心中怦然一下，灵感瞬时涌上来，心想要是把这天真无邪的一幕绘在瓷器上面，用这种方式留住这个美好的瞬间，那一定会是世间一尊绝美的瓷器呢。

郭清绮起身穿好鞋子，回过头来，盈盈地笑着问他："你在看什么？"

墨青红着脸说："没看什么。"

见掩饰不住，忙改口："我在看你身旁的那枝半白半红的桃花。"

郭清绮便把从溪涧边伸出来的桃花拈下一朵来，簪在头上，故意问："你看的是我头上这枝吗？"

墨青显得有些语无伦次了，顿了顿说："你看，好好的花儿，你让它自开自落便好，却可惜被你折了……"

墨青脸红了，却又盯着她看了一下，他早已分不清自己是在看她还是在看那一枝桃花。

"折枝花儿也让你舍不得，你果然如南街上卖馓子饼的向老爹说得那样，是个菩萨心肠。我问你，我头上戴的这枝桃花好看吗？"郭清绮问。

"好是好看。"

其实墨青觉得人比桃花更好看，而郭清绮心里却想："难道我还比不上这朵桃花？"

不久下起了雨，先是毛毛雨，看花的人先还不以为意，后来雨越下越大，于是他们俩和其他前来看花的人一起，沿着一条盘山路而下，去山麓的凉亭躲雨。亭子里面已经挤满了人，不过凉亭旁边还有一处茅店，倒是相对宽敞。郭清绮站在凉亭里，望着这场淅淅沥沥的雨，有些失落地说："你说花儿哪堪折，可依我看来，这里的果农种下此花，就是为讨好我们这些赏花之人，好图个利市哩。那花儿开得虽然艳丽，你道不堪人折，我却道更不堪雨来打才对，被雨打过的花儿就蔫掉了，颜色也没之前那么艳了，却不可惜！只怕待这场雨淋过后，不知又有多少花儿要凋零哩！”

见亭子里面的人越来越多，郭清绮又指着茅店说：“亭子太挤，这里人声嘈杂，我们不妨去前边的茅店躲雨，那里更宽敞，再顺便叫一壶村醪暖身。”

“也好！”

于是两人跑进茅店，拣了里边的桌儿对坐着，叫店小二斟酒过来。赏花的人看着外面的雨一点儿都没有要停下来的意思，后来已经躲不进狭小的凉亭了，便都陆续赶到茅店里面避雨，还有人站在门外屋檐下望着这场淅淅沥沥的雨。他们俩一边看着雨，一边攀着话，一边饮着酒。郭清绮忽然说道：“这雨也不知要下到几时才休，所谓有酒便有诗，墨青，你会吟诗吗？”

墨青笑道：“我从来是个粗人，不会吟诗。”

郭清绮道：“我梳妆台上放了一本唐朝香山居士的集子，我闲时把它谱成了曲子，无聊时就唱一两句玩，我用我谱的曲唱一首他的诗给你听怎样？”

墨青说：“最好，只可惜没乐器伴奏。”

郭清绮道：“便借这雨声伴奏也行，我就清唱一曲罢。”

于是郭清绮为墨青斟好一盏酒，递过去。她半倚着窗棂，启朱唇，露皓齿，浅吟低唱道：“汴水流，泗水流，流到瓜洲古渡头，吴山点点愁。思悠悠，恨悠悠，恨到归时方始休，月明人倚楼。”外头的雨似乎因轻盈的歌声而放缓了节奏。那些躲雨和听雨的人被她的歌声吸引,有些人回过头来,或站在门槛,或倚着帘子,或凭着阑干,静静地听她唱歌,似乎忘记了他们来这儿的本意是为了避雨。

郭清绮一点都没有注意到人们在看她,唱完后,人们喝起彩来,她拍了下墨青的肩,笑着问:“墨青,你觉得这诗写得好吗?”

“我是粗人,只知你唱的歌好听,非但我觉得好听,就是这里所有的人都觉得你唱得好听,一个个都喝起彩来。不过,我哪晓得这首诗的意思。”

一位带着方巾的秀才插话:“这姑娘唱的这首《长相思》,写的是一个女子思念她的郎君,思念这个东西就像汴水和泗水一样长流,绵绵无期。自古及今,文人士子写的,戏文里面唱的,最让人难割难舍的,我看也就莫过于这‘思念’二字,香山居士这首词,恰才被姑娘唱出来,这‘思念’之情又多了几分韵致,别有了一番滋味哩。”

“是这样的。”旁人赞道。

墨青默默地听着,如醉如痴,似懂非懂一般,而郭清绮因为多喝了几杯酒,两腮透了一点绯红。她欠了欠身子,撩了撩两鬓被雨水打乱的青丝,装作不经意的样子对墨青说:“算了,反正我说这首诗的意思你也不懂。你心里面只有你那些瓷器,哪晓得这些儿女情长,我们还是继续喝酒吧,何必去自寻烦恼。”

墨青听这话却把清绮的意思完全误解了,他想自己在清绮眼里终不过是一个粗人,这吟诗作赋的高雅无论如何是一个做瓷的匠人学不来的,想到这儿他就有些自惭形秽了,于是低着头默默地喝酒。过了一会儿,他们忽然听到外面的人欢快地说:“雨停了,快看,山那边有一条彩虹出来了!”

旁边的客人站起来，拱拱手对郑墨青与郭清绮说："你们这一对小夫妻，不要只顾喝酒唱诗了，外面的雨已经歇了，不过看样子等会儿还会下雨，现在趁着雨住的间歇，你们打算跟我下山去吗？你们若下山，可一起坐我的马车去。"

墨青听到人们称他们为小夫妻，不免耳根发热，忙说："大哥，你错了，这位姑娘是我的好友，并非小弟的妻室。"又说，"多谢老兄好意，我们也骑了匹马，等会儿自己过去。"

"这位姑娘又好模样儿又唱得好歌，就是做你的妻子，也是般配的哩。"旁人开起玩笑。

人们纷纷走到外面去看彩虹，人群中有人开始欢呼起来。墨青看了看郭清绮，甚不过意，加之喝了酒，有些耳热腮红，他满怀歉意地说："清绮，你别太在意那些人的胡说八道，我带你看彩虹去！"

郭清绮深情地望了墨青一眼，一声儿也不言语。他们走出茅店外，看着远山处探出一条彩虹，像一条长长的带子飘在半空，从一座山的这头一直连着另一座山的那一头。

"据说有彩虹的地方，分开的人会再次相见，彼此思念的人最终会走到一起。"郭清绮望着远方，喃喃地说。

墨青没有听见她在说话。他默默地看着那条长虹，他知道在长虹的一端，也就是在那座山上，有一条山路重重绕绕，总共绕了十八道弯。山间那条蜿蜒的白色带子是从山顶倾下的一条溪涧，溪水落下来汇成一条大河，沿河再往前走，有一片开阔的地方，那山脚下层林尽染的地方，就是他曾经的故乡——白石头了。可是在长虹的另一端又是什么地方呢？他想，也许，也许那是白石头村民们重新建起的家园吧。

天色不早，客人们也三三两两地走了，那条长虹越来越淡，最终化在云层里面，变成了云气消散了。墨青说道："看这天色真是要下雨，人们都陆陆续续走得差不多了，我们也回去吧，我送你一程。"

郭清绮却不肯走，突发奇想说道："我们何不再去看一看那山中的桃花?也不晓得这是不是最后一睹它们的芳华了。"

她又莞尔一笑，说道："也说不定雨后的桃花并没有蔫掉呢，或许别有一番姿态，或许雨中的桃花被洗了后还会更美一些!"

墨青说："身上被雨淋湿了怕很狼狈。"

郭清绮偏不听，执意要再去看。墨青拗不过她，于是他们又来到五原的半山上，踩着泥泞的山路，不多时，雨果真又下起来，把他们全身都淋透了。他们在雨中看枝头上依然傲立的桃花，为那花的坚挺而高兴，又在雨中葬那打落的桃花，为那花的凋零而悲伤。没过多久两个人便被淋成了落汤鸡。几个打着雨伞准备回家的人从他们身旁经过，对他们偷偷发笑，似乎在讥笑他们怪异的举止，可是他们全然没有放在心上，等到他们相互看到对方狼狈的样子时，便忍不住指着对方放声大笑，天真烂漫得像小孩一样。那笑声在淅淅沥沥的雨中经久不绝，那笑声仿佛要穿过密集的雨滴构成的屏障，仿佛是在笑春风已逝，笑春红将落，笑人生几何，笑世事纷纭。待笑过后，两人又不说话，都盯着对方怔怔地看了半天，那时墨青看到清绮额前的头发已经凌乱了，他是多么想去理一理那额前的乱发呀。而郭清绮用一双灼热的目光看着他，似乎在等待，等待他的手伸过来，她想，一旦他的手伸过来，她就会毫不犹豫地给他一个温暖的拥抱。然而，墨青打了一个寒噤，好像是被雨打醒了，他克制住自己,把手缩了回去,只说:“花也看了,笑也笑了,我们疯也疯够了,现在就回去吧,别染上风寒了。”

郭清绮轻轻叹了口气,说:“回去吧。”

回家的路上,郭清绮装了很多心事,一路沉吟着。那时雨也已经停了,大地上散发着泥土的清新气味。郭清绮走在后面,显得有些悲伤,墨青则走在前面等着她。郭清绮看着墨青的背影,忽然心中一动,莫名觉得这背影是那么熟悉,是的,她突然记起了小时候曾经在瓷韵轩门口看见过的那个小和尚,曾经她在车上看见那个挎着背囊坐在树底下的小和尚的背影。她站住不动了,那时她和墨青前后隔着三四米远。

墨青见郭清绮停下,便转过头问:“是不是刚才淋了雨,感到不舒服了?”

“不是。”

“那是走乏了?”

“也不是。”

“天已经晚了,你骑上马,我来牵马。”

郭清绮把缰绳递给他。

“我有句话要对你说。”她用一种奇怪的眼神看着墨青。

“你但说,我在听。”

郭清绮便道:“那次你在瓷韵轩,我要你去后院的方亭子,并不是想请你喝酒那么简单,而是想告诉你,倘若有一个人,虽然生长在钟鸣鼎食之家,过着千金小姐一样的生活,可是她过得并不开心。直到有一天她遇到一个冒冒失失的男子,差点闯进她的闺房。那男子因这女子编织的罪名,便头顶着一个装满了水的脸盆绕着一棵桂花树跳了三圈，把她逗得笑了。就因为这笑，她自此念念不忘，曾经她不快乐，可是这位男子出现后，她开始觉得每一天都那么美好，她心念着他，她梦里就住着他的影子，她一直在等，等有一天他能明白她的心意。她唱汴水流泗水流，可是这男子太笨，不懂她的心，不懂她做的梦，更不懂她唱的歌。”

墨青低着头，一声也不吭。郭清绮深情地望着他，又道：“如果这个女人和这个男人相好了，在一处深山结了一个庐子，有两三个孩子围着他们，男的做瓷，女的唱歌。你认为这样的日子是不是既简单又幸福呢？”

墨青就抬头苦笑道：“这样的日子我顶多只能在梦里面回味一下。”

“要过这样的日子，真的有那么难吗？”

“清绮，你不用再说了，我知道你的心了。你是瓷韵轩的千金，而我只是一个粗鲁的匠人，高攀不上你。再说就算我们彼此相契相知，那又如何？你的家人绝不会答应。”

“如果我离开瓷韵轩，把这身锦缎换成手织的粗麻布，过清贫的生活，我也愿意。”

“话虽如此，可我这个人也不会安心在山下结一个庐子。我是一个居无定所的人，现在如此，将来也如此。我这个人的性子，只怕注定要漂泊一生！”

墨青又想起了郭十里曾经对他说过的，便黯然神伤地自言：“是的，我们生来就有不同的使命，命运让我们走向两条不同的道路。你注定要继承瓷韵轩的事业，成为瓷韵轩的当家人；而我，注定要做一名四处流浪的做瓷人。”

他们这一番袒露心扉的话，终于让郭清绮明白了墨青的心意了，她知道墨青会按照自己选择的路一直走下去，没有人可以改变他、挽回他。两人又往前走了一段路，各怀揣着心事，默默无言。堤岸上那些飞扬的柳絮散出淡淡的愁绪，又像淡淡的离人泪，一点点，一片一片飞入心头。郭清绮突然产生了一个不好的念想，她寻思："他刚才说注定要漂泊一生，难道他又想离开这里吗？前几日他的徒弟说他已经厌倦了这里的喧嚣，想去寻个清净的地方。他真是个浪子，那他这回又想去哪里呢？是去一个更远的地方吗？"她为这个念头而烦恼，她曾经饱尝等待的痛苦，再也不想等待了。与此同时，墨青的思绪也飞到了很远的地方，他因为五原上空的彩虹而想到了白石头，又由白石头想到了瓷器，可是在那瓷器的身上，却映着一个影子，这个影子由模糊渐至清晰，他终于看清了，原来那瓷器上映着的不是别的，而是清绮在五原看桃花的影子。

六十九

自那天分别之后，清绮又生出一场病来，这是她第二次生病，也许是真的淋了生雨的缘故，也可能是她这个人不知几时变得多愁善感，总之她全然不像以前那般无忧无虑了。不过，这场病比起上一场病来得快，去得也快，可是她因为心中有事，画眉的时候画黛上结了愁绪，吃饭时还在为所想的事情发呆。家里人看到她一副无情无绪的样子，便以她病体还未痊愈，再次发出严厉警告，不准她去外面吹风。这一次，她也没什么心思去外面闲逛了，安心在家待着。她无聊时便倚着窗棂，望着那条宽广的、与天相接的河面乱想一通。

河面上孤帆点点，有时依稀可以听到河对面渔舟上的歌声，而她的思绪就随着那歌声飘到了江面上。有时，她慵懒地拿起香山居士的那本集子，按照自己谱的曲调轻声唱起来。那本诗集，被她拿起又放下，放下又拿起，窗外莹莹的月光洒在那本集子上面。她一时心血来潮，便提起笔来，在集子上写下自己的略带伤感的随想，或谱下一支新曲。

她常常几天都不出门，可有一天，忽然听到外面人声十分嘈杂，便起身问贴身丫鬟："菱儿，外面何故这般喧哗？"

菱儿回道："小姐，你久在屋里，还不知今天正逢着端午佳节哩。外面的人都在纪念屈子,结五彩绳,在大通河上投粽子,看赛龙舟,好不热闹。反正你闲坐也是闲坐,不如我们也一起去河边耍子,一来你散散心,二来见见岸上的好风光,看看那些身强力壮的年轻人擂鼓挥橹的样子。你猜猜今年哪条龙船能够得到衙署长官的赏钱?”

“谁得赏钱与你有何相关,要看龙舟何必跑到河堤上去看,站在窗户边看就可以了。”

“窗户边看哪能过瘾?须得站在河边看才有节日的气氛哩。”

于是菱儿牵着她的手,两人钻入熙熙攘攘的人群里,往河边走去。郭闻识不肯让大病初愈的女儿去外面,可是祖父郭十里不想她每天那样闷在房间里,怕她闷出病来,听说她要去大通河岸看赛龙舟,并不反对,还十分欣然地对皱着眉头的郭闻识说:“她是只夜莺,关不住的,这过节嘛,难得这样热闹,让她去,让她去,出去透透气,说不定吹一吹风这病反倒好了。”

郭清绮和丫鬟站在河边,看着又长又窄的龙船像鱼儿一样在水中飞梭,桨手们用力挥舞短浆拨开一簇簇水花,与流下的汀水混在一起。站在船头的是手持小令旗的水手,用红布包头,正左右挥舞旗帜,指挥船只按着一定的节律进退自如。其中一条龙船,起先被其他龙船远远抛在后面,可水手们并不服输,用力嘶喊号子,把水花拨得比龙头还高,终于后来居上,连续赶超数条龙船,眼看就要把一直排在第一的龙舟甩在身后了。清绮看着那条龙船上的鼓手是一个少年,虽谈不上多么英俊,却充满朝气,露出一身古铜色的肌肉,正把鼓槌高高地挥起,用力把鼓敲得咚咚咚地响。

龙舟比赛完了后,那位把鼓敲得最响的少年最终夺了第一,被水手簇拥着去长官那里领取赏钱。水手说:“二郎,你得了赏钱,须请我们去喝一杯水酒。”

少年便说:“我不去酒店喝酒,那里的酒不合我的口,我娘子酿了最地道的高粱酒,你们要喝,我带你们到我家里去喝,让你们喝个痛快。”

于是水手们欢快地跟着少年上了堤岸,簇拥着往二郎的家走去。郭清绮看着这一群欢快的人群,想想自己也是划船的一把好手,如果自己坐在龙船中,和那帮水手一样挥橹,未必会输,想到这里,她便咯咯地笑了。菱儿说难得看她笑得这么开心了,又问她为什么发笑,她还不肯说。郭清绮看着那些划船的水手们,以为水手的生活虽然清贫,却也落得自由自在,就像那些打鱼人的生活和做瓷人的生活,他们尽管职业不同,却认真地过着每一天,并把所有的真情都付在了平淡无奇的生活上,把所有浮华让岁月洗尽。这种生活,回归于平淡,自让她心醉神迷。

她兴头一来,又开始放纵自己了,背着菱儿,偷偷跑去河岸上的小店沽了一壶酒来喝。四处寻她的菱儿在路上看见她又在喝酒,不住地责怪她生病了还如此不顾及自己的身体,菱儿不停地埋怨:“等下老爷若是知道了,就不会再准你出来,奴婢也要受罚遭殃啦!”她却争辩:“我不说就是了。”她还说自己的病早就好了,喝一点酒算什么。菱儿哪里知道她因为想着梦里的那个人了,于是便以酒去寄托自己的想念,她想那酒真是好东西。

转眼又过了三四个月,墨青在浮州的名气越来越大。一些做瓷的名家,包括定、官、哥、钧等名窑的瓷人,个个都是自己所在一方水土的名流翘楚,有些人以前还是墨青的老师,听了浮州这位做瓷的年轻人赢了瓷韵轩，瓷艺十分了得，于是都慕名登门。朝廷也听说了墨青的技艺，派官员召他去御前所，做一个专门替宫廷做瓷的待诏，然而墨青一口回绝了那位官员的要求。

徒弟们都说："师父，如今你做的瓷器这么精妙绝伦，声名远播，连朝廷都十分敬重你，你既是瓷缘斋的后人，何不重开瓷店，重新打出瓷缘斋的名号，也可光耀门第，岂不是好？"

墨青摇了摇头说："徒弟们，你们听好了，我们只是做瓷的，只管瓷做得好不好，技艺精不精。若一心想那买卖的事情，计较于眼前的利益得失，哪还有什么心思去做瓷呢？瓷缘斋已毁于一场大火，早就成了过去。你们须忘了瓷缘斋，我们这一代人须心无旁骛，只管埋头做好瓷器就行了。"

徒弟们不敢再多说什么了，皆俯首道："谨遵师父教诲。"

墨青不愿开瓷店，更不愿再打着瓷缘斋的名号。不过，在他的内心深处却一直有个愿望，那就是要传扬瓷艺，光大大宋一朝的瓷业。他曾亲眼看见做瓷人被金人残害，经历金人洗劫后的大地，瓷业近乎凋零。他知道，在被战火焦灼的土地上要重新开出一个瓷器的盛世，这条路走起来既漫长又艰难。

正当墨青准备放手一搏的时候，瓷韵轩的郭闻识面对风头日盛的墨青，日益感到威胁逼近，他坐立不安，早已经按捺不住心底翻腾的恐惧和怨气了。

郭闻识气得大声咆哮："你看你看，连宫廷都派人来请他，这不是要飞上天去？要是再任由他这样肆无忌惮，迟早瓷韵轩的生意都会被他抢走，我们这些人都会成他砧板上的肉！"

这时郭十里不吭声，正当郭闻识为墨青的炙手可热而大伤脑筋时，郭十里却还在为输掉了天籁阁里面那一阁子的宝贝心痛不已，他是真的舍不得那些他钟爱的瓷器。小件儿瓷器在他的手中磨来磨去，他在天籁阁沉思了半天，耷拉着脑袋对郭闻识说："尽管我丢了一阁子的珍宝，为此痛心不已，但想一想，有时又不得不服气。只看那日斗瓷时各家摆出的瓷器，郑墨青摆出来的那两件瓷，做得超凡脱俗，远在其他瓷之上。闻识，你须承认，人家郑墨青做的瓷器就是没得话说！就是一个字，'好'！"

郭闻识听了，十分焦躁，极不耐烦地说："瓷器做得再好顶什么用？你看看有几个是单靠做瓷发家的，鞑子一来，最先遭殃的还不是那些做瓷的！"

郭十里反驳："不然，当初那郑墨青陷在北方的时候，也正因他会做瓷，才救回自己一条命。"

"那是他侥幸！"

郭十里摩挲着手中的瓷器，对他儿子叹了口气，一声不吭地走出去了。

郭闻识看着父亲略显驼背的身影，嘀咕道："看来老头儿真是老了，斗瓷一输，整个人就垮掉了，全无一丁点儿斗志，都到了火烧屁股的节骨眼上，他还在替仇家说话，真不知他是怎么想的。"

没错，输掉了比赛的郭十里似乎在一夜之间显得苍老了很多。自从那天在华芳楼斗瓷惨败后，他就把自己关在天籁阁里，很少迈出天籁阁一步，连饭都是由仆人送到天籁阁隔壁的小间里，那天籁阁倒像成了囚禁他的牢笼。一天晚上，他似乎想通了，终于从天籁阁走出来，在街道上踽踽独行，不知不觉来到了南街那条铜锣巷，走到一栋隐在巷子后面的院子，叩开了大门，问那开门的人："请问郑墨青住这儿吗?”

开门的是郑墨青的徒弟,认得是瓷韵轩的郭十里,大吃一惊,涨红着脸急忙趸进内堂去通报。

墨青听说郭十里亲自登门了,连忙整肃衣冠,走出门来迎接,请郭十里上座。郭十里看了看房间四壁,墙面上挂着一件斗篷、蓑衣和一些做瓷的器具,房间里摆了几张桌椅,桌子上搁一件青花,十分简单。

郭十里说:“我今天到此,不为别的,只是想看看当年那个来瓷韵轩送瓷的年轻人,如今是怎样挣得一个偌大的家业。”

墨青道:“郭老爷当年对我有提携之恩,小的至今都不敢忘记。”

郭十里道:“哪有什么提携之恩,你今天能取得这样的成就,全凭你个人的努力而已。”

郭十里又道:“我虽是瓷韵轩的主人,但我本身也是一个爱瓷的人,我看到别人与我一样爱瓷,便以为遇到了同道中人,心里就不由自主有几分欢喜,愿意与他做个朋友,说一两句与瓷有关的知心话。”

墨青用既钦佩又感激的眼神看着郭十里,对他而言,眼前这个白发苍苍的老人一直以来就是一位值得尊敬的长者。

郭十里继续说:“这么说吧,如果你问我瓷韵轩和瓷器这两个中哪个爱得更多一点。那天我坐在天籁阁里静静地想了一个晚上……我以为,没有瓷韵轩,哪有我郭十里?可若是没有了瓷,又哪来的瓷韵轩?所以……你看,我这人终究还是爱瓷胜过爱瓷韵轩。”

墨青道:“郭老爷爱瓷成痴,对瓷也极有见地,堪称瓷行中一代大师。”

郭十里笑道："我已经老了，还能做什么？哪称得起什么大师？倒是你们年轻人大有可为。"

郭十里忽然侧过头去，在灯光下看着这位年轻人清秀而坚毅的面庞，就想到了一个人，他又缓缓地说："墨青，我猜你心里一定非常讨厌甚至非常痛恨我这个老家伙吧？"

"不知郭老爷何出此言？"

"你恨我也是应该的。"

"郭老爷，我能理解您疼爱孙女的心情，既然我在你面前保证过，就绝不会再去打扰清绮小姐。"

"我指的不是这个，清绮已经长大了，我也管不住她了，不用我管。再说她是个有主见的女孩，她那种性子，她要做她自己喜欢做的事，谁也干涉不了她，连她父亲也奈何不了她。她要飞到哪里去，自会按照她的意思去飞，我不指望她飞得有多高，只愿她能够飞得稳当，飞得快乐就行了。你看，雏儿长大了，终究要离开老巢，去寻找一片新的天空，难道因为怕她受伤，就总用一根绳子拴住她的脚不放？是的，她迟早有一天要去过属于她自己的生活呢！"他咳了咳，喝了一口茶，继续说，"我是说你让我想起了另一个人，我因为对这个人心里感到愧疚，常常有一种负罪感。"

"您是指——我大翁翁吗？"

"不错，想当年，若要论这溽州谁对瓷器更有见地，非你大翁翁郑大观莫属。当初我与他也曾称兄道弟，坐而论道，一起把酒迎风，纵论各家瓷器的长短，常常聊到深夜，还余兴未了。现在回想起那一段时光，竟成了我此生最美好的一段时光，可是我不懂珍惜。那时的我既被嫉妒迷住了心窍，也被家族使命所困，一心想要超过瓷缘斋。有一年深秋，安顺公主在汴京办了一场斗瓷大会，我和你大翁翁都去参加了。在那条去汴京的大船上，我们曾约定，我与他，无论谁总要有一个人博得头筹回来，为滘州的瓷行争光。结果你大翁翁得了头名，而我因为输了比赛，气得简直要疯掉，于是想出一条毒计，装作去为你大翁翁庆贺，故意把他灌醉，然后偷偷打碎了他的瓷瓶，害得你大翁翁死在监牢里，而我，如愿以偿夺得了那次斗瓷大会的鳌头。"

墨青道："这些事，我小时候多少有些耳闻，但是并不知道这么多，也不知道这些事是真是假。"

郭十里问："难道你父亲没对你说？"

墨青回答："倒没有说，先父当初送我去拂叶寺出家时，只是说小孩子不应该掺和大人们那些纠缠不清的事情。"

郭十里重重地叹了一口气，说道："瓷缘斋的郑依颂真了不起啊，我们这样待他，他却一点儿也不记仇。相比之下，我那不成器的儿子就差得太远了。说起来都是我该死，把这么一个好人害了。"

墨青说："我听说家父是抱着瓷器自焚而死的，他的死与郭老爷无关。"

郭十里道："不，不，当年我一心想要谋夺瓷缘斋里面的瓷器，请求安顺公主把瓷缘斋赏赐给我，你父亲不愿意你大翁翁辛辛苦苦收藏的瓷器落入他人之手，才与瓷缘斋玉石俱焚。说到底是我逼死了你父亲。"说到此处，郭十里已经老泪纵横了，他整个人看上去消瘦了很多，不停地用衣袖抹着发红的双眼，又满怀愧疚地说道："墨青，我说出了这些，你现在一定把我恨入骨髓里去了。"

墨青苦笑了一声，说道："郭老爷，我不恨你。"

一句话让郭十里抬起头来，吃惊地望着他。

墨青说："谢谢你把真相告诉我，我想，家父当年让我去拂叶寺出家，是想让我做一棵菩提树，一扇明镜台，无牵无挂，无尘无埃，修得一片平和心。他不肯告诉我真相，不就是要让我像他一样忘记仇恨吗？所以我不恨你。"

郭十里嗫嗫地问了一句："我把你家害成这样，就算你要我这条命，我也是无话可说，你真不恨我？"

"真不恨你！而且自从我在瓷韵轩见到你第一眼时，我就十分敬重你。后来听你讲那些关于瓷器的见解，再后来你不遗余力地提携我们，向白石头采购瓷器，我就更加敬重你了。"

"可我最后到底还是没准你再上门送瓷了，你不恨吗？"

"那也是你为了清绮姑娘好的缘故。"

郭十里听了后十分感动，他想不到面前这位年轻人竟然如此豁达，竟会包容他曾经犯下的不可饶恕的过错。一直以来，他都不敢直面自己曾经造过的孽，于是把往事深埋在了心里，不愿去触碰，甚至努力去遗忘，想着时间自会冲淡那些不堪回首的记忆。然而，有些事是生活匆匆的过客，还有些事一旦发生了，就像钟鼎上刻的纹络一样难以擦拭，除非他的忏悔能够被当事人原谅，他才能够从中得到解脱。

郭十里突然想起了什么，忽然站起来说："墨青，谢谢你的宽恕。我今天来，是想兑现我在华芳楼的承诺，我现在马上就回去，把在斗瓷大会上输掉的一阁子瓷器亲自奉送过来。"

墨青连忙阻止："郭老爷，我从来就没有想过要你天籁阁里面那些瓷器。"

“可我斗瓷输了啊。”

“郭老爷,我本就无心参加斗瓷,因弟子们一力撺掇,我不好拂弟子们的意,这才去了。再说那些瓷器是你费了九牛二虎之力收藏的,是你看得比生命还重的珍宝,我绝不会要。”

“那你想要什么?你说吧!”

“我什么都不需要。”

“请让我无论如何为你做点什么,这样也好让我安心一点。”

“郭老爷,我也不会乘人之危,要挟你为我去做任何事情的。”

听了这番话,郭十里再一次感慨万千,激动得热泪盈眶。那一晚,他与墨青的一席长谈,终于让自己敞开了心扉,也终于解开了心结。他长长地舒了一口气,回顾自己走过的路,想着自己曾经为着一个家族的使命陷入挣扎的漩涡之中,虽然总算完成了这个让他备受煎熬的使命,告慰了祖先之灵,可是赢得并不那么光彩。这种不光彩便随年岁的增加,渐渐变成了一种负罪,压在他身上越来越沉重。如今,他终于可以释怀了。

他们又聊到那一片被兵火涂炭的北方辽阔的土地,聊到瓷器,聊到那些被金人杀死或俘虏的做瓷人,聊到已经枯败凋零的瓷业,聊到动情处时,不免扼腕感叹,为当今朝廷的软弱无能而痛心疾首。听到墨青重振瓷业的打算,郭十里终于能够理解了,转而十分欣慰。当他听到北方瓷人的遭遇时,又不无痛心疾首地说:“我大宋一朝经靖康之难后,瓷业凋零,大半做瓷人或被金人掳去,或葬身于兵火,剩下的做瓷人又多半已经老去了。大宋瓷业能否振兴,瓷艺能不能推陈出新,让瓷器像在道君皇帝时代那样再领风骚,还得看你们这一辈年轻人!”

七十

从墨青那儿回来后，郭十里终于解脱了。可是输了斗瓷大赛的郭闻识还不甘心。既然斗瓷赢不了墨青，他就只好想其他法子来对付墨青，想来想去，觉得文的不行只有来武的。于是他纠集了一帮市井流氓，个个手拿器械，打算要好好教训墨青和他的弟子一顿，让他们知难而退。这些人守在铜锣巷的路口，见有人要去向墨青拜师学艺，就拦住他，劝他不要去拜师。如那人不听，就污言秽语威胁，再不从，拳脚相加。于是大家见这势头，都不敢去跟墨青学做瓷了，有一些大胆的，想去，也只能偷偷地去学。那些已经拜了墨青为师父的徒弟，吓得再不敢走出家门。

一个常年跟着墨青的徒弟走过来，惶惶不安地说："师父，三师弟和四师弟又不来了，听说今天大师兄在路上被人打了一顿，躺在床上动弹不得。这几天来学做瓷的人明显少了很多，大家都不敢来学做瓷了。"

"到底发生了什么事？"

"师父，你还不知道吗？都是瓷韵轩的郭闻识从中捣鬼，他纠集了一帮破浪子弟，守在大路边，见谁来拜师就打谁，弄得大家都不敢再来。"

"既是如此，等过几天再看如何。"

徒弟退下去，实在不知道师父心里是怎么想的。师父不开口，徒弟也没有办法，只好忍气吞声。又过了一天，三师弟和四师弟跑过来了，一见到墨青就泪流满面，哭诉这几天的遭遇。几天前他们一大早从家里出来，刚刚进入铜锣巷子，还没走几步，就遇到郭闻识派来的人，拦住他们，不准他们过去。他们跟这些人好好说，可这群人大肆漫骂，口出恶言，还做出一副就要打人的架势。他们只好打道回府，几天都不敢出来。后来大师兄终因气愤不过，前去与他们理论，被他们劈头盖脸打伤了。直至今天，三师弟与四师弟才趁这帮人不注意的时候，偷偷地拐进铜锣巷，一径奔师父这儿。说完，三师弟与四师弟又哭起来。

墨青听了不发一言，想了想，对徒弟们说："我们先去看望你们的大师兄，再做理会。"

"可是又遇到这些人怎么办？"徒弟们道。

"清平世界，郎朗乾坤，我不信他们一点都不讲王法。"

于是墨青带着几个徒弟，出了门，走出铜锣巷，没多远就被一群凶顽浮浪之徒拦住去路。因为师父在旁，徒弟们便多了一份底气，一心要保护师父，壮起胆，与这群人争辩。这群人哪里讲什么王法，反正是无赖惯了的，加之背后有人撑腰，既不怕理亏，也不怕告官，一顿污言秽语破口骂将起来，甚至发出威胁要打死墨青师徒。墨青全然不惧。正当双方吵得不可开交的时候，一个骑白马的女子赶过来，她看到墨青被一群人围堵在中间，急了，连忙上前拨开人群，二话不说，挥出马鞭子，抽到了其中一个破落户的额头。那破落户发出哎哟一声怪叫，捂着头，大声骂道："他妈的，你找死！"

那破落户正要去拉下马背上的女子，挥出拳头给她一点颜色，忽然看到是郭清绮，手便缩了回去，忍着疼，对另一个人小声说："是清绮小姐，我们赶快回去，报告闻识少爷。"

那为头的人啐了一口在地上，骂道："今天便放过你们！我们走！"带着这一群破落户一哄而散了。

郭清绮好奇地问："他们是什么人？为何缠着你们？"

墨青的徒弟说："郭小姐，你真不知道还是假不知道？"

郭清绮道："我刚好路经此地，正好看到一帮人围在一起与你师父争吵，并不知其中缘由。"

"郭小姐，你别装聋作哑，为何这群人看见你就一哄而散了？"

"我真不知道。"

"我告诉你吧，他们正是你家豢养的仆人，是你爹派来的打手哩！"

郭清绮一惊，涨红了脸问："他们为什么打你们？"

徒弟们怒道："为什么？你家斗瓷输了，咽不下这口气，为了不让我们安心在这儿做瓷，就使出这种损招阴招，你不信可以去问问你爹！"

郭清绮知道了事情的经过后，开始还不信是自己的爹所为，后来问了王清道才知道这事是真的，心里觉得很对不住墨青。现在墨青的大徒弟也被她爹派来的打手打伤了，于是她对父亲的行径更加气愤了。她满怀着歉意，请求一起去看望被她父亲派来的人打伤的墨青的大徒弟，自己一个人又跑去大街当头买了很多糕点果品，又执意请来了滏州最好的郎中。也许是为了替自己的父亲赎罪，或是为了减轻内心的不安，或是为了别的一个更加隐秘的原因，她经常去铜锣巷看望墨青和他的徒弟们，为他们买肥鹅鲜鲊、时新果子。见墨青住的房子简陋，于是又找了工匠修缮，还特意运来两只镇宅的石狮子安在门前，屋檐下挂两只大红灯笼，把房子装饰得焕然一新，气派俨然。反而弄得墨青过意不去，好几次说："清绮姑娘，我们怎么好老是麻烦你，你要过来空手来就好，不要送这些东西，我们难为你的情。"郭清绮就笑着说："这些东西是送给你的徒弟们的，真不知你这个师父是怎么当的！你看看，你的徒弟们跟着你这位师父，一个个都瘦成什么样啦！"很快，郭清绮就与墨青的徒弟们成了好友。徒弟们得了她的好处，很感激，一个徒弟在背后笑嘻嘻地说："清绮姑娘真像是我们的师娘一样哩。"另一个就回道："师父平素严厉，清绮姑娘倒对我们关照有加，若清绮姑娘真的是咱们的师娘就好了！"也因为郭清绮到来的缘故，铜锣巷的那间旧宅子多了很多欢声笑语。

然而，郭清绮一回到瓷韵轩，压抑之感就像这个冬天的寒风一样扑面而来，她不仅感到压抑，还感到愤怒。一想到父亲干出那些卑鄙龌龊的事情，她就觉得丢脸，忍不住和郭闻识大吵起来。她十分激动，红着脸，跺着脚，质问他，为什么要派人去打墨青的徒弟，为什么要阻挠墨青做瓷。

郭闻识扬着头，只哼了一声，说："你当然不晓得了，那是因为我与郑墨青有仇。"

郭清绮说："不过是斗瓷输了，就把他当仇人。既然恁地输不起，又何必当初先挑出这事来，这叫搬起石头砸自己的脚！"

"你省得什么！我与他家是世仇。"

"什么世仇？难道这仇是天生就有的？人家本来过得好好的，都是你们见不得别人过得好，要去捣鬼，挖空心思去图谋人家的财产，这仇还不是你们一手弄出来的？倒是人家，宽宏大量，从来不跟你们计较！”

“你住嘴！”郭闻识被戳中了心事，气红了脸。

“瓷韵轩要好起来，要从经营上下功夫，而不是使用这种下三烂手段，否则瓷韵轩这个名字只会让我觉得羞耻！”

郭闻识听了，连肺都要气炸了，骂道：“羞耻？你竟然为这个名字感到羞耻？你千金大小姐的生活，你一切吃穿用度都来自于瓷韵轩，你还羞耻？没有了瓷韵轩，我看你能有今天的富贵？”

“这样得来的富贵，不要也罢！”

父女之间的大声争吵，早已传到了正在里间休息的郭十里的耳朵里。他不胜忧愁，叹了口气说：“这个家到底是怎么了？”

郭清绮觉得郭闻识已经变得越来越不可理喻了，仇恨与恐惧在父亲的心里蔓延，让父亲像中了毒一般，变得越来越暴躁、疯狂。郭清绮也在想这个家到底怎么了，她觉得这个家正在发霉，正病入膏肓，这里每个角落都散发着一股令人窒息的味道，让她待着难受。她扬言要离开这个家，再也不想待在这个家里了。郭闻识听后，勃然大怒，大声叫她住口，忍不住伸出一巴掌，重重地打在女儿的脸上，大声叫她滚出去，永远都别回来。郭清绮愤怒地跑出房间，说：“我早就不想待在这个家了！”头也不回就跑了。郭闻识气得颤呵呵，把一条方凳直接踢翻，又把一只瓷盏打碎在地上，他最近看什么都不顺眼，好像全天下都跟他过不去。他朝着无辜的丫鬟大声吼道：“死奴才，一天瞪着双死鱼眼睛，给谁看？还不给老子滚！”那个丫鬟被吓得眼泪都要掉出来了，怔怔地立在那儿不知如何是好。

七十一

又过了几天，父女之间虽然没有再发生什么大的争吵，但是冷战却还在继续，父女俩见了面谁也不理不睬谁，仿佛父女俩都憋着一口气。进入初冬，溇州的天气陡然凉了起来，凉得如大通河的河水一般，凉得如瓷韵轩屋脊上的琉璃瓦一样。到了晚间，远处的天边挂着一轮红霞，而瓷韵轩仿佛红霞中的一轮倒影，孤单单地立在河边上。郭闻识刚从外面喝完一坛酒回来，打了一个喷嚏，他叫下人去拿他的那件五彩氅衣披在身上，心里便在算计怎样把郑墨青赶出溇州。自从上次的计划被女儿搅黄后，又过了很久，这一回，他觉得下手要更狠一点，更快一点，于是又开始酝酿起一个更大的动作，想一举逼迫郑墨青离开这儿，离得越远越好。他派人叫来王管家，在王清道的耳边窃窃私语了一阵。王清道听了，频频点头，然后急速走开了。

又过了半月，一伙穿着青衫、蒙着面的陌生人气势汹汹地闯进了墨青的院子，二话不说，见人就打，见东西就砸。他们把做瓷的工具全部踩烂在地上，把椅子长凳掀翻，把房间里的瓷器全部砸碎，然后叫嚣着扬长而去。

有好几个徒弟在保护那些瓷器和工具的时候被这伙人打伤了，柜子上精美的瓷器全部散落成了碎片，这儿一块，那儿一片，一地狼藉。几个徒弟带着伤痕，哭着走来，对墨青诉道："师父，这伙人不问青红皂白地闯进来，见人就打，见东西就砸，根本就是一群强盗！"

"听这些人的口音，不像是本地的。"

"我们与这伙人素无来往，无冤无仇，我看他们一定是受了郭闻识的指使，成心不让我们在这儿安心做瓷呀！"

"师父，都这个份上了，我们报官吧！"

"哼！报官有什么用！他们一个个都蒙着面，有备而来，我们又没真凭实据，官府怎么会搭理？再说你们难道还看不清么？那个杨知州经常出入瓷韵轩，分明跟他们是一伙的！"

徒弟们议论纷纷，七嘴八舌，痛得唉声叫唤，一个个都诉起苦来。墨青见弟子们东倒西歪，于心不忍，硬撑着受伤的腰说："你们先把地上的碎片收拾干净，再清点一下还剩下多少完好的瓷器，叫陈仓去程老板那儿拿些金疮药过来，给师兄弟们都敷一敷。"

过后，弟子们禀道："师父，做瓷的工具皆毁了，正厅里摆着的几十件瓷样全被他们砸了，一件也不剩。"

"师父，我们要怎么办？"

墨青坐着沉吟了半晌，最后缓缓站起来，说道："也好，此处不留人，自有留人处。我正思虑要沿大通河顺水而下，往建康，经扬州，至临安，再南下到泉州一带，一路游方，一边参禅悟道，一边弘扬瓷艺。为师此去，要历尽千山万水，真是前途渺茫，吉凶难测。如果有愿意跟我的，就与我同去，不愿意走的，就继续留在这儿好了，只要把我传授的技艺时时铭记于心，日日温习在手，自然熟能生巧。光大了滏州的瓷艺，也是一件美事。"

有几个徒儿因为恋着家乡，或要侍奉双亲，不愿他去，打算留在滗州。还有几个徒弟，无家人伴当的，表示愿意一直追随师父到底。于是，墨青散尽资财，把那些剩下的做瓷的器具和材料一一打点收拾好了，分给了留在滗州的徒儿，只带行路的盘缠，于第二天晨光熹微时，雇一条渡船，背一个褡裢，顺江而下，迤逦离开滗州，往江南而去。

临行时，几个留守滗州的徒弟一直送到下望津的小西门，着实不舍，看着师父和师兄弟们上了船，很久都不忍离去。在船板上，徒弟们向岸上的人挥手告别，两眼噙满了泪，一位弟子忽然想起什么，提醒墨青说："对了，师父，我们不去与郭小姐告别了吗？"

大弟子说："是呀！临走时一阵忙乱，都忘了告诉清绮姑娘一声。"

墨青沉默了。徒弟又说："师父就这样一声不响地走了，也不与清绮小姐说一声，只怕要惹她牛气哩。"

墨青叹了一口气，开口道："不是我没有想到，只是你们有所不知，以清绮姑娘的性格，我若去与她道别，我怕不是再也走不成，就是她非得要跟我们一起走不可。我既不想走不成，又不想她跟着我们一路吃苦，所以想来想去还是不与她道别为好吧。"

大徒弟听了，不以为然，兀自在那儿唠叨："清绮小姐平素待师父和我们这帮弟子最好，还经常送东西给我们，可师父临行前都不去与清绮小姐道别一声，就算怕她来缠，也可以托人去告知一声。就这样不知不觉走了，冷了清绮小姐一片心，倒显得我们这帮人薄情了。"

墨青面色凝重，他微微闭了一下眼，也不再辩白什么。过了一会儿，他又睁开双眸，看着远方微微发亮的启明星，似乎下定了决心，扬了扬手，叫道："船家，开船走吧！"

于是客船拨开了水面，缓缓地往河心驶去。整条大河上，只有这一条船像一片飘零的叶，浮在水面上，留下一道裂开的水痕。

这一天，郭清绮起了一个大早，像往常一样，醒来后第一件事便是去铜锣巷找墨青，出门时，恰被郭闻识冷眼瞧见了，问："丫头，这么早起来，你又想跑哪儿去？"

郭清绮不说话。郭闻识呵呵冷笑道："我猜你这丫头又要去铜锣巷找那个郑墨青。你倒是吃了他的迷魂药一般，老是往他那儿跑，他是你什么人，让你对他这般帖耳俯首，竟帮衬起仇人对付起你亲爹！真是白养你了！说起来，那郑墨青算什么东西！你与他一个天上一个地下，你与他从来就不是一个世界的人，我劝你还是死了那份心，不要去了，因为你去了也白去！"

郭清绮不理会，一个人跑去马厩牵来了白马。郭闻识拉住她："啊呀，你还不信？那我实话告诉你吧，他在这里待不下去，今天一早就夹着尾巴离开溽州了！"

郭清绮说："爹，我劝你收手吧，你为了阻止墨青做瓷，什么手段没用过？别以为我不知道。如今，你又为了阻止我去见墨青，编出这种瞎话，我不信你！"

郭闻识松开手，愤愤地说道："那你去！你去！去看了好让你彻底死心。我的人回来报告，他今早趁天还没亮就与他的几个徒弟一起悄悄坐船沿大通河走了。原来那厮早有离开溽州的打算，却一直把人蒙在鼓里，害得我白折腾了一番。"

郭清绮几乎对他绝望了，她从来没见过这样执迷不悟的人，她不再说什么，跃上马，一径穿过铜锣巷子，到了南墙，来不及拴马，便直奔墨青住的地方来。忽然发现院子里门扉半掩，她大叫墨青的名字，没人应答。推开门进去，只见庭院里空空荡荡，静得让她心神不安，她急忙走至里间，见一个矮鼻梁、脸上长红斑的人正蹲在地上打包东西，郭清绮并不认识他，猜想他也许是墨青新收的弟子。

“郑墨青呢？”郭清绮问。

那人头也不抬，一边清理东西一边说：“客人，请回吧，我们这里不卖瓷了。”

“你师父去哪儿了？”

“我说了不卖瓷了！”那人抬起头，见是一个美丽的女子，便压低声音说，“我师父坐船走了。”

“那其他弟子们呢？”

“跟师父一起走了，余下的也各自散了。”

“你师父去哪儿了？”

“他要去的地方可远着哩，他说要离开澪州，沿大通河顺水而下，先去建康，再往扬州，然后过临安，至泉州，一路南下，师父一心要重振我朝瓷业，所以决定不辞万里，沿途去弘扬瓷艺。”

“你师父什么时候走的？”

“他于今天一早就动身启程了，此刻恐怕已经过了燕子湾的黄泥矶。姑娘，你急着找我师父有什么事吗？”

郭清绮身子颤了一下，忍不住落下眼泪，她怅然若失地靠在门框上，心想：“他到底还是走了。”

那人看到郭清绮眼圈儿红了，觉得莫名其妙。他看到郭清绮正准备离开，连忙站起来问了一句：“姑娘请留步，请问您是瓷韵轩的清绮小姐吗?”

“我就是。”

“原来师兄们和师父念叨的清绮姑娘就是你!师父临走时,要我们送一样东西给你,他交代我和各位师兄一定要去贵府上亲手把这件东西交到你手里。你看,我还在打包收拾东西,没来得及出门,想不到你就自己来了。你来得正好,我也免得多跑一趟哩。”

“是什么东西?”

“呶,你看呐。”那人起身走到一个红漆的柜子前,拿出一只锦盒,又从盒中拿出一件东西,一层层褪去了包裹的丝绸的包装,原来是一方玲珑剔透的瓷器,说道,“是一个瓷瓶,我师父烧制的,他每天都对着这口瓷瓶看,一看就是半天,似乎这个瓶子是师父的得意之作。我师父做了那么多瓷器,就独独喜欢这一件。”

郭清绮轻轻抚摸着瓷身,只见瓶身上画着一个长发齐腰的女子,悠闲自在地坐在溪涧的青岩边濯足,溪水淙淙流淌,岸上的桃花探出三两枝,一片花扬在风里,还有几片花飘落在水上,在女子的足上打了几个漩儿,流走了,却还似透着盈盈暗香。她心中一惊,眼泪再也止不住如泉涌一般流下来。原来瓷瓶上画的就是那天她和墨青一起去五原看桃花的一幕景象啊。她拿在手上看了又看,又笑出声来,刚才的苦恼也顿时一扫而光了。她自言自语道:“我知道,我知道,他不是那种无情的人。”

那个长红斑的徒儿见了很是疑惑,问她:“清绮小姐,你怎么一会儿哭了,又一会儿笑了?”

郭清绮说:“不关你事。”

说完,郭清绮紧紧抱着瓶儿离开了。那个徒弟十分纳闷,嘴里嘟囔着："这清绮姑娘到底怎么了？"又低着头去收拾东西。郭清绮跃上马，朝大通河的码头疾驰而去。等到了大通河码头上，只见金风摇落，烟波渺渺，一望无际。这时，打鱼的船只渐渐多了起来，却没有一条船是墨青坐的那条客船。她立在码头上，站在一旁的柳树下，裹紧了白绫袄儿，默然凝望着前方，呆呆地望了很久很久。

郭清绮回到家中，已经是晚上。郭闻识似乎在等着看一场好戏，看见女儿失落的样子，笑着说："妞儿，怎么样？白跑了一趟吧，我好说歹说，你偏偏不听，这回你总该死心了。"

郭清绮不说话，紧紧地抱住那口瓷。

郭闻识冷得抽了下鼻子，在呼出的白气中唱起来："瓷韵轩，陶器多如山，撑起青白天。从此我瓷韵轩在这潆州城里还是第一号，瓷韵轩的瓷器还要撑起大宋的青天！"

"爹，墨青走才不是因为怕你。"

"他不怕，那跑什么？我也甭管他怕不怕，只要这瘟神走了就是万幸，他走得越远越好，最好永远都别踏进潆州一步！"

郭闻识一眼瞅见她怀里的东西，又问道："妞儿，你怀里抱着的东西是什么？"

郭清绮把那件瓷器抱得更紧，不肯说。郭闻识道："既然郑墨青那小子走了，那你也该收收你的心了，等杨公子考一个状元回来，我就要他用八抬大轿来迎娶你，你那时风风光光地当一个状元夫人，不比当一个做瓷的糟糠妻子强过千倍万倍？"

看见郭清绮一声不吭，似不以为然的样子，郭闻识继续说道："你别总一天绷着一副脸儿，给谁看呢？你老爹今天难得心情这么好，我约了你应二叔他们几个老友去逛北芷园，你也同我一起去，不要老是窝在家里，就像你那大翁翁一样，窝久了人都会起霉。好了，好了，我带你去看看北芷园翠湖里结着彩灯的龙船，再去看那里搭台唱戏的戏班子。最近夏监押、邢千户等官派人在北芷园新建了几处廊桥和凉亭，请了一班吹打的人终日在那儿唱各色曲儿，舞起霓虹水袖，如天女散花一般，可好看哩。园子四处又添了很多新景致，我猜你一定会喜欢得不得了。三才——三才——快去打灯笼，拿了灯笼再去牵我的马过来！”他连叫了几声三才，没听见应答，就骂道：“这打脊奴才，跑哪儿偷懒去了？连叫不应，看我不扣他工钱！”

郭清绮道：“爹，你不用叫三才了，我让他拉着马车，去南街的铜锣巷帮墨青的弟子拖运行李家什。”

郭闻识骂道：“你这丫头，拿我的马车帮仇人运东西，恁地大胆！”

郭闻识举起的手又放下，沉着脸说：“今天你爹高兴，不跟你计较！”无奈之下郭闻识只好另派了一个仆人去驾了郭十里的车，又叫童儿挑了酒樽食盒，骂骂咧咧地去了翠湖边北芷园和几个朋友一起欣赏夜景，撇下清绮一个冷清清地看着窗外的大通河。天渐渐昏了，靠左边的窗户在光影中变得时暗时明，从河边吹过来的风轻轻撩起她的长发，仿佛是拂起了一缕理也理不清、剪也剪不断的愁绪。她知道自己无法说服和改变父亲，曾经那个可爱的父亲的高大形象已经离她远去了，或许这样的形象从来就不真实。她对父亲的失望和父亲对她的埋怨，让这对父女之间的隔阂变得愈来愈深。不过，可恨之人自有可怜之处，郭清绮明白，自从她的母亲苏仙郁郁而终之后，这么多年过去了，郭闻识为了她能够更快乐地生活，不仅没有再续弦，还几乎把对苏仙的那一份爱也倾注在了女儿的身上。说起来，郭闻识的专横和无理，甚至他的卑劣和可鄙，何尝不是与父爱纠缠在一起，这让郭清绮对郭闻识的感情有时变得复杂奇妙，变得莫名难言，她常常弄不清，自己该对父亲去爱呢，还是去恨呢。

陷入沉思的郭清绮忽然听到一阵咳嗽，不知什么时候门已经半开着，她的祖父郭十里就站在她的身旁。见她一个人静静地立在窗前，屋里的烛光照着她的泪痕，郭十里看得分明，心里吃了一惊，问道："丫头，你在看窗外的什么？"

郭十里知道郭清绮在抽泣，走过去轻轻地拍打着她的后背，想去安慰她。郭清绮看到祖父，就再也忍不住了，大声哭起来，白天积了一盎的泪水终于稀里哗啦全部流了出来，她抱着祖父，哭得很伤心。祖父轻轻地对她说："你哭吧，哭吧，哭过了就好了。你看，月亮已经穿过云层，越来越亮了，暂时的阴霾终究会散去，明天一切都会好起来的！"窗外的月光照着她和郭十里的身影，也照着摆在桌上的那件瓷瓶，照着瓷瓶上那个在五原的溪边一面赏花一面濯足的女子。

七十二

自从墨青离开溽州之后，一路上都留下了他做瓷的身影。他每到一处地方，都要去访一访那个地方的瓷窑，与当地的做瓷人随意攀谈，聊到尽兴时，便手舞足蹈起来。他有时隐在做瓷人中间，与其他做瓷人一般无二，与他们同吃同睡，毫不吝啬地指导他们怎么做出一件上乘的瓷器。有时，他做出一件瓷，也不管那件瓷价值几何，别人把它当成珍宝，他却只卖一吊钱，去市井里沽一壶酒，在那花草萋萋的乡间小径上独饮一夜，有时醉得便在月色下枕石而眠，或在田野里躺在一堆稻草上睡一觉。他常怀一颗真诚敬畏之心，一心要光大瓷业，重现一个瓷器的江湖，一个青与白的盛世。他说："看呐，那青瓷与白瓷，就好比大宋的青天和白日。"

他在四处游历中开阔了眼界，从一草一木中感受宇宙的玄机，从一山一水中参透人生的哲理，然后他把这些积年的感悟化成了瓷器所要传达的神意，把万物的生命化成了瓷器的灵魂，把他修行悟得的佛法化成了瓷器的真谛。当年的那个小和尚，曾经穿梭于风雨之中，一路前行，于是足下开出了朵朵莲花，久而久之，瓷便成了他心中的一座佛。

因为墨青做的瓷器实在精湛，人们便管他做的瓷叫作"墨瓷"，又因他把修行得来的佛法融入瓷器的形色之中，所烧制的瓷器大多具有空灵深远的意境，故人们又称他的瓷为“禅瓷”，把他用来烧瓷的瓷窑叫作“墨窑”，而称他为“墨生”或“墨大师傅”。他之前居无定所，也注定之后的日子一样漂泊无定。他有时投宿在一家孤村野店，有时隐在繁华市井，有时虔诚地跪在山寺里的佛像前，有时站在秦时明月下的古长城上，有时迎风屹立在开往海外的大船上。一如他回到自己的少年时期，他还记得，那位少年曾经跟在一个老和尚后面，从桃花初开三五枝一直走到银杏叶落了一地。

自从墨青离开溭州后，郭清绮依然是孑然一身。自那一天与父亲郭闻识争吵过之后，祖父郭十里又敞开心扉跟她说了很多很多，讲到了过去的一些事情，讲到将来瓷韵轩的规划，也讲到白石头那场大火的缘故。郭清绮之前还不明白的事，现在全部明白了，而过去自以为明白的事，现在却觉得错了，然而，当她明白了以后，又禁不住担忧起来，怕墨青不会原谅她。她突然萌生了一种想法，决定绝不因为明白了这一切而逃避，而有所隐瞒，她要把所有的真相全部告诉墨青，是的，向他说清楚，无论他怎么想，怎么做，她都要把所有的事情向他说清楚。

几个月后，杨知州家的公子杨时真的考了一个状元回来，回来时骑着高头大马，张红挂彩，好不威风！敲锣报喜的人来了一拨又一拨，前来贺喜的达官贵人来了一批又一批。杨时一回来，便又做了一次尝试，希望郭清绮能够接受他的追求，结果照样吃了一个闭门羹，落寞地回去了。可他并不因此放弃，他说，只要清绮小姐能够回心转意，他还愿意等，他已经向朝廷请求回到偏远的溭州从一名小官吏开始干起，如果朝廷不准，他就打算去与溭州相邻的汀州做官，这样可以经常坐船过河去看她。他愿意等到她能够接受他的那个时刻，哪怕等到从汀州通往澪州的陆路完全打开之时。

又过了两年，大通河的堤岸上杨柳依依。那些轻扬的丝绦低拂着一倾淼淼无际的烟波，暮雨打湿了行人的衣裳。不知几时，河心的画舫响起了悠扬的箫声，吹乱了郭清绮的愁绪。她便低吟唐朝刘禹锡的一首诗："流水阊门外，秋风吹柳条。从来送客处，今日自魂销。"

不想被路过的行人听到了，那路人站在她的旁边，指着河心的画舫说："姑娘，你听，这箫声又响起了，这箫声吹得清越，悠扬绵长，很久不曾听到这样令人惬意的箫声了。

郭清绮抬起头来，见前面立一女子，年纪比她大了很多，却依然光彩照人，风韵犹存。

那女子对她说："刚才姑娘声声念着那一首诗时，我就猜你一定有解不开的心结，你是不是在思念你等的人，故此有感而发。"

郭清绮欠身行礼，说道："是的，我在等一个人，因一时触景生情，才胡乱吟一句诗，让姐姐见笑。请问姐姐也在这里等人吗？"

那女子浅浅一笑，回答："我等的人早已经不在了，这里曾经是我与故人第一次见面的地方。这条长长的堤岸，是故人走了千百遍的堤岸。这曲缠缠绵绵的箫声，是故人最爱听的声音。这岸上的杨柳，虽然年年都换了新妆，却依旧让我想起故人的样子。每年，我都要在这岸堤上走一走，缅怀那位逝去的故人。"那女子又说："我看你刚才在这岸堤上痴痴地坐了一下午，行人纷纷打你身旁经过时，你连头都没有抬一下，而是一直在想着心事。我因一时想起自己以前的样子，所以冒昧地问你是不是也在等人。"

郭清绮便说："是的，我在等他。"

那女子问:“请问姑娘等的人还在吗?”她突然意识到自己问的话有些唐突,甚至有些失礼了,于是那女子苍白的脸上掠过了一丝红晕,算是对说错话的歉意。

郭清绮却毫不介意,回答:“他坐船走了,不知什么时候才能回来。”

那女子便笑道:“我看姑娘与其这样苦等下去,何不主动去寻他呢?”

只这一句不经意的话,突然让郭清绮的心头震动了一下。她想:“是呀,与其苦等,我为何不去寻他呢。我早就说过要与他一起浪迹天涯的呀,为何此时我又执迷不悟,竟看不透了。”

于是,她莞尔一笑,对那女子行了一个大礼,说:“多谢姐姐指点迷津。”

那女子踏着轻快的步子走了,郭清绮脸上的愁云也慢慢散开了,她解下拴在柳树上的缰绳,牵着她的那匹白马,慢悠悠地在河堤上走着,投下了一道长长的斜影。岸上杨柳青青,行人星星点点,这时,箫声又响了起来,渔人的晚唱伴随着那悠扬的箫声轻轻绕过柳叶,绕过碧水,绕过群山,绕过无边无际的旷野。她也情不自禁地跟着箫声的旋律唱着歌,“汴水流,泗水流,流到瓜州古渡头,吴山点点愁……”那歌声越来越轻,她的身影也越来越小,最后慢慢消失在如长龙一般的堤岸上。然而,此刻她心中的信念却变得无比坚定。她在内心里默念了一遍又一遍:“是的,我要去寻找他,明天就出发。不,今天我就坐船去建康,再往扬州,再过临安。我要寻着他的足迹,无论他走到哪儿,我都要找到他!我一定能找到他!”